# लाल पीली ज़मीन

[उपन्यास]

# लाल पीली ज़मीन

गोविन्द मिश्र

राजकमल प्रकाशन

ISBN : 978-81-267-0649-5

**मूल्य :** ₹ 895



**पहला संस्करण :** 1976
**तीसरा संस्करण :** 2022

**प्रकाशक :** राजकमल प्रकाशन प्रा.लि.
1-बी, नेताजी सुभाष मार्ग, दरियागंज
नई दिल्ली-110 002

**शाखाएँ :** अशोक राजपथ, साइंस कॉलेज के सामने, पटना-800 006
पहली मंजिल, दरबारी बिल्डिंग, महात्मा गांधी मार्ग, प्रयागराज-211 001
36 ए, शेक्सपियर सरणी, कोलकाता-700 017

वेबसाइट : www.rajkamalprakashan.com
ई-मेल : info@rajkamalprakashan.com

**मुद्रक :** बी.के. ऑफसेट
नवीन शाहदरा, दिल्ली-110 032

LAL PEELI ZAMEEN
*Novel* by Govind Mishra

बाबू को

# फालतू

मेरा मकान महानगर की दो बड़ी-बड़ी सड़कों के संगम पर खड़ा है, चौराहे के किसी लावारिस कोने पर मार्गदर्शक मानचित्र के बोर्ड की तरह। साँपों-सी ऊल-जलूल सैकड़ों रेखाएँ, हज़ारों रंग और कई तरह के निशान। ट्रैफिक की सरसराहट में उखड़-उखड़ पड़ता है, ढीले मसूढ़ों में सटर-सटर करते दाँत के किसी बेढंगे सैट की तरह। सामने आसमान के टुकड़े पर सवेरे की पहली मटमैली रेख खिड़की की बराबरी पर उगती है। हर आदमी के सुबह उठने का तरीक़ा अलग-अलग होता है। फ़िलहाल, मैं रोज़ खिड़की के समानान्तर फैली उस मटमैली रेख को देखता हुआ उठता हूँ—अचेतन मन वहाँ कहीं नए दिन की ताज़गी ढूँढ़ने की कोशिश करता है...बाहर से कोई रिश्ता जोड़ना चाहता है...लेकिन वह लकीर किसी छरछराहट को उकसाती है, बारीक काँटों के गुच्छे पर फिसलती हुई चिकनी उँगली की तरह। सुबह की वह अनछुई लकीर—संभावनाओं के ऊपर पसरी हुई कालिख, किसी खूबसूरत लड़की के चेहरे को बीच से काटती हुई मूँछ की पतली रेख...।

मैं यहाँ हूँ।

बढ़ते हुए उजाले के साथ-साथ यह मकान और मैं दोनों सामान्य हो जाते हैं। मकान अपनी ही तरह की लम्बाई-चौड़ाई और रंग के एक बड़े साँचे में कहीं अन्दर चिपक जाता है और मैं अपने चेहरे के खुरदरेपन को किसी टाइप की चिकनाहट देता हुआ बाहर जाकर अपने गिरोह की भीड़ में सिर डुबो लेता हूँ।

उगते हुए अँधेरे के साथ हम दोनों फिर खड़े होते हैं—आमने-सामने कभी अलग-अलग। बाहर फैले खूबसूरत मौसम की आँच को आँखों पर झेल सकने में असमर्थ यह घर अन्दर-ही-अन्दर घरघराता है, अपने अंगों को समेट अपने में ही दुबक जाता है, जैसे किसी 'अपराध-भावना' से पीड़ित हो। ख़राब मौसम में अपने दरवाज़े और खिड़कियों को खोल, अन्दर की और बाहर की हवा को आर-पार करता है, समुद्र में मिलती किसी नदी के पानी की ठेल-ठाल की तरह।

मैं यहाँ हूँ।

मकान के किसी कोने में अपनी पहचान ढूँढ़ता हुआ। कुछ दिमाग़ में ऐसा धँस गया है कि पहचान ऐसे ही किसी कोने में मुझे मिलेगी...इसलिए भागता रहा

हूँ अब तक, एक कोने से दूसरे कोने तक। बचपन में कोने बदलने वाला एक खेल हम खेला करते थे। एक बग़ैर कोने के रहता था, और बाक़ी सब दौड़कर अपने कोने बदलते थे। बग़ैर कोने वाले की कोशिश होती थी कि वह किसी ख़ाली कोने में घुस जाए। बड़े होते ही मैंने महसूस किया कि कोने बदलने वाले जा चुके हैं, कोने ख़ाली पड़े हैं और बग़ैर कोने का मैं बारी-बारी से हर कोने में अपने को फिट करते देखता हुआ भटक रहा हूँ...अब तक।

रात हो चुकी है, ख़ाली घरों में जल्दी हो जाती है...वहाँ और भी जल्दी, जहाँ आदमी रहते हैं, और घर ख़ाली होता है। बत्तियाँ बुझ गई हैं और घर दो टुकड़ों में साफ़-साफ़ अलग हो गया है—उधर के हिस्से में वह, और इधर किसी कोने में पहचान के लिए छुछआता मैं।

शायद वह रात को जान-बूझकर जल्दी बुलाती है। उसे अब भी उम्मीद है कि किसी रात खुमारी के कीड़े फिर इस घर में घुस आएँगे और बँटवारे की यह दीवार ढह जाएगी।

मेरी तरफ़ रात अभी से काफ़ी गहरा गई है। डर की पतली झिल्ली ने चारों तरफ़ से लपेटना शुरू कर दिया है। सड़क पर भागती कोई भर्राहट किवाड़ों पर बजती है, ऊपर से नीचे फिसलती हुई...दरवाज़ा थोड़ी देर को थरथरा जाता है, कि तभी किसी हॉर्न की पसरती चीख़ दरवाज़े की साँस में घुसकर एक फटी हुई चिर्राहट में अन्दर की तरफ़ फँसती है।

दो हथेलियाँ लिहाफ उकेल कर बिस्तर में घुसती हैं, बराबरी से रेंगती दो छिपकलियों की तरह। अपनी गीली आँखों को वह एकदम मेरी आँखों पर रख देती है, कोर से कोर मिलाते हुए। वह आँसुओं का पुल मेरे और अपने बीच खड़ा करना चाहती है, अँधेरे में आँसुओं का उस तरह उगना...मेरा पैर जैसे सड़े हुए पतले गोबर में पड़ गया है। उसे अफसोस है, शायद वह कह रही है—और इसलिए...

औपचारिकता से जल्दी निपटकर खुमारी के घोड़े दौड़ाने में वह जुट गई है, हमारे बीच उगी दीवार को सब तरफ़ से झकझोर कर गिराने की ताबड़तोड़ कोशिश।

मैं उस मज़बूत दीवार की जड़ में एक कब्र के अन्दर लेटा हुआ हूँ। ख़ुद को ज़िन्दा करने की बीच-बीच में मेरी अपनी कोशिशें बेकार गई हैं। उसे हमदर्दी जताने की कोशिश करता हूँ। उस व्यक्ति को तो उठाकर बिठा नहीं सकता, जो मर चुका है, बहुत दूर जा चुका है! वह उठकर बैठ गई है। उसका बिलखना फैलती रात के साथ-साथ बढ़ रहा है। ख़ुद को जीवित देखने के लिए मैं रोशनी जला देता हूँ।

वह मुझे मरा हुआ नहीं मानती, वरना रात को छेदती हुई कोई चीख़ ऊपर से नीचे की तरफ़ आती, मरा हुआ मान लेने का ऐलान करती हुई। हो सकता है उसका यह सब यहाँ कब्र के पास बैठकर रोज़ आँसू बहाना हो...एक ही रफ़्तार की सिसकियाँ, न उतार न चढ़ाव, पर उस हालत में रोने को अतीत की यादें एक चिकनाहट में लपेटती-खोलती चलती हैं। ये वे सिसकियाँ नहीं हैं। उसके पास कुछ ऐसा नही है, जिसकी मिठास को याद किया जा सके...तो फिर यह कौन-सा रोना है?

"क्या कोई इस तरह करता होगा...जैसे आप करते हैं, जो आप मेरे साथ कर रहे हैं, वह रोती हुई कहती है।

"क्या...?" मैं पूछता हूँ।

"तुम्हारे ख़ानदान में यह हमेशा से होता आया है, तुम्हारे चाचा ने अपनी बहू को जलते हुए चैलों से मारा और मार-मारकर भगा दिया। यह तो हाल की ही बात है। पहले न जाने क्या-क्या हुआ होगा।"

"और तुम भी तो उसी इलाक़े की हो जहाँ की औरतें कहीं टिककर नहीं रहतीं। तुम्हारी भौजाई भी उसी इलाक़े की थी, अपने मायके भाग गई। उधर से हमारे यहाँ जो मामा ब्याह कर लाए वह भी निकल भागी और अब जाने कितने कुओं का पानी पीकर लौटी, भूखों मरने लगी तब..."

हम तैश में आ जाते हैं, पर यह सब बेमानी है, हम क्या सिर्फ़ हम ही हैं? हकीकत शायद यह है कि यह लड़ाई उसकी और मेरी नहीं, आदमी की अपनी नस्ल के ख़िलाफ़ है...मिट्टी की मिट्टी से ही है।

कहने को तो मैं कह गया, पर मेरे सामने चाचा की बहू की तसवीर उग आई है...एकदम सामने, साफ़-साफ़। घुटनों में सिर छिपाए, पीठ को पीछे से नंगे छोड़े हुए...वहाँ मार के बड़े-बड़े निशान उछले हुए हैं। वह भागकर माँ के पास आई थी...और उसने घावों को देखा था। कितनी निर्दयता से मारा था! क्या मैं भी उतना ही निर्दयी हूँ?

वह औरत मर नहीं सकी थी।

मरना एक घटना है...इस माने में कि वह एक चीज़ है जो एकाएक हो जाती है...एक विराम-चिह्न की तरह, एकाएक उगी और ख़त्म...उसके आगे कुछ नहीं, लेकिन जहाँ मरना एक घटना की तरह न हो और विराम-चिह्न की तरह खड़े होने के बजाय, एक लगातार चलती हुई प्रक्रिया हो, वहाँ...?

मुझे एकाएक लगता है कि उसके रोने की रफ़्तार मेरे मरने की प्रक्रिया से संगत बैठा रही है और जो मैं महसूस कर रहा हूँ इतने दिनों से...उसे उसके इस

तरह रोने की आवाज़ भी बता सकती है। मज़ाक़ है तो सिर्फ़ यह कि आवाज़ उसकी है और बोल मैं समझ रहा हूँ, वह नहीं।

"मेरे अन्दर की सारी कोमलता सोख ली गई है, तुम समझ लो, मैं मर चुका हूँ। आख़िर औरतें उस हालत में भी रहती हैं..." मैं उसी की भाषा में समझाने की कोशिश करता हूँ।

"कैसे समझ लूँ..." वह चीख़कर कहती है।

रोज़ की तरह हम फिर उस बिन्दु पर आ टकराए हैं जहाँ से आगे बात नहीं जाती। दीवार के इस तरफ़ मैं, उस तरफ़ वह अपने सिर को पटक रहे हैं। आदमी जब तक साँस लेता रहता है उसे मरा नहीं माना जाता। आदमी वह धब्बा है जिसे जब तक जलाकर हाथ न झाड़ लिया जाए, वह मिटता नहीं। ज़िन्दगी का शायद सबसे बड़ा कष्ट यही है।

ये लड़ाइयाँ, बन्द-बन्द, सभ्य-सभ्य...बड़ी जानलेवा हैं, धीरे-धीरे...और कभी-कभी तो एकदम ही। हम जहाँ हैं वहीं एक बार इसी शहर का एक प्यारा-सा जोड़ा भी था—आदमी लम्बा-चौड़ा, खूबसूरत...बीवी एकदम संगमरमरी, डबडबाई आँखों वाली। बाहर से उनके पास सबकुछ था। वे खुशहाल भी समझे जाते थे...लेकिन अन्दर की ये चोटें पर्दे के पीछे चल रही थीं...उस संगमरमरी औरत ने अपनी नायलान की साड़ी में आग छुआ ली...एक्सीडेंट। आग धोखे से लग गई...कहा गया...लेकिन वह सिर्फ़ ऊपर आती-आती उस दुतरफ़ा मार को हल्का-सा ही दाब सका था। वह आग लगने के पहले ही जल चुकी थी, बचा-खुचा आग लगने पर झार हो गया...'पोस्टमार्टम' हुआ और आख़िर में चिता पर रखकर आग दी गई...दो बार जले हुए शरीर को फिर से जलाया जाना...!

"एक पिता क्या चले गए, तुम गाँठ बाँधकर बैठ गए हो...तुम्हें सिर्फ़ मेरा कुसूर दिखता है, उनका कुछ नहीं...और ऐसी क्या बात हो गई है। असल बात तो यह है कि तुम शुरू से ही जाने कौन-सा बैर भँजाने में लगे हुए हो...आग लगे उन माँ-बाप को जिन्होंने मुझे तुमसे बाँधा।"

ठेठ औरती गालियाँ...वही...रोज़-रोज़। मेरे पास हमेशा की तरह कोई जवाब नहीं। मैं ज़रूर उस पर शुरू से ही अत्याचार करता आ रहा हूँ। और वह भी मुझ पर एक के बाद एक कहर ढाती रही है। दरअसल हमारा रिश्ता यही रहा है। अगर हमने कुछ सुख भी दिया-लिया है तो उसकी बुनियाद में भी कहीं कोई बैर भँजाने, कोई बदला चुकाने—उससे, मुझसे या किसी और से...यही रहा होगा। जहाँ मैं इस वक़्त हूँ, वहाँ पहुँचकर अगर यह वाहियात सिलसिला ख़त्म है तो हम हँसने के बजाय रो क्यों रहे हैं!

हमारी पहली रात...एक फ़िल्मी गाने की लकीर से लटककर मैंने तीनों दिनों का वह ऑपरेशन सहा था, जिसे विवाह कहा जाता है अठारह साल के लड़के के रूमानी अन्दाज़ में। तीन दिन और तीन रातों के पसरे हुए रस्मो-रिवाज़ के उस सिलसिले ने मेरा कचूमर बना दिया था। पैर पसारने या झपकने की कहीं कोशिश करता तो उस जश्न में शामिल हुई भीड़ में से कोई मुझे घसीटकर फिर पटे पर ला बिठाता—यह रस्म या वह रस्म...और पहली रात तक पहुँचते-पहुँचते मेरी बरौनियाँ काँटों की तरह खड़ी मेरे पूरे ज़िस्म में चुभ रही थीं, मैं नींद के लिए पागल था। 'ऑपरेशन' के बाद डाक्टर भी सोने का इन्तज़ाम कर देते हैं, लेकिन यहाँ बदबख़्तों ने और भी जगाने का सिलसिला बना रखा था। मैं एक चौड़ी चारपाई पर टाँगों को दुगना-तिगना फैलाकर सो जाना चाहता था। सोने में सब कुछ दाब देना चाहता था। मैंने उसे आधे कपड़े-बिछौने दे दिये और अलग जाकर सोने को कहा। वह मेरी वजह से नहीं, उनकी वजह से थी और उन्हें ही उसका ख़याल रखना था—मैं तब सोचता था।

चार बजे उठकर मैं उमा से मिलने गया। मेरा वश चलता तो मैं ब्याह की रस्मो-रिवाज़ से उठकर भी उससे मिलने जाता...बदला लेने के लिए...उन सभी से जो मुझ पर अपने पंजों के बल पिले पड़े थे! वे मुझे क़ैद कर सकते हैं, किसी खूँटे से बाँध सकते हैं, लेकिन मेरी रूह अपनी है। अगर जानवर भी खूँटे को उखाड़कर उजागर जाने को तैयार हो सकता था तो एक आदमी क्यों नहीं? मैं उन सबको मज़ा चखाना चाहता था। उस कच्ची उम्र में यह ज़रूर ख़याल नहीं रहा कि वे सब तो अष्टसिद्धि प्राप्त करके इत्मीनान से सो रहे हैं। ऐसा नहीं था कि अपनी ब्याहता के दुःख का मुझे कोई अहसास नहीं था...था, जैसे अब भी है...लेकिन समाज के स्तर पर कहर कुछ-कुछ सर्कस में जोकरों के उस खेल की तरह बरसते हैं जहाँ एक दूसरे को मारता है, दूसरा पलटकर तीसरे को और तीसरा पलटकर चौथे को। वह खेल जो वहाँ सिर्फ़ एक हँसी पैदा करता है, सामाजिक स्तर पर शायद लगातार चलता रहता है और हम सभी उसे उस तरह अनदेखा करते हुए भी उसी में व्यस्त रहते हैं। उसके ऊपर की किसी भी चीज़ के लिए हममें दम ही नहीं बचता।

आगे आते-आते बातें कुछ सँभलने लगी थीं। मैंने पुराना सिलसिला छोड़ उससे बँधने की कोशिश की थी, अपनी तरफ़ से पूरी कोशिश...कि तभी हमला उसकी तरफ़ से आया। एक शाम उसने मुझे वह डिब्बा दिखलाया जिसमें मुझे लिखे गए उमा के प्रेम-पत्र सुरक्षित थे। वह सोचती थी कि मुझे चौंका सकेगी, लेकिन मैंने उस डिब्बे को लापरवाही से घर में ही छोड़ रखा था। मेरा ख़याल था

कि पत्र अगर हकीकत थे भी तो अतीत बन चुके थे। कुछ दिन और गुज़र जाते तो शायद किसी शाम हम दोनों ही उन्हें पढ़ते हुए साथ-साथ हँस भी सकते थे।

"हाँ, ये हमारे जज़्बातों के नमूने हैं।" मैंने इत्मीनान से कहा।

"क्या ये?"...और उसने डिब्बे को खोल दिया था।

अन्दर काग़ज़ों की राख थी। जले काग़ज़ों के उस मुड़े-तुड़े ढेर में तब मुझे अपने ख़ून की लाल बूँदें इधर-उधर लुढ़कती नज़र आई थीं। मैं क़रीब-क़रीब पागल कर दिया गया था।

चुपचाप बाहर निकल गया था और एक ठूँठ की मोटी जड़ पर काफ़ी देर बैठा रहा। ऐसा लगता था जैसे मेरे किसी बड़े क़रीबी का क़त्ल कर दिया गया था।

लेकिन हमला इस बार उसका था और सहने की बारी मेरी थी। आगे इस तरह के सिलसिले चलते रहे...क्योंकि बदले के लिए किया गया हर काम एक नया वृत्त पैदा करता है...जो फिर एक सिलसिला-सा बन जाता है।

मेरे बूढ़े बाप के साथ किया गया व्यवहार उसकी तरफ़ से किए गए हमलों की कतार में आख़िरी था, जिसने इस औरत के दुश्मनों को हमेशा-हमेशा के लिए ख़त्म कर दिया है। कम-से-कम अभी तो यही लगता है।

मैं यहाँ हूँ!

एक कोने में मरा पड़ा हुआ। मेरे अन्दर का सारा वह तत्त्व, जिसे मानवीय कहा जा सकता है, राख हो चुका है। बिस्तर पर पड़ा हुआ मेरा वुजूद डिब्बे में क़ैद जले हुए उन काग़ज़ों के मुड़े-तुड़े कार्बन के समान है जो कभी मेरे पत्र थे...जो कभी मैं था...एक खुलता हुआ, सम्भावनापूर्ण आदमी।

वह उठकर जा चुकी है।

कुसूर? हम किसी भी मामले में दोषी ठहराने की तरफ़ आप-से-आप मुड़ जाते हैं, जैसे कि एक बार ऐसा कर देने से मामलात बदल जाएँगे। क्या पता कोई तसल्ली वाकई मिलती हो...या जो सामने हो उससे ख़ुद को दूसरी तरफ़ डाल देने वाला यह आम तरीक़ा हो जो आदमी को एक से एक बेशर्मी और हर हालत में ज़िन्दा रखता आया है, रख ले जाता है। वरना यह स्वाँग छीछालेदर करने के अलावा और क्या है? एक तरह का पोस्टमार्टम...

पर ख़ुद को लाश की तरह छोड़ दें तो उस पर ढेरों आड़े-तिरछे निशान उछल आते हैं...निशान ही निशान। और क्या ज़िन्दगी निशानों के अलावा भी कुछ है?

'मैं' बेशरम हूँ।

आदमी की यह खूबी—उसकी सहने की ताक़त...कुछ भी, कितनी माद्‌दा में ही—मुझे हमेशा ही असीम दिखी है, बेशरमी की हद तक खिंची हुई... हर हालत में ज़िन्दा रह ले जाने की क़रीब-क़रीब एक ज़िद-सी...मर-मरकर उठ पड़ने जैसी हरकत। लाचारी है, वरना कोई भी बन्दा क्या कभी ख़ुद को मरने देता? पर हकीकत तो यही है कि हम मरने के बहुत पहले ही मर चुके होते हैं। सहने की यह ताक़त अपने देश के आदमी से ज़्यादा शायद ही कहीं और मिले।

इस पर सोचते हुए हमेशा ही मेरे सामने पठार का एक टुकड़ा—एक आबाद टुकड़ा—उतरा आया है, इस देश की ज़मीन से उखड़कर उसके भूगोल के बीचोंबीच लटका हुआ...हवा में झूलता—ऊपर नीला आसमान, सामने किले की काली दीवार, चींटियों-से रेंगते लोग...लेकिन क़रीब से देखने जाएँ तो हर कीड़ा एक छोटा-मोटा दानव।

एक फालतू-सी उपस्थिति ही सही पिता की, पर वह कितने छेदों को मूँदे बैठी थी। हमारी सारी किरकिराहट का लक्ष्य वे ही बन बैठते थे...कुछ यों भी कि उसे अपने तक खींचकर लाने की जैसे उन्हें आदत पड़ चुकी थी। हम सोचते थे कि किरकिराहट थी, क्योंकि पिता थे। हमें बहाना मिल जाता था हाथ झाड़कर सामान्य या सभ्य रह ले जाने का...वह किरकिराहट हेय थी, क्योंकि पिता की थी और वे उस आदिम संस्कृति के प्रतीक थे।

पर वह मिट्टी—जिस धातु के हम बने हैं और जो अब हम दोनों के बीच बज रही है—हमेशा थी, हमेशा है, हर जगह ही।

हमारे यहाँ मृत्तिका का पूजन होता है, कई मौक़ों पर, विवाह में द्वारचार के पहले, छेईमाटी के दिन ख़ासतौर से। औरतें गाती हुई जाती हैं। और बाहर किसी मैदान की मिट्टी...टोकरियाँ भर-भर, सिर पर लादकर ले आती हैं, घर में उँडेल देती हैं...फिर उसकी पूजा होती है।

किसी घर की मिट्टी अलग नहीं हो सकती, वह मैदान की ही होगी। इसलिए महत्त्वपूर्ण मैं, वह या पिता नहीं है...वह मिट्टी है...मैदान की मिट्टी...

चीज़ों और आदमियों से गुज़रते हुए...उनके परे इसलिए उस मिट्टी की पहचान ज़रूरी है जिससे आदमी एक ख़ास तरह का बनता है और फिर उस तरह की चीज़ों को ही पकड़ते-छोड़ते मर जाता है।

मिट्टी जो पानी, पहाड़ और आसमान में भी आदमी से चिपकी रहती है... जो उतनी ही सूक्ष्म है जितनी मिट्टी स्थूल...जो आदमी की हर हरकत में ही

नहीं, उसके दिमाग़ की हर करवट में है...संस्कृति तो सिर्फ़ उम्दा-उम्दा चीज़ों का नाम है!

मिट्टी, जिसे केशव पैंट से झाड़ने की कोशिश करता है, लेकिन हिलगी रह जाती है...वहाँ वह अब भी है जैसे कि वह आदमी जो न होते हुए भी केशव के सामने बराबर खड़ा है...

वह तब भी खड़ा था, पथरीली और ऊबड़-खाबड़ गली के बीचोंबीच, एक बड़ी चीप पर टाँग टिकाए हुए।

वह गली एक पुराने रियासती फाटक से शुरू होकर, तीन-चार मकानों को इधर-उधर छोड़ती हुई सीधे जाकर एक मन्दिर पर ख़त्म होती थी। जहाँ मन्दिर की सीढ़ियाँ ख़त्म होती थीं वहाँ सामने इसी तरफ़ को एक कुइयाँ थी। मन्दिर की पिछली दीवार से सटा हुआ पहाड़ था। पहाड़ पर ही किला बना हुआ था जो किसी ज़माने की उस रियासत का कवच था। दरअसल उस हिस्से पर आकर वह पहाड़ एक मोड़ लेता था। किले की ऊपरी दीवार के बुर्ज दाहिनी तरफ़ से आते हुए बाएँ की ओर घूमते थे...बुर्ज के औंधे पड़े 'यू' की शक्ल वाले टुकड़े...जैसे चकरी में घूमते हुए छोटे-बड़े मुकुट, राजाओं के...पूरा बुर्ज एक बड़ा मुकुट किसी चक्रवर्ती राजा का। पहाड़ के इस मोड़ पर एक पूरे का पूरा बुर्ज था और अक्सर इधर से वह काला पहाड़ उस पूरे बुर्ज का मुकुट सिर पर रखे किसी शक्तिशाली दानव राजा की तरह खड़ा भी दिखता था। बुर्ज पर अगर कभी कुछ लोग खड़े दिखते तो एकदम पुतलों की तरह लगते थे। पुराने ज़माने की एक तोप भी इधर को मुँह बाये खड़ी रहती थी। बुर्ज काले पत्थर की एक मोटी चिकनी दीवार पर खड़ा हुआ था। दीवार के नीचे फिर बड़ी-बड़ी चट्टानें। बड़े पेड़ क़रीब-क़रीब नदारद थे उस पहाड़ में, छोटे-छोटे पेड़ों की डालियाँ चट्टानों पर जाल-सा बनाती, उन्हें जहाँ-तहाँ से कसे हुए थीं। ज़्यादातर जगहों पर हरियाली के नाम पर पत्थरों के ऊपर खुतैली दाढ़ी की तरह उगी हुई खिज़ाबी घास थी। दोनों ही पहाड़ के कालेपन को और गहराती ही थी...ऊपर से नीचे तक कालापन ही कालापन। अगर कुइयाँ की जगत से खड़े होकर किले की तरफ़ ऊपर देखा जाता तो ऊँचाई और कालेपन के आगे आँखें मिंचती थीं और अपने बौनेपन का सख्त अहसास होता। एक सीध में सरपट ऊँचाई...कि इधर से चढ़ना तो असम्भव ही...उधर से अगर कुछ फेंका जाए तो मन्दिर का शिखर ही वह पहली ओट थी जो उसे रोकती, वह भी शायद सिर्फ़ कुएँ में फेंक देने के लिए।

कालेपन की छाया उस कुइयाँ और मन्दिर पर लगातार डोलती रहती... चाहे गर्मी की दोपहरियों की गहराई हुई छाँह में हो या सर्द रातों के कड़कते हुए अँधेरे में। गर्मी की दोपहरियों में पीपल के पत्तों की सरसराहट किसी और चीज़ की उपस्थिति का अहसास कराती और जाड़ों में तो ख़ैर काली चादर पहाड़ की जड़ से निकलकर लपलपाती हुई आगे फैलती और मन्दिर, कुइयाँ...क्या उस पूरे के पूरे मुहल्ले को तोप डालती। मन्दिर का वह इलाक़ा भुतैला समझा जाता था। किले के नीचे-नीचे, कुइयाँ के सामने से झंखाड़ थे। जंगल नहीं था, फिर भी तेंदुए के उस इलाक़े में उतरकर चरती हुई गाय या बकरियों को तोड़ने की ख़बरें उठती रहती थीं। एकाध बार बाहर से आए शिकारियों ने बकरे को बाँधा भी था...लेकिन तेंदुआ कुछ सूँघ गया था और जाल में नहीं फँसा था। शिकारियों ने दूसरी रात भी इन्तज़ार किया था और फिर वे निराश होकर चले गए थे।

खरी दोपहरी में और अँधेरा उतरते ही उस गली और उससे जो पगडंडी फूटकर बाएँ मुड़ते हुए मुहल्ले के दूसरे छोर पर जा मिलती थी—दोनों में ही चला-फिरी बन्द हो जाती थी।

इधर के पहाड़ के बीचोंबीच राख के रंग का एक बड़ा पत्थर था जो उस कालेपन में एक तरह से उछला हुआ दिखता था। शाम के धुँधलके में वह पत्थर ऐसे लगता जैसे कोई आदमी झाड़े फिरने बैठा हो—एक हाथ से एक कान को दबाए और उसी पर सर की लूम लिये हुए।

केशव, लछमन और कुछ अन्य साथी उस गली में तब गिल्ली-डंडा खेल रहे थे...कि तभी वह किले की तरफ़ से प्रगट हो गया। उसे देखते ही बाक़ी सब जाने कहाँ बिला गए, केशव को पता भी नहीं चला। तब वहाँ दो ही रह गए थे—केशव और उसे घूरता हुआ वह आदमी। गिल्ली केशव की थी और वह उसे उठाने के चक्कर में रह गया था, लेकिन गिल्ली की जगह सामने जब वह आदमी दिखा तो केशव डंडा ही लेकर भागा। घर में घुसकर किवाड़ बन्द किये और साँकर चढ़ा ली। अब वह थोड़ा-बहुत सुरक्षित था। किवाड़ों की साँस से उसने देखा।

आदमी चीप पर टाँग टिकाए हुए उसके घर की तरफ़ लगातार देख रहा था। उसके कपड़े फटे हुए थे—मैली कमीज़ की फटी हुई बाँह एक हाथ पर लटक रही थी...सामने भी एक धज्जी झूल रही थी, चितकबरे रंग की। काले रंग की सड़ी-सी जाकेट। पायजामा पिंडरियों तक सकोरा गया और नीचे की तरफ़ से छिना हुआ...एकदम चिकटा। उसके मुँह से लार का मोटा, फिर क्रमशः पतला और धीरे-धीरे टूटता हुआ तार नीचे चू रहा था...एक तार ख़त्म होता...उसके

बाद दूसरा...फिर तीसरा। दाढ़ी बढ़ी हुई थी। उसकी शक्ल पहाड़ के उस रखैले पत्थर से पता नहीं क्यों इतनी मिलती-जुलती थी कि केशव को बार-बार लग रहा था कि यही वह आदमी है जो शाम होते ही पहाड़ पर पत्थर बनकर चिपक जाता है। दिन-भर इस मुहल्ले पर भूत की तरह मँडराता रहता होगा... जैसे वह पहाड़ का कोई दूत है जो लुढ़कता हुआ नीचे आ जाता है और काम ख़त्म करके वापस अपनी जगह जाकर टँग जाता है...जिसके मार्फत पहाड़ अपना स्वामित्व आदमियों के झुंड पर अब भी बरकरार रखता है।

जिस ढंग से वह केशव के बन्द किवाड़ों की तरफ़ देख रहा था उससे ऐसा लगता था कि जल्दी ही वह आगे बढ़ेगा, किवाड़ों को फूँककर ग़ायब कर देगा और केशव को जेब में डालकर चल देगा...पहाड़ में जाकर उसी जगह जा चिपकेगा और फिर जब झाड़े की मुद्रा में बैठेगा तो केशव उसकी पीठ पर फेंटे से कसा हुआ होगा...

केशव डर से रुआँसा हो आया, माँ-बाप के लिए तबीयत भुनभुनाने लगी... बाप बाहर रहते हैं, यहाँ होते, तो पास होते लेकिन माँ को जब घूमने की लत है तो पिता ही क्यों केशव को अपने साथ नहीं रखते। माँ को इस वक़्त तक बाहर नहीं रहना चाहिए था और वह भी सारा घर उसके ज़िम्मे छोड़कर। गई थीं तो अँधेरा होने के पहले वापस भी लौट आना चाहिए था।

अँधेरा बड़ी-बड़ी बूँदों में नीचे झर रहा था। केशव को लगा कि वह आदमी अँधेरा गहराने के साथ-साथ और पास खिसकता आ रहा है और रात होते ही समूचे घर के साथ केशव को भी लील जाएगा।

फाटक से कबूतरों के फड़फड़ाने की आवाज़ आई। घर फाटक से एकदम सटा हुआ था। फाटक पुराना था और कभी किले के इस तरफ़ के हिस्से का दरवाज़ा रहा होगा। दीवारों का पलस्तर क़रीब-क़रीब झड़ चुका था, किवाड़ों में एक ही बचा था—भीमकाय किवाड़, जिसमें बड़े-बड़े कीले ठुके हुए थे। नीचे की तरफ़ के कीले ज़्यादातर चुराकर निकाले जा चुके थे, पर ऊपर के अब भी गँसे हुए ठहरे थे। कीलों पर जंग की पकड़ मज़बूत हो गई थी और उनका रंग भी अब फाटक के रंग की तरह मटमैला लाल हो गया था।

फाटक में ही अन्दर ऊपर मधुमक्खियों के एकाध छत्ते थे और किवाड़ के ऊपरी किनारे के आसपास दीवार की खोहों में कबूतरों के रहने की जगह थी।

इस बार पीछे के किवाड़ों के खड़कने की आवाज़ आई। पिछवाड़े खँडहरा था, एक तरह से। जो कुछ छाया-छतरी थी उसमें टूटे किवाड़ लगाकर गाय-भैंसों के बाँधने का इन्तज़ाम कर लिया गया था...दोहनी-सानी शाम को ही ख़त्म करके

सब लोग इधर आ जाते। रात-बिरात जब कोई गाय या भैंस भिंभयाती तब सुबहा होता था कि तेंदुआ घुस आया है पर उस वक़्त कोई जाकर नहीं देखता था। सबकुछ राम-आसरे छोड़ दिया जाता, सिर्फ़ सुबह उठकर तसल्ली की जाती। पिछवाड़े के किवाड़ों पर ज़्यादातर साँकर चढ़ी रहती थी जिस पर कुन्दे में थैंता डालकर कुछ पुख़्ताई ला दी जाती थी। जो दरवाज़ा अगवाड़े और पिछवाड़े को जोड़ता था वह हमेशा इधर से बन्द रखा जाता...और एक तरफ़ से दो बखरियाँ एक ही घर में हमेशा बनी रहती थीं।

भूत हो सकता था। भूत की बातें केशव छोटे से ही सुनता आया है।... पिछवाड़े भी शायद एक भूत रहता है। या वही सामने वाला आदमी अब पीछे से हल्की भड़भड़ाहट चला रहा था। कहते हैं कि भूत की चाल तेज़ होती है। भरी दोपहरी गली में धूल का एक मोटा-सा आदमी सामने खड़ा हो जाएगा और देखते ही देखते सीध में ऊपर उड़ जाएगा। भूत हवा के फेंटे से छोटे बच्चों को अपनी कमर में कसकर ले जा सकता है। तभी अकेले दोपहरी में छोटे बच्चों को निकलने को मना किया जाता है...खैर, केशव उसके लिए तो बड़ा हो गया पर दबोचा अब भी जा सकता है। बताते हैं कि रात का भूत बड़े मोटे रीछ की तरह होता है, आदमियों की तरह चलता है...उसके आँखें नहीं होतीं...एक बार जिसे पकड़ लिया, उसकी नसें और हड्डियाँ चरचराकर टूट जाती हैं...

केशव ने राम-राम किया...राम वाला भूत अभी नहीं हो सकता...वह अधरत्ता को ही निकलता है। वैसे केशव को चोर व तेंदुए से उतना डर नहीं लगता था जितना भूत से।

केशव का बस चलता तो कल ही इस घर को छोड़ देता। बाईं तरफ़ वह पुराना फाटक...मक्खियों, बर्रैयों और कबूतरों वाला, दाहिनी तरफ़ कुछ गिरे हुए मकान जिनमें कोई नहीं रहता था...उनके बाद थल्ले सुनार का मकान...जिसका भी पीछे का हिस्सा भसका पड़ा था...सिर्फ़ सामने की अटारी थोड़ी-बहुत सबूत थी। थल्ले मस्त कलंदर, धुर काला...पहाड़ की तरह और उसकी दूसरे ब्याह की बहू...नाटी और गठी-गठी-सी। रंग गेहुँआ एक हाथ में नाम गुदा...हमेशा घूँघट में रहती थी। मुँह कभी दिखता भी तो वहाँ सिर्फ़ नाक पर एक मोटी-मोटी सोने की कील भर दिखती। थल्ले उसे बहुत मारता था और अक्सर आधी रात को उस औरत की हाह-दैया गली में गूँजती थी। सामने सिर्फ़ एक कच्चा मकान था...फाटक वाले छोर से कुइयाँ की तरफ़ के झाड़-फूँस तक फैला हुआ... राजधर महाराज का। इसमें हर साल कोई-न-कोई मरता था। यह सिलसिला काफ़ी दिनों से चला आ रहा था, इसलिए उस मकान में रहने वाले अब कम

ही बचे थे। जो भी थे, मच्छरों की तरह उस लम्बे-चौड़े मकान में उतराते रहते। फाटक की तरफ़ का एक हिस्सा किराए पर उठा दिया गया था जिसमें छोटे, मँझले और बड़े—तीन पढ़ैया भाई रहते थे। मँझले केशव के साथ पढ़ता था... पर छुट्टियाँ थीं और वे सब गाँव गए हुए थे...

केशव के आगे राजधर के घर के सामने सजाई जाती ठठरी घूम गई...घैले में सुलगते कंडे के साथ निकलता हुआ 'राम नाम सत्त है'...स्कूल में भी वे यह सब करते थे कभी-कभी, पर तब सबकुछ हँसी-मज़ाक़ की बात होती...फूँस का मोटा मुर्दा बनाया जाता और कपड़ा उढ़ाकर बाँध दिया जाता... फिर बोलते 'राम नाम सत्त है, मुर्दा साला मस्त है...'

केशव को कँपकँपी छूट रही थी। बाहर वह आदमी अब भी ठहरा हुआ दिखता था, सिर्फ़ उसके अलग-अलग हिस्से अब अँधेरे में डूब गए थे...पर अपने कालेपन में साफ़-साफ़ अँधेरे के एक गहरे गुच्छे की तरह वह अब भी उछला हुआ था...उस चीप पर...गली के अँधेरे को गहरे कालेपन से बीच से काटता हुआ...

पीछे भूत...तेंदुआ...इस तरफ़ थल्ले राक्षस...सामने राजधर के मकान के ऊपरी हिस्से पर उठ-उठकर खड़ी होती ठठरियाँ—लिपटे हुए मुर्दे...एक के बाद एक...और एकदम सामने वह...रखैला पत्थर, जिसने अब अपना रंग भी बदल लिया था...केशव को लगा वे सब चारों तरफ़ से उसे जकड़ने के लिए बढ़ रहे हैं...बस चन्द मिनटों की बात बची थी।

माँ अब भी नहीं लौटी थीं।

केशव ने जब फिर सामने देखा तो अँधेरे के उस गुच्छे में सफ़ेद होंठ दिखाई दिए...एक होंठ से वह हँस रहा था, जैसे उसका मौक़ा बन आया था।

एक सफ़ेद धब्बा रेंगता हुआ नज़र आया...किवाड़ों की तरफ़...उसकी तरफ़। केशव पीछे हट गया...कुंडी खड़की धीरे से...फिर खड़की...इस बार थोड़ा तेज़... 'केशव'...

आवाज़ आई। वह पहचाना गया, मामा आए थे।

केशव ने दरवाज़ा खोला, पर मामा के अन्दर आते ही झट-से साँकर चढ़ा ली। मन किया कि मामा से चिपट जाए, लेकिन वे अभी उसके लिए उतने घनिष्ठ नहीं थे। उन्हें कुछ ही दिनों से जानना शुरू किया था उसने। वे सगे मामा नहीं थे दूसरी जाति के थे। उनका रंग फक्क गोरा था और वे कपड़े धोबी के धुले हुए लकालक सफ़ेद पहनते थे। छत पर चाँदनी रात में हारमोनियम पर उनकी उँगलियाँ गोलाई से उचकती-कूदती थीं और उम्दा स्वर

निकलता था। उनकी लिखाई भी उनकी ही तरह साफ़-सुथरी थी। केशव को वे अच्छे लगने लगे थे।

"क्या घर में कोई नहीं है..." उन्होंने अन्दर आते ही पूछा। केशव सिर्फ़ सिर हिला सका....

"माँ कहीं गई है?"

"पता नहीं...जीजी को भी ले गई हैं। दीया-जले तक आने को कह गई थीं। अभी तक नहीं आईं।"

"कोई बात नहीं...तुम अकेले डरते होगे...मैं रहता हूँ तुम्हारे पास...इधर बन्द कर दो, चलो, ऊपर बैठेंगे। लालटेन भी नहीं जलाई?...मालूम है कहाँ है?"

"हाँ।"

"चलो बताओ..."

सीढ़ियों के नीचे चौकोर ताख में लालटेन और दियासलाई दोनों रखी थीं। मामा ने उतारकर जलाई। पौर में रोशनी फैली और उसकी बाहरी गोट ने उधर किवाड़ों को भी छुआ। केशव का डर अब भी नहीं गया था...उसने किवाड़ों की तरफ़ देखा। साँकर चढ़ी हुई थी और किवाड़ों में कोई हरकत नहीं हो रही थी।

वे ऊपर आ गए। मकान का सिर्फ़ यही हिस्सा पक्का था—एक छोटी-सी अटारी और छत। छत की भी एक तरफ़ की दीवार कच्ची थी जहाँ-तहाँ से उसकी पपटियाँ उधरी पड़ी थीं। रात को उन-उन जगहों पर बड़े-बड़े चकत्ते उभरे दिखाई दे रहे थे। केशव ने एक दरी अन्दर से लाकर बाहर छत पर बिछा दी...लालटेन को अटारी के छत की तरफ़ निकले हुए छप्पर के नीचे रख दिया। फिर छत से नीचे झाँक आया।

वह आदमी ग़ायब हो चुका था। केशव ने पहाड़ की तरफ़ देखा। अँधेरे में मुश्किल से किले के बुर्ज का अहसास होता था। मुकुटों के बीच अँधेरा भर चुका था और वहाँ काले पहाड़ की सपाटता उभर रही थी।

रात आ चुकी थी। किले के नीचे अँधेरा ही अँधेरा फैला था, ऊबड़-खाबड़ ढलान की तरह...कहीं गहरा काला, कहीं सिर्फ़ भूरा...कहीं काली पाटी की तरह सपाट, कहीं छिछला, तरह-तरह की आकृतियाँ लेता हुआ...पसरा हुआ गैंडा, बिगड़ा हुआ हाथी, उछलता हुआ चीता और बड़े पंजों से खौखियाता हुआ रीछ...और भी न जाने क्या-क्या। ऊपर आसमान में अब भी उजाले की एक बहुत ही बारीक परत फैली थी।

"आओ बैठो," मामा ने आवाज़ दी।

वह जाकर दरी पर बैठ गया। मामा सीधे लेट गए थे, आसमान की तरफ़ देखते हुए।

"कहानी सुनोगे...?"

केशव ने 'हूँ' कर दिया। मामा लेटे थे, हारमोनियम बजाने का विचार उनका नहीं दिखता था...वर्ना केशव उस वक़्त वही चाहता...और पेटी झट-से उठा लाता—हारमोनियम की आवाज़ में उसका डर दब जाता, लेकिन वह मामा से ज़िद क्या, किसी भी तरह अपनी बात कहने की स्थिति में नहीं था। यही क्या कम था कि मामा उस समय थे और उसके पास बैठे थे, वर्ना माँ...उसके दाँत किटकिटाने लगे थे।

"एक थे राजा विक्रम"...मामा ने कहानी शुरू की—"एक योगी रोज़ उनके पास आता और एक फल देकर चला जाता। हर फल में एक लाल था। एक दिन राजा ने उससे कहा कि तुमने मुझे इतने लाल दिये, अब मेरे लिए क्या आज्ञा है, सो कहो। योगी बोला—महाराज! गोदावरी नदी के तीर, मैं महाश्मशान में मंत्र सिद्धि करूँगा। उसमें अष्टसिद्धि मुझे मिलेगी। तुम भादों बदी चौदस मंगलवार की साँझ हथियार बाँध अकेले मेरे पास आना। राजा श्मशान में पहुँच गया। योगी ने कहा—यहाँ से दक्षिण की ओर, दो कोस पर एक मरघट है। उसमें एक सिरस का वृक्ष है। जिसमें एक मुर्दा लटका हुआ है, उसे मेरे पास ले आओ। राजा वहाँ पहुँचा और मुर्दे को बाँध कंधे पर उठाकर ले चला। मुर्दे में एक वैताल था। उसने शर्त रखी कि रास्ते में यदि राजा बोलेगा तो वह उलटकर फिर टँग जाएगा। वैताल रास्ते में एक कहानी सुनाता, फिर राजा से एक प्रश्न पूछता...जवाब में राजा बोल देता तो मुर्दा फिर जहाँ का तहाँ आकर टँग जाता..."

तभी साँकर खनकी और माँ की आवाज़ नीचे से आई। मामा एकाएक उचककर बैठ गए और फुसफुसाने लगे।

"देखो, तुम मेरे बारे में मत बताना, मैं छिप जाता हूँ..."

केशव को खेल पर मज़ा आया...यों भी उस समय वह मामा के साथ और माँ के ख़िलाफ़ होता। वह लालटेन लेकर नीचे साँकर खोलने चला गया। माँ और जीजी दरवाज़ा खुलते ही अन्दर आ गईं। किसी ने उससे यह भी नहीं पूछा कि कैसे रहा। केशव भी अपने पिता की नक़ल में मुँह बनाए रहा और बिना कुछ बोले पौर में लालटेन रखकर ऊपर छत पर चला आया। मामा नदारद थे।

थोड़ी देर में अटारी के दरवाज़े से माँ, पीछे-पीछे मामा बाहर आए।

"अच्छी हैं!...कोई समय है घुमाई का...? लड़के को अकेले छोड़ दिया। वह तो मैं आ गया, वर्ना डर के मारे पता नहीं क्या हाल होता बेचारे का।"

माँ कुछ नहीं बोलीं—छत पर एक किनारे टिकी चारपाइयों में से एक नीचे डालने लगीं।

केशव को ऐसा लगा जैसे उसका ख़याल माँ से कहीं ज़्यादा मामा का है।

खेलने के लिए उस गली से बेहतर जगह ज़खीरा थी। एक धर्मशालानुमा इमारत—जिसे हर तरह के कामों के लिए इस्तेमाल कर लिया जाता। कभी वहाँ बारात ठहरी होती, कभी बाहर से ट्रेनिंग के लिए आए अध्यापकों के लिए वह होस्टल बना होता...कभी मेले के लिए आए स्काउट ठहर जाते...जब इमारत को ख़ाली रहना पड़ता तो वहाँ एक प्राइमरी स्कूल खुल जाता और चल देता। स्कूल अमूमन बारह बजे बन्द हो जाता था...और तब उन दिनों स्कूल के बाद इमारत के सामने वाला खुला हिस्सा खेलने के लिए सपाट पड़ा होता। वह एक फड़क मैदान था, सिर्फ़ बेल का एक पेड़ था, बीच में थोड़ा इधर की तरफ़... पर वहाँ वे खेलने को नहीं जाते थे, जब तक कि कई न होते। सालों-साल पुताई न होने के कारण वह इमारत भयंकर रूप से एक-सी हो गई थी...फैली हुई छत पर चुड़ैलों के नाच के क़िस्से केशव ने जाने कहाँ से सुन रखे थे।

कहते थे कि कई साल पहले रियासत के किसी दीवान ने अपने रहने के लिए वह कोठी बनवाई थी। उसके ज़माने में छत पर खूब रोशनी होती। बड़ी-बड़ी दरियाँ व कालीनें बिछतीं और घुँघरुओं की छमाछम रातोंरात चलती। दीवान का इकलौता लड़का किसी छबीली के प्रेम में फँस गया। कहाँ दीवान का ख़ून, कहाँ नाचने वाली का...? दीवान ने छबीली और उसकी एक-दो साथिनों को गोली से उड़वा दिया। दो-तीन दिन बाद लड़के ने भी अपने सीने में उसी बन्दूक से गोली दाग ली थी। दीवान को वह कोठी फली नहीं...और वे उसे लावारिस छोड़कर तालाब के किनारे वाली कोठी में चले गए थे। कुछेक सालों बाद जब उसे बेचने की सारी कोशिशें बेकार गईं तो दीवान ने उसे एक सोसाइटी को दान कर दिया...जो तरह-तरह से इमारत का इस्तेमाल करती थी।

दीवान का लड़का भूत बनकर छबीली के साथ अब भी रामलीला करता है छत पर, यह मान्यता वहाँ बड़े-बूढ़ों की भी थी। केशव और उसके साथी तो अगर खरी दोपहरी को बेल की छाँह में भी गोली खेलते होते तो उन्हें चुड़ैलों की छुनछुनाहट सुनाई पड़ती थी। रात को इमारत के बग़ल से जब कभी मजबूरन अकेले गुजरना पड़ता तो बड़ा डर लगता था। मैदान का आधा हिस्सा एकदम साफ़-सुथरा था जिसमें जब-कब स्कूली लड़कों के आपसी फुटबाल मैच वग़ैरह

हो जाते, हालाँकि वहाँ पूरी फील्ड नहीं बनती थी। आधा हिस्सा झँखाड़ था जिसमें एक तरफ़ बम्पोलिस के ढंग की टट्टी भी थी। चौहद्दी के लिए एक पक्की पट्टी थी जो एक तरफ़ से छोटी थी और ज़खीरा के मुख्य दरवाज़े तक आते-आते ऊँची होती गई थी। केशव और उसके साथी सिर्फ़ छोटे किनारे से ही पट्टी को लाँघ पाते थे...और पट्टी के ऊपर चलते-चलते ही इधर आ जाते। ज़खीरा का बाहरी दरवाज़ा सिर्फ़ एक था...काफ़ी चौड़ा-चौड़ा फाटक-जैसा... जो एक ढलान में सामने के छोटे तिकोने मैदान में उतरता था। किवाड़ नहीं थे, इसलिए ज़खीरा का मैदान हर वक़्त हर किसी के लिए खुला रहता था।

क़रीब साढ़े पाँच का समय था। धूप और गरम हवा में अब भी ज़ोर था। केशव, लछमन, सुरेश और चिन्तामणि पट्टी पर उस जगह बैठे थे जहाँ बेल की छाया पड़ रही थी। बड़े लड़के ईंटों का गोल बनाकर हाकी से गोल मारने का अभ्यास कर रहे थे। वहाँ हाकी कम ही लड़कों के पास थी। स्कूल में पी. टी. और ऐसे खेल, जिनमें किसी सामान की ज़रूरत नहीं पड़ती थी, उनमें तो सभी को हिस्सा लेने को मिल जाता। फुटबाल-जैसे खेलों में भी सभी जब-कब घुस लेते...लेकिन हाकी बाकायदे लड़कों के नाम बाँटी जाती थी और इसलिए इस खेल का सौभाग्य सबको नसीब नहीं था। केशव और उसके साथियों में देखा-देखी हाकी के खेल में दिलचस्पी पैदा हुई थी और अब तक उनमें से ज़्यादातर के पास हाकी के नाम पेड़ की एक मोटी-सी डाल थी जो हाकी की शक्ल में मुड़ती थी। लकड़ी को छील-छाल और काट-कूट कर हाकी की शक्ल दे दी जाती। छोटे सूखे कैथे के फल को गेंद की जगह इस्तेमाल किया जाता। हाकी वाले अब भी उन्हें साथ नहीं खिलाते थे। जब वे आते तो इन्हें मैदान से निकाल बाहर किया जाता...क्योंकि डंडियों की खूँतों से उनकी हाकियों पर इधर-उधर खरोंचें पड़ सकती थीं। स्कूली लड़कों के पास एक ख़ास क़िस्म का गेंद भी था जो बड़े कैथे की शक्ल का था—एक बार उधर के फूँस में गेंद चला गया तो केशव ने दौड़कर उसे निकालकर देखा और मसका भी था...याद नहीं चमड़े का था या कपड़े का। वह ज़्यादा देर अपने पास नहीं रख सका था... उधर से 'फेंक बे' की एक सख्त-सख्त आवाज़ आई थी। दोबारा फिर छूने का मौक़ा नहीं मिला था। जब उस गेंद के साथ एक-दो स्टिकें मैदान में उतरतीं तो केशव-जैसे लड़कों के लिए वह एक घटना होती थी। उनका कोई एक साथी नहीं भी हुआ तो उसे घर से बुला लिया जाता था।

स्टिक वाले लड़कों में एक शिवमंगल भी था, लम्बा छरहरा। स्कूल के लड़कों में उसकी धाक थी। वह स्कूल के सबसे ऊपरी दर्जे...दसवें का विद्यार्थी

था, पिछले छः वर्षों से फेल हो रहा था। अक्सर स्कूल के उसके साथी स्टिक के अभ्यास के लिए इधर आ जाते थे, ज़्यादातर शाम को, पर आज शाम के कुछ पहले ही आ गए थे वे। शिवमंगल को मिलाकर पाँच ही थे...इसलिए मैदान के एक हिस्से में ही खेल रहे थे...ईंटें रखकर गोल बना लिया गया था...एक दूसरे के पास फेंकता, दूसरा उसके पास, जो गोल के एकदम पास खड़ा था...और वह फिर गोल में लगाता था, जिसे गोल पर खड़ा लड़का रोकता था। अक्सर बॉल नहीं रुकता...उधर की लाल दीवार से टकराकर लौटता था।

"कहाँ गया साला...आज मैं उसका और अपना ख़ून एक कर दूँगा..."

पट्टी से केशव ने देखा, मास्टर कौशल हाथ में पत्थर लिये चले आ रहे थे। हमेशा की तरह वे खाकी हाफ पैंट में थे और उसी रंग की कमीज़-पैंट के अन्दर थी। वे स्कूल में पढ़ाने के अलावा ड्रिल की क्लास भी लेते थे और चुस्त रहना उनकी आदत बन गई थी। काफ़ी दिलखुश थे। केशव का ड्रिल का क्लास जब वे लेते तो थोड़ी-सी ही ड्रिल कराकर खूब खेल खिलाते...कभी खो-खो, कभी रूमाल-झपट्टा, कभी मुर्गा-लड़न्त और कभी घेरे में बिठाकर क़िस्सा भी सुनाते थे। उन्हें नाराज़ होने की ज़रूरत नहीं पड़ती थी। डाँट-डपट उनकी बुलन्द आवाज़ से ही हो जाती थी। केशव ने उन्हें नाराज़ कभी नहीं देखा था।

लेकिन तब वे एकदम लाल थे, साक्षात हनुमान की मूर्ति—कहाँ गया साला, बड़ा तीसमारखाँ बनता है...आज मैं उसको और ख़ुद को मिट्टी में मिलाकर छोड़ूँगा।"

शिवमंगल ने पलटकर जखीरे से ही देखा। स्टिक हवा में फाटक की तरफ़ घुमाई और फरफराता हुआ उधर की ओर लपका। पीछे-पीछे उसके साथी भी गए। केशव और उसके साथी पट्टी से ही भद्द-भद्द कूदे और पीछे दौड़ गए। शिवमंगल सीधे उतरकर तिकोने मैदान में मास्टर कौशल के मुँह पर खड़ा हो गया। मास्टर ढेला चलाने की मुद्रा में थे, पर उन्होंने अब तक नहीं चलाया था।

"क्या बात है बे घनचक्कर...यह स्कूल नहीं है।" शिवमंगल गुर्राया।

"जानता हूँ, तुझ-जैसी कमीनी औलाद को स्कूल भी स्कूल नहीं है, मास्टर मास्टर नहीं है।"

"मास्टर, ज़ुबान को लगाम रख..." शिवमंगल ने स्टिक उठाई।

"क्या मारेगा साले...मार, देखता हूँ तुझको...मैं आज सारी गुंडई निकाल दूँगा...घर की खेती समझ रखी है...तू समझता क्या है अपने आपको...जो चाहे सो कर सकता है...? लड़कों को उकसा सकता है...रास्ते चलते मास्टरों को गाली दे सकता है...कुछ भी कर सकता है तू...?"

तब तक कुछ रास्ते चलते लोग इकट्ठे हो गए, बीच-बचाव करने लगे—"मास्टर साहब, लड़के हैं, उम्र है...समय से सब सीख जाएँगे...जाओ बेटा, जाओ।"

"मैं इसकी उम्र की गर्मी निकाल दूँगा..."

"जा बे खूसट..." शिवमंगल भुनभुनाया।

शिवमंगल कम पर सख्त बोलता था। जो लोग थे वे ज़्यादातर मास्टर को ही शान्त कर रहे थे। केशव को यह ख़राब लग रहा था कि कोई भी शिवमंगल को कुछ भी नहीं कह रहा है।

"देखिए, आप सबके सामने गाली बकता है...हट जाइए...आज ख़ून-ख़राबा होना है तो हो जाए।"

एक हल्की-फुल्की भीड़ जमा हो गई थी। उसे चीरता हुआ कल्लू आया—"क्या बात है मास्टर?" करता हुआ। कल्लू का शरीर एकदम चिकना और काला था। केशव जब भी उसे देखता उसे बंटा की याद आ जाती...लाख की बनाई गई बड़ी गोली को लगातार तेल पिला-पिलाकर काला कर लेते थे—इतना काला कि कोई और रंग दिखाई ही नहीं पड़े, तब वह बंटा बनता था। कल्लू चौबों के मन्दिर में रोज़ सुबह-शाम डंड पेलता और शरीर को बोतलों तेल पिलाता था। शाम को विजया और उसके बाद मलाई-रबड़ी छानता था। उसकी पोशाक एक ही रहती थी ज़्यादातर—घुटनों तक की सफ़ेद लुंगी, जो थोड़ा आगे की तरफ़ से कुछ ज़्यादा ही ऊपर उठी होती थी, बाँहों वाली बनियान, जिसमें से उसका कसा हुआ सीना साफ़ झलकता था, गले में पड़ा काला डोरा, हाथ में एक डंडा जो तेल से उसी की तरह चिकना और काला कर लिया गया था। वह डंडा, रूल और लाठी के बीच की चीज़ था। शिवमंगल कल्लू के सामने सींकिया दिखता था।

"क्या बात है मास्टर?" इस बार कल्लू सीधा मास्टर के सामने खड़ा था।

"बात क्या है, कमीने पैदा हो गए हैं, बस मुहल्ले में। सोचते हैं, बस जवानी उन्हीं को तो आई है, वे जो चाहें सो कर लें..."

"हो क्या गया?"

"होना क्या...अभी-अभी इतने सब लोगों के सामने गाली बकता है, खुलेआम...आज मैं इसे मिटा दूँगा या ख़ुद मिट जाऊँगा।"

"अरे, आप क्यों मिटें...अभी आपकी उम्र क्या है...कोई साला आपको गाली नहीं दे सकता—किस की मजाल है जो मास्टर कौशल की तरफ़ आँख उठाए। आइए चलें..."

मास्टर कौशल विजय की चहक लिये कल्लू के साथ बाहर निकलने लगे। उनके हाथ का ढेला, पता नहीं कब और कहाँ गुम हो चुका था। हाथ में सिर्फ़ उसकी मिट्टी अब भी चिपकी हुई थी। रुक-रुककर वे शिवमंगल की तरफ़ देखते जाते...देखते और बड़बड़ाते जाते—"समझता है दूसरे के ज़िस्म में ख़ून ही नहीं बच गया...वर्ना ख़ून पी जाता आज...अब फिर कभी कोई हरकत की तो ज़िन्दा गाड़ दूँगा...समझता है जेलर का बच्चा है तो कुछ भी कर सकता है—यह नहीं जानता मैं भी मास्टर कौशल हूँ...तेरे बाप को भी 'एक-दो, एक-दो' कराकर निकाल चुका हूँ, कान पकड़कर उट्ठा-बैठी कराई है..."

यहाँ आकर वातावरण का तनाव कुछ ढीला पड़ गया। कल्लू हँसा और साथ में जितने और खड़े थे, सब हँसने लगे। शिवमंगल के साथियों के चेहरों पर भी दबी हँसी उभरी, पर शिवमंगल खिसियाया खड़ा रहा। उसके होंठों पर गालियों की चटपटाहट थी, पर आवाज़ दबी हुई...'बच गया साला—नहीं तो आज भुरकुस कर देता...हल्ला मचाकर भीड़ इकट्ठा कर लेता है...देखूँगा बच्चू—कब तक अर्दब रहेगा...' मास्टर के ओट होने पर वह भुरभुरा रहा था।

मोड़ पर कल्लू के साथ मास्टर कौशल अपना हाफ पैंट कसते हुए छोटी-सी पथरीली ढलान उतर रहे थे। ढलान होने की वजह से वहाँ बरसात का पानी तेज़ी से नीचे उतरता था—इसीलिए मिट्टी सारी बह गई थी और नीचे से अच्छी-ख़ासी चीपें निकल आई थीं, उन दाँतों की तरह जिनके मसूड़े घिस गए हों। बरसात में केशव और उसके साथी वहाँ बहते पानी पर घिसटा करते...और तब तक घिसटते जब तक पैंट पौदों से चिर नहीं जाता।

लोग-बाग अपने-अपने रास्ते चले गए थे। औरतें अपने जँगलों से हट गई थीं, पर लछमन, केशव और चिन्तामणि अब भी उधर ही चिपके हुए थे। सुरेश मास्टर कौशल और कल्लू के पीछे-पीछे चला गया था।

शिवमंगल ने ज़ोर से खँखार कर एक तरफ़ थूका कि ये सब दिख गए। थूककर वह गुर्राया, "चलो बे, लकड़धोंधों, साले हर जगह मक्खियों जैसे भिनभिनाते रहते हैं।"

केशव सहमकर पीछे हट गया, उसके और साथी भी! शिवमंगल बहुत खिसियाया हुआ था...क्या पता इन्हीं में से किसी को एक झापड़ रसीद कर देता। सब एक किनारे हो लिये। शिवमंगल भी ज़्यादा वहाँ नहीं रुका, फिर ज़खीरा के अन्दर की ओर चल दिया! पीछे-पीछे उसके साथी भी स्टिक कंधे पर रखे चल दिए।

केशव को फिर अन्दर जाने की हिम्मत नहीं हुई। मन भी खेल देखने का नहीं था।

"चलो, उधर चलें यार।"

"कहाँ?" लछमन ने पूछा!

"कल्लू के अखाड़े..."

"क्या करेंगे..."

"देखेंगे...कुश्ती...हमें भी कसरत शुरू करना चाहिए।"

"इस समय वहाँ छन रही होगी...कसरत का वक़्त ख़त्म हो गया।"

"सुरेश वहीं गया है, वह छानने लगा है।"

"तो फिर चलो, जादव जी के मन्दिर चलें...वहीं खेलेंगे।" चिन्तामणि ने कहा।

"देर हो जाएगी..."

"अरे, अभी घर जाएगा तो आरती के लिए आना ही है, कितनी देर है आरती को...आरती हो जाए तो भोग लेकर चले जाना।"

जादव जी का मन्दिर मुहल्ले के बीचोंबीच था; उनके मकान से सटा हुआ। जादव जी उस मुहल्ले के इधर के हिस्से के प्रतिष्ठित व्यक्ति थे। उनका मकान गली के उस छोर तक फैला था...इधर ज़खीरा की पट्टी के बग़ल की गली पार कर एक गोल चबूतरे पर छोटा-सा अशोक का पेड़ था। वहीं से उनके घर की चौहद्दी शुरू हो जाती...उधर आख़िर में मन्दिर था गली के दूसरे छोर पर। घर के पिछवाड़े बेरी की बड़ी बग़िया और एक कुइयाँ थी।

मन्दिर में नारायण पूजा करता था। रामलीला के समय वह राम बनता था। शाम को मन्दिर में मुहल्ले के ज़्यादातर छोकरे जमा हो जाते थे...कोई शंख लेता था, कोई घड़ियाल, कोई घंटी, कोई घंटा। एक किनारे नगाड़े भी रखे हुए थे जिन पर एक लड़का धम्म-धम्म मारता था। कभी-कभार के लिए वह एक उम्दा खेल था, केशव और उसके साथियों के लिए। आरती के बाद थोड़ा-थोड़ा प्रसाद मिलता था—कभी अनार दाने, कभी शक्कर...कभी गुड़। गरी-मिठाई के एकाध टुकड़े भी जब-कब मिल जाते थे। मन्दिर आना इन लड़कों की क़रीब-क़रीब रोज़ की दिनचर्या में शामिल हो गया था।

मन्दिर की परकम्पा में लड़कियाँ पहले से ही खेल रही थीं...बिट्टी, सुक्खो, मुना...और कुछ और। ज़्यादातर जादव जी के घर की ही थीं...इतनी ज़्यादा थीं उस घर में कि कम ही की अलग-अलग पहचान होती थी। ख़ासतौर से छोटी-छोटी तो सभी एक-सी दिखती थीं। जो बड़ी होकर धोती पहनने लगीं, सिर्फ़ उन्हीं की शक्लें थोड़ा अलग-अलग दिखती थीं। नामों का पता भी सिर्फ़ उन्हीं का था। ये तीन भी शामिल हो गए...लुकालुकव्वल में। मन्दिर से जादव

जी की घर की तरफ़ एक कच्ची पौर थी—उसके बाद एक और लम्बी सार, जो सामने से बग़िया में खुलती थी। परकम्पा के ऊपर छत की सीढ़ियाँ भी खुली हुई थीं। काफ़ी मैदान बन जाता था खेलने के लिए। मुना चोर बनी। लछमन और केशव ऊपर सीढ़ियों में लुक गए। मुना ने रेडी सुनते ही सीढ़ियाँ पकड़ीं, क्योंकि छत पर भगदड़ की आवाज़ वह सुन चुकी थी, छत के ऊपर लुकने की जगह सिर्फ़ गुम्बद के पीछे थी। बिना आहट दिए मुना गई और लछमन को, जो तब सन्नाटा खींचे ज़मीन कुरेद रहा था—पकड़ लिया। केशव ने ऊपर का ख़तरा समझा और इस बार पौर में चारे के पीछे जाकर छिपा...जब हल्ला हुआ कि सुक्को पकड़ी गई, वह बाहर निकाला। कमीज़ के अन्दर चारे के टुकड़े घुस गए थे और लम्पे (चारे का काँटा) जहाँ-तहाँ काट रहे थे। अगली बार इसलिए वह सार में गया। वहाँ एक ही दरवाज़ा था। सार एकदम लम्बी थी, गोबर की गन्ध से लबालब भरी हुई। दरवाज़े के आसपास तो थोड़ा-बहुत उजाला था, पर बाद में दोनों तरफ़ अँधेरा होता चला गया था। टटोलता हुआ केशव एक बैलगाड़ी के चक्के पर पहुँचा और उसके नीचे घुस गया। पैर एक मुलायम-सी चीज़ से टकराये और एक हल्की-सी 'सी' नीचे से उठी। 'बैठ जाओ'...बिट्टी थी। रेडी बोली जा चुकी थी। उसने बैठकर बिट्टी का हाथ अपने हाथों में लिया, जहाँ उसके पैर से कुचल गया था वहाँ सहलाने लगा। हाथ बहुत मुलायम लगा जैसे पत्ते को छूने में लगता है। उँगलियाँ भी पतली-पतली...और इतनी गोरी थी कि उस अँधेरे में भी वह उन्हें साफ़-साफ़ देख सकता था।

फिर कोई पकड़ा गया। सुक्को यहाँ तक नहीं आई थी। पहले ही पौर से उसे कोई मुर्गा मिल गया। हल्ला होते ही वे बाहर निकले। पहले केशव, फिर बिट्टी। दोनों दरवाज़े की ओर चले। दरवाज़े के बाहर आकर और पौर की तरफ़ जाते हुए केशव ने ग़ौर से देखा—बिट्टी नाटी और गोरी थी। धोती में थोड़ा बड़ी लगती थी। मुँह पर बड़े ही बारीक चेचक के दाग थे। अच्छी थी। वह पहले चुपचाप चली, फिर पौर का दरवाज़ा लगते ही दौड़कर लाँघ गई और मन्दिर जा पहुँची।

"कौन चोर हुआ...?" केशव ने पीछे से पहुँचकर पूछा।

"कोई नहीं...पूजा हो रही है, दौड़-प-दौड़ बन्द..."

"ए जी, चलो अपुन बखरी में खेलेंगे..." मुना बोली।

नारायण इस बीच आ चुका था, मन्दिर का पट खुल गया था। उसने आरती का सामान सामने खड़े लड़कों को थमाना शुरू कर दिया। आज ये तीन ही थे, इसलिए पकड़े गए...खेल कब ख़त्म हुआ, लड़कियाँ कब उधर चली गईं किसी को कुछ पता नहीं चला।

आरती ख़त्म हुई, भोग बँटा...तब तक खूब अँधेरा छा गया था। उस क़स्बे में बिजली थी पर सिर्फ़ बड़ी-बड़ी डामर सड़कों के लिए या बाज़ार में, या फिर उस इलाक़े में जिसे 'शहर' कहते थे। इन छुटपुट मुहल्लों और इनकी बेहिसाब गलियों में वे चौकोर लालटेनें भी नहीं थीं जिन्हें नसैनी वाला आदमी शाम को आकर जलाता और सुबह आकर बुझाता। ये लालटेनें सिर्फ़ उन ख़ास चौराहों के लिए थीं जहाँ बिजली होनी चाहिए थी और नहीं थी। केशव मन्दिर से बाहर निकल रहा था कि चिन्तामणि ने हाथ पकड़कर इधर खींच लिया।

"देख-देख..." वह मन्दिर के बरामदे वाले खम्भे से चिपका हुआ फुसफुसा रहा था। केशव भी पास दुबक गया। लछमन का अता-पता नहीं था, शायद खिसक चुका था।

साड़ी में एक औरत-सी लड़की पौर की तरफ़ से आई और तब मन्दिर के आँगन की सीढ़ियाँ चढ़ रही थी, धीरे-धीरे। मँझोला क़द और चमकता हुआ साँवला रंग—छवि थी। सुन्दर वह पहले से ही थी, लेकिन इतनी बड़ी हो गई यह केशव ने अभी ग़ौर किया...मामुलिया के मौक़े पर बेरी की आड़ी-तिरछी डगाल पर फूल खोंसती लड़कियों के गाते हुए झुंड में छवि की आवाज़ अलग उछलती थी—'लइयों लइयों रतनगढ़ फूल बनइयों नोनी मामुलिया'। नौरता के लिए पत्थरों का रंग-बिरंगा चूरन महीनों पहले से पीसने में वह व्यस्त रहती और त्योहार के दिन जादव ज़ी के चबूतरे इस छोर से उस छोर तक एक से एक डिजाइनदार चौकों से पुरे होते...उन चौकों से छवि की मुस्कान जैसे झरती रहती। अजीब था यह त्योहार। पत्थर, जो वहाँ आदमी से भी बड़ी हस्ती के दिखते थे, उन्हें पीसती थीं औरतें—अबलाएँ! पीसकर रंग देती थीं, और फिर उस रंग को चबूतरों पर बिखेर देती थीं...वे ही जो पत्थरों के बीच क़ैद थीं। मामुलिया और नौरता के त्योहारों पर छवि न केवल जादव जी के घर बल्कि पूरे मुहल्ले में छाई होती। उस इलाक़े में इन दो त्योहारों की कल्पना छवि के बिना अधूरी थी—मामुलिया में बेरी के काँटों में फूल खोंसती हुई, उसकी लम्बी-लम्बी गेहुँवी लालिमा को छलकाती हुईं उँगलियाँ, नौरता के चौक पूरते वक़्त पैर के टिंघुरे पर रखी उसकी बाँह जिसकी गोलाई तब थोड़ा चौड़ी होकर और भी खूबसूरत दिखती थी।

छवि ने भगवान को माथा टेककर प्रणाम किया, जल लिया और परकम्मा के लिए मुड़ गई। थोड़ी देर में परकम्मा की दूसरी तरफ़ से निकली...फिर भगवान को माथा टेका और प्रसाद लेने के लिए मन्दिर की देहरी की ओर बढ़ गई, हाथ की अंजुली बनाए हुए। नारायण ने प्रसाद दिया—ख़ूब ज़्यादा—शायद जितना बचा था सब दे दिया। प्रसाद लेकर छवि मुड़ी और वापस पौर की तरफ़ से घर को

चली गई। केशव के शरीर में एक लहर सनसनाती हुई बराबर चल रही थी। वह छवि को इस तरह ग़ौर से देख नहीं बल्कि साथ-साथ चल रहा था, एक तरह से।

उस रात सोते समय उसकी आँखों के सामने जो चेहरे बार-बार घूमते थे वे नारायण और छवि के थे...जोड़ी क्या बुरी है, एकदम राम-सीता की है। रामलीला में नारायण राम बनता ही है। जो सीता बनता है वह लड़का नाटा तो क्या होता है, पर वह बात नहीं आती जो औरत से आ सकती है। छवि को बनाने में क्या नुकसान है, जँचेगी। छवि का गेहुँआ रंग कैसा चमकता है—वैसे ही जैसे कल्लू का काला रंग, लेकिन गेहुँआ रंग अच्छा है। आग के पास बैठ जब रोटी पकाती होगी, चूल्हा फूँककर इधर मुँह करती होगी, तब और भी सुर्ख हो जाता होगा उसका चेहरा। बिट्टी है...यों छवि से ज़्यादा गोरी भी, लेकिन वह बात नहीं आती। नाटे-से उस क़द में वह कभी औरत भी नहीं लग पाएगी, हमेशा लड़की ही रहेगी।

छवि का मँझोला कद...तपे हुए ताँबे का-सा रंग—दूर तक खखुआती हुई आँखें...नपी-तुली चाल, जैसे भरे शरीर को छलकने से बचाती हुई चल रही हो... चेहरे पर बिछी हुई एक तर संजीदगी...जिस किसी बहाने और रूप में बार-बार केशव के सामने झूल रहे थे। छवि के बारे में सोचते रहना उसे अच्छा लग रहा था।

केशव के साथ खेलने वालों में छः ख़ास थे। लछमन, सुरेश-महेश (दोनों भाई), इंछू, चिन्तामणि और सोहन। इंछू और चिन्तामणि तो जादव जी के मन्दिर की तरफ़ रहते थे, पर लछमन, सुरेश, महेश और सोहन ज़खीरा के आस-पास थे, इसलिए ये चारों तो ज़रूर ही साथ खेलते थे। वह साथ खेलना उतना नहीं जितना एक साथ डोलना था।

वहाँ लड़कों का दूध जहाँ छूटा कि वे बाहर नंग-धड़ंग घूमने के लिए छोड़ दिए जाते थे—कहीं घूच्चूपारा खेलने को, कहीं कुओं के इर्द-गिर्द इकट्ठे गिलाए को निकाल-निकालकर उसके खिलौने बनाने के लिए। सवेरे ज़खीरा के सामने वाले मैदान में जब मवेशियों की नार चरने के लिए निकलती तो उनके पीछे आदमी की ये औलादें भी चलती दिखती थीं वहाँ तक, जहाँ तक वे मवेशियों को बस्ती के बाहर नहीं पहुँचा आते थे। कोई तसलों और टुकनियों में गोबर इकट्ठे करते थे, कुछ अपने गाय-बछेरुओं को दूसरे वालों से लड़ाते और जीतते-हारते चलते...और नहीं तो गोबर के गोले बनाकर एक-दूसरे को मारते-पीटते ही। जल्दी ही उन्हें बैल-गायों, भैंसा-भैंस, बकरा-बकरियों में भी दिलचस्पी लेनी आ

जाती थी और फिर वे उनके कार्यकलापों में उलझे हुए चले जाते थे। शाम के वक़्त उनके खेल भी यहीं होते थे।

यह फालतू उम्र थी...यों कि माँ-बाप या किसी के लिए भी वे फालतू थे। माँ को चक्की-चूल्हे से फुर्सत नहीं थी...तो बाप ज़मीन-जायदाद की लड़ाइयों में उलझा रहता या आगे के उलझने के लिए तैयारियाँ करता था। जो समय बचता वह घर-गृहस्थी के इन्तज़ाम में चला जाता था। लड़कों के छ: वर्ष या आस-पास के होने पर ही माँ-बाप को सन्तानों की याद आती थी...तो किसी शाम वे उनका पाटी-पूजन करा देते थे और दूसरे दिन से लड़का पाटी-बोरका लिए हुए ज़खीरा के स्कूल चला जाता था। यहाँ लड़ते-झगड़ते वह आना-पाई के हिसाब और चिट्ठी बाँचने तक का ज्ञान-लाभ ज़रूर कर लेता था। इसके लिए अगर बाप को भी कुछ मेहनत करनी पड़ती तो वह बर्दाश्त कर लेता था, या फिर किसी पंडित के यहाँ प्राइवेट ट्यूशन जैसी चीज़ से सीखने के लिए भेज देता था—पर नार के पीछे चलना जारी रहता था।

उसके बाद फिर लड़का अपने-आप पर और उस मुहल्ले की छाती पर था... स्कूल जाए तो जाए...पढ़े जब तक पास होता जाए...फेल हो जाए तो घर का काम-काज सीखे। ज़्यादा को स्कूल में लड़कों को रखने की ज़िद नहीं थी। इस मामले में जो ज़िद्दी थे वे लड़के के क्लास चढ़ाने का इन्तज़ाम भी कर लेते थे।

इसी बीच लड़के पर कहीं-न-कहीं किसी-न-किसी दिन जवानी आकर देवी की तरह चढ़ जाती और उसे 'भाव' आ जाते...देवी उससे क्या करा ले यह देवी की माया, लेकिन डंड पेलना, ठस्सेबाजी, रुतबा...यह सब शुरू हो जाता और चलता रहता। फ़र्क़ यही था कि किसी का ठस्सा सिर्फ़ दो-चार घरों में ही, किसी का गली के मोड़ तक...किसी का मुहल्ले के इस तरफ़, किसी का उस तरफ़ ही तक रह जाता। आर-पार रुतबे के लिए टक्कर जबर्दस्त होती, गुट बनते...वे जूझते और जुझाए भी जाते, क्योंकि इस रुतबे की प्यास कुछ घरों और जातियों को भी थी। रुतबे की इस रस्सी से ही वे आगे शहर और उसके आगे भी जहाँ-कहीं भी जुड़े हुए थे...यह नहीं था तो जोड़ने-जुड़ने वाली वे रस्सियाँ नहीं थीं, और फिर उनमें और जूते सी-सीकर ज़िन्दगी गुज़ार देनेवाले लघ्घु चमार में क्या फ़र्क़ था।

देवी तब उतरती थी जब कोई और तैयार हो चुका होता था, जिस पर वह जाकर फ़ौरन चढ़ सकती।

लौंडापंती, मतलब फालतू डोलते रहने के लिए मैदान काफ़ी लम्बा-चौड़ा था—ज़खीरा, चौबे जी का अखाड़ा और मन्दिर, जादव जी का मन्दिर, बग़िया...

वहाँ बेरी की जाल की तरह फैली डगालें, पतंगें लूटने फिरने के लिए छोटी पहाड़ी के झाड़-झँखाड़...बड़े पहाड़ों के बीच सीढ़ियों से रास्ते...

धूप में मिचमिचाहट आ गई थी और लू के थपेड़े शुरू हो गए थे। इन दिनों सवेरे-सवेरे ही कुएँ से पानी भर लिया जाता था। जो ढीमर रख सकते थे उनकी घिनौचियाँ ढीमर भर देते...ठंडे-ठंडे। कलेवा में सूखे बेरों को कूट-कूट कर जो चुरकुन बनाकर रख लिया जाता वही चलता था...या फिर सत्तू। जल्दी रसोई चढ़ जाती और दोपहर चढ़ते ही लोग-बाग खिड़की-दरवाज़े बन्द कर अटारी के नीचे पड़ रहते...घैलों के इर्द-गिर्द गोबर से पुती ज़मीन पर एक चटाई डालकर और अँगोछे की तकिया लगाकर। लौंडे-लपाड़ों को अलबत्ता नींद नहीं आती थी, वे लौंडापंती करते रहते...उनकी दोपहर कटती जादव जी के अशोक के पेड़ के नीचे गोली खेलकर या चोरी से जादव जी की बेरियों की बग़िया में घुसकर सिलोर माईडंडा खेलते हुए...लड़कों की भद्द-भद्द पर अक्सर बड़े जादव जाग जाते और उघारे बदन डंडा लेकर दौड़ते। लड़के इधर-उधर की कच्ची फूटी दीवारों को लाँद-फाँद कर रफू-दफू हो जाते। इधर के अशोक के पेड़ का जादव जी को ख़ास ख़याल था क्योंकि वह अभी बच्चा था। उसे रोपे कुछ ही बरस हुए थे...और लड़के थे कि चढ़-चढ़ कर उसकी नाजुक डगालों को चरमरा डालते...इसलिए उधर तो आहट के बग़ैर भी वे ललकारते रहते... दोपहर के झोंकों के बीच जब-तब एक किवाड़ खोलकर।

दोपहर चढ़ चुकी थी। लछमन के घर पहुँचकर केशव ने उसे आवाज़ लगाई, धीरे-से।

"कौन है?" लछमन की माँ थीं।

इसके माने दद्दा नहीं थे, वर्ना पौर में वहीं पड़े रहते हैं और पहला सामना उन्हीं से होता है।

'केशव है" लछमन अन्दर से जवाब देता।

"कहाँ जाते हो...दोपहरिया में?" वे ऊँघते हुए कहते।

"कहीं नहीं, यहीं बाहर चिया खेलेंगे।"

"और कहीं नहीं जाना।"

"अच्छा।"

और अच्छा लड़का लछमन बाहर निकल जाता। सोहन को चिया खेलना नहीं आता था, पर वह खेलने में शामिल हो जाता, हमेशा हारता। हारने के बाद एक हल्की-सी 'हैं-हैं,' या तो फिर उठ जाता या अगर किसी ने तरस खाकर कुछ चिये उधार दे दिये तो उन्हें हारने तक और बैठा रहता। बस बैठता ही

था...खेलने से ऊपर वह कहीं और रहता था। शायद ऊँघता रहता था। उसका घर ज़खीरा के एकदम बग़ल में था, खुली हुई छप्पर वाली परछतिया थी। घर में वह अकेला ही रहता था इसलिए उसे उठाने का भी कोई जोखिम नहीं था। कभी उसने किसी चीज़ के लिए मना नहीं किया। उसकी परछतिया केशव और साथियों के लिए हमेशा सुलभ रहती। लड़ना-भिड़ना भी उसे नहीं आता था... किसी का कुछ भी सह सकता था। केशव को वह इसलिए और भी अच्छा लगता था कि उसे जब चाहे बुलाकर एक से दो तत्काल हुआ जा सकता था।

आज लछमन के घर से दद्दा की आवाज़ें नहीं उठीं और सोहन को बाहर बुलाने के बाद केशव ने जब लछमन को आवाज़ लगाई तो लछमन एकदम उचकता हुआ निकल आया, चियों की पोटली लिये हुए। उसका और सोहन का घर अगल-बग़ल था।

"चिया खेलोगे? हैं...?" निकलते ही लछमन ने कहा।

"हैं कैसे नहीं..." केशव के नेकर की दोनों जेबों में आजकल चिये बराबर रहते थे। उसने बाहर निकाले।

एक मोटे चिये को पानी से घिसकर तैयार रखा जाता था जिसे पारी पाड़ने के लिए इस्तेमाल किया जाता था। जिसका चिया छिली तरफ़ से पड़ गया वह जीतता था और जितने सादे चिये दाँव पर लगे होते सभी समेट लेता था। थोड़ी देर में इंछू और महेश भी अपने चियों को लेकर आ गए और पाँच की पारी पड़ने लगी। महेश चियों में खूब जीतता था। उसके पास तरह-तरह के घिसे हुए पारू थे...कुछ ऐसे जो हमेशा चित्त ही पड़ते थे। ज़रूरत पड़ने पर वह मारपीट भी कर लेता था। यह वह तब करता जब कभी-कभार हारता होता। आख़िरी बाज़ी इसी को लेकर लड़ जाता कि उसने कितने लगाए थे। उसकी शक्ल भी कुछ बिगड़ी हुई थी और देखने में वह थोड़ा-बहुत भयानक था। इसका वह पूरा फ़ायदा उठाता था। उसका बड़ा भाई सुरेश उससे भी ज़्यादा ख़तरनाक था। उम्र में इन सबसे काफ़ी बड़ा था इसलिए केशव और उसके उम्र के लड़कों पर बड़ा रोब चलाता था। लड़के जो देखने में ठीक-ठाक थे उन्हें फँसाने में वह अपनी शान समझता था। केशव से हमेशा उसका सवाल एक ही होता था—"क्यों बे कब फँसेगा, चल कुइयाँ वाले मन्दिर में...क़सम से, कोई नहीं देखेगा।" केशव कुछ न बोलता तो गाली बकता था और पीटने की धमकी देता था। "अच्छा बेटा, अभी समय देता हूँ...सोच ले। अगली बार न माना तो तेरी ख़ैर नहीं।" सुरेश को खेलों में दिलचस्पी नहीं थी, लड़ाई-झगड़े में ज़्यादा थी। उसके खेल भी लथेड़ने के ही होते थे। अगल-बग़ल जहाँ कहीं झगड़े होते दिखाई या सुनाई दे जाएँ, सुरेश भागता हुआ वहीं पहुँच जाता

था और तमाशबीनों में एकदम आगे दंत कर खड़ा होता था। महेश के दिमाग़ में अभी खुरापात नहीं थी, लेकिन मारपीट में वह भी अपने भाई की तरफ़ जा रहा था।

"देख-देख...गया साला," बीच खेल में एकाएक महेश ने कुरेदा। खर दोपहरी शन्नो मौसी की कोठरी में लाखोटिया खुलक रहा था। कोठरी ज़खीरा के बाहरी दरवाज़े के दाईं तरफ़ पड़ती थी। कोई आवाज़ नहीं हुई थी—किवाड़ सिर्फ़ उड़के हुए थे। लाखोटिया अन्दर जा चुका था।

"क्या घर में कोई नहीं है...?"

"इस बेवकूफ को देखो,"—महेश हँसा—"अन्दर कोई न होता तो क्यों मरता, पागल है? अन्दर शन्नो मौसी बैठी होगी इन्तज़ार में...तभी देखा नहीं कि रामकिशोर को बाहर टहला दिया है। रामकिशोर शन्नो मौसी से बाहर घूमने के पैसे वसूल करता है...देखना, थोड़ी देर में अन्दर से साँकर चढ़ा ली जाएगी..."

केशव कुछ देर उधर देखता रहा फिर उसने आँखें फेर लीं। उसकी तबीयत घिना आई थी। महेश अब भी फटी आँखों से उधर ही देख रहा था। उसकी लार चुचवा आई थी।

शन्नो मौसी अधेड़ विधवा थीं। उनकी एकमात्र सन्तान रामकिशोर था। वे स्वयं अस्पताल में काम करती थीं...कुछ छुटपुट पट्टीबाज़ी कर लेतीं और औरतों के बच्चा पैदा कराने के लिए कहीं-कहीं बुला ली जातीं। देखने में मामूली...एकदम लम्बी लठिया-जैसी। लाखोटिया बल्कि उनसे ठिंगना पड़ता था। लाखोटिया की कुछ आगे चलकर एक दुकान थी—टॉफी, मूँगफली से लगाकर नून-मिर्च-मसाला तक रखता था।

थोड़ी देर में वाकई किवाड़ भड़के। लगा कोई बाहर निकलेगा, लेकिन वे अन्दर से बन्द हो रहे थे।

"चालू हो गया..." महेश ने अनमने होकर नज़रें वापस चियों पर कीं।

लछमन की थैली काफ़ी वजनी थी और जब महेश का पारने का दाँव होता लछमन कम लगाता था। महेश जीत रहा था पर धीरे-धीरे। केशव के चिये कम बचे थे इसलिए वह भी आठ-दस करके ही लगा रहा था।

तभी एक आदमी 'अरे भागो रे लड़को...साँप' चिल्लाता हुआ उस मोड़ से गुजरा। वह घबराया हुआ था।

लड़कों ने देखा लछमन के घर के दरवाज़े पर दो मोटे-मोटे साँप एक दूसरे से चिपटे हुए छप्पर से लटक रहे थे। किवाड़ अन्दर से बन्द थे...तभी कर लिये गए थे जब लछमन बहर निकला था।

"अरे दद्दा," ...लछमन चिये भूलकर रोने लगा।

दद्दा नहीं थे। अन्दर घर में लछमन की बहिनें मालती, मुना और उसकी माँ थीं। हल्ला सुनकर वे अन्दर से रोने लगीं। सब दद्दा की पुकार कर रही थीं जैसे वे होते तो कुछ करते। बाहर अगल-बग़ल के घरों से कुछ लोग निकलकर लछमन के घर के बाहर जमा हो रहे थे। थोड़ी देर में बड़े जादव जी भी अंगोछा कसे आ गए। शोर-गुल काफ़ी बढ़ गया था, साँप फिर भी लिपटे हुए थे और अब और भी नीचे लटकते चले आ रहे थे।

"अन्दर कौन-कौन है..." जादव जी ने पूछा।

"बच्चे और उनकी माँ।"

"कोई आदमी नहीं है?"

"क्यों भाई, कोई है अन्दर—दद्दा हैं?"

"नहीं हैं।" लछमन रोते हुए बोला।

"किसी को अन्दर जाना चाहिए..."

"सामने की यह कोठरिया तो है...पर साँपों के एकदम पास है। हाँ, वह टट्टीवाला दरवाज़ा अच्छा है..." कोई बोला।

"उसी से चले जाओ अन्दर..."

जादव जी सामने देखते हुए बोले तो सलाह देने वाला पीछे खिसक गया।

"अरे छक्किया को बुलाओ न कोई...वह झाड़-फूँक भी जानता है।" किसी ने कहा।

"कीरा की जाति, अभी यहाँ है...दूसरे क्षण सरक कर टट्टी वाले खपरैल में हो सकता है।" एक ने भीड़ में से सुझाया।

"जादव जी भी तो वैद्य हैं...कोई औषधि जेब में रखकर क्यों नहीं अन्दर चले जाते।"

पीछे से फुसफुसाहट आई थी। कोई लौंड़ा होगा। जादव जी ने सुनी-अनसुनी कर दी। इनके बाप तो अभी तक मानते हैं पर ये कल के लौंडे। वे विचारने लगे...कैसे लछमन की माँ को बाहर निकाला जाए...

"अरे लाठी से कोई इधर चबूतरे पर कल्थवा लो और एक भाले की नोक से थूथर दो। साँप न हुआ कोई हौआ हो गया...उन्होंने कहा।

"यह न कराओ महाराज, कहीं कोई चूक हो गई तो चोट खाया साँप तो बदला ज़रूर लेता है, छोड़ता नहीं है। आज नहीं कल...लेगा ज़रूर।"

"तो कुछ तो करो, बच्चे अन्दर अलग घबरा रहे हैं..."

"टट्टी का अन्दर का रास्ता किधर से है?"—एक अजनबी ने आगे बढ़कर जादव जी से पूछा।

"सीधा आँगन में खुलता है..."

अजनबी भड़पक्र आम की तरह कठैठ था। उम्र में अधेड़ रहा होगा—कनपटी से बाल सफ़ेद हो रहे थे। लाठी लेकर टट्टी की किवाड़ियों पर पहुँचा। किवाड़ियाँ अन्दर से बन्द थीं। पहले उसने हाथ डालकर साँकर खोलने की कोशिश की, पर उसका हाथ मोटा पड़ता था। इस पर उसने एक किवड़िया को नीचे से उठाकर घुआ से अलग कर दिया और फिर साँकर खोलकर पूरे किवाड़ को बाहर निकालकर एक तरफ़ रख दिया। साँपों पर एक नज़र मार वह अन्दर घुस गया। सब ऐसे देख रहे थे जैसे कृष्ण जमुना में कूदे हों। सबकी आँखें साँपों को छोड़कर टट्टी के दरवाज़े पर लग गई थीं, जल्दी ही उससे पहले मुना निकली, फिर मालती...फिर घूँघट निकाले मालती की माँ और बाद में वह अजनबी...

साँप अब भी लिपटे हुए थे। उन्हें देखकर मुना चिल्लाई—'अरे मोई मताई' और अपनी हथेली को हिलाने लगी जैसे झनझना गई हो, बिच्छू के काटने से। वह साँपों से बहुत घबराती थी—केशव जानता था। एक बार अपने-अपने डर एक-दूसरे से बता रहे थे—केशव को भूत से ज़्यादा डर लगता है, मुना को साँपों से और बिट्टी को तेंदुआ से।

साँपों ने वैसे ही गुड़ी-मुड़ी मारे ऊपर खिसकना शुरू किया। लोगों का अन्दाज़ था कि वे नीचे गिरेंगे...और गिरकर ही अलग-थलग होंगे। फिर देखना पड़ेगा किधर जाते हैं...साँपों के ऊपर चढ़ते ही फिर बोलाचाली शुरू हो गई।

"मैंने कहा था न...ये साँप लड़ नहीं रहे हैं—उनमें एक मादा है...तभी ऊपर खिसक रहे हैं..."

"थोड़ा अन्दर धुआँ करा दीजिए तो साँप घर के इधर-उधर हो जाएँगे।"

"धुआँ कराकर साँप हमारे घर घुसेड़ेंगे...?" बग़ल में रहने वाला गिन्ठा आदमी बोला।

"अरे भाई ढोलक ले आओ एक-दो।" जादव जी ने कहा—"जोर से थोड़ी देर पीट दो, नीचे भाग जाएँगे...क्या ज़रूरत धुआँ-उआँ की..."

"ठीक है...हाँ, यह ठीक रहेगा।..."

जादव जी की यह सलाह सभी को पसन्द आ गई क्योंकि इसमें किसी भी तरह का जोखिम नहीं था। तुरन्त तीन-चार ढोलकें लिये उत्साही लोग आ गए। इधर-उधर से छटैयाँ बटोर ली गईं और चबूतरे पर चढ़कर लोग तड़-तड़ बजाने लगे। खूब शोर होने लगा।

"ए भैया ढोलक न फाड़कर रख देना...ये नगाड़े नहीं हैं।" एक ने चिल्लाकर कहा। शायद एक ढोलक उसके घर से आई थी।

साँप अन्दर छप्पर में घुसकर कहीं बिला गए थे...पर ढोलकें अब भी पिट रही थीं। जादव जी के हिसाब से ख़तरा टल गया था। इसलिए वे थोड़ा-बहुत इन्तज़ाम कराकर चले गए। भीड़ के लोगों के लिए भी साँप असल चीज़ थे, उनके बिलाते ही तमाशा ख़त्म था। वे भी फूटने लगे। तभी कन्धे पर तलैया के हरे-हरे पानी का घड़ा धरे लछमन के दद्दा आ गए...तमाशा देखकर बड़े हैरान हुए। लेकिन शोर में उनकी बात कोई सुन नहीं पा रहा था। आख़िर चबूतरे पर वे चढ़ गए और ढोलक पीटने वालों पर ही चिल्लाए...

"यह क्या हो रहा है?"

"साँप थे, बड़े मोटे...दो...भगा रहे हैं..." एक ढोलक वाला रुका और बोला...और फिर चालू हो गया।

"बन्द करो..." दद्दा भरपूर चिल्लाए। छोटे नगाड़े बन्द हो गए।

"साँप भगवान का रूप है...वे मर्ज़ी से जहाँ चाहेंगे जाएँगे...तुम्हारी हेंकारी से क्या वे डर जाएँगे...ईश्वर की इच्छा के बिना किसी का बाल बाँका भी नहीं होता..."

सब हक्के-बक्के रह गए, जैसे एकदम नई बात सुन रहे हों। वाकई इतनी मोटी बात उन्हें पहले क्यों नहीं सूझी। बेकार की दौड़-प-दौड़...चुपचाप तमाशा देखना था। ईश्वर की इच्छा है...तभी देखिए अपने आप बिला गए। कोई बता तो दे, कहाँ गए। अच्छे-अच्छे झरैयों-फुकइयों को भी पता नहीं होगा जहाँ वे सबके देखते-देखते ही बिला गए।

लोग-बाग छँटने लगे। लछमन के दद्दा ने हाथ डालकर साँकर खोली और घड़ा उसी तरह कन्धे पर रखे दरवाज़े से ही अन्दर चले गए। लोग यों देख रहे थे जैसे आग लगे घर में कोई घुस रहा हो।

"असली भगवान का भक्त है...इनको डर किस चीज़ का...? हर कुछ भगवान का रूप है..." एक ने कहा।

"आल्हा भी तो बाँचते हैं।"—दूसरा बोला।

दद्दा को अन्दर गया देखकर मुना और ज़ोरों से रोने लगी, महतारी घूँघट के अन्दर से सुबकने लगी। मालती ज़रूर शान्त खड़ी थी। केशव ने देखा, वह बड़ी हो गई थी, छवि की तरह। काली थी फिर भी सुन्दर लगती थी। उसकी चोटी पौंदों तक गिरती थी...घनी-घनी, काली-काली।

तभी दद्दा घड़ा अन्दर रखकर बाहर आ गए, मुना को पुचकारने लगे- "बेटा क्यों डरती हो...अन्दर कोई नहीं है...साँप कभी नहीं काटते, जब तक

उन्हें कोई छेड़े नहीं...वे ही तो हैं जिनको गोबर के घर में बिठाकर नाग-पंचमी के दिन तुम पूजती हो...उन्हें दूध पिलाया जाता है...जब डर लगे राम का नाम लो...चलो चलें...।"

"चल अन्दर...स्वाँग रचाती है..." घूँघट वाली को भी उन्होंने हल्कारी लगाई और वे सब अन्दर जाने लगे।

"लछमन कहाँ है...लछमन...? चलो अब... खेल-कूद बन्द।" लछमन भी अपने परिवार के साथ हो लिया। वे सब अन्दर चले गए।

केशव ने देखा, शन्नो मौसी की नींद उतने हल्ले-गुल्ले में भी नहीं टूटी थी। दरवाज़ा अब भी सख्ती से बन्द था।

जखीरा में शिवराम और कल्लन के तीतरों की भिड़न्त हो रही थी।

शिवराम और कल्लन दोनों ही चोटी के तीतरबाज़ थे। जब वे जवान थे तो पतंगें लड़ाते थे—बाकायदे बाज़ी बदकर। कल्लन किले के सामने वाली पहाड़ी की चोटी से पतंग चढ़ाता था और शिवराम किले वाले पहाड़ के उतार से। पेंच लड़ते और ढील खाती पतंगें खँदिया पार पहुँच जाती थीं...जब कोई कटे तो शहर के तालाबों में जाकर गिरे...यह रुतबा होता था। अब उन दोनों के साथ कई क़िस्म और उम्र के तीतर थे और वे ख़ुद भी ज़्यादातर दोनों ही हाथों में तीतर के पिंजरे लिये दिखते थे। ऐसा लगता था जैसे उन्हें बस एक ही शौक और एक ही ध्यान था—तीतरों को चराना, खिलाना-पिलाना और फिर लड़ाना। अक्सर उनमें से कोई भी कभी ज़खीरा में, कभी पहाड़-तरे की कुइयाँ के आस-पास अपने तीतर को चराता दिखता। बीच-बीच में तीतर को बुलाकर 'बुईं...बुईं'...करता और फिर तीतर जो किलकारी भरता कि मुहल्ला भर गूँज जाता और चराने वाले की मूँछे फड़क जातीं। किड़ी...कौं...कौं...किड़ी...कौं... कौं...करता हुआ तीतर जैसे दुश्मन की पल्टन की तरफ़ चुनौती फेंकता होता... अपनी तैयारी का ऐलान करता होता।

फिर एक दिन पट्ठों की भिड़न्त होती...ऐलानिया। भिड़न्तें ज़्यादातर ज़खीरा के मैदान में होतीं। आधा मुहल्ला इकट्ठा हो जाता—सारे लौंडे-लपाड़े, गर्मी खाते नौजवान और राह गुज़रते बुजुर्गवार...सब एक बड़े घेरे में बैठ जाते... घेरे के अधवारे पर एक तरफ़ कल्लन बैठता, दूसरी तरफ़ शिवराम। पिंजरों से तीतर 'बुईं-बुईं' की आवाज़ के साथ छूटते और जा भिड़ते। उछल-उछल कर एक-दूसरे पर चोट करते...अलग होते, फिर चोट करते।

कल्लन पेशे से नाई था, लेकिन वह काम उसने अपने बच्चों को सिखा कर छुट्टी कर ली थी...सिर्फ़ चुनी हुई जगहें ही वह हजामत के लिए जाता था—चौपाल के चौबों के यहाँ, जादव जी के यहाँ और कभी-कभी शिवमंगल के पिता जेलर की हजामत करता दिख जाता—वे जगहें जहाँ हजामत की कम, चापलूसी की ज़्यादा ज़रूरत होती थी। असली काम उसके दो ही रह गए थे—तीतर तैयार करना और लड़ाना और अपने लड़कों को कुश्ती सिखाना। उसके तीन लड़के थे—बड़ा छुटईं, मँझला कामता, छोटा प्रीतू। इनमें सिर्फ़ छुटईं शरीर में ठीक-ठाक था। शिवराम के पेशे का किसी को पता नहीं था। यह भी विवाद की ही बात थी कि वह कुछ करता भी था। उसकी असली जाति का भी कम ही को पता था पर अपनी हेकड़ियों से वह हमेशा ख़ुद को ऊँची जाति और खानदान का दिखाता होता।

तीतर जमकर लड़े। दोनों तरफ़ से लोगों का घेरा उन्हें और गाँस-गाँस कर लड़ा रहा था। आख़िर कल्लन का तीतर भाग निकला और उड़कर उसने आदमियों की एक तरफ़ की बाँध को लाँघ लिया। शिवराम की बाँछें खिल गईं और वह अपनी पतली-पतली मूँछों को मरोड़ने लगा। उसके काले चेहरे पर वही चमक थी जो केशव ने कल्लू के चेहरे पर देखी थी...पर शिवराम का चेहरा तीतर की तरह नुकीला था जबकि कल्लू का उसके नाम की तरह गोलमटोल। कल्लन का चेहरा उतर गया था और उसकी झबरी मूँछें नीचे को झुक आई थीं—या उसने हाथ फेरकर कर ली थीं। शिवराम अपने तीतर को हथेली पर उठाए प्यार कर रहा था, कल्लन को दिखा-दिखा कर। कल्लन अपने तीतर को गरिया रहा था...आज रात तक शायद उसे कतर भी डाले। झल्लू पंडित के पास रुपये जमा थे। उसने बीस रुपये—दस शिवराम के, दस कल्लन के—निकाले, दो रुपये अपनी फीस काटी और बाक़ी रुपये शिवराम को दे दिए। शिवराम ऐंठ के साथ, कल्लन को और जलाते हुए रुपये अपनी कमीज़ की ऊपरी जेब में खुलकाए। कल्लन बैठा हुआ लुंगी के नीचे पिंडरियों पर हाथ फेरता रहा।

"अरे, पंछी की जात है साली...उस पर क्या ऐंठता है! वह तो भीड़ की वजह से बिचक गया...यहीं मारेगा...इसी जगह।"

"इसे तो देख लिया और कोई हो तो ले आ।"

"कुछ दिन रुक जा...आज मन न भरा हो तो आदमियों की हो जाय। उमर में तुझसे बड़ा हूँ—तेरे सामने बूढ़ा पर अब भी कुश्ती लड़ने का दम रखता हूँ...आ जा, लग जाए कुछ..." कल्लन ताल ठोकता बोला।

"शिवराम लड़ता नहीं है, लड़ाता है।"

"चल वही सही, उतार कोई पट्ठा अपना..." 'छुटईं'...कल्लन ने आवाज़ दी—"बेटा, लँगोट कस ले। असल मर्द की औलाद हो तो आ जा..."

"दुधारू गाय की एकाध लातें तो सहनी होगी...सोहन, चल उतर जा मैदान में।"

"कितने की लग गई?"

"पाँच रुपये।"

"बस...! अरे और हिम्मत कर...तीतर के दस रुपये तो आदमी के बीस तो कर।"

"शिवराम सिर्फ़ एक बार बोलता है...चल बेटा चल..." उसने तीतर को सहलाते हुए कहा—"तेरी दावत का इंतज़ाम करना है।"

"अच्छा चल, पाँच ही सही...जमा कर पंडित के पास।"

शिवराम ने पाँच पंडित को दे दिए। "ले पंडित, पकौड़ी खाने को दे देना कल्लन को...अपने तीतर को भी खिला देगा और इसको कह दे कि अगली भिड़न्त में तीतर को भी कुश्ती के दाँव सिखा लाए..."

कल्लन उठकर उस तरफ़ चला जहाँ घास घनी थी। बम्पोलिस के ठीक बग़ल में पट्टी से सटे-सटे कुश्ती के लिए अखाड़ा भी तैयार मिल गया था। वह झुककर वहाँ के पत्थर-कंकड़ बीनकर बाहर फेंकने लगा।

"अरे, पैसा तो जमा कर पहले..." शिवराम ने पीछे से आवाज़ दी।

"क्या भाग जाऊँगा?"

"नगदा-नगदी...शिवराम ने कभी उधार नहीं खेला।"

"कामता, जा पेटी में शीशे की पिछली दफ्ती के नीचे खुँसा होगा...एक पाँच का पत्ता, ले तो आ..."

थोड़ी ही देर में छुटईं और सोहन लँगोट लगाए चारे पर ही ताल ठोंककर पिल पड़े। तीतरबाजों का झुंड अब चौकोर बनाए कुश्ती देख रहा था। छुटईं हल्का-फुल्का और फुर्तीला था...सोहन वज़न में ज़्यादा बैठता था। बड़ी जल्दी ही छुटईं ने सोहन को पटक दिया और ऊपर चढ़ गया। सोहन गिरा ज़रूर मगर पट्ट गिरा और ज़मीन पर पड़ रहा। छुटईं ने इधर-उधर से बहुत ज़ोर मारा पर ज़मीन पर सोहन जैसे चिपक गया था, उसे किसी तरफ़ कलथा न सका।

शिवराम ने थोड़ा-सा बाहर खड़े होकर आराम से बीड़ी सुलगाई और कश लेते हुए भीड़ के बाहर खिसक लिया। उसे लड़ाई में एकदम दिलचस्पी नहीं थी...पाँच रुपये दान समझकर उसने दे दिए थे और अब चलता बना। कल्लन

दंता हुआ था। कभी इधर से, कभी उधर से छुटईं को हिदायतें दे रहा था! घास में हाथ की एड़ ले-लेकर छुटईं सोहन को कलथा रहा था...उसकी दाहिनी कोहनी छिल गई और उसमें से हल्का-हल्का ख़ून भी रिसने लगा।

"अबे उल्लू के पट्ठे"—कल्लन ने एक थप्पड़ छुटईं की चैथी पर लगाया—"साले, धोबी-पछाड़ लगाता तो यह काम करना पड़ता...अब बघ्घा-फाँस चला।"

कल्लन को जीतना ज़रूरी था वर्ना उसका मुँह लटका रहता। छुटईं ने थप्पड़ खाने के बाद एक हाथ सोहन के हाथ के अन्दर से निकालकर गटई पर जमाया, दूसरा हाथ उसकी टाँगों के बीच फँसाया...काफी मुश्किल-मुश्किल से सोहन फँसने में आया। आख़िर छुटईं ने उसे चित्त कर लिया।

सोहन चारे की नोकों को झाड़ता हुआ उठ खड़ा हुआ...उसकी साँस भी न फूली थी और छुटईं की कोहनी से ख़ून की धार चल रही थी और वह बेहद हाँफ रहा था।

बाहर निकलकर सोहन अपना अगोछा कसने लगा। उसके भारी शरीर पर ज़रूर कुछ असर नहीं हुआ था, लेकिन केशव जानता था कि छुटईं से वह काफ़ी छोटा था। कल्लन ने यह नहीं सोचा तो कम-से-कम शिवराम को तो सोचना चाहिए था। शिवराम सोहन का बाप था, ऐसा न तो शिवराम को ही देखकर लगता था और न सोहन को ही देखकर। हमेशा की तरह सोहन की आँखें मिच-मिचा रही थीं जैसे काफ़ी दिनों से सोया न हो...केशव को पहले से ही यह ख़राब लगता था कि सोहन अकेला घर पर रहे, उस लम्बे-चौड़े घर में अकेला रहना क्या होता है केशव जानता था...जबकि उसे तो सिर्फ़ थोड़ी देर के लिए छोड़ा जाता था...सोहन को तो हमेशा ही...एक तरह से लगातार ही रहना था। सोहन की माँ मर चुकी थी और उसका काम घर की ताक रखना और शिवराम के लिए खाना तैयार करना था। शिवराम को जब तीतर से फुर्सत होती तब वह तेल-फुलेल लगा कहीं निकल जाता था। लछमन ने अपने माँ-बाप को बात करते सुना था कि शिवराम कहीं और शादी करने वाला है...

सोहन का क्या होगा तब...? केशव सोचता पर सोहन की काया से ऐसा लगता था जैसे उसे इसका सोच ही नहीं है। उसे किसी बात का सोच नहीं था—एकदम बैल की तरह सब काम करता चला जाता होगा, जो कुछ भी शिवराम कहता या कोई कहता। लगातार उस घर के अँधेरे में भूत की तरह रहता था... और इसलिए उसे कुछ भी नहीं अखरता था, ऐसा लगता था। कुछ यह भी कहते थे कि शिवराम उसे अफीम देकर रखता है।

केशव सोहन के साथ-साथ कुछ दूर तक चला। उसे सोहन से बड़ी हमदर्दी हो रही थी पर सोहन सिर्फ़ होंठों के एक तरफ़ से हँसता रहा, मुँह के एक कोने में चारे का तिनका दबाए हुए। जिनकी माँ मर जाती है उन लड़कों का यह हाल होता है। हर बाप क्या यही दुर्गति करता है! रोटी बनवाएगा, अफीम खिलाएगा और पाँच रुपये के लिए भी कुश्ती लड़ा देगा।

मास्टर कौशल और शिवमंगल की झड़प का हल्ला बस्ती-भर में फैल गया। वहाँ कोई चीज़ छिपती नहीं थी। जिनको बहुत ख़राब लगा, उनमें एक कैलाश भी था।

बचपन से ही कैलाश का उठना-बैठना मास्टर कौशल के यहाँ होता रहता था, यूँ कि उसका घर मास्टर कौशल के घर के ठीक सामने था। जिस ख़ानदान का वह था, वह बहुत अमीर न सही लेकिन बस्ती में एक प्रतिष्ठा रखता था—वह ख़ानदान जो न किसी के लेने, न किसी के देने में था। कैलाश के पिता वकील थे और उन्होंने अपने दफ़्तर के लिए बस्ती के बड़े बाज़ार में दो कमरे अलग से ले रखे थे। अदालत से सीधे वहाँ और फिर देर रात को लौटना। कचहरी और दफ़्तर के अलावा सिर्फ़ एक जगह, जहाँ वे देखे जाते थे वह थी चौबों की चौपाल। बड़े चौबे के मरने के बाद जब चौपाल पर चौपड़ होना ख़त्म हो गई तब वहाँ भी उनका जाना एक तरह से बन्द हो गया था। कैलाश उनकी एकमात्र सन्तान थी। जब वह पैदा हुआ तभी माँ मर गई थी...कैलाश की परवरिश उसके रिश्ते की एक बुआ ने की जो अब भी उनके यहाँ रहती थी। देवता आदमी थे कैलाश के पिता। घर से अलग रहने की बात उनका स्वभाव बन गया था। यहाँ तक कि कैलाश में उनकी दिलचस्पी वह नहीं थी जो आमतौर पर इकलौते लड़के में होती है। वकालत का काम भी उनके लिए पैसा कमाने का हथकंडा इतना नहीं था जितना ग़लत फँसे हुए लोगों को मदद करने का बहाना। वे उन वकीलों में से थे जिन्हें अगर यह पता चल जाता कि ख़ून उनके मुवक्किल ने किया है तो कभी उसका मुकदमा हाथ में न लेते। अपने पेशे के प्रति मानवीय-दृष्टिकोण ने जैसे उनकी दुनिया को बहुत बड़ा बना दिया था, इतना बड़ा कि फिर उसमें उनका परिवार भी खो गया था। पर यह बड़ी दुनिया भी दूसरी तरह से सीमित ही थी—कैलाश के पिता यह मान कर चलते थे कि उनका क्षेत्र अदालत का है और वे न्याय दिलाने के लिए अदालती कोशिश करेंगे, उसके आगे कुछ नहीं। समाज में क्या हो रहा है, किस पर ज़ुल्म ढाए जा रहे हैं इससे उन्हें पीड़ा भले ही होती हो लेकिन कभी वे कमज़ोरों के पक्ष में उस तरीके से मैदान में नहीं

उतरे। उनका कहना था कि हर आदमी का एक क्षेत्र होता है, वे सबकुछ नहीं कर सकते और इसीलिए वकालत ही उनका सबकुछ था।

जहाँ तक कैलाश की अपनी याददाश्त जाती थी, ऐसा कोई मौक़ा याद नहीं आता था जब उसके और मास्टर कौशल के परिवारों में खटपट हुई हो। कैलाश के परिवार की तरफ़ से तो सवाल ही नहीं था, मास्टर कौशल झगड़ालू थे यह कोई नहीं कह सकता था। स्कूल और घर के अलावा कैलाश अखाड़े जाता था, नियमित रूप से...चौबे के मन्दिर का अखाड़ा उसके घर के एकदम पास था।

सुबह की धूप आसमान में उतराने लगी थी, हालाँकि उसे अखाड़े पहुँचने में अब भी काफ़ी समय लगना था। अखाड़ा चौबे मन्दिर के पिछवाड़े था। मन्दिर का मुँह पूरब को था। इसलिए सवेरे की धूप मन्दिर ओड़ लेता था।

केशव और लछमन डंड-बैठकें करने लगे थे। कैलाश मुग्दर भाँज रहा था। वह पसीने से नहा चुका था। कल्लू अखाड़े में कसरतियों के साथ ज़ोर कर रहा था। कल्लू अखाड़े का गुरु था...और चार-पाँच को थका-थका निकाल देता था। दाँव भी उसे एक-से-एक आते थे।

लछमन और केशव को उसने एक साथ ही अखाड़े की मिट्टी खिलाई—एक को एक टाँग से, दूसरे को दूसरी से—और चलता किया।

कैलाश दालान में बैठा पसीना सुखा रहा था। सबके बाद उसकी बारी आई।

कल्लू कैलाश से पहले खिलवाड़ करता रहा लेकिन कैलाश के पैर अखाड़े में जमे हुए थे। कल्लू के तगड़े हाथों के रद्दों या टँगड़ियों का उस पर कुछ असर न होता था। एक ढीली टाँग कल्लू ने ज़ोर से कैलाश की टाँगों पर जमाई। कोई और होता तो भरभराता नीचे आ जाता पर कैलाश फिर भी खड़ा रहा। उसकी गर्दन भी झुकाई न झुकती थी। फिर कैलाश ने अपना दाँव मारा, फुर्ती से कल्लू की टाँगों के नीचे घुसकर उसे कन्धे पर उठा लिया...और चक्कर चलाकर कल्लू को नीचे फेंक दिया।

कल्लू के मुँह पर माटी लग गई। उसका चेहरा हल्का लाल हो आया था।

"वा बेटा, धोखे में अच्छी धरपकड़ की...अब आओ..." उठकर वह फिर ताल ठोंकने लगा।

केशव, लछमन के अलावा वहाँ चार-पाँच और थे। सब कसरत वग़ैरह छोड़कर अखाड़े के इर्द-गिर्द खड़े हो गए। अब वह जोर-आज़माइश नहीं रह गई थी, बाकायदे कुश्ती हो रही थी—दो बराबर के पहलवानों की।

कल्लू को कोई दाँव लगाने का मौक़ा नहीं मिला। जो मिला भी उसमें वह ख़ुद फँस गया और अब वह नीचे था, कैलाश उसे ऊपर से दाबे हुए। कल्लू अपनी सारी कोशिशों के बावजूद ऊपर नहीं आ पा रहा था। कैलाश ने हाथ की कैंची से उसकी गर्दन बुरी तरह से फाँस ली थी।

उस अखाड़े में कल्लू की यह हालत पहले कभी नहीं देखी गई थी, इसलिए जितने मौजूद थे सबके लिए वह एक घटना थी।

ज़ोर लगाते-लगाते कल्लू की साँस धौंकनी-सी चलने लगी। कैलाश के हाथ ने उसकी गर्दन को नहीं छोड़ा, अपनी टाँग को कल्लू की टाँगों के बीच में धाँसकर कल्लू को अपनी तरफ़ कलथाया और एक तरह से अपनी गोद में चित्त कर दिया।

कुश्ती ख़त्म करके वह हट गया। कल्लू का मुँह भकभका आया था...दम होता तो शायद वह एक पकड़ और भिड़ता लेकिन...पस्त-सा, फटी आँखों से सामने देख रहा था...ये कल का लौंडा...उसका पट्ठा!

कैलाश ने मिट्टी झाड़ी। कपड़े समेटकर कन्धे पर डाले और मन्दिर के बाहर आ गया। पीछे केशव और लछमन भी लग लिये...कैलाश उनका 'हीरो' था। उसके लिए जाने कितनी श्रद्धा उमड़ रही थी उनमें...वे भी कभी कैलाश ही बनना चाहते थे।

घर आकर कैलाश ने बाल्टी उठाई...और बग़ल के कुएँ पर नहाने की तैयारी करने लगा। केशव और लछमन भी वहीं नहाने के लिए रुक गए। मन्दिर में कोई कुआँ नहीं था, कैलाश के घर वाला कुआँ सबसे पास पड़ता था। कसरतिया या तो घर जाकर नहाते या फिर यहीं नहाते थे।

जखीरा वाले हिस्से की तरफ़ से शिवमंगल आ रहा था...राइनपुरा की तरफ़ के रास्ते पर। कैलाश की पीठ उधर थी।

चलते-चलते शिवमंगल मास्टर कौशल के घर के सामने रुका। ऊपर अटारी की खिड़की पर मास्टर की लड़की शैलजा खड़ी बाल काढ़ रही थी।

"क्या उखाड़ लिया मेरा, बाप से शिकायत करके..." शिवमंगल ने नीचे से ही फबती कसी।

कैलाश ने आवाज़ें सुनीं तो मुँह इस तरफ़ किया। अंडरवियर लगाए ही वह लगभग दौड़ता हुआ आया, सामने से आकर शिवमंगल को घेर लिया।

"क्यों बे, तू किस नशे में झूमता फिरता है जेलर की औलाद! कान खोलकर सुन ले, फिर कभी इधर की लड़कियों को छेड़ा तो यहीं की धूल तेरी नाक में भरकर निकाल लूँगा, समझे..."

शिवमंगल को ग़ुस्सा आया था लेकिन कैलाश के शरीर को देखकर चुप लगा गया। वक़्त की नज़ाकत को वह पहचानता था। तो यह सब है जिसके बल पर मास्टर कौशल उस पर पत्थर चलाने आए थे। एक दिन इनसे निपटेगा...एक किनारे से आगे को निकल गया और पीछे की तरफ़ कुछ कमज़ोर-सी हेकड़ियाँ उसके मुँह से निकल पायीं... 'बच्चू ने अभी स्टिक की आवाज़ नहीं सुनी।'

कैलाश ने शायद सुना भी नहीं, वापस नहाने चला गया। लेकिन ऊपर से शैलजा ने सुन लिया था।

दुबली-पतली एक नुकीली-सी लड़की, जो अभी ठीक से सोच भी नहीं सकती थी, एकाएक सहम गई। आते-जाते मनचलों की फबतियाँ सुनना और सुनकर टाल जाना तो उसे बहुत पहले ही आ गया था, जैसे वहाँ की और लड़कियों को आ जाता था, आप से आप। दरअसल शिवमंगल की शिकायत उसने नहीं की थी, वह तो ऐसे ही उस दिन मास्टर कौशल ने सुन लिया था और सुनकर वह चुप लगा जाते, यह उनके स्वभाव में नहीं था। शिवमंगल के बारे में शैलजा ने काफ़ी सुन रखा था और उस दिन अपने पिता के साथ हुई झड़प की ख़बर के बाद से ही उसे घबराहट होने लगी थी। डर अब उतना ख़ुद को लेकर नहीं जितना पिता को लेकर था। आज उसे एक तूफ़ान के आसार दिखाई दिए, ग़ुस्सा भी आया कैलाश पर। सिवा इसके कि वे बचपन में एक साथ खेलते रहे हैं और क़रीब-क़रीब एक साथ बड़े हुए हैं, कैलाश को और क्या पड़ी थी उसकी तरफ़दारी करने की। शिवमंगल उन आदमियों में नहीं है जो इस बात को यों ही जाने देगा—वह एकदम खूँखार है। उसके पास इसी तरह के और लड़कों की लम्बी-चौड़ी सेना होगी—ऐसा तो नहीं कि यह कैलाश को पता न हो...फिर क्यों ख़ुद को जोखिम में डाल रहा है। ख़ुद को यह दलीलें करते हुए भी यहाँ आकर कैलाश उसे कुछ-कुछ अच्छा लगने लगा। क्या कैलाश किसी और लड़की के लिए भी जोखिम मोल लेता है!

पर फ़िलहाल एक मामला जो शैलजा के स्तर पर ही दब सकता था और दब गया भी था ...सिर्फ़ सुनकर एक तरफ़ 'ऊँ' में बात फेंक देने से ही...उसे मास्टर कौशल ने तो उखाड़ा ही और अब कैलाश जान-बूझकर फैला रहा था। आगे अंजाम अच्छे नहीं होंगे...शैलजा के अन्दर से कोई कहता था...और वह बुरी तरह काँप उठी थी।

कैलाश कुछ समझता न हो ऐसी बात नहीं थी, लेकिन अकड़ उसमें पैदाइशी थी, जैसे उसके पिता में ख़ुद को आसानी से अलग रख लेना था। कैलाश गर्म पानी में उँगली डालकर भी निकालते ही भूल जाता था। उसने शैलजा के लिए

कुछ सोचकर किया हो ऐसा भी नहीं था। मास्टर कौशल के लिए ज़रूर उसके मन में विशेष आदर था। दरअसल उस गन्दगी में पलकर बड़े होने पर भी उसके आकर्षण-बिन्दु वे ही आदमी बन सकते थे जो सीधा रास्ता चलते हैं; अगर कहीं वे लोग सच्चाई के भी हिमायती हुए तो कैलाश उनका ग़ुलाम बन जाना चाहता था। मास्टर कौशल ऐसे ही व्यक्ति थे। वे उससे कुछ भी कहते कैलाश अपनी जान लगाकर भी करना चाहता, लेकिन मास्टर कौशल ने कुछ भी नहीं कहा था। अपनी लड़ाई दूसरे से लड़वाना उन्हें नहीं भाता था और इसीलिए शिवमंगल की टक्कर के किसी भी लिहाज़ के न होते हुए भी आगा-पीछा सोचे बग़ैर ही वे ललकारकर अकेले ही मैदान में उतर पड़े थे। सुनकर कैलाश की इच्छा ज़रूर हुई थी कि उस दिन वह भी वहाँ होता, पर उसके बाद सिवा इसके कि शिवमंगल के लिए एक स्वाभाविक वैमनस्य की भावना जड़कर बैठे, कैलाश को कुछ नहीं लगा था...यहाँ तक कि मास्टर कौशल से उसकी इस बारे में कोई बात तक नहीं हुई। कैलाश मास्टर की लड़ाई में पीछे रहने वाला तो नहीं था, लेकिन उस वक़्त ज़रूर उसके दिमाग़ में वह सब नहीं था।

शायद अगर शिवमंगल चुपचाप सीधे चला गया होता तो कोई बात भी नहीं होती, लेकिन शैलजा को देखकर उसका ठिठक जाना और फिर गन्दगी के साथ वह सब कहना उसे ख़राब लगा। झोंक में ही उठकर आगे बढ़ गया था, कुछ ख़ानदान का असर, कुछ मास्टर कौशल के सम्पर्क का प्रभाव, कैलाश गन्दगी बरदाश्त नहीं कर पाता था।

अब शैलजा चाहे जो कुछ सोच रही हो, कैलाश के दिमाग़ से सबकुछ साफ़ हो चुका था और वह कुएँ के ठंडे पानी का स्पर्श महसूस कर रहा था, फ़िलहाल...और कुछ नहीं...

एक बाल्टी खींचकर उसने केशव और लछमन की तरफ़ भी बढ़ा दी थी। कितना फ़र्क़ था कैलाश में और यहाँ की आम नस्ल में। सुरेश ज्यों ही हड़काता रहता था—शिवमंगल जो देखकर ही झल्ला उठता था—कल्लू, जो उन्हें यों देखता था जैसे अपनी बाँह पर बैठे एक-दो मच्छरों को देख रहा हो...और यह कैलाश, कि नहाने के लिए पानी खींचकर दे सकता था।

रियासती फाटक वाली गली ख़ाली पड़ी थी। फाटक से किले की जड़ वाली कुइयाँ की तरफ़ चलते तो पतली-पतली ईंटों और गारे का एक पुराना बड़ा दरवाज़ा और भी पड़ता था। इस दरवाज़े की दीवारें जहाँ-तहाँ से भसकी पड़ रही

थीं और ईंटों के बीच कभी का गारा महीन धूल बनकर झरता था। केशव और उसके साथी अक्सर इसमें चक्की का खेल खेलते थे—एक उँगली जहाँ-तहाँ लगाओ और आटे-सी महीन धूल इधर-उधर होकर एक-सी नीचे गिरती थी। इस दरवाज़े के उधर से ही झाड़-झँखाड़ शुरू हो जाता था जिसको बीच से काटती हुई एक पतली पगडंडी जाती थी—सीधे मन्दिर को...आगे से एक और फूटती थी जो बाएँ होते हुए मुहल्ले के एक छोर पर निकलती थी। उधर वाली पगडंडी पर सिर्फ़ एक ही मकान था, रामकली का। दूसरा मकान, जो उस किनारे फिर मिलता था, वह झल्लू पंडित का था जो कुइयाँ वाले मन्दिर में पूजा करता था। पुराने राजाओं जैसे और आजकल के स्टाइल के बाल रखता था। वह पीछे की तरफ़ झूलते हुए। उसकी आम पोशाक लँगोट थी जिसकी अगली धार हमेशा हनुमान जी की तरह आगे लटकती रहती। दम लगाता था और कीर्तन में ढोलक बजाता था। काली के मन्दिर पर होली के दिनों होली खूब गाता था, रात-रात-भर एकदम होरी-गवैयों का सरदार बन जाता था। भाँग क़रीब-क़रीब रोज़ छानता था। कुछ कहते थे, नीम के तने से घोंटता है और कभी-कभी धतूरा मिलाता है।

उसकी सूरत में पुजारी होने का चिह्न कहीं पर नहीं था। उलटे, देख कर ऐसा ही लगता था कि वह चार-पाँच दिनों में एक बार नहाता होगा। यों थोड़ी-बहुत पंडिताई भी कर लेता था, पर ज़्यादा चेले उसके खबास और ढीमर ही थे, जो 'गुरू' के लिए सारी चीज़ों का जुगाड़ करते थे।

कोई दस का समय होगा, धूप चटख हो गई थी, केशव फाटक के किवाड़ में गड़े बड़े-बड़े कीलों को देख रहा था। कभी रियासत का यह एक मुख्य फाटक रहा होगा जब एक राजा दूसरे पर चढ़ाई करता था तो वक़्त पड़ने पर ये फाटक बन्द कर दिए जाते थे और राजा किले में चला जाता था। दुश्मन की सेना हाथियों से फाटकों को न तुड़वा सके, इसके लिए ये बड़े-बड़े कीले लगाये जाते थे, जो हाथियों के मस्तक में घुसकर ज़ख्म कर दें...

एक औरत के चिल्लाने की आवाज़ एकबारगी ही फाटक में गूँजी। फिर जैसे फाटक के ऊपर की बड़ी खोह से टकराकर नीचे गिरी। केशव ने ऊपर ताका—मधुमक्खियों का छत्ता शान्त पड़ा था, सिर्फ़ एक-दो कभी-कभार उड़तीं और फिर छत्ते में घुसती दिख रही थीं। किवाड़ के ऊपरी किनारों पर तीन-चार कबूतर फड़फड़ा रहे थे। चिल्लाने की आवाज़ तभी और भी साफ़ होकर आई।

मन्दिर की तरफ़ से एक दुबली-पतली औरत चिल्लाती हुई भागती चली आ रही थी, "अरे बचाओ रे, माड़ारों मोहे" पीछे-पीछे पंडित साँड़ की तरह बलबलाता चला आ रहा था। बीच-बीच में ढेले उठाकर उसकी तरफ़ चला भी रहा था। भसकती ईंटों वाले अन्दरूनी दरवाज़े तक पहुँचते-पहुँचते उसने झपटकर उस औरत के झुतरे पकड़ लिये और झुतरों के बल ही जो एक चक्कर खिलाया कि औरत ज़मीन पर गिर पड़ी और बिलबिलाने लगी।

पंडित खिसियाया हुआ, मुँह की धूल साफ़ करने लगा। औरत थोड़ी देर मुँह ज़मीन से लगाए औंधी पड़ी रही, फिर एकाएक उठी और बड़े फाटक की तरफ़ भाग खड़ी हुई।

राजधर के चबूतरे पर कुछ बूढ़े और लड़के कहीं से निकल आए थे। थल्ले सुनार का घर सुनसान पड़ा था। केशव की माँ और बहिन छत की पट्टी पर उग आई थीं और नीचे झाँकने लगी थीं। इधर फाटक के बाहर की सड़क पर भी एक छोटा-सा झुंड जमा हो रहा था। कुछ बग़ल के कुएँ पर पानी भरते लोग थे जो उतर आए थे, आवाज़ सुनकर। एकाध भीगा जाँघिया पहने खड़े थे, उनके बदन पर अधसूखा साबुन था।

औरत के पीछे लँगोटधारी पंडित फिर भागा...फाटक के नीचे आने के पहले ही पत्थर की उभेड़ खाकर औरत गिर पड़ी और उसके लाल मुँह के एक तरफ़ से ख़ून की पतली धार बह निकली। वह एक सींकिया औरत थी। पंडित की बीवी होगी तभी तो इतने धड़ल्ले से मार रहा था। केशव ने उसे पहले कभी नहीं देखा था। पीछे से पहुँचकर पंडित ने उसे करोढ़ते हुए उस औरत के उस गट्ठर को एक लात जमाई। ठोकर की चोट से इस बार जो वह दोहरी-तिहरी हुई तो उसकी धोती एक तरफ़ से फटकर खुल गई और एक टाँग से वह क़रीब-क़रीब नंगी हो गई। पस्त थी, बेहोश अब भी नहीं हुई थी पर धोती सँभालने की ताक़त उसमें नहीं बची थी।

पंडित भी बुरी तरह हाँफ रहा था—भागने और मारने की वजह से। ऐसा लगता था कि उसका दम फटकर बाहर आ जाएगा। चरस पीते-पीते उसकी छाती इकहरी रह गई थी। उसने अपनी रही-सही साँस को बटोरा, एक भद्दी गाली मुँह से निकालते हुए आगे बढ़ा और धोती के छोर से खुली टाँग को ढक दिया।

औरत की हरकतें बन्द हो रही थीं, उसका रोना भी हल्की कराहों में डूब गया था। यहाँ तक कि उसे होश नहीं बचा था कि वह कहाँ थी और कैसे थी।

पंडित ने कान की खोंस से एक अधबुझी बीड़ी निकाली और लँगोट की टोंट से माचिस। बीड़ी सुलगाकर एक पत्थर पर बैठकर सुस्ताने लगा।

अब तक किसी ने बोलने की कोई ज़रूरत महसूस नहीं की थी। पहला आदमी, जो इधर को सरक कर आया, वह था मुल्तन खबास—

"गुरु, क्या हुआ...?"

"कुछ नहीं...औरत जात है, ससुरी छिनार।"

मुल्तन खबास पंडित के कन्धे थपथपाने लगा। उसे बड़ी हमदर्दी हो रही थी जैसे असल दुर्गत पंडित की हुई हो! केशव को उस दिन मास्टर और शिवमंगल का झगड़ा याद आया। सब यहाँ तगड़े की ही तरफ़दारी करते हैं। वह औरत जो उस वक़्त लस्त-पस्त पड़ी हुई थी, उसकी तरफ़ बोलने वाला कोई नहीं था। चौपाल के चौबे भी बाहर ही बाहर से निकल गए। वे नीच जातों की बातों में पड़ना अपनी शान के ख़िलाफ़ समझते थे। उन्हें यह ज़रूर लगता था कि यह पंडित, पंडित नहीं चमार है और इसलिए इसका पत्ता मन्दिर की पूजा से कटवा देना चाहिए। सिर्फ़ मौक़े की तलाश में थे कि किसी को कुछ ख़बर भी न हो और तलवार हलक से नीचे उतर जाए। जादव लोग इस तरफ़ के मन्दिरों में ऐसे ही लोगों को ला-लाकर पंडित बनाकर बिठा रहे हैं और धर्म भ्रष्ट करा रहे हैं जैसे ख़ुद बैदकी की पवित्रता ख़त्म कर दी वैसे अब मन्दिरों की भी दुर्दशा पर आमादा हैं।

पंडित ने बीड़ी की फुक्की ली। कुछ नहीं निकला, बुझ चुकी थी कमबख्त। यों भी वह गँजेड़ी था इसलिए बीड़ी से तो फुरफुरी भी नहीं उठती थी। मुल्तन खबास ने अपने हाफ पैंट की जेब से चाँद-छाप बीड़ी का एक मुड़ा-तुड़ा बंडल निकाला और पंडित की तरफ़ सलाई के साथ आगे बढ़ा दिया। पंडित के बीड़ी सुलगाने के बाद एक उसने भी अपने लिए सुलगाई और धौंकने लगा। मुल्तन खबास पंडित के उन कई-एक चेलों में से था। जो पंडित के साथ होने में बड़ा गर्व महसूस करता था। वह साथ भाँग, गाँजा, जुआ वग़ैरह में तो चलता ही था, रात को 'माई' के कीर्तन में भी चलता था। पंडित के साथ होने से उन कुछ हरकतों पर, जिन्हें नीच जाति का लक्षण माना जाता था, एक तरह की भद्रता की फीकी मोहर लग जाती थी। वे हरकतें समाज में भी मान्य होनी चाहिए, क्योंकि पुजारी पंडित उन्हें ऐसा समझता था, पंडित के साथ उन्हें मन्दिरों में भी पहुँच मिल जाती थी जो उस जगह शायद वैसे बेधड़क नहीं मिलती। पंडित को लंगूरों की इस सेना की ज़रूरत थी, क्योंकि मुहल्ले में कुछ बुज़ुर्ग उसके कर्मों की वजह से नाक-भौं सिकोड़ते थे, और लौंडे-लपाड़े सिर्फ़ डंडपेल की भाषा समझते थे। पंडिताई तेज़ी से ख़त्म हो रही थी, सिर्फ़ आठ-दस घर थे जो रह

गए थे। शरीर चिलम की झार में पहले ही जल चुका था। ऐसे में तो कोई कभी भी उन्हें फूँककर उड़ा सकता था...इसलिए उन्होंने तादाद की ताक़त बढ़ाना शुरू किया था। यों उसके चेले-चपाटी उतने नहीं थे जितने का अन्दाज़ वह लोगों को देता था।

..."छोड़ो गुरु, नाहक परेशान क्यों होते हो!"

मुल्तन ने फिर पंडित का कन्धा थपथपाया। औरत अब भी पड़ी हुई थी, आँखें बन्द और लगातार कराहती हुई जैसे तेज़ बुखार में हो। भीड़ में से सभी उसकी तरफ़ देखते थे और अन्दर-ही-अन्दर तुसतुसाकर रह जाते। आख़िर एक बुजुर्ग से न रहा गया। भीड़ के ही अन्दर से बोले—"अरे भाई, अब जो हुआ सो हुआ...इसे घर ले जाओ।"

"तुमको बड़ी दया उमड़ती हो तो तुम ले जाओ अपने यहाँ..." पंडित भभकने को तैयार बैठा था।

"भय्या, यों इसकी तबीयत ज़्यादा ख़राब हो जाएगी।"

"वाह, इतनी ममता तो ससुरी के माँ-बाप और भाई-बहनों ने नहीं जताई; कमबख्तों ने पैदा कर दी, अपनी खोपड़ी चाटने के लिए...ए...बुढ़ऊ...ले जाओ, हिचकिचाते क्यों हो, ले जाओ और इस चमारिन के मूत का पंचामृत बनवाओ।"

जितने वहाँ थे, सबकी तबीयत घिना आई और खिसकने का हिलना-डुलना शुरू हो गया। बस यही दिक़्क़त थी—जब कभी सही बात बोलो, ऐसी बर्छी चलाई जाएगी कि आगे के लिए बोलती बन्द हो जाए।

सब धीरे-धीरे करके खिसकने लगे। मुल्तन बग़ल के कुएँ से एक गड़ई पानी लाया और गुरु की बीवी के मुँह पर छींटे देने लगा। गुरु बीड़ी पीता रहा।

औरत की कराहें शान्त हुईं। पूरा होश आया तो सकुचाकर उठ बैठी, ख़ुद को थोड़ा-बहुत सँभालने लगी। थोड़ी देर यों ही बैठे सुस्ताती रही।

"चलो, घर भिजवा आऊँ..." मुल्तन ने औरत से कहा।

"इस नाटपरे के यहाँ...? कीरा खाए जो कोई जाए..."

"तो सरग जा भुतनी, भलमनसाहत से रहना हो तो चल...रोटीदाल चाहे जहाँ से लाऊँ कमा के लाऊँगा, पर जो दोगलायं की तो फिर डंडा देखा है..." पंडित ने गरियाया।

औरत इस बार उससे उलझी नहीं। चुपचाप उठी, पल्ले से मुँह का ख़ून पोंछा और फाटक उतरकर दूसरी तरफ़ चली गई।

गुरु थक चुका था। मारने-जूझने की घड़ी भी निकल चुकी थी। "मरने दो साली को," उसने मुल्तन से कहा, "ठिंगरा लगी गाय जाएगी कहाँ, लौटकर घर

ही आएगी।" और फिर उसे एक थपकी दी। वह एक इशारा था, जाना-बूझा। उसी थपकी के साथ ही वे उठे और मन्दिर की तरफ़ बढ़ दिए—'आगे राम, लखन पुनि पाछे।'

केशव उन्हें जाते हुए देखता रहा। वे मन्दिर की कुइयाँ तक पहुँचे। कुइयाँ की जगत पर पंडित की काया पीपल की छाँह के नीचे पड़ रही, लँगोट ढिल्याकर। मुल्तन पाल्थी मारकर बैठ गया और पहरा देने लगा।

केशव उसी तरफ़ जाने के लिए निकला था, लेकिन डर गया। इसलिए उसने दूसरी राह धर ली। फाटक के बाहर निकला और लखौटिया की दुकान की गली से चल दिया। गली में उतरा ही था कि एकदम दौड़कर ऊपर के चबूतरे पर चढ़ जाना पड़ा। उधर दो साँड़ भिड़ गए थे और लड़ते हुए इधर को उतर रहे थे। कभी पहला दूसरे को पछेड़ देता, कभी दूसरा पहले को। बड़ी किटकिटाहट थी, जैसे वे हमेशा-हमेशा के लिए अपने प्रभुत्व को स्थापित कर लेना चाहते थे। मुश्किल यह थी कि दोनों जानवर एक ही आदमी के थे, दो के होते तो लड़ाई स्वाभाविक लगती—शायद उसके पीछे आदमियों की इज़्ज़त जैसी कोई चीज़ भी जुड़ जाती। साँड़ों का मालिक और उसके कुछ साथी, जब भी मौक़ा मिलता, दोनों पर तगड़ी लाठियाँ बरसा रहे थे, लेकिन उससे वे और भी सींगों के बल एक-दूसरे में दंत जाते। फिर उन्होंने गुँथे सींगों पर कुछ लाठियाँ बरसाईं, लेकिन उसका भी कुछ असर नहीं हुआ। बस एक तरफ़ से दूसरी तरफ़ को धकापेल चल रही थी, मानो धूल खुरचकर ऊपर उड़ रही थी और राहगीर तमाशबीन बनकर चबूतरों पर रुके थे। गली क़रीब-क़रीब बन्द हो गई थी। छोटी-मोटी ऊँचाई में भी लोगों को ख़तरा बना हुआ था—जो हारेगा, उसे दूसरा खदेड़ेगा और उस खदेड़ की चपेट में चबूतरे भी आ सकते थे।

साँड़ों के मुँह से फसूकर बहने लगा, लेकिन हार कोई मानने को तैयार नहीं था, शायद इसलिए कि दोनों टक्करी के थे और यह उनकी बराबरी की धकापेल से भी दिखाई पड़ रहा था। दोनों ज़बर थे। कभी ऐसा लगता कि यह लड़ाई तो दिन-भर चलेगी, क्योंकि सींगों के उलझाव में किसी भी तरह का ढिलाव नहीं आ रहा था। मालिक और उसके साथी भी थककर एक किनारे लाठियाँ टेककर खड़े हो गए थे और अब सिर्फ़ हुंकारी से अलगाव करना चाहते थे। बहुत पास जाने में ख़तरा था कि किसी का सींग उछल कर न लग जाए।

आख़िर एक साँड़ की स्थिति गड़बड़ा गई, दूसरे का सींग उसके पखुरे में आ लगा और वह भाग निकला। दूसरे ने थोड़ी दूर तक उसे खदेड़ा और फिर ऐंठ में फूँसता खड़ा हो गया और कान खड़े किए हुए उसे भागता देखता रहा।

मालिकों ने खिसियाकर जीतनेवाले पर दो-चार लाठियाँ बरसाईं तो वह सींगों को हिलाकर फिर सीधे-सीधे चलने लगा।

खेल ख़त्म हो गया था।

शहर का वह मुहल्ला एक छोटी-मोटी पहाड़ी पर था और इस तरह शहर की आम बस्ती से कटा हुआ था। किलेवाला पहाड़ इस तरफ़ नीचे आता हुआ टूटता चला गया था। वह पहाड़ी ढलान बस्ती की तरफ़ दौड़ती हुई किले की जीभ थी, एक तरह से, वर्ना उस बस्ती के इर्द-गिर्द पहाड़ ही पहाड़ थे। ऐसा लगता था जैसे बुर्ज के सींगों से किले ने इधर को एक गड्ढा खोद दिया था और वहीं पर बस्ती बैठ गई थी। मुहल्ले की गलियों और कुलियों में भी ऊँचा-ख़ाली काफ़ी थी, पथरौट और कंकरीली ढलानें भी जहाँ कहीं थीं। मुहल्ले को मुख्य शहर से जोड़ने का काम नीचे उतरता हुआ बड़े पत्थरों का एक सिलसिला करता था, इसे ही खंदिया कहते थे और उसी से मुहल्ले ने भी अपना नाम लिया था। चारों तरफ़ पहाड़, पत्थर, कंकड़...एक तरफ़ के पहाड़ को बीच से काटता हुआ रास्ता जाता था, सीढ़ी-दर-सीढ़ी, चढ़ते-उतरते—पास की दूसरी बस्तियों की तरफ़। यहाँ रास्ते में बारिश के दिनों में बराबरी से चलते होते झरने—दोनों तरफ़ के पहाड़ की जिस किसी खोह से निकलकर बाहर कहीं जल्दी-जल्दी भागते हुए। दूसरी तरफ़ के पहाड़ का ऐसा ही रास्ता उतना ही डरावना था जितना इधर वाला हल्का-फुल्का। वहाँ आधी सीढ़ियों पर दाईं तरफ़ सीढ़ियों की एक और कतार शुरू होती थी जो ऊपर काली मन्दिर को ले जाती थी, सीधा रास्ता श्मशान की तरफ़ जाता था। केशव ने इस रास्ते की सीढ़ियों पर से गुज़रती हुई ठठरियाँ देखी थीं। श्मशान किधर है इसका अन्दाज़ उसे नहीं था, लेकिन उस पहाड़ को डरावना बनाने के लिए ये दो चीज़ें ही काफ़ी थीं। काली माई के मन्दिर को एक किनारे छोड़ता हुआ वह रास्ता आगे एक तलैया पर निकलता था। चारों तरफ़ पहाड़ और बीच में हरे कटोरे की तरह रखी हुई छोटी-सी तलैया, पानी हमेशा गहरा हरा रहता। ऊपर काई की घनी पर्त। श्मशान से लौटकर लोग यहीं नहाते थे, काई हटाकर। तलैया के बाईं तरफ़ से सीढ़ियाँ फिर नीचे उतरती थीं, मैदान की तरफ़, और यहीं पहाड़ की जड़ से सटी हुई टुकड़ोंदार डिज़ाइनवाली खेतों की चादर बिछी हुई थी।

बाक़ी दो तरफ़ के रास्ते उतार ही उतार के थे। सामने खंदिया—दूसरा चौबों की बस्ती से होकर नाइनपुरा बाज़ार की तरफ़।

पहाड़ों के जोड़ या खोह में से कंकरीली मिट्टी निकलती थी—लाल कंकरीली मिट्टी, जिसे मुरम कहते थे। सादा मिट्टी में उसे सानकर दीवार उठाते थे ताकि कच्चे-से थोड़ी ज़्यादा पुख्तई रहे।

वहाँ की सभ्यता इसी मुरम पर खड़ी थी। सारी की सारी बस्ती जैसे गाली-गलौज और मारपीट के गारे-चूने से उठाई गई थी और उसी पर टिकी थी। यहाँ नौजवानी आदमी को आती थी तो ठीक कुत्ते की तरह। एकदम ठक से भेजे में चढ़ जाती और बौखलाहट में मचमच करती ही रहती। 'इस कमल के साले फूल को तोड़कर ही रहना है'—यह वहाँ की प्रेम की भाषा थी; और 'कब फँसोगी?' यह प्रेम-निवेदन। मुग्दर भाँजना और मूँछोंवाला होकर लाठी लिये घूमना, सर्वोत्कृष्ट मूल्य थे। मारपीट, लड़ाई-झगड़े, गाली-गलौज की खुशबू को ढोते हुए वहाँ की हवा के झोंके उठते थे और इधर से उधर जाते थे। कहीं कुश्ती होती...कहीं तीतर और मुर्गों की लड़ाई होती। जानवरों का भी वही स्वभाव बन गया था जैसे साँपों की लड़ाई, जीवों और साँड़ों की लड़ाई और नार में जाते हुए गोरू-बछेरुओं की लड़ाई। कहीं बन्दर-बन्दरिया के नाच होते—बन्दरिया मायके चली जाती है, बन्दर मनौतियाँ करता है, बन्दरिया नहीं मानती तो बन्दर लाठी उठा लेता है—और बन्दरिया को हाँक कर ले आता है।

वह गाँव नहीं, तहसील भी नहीं, पूरे ज़िले का हिस्सा था, पर पुलिस उस मुहल्ले में सिर्फ़ सैंतालीस के दंगों के वक़्त देखी गई थी, एक तरह से। कहाँ तक ताक़ती फिरती...हवा को कोई पकड़कर क़ैद कर सकता है! और यहाँ तो हर रोज़ का यही गाना था। फड़कती हुई नौजवानी के ख़िलाफ़ अगर थोड़ी-बहुत सुरक्षा थी तो घरों की दीवारें भर थीं। नाम के वास्ते उस मुहल्ले में एक-दो घर थे जो मुखियों की तरह चलते-फिरते थे। पर ऐसा लगता था कि वे भी अपनी प्रतिष्ठा चाटते हुए घरों में ही दुबके रहते थे। अक्सर उन्हें कोई नहीं सेंटता था। कोई राम-राम कर दे, यही काफ़ी था। यों पूरब का इलाक़ा जादव का था और पश्चिम का चौपाल के चौबों का।

जादव जी तीन भाई थे—तीनों साथ रहते थे उस पूरे गली-भर घर में। बड़े गोल-मटोल और नाटे।...बैदकी करते थे उनके साथ छाता हर मौसम में चलता था और वह भी खुला हुआ—जाड़े में और नहीं तो ओस से ही बचने के लिए, मँझले डाक्टर थे, बिना डिग्री के...चीराफाड़ी भी कर लेते थे। यह इसलिए कि उनका रंग-रूप, डील-डौल डाक्टरों-जैसा था। साइकिल लेकर निकलते थे पर उन्हें साइकिल चलाते किसी ने नहीं देखा। पीछे कैरियर पर एक डाक्टरी का बैग और दाहिने हाथ से अपनी तरफ़ का हैंडिल पकड़े ढिनगाते चले जाते। वे

आजकल अपने बड़े लड़के को ट्रेनिंग दे रहे थे...क्योंकि उसके भी नाक-नक़्श बुलन्द और रंग उज्जवल था...एकदम डाक्टर होने के लायक। ज़माना ख़राब आता जा रहा था इसलिए उसे उन्होंने एक आसान-सी आयुर्वेदिक डिग्री दिला दी थी और एक रजिस्ट्रेशन नम्बर भी ले दिया था। दोनों भाई इस बात पर ख़ास ज़ोर देते थे कि कोई पेशा न तो पुश्तैनी होता है और न ही किताबों से आता है। सारी बात हुनर की है। एक नब्ज़ उम्दा पकड़ते थे और दूसरे का हाथ अच्छा चलता था। सबसे छोटे भाई का एक कान फटा था इसलिए वे कनफट्टे कहलाते थे। वे क्या करते थे किसी को नहीं पता था। कोई कहता था गाँव में खेती की देखभाल करते हैं और कोई कहता था, यहाँ धंधे की तलाश में हैं। कान के साथ-साथ उनकी बोली भी फट गई थी। वह न आदमियों की रह गई थी और न औरतों की ही बन पाई थी। लुच्चांय में वे महारथी थे और देखने में लगते भी वही थे जो थे।

चौबे सिर्फ़ अकेले थे।...लड़के-बच्चे कई थे लेकिन हँकती सिर्फ़ बड़े चौबे की थी। चौबों की चौपाल मशहूर थी। उनके घर के बड़े चबूतरे को चौपाल का नाम शायद इसलिए मिल गया था कि इन चौबे जी के बाप चौपड़ के बहुत शौकीन थे...दिन-भर बिछी रहती थी, उनके ज़माने में।

मुहल्ले में चौबों का घर सबसे बड़ा था और सारे का सारा पक्का था। जादवों का घर उससे टक्कर लेने के लिए दौड़ रहा था, पर अभी काफ़ी पीछे था। जादवों के घर ने हालाँकि पूरी की पूरी गली नाप रखी थी, फिर भी उसका बड़ा हिस्सा अब भी कच्चा था। दूसरे वह इकहरा था, गली की बराबरी से चलते हुए पौर और कमरे। चौबों के घर में गहराई थी। उनके घर के सामने एक विशालकाय बरगद का पेड़ था—मुहल्ले का सबसे पुराना और सबसे बड़ा पेड़। उसकी छाया के नीचे एक ऊँचा चबूतरा था जो एक तरफ़ से चौबों के घर से जुड़ता था, लेकिन जिस पर किसी दूसरी तरफ़ से नहीं चढ़ा जा सकता था। वहाँ पहुँचने के लिए पहले घरवाले चबूतरे पर चढ़ना लाजिमी था। यहीं चौपाल थी और यहीं चौबे के पिताजी के ज़माने में चौपड़ बिछती थी। चबूतरे के सामने कच्चे घरों की लम्बी कतार थी। एक तरफ़ गाँव के आदमियों के ठहरने का इन्तज़ाम, दूसरी तरफ़ मवेशियों के बँधने की जगह।

चौबे जी अपने बाप के व्यसन से दूर ही रहे। बाप को चौपड़ में मस्त देखते-देखते उस खेल के लिए बचपन से ही जो घृणा घर कर गई थी, वह बनी रही। दूसरे, उनके पिता का ज़माना और था—वे निश्चिन्त होकर चौपड़ खेल सकते थे, मुहल्ले में सिर्फ़ वे ही थे। इन चौबे के लिए अब ढेरों चिन्ताएँ आ पड़ी थीं—उनके बारे में सोचते कि चौपड़ खेलते।

जादवों और चौबों में ऊपरी मेल-जोल था, लेकिन अन्दर से खटकती थी।

बस्ती मिले-जुले लोगों की थी। ज़्यादातर खेतिहर थे, पर अपने छोटे-मोटे धन्धों से पेट भरनेवाले भी कम न थे—सुनार, लुहार, बढ़ई, मोची, वैद्य, पंडित वग़ैरह। कुछ सरकारी और गैरसरकारी मुलाजिम भी थे जैसे पोस्टमैन, जेलर, स्कूल के मास्टरान। चौबे और जादव के घरों और एक-दो सरकारी नौकरों जैसे जेलर साहब जैसे घरों को छोड़कर बाक़ी घर बस खाते-पीते थे। मशक्कत से ही घर-परिवार चल पाता...फिर भी उनके पास वक़्त-ही-वक़्त था—दूसरों पर ताख-झाँक रखने के लिए और लड़ाई-झगड़े के लिए भी।

ऊपर से वे शान्तिप्रिय लोग थे। हर घर में रामायण थी। 'परहित सरिस धरम नहिं भाई, पर पीड़ा सम नहिं अधमाई'—जैसी चौपाइयों का हज़ारों बार पारायण कर चुके थे। अहिंसा, प्रेम और शान्ति इस देश की विरासत हैं... इसे वे दिन में कई बार सुनते-सुनाते थे...बुद्ध और गांधी जैसे नामों से उनकी जबानें सिंचित रहतीं!

जितने आदमी थे, उतने ही मवेशी थे। हर खेतिहर के यहाँ बैलों की जोड़ी और एकाध गाय—चौबों और जादवों के यहाँ नार की नार। बाक़ी लोगों के भी भैंस, गाय या बकरी, जो भी वे रख सकते थे। चौबों के मवेशी अलग रहते थे। उनकी नार अलग बनती थी, लेकिन बाक़ी इधर के सब सवेरे ज़खीरा के सामनेवाले मैदान में इकट्ठे होते और एक बरेदी हाँकता हुआ उन्हें नीचे ले जाता था, खंदिया के रास्ते। खंदिया के नीचेवाले मैदान तक मुहल्ले के लड़के टोकरियाँ सिर पर उठाए नार के साथ-साथ गोबर बटोरते जाते थे। गाय के गोबर को बिना ज़मीन पर पड़ने देकर टोकरी में ही ले लेना उन लड़कों का खेल था। गोबर की ज़रूरत लीपने-छापने के अलावा कंडे थापने के लिए भी पड़ती थी, इसलिए अक्सर केशव भी नार के साथ-साथ खंदिया के नीचे मँझले जादव के दवाख़ाने तक चला जाता, ताज़े गोबर के उठते धुएँ और खुशबू के बीच।

सवेरे बस्ती मवेशियों के रंभाने से जागती थी, ताज़ी...किसी और पहाड़ी इलाक़े की तरह ही...लेकिन मवेशियों की धूल सवेरे से ही ऊपर चढ़ने लगती और दीया जले जो धुआँ अँधेरे में तैरता होता, उसकी निचली परत पर धूल ही धूल होती..., वह उन तीन 'ध' में से एक थी जिसके लिए इलाक़ा मशहूर था—'धूल, धौंस, धक्का'। तीन थे तो चौथा 'ध'—'धन'—वहाँ नहीं था।

त्योहारों का आना-जाना लगा रहता था वहाँ, पर कुछ त्योहार मुहल्ले के ऊपर छा उठते थे। एक तो दिवाली, जब सभी घरों में सफ़ेदी होती...महीनों पहले

से मोहल्ला कलई-खड़िया की महक से भर जाता। मवेशियों पर दाग लगाये जाते, बरेदियों का बैलों की झालरें कमर से बाँध और डंडा उठाकर नाच और इनाम वसूली होती। दिवाली के तीन दिनों चबूतरों पर लालटेनों की रोशनी में जुआ होता—ज़्यादातर कौड़ी, कहीं-कहीं ताश भी। फलाश कम लोग जानते थे लेकिन माँग-पत्ता, गड्डी-खोल...(जहाँ इधर या उधर जल्दी हो जाता)—ये ही ज़्यादा चलते थे। कौड़ी में छह से लेकर नौ तक पारने वाले ख़ास जुआरियों के अलावा और भी लोग खेल सकते थे, पीछे से, कभी-कभी इधर या उधर दाँव पर लगाते हुए...इसलिए दरी पर चौकोर बैठे लोगों के इर्द-गिर्द तिगुनी तादाद में लोग बैठे होते...और उतने ही ऊपर से झुके खड़े होते। कभी-कभी केशव-लछमन को भी कुछ पैसे कौड़ी पर लगाने को मिल जाते। एक बार तो केशव ने दाँव पर लगा-लगाकर ही एक रुपया बना लिया था। उस दिन उसकी खुशी की सीमा नहीं थी।

त्योहार जो ठीक उसी जगह लगता था, वह होली का था।

हफ्तों पहले रात-रात-भर फाग गाने का सिलसिला शुरू हो जाता। फाग, झाँझरों को मथते हुए, सिर को इधर-उधर तेज़ी से डुलाते हुए, मिसमिसाहट में गाई जाती—बड़े ही ऊँचे स्वर में। काली माई के मन्दिर में उठते स्वरों की गूँज रात-गए अजीब झकझकाहट में नीचे बजती रहती। केशव को वैसा ही डर लगने लगता जैसे जब वह और छोटा था तब सियारों की आवाज़ सुनकर लगता था। साथ-साथ चलता था। ख़ास-ख़ास चौराहों पर लकड़ियाँ इकट्ठा करने का क्रम-शुरू-शुरू में जो लुकी-छुपी चोरी होती थी वह होलिका-दहन की रात को डकैती बन जाती थी। अगर बाहर चबूतरे पर चारपाई भी छूट गई तो उसे भी घसीटकर होलिका में झोंक दिया जाता। रात-भर यह लूट-खसोट चलती रहती और भिनसारे कहीं जाकर होली जलती...उस पूरी रात केशव और उसके साथी बाहर ही रहते थे।

होली जलते ही फाग शुरू हो जाती। पहला दिन कीच-गिलाए की फाग। मटकों को नालियों के गन्दे पानी से भर लिया जाता...और फिर चुपचाप उसे किसी दरवाज़े पर फोड़ दिया जाता...इस तरह कि गन्दा पानी घर के भीतर भी तरबतर करता हुआ पहुँचे। इसमें लड़कों के साथ-साथ जवान और अधेड़ भी बराबरी से ऊधम मचाते थे, बल्कि ज़्यादा ही। ज़्यादातर घर इस दिन पुख्तई से बन्द रहते, औरतें रसोईघरों में गुझियाँ-पपड़ियाँ बनाते हुए घुसी रहतीं। जिनसे डर लगता था, उनके घर छोड़ दिए जाते। जो कमज़ोर थे उनके घर हमले में आ सकते थे...और जिन पर फब्तियाँ कसने की कुलकुलाहट हो, उन घरों में

तो मटके ज़रूर फोड़े जाते थे। जो अपना घर एकदम साफ़ बचा ले जा सकता था, वह मर्द की औलाद था।

दूसरे दिन ही रंग की होली शुरू होती और फिर चलती रहती तीन-चार दिनों तक—हर समय।

यों स्वच्छन्दता तो वहाँ बारह महीनों ही थी, पर होली के दिनों में ख़ासकर कोई कुछ भी कर सकता था। शरीफ घरों के लिए इसीलिए होली त्योहार के रूप में नहीं, डाकू के नोटिस की तरह आती थी...वे सिर्फ़ राम-राम करते हुए बला टलने का इन्तज़ार भर कर सकते थे।

सुना जाता था कि दशहरे की तरह होली में भी लोग अपने दुश्मनों के भी गले लगते हैं; पर जैसाकि दशहरे में वैसा ही होली में भी, सिर्फ़ छोटे थे जो बड़ों के घर जाते थे।

जवारों की भी अच्छी-ख़ासी अहमियत थी। काली माँ विमान में सजी मन्दिर से नीचे उतरती थीं, कहाँ के लिए, केशव को पता नहीं होता था। सामने गमलों, बर्तनों में सजे जवारे—हरे, गहरे हरे, पीले और खूब पीले रंग के। एकाध जवान गालों पर आर-पार लोहे की नकेल छेदे हुए विमान के सामने चलता। नकेल को दोनों तरफ़ से थामे रहते कुछ भक्त लोग। भाव आ जाना विशेष बात थी और भाव ख़ास भक्तों को ही आते थे...कुछ नशे में जैसे कोई आँखें तरेरकर आगे-पीछे, इधर-उधर चलने लगता...चक्कर खाने लगता...उल्टा-सीधा बकने लगता...ऐसों को ढूँढ़-ढूँढ़कर काली माँ के ठीक सामने लाया जाता। काली माँ का विमान इन भक्तों को आशीर्वाद देने को ठहर जाता। भाव वाला आदमी या औरत विमान के सामने अपने करतब दिखाता...उस पर जल छिड़का जाता, फूल बरसाए जाते और जहाँ नारियल फोड़ा जाता, वहीं से भाव कम होते और लौट जाते थे। विमान आगे को चल निकलता था।

छोटी-सी भरी-पूरी ज़िन्दगी...फिर भी एक त्योहार से दूसरे त्योहार तक किटकिटाती, चटकती हुई पहुँचती थी। शायद यही उनकी परम्परा थी—रामायण और महाभारत भी तो असल में लड़ाइयों की ही कहानियाँ थीं...वे ही त्योहार या त्योहारों के वे ही रूप उनके ज़्यादा नज़दीक थे जहाँ यह किटकिटाहट थी, ओजस्वी हरकतें थीं। जुआ, कीचड़ उछालना, नकेल छेदना, काली माँ के मन्दिर पर बलि देना, इसलिए उनके ख़ून में था।

ऐंठ वाला वहाँ मर्द था, अधेड़ अपने लड़कों की जवानी की तरफ़ बेसब्री से ताक़ते रहते...कब वह बड़ा होकर अपमानों का हिसाब चुकाएगा...!

पर यह कब...आता ही नहीं था...आया कि नया खाता खुल जाता था... जिसके हिसाब चुकाने के लिए किसी और की प्रतीक्षा होती थी।

बारिश पड़ना शुरू हो गई थी। कभी हल्की बूँदा-बाँदी पड़ती तो ज़मीन पहले भाप के साथ-साथ सोंधी-सोंधी खुशबू छोड़ती...हल्की किंछ के नीचे धूल दब-सी जाती, पर उमस बढ़ जाती। जब बारिश कुछ ज़्यादा देर चलती तभी गर्मी से छुटकारा मिला-सा महसूस होता था। जिन लोगों ने गर्मियों में तकलीफ़ उठाकर अपने घर छवा डाले थे वे अब आराम से थे। जिन्होंने अगले साल के लिए टाल दिया था, वे बारिश से घबराते थे। जगह-जगह घर में पानी चूता था... जहाँ-तहाँ से टूटी खपरैल और पुरानी खाड़ू...बड़ी दुर्दशा होती थी। उस समय उनके घर जाइए तो कहीं बाल्टी, कहीं कल्सा, कहीं थाल रखे दिखाई देते जिनमें पानी ऊपर से टपटप चूता रहता...बर्तन भर जाता तो बाहर उलीच दिया जाता। जहाँ-जहाँ ढलानें थीं वहाँ पानी तेजी से बहता और नहाते हुए लड़के पानी के साथ घिसटते दिखाई पड़ते। कभी-कभी धूप के साथ-साथ बारिश चलती तो केशव और उसके साथी बड़ा मज़ा लेते थे...'लिड़ैयों का ब्याह हो रहा है...' सूखे झरनों में पानी आ गया था और जहाँ कपड़े फींचने के लिए तलैया-तालाब जाना पड़ता था, वहाँ पर अब चार क़दम पहाड़ी पर चढ़े और किसी झरने के किनारे बैठ गए—बहता हुआ साफ़ पानी। जब झिर लगी रहती, तो कभी धड़ाम की आवाज़ हो बैउती...अटकर लगाई जाती कि किसकी दीवार गिरी। जिसकी गिरती वह ख़ुद को एकाएक मैदान में पड़ा हुआ पाता। गीले-गीले वातावरण में भसकी दीवार की धूल से भाप उठती, अक्सर कोई नीचे दबकर मर भी जाता था क्योंकि मलबे से जल्दी निकालने का कोई इन्तज़ाम वहाँ नहीं था...पास-पड़ोस के चार-छह अधेड़ आदमी फावड़े लिए आते और इत्मीनान से लाश को निकालते। तब तक जो बचनेवाला भी नीचे हुआ तो वह भी उस पार निकल चुका होता। नौजवान या ताक़तवर लोग इन सब चक्करों से दूर रहते थे।

नए क्लास की नई-नई किताबें खंदिया उतरकर बाज़ार में मिलती थीं। बड़ी भीड़-भाड़ होती थी उनके लिए। किताबों की उन दुकानों के मुँह तुपे होते। किताबें न होने पर लड़कों के चेहरे लटक जाते। कभी-कभार पार्सल आने की ख़बर होती तो सब इन्तज़ार करते रहते घंटों, बुकसेलर का कोई आदमी पार्सल छुड़ाकर लाता, तब तक। उसके बाद पार्सल क्या खुलता था, जैसे कोई जादू का पिटारा खुल रहा हो। सब उसे देखने को बेचैन—पार्सल

के अन्दर नई-नई किताबें ऊपर-नीचे की थोड़ा-बहुत इधर-उधर से मुड़ी हुईं। सब एकदम साफ़-सुथरी इस्तरी की हुई किताबें लेना चाहते थे...और फिर बरसात के गीलेपन में कोरी किताबों के अन्दर की सूखी, ताज़ी और गमकती हुई महक।

केशव के घर के सामने राजधर महाराज का जो कमरा था उसमें फिर से आवाज़ उठने लगी थी...बड़े, छोटे, मँझले तीनों भाई आ गए थे। जिन दर्जों में वे पढ़ रहे थे उन्हें देखते हुए उनकी उम्र कुछ ज़्यादा थी। बड़े हाईस्कूल में क़रीब बाईस के। मँझले केशव के साथ सात में, क़रीब अठारह के। और छोटे छठी में था।

हर बरसात में शिवमंगल के घर के नीम पर झूला पड़ता था, शिवमंगल के बाप उसी गाँव के रहनेवाले थे जहाँ के ये तीनों भाई। इन भाइयों के पिता इसलिए उन्हें जेलर साहब की देखरेख में छोड़ गए थे। रहते और खाते-पीते तो वे अलग थे, लेकिन शिवमंगल के यहाँ आना-जाना काफ़ी रहता था—शुरू में यही एक घर था जहाँ उनकी अच्छी जान-पहचान थी और घर से पहली बार निकले हुए लड़कों को यहाँ घर का थोड़ा-बहुत सुख मिल जाता था।

शाम का अँधेरा तेज़ी से फैल रहा था। दो दिनों से पानी बन्द था। शिवमंगल की बहिन और शान्ती कब से झूल रही थीं। जेलर साहब की पत्नी रसोई में कुछ छौंकाछाँकी कर रही थीं और बड़े बाहर मूढ़े पर बैठा उनसे बतिया रहा था। मँझले-छोटे का कहीं पता नहीं था, शिवमंगल तो बाहर ही रहता था, घर से वास्ता उसका सिर्फ़ खाने का था।

"ए जी, बस करो...मैं जाती हूँ, थक गई"...शिवमंगल की बहिन बोली और जैसे ही झूला रुका वह नीचे कूद गई। झूला थोड़ा ऊपर टाँगा गया था, इसलिए कि पेंग लेने में वह छप्पर के ऊपर जाए...टकराए नहीं। झूला ख़ासकर शिवमंगल की बहिन के लिए लटकाया जाता था और वह एड़ लगाकर झूला झूलने की उम्र को कब का पार कर चुकी।

शान्ती ऊपर ही टँगी रही।

"ए कमल, थोड़ा झुला न। तू तो कब से झूल रही थी...मैं तो अभी आई हूँ..."

"भैया, मैं तो थक गई...बड़के दादा, तुम झुला दो ज़रा।" बड़े उठ गया और शान्ती समेत झूले को पीछे वहाँ तक पछेलता गया जहाँ तक वह उसके सिर के ऊपर नहीं हो गया। वहाँ से उसने झूला छोड़ दिया और ख़ुद उसके नीचे से खुलक गया।

झूला फिर भागने लगा...सामने के छप्पर से कोई एक हाथ पहले तक बड़े एक किनारे खड़ा रहा।

"अभी रुकना बड़े, एक बार और...खूब तेज़ी से..."

"पेंग लेकर बढ़ा लो न..." बड़े बोला।

"मुझे नहीं आता...तुम आ जाओ...!"

झूले को पकड़कर बड़े ने रोक लिया और फिर चढ़कर पेंग लेने लगा। शान्ती बैठी रही। झूले की रफ़्तार धीरे-धीरे तेज़ होने लगी।

शान्ती का सिर बड़े के घुटने के थोड़ा ऊपर जाँघ को कभी-कभी छू जाता... बचाने के लिए शान्ती आसमान की तरफ़ सिर कर लेती थी। उसकी आँखें छोटी और बाल बड़े थे...ऊपर से बड़े ने देखा...रंग गोरा था, पीलापन लिए हुए... और बाँहें भरी-भरी थीं।

शान्ती जेलर साहब के पिछवाड़े रहती थी। शिवमंगल की बहिन की साथिन थी। सिर्फ़ माँ थी, बाप मर चुके थे। मिडिल पास करके वह एक प्राइमरी स्कूल में पढ़ाने लगी थी। स्कूल के बाद उसका आना-जाना सिर्फ़ इसी घर में था।

झूला रुका और बड़े उतरने को हुआ तो शान्ती फिर मचल गई।

"ए बड़े, मुझे पेंग लेना सिखा दो न!"

"अच्छा खड़ी हो, चलो...मैं उतर जाता हूँ।"

"नहीं तुम भी रहो, मैं गिर जाऊँगी।"

वह झूले पर खड़ी हो गई...अच्छी-ख़ासी लम्बाई थी। बड़े के कन्धे तक आती थी...जबकि बड़े...वे तीनों भाई ही लम्बे और अच्छे-ख़ासे थे।

एक तरफ़ से बड़े पेंग लेता, दूसरी तरफ़ से शान्ती। पेंग ख़त्म करते-करते शान्ती बड़े पर क़रीव-क़रीब झुक जाती...बड़े के शरीर में तब सुइयाँ सी चुभ जातीं और वह फ़ौरन अलग होकर पेंग लेने लगता अपनी तरफ़ से।

अँधेरा छा गया था। छप्परों से उठता धुआँ बस्ती पर टँगा हुआ दिखता था। शिवमंगल की बहिन रसोई में घुस गई थी और माँ से खाना परसवाकर खा रही थी। माँ रोटी सेंक रही थी...घर में और कोई नहीं था।

"उधर की पत्ती तक चलो न...! पत्ती तोड़कर लाएँगे..." शान्ती ने कहा।

बड़े ने झूले को ज़ोरों से बढ़ाना शुरू किया, उधर से थोड़ा-बहुत साथ शान्ती देती। धीरे-धीरे झूले की रफ़्तार खूब तेज़ हो गई और वह दोनों तरफ़ के छप्परों के ऊपर जाता हुआ तेज़ी से एक तरफ़ की डगाल की फुनगियों की तरफ़ बढ़ रहा था।

"डर तो नहीं लगता...?" बड़े ने पूछा।

"नहीं ...आज ही तो झूले का मज़ा आया है।"

"खूब कसकर पकड़े रहना...पत्ती तुम नहीं तोड़ना...एक हाथ से घबरा जाओगी, गिर सकती हो...मैं तोड़ दूँगा..."

झूला फुनगियों में घुसा एक बार...दो बार...दोबारा बड़े ने चभका-भर पत्तियों को लेकर शान्ती के सिर पर डाल दिया। शान्ती बेसुध-सी हो गई...जैसे खूब ठंडा पानी खुली आँखों वाले मुँह पर डाल लिया हो।

"अब पेंग मत लो, झूले को उतरने दो..." बड़े ने कहा।

वे खड़े रहे। शान्ती बड़े के काफ़ी क़रीब आ गई थी। बड़े के शरीर में खलबली मच रही थी और जाँघों से पैरों की तरफ़ एक सुनहरी खुनक भाग रही थी। झूले के उतरने के साथ-साथ पैरों के पंजे कमज़ोर पड़ते जा रहे थे। शान्ती ने आदमी—एक पूरे आदमी के इतने पास खड़े होने का सुख पहली बार महसूस किया। उसे कभी-कभी लगता कि वह गिरनेवाली है...या कुछ देर और वैसे रही तो बड़े की कमर से चिपक जाएगी...वह बड़े पर झुकी जा रही थी, जब-तब अपना सिर उसके सीने पर क़रीब-क़रीब टिका देती...तब बड़े के नथुने शान्ती के बालों की खुशबू से भर उठते थे। शान्ती के बालों पर पत्तियों के एकाध टुकड़े अब भी फँसकर चिपके हुए थे। नीम का एक तिनका उसकी माँग के थोड़ा इधर जा फँसा था।

झूला धीरे-धीरे रुकने को आ रहा था। शान्ती ने ऊपर देखा, अल्हड़ता में फैले उसके बाल...उनींदी-सी टुकुर-टुकुर ताक़ती आँखें...बड़े का मुँह थोड़ा आगे आ रहा था उसके बालों की तरफ़, मुँह की तरफ़...

शान्ती बैठ गई और झूला थमते ही डंडे से घिसटकर कूद गई। बड़े के पैरों के बीच से एकदम दरवाज़े की ओर भागी और फिर चबूतरे से अपने घर की ओर जानेवाली पतली कुलिया में कूद गई। बड़े के आगे अब सिर्फ़ किवाड़ों की भड़ की आवाज़ और उढ़के किवाड़ थे।

थोड़ी ही देर में किवाड़ फिर खुले। शान्ती लौट आई थी। बड़े झूला लपेटकर नीम के तने में खोंस रहा था।

"ए बड़े...ज़रा मुझे घर तक पहुँचा दो...कुलिया में अँधेरा है..."

कुलिया में वाकई अँधेरा था..."एकदम पतली कुलिया जिसके बीचोंबीच से एक खुली हुई काले कीचड़ की नाली थी। कीचड़ की मोटी पर्त के ऊपर से गंदा पानी बहता था। वे जेलर साहब के मकान से सटे-सटे चलने लगे... आगे-आगे शान्ती, पीछे-पीछे बड़े।

रास्ते में कोई कुछ नहीं बोला। कुलिया छोटी थी। उसका उधर का मुँह पहाड़िया के तरे खुलता था...छोटी-सी पहाड़ी...बड़े किले वाले पहाड़ के ठीक सामने। गर्मियों की शामों को वहाँ से पतंगें खूब उड़ती थीं, पहाड़ी के एकदम नीचे झंखाड़ का जंगल फैला था। बस्ती की तरफ़ के जंगल को साफ़ कर लिया गया था। वहीं इन कच्चे छोटे-छोटे घरों की कतार थी, पहाड़ी की तरफ़ मुँह किए हुए।

"यहाँ तुम अकेले रहती हो?..." बड़े ने पूछा।

"माँ है।"

"फिर भी...?"

"उस तरफ़ शुरू चाचा हैं, अच्छा, तुम जाओ अब।"

बड़े चुपचाप वापस चला गया।

शान्ती को अजीब-सा लग रहा था। उसे आसानी से डर नहीं लगता था... आज ही क्यों लगा...उसे ख़ुद काफ़ी हैरत हो रही थी।

पक तो वह काफ़ी पहले गई थी, इधर सूखना भी शुरू हो गया था। मिडिल के लिए स्कूल जाते-आते समय से ही मुहल्ले के कुत्तों ने लार चुआना शुरू कर दी थी...जहाँ कहीं मिल जाएँ, एक तरफ़ खड़े होकर फिकरे कसते, भद्दी-भद्दी बातें बोलते। शुरू-शुरू में तो उसे कँपकँपी छूट जाती थी। ईश्वर से रास्ते-भर मनाती रहती कि कोई मिल न जाए, पर धीरे-धीरे वह सख्त हो गई थी। कैसी शक्लें...? और सभी की क़रीब-क़रीब एक-सी...तौर-तरीके भी सबके एक-से...कोई जाँघ दिखा-दिखाकर खुजलाता, तो कोई तहमद खोलने-सा करने लगता। कोई 'आक थू' करके अपनी तरफ़ उसका ध्यान खींचता तो कोई...'देखा सती सावित्री चली जा रही है' का ताना कसता। उसके साथ की सारी लड़कियाँ ब्याह कर इस जंगल से निकल चुकी थीं। वहाँ इतने साँड़ फिरते रहते थे कि आम आदमी अपनी लड़की तेरह-चौदह में ही ब्याह कर पबार देने की सोचता था। बड़ी अनब्याही लड़कियाँ सिर्फ़ बड़े घरों में होती थीं जहाँ वे कुछ सुरक्षित थीं। कुछ मर्दुए शान्ती की उम्र को भी कोसते...'जाने किसके इन्तज़ार में जवानी गला रही है बेचारी।' उसकी शादी कैसे होती...? कौन करता...न बाप, न भाई...और माँ को कमाकर खिलानेवाली एक वही...अजीब लगता था पहले-पहले—वहाँ लड़कियाँ पढ़ती थीं तो तब तक ही जब तक साड़ी न पहनने लगें...और नौकरी तो कोई गई-गुज़री ही करती। इसको लेकर भी शान्ती को ताने सुनने पड़ते—'दुकान करके लौट रही है' इस सबसे निकलने का कोई उपाय नहीं था। दूसरी जगह नौकरी? तो क्या पता, वहाँ और ख़राबी हो...यहाँ तो जेलर साहब हैं, शुरू चाचा हैं, कुछ तो आड़ रहती थी। एक जेलर साहब

के यहाँ ही आना-जाना था, तो वह भी जब तक शिवमंगल की बहिन थी...जब वह भी अपनी ससुराल चली जाएगी तो यह घर भी बन्द...और शिवमंगल जो अभी अपनी बहिन के चलते शायद उसे नहीं छेड़ता था तब उसका भी ख़तरा खुल जाएगा...एक ही तरीक़ा बचा था—तेज़ी से सूखा जाए। बुढ़ापे की लकीर छू ली तो सबकुछ ठीक हो जाएगा...

उसने शुरू भी कर दिया था...मन से बूढ़ा-बूढ़ा महसूस करना। इस कुलिया को जेलर साहब के यहाँ से और भी देर-देर रात को पार किया था उसने। पहले तो ख़ैर शिवमंगल की बहिन को चबूतरे के नुक्कड़ पर खड़ा कर लेती थी... उस पार पहुँचने पर आवाज़ देती...तब दोनों अपने-अपने घरों में पहुँच जातीं, पर इधर कई महीनों से वह अकेले जाने लगी थी और उसे कोई डर-अर नहीं लगता था। उसे कभी-कभी यह तक महसूस नहीं होता था कि वह लड़की है... लेकिन आज उसकी ओढ़ी हुई सख्ती के नीचे फिर वही कोमलता, असहायता जाग पड़ी थी...

बड़े के साथ उतना तेज़ी से पहली बार झूलते हुए भी उसे डर नहीं लगा था, लेकिन लौटते हुए, पता नहीं किस क्षण—वह पुरानी असहायता उसे फिर दाब बैठी थी।

बड़े, यहाँ के लंगूरों से कितना अलग है। कितनी बार जेलर के यहाँ इन भाइयों को देखा था। मँझले और छोटे तो थोड़ा नटखट हैं, बड़े एकदम शान्त और हमेशा गम्भीर। नीम की जड़ पर बने गोल चबूतरे पर आकर बैठ जाएगा और किसी खपच्ची से ज़मीन पर लकीरें बनाता रहेगा...कभी आँखें उठाकर किसी को नहीं देख सकता था...इस ज़मीन की औलाद कोई ऐसी हो सकती है?

पहाड़ी शान्त और काली खड़ी थी। उधर के घरों के दीये टिमटिमा रहे थे। सामने के लिपे-पुते खुले में—जिसे सामूहिक आँगन की तरह इस्तेमाल किया जाता था—शुरू चचा का कुत्ता बैठा पहरेदारी कर रहा था। दूर सियारों की 'हुआ-हुआ' शुरू हो गई थी।

स्कूल खुल गए थे, नए सत्र की शुरुआत केशव के लिए ज़रूर ठीक नहीं रही।

इंटरवल में केशव घर नहीं आता था। दूर के अलावा, घर में कोई होता भी नहीं। माँ और जीजी दोनों स्कूल जाती थीं। इसलिए वह स्कूल में ही डोलता-फिरता रहता। स्कूल खुलने के तीसरे दिन अब्दुल हाई ने अपने घर ले चलने को कहा और तैयार हो गया।

अब्दुल हाई की उम्र बीस पार कर चुकी थी, पर उसका चेहरा अब भी चिकना-चुपड़ा था...मुँह बेहद भरा हुआ। उसी तरह शरीर भी भरा हुआ था। उसे 'हाई' कहते थे। घर उसका स्कूल के एकदम पिछवाड़े तो नहीं, पर हाँ, ज़्यादा दूर नहीं था।

केशव के लिए उस बस्ती में जाना एक नया अनुभव था। गलियों में इधर-उधर चहचहाती मुर्गियाँ, बत्तखें, उनके बच्चे, इधर-उधर पड़े हुए उनके पंखों के टुकड़े, अंडों के छिलके, एकाध जगह दुकानों पर लटके मांस के बड़े-बड़े लोथड़े, टपकता ख़ून और नीचे खचखच काटकर बेचता कसाई। रास्ते में एक छोटी-सी मस्जिद भी थी जिसके बाहर एक-दो आदमी नलीवाले लोटे से मुँह और दाढ़ी धो रहे थे।

गन्दी नालियों से कटा-छटा था वह सारे का सारा मुहल्ला। हाई के घर पहुँचे तब तक केशव की तबीयत बदबू से घिनाने लगी थी। घर कच्चा और साफ़-सुथरा था लेकिन उसकी दीवारों में भी जैसे बदबू भरी हुई थी। अब्दुल हाई को पाखाना आया था। केशव को बैठक में छोड़कर वह अन्दर चला गया। केशव बैठक की तस्वीरें देखता रहा...ज़्यादातर औरतों की आकर्षक मुद्राओं में थीं...फिर भी उसे मितली आती रही। जल्दी ही हाई अपना नाड़ा बाँधता आया।

"कुछ खाओगे?"

केशव ने सिर हिला दिया। हाई खाकर लौटा, तब दोनों जल्दी ही उसी रास्ते स्कूल को चल दिये। गलियों के रास्ते से वे जैसे ही दायीं सड़क पर उतरे तो उधर से आते हुए सत्यपाल मास्टर साहब ने उन्हें देख लिया। देखकर उन्होंने अपनी नज़रें एकदम सामने कर लीं और रफ़्तार तेज़ कर दी।

इंटरवल के बाद पहला क्लास उन्हीं का था। कमरे में आते ही पहले उन्होंने हाई को बुलाया और बग़ल में खड़ा कराकर धुनना शुरू कर दिया। पहले कुर्सी में बैठे-बैठे, फिर खड़े होकर। उनकी कफलिंग्स भी छिटक कर दूर जा गिरी... किनारे पर बैठे एक लड़के ने उन्हें लाकर मेज़ पर रखा। हाई का सिर भी एक बार उन्होंने मेज पर दे मारा। सत्यपाल मास्टर पिछली कक्षा में भी अंग्रेज़ी पढ़ाते थे, पर केशव ने उनमें कभी इतना ग़ुस्सा नहीं देखा था। आज वे मारते-मारते हाँफने लगे थे।

इसके बाद केशव को बुलाकर इसी तरह की गति की गई...अब्दुल हाई से कम हुई, क्योंकि तब तक मास्टर थक गए थे और केशव उतना पुख्ता नहीं था। मुँह से मास्टर बराबर भुनभुना रहे थे, पर कुछ ऐसा नहीं निकलता था जिससे पता चलता कि उन्हें क्यों पीटा गया था!

पिटने के कष्ट के अलावा केशव को बड़ी हैरानी हो रही थी। यह नहीं कि वह बड़े दर्जे में था या पिटने-पिटाने से इज़्ज़त पर आँच आती थी। यहाँ बड़ा-छोटा कुछ नहीं था, दसवें तक के लड़कों की पिटाई होती थी। यह माना जाता था कि लड़के कच्ची मिट्टी की तरह होते हैं और उन्हें ठुकाई-पिटाई करके ही एक तरीके से मोड़ा जा सकता है। हर मास्टर पीटने का ढंग भी अलग-अलग खोजने में रहता था...एक लप्पड़ लगाते तो दूसरे सिर्फ़ कान मरोड़ते थे। हिन्दी के द्विवेदी जी कापियाँ जाँचते जाते थे और लड़के की उँगलियों के बीच पेंसिल या कलम फँसाकर दबाते चलते थे, उसकी चीख़ की एकदम उपेक्षा करते हुए। हाइजीन के मास्टर टहलते-टहलते मुस्कुराते हुए अंटा जड़ते थे—टेढ़ी उँगली ढीला करके, माथे पर ठक से...कभी ग़ुस्से में लँगड़े होने की वजह से तिरछी चाल से दौड़ते हुए वे हाथ को पकड़कर मरोड़ देते और दाहिने हाथ से उसी तरह की उँगली का घूँसा बनाए हुए पीठ में चाकू की तरह भोंकते चले जाते। शायद ही कोई ऐसा मास्टर था जो मारता नहीं था, पर वजह हर वक़्त पता रहती थी या पता चल जाती थी। इस बार सब करम हो गए, फिर भी पता नहीं। वह तो दूसरे दिन से जब उसे लड़कों ने 'हाई-हाई' करके चिढ़ाना शुरू किया तब उसे पता चला कि मास्टर सत्यपाल ने क्या सोचा था...

उन्होंने पिटाई करके जबर्दस्ती ही एक मोहर केशव के चरित्र पर ठोक दी थी।

मास्टर सत्यपाल का शक वाजिब था, जहाँ तक वह शक था...क्योंकि स्कूल का माहौल ही कुछ वैसा था। इंटरवल या क्लास के बाहर अक्सर छोटे-छोटे लड़कों में अजीब हरकतें देखी जाती थीं...एक बड़ा-सा लड़का किसी चिकने लौंडे पर एकाएक जाकर चिपट जाता और उसे चूम लेता या कोई पीछे से चिपटकर जकड़ लेता। ये बहादुरी की बातें समझी जाती थीं। बाहर किसी शहर से एक लड़का माथुर आया था, पिछले साल, केशव के ही दर्ज में...गोरा-चिट्टा और खूबसूरत। अशरफ़ और वह एक दिन भरे क्लास में पसीने से तर-बतर आए और सबकी आँखें उनकी तरफ़ उठ गईं। अशरफ़ एक रईस ख़ानदान का था।... देखने में वह भी खूबसूरत था, गोकि आदमी हो रहा था, तेज़ी से। उसकी बोली भारी हो आई थी और छाती पर बाल भी काले हो आए थे। जब वह आया तो उसने जीत की हैंकड़ी से क्लास के और लड़कों को देखा, जैसे और सब देखते रह गए और उस नए फूल को सबसे पहले उसने तोड़ा था...माथुर शरमाया-सा एक किनारे जाकर बैठ गया। वे क्या करके आए थे ये तो वे ही जानें, लेकिन माथुर के संकोच ने लड़कों का शक गहरा दिया था। हमेशा वह अशरफ़ की बग़ल में बैठता था। इस बार काफ़ी अलग हटकर बैठा।

उसके कई दिनों बाद एक बार अशरफ़ ने उसे पूरे क्लास के सामने चूम लिया और माथुर कुछ बेशरमाई से छाती पर हाथ ठोंकते हुए 'हाय मेरी जान' कहकर पैंतरे को उलटने की कोशिश करता रहा। उसके बाद तो अक्सर चर्चे होते थे कि वह अशरफ़ से फँसा है, बरबाद हो गया है। एक बार जब उन दोनों की क्लास में ही लड़ाई हो गई तो दोनों का भंडाफोड़ हो गया। दोनों ने ही अपनी जीत के दावे ठोंके थे, जिससे यह साफ़ हो गया था कि दोनों में उस तरह के सम्बन्ध थे। अशरफ़ भी उसका विश्वास जीतने के लिए कुछ करा-वरा लेता होगा।

खूबसूरत लौंडों को पाले रखकर बड़े-बड़े लड़के अपनी बहादुरी की धाक बैठाए रखना चाहते थे...जैसे लड़कियों को देखकर जवानों की हरकतें कुछ दूसरे तरीके की हो जाती हैं। कमज़ोर लड़कों को दुतियाते रहना, नयों पर रोब गाँठना, कभी-कभी मार भी देना इसीलिए अनायास और अक्सर बेमतलब हो जाता था। मँझले जब शुरू-शुरू में भर्ती हुआ तो अशरफ़ ने अपना हौसला उस पर भी फिट करना शुरू किया था। एक बार उसकी कालर जोर से पकड़कर खींचना शुरू कर दी... मँझले ने अशरफ़ के बड़े-बड़े बालों को मुट्ठी में जकड़ लिया और उसके सिर को नीचा करना शुरू कर दिया। मँझले की कमीज़ फट गई थी पर उसने बालों को नहीं छोड़ा। मँझले जीत नहीं रहा था पर अशरफ़ की तरफ़ भी बात नहीं झुक रही थी, इसलिए मुनीर ने उठकर उन्हें अलग-अलग कर दिया था। मुनीर क्लास में सबसे बुजुर्ग लड़का था और अपनी उम्र का वह पूरा फ़ायदा उठाता था। उसे लौंडों में उतनी ज़्यादा दिलचस्पी नहीं थी...वह सिर्फ़ लीडर बना रहना चाहता था...उसकी लीडरी सभी मानते थे। सिर्फ़ इस बार दसवें में उसे अपना भी दादा शिवमंगल मिला। लेकिन उससे मुनीर की हैसियत में कोई ख़ास फ़र्क़ नहीं आया...क्योंकि शिवमंगल क्लास में कम ही बैठता था और फिर स्टिक वग़ैरह में साथ देकर मुनीर ने शुरू के दिन से ही शिवमंगल से पटा ली थी।

अशरफ़ और मँझले में फिर उसी तरह का मूक समझौता हो गया जैसे उन दो कुत्तों में हो जाता है जो एक-दूसरे को अपनी टक्कर का मानकर सिर्फ़ देखकर गुर्रा लेते हैं...भिड़ते नहीं...और कोशिश करते हैं कि एक-दूसरे के मामले में दखल न डालें। यों अशरफ़ के जो कारनामे थे उनमें मँझले को कतई दिलचस्पी नहीं थी इसलिए उनके रास्ते पहले से ही अलग-अलग थे। लौंडों में दिलचस्पी कुछ मास्टरों की भी थी। एक पंडित जी थे, उनके कपड़े हमेशा मैले रहते, दूसरे मास्टरों की अपेक्षा। उनकी उँगली अक्सर नाक में घुसी हुई घूमती रहती और मैल निकाल-निकालकर वह इधर-उधर कहीं भी पोंछ लेते थे। मारने के लिए वे

लड़के को पास बुलाते और कान खींचते हुए उसके सिर को अपनी गोद तक लाते और वहाँ घिसते रहते।

एक नए-नए मास्टर जो जवान ही थे और हाल ही में आए थे, वे मनोवैज्ञानिक तरीके पर काफ़ी ज़ोर देते थे। लड़कों से क़रीबी सम्पर्क ज़रूरी था। कुछ को वे चुन लेते, उनके घर जाते और उन्हें अपने घर भी बुलाते। उन लड़कों की सभी क़िस्म की समस्याओं को वे ओढ़ लेते थे। समस्याओं को लड़का न भी महसूस करे तो भी ये मास्टर महसूस कराते थे...उस हद तक जब तक लड़का रोने नहीं लगे और उसके बाद फिर मास्टर का मनाना चालू हो जाता था—पुचकारना, चिपकाना, साथ लिटाना और थपकाना, मुँह-से-मुँह सटाना—सभी कुछ मनोवैज्ञानिक तरीके में आ जाता था!

पढ़ाई-लिखाई बस यों ही घिसटती चलती रहती। जो लोकल इम्तहान थे, उनमें शिवमंगल-जैसे लड़के डरा-धमकाकर काम फिट कर लेते थे। बोर्ड के इम्तहान में ज़रूर पहिया थोड़ा अटक जाता था। लड़कों की भी पढ़ने में दिलचस्पी नहीं थी! केशव को उस सारे माहौल में अक्सर अकेलापन महसूस होता था। पिता से तो ख़ैर वास्ता ही कम रहता था, माँ भी अक्सर इधर-उधर निकल जाती थीं। उन्हें थोड़ा-बहुत ख़याल रहता तो केशव की बड़ी बहन का, वह भी इसलिए कि वह बड़ी हो रही थी। अगर कहीं थोड़ा-बहुत मिठास थी तो मामा के इर्द-गिर्द थी। अब वे उसे पढ़ाने भी लगे थे। लेकिन पढ़ाई किसी ख़ास क्रम से नहीं होती थी। लिखाई वह ज़रूर रोज़ एक पेज करने को कहते, पर रोज़-रोज़ देखे कौन? जब कभी आते देख लेते। शायद बिना पैसा लिए पढ़ाते थे इसीलिए। कभी-कभी एक साफ़-सुथरे काग़ज़ पर केशव के लिए दिनचर्या बना देते...इतने बजे उठने से लगाकर इतने बजे सोने तक...उसे एक दफ्ती पर चिपकाकर पौर में टाँग लिया जाता पर उस पर एक दिन भी न चला जाता।

मोहल्ले के हिसाब से केशव फिर भी शरीफ लड़का था। शरीफ...जिसके माने वह थे—एक दब्बू और डरपोक क़िस्म का लड़का। शुरू में घर की चहारदीवारी में कुछ ज़्यादा ही रहा था इसलिए ऐसा बन गया। अपनी शराफत को लेकर वह हमेशा ग्लानि से भरा रहता। कभी उसे तोड़ने की कोशिश में अखाड़ा जाना शुरू करता तो किसी ठस्सेवाले का पिछलग्गू बनना चाहता। पर कुछ न होता। लौटकर आ जाता जहाँ का तहाँ—लड़कियों के साथ खेलना, और लड़कों के साथ डोलना।

वह दुनिया जहाँ वह होना चाहता था वह उसके सामने खुली होते हुए भी बन्द थी। झाँककर कुछ देखा कि किवाड़ उढ़का लिए गए, या दुतकार कर भगा दिया

गया। सबसे ख़राब उसे तब लगता जब उसे लौंडे-लपाड़ों की जाति का कहकर एक किनारे कर दिया जाता, जैसे कि उनमें और कूड़े के ढेर में कोई फ़र्क़ नहीं था। तब केशव को अपना कमज़ोर होना बहुत अखरता। यह बात वहाँ समझ में ही नहीं आती थी कि वे उम्र में छोटे थे और वह कमज़ोर होना नहीं था। केशव को भी अपनी उम्र नहीं दिखती थी, दिखता था तो सिर्फ़ यही कि वह बौना है... और वाकई वह था भी क्या—चीपों, बड़े पत्थरों और पहाड़ों के बीच?...किले के उस राक्षसी पहाड़ के नीचे एक किनारे पड़ा कंकड़...हल्की-सी ठोकर में भी कभी इधर, कभी उधर...जिसे हर कोई लतिया सकता था।

हर जगह वह एक ही चीज़ था—कुछ नहीं।

डोलने वालों में सुरेश अब भी था लेकिन, यह साफ़ दिखता था कि उसका डोलना धीरे-धीरे ज़्यादा तरतीबबार होता जा रहा था। गोली, चिया...या किसी और खेल में उसकी दिलचस्पी क़रीब-क़रीब एकदम ख़त्म थी। मोहल्ले की हर लड़ाई-झगड़े में ख़ुद फँसे न होते हुए भी वह टाँग अड़ाने की कोशिश करता, अक्सर तो बड़ों की तरह हस्तक्षेप कर बैठता।

उस दिन ये सब महेश के चबूतरे पर चिया खेल रहे थे कि बग़ल में रघु के घर के बाहर आवाज़ें उठने लगीं। रघु और उसके लड़के में किसी बात को लेकर झगड़ा हो रहा था। रघु क़रीब-क़रीब बूढ़ा हो चुका था और दूसरी तरफ़ उसका लड़का खूब लम्बा और कसे हुए शरीर का था। गाली-गलौज चल रही थी—रघु अपने चबूतरे से और उसका लड़का कोई बीस फुट फासले पर गली से...

केशव और साथी चियों पर बैठे-बैठे ही देख रहे थे, खेल रुक गया था। सुरेश जो चियों के खेल में नहीं था आवाज़ें सुनते ही घर के अन्दर से निकला... और लपककर रघु के लड़के के पास जा पहुँचा। उन दोनों के बीच तब सुरेश ही तीसरा था और 'क्या बात है?...क्या बात है?' करके वह वहाँ घुसपैठ भी कर रहा था। पहले तो किसी ने सुरेश की तरफ़ ध्यान नहीं दिया फिर रघु के लड़के ने अपनी दलीलें सुरेश को बताईं। उसके बाद उसकी तरफ़ से सुरेश भी चिल्लाने लगा, उन दोनों में से लड़के ने उसे सेंटा था, इसीलिए सही।

"ए रघु, यह ठीक ही तो कहता है। बकरी का नया बच्चा इसका था, उसका मोल इसे मिलना चाहिए।"

रघु ने सुरेश की तरफ़ ध्यान ही नहीं दिया...उसके सामने आख़िर वह लौंडा ही था।

"यह बकरी को गाभिन कराकर लाया था, न कि तू...बकरी भले ही तेरी रही हो...तो यह कौन बकरी माँग रहा है पर उसका जो बकरा तू बेच आया उसका मोल इसे दे दे, वर्ना ठीक नहीं होगा..." सुरेश आगे बोलता गया।

"क्या ठीक नहीं होगा...?" रघु हैरत से, आँखें मिचमिचाते हुए सुरेश की तरफ़ देखने लगा।

हक माँगनेवाला यह नया आदमी कौन आ गया...क्या इसका और रघु के लड़के का कोई साझा था?

कि तभी रघु के लड़के ने एक पत्थर गली से उठाकर बाप की तरफ़ पूरी ताक़त से फेंका। पत्थर रघु के पेट में फच्च से लगा और वह वहीं गुहारी लगाता हुआ, पेट पकड़कर बैठ गया।

"ले बेटा..." सुरेश चिल्लाया, जैसे पत्थर उसी ने चलाया हो। रघु का लड़का बड़बड़ाता हुआ दूसरी तरफ़ को खिसक गया।

घबराई हुई रघु की औरत दौड़ी-दौड़ी बाहर आई और बूढ़े को समेटकर अन्दर ले गई।

केशव के अन्दर जाने क्या-क्या हो रहा था...केशव ने अपने पिता को उठाकर दे मारा, लछमन अपने दद्दा पर लाठियाँ बरसा रहा है...सुरेश अपनी माँ को लतिया रहा है...और वह औरत नीचे से बिलबिला रही है।...सोहन ने शिवराम को एक तगड़ा रहपट रसीद कर दिया है....

क्या वहाँ यह भी हो सकता है?

सुरेश को वापस नहीं लौटना पड़ा। जिस गली से रघु का लड़का ग़ायब हुआ था, वहीं से शिवराम आ रहा था।

केशव के जेहन में शिवराम की एक ही तस्वीर थी। तेल-फुलेल से तरबतर चेहरा, साफ़-सुथरे कपड़े, हाथ में तीतर का पिंजरा। तीतर का पिंजरा ग़ायब हो सकता था, लेकिन शिवराम का काला चेहरा खूब तेल से नहाया-जैसा ही चमकता रहता था। कपड़े भी बस्ती के आम लोगों की तुलना में ज़्यादा ही साफ़ रहते थे, लेकिन शिवराम का उस समय का हुलिया देखते ही बनता था।

शिवराम के कपड़ों पर धूल चढ़ी थी और जहाँ-कहीं से वे तार-तार थे। उसके बाल तितर-बितर थे और चेहरा कई जगहों से सूज गया था। कमीज़ की जेब फटकर नीचे की तरफ़ औंधी लटकी हुई थी। हमेशा ऐंठी रहनेवाली उसकी पतली-पतली मूँछें जैसे चेहरे में कहीं थी ही नहीं। चाल में भी कुछ ज़्यादा तेज़ी और घबराहट थी।

थोड़ी देर को वे शिवराम को जाते देखते रहे...तब तक जब तक जखीरे के सामने पहुँचकर उसने अपने घर का ताला नहीं खोला और अन्दर घुस नहीं गया।

सुरेश जैसे कुछ समझने की कोशिश कर रहा था। वह इतना बड़ा अब भी नहीं हुआ था कि शिवराम को उस हालत में टोकता। शिवराम के अन्दर जाते ही वह सामने की गली की तरफ़ भागा...जैसे वहाँ किसी खज़ाने का पता उसे अभी-अभी चला था। लछमन, केशव और महेश भी पीछे-पीछे भागे। आगे कल्लन के घर पर सुरेश रुका हुआ मिला। वे सब भी जाकर सुरेश के पीछे खड़े हो गए... जैसे सुरेश उनकी पल्टन का लीडर था और उसके होते हुए वे कहीं भी निडर होकर जा सकते थे। वहाँ एक छोटा-मोटा जमावड़ा था। कल्लन का नंग-धड़ंग पेट उसकी झबरी मूँछों के साथ फड़क रहा था। वह अब भी बड़बड़ाए चला जा रहा था और शिवराम को बेतहाशा गालियाँ दे रहा था। अगल-बग़ल खड़े छुटईं, कामता के अलावा पंडित और मुल्तन भी थे।

"क्या हुआ?" सुरेश ने ही आगे बढ़कर पूछा।

"बड़ा ऐंठू बनता था..." कल्लन बोल रहा था, "आज सारी हवा निकल गई। छठी का दूध याद आ गया होगा। होशियारी जताता है। बोलेगा कि छ: वही पारेगा... और मैं क्यों नहीं ले सकता छ:...आज पकड़ में आया...कौड़ी बनाकर फेंकता है। दुनिया को चरा सकता है पर कल्लन को नहीं...याद रखेगा बच्चे अब..."

"तभी तो मैं कहूँ कि शिवराम हर बार छ: की पारी लेने की ही ज़िद क्यों करता है। कभी और कुछ लेते नहीं देखा उसे, कौड़ी बनाकर पारने का घर में रियाज़ करता होगा... ।" पंडित ने हाँ-में-हाँ मिलाई।

मजमा जल्दी ही उखड़ गया क्योंकि कौड़ी का खेल, मारपीट और उसके बाद की छीछालेदर...सबकुछ हो चुका था। छुटईं और कामता कल्लन को समझा-बुझाकर अन्दर ले गए। पंडित मुल्तन दूसरे रास्ते चले गए। केशव के सामने शिवराम का सूजा हुआ चेहरा बार-बार घूमने लगा। 'शिवराम को इस तरह अकेले में इन लोगों के साथ नहीं फँसना चाहिए था...' सुरेश लौटते हुए पूरी गम्भीरता से बोल रहा था। लड़ाई-झगड़ों में सुरेश की खुरखुराहट यों ही नहीं थी—वह मामलात को ज़्यादा गहराई से समझने लगा था। यह तो केशव को भी मालूम था कि शिवराम की कौड़ी पूरा साल चलती रहती है, लेकिन उसका ख़याल था कि शिवराम जैसा साफ़-सुथरा कपड़े पहननेवाला आदमी कुछ चुनी हुई जगहों पर जमता होगा। ज़रूर आज वह फँसाया गया होगा...

"बेवकूफ है" सुरेश आगे कह रहा था, "मैं तो जिस दिन तीतर लड़े थे... तभी समझ गया था कि यह होगा...शिवराम ने तो उस दिन अन्त ही कर दी थी, फबतियाँ कस-कस कर...बेवकूफ था जो इस सबके लिए तैयार नहीं था...किया था तो साले को बचकर रहना चाहिए था।"

केशव को लगा—सुरेश अब वाकई उनसे ऊपर उठ गया है, बड़ा हो गया है।

घर की सफाई हुई थी, खाड़ू के झाड़न से खरोंच-खरोंच कर। उसके बाद मकान का अगला हिस्सा जो पक्की अटारी के नीचे था, गोबर से लीपा गया...किनारे-किनारे खड़िया की सफ़ेदी, बीचोंबीच गोबर का हरापन जो सूखते-सूखते हल्का पीला पड़ता जाता था। एकाएक वह हिस्सा उजला लगने लगा था और एक सोंधी खुशबू वहाँ से निकलकर अन्दर-बाहर फैल रही थी।

इतवार का दिन था। केशव और उसकी बहिन को भी दिन-भर खेलने की छुट्टी दे दी गई थी।

जादव जी की बग़िया में लड़के-लड़कियाँ सिलोर माई-डंडा खेलने दोपहर के चढ़ते ही इकट्ठे हो गए थे। बेर की घनी डगालों के नीचे धूप मुश्किल से पहुँचती थी और इस तरह वहाँ छाया और उसकी ठंडक दोनों ही थे। धूप की चिलचिलाहट का असर वहाँ नहीं था।

कुछ देर खेलने के बाद केशव को प्यास महसूस हुई। बग़िया में पानी के लिए एक छोटी-सी कुइयाँ थी, लेकिन पानी निकालने का कोई ऐसा इन्तज़ाम नहीं था कि जो कोई भी इस्तेमाल कर ले। रस्सी-बाल्टी अलग से लानी होती थी। हो सकता है मन्दिर में रखी हो...पर दिन के उस वक़्त पट बन्द थे। जादव जी के घर जाकर पानी पीने का मतलब था कि उन्हें ख़बर देना कि वे उनकी बेरियों को मचमचा रहे हैं। इसलिए केशव अपने घर को ही चल दिया।

घर अन्दर से बन्द था। साँकर खड़काने से भी दरवाज़े नहीं खुले। माँ शायद सो रही होंगी, नाराज़ होंगी। केशव को हल्का-सा डर भी लगा, लेकिन तभी प्यास की तल्खी सूखे गले में फिर एक चुभन छोड़ती चली गई और वह कुछ ज़्यादा ज़ोर से ही किवाड़ों को पीटने लगा। अब वह खेलने नहीं जाएगा। चुपचाप पानी पीकर अन्दर जाकर पड़ रहने में शायद माँ को भी ऐतराज़ नहीं होगा, और घर खुलवाने के लिए एक तरह से कटिबद्ध हुआ वह साँकर को बजाता चला गया।

आख़िर दरवाज़ा खुला। माँ का चेहरा सोया-जैसा नहीं लग रहा था। उल्टे बहुत भीगा था, जैसे वह मुँह धोकर उठी हों। केशव को देखते ही उनका चेहरा कुछ खिंच-सा गया।

"क्या है?" उन्होंने केशव को कुछ इस तरह देखा, जैसे वह ग़लत घर में घुस आया हो।

"पानी!" केशव सिर्फ़ इतना ही कह सका और चुपचाप अन्दर आँगन में घिनौची की तरफ़ चला गया।

बाहर साफ़ आसमान की तेज़ धूप बरस रही थी, देखने में ही आँखें मिच-मिचाहट से दब-सी जाती थीं। माँ ने किवाड़ फिर अन्दर से बन्द कर लिये थे और ख़ाली पौर में बेमक्सद-सी खड़ी थीं। पानी डकार लेने के फ़ौरन बाद जो ठंडक केशव ने महसूस की थी वह आँगन में ही माँ को उस तरह खड़े देखकर जैसे सूख गई। अगर साफ़-साफ़ पता चल जाता कि माँ सो रही थीं और उनके सोने में केशव ने विघ्न डाला था तो शायद इतनी परेशानी नहीं होती। माँ को शायद इन्तज़ार था कि केशव पानी पीकर जाएगा और वह फिर दरवाज़ा बन्द कर लेंगी, लेकिन केशव का आज खेलने का मन नहीं था। चटख गर्मी में इतनी देर प्यास साधे रहने के बाद एकाएक जो पानी अन्दर पहुँचा तो हल्का-सा सिर-दर्द महसूस होने लगा था। चुपचाप अन्दर जाकर पड़ रहना चाहता था, लेकिन माँ अब भी खड़ी थीं उसी तरह बेमक्सद, केशव के बाहर जाने के इन्तज़ार में...उनका सारा कुछ केशव को बड़ा अजीब-सा लग रहा था...जैसे कि वह उसकी माँ नहीं, कोई और महिला थीं। किसी आत्मीय को उसके काम से न जोड़कर देखने में, कभी-कभी ऐसा लगता है। केशव के सामने सिर-दर्द के मारे कुछ धुँध जैसा फैलने लगा था और वह पौर में ही पड़ी चारपाई पर लेटने के लिए बढ़ गया।

"क्या जाओगे नहीं?" माँ ने कुछ-कुछ चौंकते हुए पूछा।

"नहीं, सिर में दर्द है, सोऊँगा।"

"रोज़ खेल से बुलाना पड़ता है और आज जब छुट्टी दी तो खेलने की तबीयत नहीं है। जाओ, आज दिन-भर खेल लो। उसके बाद फिर दिन-भर की छुट्टी नहीं मिलेगी।"

केशव, चारपाई पर पसर रहने को बढ़ा था, एकाएक खड़ा रह गया जैसे पीछे से किसी ने कालर पकड़ ली हो। यह भी अजीब बात है कि खेलो भी तभी जब माँ-बाप कहें, तबीयत हो या न हो,...वैसे ही जैसे पढ़ने ज़रूर बैठो तबीयत हो या न हो।

माँ भी उस अजनबी संसार की ही सदस्य थीं जिससे केवल धीरे-धीरे परिचित हो रहा था। उसे शिवनंगल की दुतकार याद आई—'लौंडे-लपाड़े मक्खियों से हर जगह भिनभिनाते रहते हैं।' जैसे बाहर के सब लोग केशव और उसके साथियों को फालतू समझकर दुतकारते रहते हैं वैसे उस जगह भी था जिसे उसका घर कहा जाता था।

"मुझे चक्कर आ रहे हैं...मैं नहीं जा सकता।"

"लाओ, तुम्हें चाय बना दूँ...जाकर लाखोटिया की दुकान से चाय की पत्ती ले आओ। घर में है नहीं..."

केशव की याददाश्त में पहली बार माँ उसके लिए इतनी आत्मीय हो रही थी, वरना जहाँ तक केशव को याद था कि उसकी बीमारी में भी वह तीमारदारी उसकी बहिन पर छोड़कर अलग हो लेती थी, अपना सारा काम इत्मीनान से करती रहती थी। किसी की बीमारी से वहाँ कोई खलल नहीं पड़ता था...और आज इस मामूली-सी हरारतनुमा चीज़ से माँ इतनी परेशान हो गई कि सिर्फ़ उसके लिए चाय बनानेवाली थीं!

"मुझे चाय नहीं पीनी, बहुत गर्मी है।"

माँ ने जैसे वह बात सुनी ही नहीं थी। वह अन्दर चली गई थीं, पैसे निकालने। केशव दुकान तक जाने की स्थिति में था या नहीं, यह सोचने की ज़रूरत ही नहीं महसूस की थी उन्होंने। न ही केशव के जवाब को सुनने की ज़रूरत थी। केशव जानता था कि यह आज्ञा थी जहाँ उसकी तरफ़ से क्या जवाब है, या क्या बात है, इसकी कोई जगह ही नहीं थी। उसे जाना था, क्योंकि जाना है। माँ जब तक पैसे निकालने गई केशव एक बार फिर घिनौची की तरफ़ चला गया। घड़ों के पास खड़ा रहना अच्छा लग रहा था। थोड़ा पानी लेकर मुँह पर किंछा, बाहर निकलने की तैयारी में। आँखें खोलीं, तभी निगाह पिछवाड़े की तरफ़ गई।

मकान का यह हिस्सा ज़्यादातर बेकार पड़ा रहता था... मवेशी तो पिछवाड़े के आख़िरी छोर पर बँधते थे...यहाँ भूसा वग़ैरह रखा रहता, मिट्टी के बड़े-बड़े घड़े, पुराने सन्दूक भी छोड़ दिए गए थे। एक के बाद एक, दो लम्बी पौरें थीं। ऊपर से खपरैल एक ऊँचाई से नीचे आँगन पर उतरती थी। खपरैल का अगला हिस्सा फिर नीचे था और पिछली पौर पर खपरैल धीरे-धीरे इतनी ऊँची हो गई थी कि केशव को आगे की छोटी पौर से भीतर जाने में बड़ा डर लगता था। दोनों पौर ज़्यादातर खुली पड़ी रहती थीं, लेकिन आज वहाँ एक ताला लटका हुआ था, भारी-भरकम लोहे का एक गट्टा। धूप उस पर पड़कर कुछ चिटख छोड़ती हुई उछलती थी।

"लो,...चाय का छोटा पैकेट और अपने लिए एक लैमन-चूस भी ले लेना।"

केशव ने चुपचाप पैसे ले लिए। उसे लैमन-चूस में कोई दिलचस्पी नहीं हुई।

आख़िर दुकान दूर ही कितनी थी। माँ केशव को दरवाज़े तक पहुँचाने आई और उसके बाहर निकलते ही साँकर अन्दर से फिर चढ़ा ली। चबूतरे के नीचे केशव ऐसे खड़ा था जैसे गहरे पानी में घुस गया हो, किनारे से दूर।

लाखोटिया की दुकान क़रीब-क़रीब ख़ाली थी। सिर्फ़ एक अजनबी बैठा हुआ था।

"एक छोटा चाय का पैकेट और एक लैमन-चूस..." केशव ने पैसे दुकान के अगले हिस्से में रखे टीन के बक्सों पर रख दिए।

"क्यों यार, किसने दिए हैं पैसे?" लाखोटिया ने पैकेट थमाते हुए पूछा। उसके चेहरे पर बड़ी वाहियात क़िस्म की हँसी थी।

क्या उसे मालूम था कि केशव की माँ लैमन-चूस के लिए पैसे नहीं देती? केशव का मन कुछ कहने को नहीं, लाखोटिया के गुदैले मुँह पर थूक देने को हो रहा था। सामान उठाकर वह चुपचाप चला आया।

इस बार साँकर बजाना नहीं पड़ा। किवाड़ पहले से ही खुले हुए थे। सिरदर्द और ऊपर से लाखोटिया की वह घिनौनी हँसी...केशव को हल्की मितली-सी आने लगी थी। चाय के पैकेट को अटारी की सीढ़ियों पर रखकर वह तेज़ी से आँगन के उस हिस्से में चला गया, जहाँ नहाते थे।

कै नहीं आई। उठते हुए केशव ने देखा कि पिछवाड़े की लम्बी पौर पर लटका लोहे का गट्टा ग़ायब था...वह हिस्सा खुला पड़ा था, हमेशा की तरह।

उस दिन जादव जी के यहाँ खेलते-खेलते रात हो गई। खेल शुरू हुआ था मन्दिर में, लेकिन ख़त्म ही न होने को आता था। लछमन, मुना चले गए थे...पर जादव के घर के लड़के-लड़कियाँ अब भी थे। मन्दिर के बन्द होने पर खेल जादव जी के मुख्य दरवाज़े से खुलती हुई बड़ी पौर में सरक आया। शाम होते ही इस पौर में एक ढिबरी रख दी जाती थी। इस जगह का इस्तेमाल सिर्फ़ घर के अन्दर आने और बाहर जाने के रास्ते के रूप में होता था। पौर के दाहिनी तरफ़ वही लम्बी सार थी, उसके सामने बग़िया के शुरू का ख़ाली मैदान, और दाईं ओर एक पौर और, उसके आगे फिर मन्दिर और पूरा का पूरा मैदान मिल जाता था। गर्मी में सार ख़ाली रहती थी क्योंकि मवेशियों को बाहर बग़िया के खुले में बाँधा जाता था। अब सार और मन्दिर की तरफ़वाली पौर में मवेशी बँधने लगे थे, लेकिन ढिबरीवाली पौर और बग़िया का चौकोर मैदान अब भी था। मैदान में छिपने-छिपाने की काफ़ी जगह मिल जाती थी—कहीं गाड़ी के चक्कों के पीछे, कहीं दीवारों की आड़ में। जो ज़्यादा जोखिम उठा सकते थे वे पौर और सार में जानवरों के आस-पास भी छिप जाते थे।

जब से केशव ने छवि को देखा था तभी से उसके मन में एक-एक कर एक मुलायम सनसनाहट उठती-गिरती रहती थी। शुरू के कुछ दिनों उसकी

आँखों के सामने छवि का चेहरा ही झूलता रहा, लेकिन कुछ दिनों बाद उसकी जगह बिट्टी का चेहरा आ गया—बिट्टी ने, जो उसकी उम्र की थी और बड़ी होकर शायद छवि-जैसी ही निकले, उस शाम उसकी उँगली पर केशव का पैर पड़ जाना, फिर केशव का उसकी हथेली को सहलाना, उसको बार-बार याद आता रहा। सार के खूँखार अँधेरे में उन गोरी उँगलियों से कैसी रोशनी फूटती थी। कितना मुलायम हाथ था, बेल की नई-नई पत्तियों-जैसा मुलायम। केशव एकदम बड़ा हो जाना चाहता था...कब वह इन भागा-दौड़ी के खेलों को छोड़कर सिर्फ़ बिट्टी के साथ कुछ खेल सकेगा। लेकिन यह खेल—इसे छुओ, उधर दौड़ो, इधर छुपो, कभी किसी के पास, कभी किसी और के पास...अभी तो बस यही था...क्या ऐसा नहीं हो सकता कि वह और बिट्टी एक ही साथ हमेशा छिपते। एक-दो बार उसने ऐसी कोशिश भी की, लेकिन या तो जगह ही नहीं मिलती थी और या फिर बिट्टी के एकदम पास ही बार-बार छिपो...एक बार बिट्टी ने उसे झिड़क दिया—"क्यों यहीं सटते हो...दो होंगे तो फ़ौरन...दिखाई दे जाएँगे"—और उस बार उसे मजबूरन हड़बड़ी में कोई दूसरी जगह तलाशनी पड़ी थी। शायद अगर वह बिट्टी को समझा सके तो फिर एक साथ छिपने का सिलसिला बन सकता था। कहने की तो हिम्मत थी नहीं...क्यों न चिट्ठी लिख दे। बिट्टी भी तो पढ़-लिख लेती थी। उसने अपनी पैंट की जेब टटोली, सीसे का टुकड़ा हथेली में आया। खेल के ही दौरान सार के सामने वाले मैदान में पड़ा काग़ज़ का एक टुकड़ा भी ले आया। अगली बार जान-बूझकर वह चोर बन गया। चोर को ढिबरी की रोशनी के सामने आँखें बन्द करके खड़ा रहना पड़ता था...जब तक दूसरी तरफ़ से 'रेडी' की आवाज़ नहीं आ जाए। इसका मतलब है कि वे सब छिप गए और वह उन्हें ढूँढ़ने निकल सकता है। एकान्त पाकर इस बार केशव ने काग़ज़ का टुकड़ा निकाला और दीवार पर चिपकाकर ही लिखने लगा। तब उसका दिल तेजी से धड़क रहा था, कुछ-कुछ वैसे ही जैसे रात को कभी ज़खीरा के सामने से अकेले गुज़रते समय होता था...ज़खीरा की छत से आती चुड़ैलों की छुनन-छुनन की आवाज़ें उसके कानों में टिक-टिकाती होतीं... वह भागता हुआ रास्ता तय करता था! काँपती उँगलियों से उसने लिखा—"मैं तुमसे प्रेम करता हूँ—केशव।" तब तक दूसरी तरफ़ से रेडी की कई आवाज़ें आ चुकी थीं। भागकर वह फिर खेल में लग गया। काग़ज़ का वह बासा टुकड़ा उसकी जेब में पसीने से भरी हथेली के बीच कसमसा रहा था। उसे जकड़े हुए केशव अब चिट्ठी पहुँचाने की हिम्मत टटोल रहा था। अगली बार जब बिट्टी चोर बनी, तब वह मौक़ा आया। वह छिपने न जाकर वहीं आस-पास डोलता

रहा और जब सब चले गए, तब एक छलाँग में बिट्टी के पास पहुँचा—"यह तुम्हारी चिट्ठी है"...और हाथ में पकड़ाकर एकाएक भाग गया वहीं पास की आड़ में छिपकर देखता रहा।

बिट्टी उस काग़ज़ के टुकड़े को ढिबरी की रोशनी तक ले गई। खेल भूलकर उसे पढ़ने लगी। उसका चेहरा एकदम बदल गया। बच्चों की खिलखिलाहट की जगह बड़े लोगों—जैसा चेहरा उभर आया। उसके चेहरे की लालिमा सफ़ेदी में बदल गई। कुछ देर के लिए वह भूल गई कि वह फ़िलहाल बच्ची थी और दूसरे बच्चों के साथ एक खेल के बीच थी, कि उसे फ़ौरन ही किसी को ढूँढ़ने निकलना था। केशव को ऐसा लगा, जैसे बिट्टी को चक्कर आ रहे हैं। अगर वह गिर जाएगी तो वह दौड़कर उसे उठा लेगा...किसी को बुलाने के पहले उसे चिपका भी लेगा। लेकिन वह सब नहीं हुआ...क्योंकि नहीं होना था। दूर से 'रेडी' की महीन-सी आवाज़ अगली बार आई तो बिट्टी जैसे अपने-आप से जागी। एक बार फिर काग़ज़ का वह पर्चा ढिबरी की रोशनी में उसने पढ़ा...इस बार उसका चेहरा सुर्ख़ी ओढ़ रहा था, पता नहीं, रोशनी की वजह से या कि चिट्ठी में जो था उसके कारण। फिर उसने ढिबरी की उठती लौ को काग़ज़ की नोक से छुआ दिया। लौ की महीन लकीर पीछे-पीछे कार्बन बनाती हुई काग़ज़ पर ऊपर दौड़ने लगी...बिट्टी की दो पतली उँगलियों की तरफ़—जिन पर तब काग़ज़ हिलगा हुआ था। पूरा जल चुकने पर उसने नीचे गिरा दिया और कार्बन को पैर से टुकड़े-टुकड़े करके छितरा दिया। अगले झटके में बजाय छिपे हुओं को ढूँढ़ने के लिए सार या बग़िया की तरफ़ जाने के वह अन्दर घर की तरफ़ तेज़ी से भाग गई। पास से केशव सबकुछ देख रहा था। उसे पता नहीं क्या-क्या लग रहा था। सबसे ऊपर थी ग्लानि और झेंप। उससे कोई बहुत बड़ी भूल हो गई थी। क्या सोचती होगी बिट्टी कि वह इतना गिरा हुआ लड़का है...क्या वह अब कभी उसके सामने जा सकेगा?...इसी तरह की बातें...कि तभी एक-एक करके सारे छिपे हुए...बच्चे उधर आ गए।

"क्या तुम पकड़े गए केशव?" एक ने पूछा।

केशव फ़ौरन कुछ नहीं कह सका।

"बिट्टी कहाँ है?"

केशव फिर भी कुछ नहीं कह सका।

"क्या चली गई?"

"हाँ, चली गई..."

इस बार उसके मुँह से आख़िरकार निकल गया।

"चलो, हम लोग भी चलें। काफ़ी देर हो गई है। अब बन्द करें।"

खेल ख़त्म हो गया।

केशव का पहला-पहला प्रेम-निवेदन! ग्यारह साल के लड़के के दिल से भी मोहल्ले की आवाज़ें जैसे प्रतिध्वनि में गूँज रही थीं। क्या वह भी आख़िर उसी बिरादरी का निकला जिसके शन्नो मौसी और लाखोटिया थे...घिनौना! लेकिन फिर उस दिन छवि को देखते हुए थोड़ी देर को केशव ने एक कोमल-कोमल-सी किस चीज़ को अपने अन्दर उगते महसूस किया था...

लौटती हुई गली की दाहिनी तरफ़ अशोक का वह छोटा पेड़, एक टीले पर ख़ूबसूरती से उगा हुआ, अपनी ही तरह की गोलाई में। ताज़ी डगालें और फूलों-जैसी पत्तियाँ...इतना नाज़ुक कि तने को कोई करारा हाथ धर पकड़ता तो उतने से ही उसका पोर-पोर चरमरा उठता था। किसी भी तरफ़ आसानी से झुक जाता था, लेकिन वापस अजीब छरछराहट में छूटता था...और फिर जाने कितनी देर तक थरथराता रह जाता है। सामने ज़खीरा की पट्टी थी—पेड़ के सामने तक पहुँचते-पहुँचते इतनी ऊँची हो गई थी कि लाँघना तो दूर, किसी तरह चढ़ना भी मुश्किल काम था।

बाईं तरफ़ का भीमकाय नीम का पेड़, नुकीले काले पहाड़ की छाया अशोक के पेड़ पर गिरा रहा था। ज़खीरा में उतरती रात की आवाज़ें गिर रही थीं...तालाब में फचफचाते मेंढकों की तरह। केशव तब ज़मीन पर नहीं, जैसे किसी देह पर चल रहा था, जो हर जगह से फसफसा रही थी। गुलीवर की कहानी उसने पढ़ी थी। ऐसा भी तो हो सकता है कि वहाँ नीचे कहीं गुलीवर-जैसा कोई राक्षस सोया पड़ा हो और वे सब ऊपर उसके जिस्म पर चींटियों-से रेंग रहे थे!...

यह भी तो हो सकता है कि नीचे गुलीवर नहीं, दीवान का वह लड़का था जो बदला ले रहा था—इस मिट्टी से—इस मिट्टी की औलादों से!...

कोमलता या वैसी ही बातें दबीं और फिर दबती ही चली गईं। ऊपर रह गया यह अहसास कि इस तरह की हरकतें गन्दी होती हैं। आनेवाले दिनों में बिट्टी ने उसके पास आना तो दूर, खेल में ही हिस्सा लेना बन्द कर दिया। वह अन्दर रहने लगी। जब कभी कहीं दिखती भी तो उसका स्वाभाविक खिलखिलाता चेहरा केशव को देखते ही रुआँसा हो जाता। केशव की छाया जैसे किसी भूत की छाया की तरह उस गोरे चेहरे पर एक कालापन बिखेरती थी। केशव सहमकर जल्दी ही वहाँ से हट जाता।

# घर

शिवराम ने मकान बेच दिया। वह घर खरीदा केशव के माँ-बाप ने। जीवन में पहली बार एक उनका अपना घर था...एक साध जैसे पूरी हुई थी कि कहीं कुछ स्थायी बन्दोबस्त हो जो पुश्त-दर-पुश्त चले। अब तक किराए के घर में जो उखड़े-उखड़े ही रहते रहे तो अब अपने मकान में जमकर रह सकते थे, उसे अपने ढंग का बना सकते थे। पुराना घर छोड़ने की खुशी केशव को भी थी लेकिन यह घर भी कम डरावना नहीं था, कम-से-कम शुरू के दिनों...ख़ासतौर से उसकी एक लम्बी पौर जिसमें सिर्फ़ एक छोटा दरवाज़ा था जो आँगन में खुलता था। कोई खिड़की-इड़की नहीं थी, अँधेरा ही अँधेरा बना रहता था वहाँ। केशव कल्पना किया करता कि सोहन की माँ ने इसी सीली-सीली अँधेरी पौर में दम तोड़ा होगा...वह आख़री साँस ले रही होगी और तब शिवराम कहीं पेड़-तरे तीतर लड़ा रहा होगा...या किसी चबूतरे पर कौड़ी फेंकता होगा। सिर्फ़ सोहन रहा होगा उसके पास और वह भी थोड़ी देर बाद बाहर जाकर बैठ गया होगा, आँखें मिचमिचाता हुआ।

खरीद के बाद मकान की मरम्मत, पुताई वग़ैरह कराने के लिए केशव के पिता कुछ दिनों को रुके थे। पहाड़-तरे से मुरम सारे परिवार ने ढोई थी, केशव और उसकी बहिन ने कुछ अतिरिक्त उल्लास के साथ ही। कुछ मज़दूरिनें भी लगाई गई थीं। नए घर में बड़े आँगन के अलावा, पिछले हिस्से में भी एक छोटा-सा आँगन था, जो जादव जी की बग़िया से सटा था। उधर से बेरी की एक डगाल इस तरफ़ झूम आई थी, और बेर इस तरफ़ भी झरते थे—खट्टे-मिट्ठे, बड़े गोल-गोल बेर थे उसके। आँगन में बीचों-बीच नीम का एक छोटा पेड़ था, जिसे कटवा डाला गया। वहीं लछमन के घर की तरफ़ एक पक्की हौदी बनी थी। पपीते का पेड़ रहने दिया गया था। गाय-भैंस पिछले आँगन में बाँध दिए गए थे, एक तरफ़ छप्पर डालकर। घर का मुख्य दरवाज़ा जखीरे के सामने वाले तिकोने मैदान में खुलता था। वे एक तरह से शहर में आ गए थे, पहाड़-तरे से अब बस्ती के बीचों-बीच। केशव के दिमाग़ से शिवराम सोहन और उसकी माँ का ख़याल भी धीरे-धीरे उतर गया और जल्दी ही घर अच्छा लगने लगा।

घर अच्छा लगने की सबसे बड़ी वजह थी कि वह लछमन के घर से सटा हुआ था। परछतिया में वे सब अब भी चिया खेल सकते थे। लछमन को वह अपने आँगन से टेर सकता था। लछमन के घर का खुला हुआ लम्बा चबूतरा उसके बग़ल में था और अक्सर दीया-जले के बाद जहाँ पहले उसे खेल ख़त्म करके वापस जाना पड़ता था, वहाँ अब बाद में भी लछमन के पास चबूतरे पर खेला जा सकता था। केशव रात-गए तक लछमन के घर में रह सकता था... जब चाहे माँ या बहिन की एक आवाज़ पर ही अपने घर पहुँच जाए। लछमन के घर के मवेशी गर्मी के दिनों उसी चबूतरे पर एक किनारे बँधते थे और बारिश और जाड़े में चबूतरे पर ही खुलती अन्दर की कोठरियों में बाँधे जाते। उमस होती तो अक्सर चटाई डालकर लछमन के दद्दा चबूतरे पर ही पड़ रहते। तब उनकी दोनों तरफ़ लेट जाते, लछमन और केशव। लछमन के दद्दा उन्हें कभी 'सिंहासन-बत्तीसी' कभी 'बैताल-पचीसी' की कहानियाँ सुनाते। एक तरफ़ से केशव और दूसरी तरफ़ से लछमन सहमे हुए हूँका देते चलते। उनकी आँखें दूर टिमटिमाते हुए तारों की तरह लगी रहतीं...लछमन के दद्दा उघारे-बदन लेटते थे। उनके शरीर की सोंधी गंध केशव को अच्छी लगती थी...गंध जो जाड़े के सवेरे गाय-बैलों की कोठरी खोलने पर आती है। कभी चबूतरे पर लालटेन आ जाती और लछमन के दद्दा आल्हा बाँचते! तब उनके सामने एक-दो बूढ़े बैठे होते थे और उन्हीं की गम्भीर मुद्रा में लछमन और केशव भी बैठते थे। समझ में शायद कुछ भी नहीं आता था और न पूछने का मौक़ा ही होता था, लेकिन दद्दा के गाने का ओजस्वी स्वर अच्छा लगता था—'चलन सिरोही खट-खट लागी, बोलै छपक-छपक तलवार'...बरसात पड़ती होती तो यही सब अन्दर के पौर में खिसक जाता...मवेशियों की कोठरी से सटी पौर। छुट्टी के किसी दिन जब दद्दा बैलों को नहलवाने लखनसागर जाते, तो लछमन और केशव को भी ले जाते। वहाँ अपनी हथेलियों पर पट्ट पाड़ या पीठ की तरफ़ का लँगोट पकड़ वे तैरना सिखाते थे...तैरना नहीं भी सीखा था तब भी बैलों की पूँछ पकड़े हुए वे पानी में काफ़ी दूर तक चले जाते थे।

केशव को जैसे असली घर अब मिल गया था। उसके पिता यहाँ नहीं थे तो जैसे लछमन के दद्दा ने कमी पूरी कर दी थी। कभी उसी घर में खा भी लेता था। चुरकन, सत्तू या भटे के झोल के साथ चने की बासी मोटी रोटी। उस घर के अपनत्व के पीछे एक और चीज़ थी—लछमन की सबसे बड़ी बहिन मालती, छवि-जैसी ही सुन्दर, वही कद, वही नाक-नक्श। सिर्फ़ रंग ज़रूर काला था। बेहद चिकना-चिकना शरीर। लम्बे बालों की काली चोटी काफ़ी नीचे तक

पहुँचती थी और पीछे से लगातार झूलती रहती। अक्सर केशव मालती को पीछे से देखता हुआ खो जाता। उसके सामने दूर कहीं पहाड़ी से गिरती हुई धार की लम्बाई तिरने लगती। मालती की चहकती हुई आवाज़ दिन-भर उस घर को गुँजाती थी। उसकी बातचीत में रस और वह मुलायमियत थी जो केशव को उस सारे माहौल में कहीं और नहीं दिखती थी। वह केशव का ख़याल भी काफ़ी रखती थी। वह कब से खेल रहा है, भूख लग आई होगी, वग़ैरह-वग़ैरह।...

एक बार माँ और बहिन शहर से बाहर गई हुई थीं—पिताजी के तबादले के लिए कुछ कहा-सुनी करने। तब केशव के घर की देखभाल मालती के ही ज़िम्मे थी। वह यहाँ आकर केशव के लिए दोनों वक़्त का खाना बना देती और झाड़ू-बर्तन भी कर देती थी। रात को वह सो जाता था लछमन के दद्दा के पास चबूतरे पर या फिर अन्दर पौर में। केशव मुग्ध-सा मालती के काम करने की हर छोटी-से-छोटी हरकत को देखता रहा। वह कितनी सुन्दर थी...सुन्दर औरत और वह भी बिना घूँघट के। यहाँ की औरतें तो ज़्यादातर घूँघट में या कम-से-कम सिर तो ढके रहती ही थीं। पहला दिन तो केशव का मंसूबे बाँधने में ही चला गया। दूसरे दिन जब मालती झुके-झुके झाड़ू लगा रही थी, केशव रोक नहीं सका...उसकी पीठ पर चढ़कर चिपक गया।

..."क्या करते हो? केशव बेटे, काम के समय खेल नहीं। लड़कियों से नहीं, लड़कों से खेला करो।"

और उसने खड़े होकर केशव को एक तरफ़ बिना किसी प्रयास के झिटक दिया। तब केशव को याद आया था कि वह उम्र में मालती से काफ़ी छोटा था। मालती के लिए मन में फिर भी बहुत-कुछ बना रहा। कम-से-कम वह बिट्टी-जैसी कठोर तो नहीं निकली थी। उम्र में बड़ी हुई तो क्या...! मालती की तरफ़ से भी उसके बाद ऐसा कुछ नहीं हुआ, जिससे लगता कि कहीं कुछ बदल गया था, उसने केशव की हरकत को हरकत-जैसा ही लिया और टाल दिया था। केशव के लिए उसका स्नेह अब भी पूर्ववत् था। केशव स्वयं भी उस घटना को जल्दी ही भूल गया। मालती के पास, अक्सर उससे सटे हुए बैठना अब भी उसे बेहद अच्छा लगता है। कभी-कभी उसकी बाँह में अपना हाथ भी डाल देता, पीछे से जाकर गर्दन में हाथ डाल देता या कभी आँखें मूँदकर पूछता कि बताओ कौन है? वह सब क्या था, इसके बारे में न तो मालती ने ही सोचने की ज़रूरत समझी थी और केशव को तो ख़ैर तमीज़ ही कहाँ थी। उसके लिए तो यही काफ़ी था कि उस झाड़-झंखाड़ वाले मुहल्ले में ही कहीं कोई है जिसके क़रीब होने से उसे बहुत सुख मिलता है, जिसके हाथ की दी हुई चीज़ ज़्यादा ही स्वादिष्ट होती है।

नए घर में आना इस तरह केशव के लिए एक वरदान साबित हुआ। पहाड़ की किसी दमघोटू खोह से निकलकर जैसे वह किसी मैदान में आ गया था और आदमी की तरह पहली बार खुली साँस ले सकता था। अपना घर जो उसे हमेशा सिर्फ़ खड़ी दीवारों की एक इमारत मात्र लगता रहा था अब उसकी बराबरी पर ही वह दूसरा घर भी था जहाँ वह घर जैसा महसूस करता। इसलिए उसका ज़्यादा समय वहीं बीतने लगा था। खेलने के लिए भी अब और कहीं जाने की ज़रूरत महसूस नहीं होती थी। घर के बाहर का वक़्त भी ज़्यादातर लछमन के साथ ही गुज़रता था और उसके बाद फिर वही घर। अपने घर तो जैसे वह बार-बार आवाज़ देने पर या फिर खाने और सोने चला जाता। सिर्फ़ उन्हीं मौक़ों पर उसे यह याद आता कि वह पैदा कहीं और हुआ है, लछमन के घर नहीं। अँधेरे में पहाड़ पर उतरातीं वे तरह-तरह की तस्वीरें, जखीरे के छत की चुड़ैलों की आवाज़ें जैसे कहीं दबने लगी थीं और उनकी जगह उभर रही थीं चलती-फिरती तस्वीरें—लछमन, लछमन के दद्दा, मालती, मामा भी।

मामा का स्नेह उसके लिए लगातार बढ़ रहा था। वे ही थे जिनसे केशव को कुछ चीज़ें मिलती थीं—कभी कोई उम्दा कापी, कभी कोई पैन। वे बाहर जाते तो केशव के लिए ज़रूर कुछ-न-कुछ लाते—कभी ताश की गड्डी, कभी लूडो, कभी मुँह का बाजा। त्योहार के मौक़ों पर अगर वे कुछ न ला पाते तो पैसे ही देते थे जिनसे ताजिया के मेले का मसाला (गरी, मिसरी आदि का मिक्सचर) जैसी चीज़ें खरीदकर खाई जाती थीं। ऐसे मौक़ों पर वह केशव की बहिन को भी बराबरी से देना न भूलते। वे केशव को अब भी पढ़ाते थे—कभी अन्दर, कभी बाहर चबूतरे पर बिठाकर—पढ़ाने में भी कभी झिड़क या डाँट का इस्तेमाल उन्होंने नहीं किया। केशव को अक्सर लगता था कि उस बस्ती में मीठी आवाज़ में बोलनेवाले वे ही एक-दो हैं जो तब उसके इर्द-गिर्द थे। मामा आदमी थे, इस लिहाज़ से वे उस बस्ती में और भी एकदम अलग दिखाई पड़ते थे, जैसे सफ़ेद कपड़ों की वजह से उन्हें अलग पहचाना जा सकता था।...

केशव की अपनी दुनिया दूसरा रंग ओढ़ रही थी।

उस रात नारायण काफ़ी देर तक मन्दिर खोले बैठा रहा। उस तरह की कोई बन्दिश नहीं थी और भोग लगाने के बाद कभी भी मन्दिर के पट बन्द करके जाया जा सकता था। जादव जी की तरफ़ से सिर्फ़ इतना था कि आरती होने के बाद घंटा-आध-घंटा खुला रहे तो अच्छा है। जिन भक्तों को आना होता, वे

आरती के नगाड़ों की आवाज़ सुनकर आ जाते और उसके फ़ौरन बाद प्रसाद लेकर चले जाते थे। एक-आध बूढ़े ज़रूर ऐसे थे जो बैठकर वहीं माला फेरने की ज़िद में होते। पर वे भी जहाँ नारायण को पट बन्द करता देखते, वापस चल देते।

नारायण को इस बस्ती में लानेवाला पंडित था। जिस गाँव से वह आया था, वहाँ नारायण उसका असल चेला था। खूब सेवा किया करता, यहाँ तक कि कभी-कभार मालिश भी कर देता था। नारायण एक तरह से अनाथ था और इसलिए जब पंडित का इस बस्ती में पूजा-पाठ का सिलसिला बन गया तो उसने नारायण को भी बुला लिया। जादव जी ने अपने मन्दिर और अखाड़े की योजना बनाई तो पंडित ने मन्दिर में पूजा करने के लिए नारायण को चिपकवा दिया। जब तक नारायण कुछ और जुगाड़ करता, उसके खर्चे-भर के पैसे निकल आते थे। रहने के लिए मन्दिर में इजाज़त ज़रूर नहीं मिली थी लेकिन बग़िया के दूसरे छोर पर बाहर की तरफ़ जादव जी की एक पुरानी कोठरी थी जो छवाई-पुताई कराकर नारायण के रहने के लिए बना दी गई थी। उसके खाने-भर के लिए सीधा भी जादव जी के घर से आ जाता और तीज-त्योहारों के दिन उसे जादव जी के यहाँ खाने पर भी बुला लिया जाता, ब्राह्मण को खिलाने से पुण्य होता है।

छवि को उसने ऐसे ही एक मौक़े पर देखा था। वह खाने बैठा था और छोटे बच्चे मौजूद न होने की वजह से छवि ही परोस रही थी। परोसने के दौरान एक बार छवि ने भी आँख उठाकर देख लिया—पैने नाक-नक्श, चमकता रंग, गाँव का ताजा-ताज़ा शरीर, तिलक लगा ऊँचा-ऊँचा माथा। थोड़ी देर के लिए छवि ठिठक गई थी।

उस साल की रामलीला के लिए नारायण के रूप के अनुसार राम बनने का प्रस्ताव उसके पास आप-से-आप आ गया। छवि को तब नारायण के सजे-सँवरे रूप को देखने का मौक़ा मिला। राजा राम की सवारी उसके सामनेवाली गली से ही निकलती थी। मुकुट लगाए, पीताम्बर पहने वह एकदम राजा का लड़का लगता था। जो नहीं जानते थे वे यह समझ भी नहीं सकते थे कि वह एक मामूली पुजारी होगा।

और छवि शाम को मन्दिर जाने लगी, राजा राम के रूप की झलक के अंशों को फिर से बटोरने के लिए। शुरू-शुरू में सिर्फ़ कभी-कभी जाती और वह भी किसी के साथ ही। धीरे-धीरे यह जाना और ज़्यादा होता गया। भीड़ में भी नारायण का उसके लिए पक्षपात उसके गहरे तक देखने से झलक ही जाता। छवि शर्म से लाल हो उठती और अचकचा कर अपने अगल-बग़ल और भाई-बहिनों की तरफ़ देखने लगती। जल्दी ही वह दूसरी समझदार

लड़कियों के साथ मन्दिर जाने में कतराने लगी थी। ढूँढ़-ढूँढ़कर बच्चे-बच्चियों के साथ ही जाती और फिर ऐसे मौक़ों पर बिना बोले हुए आँखों की बातचीत चलती रहती।

वह जानती थी कि यह सब पाप है। दरअसल यही अर्थ था जिसमें इस तरह की बातें उस बस्ती में ली जाती थीं और यही बचपन से ही छवि में भी फैलाया गया था। अन्दर, बहुत अन्दर यह एक तरह का बाँध था...लेकिन वहाँ कभी इधर से, कभी उधर से खुलक कर बहाव फूट ही पड़ता। छवि फूटन को भरने की कोशिश भी करती, कि बहाव दूसरी तरफ़ से खुलक जाता। कब से खेलना बन्द हुआ और वह बखरी की चहारदीवारी में क़ैद कर दी गई। बस्ती की गलियों में कभी जाने को मिलता तो सिर्फ़ त्योहार के दिन, वह भी ढेर सारे झुंड के साथ और उसके बाद फिर दिनों-दिन वही दीवारें, वही कमरे, वही लोग! दिन-भर की उस क़ैद के बाद शाम को मन्दिर चले जाना एक तरह की मुक्ति भी थी। यह भी शायद न हो पाता, अगर मन्दिर में किसी को मना करना ग़लत न समझा जाता और अगर उस मन्दिर का रास्ता घर के अन्दर-ही-अन्दर से न होता।

यहाँ से भी वह वापस लौट जा सकती थी। वापस अपनी उसी बँधी-बँधाई ज़िन्दगी में!...लेकिन कुछ क्षणों की यह अनुभूति उसे उकसाती रही थी। घर में वह कितनी मामूली थी—उस घर में, जहाँ तीनों जादवों के परिवार थे और उसकी उम्र की लड़कियाँ ही पाँच-छ: थीं। वहाँ ऐसा भी नहीं लगता था कि कोई उसके बारे में सोचता था। किसी को शायद यह भी पता नहीं था कि उसकी उम्र क्या हो गई और उसमें कौन-से परिवर्तन हो रहे हैं। बाहर खेल बन्द होने के बाद के जो दिन थे, उनमें हर रोज़ कोई-न-कोई नई बात उसे अपने शरीर में पैदा होते, फैलते महसूस होती। मन के अन्दर एक छोटी-सी कटोरी-जैसे आकार ने जन्म लिया था जो फिर बढ़ता ही गया। अब एक पूरे-का पूरा कटोरा था वहाँ जिसमें कुछ भर लेने की ललक चाहे-अनचाहे बनी ही रहती। उस भीड़ में जहाँ वह बहुत मामूली थी, उसे कहीं किसी कोने में गैरमामूली बन जाने की कशिश सालती रहती। नारायण के पास उसे यही मिला था। उन कुछ क्षणों में वह एकदम विशिष्ट हो उठती। अपने आप को इस रूप में देखना उसे अच्छा लगता। इसी अनुभूति को दोहराने की जैसे आदत बन गई थी जो उसे बराबर मन्दिर लाती रही। बराबरी से कहीं कुछ ग़लत था यह भी सवाल उठ बैठता था और आज बाजी इसी ने मार ली थी। उसने यह फ़ैसला किया था कि वह आगे नहीं बढ़ेगी। नारायण उस घर का एक मामूली नौकर ही तो था—उतना ही मामूली जैसे बग़िया में लगा हुआ माली या मवेशियों की उसार करनेवाला बरेदी। किसी

को एक-न-एक दिन भनक पड़ेगी ही और तब कोई भी छवि की तरफ़ खड़ा नहीं होगा। अच्छा था कि यहीं से वापस लौट आया जाए।

उधर नारायण था कि अब भी इन्तज़ार किए जा रहा था। उस अनाथ लड़के के लिए शायद जीवन में पहली बार एक कोमलता का घेरा कहीं बँध रहा था... छवि की आँखों में उठता-तैरता घेरा। जादव जी, विशेषकर मँझले जादव के क्रोध से वह वाकिफ था। किसी दिन भी उन्हें पता लग सकता था और कम-से-कम इतना तो किया ही जा सकता है कि उसे मन्दिर से अलग कर फिर अनाथ होने को बाहर फेंक दिया जाए। बाहर तब क्या था—वापस लौट जाना और पहले की तरह आवारा इधर-उधर भटकना। दो जून खाने के लिए रिश्तेदारों पर मोहताज रहना...उन्हें खुश रखने के लिए कमरतोड़ मेहनत...इसके अलावा एक और चीज़ भी थी, पंडित का ग़ुस्सा। उसके दो सुख एक साथ ही छीने जा सकते थे—छवि की आँखों का सम्मोहन और अपने पैरों पर खड़े होने का सुख भी... और उसके बाद दुखों की कतार। फिर भी वह लाचार था। ज़िन्दगी में औरत की पहली नज़दीकी...माँ-बहिन, घर-परिवार सबके स्नेह का पूँजीभूत एक द्रव्य था जो छवि की आँखों में बाहर होकर उस तक जाता था, इतना कि सिर्फ़ ये कुछेक क्षण बाक़ी और घंटों को एक तरह से रंग देते थे। अपनी स्थिति का संकोच उसे था। स्थिति से भी ज़्यादा अपने व्यक्तित्व को लेकर भी वह लाचार था। जिसने बचपन से ही दुलत्तियाँ खाईं और सिर्फ़ चलते-फिरते रहने के लिए उन दुलत्तियों को हँसते-हँसते झेलना सीखा, उसका व्यक्तित्व और बन ही क्या सकता है? बाहर की दुनिया में कोई भी बात ज़ोर से कह दी जाए, नारायण के अन्दर उसे हू-ब-हू मान लेने के अलावा और कोई प्रतिक्रिया ही नहीं होती थी। एक कमज़ोर आदमी भी सामने आकर कुछ तेज़ी से बोल दे तो नारायण का सारा व्यक्तित्व टुकड़े-टुकड़े होकर ढह जाता। उसे तेज़ बोलना तक नहीं आता था। अपने इस रूप से अक्सर उसे बेहद ग्लानि होती थी। बाहर से कौन-सी ऐसी चीज़ थी जो उसमें नहीं थी—लम्बा-चौड़ा माथा, पूरे आदमी जैसा क़द, अच्छा-ख़ासा रंग-रूप और अब वह अपनी कमाई भी खा रहा था। तब भी ऐसा क्या है कि उसके अन्दर उसका अपना-आप सिर्फ़ तब तक बोलता है जब तक सामने कोई विरोधी न हो। जैसे ही कुछ हुआ कि उसके अन्दर की सारी आवाज़ें जैसे एक तरह से बन्द हो जाती थीं, वह एक जानवर हो जाता। जानवर तो फिर भी सींग हिलाकर, दुलत्तियाँ फटकार कर या पूँछ के बल कोई प्रतिकार कर बैठता है, नारायण अपने अन्दर कुछ भी कर सकने की शक्ति नहीं खोज पाता था। आँख उठाकर बराबरी से देखना भी उसके बूते का नहीं था। दरअसल छवि को

भी यों देखने के लिए पंडित ने उकसाया था। पंडित चाहता था कि नारायण छवि को भी फाँसे और फिर कुइयाँवाले मन्दिर में लाए, पर छवि को आँख उठाकर देखा तो उसे बाँधना तो दूर, नारायण ख़ुद ही बँध गया। छवि कोई बहुत पवित्र चीज़ थी और पंडित के मुँह की बासी-बासी साँस उसे कहीं दूर से भी छू ले... यह ख़याल ही नारायण को बर्दाश्त नहीं होता था।

यह पूरी तरह जानते हुए भी कि छवि के साथ बनता हुआ यह घरौंदा किसी दिन एक मामूली-सी फूँक में ही ख़त्म हो जाएगा, उसके लिए छवि की तरफ़ बढ़ने से अपने आपको रोकना असम्भव हो गया था। उन क्षणों में छवि के रूप और गन्ध को आँखों से पीने के सुख के साथ-साथ उसे एक और सुख मिलता—जो हवा की तरह हल्का-फुल्का कहीं भी बहता रहता है, उस आदमी को उन कुछ क्षणों में जैसे अपने अन्दर कोई वज़न महसूस होता है।

आज छवि नहीं आई थी, शायद अब कभी नहीं आएगी! हो सकता है घर में किसी ने कुछ कह भी दिया हो। बग़ल के मुरली काका, जो आरती के बाद हर रोज़ मन्दिर में बैठकर ही माला फेरते हैं, वे भी जा चुके थे। उन्होंने भी चलते समय कुछ हैरत से पूछा था कि आज वह मन्दिर के पट कब तक खोले रखेगा। क्या उसे कहीं जाना नहीं? नारायण को हल्का-सा खटका हुआ था कि कहीं मुरली काका ही कुछ सूँघ तो नहीं गए। उनके सामने मन्दिर बन्द करने-जैसा कुछ करने भी लगा था कि तभी मन बदल गया। मुरली काका के बाहर जाते ही फिर थोड़ी देर बैठने की ज़िद-सी हो आई। मन्दिर के चौखटे पर बैठा हुआ वह अन्दर धुँधली पड़ती आरती की बत्ती देखता रहा। क्या वह वाकई अब कभी नहीं आएगी?

लेकिन छवि आई, मन्दिर नहीं जाएगी इस फ़ैसले के बावजूद। सब काम ख़त्म करके टहल आने के इरादे से बग़िया पर खुलती पौर के दरवाज़े तक आई, फिर थोड़ा बाहर खुले में घूमने का मन हुआ...कि तभी मन्दिर को झाँक लेने भर का भी मन हो आया। वह बन्द पड़ा होगा इसलिए जाने में कोई अपना उसूल तोड़ने की बात नहीं उठती थी।

बादल उठे हुए थे। पानी के आसार थे। बग़िया के पहले चौकोर मैदान और मन्दिर के बीच जो छोटी-सी पौर पड़ती थी, वहाँ मवेशी बाँधे जा चुके थे। उनकी दोहनी और सानी कब की ख़त्म हो चुकी थी। छोटी-सी उस पौर में दो ही बँध पाते थे। एक इस तरफ़, एक उस तरफ़। अँधेरे में उन्हें बचाती हुई मन्दिर की पक्की बखरी पर खुलनेवाले दरवाज़े तक पहुँच गई। वहाँ से उसने झाँका तो एक कँपकँपी ऊपर से नीचे तक शरीर में दौड़ गई—नारायण अभी तक बैठा

हुआ था, क्या सिर्फ़ उसके इन्तज़ार में ही...इतनी बड़ी दुनिया में कोई उसका इन्तज़ार भी करता है...कि तभी उसे याद आया कि आगे नहीं जाना है...नारायण की आँखें उस तरफ़ लगी हुई थीं। उसने छवि को पहचान लिया था और उसकी छाया को मुड़ते देखते ही आवाज़ दी, 'आपका प्रसाद रखा हुआ है...रुकिए, अभी लाया।' छवि को ठिठककर वहीं खड़ा हो जाना पड़ा। औपचारिकता निबाह ही दी जानी चाहिए...क्यों ज़ाहिर किया जाए कि उसने नारायण की वजह से मन्दिर आना बन्द किया है।

नारायण प्रसाद लेकर वहीं आ गया—उसी पौर में। अँधेरे में गोबर की सोंधी-सोंधी खुशबू और छवि के शरीर से उठती हुई गन्ध, सबकुछ एक जमा-सा नशा बनकर नारायण को गिरफ़्त में लेने लगा। एक हाथ से उसने छवि की हथेली खोली और प्रसाद का दोना रख दिया और दूसरे हाथ से उसे थोड़ा-सा चिपका लिया।

बँधे गोरुओं के लिए उन दो व्यक्तियों की ये हरकतें अजीब थीं...इसलिए वे बज उठे। एक ने कान फटकारे, दूसरे ने सींग हिलाया...एक के रँभाने की भी आवाज़ उठी।

छवि ने ख़ुद को अलग किया और तेज़ी से घर की तरफ़ चली गई।

ऊपर आसमान चारों तरफ़ से घिर आया था। मन्दिर बन्द कर नारायण जब बाहर निकला तो मोटी-मोटी बूँदों की टपाटप शुरू हो गई थी।

रात हुए कुछ ही देर हुई थी। लालटेन जलाकर केशव बाहर चबूतरे पर ले आया था और मामा और वह साँझ बीत जाने का इन्तज़ार कर रहे थे। दोनों समय मिले जो पढ़ता है वह अगले जन्म में उल्लू बनता है, ऐसा माना जाता है!

सामने की गली से कैलाश आ रहा था।

कैलाश के साथ दो और थे और वे बातें करते चले आ रहे थे। उनका आना यों कोई ग़ौर भी न करता...केशव ज़रूर उस तरफ़ देखता, क्योंकि उसका हीरो आ रहा था...लेकिन उनके ज़खीरा के सामनेवाले मैदान में क़दम रखते ही, जहाँ केशव और मामा बैठे थे, उधर की गली में भगदड़-सी मची और दस-बारह लड़के धूल उड़ाते हुए मैदान में घुस गए। इन लड़कों में छुटईं और कामता ख़ास थे। उन्होंने एक छोटे-से घेरे में कैलाश और उसके दोनों साथियों को घेर लिया।

"कहाँ से सवारी आ रही है?" छुटईं ने टोका।

"कहीं से भी...बात क्या है?" कैलाश ने कहा।

तभी कामता ने पीछे गुट से निकलकर एक जमा हाथ कैलाश के गाल पर रसीद कर दिया। कैलाश के मोटे-मोटे गाल का क्या हुआ, पर दुबले-पतले कामता का पूरा-का-पूरा शरीर काँप गया। कैलाश ने अपनी रूल उठानी चाही, पर उसे तीन-चार पहले से ही दाबे हुए थे और फिर धर-पकड़ रूल के लिए होने लगी।

"कैलाश, रूल मुझे दे दो...गुस्से में कुछ-का कुछ कर बैठेगा...रूल आप लोग छोड़ दें...छीना-झपटी में ख़ून-ख़राबी हो जाएगी..."

कैलाश का एक साथी चिल्ला रहा था। कैलाश को ग़ुस्सा वाकई बहुत तेज़ आता था। उसकी आँखें एकदम लाल हो आई थीं।

"रूल से मत बोलिए, कैलाश से वह मैं ले लेता हूँ..." कैलाश के साथी ने फिर उनको कहा जो रूल जकड़े हुए थे। छीना-झपटी में कुछ ढिलाई आ गई और रूल अब कैलाश के साथी के हाथ में आ गया था।

"चौधरी, मेरा रूल दो...मैं पिट रहा हूँ..." कैलाश गुर्राया।

"साले, बड़े शेर बनते हो, रूल का आसरा करते हो..."

कैलाश ने छुटईं का गला पकड़ लिया। इस पर वे सब कैलाश पर पिल पड़े। ज़खीरा के सामने का मैदान छोटा-मोटा कुरुक्षेत्र बन गया। धूल की गाढ़ी-गाढ़ी परतें खुरच-खुरचकर ऊपर उठने लगीं। फिर उधर से केशव के घर के मोड़ तक वे कैलाश और उसके साथियों को ठेलते ले आए। कैलाश की तरफ़ से वह और उसका एक साथी, सिर्फ़ दो ही हाथ चला रहे थे। एक साथी रूल लिए अलग खड़ा था।

केशव अपने चबूतरे पर ही खड़ा हो गया। उसे साँड़ों की लड़ाई याद आ रही थी। जानवर भी एक-एक करके लड़ते हैं, यहाँ एक तरफ़ से दस-बारह लोग उन दो को पीटे जा रहे थे। कैलाश एक को लथेड़ता तब तक दो पीछे से आ जाते। उसके कपड़े तार-तार हो गए थे।...

मैदान के किनारे-किनारे जितने घर थे सबके किवाड़ रात होने के बावजूद फटाफट खुल गए। औरतें किवाड़ों पर आ अटकीं। मर्द बाहर निकल आए। उनमें कुछ बूढ़े भी थे, लेकिन कोई चबूतरे के नीचे नहीं उतर रहा था, क्योंकि उनमें से किसी का लड़का वहाँ नहीं जूझा था। केशव ने कैलाश को पिटते देख एक बार मामा से कहा भी कि वे उसे बचाएँ। उन्होंने उसे उँगली से शान्त रहने का इशारा कर दिया। सबके सब डरते थे। बीच में उतरें तो वे भी फँसें। सिर्फ़ आज-भर की बात थोड़ा है कोई...ख़ैर तभी तक थी जब तक वे सिर्फ़ सीधा रास्ता देखते थे, इधर-उधर नहीं। एक हल्का-सा डर ज़रूर था कि आग

जो अभी दूर-दूर जल रही है कल उनके घर तक भी आ सकती है...लेकिन शायद टल जाए...उसे घर बुलाया क्यों जाए, इसलिए वे चुप थे। एक पतले धागे से लटके हुए थे...असमर्थ, अपनी ही औलादों से हारे हुए! कोई तीसरी शक्ति—क़ानून या पुलिस का साया—उस इलाक़े में अगर नहीं था तो ये ही मिलकर उस सबके ख़िलाफ़ एक मोर्चा बना लेते...इतनी सूझ उनमें नहीं थी। शायद वे इसी के बीच पलकर बड़े हुए थे। जब तक ख़ून गरम है यह सब होगा...ठंडा पड़ने लगेगा तो ख़ुद साले ठंडे पड़ जाएँगे...जैसे वे और शायद उनके बाप एक बिन्दु पर आकर पड़ गए होंगे। तब तक भी ज़्यादातर आपस में ही जूझते हुए कटते-मरते रहेंगे। और बस वे टाल रहे थे, हर कोई ही लगातार। कोई यह नहीं सोचता था कि गर्म जब तक ठंडे पड़ेंगे तब तक दूसरों पर गर्मी चढ़ चुकी होगी...और यह सिलसिला पानी की नई-नई धार की तरह आता, जाता और फिर आता रहेगा।

कैलाश का तीसरा साथी केशव की तरफ़ रूल लिये खड़ा था। कैलाश पीछे हटता हुआ उधर को आया और उसके हाथ से रूल झटके से लिया... और गुप्ती निकाल ली।

"आओ सालो...नाई की औलादो...हजामत के अपने उस्तरे भी ले आओ..."

"कैलाश भैया, गुप्ती मुझे दे दो...अनर्थ हो जाएगा..." पीछे से उसका साथी चिल्लाया।

वे सब पीछे हट गए। छुटई ने सबको निकल भागने का इशारा किया।

"आज इतना ही काफ़ी है, एक दिन तेरी इसकी भी ऐसी-तैसी कर दी जाएगी..." भागते हुए उसने कहा।

मैदान ख़ाली हो गया था। कैलाश अपने कपड़ों की धूल झाड़ने लगा। कमीज़ जहाँ-तहाँ से फट गई थी। अन्दर से उसकी पुष्ट काली-काली बाहें झाँक रही थीं।

"तू रूल को लेकर न निकला कर...किसी दिन ख़ून-ख़राबा कर बैठेगा... फिर किसका नुकसान होगा?"

"आज मुझे कौन बचाता, बोल, यह अगर न होता...अब तो किसी-न-किसी दिन होनी ही है...ये कुत्ते साले...मैं तो कितना दूर रहता था...सालों ने घसीट लिया और अब आगे इनसे निपटना लगा ही रहेगा।"

कामता और छुटई से कोई खटकी नहीं थी कैलाश की, लेकिन यह साफ़ था कि उन्हें शिवमंगल ने चढ़ाया था। उनके साथ जो लड़के थे, उनमें कुछ स्कूली थे। ज़ाहिर था कि शिवमंगल सामने आकर नहीं खुलना चाहता था। वह पैंतरेबाजी करता था जिसका आसरा ज़्यादातर नहीं किया जाता था। वहाँ का

आम जवान तो लम्पट था—सीधा जाकर धम्म-से उठा-पटक करनेवाला... लेकिन शिवमंगल यह नई रक़म चला रहा था।

कैलाश और उसके दोनों साथी तब दूसरी तरफ़ की गली में उतर रहे थे जो महेश के घर को एक किनारे काटती हुई जाती थी।

"राइटिंग वर्क किया?" मामा ने केशव से पूछा।

खुरची धूल अभी तक वापस नहीं बैठी थी...उसकी किसमिसाहट पूरे वातावरण में उतरा रही थी। मैदान के उतने हिस्से का अँधेरा भुरा गया था। केशव ने अनमने ढंग से किताब निकाली—उसकी आँखों में पतले कंकड़ किरकिरा रहे थे और चेहरे पर धूल का बासीपन था।

मास्टर कौशल ने जब सुना तो बड़े चिन्तित हुए। उन्होंने कैलाश को बुलाकर समझाया।

"लेकिन मैं तो सिर्फ़ अपने बचाव में..." कैलाश ने कहा।

"वह ठीक है। बचाव में लड़ने को गांधी जी भी हिंसा नहीं करते थे। वहाँ तक तो ठीक है, लेकिन तुम सिर्फ़ इसी घटना को लेकर देख रहे हो, इसीलिए कहते हो। यहाँ की हवा के हर झोंके में मारपीट है और वह तुम्हें लीलने के लिए बढ़ रही है...यह तुम्हें उस गन्दगी में घसीटने की शुरुआत है। देखो, हिंसा आदमी के अन्दर और बाहर दोनों जगह है...जहाँ दो में से एक जगह कुछ दबी रही वहाँ चलता है—जहाँ दोनों ही उफ़ान पर हों वहाँ सिर्फ़ विनाश ही विनाश है। यह प्रदेश हमेशा पिछड़ा रहा है इसी वजह से...पिछले चालीस साल से मैं इसे जस-का-तस देख रहा हूँ..."

"लेकिन अगर यह आदमी की धमनियों में है तो मतलब यह कि आदमी का असल स्वभाव है...फिर इसे ग़लत कैसे कहा जा सकता है...?" कैलाश की शंका थी।

"ग़लत या सही की बात ही नहीं है...आदमी का स्वभाव तो है ही लेकिन फ़र्क़ वहाँ पड़ता है जब यह आपकी नज़र धुँधला कर रख देती है...उन्नति की जगह लक्ष्य कुछ और हो जाता है। मैं अगर शिवमंगल को गाली बक आता हूँ तो उससे मेरा कुछ नहीं बिगड़ता, क्योंकि मैं जानता हूँ कि हिंसा मेरे दिलो-दिमाग़ पर नहीं छा सकती...मैं सिर्फ़ प्रतिकार करता हूँ...एक व्यक्ति की हैसियत से... या शिवमंगल-जैसों को रास्ते पर लाने का एक ढंग इस्तेमाल करता हूँ—मास्टर की हैसियत से। 'लातों के भूत बातों से नहीं मानते'...यही समझ लो...पर इसके

आगे कुछ नहीं...मैं अपने रास्ते पर चल रहा हूँ सो शिवमंगल मुझे उससे डिगा नहीं सकता। पर तुम्हें अभी इतनी समझ नहीं है, तुम अपने रास्ते से रपट सकते हो...रास्ते की पहचान भी तुम्हें नहीं है...

"तो फिर बताइए, मैं क्या करूँ...पिटता रहा करूँ?"

"मैं कब कहता हूँ...लेकिन इन सब घटनाओं को ऊपर से बह जाने दो... आएँ तो भिड़ो पर भूल जाओ। जहाँ तुमने बदले की भावना पाली, वहाँ तुम उनके जाल में फँस रहे हो। अपने पिता को देखा—कैसे मोहल्ले में रहकर भी अलग हैं!"

"सबके लिए वह सम्भव नहीं है।"

"पर तुममें भी उन्हीं का ख़ून है..."

"आपकी बात मानूँगा...लेकिन सामने हो रहा अत्याचार देखा नहीं जाता। बदमाशों को ठिकाने लगाने का मन होने लगता है और मुझे लगता है...मैं कर सकता हूँ।"

"लाठी से लठैती को नहीं मिटाया जा सकता...तुम एक को ठीक करोगे, दूसरा पैदा हो जाएगा। वह तो जब हम तुम-जैसों को रपटने से रोक सकेंगे, तब यह वातावरण बदलेगा।"

"आप कितनों को रोकेंगे?"

"कुछ को रोकेंगे, कुछ को सुधारेंगे...उससे एक दूसरी तरह का वातावरण बनेगा। जो जिस भाषा में समझेगा, उसे उस भाषा में समझाएँगे...हम सब मिलकर।"

मास्टर कौशल सपनों में खो गए। सुधारवादी दृष्टिकोण था उनका। वे स्वयं को सिर्फ़ मास्टर नहीं, समाज बनानेवाला मानते थे...नया समाज...और कहीं नहीं तो उस बस्ती में ही सही...क्या नहीं था वहाँ? गंगा और जमुना के बीच की ज़मीन...जहाँ आर्य-सभ्यता शुरू-शुरू में पनपी...खूब उपजाऊ ज़मीन... हर चीज़ सुलभ...पानी...मवेशी...सम जलवायु, लम्बे-चौड़े सुन्दर नाक-नक़्श के आदमी...आत्म सम्मान से भरपूर...कर्मठ...चाहें तो क्या नहीं कर सकते... लेकिन यह इलाक़ा अंग्रेज़ों के ज़माने में वही था, वही स्वतंत्रता के बाद रहा। ऐंठ में ही मारा गया। आदमी डेढ़ बित्ता का हुआ नहीं कि लाठी लेकर चलने लगा। रेख आई नहीं कि मूँछें उमेठने लगा...आल्हाऊदल की याद करेगा...यह नहीं देखेगा कि वे सबकुछ छोड़कर चल भी दिए थे...एकदम वैरागी स्वभाव...

मास्टर कौशल को यहाँ की हिंसा के नीचे ताक़त-ही-ताक़त दिखती थी। सवाल उसके समुचित उपयोग का था। तभी इस हिंसा को एक दिशा दी जा

सकती है। उन्हें यह काम मुश्किल भी नहीं दिखता था। उनके लिए एक क्षेत्र सुलभ था—स्कूल! सिर्फ़ कार्यकर्ता चाहिए। नहीं हैं तो बनाए जाएँ, मास्टर कंठी एक बार प्रिंसिपल बन जाएँ, फिर यही स्कूल पूरे समाज का वातावरण बदलनेवाले कार्यकर्ता पैदा करेगा। स्कूल वह होता है जो प्रिंसिपल होता है।

उन्हें मास्टर कंठी से बड़ी आशाएँ थीं।

कलक्टर साहब की कोठी शहर के एकदम बाहर थी।

उस इलाक़े को सिविल लाइन्स का नाम दे दिया गया था, शायद इसीलिए कि वहाँ अफ़सरों के बँगलों के अलावा और कुछ नहीं था। स्कूल ही शहर के एक किनारे पड़ता था और यह इलाक़ा तो स्कूल के भी थोड़ा आगे था। इधर की सड़कें पक्की डामर की थीं जो आगे जाकर शहर की इस दिशा को बाहर जानेवाली मुख्य सड़क से मिलती थीं...बिजली के खम्भे इधर काफ़ी पास-पास थे, लेकिन छोटे-छोटे बल्ब अजीब पीली और मरी-मरी-सी रोशनी छोड़ते थे। बिजली के बावजूद रात होते ही यह इलाक़ा सुनसान होकर शहर से कट-सा जाता था, एक तरह से। दिन को भी आलम बहुत फ़र्क़ का नहीं होता था। कभी किसी कलक्टर ने अपना दफ़्तर कोठी में ही बना लिया था, इस आधार पर कि उन्हें रहने के लिए इतने बड़े मकान की ज़रूरत नहीं है और सरकार को उस इमारत के अतिरिक्त स्पेस का इस्तेमाल करना चाहिए। तब से फिर ऐसा ही होता चला आया। सभी अफ़सरों को यह माफिक बैठता था।

रात के अँधेरे में वह कोठी एक गहरी खोह-सी लगती थी...इस मुँह से आवाज़ लगाओ तो रास्ते में ही कहीं भटककर टूट जाएगी, उस पार पहुँचेगी ही नहीं। शहर से बाहर होना, अँधेरा ओढ़े रहना ही जैसे उसके लिए काफ़ी नहीं था, इसलिए चारों तरफ़ से घने और ऊँचे-ऊँचे दरख़्तों से ढँक-मूँद रखा था उसने ख़ुद को। ओढ़ना-मूँदना भी नई दुल्हन का था। कुछ बाहर के हाव-भाव और शृंगार भी होंगे, पर अगर वह बहू थी भी तो थी पुरानी खुर्राट...विलायती झुर्रियों को स्वतन्त्रता के बाद वाली 'कास्मैटिक्स' से दबाने की कोशिश करती हुई।

कोठी की इमारत ऊँचाई पर थी। अँधेरे में झूमते हुए पेड़ों के बीच वह बँगला एक छोटा-मोटा 'विला' या 'रिट्रीट' लगता था, जहाँ कोई थका-माँदा बूढ़ा रिटायर होकर गुज़रे हुए ज़माने को इत्मीनान से याद कर सकता है।

उस दुनिया के बाहर जो कुछ भी था वह नकली था...आएगा...जाएगा...चलता रहेगा...सिर्फ़ वह कोठी रहनेवाली थी। इतने सालों से अभी तक खड़ी

ही थी। बस्ती की गन्दी नालियों में हर साल नए मच्छरों के झौर आते थे...कुछ मरते थे...कुछ आपस में भन-भन करते जूझते रहते...कुछ रह जाते, अगले साल मरने के लिए। यह दो-तीन साँड़ भी छुट्टा घूमते रहते थे...कुछ दिनों में वे भी झुराकर कहीं बैठे पगुराते होते। यह तो इस बस्ती का जीवन-प्रवाह था...सतत जीवन-प्रवाह, जिसे मनु की तरह बँगले की एक उठी हुई जगत से देखता रहता असाधारण पोशाक का एक साधारण-सा आदमी। फ़ोन के बन्दे को भी उसने कोठी के बाहर दूसरी तरफ़ के बरामदे में निकाल फेंका था—चपरासी थे...वे जानें, उनका काम जाने। असाधारण पोशाकवाले उस साधारण आदमी के पास रात को ट्रांजिस्टर रहता था जैसे दिन को अख़बार रहते थे। उसकी आँखें और कान बस्ती की तरफ़ कम, हैडक्वार्टर्स की तरफ़ ज़्यादा रहते थे।

जो भी कलक्टर इस ज़िले में आते, उनके दिमाग़ यहाँ के लड़ाकू स्वभाव के बारे में पहले से ही इतने भरे होते कि उनकी सबसे पहली चिन्ता अपनी जान-माल की हिफ़ाज़त होती थी। यह चिन्ता तब से और भी जायज़ बन बैठी थी जब एक बार शहर के किसी मशहूर गुंडे ने कलक्टर और एस. पी. दोनों के यहाँ एक ही रात चोरी कराई थी और ऐलानिया कलक्टर की लड़की को लेकर भागा था। कलक्टर और उस गुंडे की ठना-ठनी उस इलाक़े की एक हमेशा ताजा रहनेवाली कहानी थी, जिसका पाठ हर नए कलक्टर को कराया जाता था। उस गुंडे को जान से मार दिया गया था लेकिन उसके पहले उसने लड़की का ख़ुद रेप किया था और अपने साथियों से भी कराया था और जब उसके पेट में बच्चा आ गया था तब बतौर तोहफे के उसे वापस भेज दिया था। इस बात को हुए कई साल हो चुके थे...पहले कुछ तनातनी भी रही, लेकिन धीरे-धीरे गुंडों के ख़िलाफ़ पुलिस की दुश्मनी सिर्फ़ नाममात्र की रह गई। उस बात को उस कलक्टर और उस गुंडे का व्यक्तिगत मामला करार देकर नए अफ़सरों ने भी अपनी स्ट्रैटेजी बदल डाली थी। हालाँकि यह मामला व्यक्तिगत एकदम नहीं था, दो संस्थाओं का मामला था—वह कलक्टर इस इलाक़े से गुंडागर्दी ख़त्म करने के लिए कटिबद्ध होकर आया था। दुर्भाग्य से उसकी पहली टक्कर ही सबसे चोटी के गुंडे से हो गई और फिर बात एक-दूसरे के स्वाभिमान पर उतर आई। कलक्टर जिस इलाक़े का था वह उसका दम भरता था और इस गुंडे के सामने इस इलाक़े की नाक का सवाल था। उस टक्कर का नतीजा जो निकला वह निकला, पुलिस को मोहल्ले के छोटे गुंडों, वहाँ की दूसरी ग़लत बातों के लिए उस कलक्टर के वक़्त में कभी समय नहीं मिला और शहर का असल जीवन-स्वभाव अपनी पुरानी गति से चलता रहा। वहाँ एक खरोंच भी नहीं पड़ी, जैसे

पहले कभी नहीं पड़ी थी। उस घटना के बाद हर कलक्टर के घर एक आर्म्ड गार्ड ज़रूर मुस्तकिल तौर पर दे दिया गया।

उसके बाद से जो भी साहब लोग आए, सब बड़े सतर्क होकर चलते थे। उनका एक ही मकसद था—अपना समय किसी-न-किसी तरह बिना कुछ ख़ास हो-हल्ले के काट जाना। उनका बस चलता तो आते भी नहीं। आदेशों के बाद भी किसी और जगह की तैनाती की पूरी कोशिश करते थे बेचारे, लेकिन किसी को तो आख़िर आना ही पड़ता था।

कलक्टर साहब की कोठी को एक छोटे-मोटे किले का रूप दे दिया गया था। तारों से घिरी हुई थी। दूसरे गेट को बाँधकर बन्द कर दिया गया था। सिर्फ़ सामने की सड़क पर एक ही गेट था जिस पर से चढ़ाई वाली कंकरीली सड़क ऊपर कोठी तक पहुँचती थी। कंकरीली सड़क में आवाज़ होते ही उधर से आर्म्ड गार्ड चिल्लाता था, "हैंड्स अप!"

इधर से कहना पड़ता था, "फ्रैंड"—तब उसकी बन्दूक नीचे होती थी। रात को कोई अगर न बोले तो गार्ड गोली चला सकता था। दिन में उतनी सख़्ती नहीं थी।

कलक्टर साहब से मिलना सबके बस की बात नहीं थी। वे सिर्फ़ चुने हुए लोगों से मिलते थे। उस लिस्ट में शहर के नेता पहले और सेठ-साहूकार नम्बर दो पर थे। तीसरी श्रेणी छोटे-मोटे अफ़सरों की थी। फ़ोन पर हर किसी से या हमेशा बात करना उनकी शान के ख़िलाफ़ था। कलक्टर का फ़ोन लगाते ही उधर से आवाज़ आती, 'श्रीमान कलक्टर साहब की कोठी से...हलो...आप कौन बोल रहे हैं...' आधे से ज़्यादा लोगों की तो फ़ोन उठानेवाला ही छुट्टी कर देता था—'हुज़ूर तो अभी हैं नहीं' या 'हुज़ूर अभी आराम कर रहे हैं।' 'बाथरूम में हैं' कहने का चलन इधर नहीं था। कभी-कभी उसे कहना पड़ता—'देखकर बताते हैं'...और वह अन्दर पूछने चला जाता। अगर साहब को बात करनी हो तो फ़ोन वहाँ से लाया जाता। फ़ोन का तार इतना लम्बा होता था कि साहब के घर के किसी कोने में तो क्या, अगर वे बाहर बगीचे के दूर कोने में भी टहल रहे हों तो फ़ोन वहाँ पहुँचता था। अफ़सरों की बातचीत कराने में फ़ोन-अर्दली को काफ़ी मुश्किल गुज़रती थी। जहाँ अफ़सर नीचे तबके का हुआ वहाँ परेशानी नहीं थी, क्योंकि ऊँचे अफ़सर वाले चपरासी को अड़ना ही था कि पहले उधर का आदमी अपने साहब को फ़ोन दे और फिर अर्दली उस अफ़सर को फ़ोन पर टाँगे हुए कलक्टर साहब के पास पहुँचे। कलक्टर साहब इतनी मेहरबानी बख्शते कि बात कर लेते थे। बड़ी ही थपकी देनेवाली आवाज़ में ... 'कहो कैसे

हो...?' ज़िले के ज़्यादातर अफ़सर फ़ोन पर पहले आ जाते थे। दिक़्क़त कप्तान साहब (एस. पी.) के फ़ोन पर और एक चार्ज अफ़सर के फ़ोन पर पड़ती थी। इधर का चपरासी न पहले कप्तान साहब को फ़ोन पर लाने को तैयार होता, न उधर का। कप्तान साहब कोई कलक्टर के नीचे थोड़े ही थे। चार्ज आफीसर यों नक्शा लेता था कि वह कलक्टर से भी सीनियर था वहाँ, हालाँकि उसे उतने चपरासी नहीं मिले हुए थे, पर वह फ़ोन का काम अपने नौकर से कराता था। शुरू-शुरू में काफ़ी परेशानी होती थी और बातचीत कराने में अच्छी-ख़ासी देर भी हो जाती थी। अक्सर यह समझौता आप-से-आप हो जाता था कि जिसके यहाँ से फ़ोन आए, वह लाइन पर पहले आए।

कलक्टर साहब तब आफ़िस से निकलकर बरामदे में खड़े थे। दो-चार फाइलें थीं, उन्हें निपटा दिया गया था। बोर होकर उन्होंने सिगरिट सुलगाई थी और कश लेते हुए बरामदे से अपने खेत की तरफ़ देख रहे थे। अच्छी फसल आई थी इस बार, सब बँगलों से अच्छी। उनके पास एरिया भी सबसे ज़्यादा था और आदमियों की भी कमी नहीं थी। दस आदमी उन्होंने शुरू से ही खेत के लिए लगा रखे थे। पानी की व्यवस्था खेत में न सही तो क्या, बाहर के बाथरूम से बाल्टियों में पानी ले जाकर वे आदमी दिन-भर पाटते थे। फसल अच्छी खड़ी थी।

तभी फ़ोन-अर्दली केस में बन्द फ़ोन का चोंगा एक हाथ से उठाए हाज़िर हुआ—"हुज़ूर, कप्तान साहब।"

कलक्टर साहब ने फ़ोन लिया। उधर से 'एक मिनिट सर' की आवाज़ आई। कलक्टर साहब ने थोड़ा तरेर कर अर्दली को देखा। तभी कप्तान साहब लाइन पर आ गए थे।

"कहिए साहब...अभी तक कोर्ट नहीं गए?" उधर से आवाज़ आई।

"क्या करूँ सवेरे से मुलाक़ातियों से तंग हूँ," कलक्टर साहब बोले।

"लोगों को पता नहीं कि ज़िले का अफ़सर कितना तंग किया जाता है।"

"यहाँ के लोगों को काम ही और क्या है!"

"अच्छा, मैं भी आपको फ़ोन करने ही वाला...कमिश्नर साहब के यहाँ से फरमान आया है कि उपद्रव यहाँ भी शुरू किए जाने का ख़तरा है, इसलिए हिफाज़त बरती जाए!"

"अच्छा...!"

"बोस साहब भी आए थे। कहते थे, महँगाई और अनाज को लेकर जो असन्तोष है, उसका फ़ायदा उठाने की जबर्दस्त तैयारियाँ विरोधी पार्टियाँ कर रही हैं।"

"तो साहब, इसका इलाज तो आप लोगों के ही पास है, अनाज लाइए, बाँटिए। पुलिस क्या कर सकती है?"

"अब क्या किया जाय...! फिर भी मैं सोचता हूँ कि कम-से-कम ख़ास-ख़ास सरकारी इमारतों की हिफाज़त के लिए फोर्स लगा दी जाए।"

"लगा देते हैं।"

"और कुछ ब्लैक-लिस्टेड गुंडों को नज़रबन्द कर दिया जाए।"

"इससे मैं सहमत नहीं हूँ। आप तो हाल ही में आए हैं। मैं तो यहाँ की नब्ज़ को पहचानता हूँ। बरैंयों के छत्ते को छेड़ना ठीक नहीं है। इन्हें तो अपने-आप जूझने-मरने दीजिए।"

"लेकिन वे जनता को तकलीफ़ें पहुँचा सकते हैं। लूट-खसोट में भी शामिल होंगे।"

"अब थोड़ा-बहुत तो जनता को झेलने दीजिए साहब। उसे तो झेलना ही है, उन्हीं की तो पैदावार हैं ये अनडिज़ायरेबिल्स...तो उन्हें भी कुछ मज़ा चखने दीजिए। उन्हें हमने छेड़ा तो जनता का ज़्यादा नुकसान हो सकता है...मैं तो जानता हूँ न...।"

"वेस्टेड इंट्रैस्ट्स उन्हें इस्तेमाल करने की कोशिश करेंगे, इसलिए मैं सोचता था वे धर लिये जाते तो अच्छा था।"

"किस-किस को धरेंगे हम...यहाँ तो हर घर में एक आवारा औलाद पलती है।"

"हाँ वह तो है...पर हम तो अपनी लिस्ट से ही जाएँगे।"

"अच्छा, अभी तो प्रिकॉशन ले रहे हैं। ज़रूरत पड़ेगी तो देखेंगे...पकड़कर बाँध देने में लगती कितनी देर है...ऐन मौक़े पर ठीक रहेगा।"

"चलिए, तो ऐसा ही कर लीजिए...और क्या ख़बरें हैं?"

"आप बताएँ...?"

"मुख्यमंत्री, मैं समझता हूँ, ज़्यादा दिन नहीं टिक पाएँगे।"

"देखिए...अच्छा, फिर ओ.के.!"

"बॉय...!"

अर्दली ने फ़ोन का चोंगा लिया और केस में जगह पर रख दिया। इसके बाद फ़ोन की डोर समेटता हुआ बाहर चला गया। कलक्टर साहब फिर खेत की तरफ़ देखने लगे। एक राउंड लेने उधर चले गए।

खेत में काम करने वालों को वे हिदायतें दे रहे थे कि अर्दली ने आकर सैल्यूट मारी और ख़बर दी कि कोतवाल साहब आए हैं।

"अच्छा, आते हैं "

अर्दली ने फिर सैल्यूट लगाई और वापस हो लिया! कलक्टर साहब ने खेत का राउंड पूरा किया और टहलते हुए अपने अफिस के कमरे में आए। आकर घंटी दी, अर्दली ने आकर सैल्यूट दी।

"कोतवाल साहब!"

अर्दली सैल्यूट लगाकर चला गया। कोतवाल साहब ने आकर सैल्यूट दी और एक किनारे हाथ आगे बाँधे हुए खड़ा हो गया।

"आपको इसलिए बुलाया था कि सुना है, कटरा में कुछ गड़बड़ चल रही है," कलक्टर बोले।

"जी हुज़ूर, राशन की दुकान पर थोड़ा हंगामा हो गया था आज सवेरे... लूटपाट भी की गई है।'

"फोर्स भेज दी?"

"जी हाँ, वह तो ख़बर मिलते ही...मगर दुकान बन्द मिली।"

"लूटपाट कितनी हुई?"

"इन दुकानों में समान ही कितना रहता है, हुज़ूर, फिर वह दुकानदार भी धाँधलेबाज़ी किया करता है।"

"कोई मारपीट की भी ख़बर है?"

"दुकानदार ही पिट गया भीड़ से, और कोई ख़ास बात नहीं है।"

"चोट...?"

"अस्पताल भेजा है आदमियों को पता करने।"

"तो मतलब...इतनी चोट आई?"

"अब साहब, अस्पताल तो आजकल हल्ला मचवाने को चले जाते हैं। चालू लोग हैं।"

"हूँ...और...?...अच्छा मुनीरगंज की उस चोरी का क्या हुआ?"

"वही सत्ते पानवाला है सर, ये कारनामे वही करता है और हर बार छूट जाता है...हुज़ूर के पास अभी बोस साहब सिफ़ारिश लेकर पहुँचेंगे। मेरा तो ख़याल है हुज़ूर, कि इस बार हमें सख्ती बरतनी चाहिए। इस तरह से इन लोगों को शह मिलती है।"

"क्या बन्द कर लिया है?"

"जी हाँ।"

"मैं काग़ज़ात देखना चाहूँगा।"

"बहुत अच्छा, हुज़ूर!"

"आप जा सकते हैं।"

कलक्टर साहब ने घंटी बजाई। एस. डी. ओ. को फ़ोन लगाने को कहा। उन्हें हिदायतें वे दे ही रहे थे कि बच्ची आफ़िस में घुस आई।

"पापा, लंच को देर हो रही है।"

कलक्टर साहब ने बात जल्दी ख़त्म की और लंच पर चले गए।

सुरेश की पूछ पहले ही सिर्फ़ अधकचरे लौंडों तक थी, बाद में तो उन्होंने भी उसे सेंटना बन्द कर दिया था। नौजवानों में कोई उसे घास नहीं डालता था, क्योंकि उसका शरीर छोटा रह गया था। उसका छोटा भाई महेश उसकी बराबरी में आकर उसके ऊपर भी निकलने लगा था, लेकिन सुरेश की बाढ़ ख़त्म थी। दाढ़ी-मूँछें भी उसके अभी तक नहीं आईं, जबकि वह उन्नीसवें में क़दम रख रहा था। उस मुहल्ले में जहाँ जवानी पानी में मिट्टी के तेल की तरह उतराती और बदबू मारती घूमती थी, वहाँ सुरेश को जवान होते हुए भी कोई न पूछे, यह उसे अच्छा न लगता था। पढ़ाई में उसने कभी दिलचस्पी नहीं ली, क्योंकि वह हमेशा से ही सरदार बनना चाहता था। शरीर और ताक़त के बल पर सबको रौंदने वाला सरदार! इसके लायक उसे अपने में हिम्मत और ताक़त भी दिखती थी, लेकिन साला शरीर धोखा दे गया था और उसकी धाक कहीं जमना शुरू भी न हो पाई। मोहल्ले के और कसरतियों के मुक़ाबले में आने का सवाल ही नहीं उठता था। जैसा वह निकला उसमें तो बस किसी का नम्बर चार या पाँच बन सकता था, लेकिन कल्लू या किसी और का लँगोट बनना उसे एकदम पसन्द नहीं था। वह चाहता था उसकी किलेबाज़ी कहीं अलग हो। इसके लिए ज़रूरी था, उसके पास कोई हथियार हो। छुरा, चाकू तो आम चीज़ हो गई थी। कैलाश गुप्ती रखता था, कल्लू भाला लेकर चलने लगा था। सुरेश को चाहिए था तमंचा।

तमंचे की तलाश उसे इधर महीनों से बेचैन कर रही थी। उसके चक्कर में वह खूबसूरत लौंडों को छेड़ना भी भूल गया। दरअसल यह उसकी प्रकृति भी नहीं थी। मोहल्ले में एक से एक छोकरियाँ थीं और उसका जी उन पर आता था, लेकिन सबके पीछे एक-न-एक लँगोटबाज़ भूत की तरह रहता था। एक बार तो छवि की तरफ़ उसने खिसकने की कोशिश भी की थी, यह सोचकर कि सींकिए नारायण से वह निपट लेगा। नारायण को उसने एक बार छोटे लौंडे की तरह लथेड़ा भी। नारायण धौंस खाकर 'हीं-हीं' करता चला गया, पर दूसरे दिन ही पंडित ने उसे ले घेरा "नारायण को जानते हो, यहाँ कौन लाया था—तेरा

बाप! वह मेरा चेला है। उसके मामले में अगर टाँग अड़ाई, तो लुटिया के साथ बाँधकर, इस कुइयाँ में डाल दिए जाओगे, समझे...।"

उस दिन से सुरेश ने तय किया था कि जब तक अपना अलग तबका न हो, खूबसूरत लौंडों को छेड़छाड़ कर ही खुश रहना चाहिए और अब तमंचे का चक्कर था। पर तमंचा मिले कहाँ से? जब भी कभी मिल गया तो सबके सब साले उसके बस में आ जाएँगे—यह पक्की बात थी। एक मास्टर से इधर उसके ताल्लुकात दोस्त-जैसे बन गए थे। मास्टर स्कूल में ड्राइंग पढ़ाता था। एकदम दुबला-पतला, उँगलियाँ बारीक-बारीक। शरीर का सभी कुछ दुबला-पतला था, बड़े थे तो सिर्फ़ बाल और दाँत। स्कूल में शायद वही एक मास्टर था जिसका चेहरा मुस्कुराता हुआ दिखता था। शरारती लड़कों को वह बड़ी ही मुलायमियत से सहता, जैसे उन पर हाल ही चित्र बनाने जा रहा हो। उचक्कों से सभी मास्टर दूर भागते थे तो यह उन्हीं से सटता था। उनसे एकदम दोस्त की तरह पेश आता। शुद्ध पढ़ैया लड़कों में उसे कोई दिलचस्पी नहीं थी। सुरेश को उसने ही पास आने को धीरे-धीरे उकसाया और सुरेश फिर उसके घर आने-जाने लगा था। मास्टर घर में अकेला ही रहता था! बीवी-बच्चे नहीं थे। ऐसा सुना जाता था कि शादी तो हुई मगर बीवी मर गई थी, बच्चा कोई नहीं था। कुछ कहते थे, बीवी इसी वजह से मर गई थी। मास्टर का बाईं तरफ़ का पूरा गाल जल गया था, किसी हादसे में। उधर की खाल सिकुड़ी हुई थी जिससे वह अपनी उम्र से ज़्यादा का दिखता था। मास्टर के सामने एक दिन सुरेश ने अपनी दिक़्क़त रखी।

"यार मास्टर!...मुझे एक तमंचा चाहिए।"

"तमंचा?" मास्टर ने अपनी ऐनक को उतारते हुए कहा।

"हाँ...ख़ून करने के लिए नहीं, रुतबे के लिए।"

मास्टर के पीले दाँत हँसे। उसने पहले उन्हें ऊपरी होंठ से दाबा, फिर होंठ को उँगली में अन्दर दबाता हुआ चिन्ता में पड़ गया।

"देखो भाई...दो तरीके हैं। सरकारी और जायज़ तरीके से तो तुम्हें ज़िन्दगी में कभी मिलेगा, ऐसी उम्मीद मुझे कम है। बाक़ी यों अपुन तुम्हें दिला सकता है।"

सुरेश ने मास्टर के घुटने पकड़ लिए। वह सींकिया-सा मास्टर इतने काम का निकलेगा, उसने कभी सोचा भी नहीं था।

"लेकिन"—मास्टर कुछ ज़्यादा ही गम्भीर था—"उसके साथ इतनी शर्तें होंगी कि तुम्हें कुछ मज़ा आएगा, यह मैं नहीं कह सकता।"

"ज़रूर मज़ा आएगा।"

"तुम उसे शायद अपने ढंग से इस्तेमाल भी न कर पाओ।"

"इस्तेमाल करना किसे है मास्टर...मैं तो सिर्फ़...।"

"भगवान को मानते हो?"

"वह मन्दिरों में तड़ी मारकर सोनेवाला?"

"गुड...तुम्हें सबसे प्यारा कौन है?"

"मेरी माँ...बाप तो है ही नहीं, तुम जानते हो।"

"उसकी क़सम खाओ।"

"क्या?"

"कि हमारे-तुम्हारे बीच आज से जो कुछ भी गुज़रेगा, उसे तुम किसी से नहीं कहोगे!"

"क़सम खाता हूँ।"

"अच्छा, अब मैं तुम्हें कुछ चीज़ें पढ़ने को देता हूँ। उसमें ताक़त हासिल करने के नुस्खे बताए गए हैं। हिन्दी में हैं। ये किताबें अगर किसी और के हाथ पड़ीं तो यह समझा जाएगा कि तमंचा भी तुमसे छिन जाएगा।"

"यार मास्टर, तुम जानते हो पढ़ने-पढ़ाने का झमेला अपने बस का नहीं। कोर्स का एक पेज पढ़ते ही नींद आ जाती है। इसलिए रेंग-रेंगकर आठवीं में आ पाया। तुम तमंचे के छिनने की चिन्ता न करो। मेरे बराबर फुर्ती उन सालों में से किसी के पास नहीं है।"

"कोर्स की किताबें ही ऐसी होती हैं कि पढ़ी न जा सकें। उन्हें पढ़ने की ज़रूरत भी नहीं है। तुम ये पढ़ो, बड़ी दिलचस्प हैं। तमंचे का इस्तेमाल सीखने के लिए कुछ करना पड़ेगा सा'ब...ऐसे ही थोड़े...।"

सुरेश ने बड़े ही अनमने ढंग से किताबें ले लीं। सोचा, यों ही दूसरे-तीसरे दिन वापस कर जाएगा और तमंचा ले जाएगा। रात को तस्वीरें देखने के ख़याल से खोल डालीं। पढ़ने लायक लगीं। बस्ती में ताक़त हथियाने के नुस्खे बताए थे। एक छोटी-मोटी फ़ौज तैयार की जा सकती थी। ख़ुद को उस फ़ौज के सुभाषचन्द्र बोस की कल्पना करता हुआ वह किताबों को चटाचट पढ़ गया, पतली-पतली तीन ही तो थीं। दूसरे दिन ही मास्टर के यहाँ फिर से पहुँच गया। मास्टर ने इस बार उसे एक मोटी-सी किताब दी। सुरेश को पढ़ने में मज़ा आने लगा था। जहाँ बोर होता वहाँ तमंचे की प्यास फिर से पढ़वाने लगती। बाप के मरने के बाद अनाथों-जैसे घूमते हुए उन दो भाइयों के लिए ये नुस्खे अच्छे हो सकते थे। क्यों उनकी माँ दूसरों के यहाँ काम करने जाए, उसे तनख्वाह क्या उसकी मेहनत की बराबरी की मिलती है? ये सब सवाल भी उसे कुरेदने लगे थे।

अगली बार मास्टर ने उसे अपने घर रात को दस बजे बुलाया। उस रात वह सुरेश को शहर की पुरानी बस्ती की एक गली में ले गया। अब तक सुरेश को जिन लोगों से मास्टर मिलाने वाला था, उनकी ख़बर किसी को न देने की क़समें भी ली जा चुकी थीं। कई मोड़ और चक्कर के बाद आख़िर मास्टर एक जगह रुका और फिर उसने मुड़कर पीछे देख लिया। फिर झट-से सीढ़ियाँ चढ़ गया। सुरेश पीछे-पीछे गया।

ऊपर के घर का नीला-नीला रंग जहाँ कहीं से उड़ गया था, पलस्तर भी इधर-उधर से झड़ रहा था। पतली-सी किवाड़ियाँ थीं खुली हुईं। मास्टर के पीछे-पीछे सुरेश भी अन्दर खुलक गया। मास्टर ने अन्दर से दरवाज़ा बन्द कर दिया।

एक तंग-तंग कमरे में एक दुबला-पतला नौजवान लैम्प की रोशनी में लोहे के सन्दूक पर कुछ लिखा-पढ़ी कर रहा था। उसके छाती के कालेकाले बाल गर्दन से झाँक रहे थे। उसका सारा शरीर सूखा हुआ था, पर आँखें सुलगती हुईं और नथुने फूले हुए थे। कमरे में उस सन्दूक और कुछ बिखरी किताबों के अलावा और कुछ नहीं था। कुछ-कुछ मैले-कुचैले कपड़े एक अरगनी पर पड़े थे। "सुरेश!" मास्टर ने कहा।

नौजवान ने सुरेश को एक भरपूर नज़र से देखा फिर बैठने को कहा। तीनों फर्श पर बैठ गए।

नया 'इश्यू' तैयार हो गया? मास्टर ने पूछा।

"हाँ, इस बार पाँच सौ कापियाँ और करा डाली हैं। पूरी फैक्टरी कवर हो सकेगी...यह जा सकेगा?"

"क्यों, जा सकोगे सुरेश?"

"कहाँ?"

"तुम्हें अब अपने और लोगों से मिलना पड़ेगा, उन्हें पहचान लेना चाहिए... कब किसकी ज़रूरत पड़ जाए।" मास्टर ने कहा।

"ठीक है...पर...?"

"ही इज़ ईगर टु हैव ए वैपन" मास्टर ने धीरे-से कहा।

"आई, सी" नौजवान हँसा। वह हँसी जिससे कुछेकों की बौद्धिकता और भी झिलमिलाने लगती है।

"रादर अर्ली। लैट हिम मैच्योर विद अस फर्स्ट...।"

नौजवान एक रजिस्टर के पन्ने पलटने लगा, एक पासपोर्ट साइज़ की फ़ोटो निकाली और सुरेश को दिखाई।

"यह आदमी है, इसे पहचान लो...इसी को जाकर दे देना है।"

"क्या...कहाँ?" सुरेश ने पूछा।

"ये तुम्हें बता देंगे।"

"किसका काम है यह?"

"अपनी फ़ौज का काम है।" मास्टर ने कहा।

"आप तो कहते थे, तमंचा आज मिलेगा।"

"तमंचा इन्हें देना है...पर ये तुम्हें ट्राई तो कर लें। लिफाफे के बारे में भी वही हिफाज़त बरतना जो किताबों के साथ बरती थी और जो तमंचा के साथ बरतोगे...समझे!"

फिर नौजवान ने सुरेश को बाहर इन्तज़ार करने को कहा। मास्टर को उसने रोक लिया।

"इसके बारे में लोकल रिपोर्ट ले ली है?"

"ली है...रॉ तो है ही।"

"शिवमंगल...कैसा है?"

"ठीक है। इधर वह कुछ अपनी अलग ही खिचड़ी पका रहा है। इधर के लोग अपने व्यक्तिगत झगड़ों से ऊपर ही नहीं उठ पाते। शिवमंगल के नहीं थे, अब पल गए हैं।"

"इसी को 'बिल्ड-अप' करें...लेकिन पहले इसे घिसिए।"

"मेरे यहाँ काफ़ी आता-जाता है।"

नौजवान सोचने लगा। फिर बक्स से एक बड़ा बन्द लिफाफा निकाला और मास्टर को थमा दिया।

"पाँच सौ हैं। सही हाथों में पहुँचना चाहिए।"

मास्टर उठ खड़ा हुआ।

केशव का घर बन रहा था।

घर काफ़ी बड़ा था, इसलिए फ़िलहाल सिर्फ़ अगला हिस्सा पक्का कराने का सोचा गया था। केशव के मन में बड़ा उत्साह था, यूँ भी उस इलाक़े में पक्का घर होना एक बड़ी बात थी। ज़्यादातर घर मिट्टी के थे जिन्हें गोबर की लीप और उसके ऊपर मुरम की टीप दे-देकर खड़ा रखा जाता था। दिवाली पर सफ़ेदी होती और सारा मुहल्ला एक तरह से चमचमा उठता था। उसके बाद साल-भर खड़िया या कलई का सवाल ही नहीं था। बीच में दीवारें जब इधर-उधर

से भसक पड़तीं तो औरतें माटी के छपके मारतीं और हाथ से एक-सा चिपकाती हुई उसे एक अनुपात में मिला देतीं।

जब से गधे आ-आकर ईंटों का ढेर घर के सामने खड़ा करने लगे तभी से केशव का मन उचकने लगा। इधर जमा किए जाते ईंटों की मोटी दीवार-सी बनी और उधर केशव और लछमन का खेल-सा शुरू हो गया—कभी इस पट्टी से उस पट्टी को नापना, कभी इधर से उधर खुलकना और कभी ईंटों को उठाकर अलग से एक छोटा घर तैयार करना। उसके बाद आए कारीगर, सीमेंट और रेत की तसली के साथ। कैसे एक डोरी के सहारे दीवार की सीध नापी जाती है, यह केशव के लिए नई बात थी। दाई तरफ़ की ओर सामने की दीवारों के खड़े होने तक केशव और लछमन बराबर कारीगरों के इर्द-गिर्द डोलते रहते, स्कूल के बाद जो भी समय बचता था वहीं लगाते। नींव के लिए पहले खोदा जाता हुआ गड्ढा...फिर नीचे से धीरे-धीरे ऊपर उठती हुई दीवार...लाल-लाल ख़ूबसूरत रंग की! सिर्फ़ बाईं तरफ़ का हिस्सा रह गया था जो लछमन के चबूतरे को छूता था। ईंटों के नाप से डोरी खड़ी की गई और इधर की नींव की खुदाई भी चालू हुई। एक तरफ़ आगे का हिस्सा एक-दो फीट ख़ुद भी गया और केशव और लछमन दोनों गड्ढे में उचककर कूद गए। नींव की खुदाई अब बाहर की तरफ़ से भीतरी दीवार की तरफ़ को चालू थी, तभी एकाएक हाहाकार मच गया। लछमन के दद्दा चबूतरे पर आकर दहाड़ रहे थे। वही उठंग धोती और ऊपर से नंगा, दुबला-पतला पर चुस्त शरीर! वे बहुत ग़ुस्से में थे—पहले हुज्जत कारीगरों से हुई।

"किससे पूछकर कुदाल चलाई इधर तुमने? ज़मीन किसकी है?" वे एक ही बात दोहरा रहे थे, उलट-फेर कर।

केशव ने उनका रूप पहली बार देखा। जो इतनी मिठास से रात को कहानियाँ सुनाते थे, वे ऐसा रुद्र-रूप भी धारण कर सकते हैं, यह कल्पना भी केशव के लिए अजीब थी। लछमन और केशव दोनों एक तरफ़ को सहमे-सहमे खड़े थे कि तभी केशव के पिताजी घर से निकलकर आए। उनका स्वर नम्र था और वे समझाने की कोशिश कर रहे थे, लेकिन लछमन के दद्दा जैसे परशुराम बने ललकार पर ललकार दिए चले जा रहे थे। कुछ-कुछ बातें अब केशव की समझ में आ रही थीं। लछमन के चबूतरे की तरफ़ पूरी ईंट रखने में एक अंगुल ज़मीन लछमन के चबूतरे की दबती थी। लछमन के दद्दा इसी को छोड़ने के लिए तैयार नहीं थे। साँपों की लड़ाई के दिन जो राम-भक्त हनुमान थे, उनके अन्दर का दुर्योधन जैसे जाग उठा था। एक सूत ज़मीन भी न देने की परम्परा वैसे भी शास्त्र-सम्मत थी। गरमा-गरमी और बढ़ी। लछमन के दद्दा लाल-पीले हुए,

बार-बार जाकर नाख़ून से जगह भी दिखा रहे थे। उनकी खींची हुई नाख़ून की लाइन से अगर ईंट ज़रा भी खिसकी तो ख़ून-ख़राबा हो जाएगा, उनका ऐलान था। जब तक दीवार पूरी नहीं हो जाती वे वहीं डटे रहेंगे...ऐसे दिन-दहाड़े दूसरे की ज़मीन दाबी जाती है क्या...यह सरासर चोरी है।

आख़िर पूरी ईंट को आधे में तोड़ना पड़ा, क्योंकि उधर ईंट पर ही दीवार ख़त्म की जाती तो एक दरार-सी इस घर और उस घर के बीच पड़ जाती। दरार को बचाने के लिए आधी ईंट की दीवार उस लाइन से उठी जहाँ लछमन के दद्दा के नाख़ून का निशान था।

दीवारों के बीच की दरार तो बच गई, लेकिन घरों के बीच दरार पड़ गई। केशव के पिताजी ने केशव को लछमन के साथ खड़े देखा तो चिल्लाकर अलग बुला लिया। इधर लछमन के दद्दा की पुकार लछमन के लिए आई। दोनों घरों के सभी सदस्यों को हिदायत हुई कि न तो अब एक-दूसरे के यहाँ आना-जाना ही होगा और न ही बोलचाल होगी। लछमन के दद्दा का कहना था कि उनकी पीठ में छुरा मारने की कोशिश की गई। केशव के पिताजी की शिकायत थी कि एक अंगुल ज़मीन की वजह से उनके घर के बाहरी हिस्से की शोभा नहीं बनने दी गई। जब लड़ाई चालू थी तो मालती, मुना और लछमन की माँ दरवाज़े पर लगातार टिकी खड़ी रही थीं।

लछमन के चबूतरे की एक अंगुल ज़मीन बच गई और केशव के घर की भी बाहरी शक्ल बदल गई थी। घर के सामने—पक्का चबूतरा, पक्की दीवारें... ऊपर अटारी और अटारी से नीचे उतरती हुई नई-नई खपरैल। नुकसान हुआ तो केशव का ही। परछत्तियाँ ख़त्म हो गई थीं। उसका असली घर रेत का निकल गया, और एक 'फूँ' में उड़ गया था। ज़मीन की इतनी अहमियत कि आदमियों को जिस तरफ़ चाहे मोड़ दे, यह उसकी समझ के बाहर की बात थी, लेकिन मुहल्ले की परम्परा से भी वह परिचित हो रहा था, जहाँ दो परिवारों में कुछ कहा-सुनी हो गई, उसके माने थे कि उनके बच्चे भी एक-दूसरे से नहीं मिलेंगे, न बात करेंगे। अजीब बात थी, लेकिन उनमें इतने नीचे तक धँस गई थी कि अगर अनायास ही कहीं मिलना हो जाता, कोई बात एक-दूसरे के लिए निकल जाती तो, दो में से एक ज़रूर यह कह उठता—'मैं तुमसे नहीं बोलता। हमारे घरों में लड़ाई है।'

मालती और मुना से तो ख़ैर मिलने का मौक़ा ही नहीं पड़ा। कुछ दिनों बाद, एक बार केशव ने लछमन से बात अपनी तरफ़ से शुरू करनी चाही, लेकिन उधर से आया वही सूखा-सूखा जवाब, 'हमारी लड़ाई है, तुम लोग हमारी ज़मीन

हड़प लेना चाहते थे।' केशव मन मसोस कर रह गया। पहले तो क्या वह हड़पना था, अगर था भी तो पिता के कामों में बच्चों की हिस्सेदारी क्यों?

अक्सर कुछ मजेदार बातें हो जाती थीं। जहाँ और लड़कों के साथ दोनों खेलने के लिए मौजूद हों, तो वहाँ दोनों ही यह सोचते होते कि दोनों में से एक को चले जाना चाहिए। लेकिन कौन जाए, चले जाने का मतलब इलाक़े में डर जाने का था। केशव नहीं ही जाता था। डर वग़ैरह की बात नहीं, उसे यह अजीब लगता था कि जब उसमें और लछमन में कोई बात नहीं हुई तो वे कट्टर दुश्मन कैसे हो गए? अगर माँ-बाप को दिखाने के लिए अलग-अलग रहना था तो दिखावा भी किया जा सकता है—लुक-छिपकर मिला-खेला जा सकता है... सबकुछ पहले दिनों की तरह।

शायद वह हो सकता था, लेकिन उस मोहल्ले में नहीं जिसे खंदिया कहते थे।

बड़े अकेला घर पर था। उसका फाइनल का इम्तहान था और अपने भाइयों की अपेक्षा, कुछ बड़ा होने की वजह से वह ज़िम्मेदार ज़्यादा था। शहर में जन्माष्टमी की झाँकियाँ चल रही थीं। वह सिर्फ़ शुरू के दिनों में एक बार गया था। अभी तो पूरे हफ्ते और चलना था। एकाध बार ख़त्म होते-होते भी जाएगा। बाक़ी दिनों पढ़ेगा। मँझले और छोटे रोज जाते थे। इसी बहाने बड़े को थोड़ा-बहुत पढ़ाई के लिए एकान्त मिल जाता था। थोड़ा एकान्त वह बड़े सवेरे उठकर निकाल लेता था, जब भाई सोते होते।

भादों की नम रात गहरी और काली थी। बाहर गलियों में मोहल्ले का धुआँ तैर रहा था, बादलों की चिपचिपाहट लिये। झाँकी के दिनों मोहल्ला शाम से ख़ाली होने लगता था। नौ बजे तक ही लौटना शुरू होता, चारों तरफ़ सन्नाटा था। किले का बुर्ज और पहाड़ अँधेरे के तालाब में डूब गए थे। बड़े के कमरे की एक खिड़की फाटक के सामनेवाली बड़ी गली की तरफ़ थी। इसी से लैम्प की धुँधली रोशनी बाहर आ रही थी। खिड़की पर धोती का पर्दा एक तरफ़ टँगा हुआ था।

बड़े ज़मीन पर अधलेटा पढ़ रहा था। लैम्प की रोशनी का पहला घेरा उसकी बिखरी किताबों और उसके नीचे गद्दे पर गिर रहा था। उस लम्बे से कमरे के आगे छोटा-सा आँगन था, जिसमें अनार का पेड़ था। बाईं तरफ़ एक छोटा-सा कमरा, जहाँ खाना बनता था। सीधे आगे दरवाज़ा जो राजधर महाराज के चबूतरे की तरफ़ खुलता था। सब कहीं अँधेरा था उस वक़्त।

कुंडी के बजने की आवाज़ आई। बाहर देखा तो शान्ती थी। वह फ़ौरन अन्दर खुलक आई! बड़े दरवाज़ा खोले खड़ा रहा, बाहर घुप्प अँधेरे में देखता हुआ।

"बन्द करो न...!"

और शान्ती ने ख़ुद दरवाज़ा बन्द कर दिया। बड़े की समझ में नहीं आ रहा था कि वह क्या कहे और क्या करे।

"क्यों, डर गए?"

बड़े के मुँह से एक धीमा-सा 'नहीं' निकला। यह बात नहीं कि शान्ती उसके लिए अब कोई अजनबी चीज़ रही थी। उस शाम के झूलने के बाद कई बार मिले थे, पर हमेशा जेलर साहब के यहाँ ही—जहाँ सभी होते थे। पहले काफ़ी दिनों तक वह खिंची-खिंची-सी भी रहती दिखाई देती रही थी, बड़े की उपस्थिति में कुछ ज़्यादा ही सचेत हो जातीं, कम बात करती। लेकिन बड़े पर गहरी-गहरी नज़रें लौटकर आ ही जातीं और कभी-कभी टिक भी जातीं। बड़े ऐसे मौक़ों पर बहुत सकुचा जाता था। फिर धीरे-धीरे वह सहज हो आई थी, अलबत्ता बड़े में और उन सभी भाइयों के मामलों में उसकी दिलचस्पी साफ़ बढ़ गई थी। छोटे और मँझले से खूब बातें करती—खाना कौन पकाता है, क्या बनता है, कितने बजे उठते हो, कब सोते हो, घर में कौन-कौन हैं?—उसे उनके घर की सारी जानकारी रहती थी। पूछते समय उसके स्वर में अधिकार रहता और बाद में कुछ फख्र-सा भी। थोड़े दिनों बाद वह कुछ आज्ञाएँ भी देने लगी थी। 'छोटे, तुम आजकल इधर-उधर घूमते बहुत दिखते हो;' 'मँझले, उसके साथ मत रहा करो...वह अच्छा लड़का नहीं है'—बड़े से बात करने में वह अब भी कतराती थी, लेकिन कभी-कभी एक-दो जुमलों की बातचीत हो जाती—

'मेला देखने गाँव से कोई आएगा...? कौन-कौन...? बाबू की चिट्ठी आई...?'

बड़े बताता रहता और वह सुनती रहती थी। पता नहीं, वह सुनती भी थी कुछ या अपनी छोटी-छोटी आँखों से बस टुकुर-टुकुर ताकती थी। और उस ताकने को सहज बनाने के लिए ही कुछ बात करती थी।

अधिकार के उस स्वर से किसी को शायद कोई ख़ास ताज्जुब नहीं हुआ। शिवमंगल की बहिन की सहेली होने के नाते शायद वह यह सब कहती हो। वे लड़के जेलर साहब के घर की ज़िम्मेदारी पर ही तो छोड़े गए थे।

घर पहुँचने के लिए भी उसने फिर कभी नहीं कहा। एकाध बार देर हुई भी तो शिवमंगल की बहिन को ही चबूतरे पर खड़ा करके गई थी।

आज उसे शायद पता था कि बड़े अकेले घर पर होगा। माँ अपने कुछ रिश्तेदारों को लेकर झाँकी देखने जा रही थी...उससे भी चलने को कहा था पर उसने सिर-दर्द का बहाना कर लिया था।

"अकेली कहाँ रहेगी? चल न...रास्ते में ठंडी हवा से सब दर्द ठीक हो जाएगा।" माँ ने कहा था।

"जेलर साहब के घर पर रह जाऊँगी, तब तक शुरू चाचा आ जाएँगे।" माँ मान गई थी।

"सोचा, देख आऊँ कि तुम पढ़ते भी हो कि बस रोब की लेते हो..." शान्ती ने कहा और भीतर पहुँचकर गद्दे पर बैठ गई।

बड़े भी बैठ गया। वह अब भी घबराहट में था और सहज नहीं हो पाया था। शान्ती और लड़कियों से थोड़ा अलग ज़रूर थी, इस माने में कि उसमें ज़्यादा ही आत्मविश्वास था, लेकिन फिर भी इस अँधेरे में और तब जब वह अकेला है...कोई देखेगा तो क्या कहेगा? वे तीनों लड़के अभी तक शरीफ गिने जाते हैं, उनके बारे में कोई क्या सोचेगा?

"खाना खाया?"

"अभी नहीं।"

"कुछ है भी?"

"हाँ, है।"

"देखूँ, है भी कि बस भूखे रहोगे...मँझले और छोटे तो बाहर खाकर ही लौटेंगे।"

वह उठकर चौके में घुस गई और बर्तनों की खटर-पटर करने लगी।

"अरे, यहाँ तो कुछ नहीं है," वह वहीं से चिल्लाई। "तुम पढ़ो, मैं पराँठे बनाए देती हूँ...घी कहाँ है?"

बड़े दौड़ा-दौड़ा आया। वह उसे समझाना चाहता था कि अब आ गई है तो कम-से-कम चिल्लाए नहीं, और खाने-आने का चक्कर छोड़कर जल्दी चली जाए, मँझले-छोटे के आने के पहले। गनीमत थी कि गाँव के लोग जो आए थे वे आज ही चले गए थे...पर दूसरा झभका भी आ सकता है, झाँकी देखने के लिए।

"सुनो, यह सब तुम रहने दो।" बड़े ने कहा।

शान्ती उठकर बाहर आ गई।

"क्यों, मेरे बनाए से परहेज़ है क्या?"

धीमे से कहते हुए बड़े से सट गई और उसकी छाती पर अपना सिर रख दिया। बड़े का काबू ख़त्म हो गया था...सबकुछ तेज़ी से घुल रहा था...अँधेरा!...

घबराहट...हल्की ठंडक...अब सिर्फ़ शान्ती की देह से उठती गन्ध ही गन्ध थी... सोंधी-सोंधी, नम-सी गन्ध। दूसरे ही क्षण बड़े ने शान्ती को अपनी बाँहों में ले लिया था और उसका मुँह उठाकर सब कुछ चूम गया एक बार...माथा, गाल, होंठ...शान्ती लस्त उसकी देह पर टँगी-सी खड़ी थी...आँखें मूँदे...बेहोश।

थोड़ी देर वे यों ही खड़े रहे, सामीप्य के पहले-पहले अनुभव के रस में चिपके हुए। अनार को पतली डगालें उनके सिर को बार-बार घिसती थीं। ऊपर बादलों की नमी बूँद-बूँद नीचे झर रही थी। नम अँधेरे में आग के वे दो बड़े गोले भी जैसे जम कर रह गए थे। चारों तरफ़ सन्नाटा था। सन्नाटे की उस मोटी चादर को शान्ती और बड़े की गरम-गरम साँसें, एक-दूसरे के नाम की सिसकियाँ छेद रही थीं।

बड़े को सीने में कुछ गीला-गीला लगा! पहले लगा जैसे बूँद पड़ी हों,आसमान से, पर देखा कि शान्ती रो रही थी।

"अरे...क्या हुआ?"

शान्ती अलग हुई। अनार की डाल को झुकाकर उसने अपने और बड़े के मुँह के बीचों-बीच करके अपने और उसके मुँह में बारी-बारी से मारा और गीली आँखों से मुस्कुराने लगी।

"पत्तियाँ!" उसके मुँह से निकला।

फिर वह एकाएक कमरे में भाग गई और गद्दे पर बैठकर मुँह हथेलियों में छिपाकर कुछ ज़ोरों से ही सिसकने लगी।

बड़े की समझ में कुछ नहीं आया। वह भी धीरे-धीरे कमरे में पहुँच गया और संजीदा खड़ा था।

"मुझे माफ कर दो। मुझसे ग़लती हो गई।" बड़े बुदबुदाया।

शान्ती का रोता हुआ मुँह झटके से ऊपर उठा। गीला-गीला बड़े को घूरता हुआ मुँह। उसे फिर प्यार उमड़ आया और चटक कर वह उठ गई और अपना मुँह बड़े की गर्दन में डाल दिया।

बड़े आश्वस्त हो गया था। उसे चिपकाए हुए उसकी पीठ थपथपाता रहा। सुर्ख लाल ब्लाउज़ उसके नीचे पीठ की जड़ का गोरा-गोरा हिस्सा, पीठ को बीच से काटती हुई काली-काली चुटिया।

"रोने क्यों लगी?"

"पता नहीं, कोई मेरे भीतर छिपा बैठा रहता है, बराबर पीछा करता रहता है, दिल खोलकर कुछ नहीं कर पाती।"

"डर लगता है?"

"नहीं।"

वह अलग होकर बैठ गई। आँचल से अपना मुँह पोंछ रही थी।

"तुम्हारे लिए कुछ बना दूँ, फिर जाऊँ।"

"नहीं, पहले बताओ...बात क्या है...तुम्हें कोई तंग किया करता है क्या?"

"नहीं।"

"पहले कभी किया था?"

"नहीं।"

"तब?"

"यहाँ के पत्थर मुझे हमेशा घूरते रहते हैं। एक सपना बार-बार देखा करती हूँ कि मैं खंदिया पर पड़ी हूँ और पत्थर उठ-उठकर मेरी धोती को फाड़ रहे हैं—दोनों तरफ़ से कूट-कूटकर छेद करते चले जा रहे हैं, जगह-जगह धोती में, कितना अपमान!...है न?"

"तुम्हारा पागलपन है।"

"मैं कालिख पोतूँगी—इस मोहल्ले के मुँह पर, देखना..."

"अच्छा, तुम अब जाओ...कोई देख लेगा तो बदनामी होगी।"

"तुम आदमी होकर डरते हो?"

"तुम्हारे लिए डरता हूँ, आदमियों का क्या बिगड़ता है?"

"मेरी फिकर न करो...जब यहाँ पैदा हो गई, तभी सबकुछ बिगड़ गया था।"

"तुम्हें इस जगह से बड़ी नफरत है, ऐसा लगता है।"

"घी है?"...वह शोखी से हँसी इस बार।

"नहीं, रहने दो...तुम जाओ।"

"मैं खाना बनाकर तुम्हें खिलाकर ही जाऊँगी।"

बड़े उसकी सख्ती के आगे ढह गया। चुपचाप आगे-आगे रसोई में चला गया, और सारा सामान निकालकर चूल्हे के सामने रख दिया। माचिस चूल्हे के ऊपर रखी थी?

शान्ती ने चूल्हा सुलगाया और आटा निकालने लगी।

"पराँठे खाओगे न...नमक और अजवाइन के?"

बड़े कुछ नहीं बोला।

"बताओ न कि तुम्हें क्या अच्छा लगता है?"

"चलो, आज मेरी पसन्द से ही सही...तुम जाओ, पढ़ो।"

बड़े वापस कमरे में लौट गया। शान्ती की आज्ञा-सी आवाज़ उसे परवश-सा कर देती थी। पहले दिन से ही ऐसा था, पढ़ाई क्या होती, वह शान्ती के बारे में सोचता रहा—'कैसी है यह लड़की, क्या बचपन में कुछ हादसा हुआ इसके

साथ? होता तो अब तक क़िस्से ज़रूर टहलने लगे होते...यहाँ किसी का कुछ छिपा तो रहता नहीं। यह शुरू से ही यहाँ है, पर इसके बारे में कहीं कुछ सुनने को नहीं मिला...लेकिन भयंकर है...इतनी हिम्मत कौन कर सकता है यहाँ? शान्ती के सामने जब भी वह अपने को बिठाता, घोर कायर पाता। उसे यही लगता कि यह जो कुछ हो रहा है, ठीक नहीं है, इसके परिणाम भीषण होंगे। बाबू को ख़बर लगेगी...मँझले-छोटे के आगे क्या नमूना होगा...मोहल्लेवाले ...जेलर साहब तो शायद चमड़ी उधेड़ कर रख देंगे। वे बोलते नहीं हैं पर जब ग़ुस्सा चढ़ता है तो बस सुना ही है।'

उधर शान्ती एकदम शान्त हो गई थी। इत्मीनान से खाना बना रही थी, उसके लिए जैसे यह घर नया था ही नहीं। आज न तो वह अपने आने से परेशान थी और न जाने को लेकर भयभीत। उसे क्या हो गया था, उन चन्द क्षणों के बीच गुज़रते हुए!...पता नहीं कमज़ोरी के ये क्षण कहाँ से आ जाते हैं, वर्ना वह तो काफ़ी पुख्ता है...लेकिन उन कमज़ोर क्षणों से गुज़र कर अपने-आप में काफ़ी बल महसूस हो रहा था, ऐसा लग रहा था कि वह भी है...कहीं, कुछ।

तभी कुंडी खड़की। शान्ती ख़ुद दौड़कर खोलने गई! मँझले-छोटे थे।

"आ गए तुम लोग? खूब घुमाई हुई...अच्छा, कुछ खाया भी है? अभी बता दो, जैसा आटा सानूँ।"

कहती हुई वह फिर चूल्हे के मोड़े पर जाकर बैठ गई, मँझले-छोटे की कुछ समझ में नहीं आ रहा था। बड़े ने घबराकर ख़ुद को किताब में दाब लिया था।

"बताओ न भाई!"

"थोड़ी-सी चाट खाई थी।" मँझले ने कहा।

"रोज़ भूखे रहते हो, वही तो मैं कहूँ कि तुम लोग पढ़ते होगे या खाना, चौका-बर्तन, झाड़ू करते होगे? और कहाँ-कहाँ घूमे? आज तो खूब भीड़ होगी, झाँकियों में?"

"हाँ, खूब भीड़-भाड़ है...झाँकी के बाद इधर-उधर घूमते रहे, स्कूल के कुछ दोस्त मिल गए थे।"

"कौन से दोस्त?"

"आप उन्हें नहीं जानतीं।"

"अच्छा चलो, पहले तुम लोग खा लो, गरम-गरम...बड़े पढ़ रहे हैं, बाद में खाते रहेंगे...इतनी दूर चलकर आए हो...भुखा गए होगे।"

दोनों भाइयों ने हाथ-मुँह धोए, थाली निकाल ली और चौके में अन्दर आकर बैठ गए, शान्ती ने एक पराँठा सेंककर उनकी थाली में डाला।

मँझले ने शान्ति की ओर देखा—लकड़ियों के जलने की चटख-चटाख में उसका चेहरा सिन्दूरी लाल हो गया था। सुन्दर थी वह। उसका रंग जैसे सारे घर में एक आभा बिखेर रहा था। मँझले को लगा कि बिना औरत का घर वाकई सूना होता है। मात्र एक औरत की उपस्थिति कितना फ़र्क़ ला देती है, पर वह आई कैसे? किसलिए...बड़े ले आए होंगे, या शिवमंगल की बहिन ने उसे आज खाना बनाने को कह दिया होगा।

सारा आटा चुक गया। दोनों ने भरपेट खाया। खाते वे रोज़ ही थे पर आज लगा कि खाया है। शान्ती और आटा निकालकर नमक और मोन डालने लगी।

"और लो एकाध!"

"नहीं, बस! पेट भर गया।"

"क्या आटा ख़त्म होते देखकर भर गया?"

"नहीं, वाकई..."

"बड़ा कम खाते हो!"

"बाहर भी तो खाकर आए हैं।" छोटे ने कहा।

"अच्छा जाओ, बड़े को भेज दो।"

शान्ती पहले दिन ही घर आकर बड़े स्वाभाविक ढंग से हुकम चलाने लगी थी, और सब उसकी उँगलियों पर नाचते थे। उसकी आवाज़ में वह कुछ था जिसके आगे कोई बात कहना या सोचना या किसी क़िस्म की दुविधा में पड़ना होता ही नहीं था! हुआ भी थोड़ी देर को तो टिक नहीं पाता था।

बड़े सिर झुकाए चुपचाप खा रहा थ। सबकुछ होता जा रहा था और उसके बस में कुछ नहीं था। शान्ती में ज़रूर यह एक खूबी थी कि हर घटना जो असाधारण बन सकती थी, उसे वह एकदम साधारण बना देती थी। मँझले-छोटे को तो उसने ऐसे लिया जैसे वह इस घर में सालों से रह रही हो।

"कैसे बने हैं?" शान्ती ने पूछा।

"अच्छे हैं।" बड़े ने कहा।

"नमक ठीक पड़ा है...?"

"ठीक है।"

"अन्दाज़ किया था कि तुम इतना ही खाते होगे!"

"ठीक निकला!"

"ग़लत हो कैसे ही सकता था जनाब! सुना, मैं यहाँ शाम का खाना रोज़ बनाने आऊँगी।"

बड़े का कौर हाथ में ही रह गया और वह शान्ती की तरफ़ टकटकी लगाकर देखने लगा।

"चाहो तो कुछ पैसे दे सकते हो माहवार, समझना महराजिन लगाई है। सवेरे स्कूल की तैयारी करती हूँ, नहीं आ पाऊँगी। पर शाम को घूमती ही हूँ इधर-उधर। तुम लोगों के इम्तहान तक मैं ही शाम को बनाऊँगी।"

"क्या ज़रूरत है? ज़्यादा वक़्त नहीं लगता...हम बारी-बारी से बना लेते हैं... और अच्छा पका लेते हैं।"

"हाँ, वह तो मुझे मालूम है कि आपके बनाए खाने से हर औरत को मात खानी पड़ेगी।"

"लोग...क्या कहेंगे!"

"कहेंगे...मैं तुम्हारी रखैल हूँ...या तुम बहू-बेटियों पर निगाहें डालते हो... या मैं बदचलन हूँ...इसके अलावा और क्या कह सकते हैं बेचारे!"

"तुम अभी बच्ची हो, भले ही नौकरी करती हो।"

बड़े उठ गया, शान्ती पीछे से चिल्लाती रही, "अरे, एक पराँठा और लो!"

... ...

"अच्छा, मैं भी तो एकाध खाकर देखूँ!"

शान्ती पुंगू बनाकर एक पराँठा खाती रही और बरतन समेटती रही। कुछ पराँठे ढककर उसने एक तरफ़ रख दिए।

"ये कल नाश्ते के लिए हैं। अब चलो, मुझे छोड़ आओ।"

वह रसोई से निकल आई और इत्मीनान से किवाड़ खोलकर बाहर आ गई। गली में अब भी अँधेरा था।

"मेरे यहाँ टार्च नहीं है...देखकर चलना, यहाँ पत्थर बहुत हैं, फाटक के नीचे।"

"पत्थरों के अलावा है ही क्या यहाँ।"

शान्ती ने बड़े का हाथ पकड़ लिया और सहारा लेकर फाटक के नीचे की हल्की ढलान पार करने लगी।

ढलान से उतरकर वे गली पर आ गए। एक खनखनाती हुई बैलगाड़ी के लिए उन्होंने रास्ता छोड़ा। अँधेरे में दिखाई नहीं दिया कि कौन थे, न ही इन्हें कोई देख पाया। सिर्फ़ आदमियों की परछाइयाँ थीं, अँधेरे में उछली हुई परछाइयाँ। रोशनी थी तो सिर्फ़ रात की ही रोशनी, वह भी धुन्ध में फँसी हुई।

"ऐसे अँधेरे में तुम कैसे आईं?"

"यहाँ दिन में चलता आदमी ज़्यादा ख़तरनाक है। रात में वह भी अँधेरे से डरकर चलता है।"

"सुनो...जानते हो, मैं क्या करना चाहती हूँ, बस, तुम्हारी ज़रूरत है।"

"क्या करना चाहती हो?"

"एक बार दिन के उजाले में तुम्हारे हाथ में हाथ डाले हर गली से गुज़रना चाहती हूँ इस मोहल्ले की। मर जाएँगे कमबख्त सब-के-सब...बूढ़े-बड़े, लुच्चे-लपाड़ी।"

"मुझे बाबू से बात करनी होगी।" बड़े बोला।

"बस सोचने लग गए ब्याह की...? तुम्हें कैसे पता कि मैं तुमसे ब्याह ही करना चाहती हूँ? वह भी सही, पर यह तो ब्याह के पहले करना होगा...बोलो, है हिम्मत?"

बड़े कुछ न बोला। यह लड़की कुछ पगलौट है, वह सोच रहा था।

"अच्छा छोड़ो, समझो मैं मज़ाक कर रही थी। मैं जानती हूँ, तुम हिम्मती हो। वह हिम्मत भी आ जाएगी तुममें। तुममें-मुझमें सिर्फ़ एक फ़र्क़ है कि मैं यहाँ की पैदावार हूँ और तुम नहीं हो, जानते हो यहाँ की हर औरत बड़ी सख्त होती है। उसकी छाती मर्द की छाती से भी ज़्यादा मज़बूत होती है। उस पर यहाँ के उचक्के आदमी किस-किस तरह दालें दलते हैं...मैं एक दिन इस मुहल्ले के मुँह पर कालिख पोतूँगी...मैं..."

"अच्छा बस...बस...अब ज़रा चुपचाप चलो, जेलर साहब का घर आ गया है।" बड़े फुसफुसाया।

इस बार शान्ती मान गई। बड़े को उम्मीद नहीं थी। नालीवाली कुलिया में घुसते ही शान्ती ने एक निगाह आरपार दौड़ाई और पीछे आते हुए बड़े के पास आकर सट गई।

"देखा, शान्ती तुम्हारा कितना कहना मानती है...?"

"बड़े ने उसे फिर अपनी बाँहों में ले लिया, शान्ती एकदम लत्तर की तरह झूल गई। उसने अपने भरे-भरे होंठ बड़े के मुँह में रख दिए।

जल्दी में वह अलग होकर आगे-आगे चलने लगी। कुलिया के मुँह पर आते तक कोई नहीं बोला। शान्ती थोड़ा आगे दौड़कर झाँक आई। शुरू चाचा के किवाड़ बन्द थे। अन्दर रोशनी भी नहीं थी, या तो सो गए थे या आए ही नहीं थे। कुत्ता थोड़ा भूँका, लेकिन शान्ती के दबकाने से चुप हो गया।

"मेरे घर आओगे?" शान्ती ने कहा।

"इस वक़्त, लोग क्या कहेंगे?"

"अरे तुम्हारे ये लोग! इस बार कहेंगे कि मैंने तुम्हें रख लिया है...आओ न?"

"माँ आ जाएँगी...क्या कहोगी?"

“कहूँगी, डर लगता था...तुम्हें बिठा लिया।” दोनों हँस दिए।

“कौन है?” शुरू चाचा की आवाज़ आई।

“मैं हूँ चाचा।”

“चाचा हैं, अगर न होते तो रुक जाता।”

“अच्छा, ठीक है, जाओ।”

“तुम बन्द कर लो अन्दर से, और खोलना नहीं, जब तक माँ की आवाज़ न सुन लो।”

“बड़ी चिन्ता हो गई मेरी?”

“अच्छा सुनो...सिर्फ़ एक कहना मेरा मान लो।”

“क्या?”

“मेरे यहाँ रोटी बनाने का फितूर दिमाग़ से निकाल दो...तमाम तरह के लोग आते रहते हैं...मैं पढ़ नहीं पाऊँगा।”

“चलो, तुम्हारी पढ़ाई के खातिर यही सही...डरपोक कहीं के!” बड़े झेंप गया और वापस हो लिया।

शाम की धूप मन्दिर के अखाड़े की तरफ़ वाले बरामदे से खिंचती जा रही थी, पीछे और पीछे। सन्नाटा था, सिर्फ़ एक आवाज़ उठ रही थी—सिल पर लोढ़ा घिसटने की आवाज़। लोढ़ा रुक जाता तो ख़ामोशी बोझिल बनकर नीचे उतर आती। कल्लू का मन इधर-उधर कलथने लगता। अपनी मज़बूत हथेलियों से लोढ़े को फिर जकड़कर वह ख़ुद को समेटने की कोशिश करता। इधर विजया की मात्रा बढ़ गई थी, लेकिन सुरूर आधा ही बना रहता। मस्ती जैसे पिछली ज़िन्दगी की बात हो गई थी।

खेल-खेल में ही कैलाश उसका दुश्मन बन गया था और वैसे ही बड़े ही स्वाभाविक ढंग से उनकी बोला-चाली भी बन्द हो गई थी। कल्लू कैलाश को यूँ देखता जैसे कैलाश ने कोई बहुत बड़ा गुनाह किया है। कैलास की नज़रों में उपेक्षा होती थी, वह कल्लू के रंज को समझता था और सोचता था कि कुछ समय के बाद वे दोनों पहले-जैसे हो जाएँगे।

पर कल्लू जब से अखाड़े में नम्बर दो हुआ, उसकी तबीयत वहाँ नहीं लगती थी। अखाड़े में ज़ोर के लिए वह कम ही उतरता। दस्तूर निबाहने के लिए कुछ डंड-बैठक ज़रूर कर लेता ताकि शरीर दर्द न करे, शरीर बनाने में जो रस पहले आता था, वह अब नहीं था।

जाने क्यों, कैलाश से खेल-खेल में हुई हार उसके मन में रंज पैदा करती थी, जैसे कि वह शैलजा को हार गया है। शैलजा से उसका कुछ नहीं लगता था, लेकिन उस दिन भीड़ में से मास्टर कौशल को वह निकाल लाया—तब से उसे ही अपने तईं कुछ लगने लगा था। ख़बर सही ढंग से शैलजा तक पहुँच जाए, इसलिए वह मास्टर कौशल को घर तक पहुँचाने भी गया था। काफ़ी देर तक बैठा रहा मास्टर की बैठक में। उन्हें ज़ोर-ज़ोर से दिलासा देते हुए कि वह उनके साथ है और उसके रहते हुए शिवमंगल की हिम्मत ही नहीं पड़ सकती कि मास्टर कौशल या शैलजा की तरफ़ आँख उठाकर भी देखे...शैलजा ने अन्दर से सबकुछ सुना होगा।

यह सिर्फ़ अन्दाज ही था। हो सकता है शैलजा तब घर में ही न रही हो, लेकिन यह कल्लू तब नहीं सोच सका था। उस वक़्त तो उसे अपनी खुनक की ही ज़बर्दस्त तसल्ली थी और मास्टर के यहाँ बैठकर उस तरह बात किए जाना, जैसे एक शुरुआत के आगे भी बहुत-कुछ था—क़रीब-क़रीब एक उपलब्धि। कल्लू को लगता जैसे शैलजा अब उसी की है।

इस बीच उग आया कैलाश। ऐसी कोई ख़बर नहीं थी कि कैलाश और शैलजा के कोई सम्बन्ध थे या बन रहे थे। लेकिन अखाड़े में कैलाश से पिट जाने के बाद कल्लू का उस मामले में हौसला ज़रूर गिर गया। मास्टर कौशल को आड़ देते रहने का बहाना अब वह शायद इस्तेमाल नहीं कर पाएगा। उन्हें बेहतर आड़ देनेवाले पैदा हो गए थे और उनके इर्द-गिर्द ही कैलाश का पलड़ा और माने में भी कल्लू से भारी पड़ता था। वह अच्छे ख़ानदान का था, और पढ़नेवाला भी था। शैलजा को हथियाने के लिए कल्लू में क्या था! जहाँ शैलजा की बाबत अपनी सही पहचान शुरू हुई, वहीं कल्लू शायद ज़िन्दगी में पहली बार अपने आगे-पीछे भी सोचने लगा। वह क्या है?...चौबे का एक नौकर जो उनके अखाड़े को चलाता रहता है। दरअसल नौकरी-जैसी कोई इज्ज़त भी नहीं थी, क्योंकि चौबे के भंडार से खाने-पीने के अलावा नियमित रूप से क़रीब-क़रीब कुछ नहीं मिलता था। कपड़े और ऊपरी ख़र्च चौबे की मर्ज़ी की बात थी, जब चाहे जितना दे दिया। भंग और तर माल के लिए भी उन्हीं से पैसे माँगने पड़ते। यह बात और थी कि चौबे ने न केवल उसकी माँग को ठुकराया, बल्कि बिना माँगे भी अपनी तरफ़ से इतना कुछ देते रहे कि कल्लू-जैसे अकेले आदमी के लिए कोई कमी न पड़े।

लेकिन यह कब तक? जब तक कसा शरीर है तभी तक न...? अगर इसी तरह ज़िन्दगी कट भी गई तो क्या सारा जीवन अकेले ही...? ऐसा सोचते समय

उसके दिमाग़ में आदमी-औरत के बनाए घर कुरकुराने लगते। जब शरीर लटकने लगेगा तब? हो सकता है कि तब चौबे उसे अखाड़े से निकालकर कोई और काम दे दें—भंडारे में या मवेशियों की देखभाल या गाँव में खेतीबाड़ी का कोई काम। हर हालत में चौबे पर आश्रित रहना था। वह अपना सिलसिला कभी नहीं जमा पाएगा। सारी ज़िन्दगी माँगकर ही खाता रहेगा। भिखमंगा...

नीम की एक सूखी पत्ती सिल में किरकिराहट छोड़ती हुई पिसते-पिसते रह गई। कल्लू उसके चुरकुन को बीन-बीन बाहर छोड़ने लगा। मुँह में उन सूखी पत्तियों की कसैली कड़वाहट उतरा आई थी।

कल्लू को तेज़ी से लगने लगा था कि उसे रोज़ी-रोटी का, आगा-पीछा कुछ सोचना चाहिए। सिर्फ़ शरीर अब बेमकसद था। उसका उपयोग किसी मुस्तकिल बन्दोबस्त के लिए करना पड़ेगा।

वह क्या हो, यहाँ पर रहकर क्या हो सकता है? उसका अपना दबदबा तगड़ा होता, तब तो मौक़े-बेमौक़े किसी की ज़मीन हथियाई जा सकती थी और बाद में किसी का घर भी कब्जे में लिया जा सकता था। वह तगड़ा रहे तो एक बार चौबे भी उसकी हेरा-फेरी में चुप लगा जाएँगे—भले ही कल्लू ने उनके ही किसी आदमी को दाँव दिया हो, और मोहल्ले के दूसरे ऐरे-गैरे तो ख़ैर टाँग अड़ाने की हिम्मत भी नहीं करेंगे। वह यही करता भी। सोचा था कि अखाड़े के पट्ठे उसके मातहत होंगे और वह होगा उनका सरदार। इसीलिए कल्लू अपनी सारी विद्या चेलों को नहीं बताता था, रियाज़ भी उनके बस मामूली ही रहें, यही कोशिश करता। लेकिन कैलाश निकल गया अपनी लगन का पक्का। कल्लू से जैसे उसे कुछ सीखने की ज़रूरत ही नहीं थी, सिर्फ़ अखाड़े का इस्तेमाल चाहिए था।

शरीर के बल पर वह कमाई कर सकता था, इसकी गुंजाइश अब एकदम नहीं दिखती थी। तब क्या करे...?

यहीं कोई धंधा करे? अपने कसे हुए शरीर की झूम लेकर शेर की तरह गलियों में चलने वाला एक मामूली-सा गीदड़ बनकर कहीं बैठ जाए। नहीं, धंधा होना था तो बड़ा, या फिर उस शहर के बाहर का। यहाँ, जहाँ वह इस शेखी से घूमता-फिरता रहा है, वहाँ अपनी ऐसी दुर्दशा का ख़याल भी उसे बर्दाश्त नहीं होता था।

कैलाश को नीचा दिखाकर फिर अखाड़े की सरदारी बनाई जा सकती थी, लेकिन वह कैसे हो? शिवमंगल जैसे लोगों से मिलकर कुछ करे तो चौबे जी यह बर्दाश्त नहीं करेंगे...और फिर किसी और ने मारा तो कल्लू का रुतबा कहाँ

बढ़ा? अखाड़े में अपने चेलों के आगे उसकी जो इज़्ज़त धो दी गई थी, वह तो उस जगह तभी बैठ सकती है, जब कल्लू ही कैलाश को मारे। कोई नया पट्ठा तैयार करे, कैलाश से बदला लेने के लिए? लेकिन वह सरऊ अपना निकलेगा, इसका क्या भरोसा था? ज़्यादा अच्छा यह है कि वह अपना ध्यान घर-गृहस्थी ज़माने की तरफ़ लगाए।

आज बहुत घिस गई थी। कल्लू ने लोटे के पानी में हरी-हरी चिकनी, भंग की रसीली लुग्दी को घोलते हुए महसूस किया। बड़ी जानदार होगी, शैलजा की तरह!

कोई साथ देनेवाला अब तक नहीं पहुँचा था। कल्लू के पास लोग कम फटकते हैं अब, ऐसा भी हो सकता है कभी क्या कि कोई उसे घास भी न डाले...

धूप सरककर जा चुकी थी, अखाड़े के पार खपरों पर। अब कल्लू सिर्फ़ उसे देख भर सकता था!

बोस साहब से मिलने बग़ल के ज़िले के एक कोतवाल आए थे।

बोस साहब पेशे से वकील थे, पर अब राजनीति वकालत पर हावी हो रही थी। सिर्फ़ फ़ौजदारी के मुकदमे लेते थे, दीवानी अपने लड़के की तरफ़ बढ़ाना शुरू कर दिए थे। लड़का शादी होते ही अलग रहने लगा था, सास-बहू में नहीं बनी थी। छोटे लड़के की पिछले वर्ष मृत्यु हो गई थी। बड़ी कोठी में रहनेवाले सिर्फ़ वे और श्रीमती बोस बचे थे। बोस, जिनके चेहरे पर हमेशा मुस्कुराहट बिछी रहती, उन्हें भी गमी से झटका लगा था और उनकी पत्नी तो आधा पागल-सी हो गई थीं।

बैठीं तो बैठी ही रहतीं, घंटों कुछ नहीं बोलतीं। अकेलापन उनके लिए और भी घातक था, क्योंकि बोस साहब बाहर की दुनिया में व्यस्त रहते थे। इसीलिए अनिल पर वे ख़ास अपनत्व उँडेलने लगे थे। वह रहता तो घर-जैसा लगता।

अनिल बोस साहब के छोटे लड़के का बड़ा क़रीबी दोस्त था। बोस साहब के लड़के के गुज़रने के बाद अनिल का रिश्ता उस घर से और घनिष्ठ हो गया। बोस साहब इस उम्र में तो अब अपनी पत्नी को लड़का नहीं दे सकते थे। हाँ, अनिल को ज़्यादा-से-ज़्यादा समय घर में अन्दर रहने देते ताकि उनकी पत्नी की कमी भर जाए। कुछ ऐसा भी कहते थे कि बोस साहब ने अनिल की पढ़ाई-लिखाई और पहनने-ओढ़ने के सारे ख़र्च अपने ऊपर ले लिए हैं, और

जल्दी ही वे उसे गोद लेनेवाले हैं। अनिल गरीब घर का था और वहाँ उसके इतने भाई-बहिन थे कि उसकी कोई गिनती नहीं थी। उसके माँ-बाप को अनिल के गोद ले लिये जाने पर उल्टे और आराम मिलता। यह बात अजीब ज़रूर लगती थी, क्योंकि बोस साहब के एक लड़का तो था ही—जवान, कमाता-खाता। लेकिन यह भी साफ़ दिखता था कि वे दो अब अलग-अलग परिवार थे। पहले तो बोस साहब की इतनी बड़ी कोठी के होते हुए उनके लड़के को अलग मकान लेने की ज़रूरत क्यों पड़ी! दूसरे, उन दो घरों की औरतों में आना-जाना नहीं था। तो जो रिश्ते थे, वे सिर्फ़ बोस साहब और उनके लड़के के बीच थे और वे भी पेशे से सम्बन्धित ज़्यादा थे। बोस साहब की जो उफनती हुई वकालत थी, वह बजाय किसी और को जाने के लड़के को ही दी जाए।

हो सकता था कि बोस साहब का वाकई अनिल को गोद लेकर अपनी पत्नी के जीवन को भरने का विचार हो।

बहरहाल, अनिल बोस साहब के घर में लड़के की तरह रहता, खाता-पीता था। अपने घर जाता था, पर सिर्फ़ सोने...वह भी कभी-कभी टाल जाता था।

बोस साहब की कोठी उस पूरे शहर में आश्चर्य की चीज़ थी। नक्शा... ख़ुद तैयार किया था। बाहर का खाका साधारण था। घुसते ही बाईं तरफ़ चौकोर आफ़िस और एकदम उस तरफ़ ड्राइंग-रूमवाला गोल कमरा। दाईं तरफ़ छोर पर आयताकार गैस्टरूम मुवक्किलों के ठहरने के लिए। और इधर को एक छोटा उम्दा-सा गैस्टरूम...बड़ी हस्तियों के लिए। यह ज़्यादातर बन्द रहता था। बीच से सुरंग की-सी जाती गैलरी, जो अन्दर बरामदे में उतरती थी। दाएँ-बाएँ दो-दो बैड-रूम। बड़ा आँगन, आँगन में रसोई वग़ैरह...और पीछे का हिस्सा नौकर-चाकरों के लिए।

गैलरी के नीचे-नीचे सीढ़ियाँ उतरती थीं, बेसमेंट की तरफ़। और वहाँ भी ऊपरी हिस्से का आधा तो था ही। दो बैड-रूम, एक बैठकी, एक स्टोर-रूम और एक बैड-रूम के साथ बाथरूम भी। बेसमेंट का यह इस्तेमाल उस शहर की किसी और इमारत में नहीं किया गया था। कुछ लोगों का कहना था कि शहर में सड़ी गर्मी पड़ती है जिससे राहत के लिए बोस साहब ने नीचे भी बनवाया था पर कुछ यह भी कहते थे कि बोस साहब फ़ौजदारी के वकील हैं और उन्हें अक्सर मुजरिमों को छिपाने के लिए नीचेवाले हिस्से की ज़रूरत पड़ जाती है। वे होशियार वकील हैं, और उनके अनुसार हर केस में तो नहीं, पर कुछ मुकदमों के लिए ज़रूर मुजरिम का कुछ घंटों के लिए ही ग़ायब हो जाना काफ़ी मददगार साबित हो सकता था। अब तो ख़ैर नहीं, पर जब वे राजनीति में

नहीं थे, तब उनके बारे में यह हवा बँधी हुई थी कि वे अक्सर अपने मुवक्किलों से कह देते थे कि जान से मार आओ, बचा वे लेंगे—ग़ज़ब का आत्मविश्वास था! राजनीति में आने के बाद बोस साहब ने स्वयं ही इस तरह के प्रचार को ख़त्म करने की कोशिश की।

पुलिसवालों का आना-जाना वे प्रोत्साहित करते रहते थे। यों भी शासनशाही से वास्ता रखना उनके लिए ज़रूरी था, क्योंकि जो कुछ भी होना-हवाना था, उन्हीं की मार्फत होना था और राजनीति में होने की वजह से ऐसा काफी-कुछ था जो उन्हें लोगों के लिए इधर या उधर से निकालना ही पड़ता था। इसलिए सरकारी तंत्र के पुर्ज़े उनके इर्द-गिर्द चिपके रहें, यह अच्छा था। ज़्यादातर वे अपना मतलब लिये ही आते थे, जिनमें तबादले, तरक्की और तैनाती मुख्य थे। बीच में बोस कुछ अपना साध लिया करते थे, कुछ उनका सधवा देते थे। कभी-कभी बात दुतरफ़ा बन जाती थी, कभी एकतरफ़ा और कभी दोनों तरफ़ फिस्स हो जाती थी। खेल था, और यहीं सम्बन्धित व्यक्तियों के भाग्य का भी सवाल उठता था।

पुलिस की ज़रूरत सबसे ज़्यादा थी। मौजूदा हवा में तो वह शहर में अपने टिके रहने मात्र के लिए ज़रूरी हो गया था। कई तरह की हवाएँ चलती रहती थीं। राजनैतिक प्रतिद्वन्द्वी थे जो हर पैंतरे के साथ अगले चुनाव के लिए ख़ुद को संगठित करने लगे थे। उनकी नज़रें इन्हें पेशे से भी उखाड़ देने की थीं। सबसे ऊपर शहर में दबदबे वाली बात थी। दबदबे के साथ ही राजनैतिक कैरियर भी चिपका हुआ था। इसलिए लोग-बाग उस जड़ को कुरेदने से भी बाज नहीं आते थे। उनके दिल्ली रहने का वे फ़ायदा उठा ले जाते थे। अभी पिछली बार उन्हें कुछ ज़्यादा दिनों के लिए दिल्ली रुक जाना पड़ा तो बार-एसोसिएशनवालों ने उड़ा दिया कि वे वहीं वकालत करने लगे हैं। आयोजनों वग़ैरह में भी नए-नए मोहरे अपनी जमघट करने लगे। 'उन्हें अब दिल्ली से कहाँ फुरसत...।' फिर यह इलाक़ा तो बाबा आदम के ज़माने से लड़ाकू इलाक़ा है। दूसरे के आदमियों को नीचा दिखाना या पिटवा ही देना भी एक काम है। अगर ऐसा उनके साथ कभी हो जाता तो बोस साहब के स्टेटस को धक्का लगता, और यहीं पुलिस की ज़रूरत पड़ती थी। अगर वह साथ रहे तो अपने आदमियों को कोई छू भी नहीं सकता। उन आदमियों की शान रही तो अपनी धाक जमी रहती है। जब से बोस साहब राजनीति के क्षेत्र में आए तब से अब तक उनके एरिया में एक भी तगड़ा विरोध-प्रदर्शन तक नहीं हो सका था। स्कूल को लेकर ज़रूर तनातनी थी और वे स्कूल के प्रेसीडेंट थे, पर बोस साहब सँभाल रहे थे। जहाँ लठैतों से

भिड़ने की बात होती वहाँ अपने आदमी भिड़ाने के बजाय लठैतों के सिर तन्त्र से टकरा दिए जाएँ, इसके लिए पुलिस की ज़रूरत पड़ती थी।

बोस साहब ने कोतवाल को फ़ौरन ही अन्दर बुलवा भेजा। "आइए, आइए, कोतवाल साहब!" बोस साहब ने उठकर उनको मान दिया। कोतवाल ने अपना बेंत बग़ल में दबाकर दोनों हाथों से बोस साहब के हाथ को लिया और इशारा किए जाने पर एक अलग सोफ़े पर बैठ गए।

"कहिए, कोई कत्ल-वत्ल का सिलसिला है क्या...?"

"वह तो चलता ही है, वकील साहब, इस डिवीज़न में जब नया-नया आया था, तब काफ़ी नींद-ख़राबी हुई, पर जब देखा कि यहाँ की देवी को कम-से-कम एक होम रोज़ लेना ही है तो अब आदत-सी पड़ गई है।"

"आपके उस तरफ़ तो इतना नहीं होगा...मामला तो हैडक्वार्टर्स की तरफ़ बढ़ रहा है। अब तो दिल्ली में मुख्य सड़क पर, पीक हावर में डाका और ख़ून हो जाता है।"

"हम लोग तो साहब, छोटे बन्दे हैं। बड़ों-बड़ों की लड़ाई है, हमारे बड़े साहब लोगों की शिकायत है कि एक जूनियर-सा मजिस्ट्रेट सीनियर एस. पी. पर हुकुम चलाने लगता है...वे क्यों दबें?"

"सिर्फ़ इतनी-सी वजह होती तो शायद मामला सँभल जाता। अनरैस्ट बढ़ गया है...करेंट्स और क्रॉस करेंट्स...।"

बोस साहब ने उँगलियों से इशारा किया और एकाएक विषाद में डूब गए और डूबते चले गए! जीवन क्या हो गया कि हर वक़्त चौकन्ना रहना पड़ता है। जितना ऊपर उठो उतना और भी। लोगों की माँगें पूरी नहीं होतीं तो वे तीर की तरह उनकी ही तरफ़ फेंकी जाती हैं, जो कहीं कुछ हैं, उन्हें भी सीधे-सीधे नहीं झेलना पड़ता। वे लोग तो मिलते ही कितनों से हैं। वक़्त कब होता है उनके पास। जो जाता है अपना काम बोला और खिसका। बोस-जैसों को तो शुद्ध शारीरिक स्तर पर झेलना पड़ता है, सबकुछ।

चाय आ गई थी।

सोचते ही सोचते वे चाय बनाने लगे। एक कप कोतवाल साहब की तरफ़ बढ़ा दिया। चाय बनाकर सिगरेट सुलगाई और फिर सोचने लग गए। सिगरेट होंठों पर आप-से-आप इस कोने से उस कोने को सरकने लगी जैसे शंटिंग करता हुआ इंजन...बस यही दिक़्क़त है,...सोचना शुरू हो तो कहीं थाह नहीं, कुछ समझ में नहीं आता।

"अरे, आपने सिगरेट नहीं ली।" एकाएक वे जागे।

"जी, मैंने पीना अभी शुरू नहीं किया।"

"सोचना नहीं पड़ता न, तो ज़रूरत भी नहीं है। आपकी और फ़ौज की ज़िन्दगी अच्छी है, सा'ब—जो सामने है वही है, बाक़ी नहीं है...यहाँ सामने से ज़्यादा वह है जो आगे आने वाला है।" वे हँसे। कोतवाल ने भी साथ दिया।

"वकील साहब, इस वक़्त मैं किसी अपने काम से आया था।"

"हाँ...हाँ...बताओ..." बोस के मुँह में फ़ौरन पिता का वात्सल्य आ बिराजा और चेहरे भर में एक स्वाभाविक मिठास फैल गई।

"बात यह है कि मैं यहाँ कोतवाल होकर आना चाहता हूँ..."

"ठीक है, आ जाओ। कहाँ वहाँ पड़े हो...कौन एस. पी. करता है...मैं कह दूँगा। वह मेरी बात नहीं टालेंगे, ऐसी उम्मीद है।"

"बोस साहब, अब इन सबके हाथ की बात नहीं होती यह। आप क्यों अपनी पोज़ीशन ख़राब करते फिरें...इससे या उससे कहते हुए! मैं ख़ुद ही कर लूँगा बस, आपका आशीर्वाद चाहिए।"

"मुझे कुछ रक़म की ज़रूरत है। हो गई तो तैनाती करा लूँगा।"

लोगों को शिकायत करते तो सुना था लेकिन यह रोग इतना फैल गया इसका अन्दाज़ बोस को नहीं था। सबसे बड़ी बात कि वह अब आम भी इतना हो गया था कि एक मामूली कर्मचारी इतनी आसानी से उनसे माँगता है। सोच में वे फिर डूबे जा रहे थे कि उन्होंने घूमती सिगरेट को एक किनारे से पकड़कर निकाल लिया।

"मुझे दसेक हज़ार चाहिए...जल्दी ही लौटा दूँगा...दो-चार मोटी किश्तों में—" कोतवाल ने फिर कहा।

"क्या करोगे इतने पैसे का?"

"आप क्यों इस सब गन्दगी में पड़ते हैं। यही समझ लीजिए कि मुझे अपने घरेलू काम के लिए ज़रूरत है?"

"यह तो मुश्किल है भाई—" बोस साहब चेहरे पर कुछ नाराज़ी लाते हुए बोले।

"कुछ तो मैंने कर लिया है। इतने की मदद आप किसी तरह करवा दें। तैनाती होते ही चुकवा दूँगा...थाना पड़ा है।"

तो थाने को वह गिरवी रख रहा था। राजनीति में न होते तो बोस उसे डाँटकर भगा देते, पर तब वह उनके पास आया ही न होता। इस वक़्त बोस साहब को सोचना पड़ रहा था। थाना है तो रुपया यह निकाल ही लेगा और जहाँ तक है, चुका भी देगा। फिर थोड़ी-सी उधारी के लिए अपना ग़ुलाम भी बन जाएगा। इस

शहर में अपना मोहरा पुलिस-स्टेशन पर बैठा रहे, इससे बढ़कर वज़न की बात और क्या होगी। ठाकुर नहीं उनके बाप आ जाएँ।

"मैं इन धन्धों में पड़ता नहीं हूँ। वैसे ही गन्दगी में रहता हूँ...कुछ तो रहे..."

"मुझे ख़ुद शर्म आ रही है, वकील साहब। लेकिन आपके अलावा कोई और दिखता भी नहीं है। मैं आपका अहसान ज़िन्दगी-भर नहीं भूलूँगा। इसी तरफ़ का हूँ। यहाँ रहकर एक घर भी बनवा लूँगा। रिटायर होकर तो यहाँ बसना है ही...आपकी सेवा करते बीतेगी। इस इलाक़े का इन्चार्ज रहना मेरे प्रोमोशन में भी मदद करेगा और फिर यह थाना 'लॉस' में कभी नहीं गया।"

"मैं जनता का आदमी हूँ, यह तो सोचिए।"

"पर मैं आपके पास एक वकील के नाते आया हूँ। हम सब आपके बच्चे हैं। यहाँ अगर किसी को एकाएक कुछ कर्ज़ की ज़रूरत पड़ जाए तो आपके पास ही तो दौड़ेगा। यह भी तो पब्लिक सर्विस है।"

"भाई मेरे," बोस हँसे, "इतने पैसे भी तो नहीं होंगे मेरे पास अभी..."

"आप चाहें तो सब कुछ कर सकते हैं, आप जब कहें, आ जाऊँ।"

"आप परसों आइए...पर मैं वादा नहीं करता... इस बीच अपना इन्तज़ाम करते रहिए। सिर्फ़ मेरे आसरे न रहिएगा। मैं कोशिश करूँगा। क्या करूँ, कम्बख्त आदत का मारा हूँ...सीधे 'न' करना आता ही नहीं, लेकिन इसमें इससे भी आगे की बात है, इतने रुपये कहाँ से आएँगे? उसी को लेकर कहता हूँ कि मेरे ही आसरे मत रहना।"

"मेरा तो कोई और आसरा नहीं है, इसलिए भाग्य आप पर ही टिका रहेगा।"

"अच्छा!" बोस साहब ने चलने का इशारा किया... अन्दर से वे बेहद खलबलाए हुए थे। न 'हाँ' कर सकते थे, और न ही 'न', उन्हें सोचने की तत्काल ज़रूरत थी।

"अच्छा नमस्कार...माफ़ करें, तकलीफ़ दी।"

"नहीं, कोई बात नहीं।"

थानेदार के जाने के बाद बोस साहब सोच में पड़ गए। कैसी बेशर्मी आ गई ज़माने में देखते-देखते। उनके राजनैतिक धन्धे की भी अन्दरूनी चीज़ें सभी को मालूम हैं, तभी तो ऐसी बातों के लिए भी लोगों की हिम्मत पड़ जाती है। वर्ना सिर्फ़ वकालत...! चौधरी वकील के यहाँ जाता...उनकी भी तो आमदनी कम नहीं है। लेकिन शर्म-लिहाज़ की भाषा आज की भाषा नहीं है। गन्दगी है, उसके बीच रहना है तो उसे इस्तेमाल करना सीखना होगा...न कि नाक-मुँह सिकोड़ना। बोस भागनेवाली भाषा में विश्वास नहीं करते थे। स्टेशन-इंचार्ज अपना

होने से सारा शहर अँगुली की नोक से नाचेगा। ऊपरवाले कर ही क्या सकते हैं और यहाँ के एस. पी., मजिस्ट्रेट तो वैसे ही डरते हुए अपने घर में दुबके पड़े रहते हैं। असल तो कोतवाल ही है। जो इसने लिख दिया वही होगा। आजकल का जो कोतवाल है, वह बेवजह बोस के ख़िलाफ़ है...सत्ते को ही हर चोरी में पकड़वाता रहता है, यह जानते हुए भी कि वे एक-दो बार उसकी सिफ़ारिश कर चुके हैं...इसे खिसकाना ही चाहिए। पर पैसा कहाँ से आएगा? उन्हें लगा कि कोतवाल को पूरा ग़ुलाम बनाकर रखने के लिए पैसा जुटाना ही होगा। पैसे भी वापस और एक अफ़सर जेब में...इनवेस्टमेंट है...पार्टी भी कर सकती है... चाहे जिस बहाने।

"क्यों शिवमंगल, पत्थर क्यों फेंका?"

"आदमी हो या पायजामा?" शिवमंगल नीचे से बोला।

"मैंने देखा है, अपनी आँखों से।"

"आँखें हैं, या बटन?"

"अभी-अभी तुमने घर से निकालकर पत्थर इधर फेंका है...और फिर यहाँ आकर बैठे हो।"

"घनचक्कर, अपनी कतन्नी बन्द कर और जा सो जा! दूसरों को भी इसी में आराम है..."

काले अँधेरे में फिर उसकी गरदन बग़ल में बैठे राधे की तरफ़ मुड़ गई। राधे ने लाखोटिया की बराबरी पर दुकान हाल ही में खोली थी। दुकान बन्द कर घर जाते हुए वह ज़खीरा की ढलान पर आ बैठा। वहीं वे दोनों खुसुर-फुसुर करते हुए हँसने लगे।

शिवमंगल ने बोलती बन्द कर दी थी। थोड़ी देर को केशव अटारी से उसी तरफ़ ताकता हुआ चौकीदारी करता रहा, जैसे नीचे पौर के खपरैल में नए-नए खपरे नहीं, कोई ताज़ा फसल थी जिसकी जानवरों से हिफाज़त करनी थी। उसकी मुड़ी बाहर निकली होने से कम-से-कम आगे कोई और पत्थर नहीं आया।

इधर पत्थर चलने की शिकायत कई दिनों से होने लगी थी। केशव ने अपने अगल-बग़ल के दोस्तों से पूछताछ की थी, तो पता चला था कि पत्थर सिर्फ़ उसी के घर पर आते हैं। ज़्यादातर रात के अँधेरे में चलते थे, कभी-कभी दोपहरी में भी। सामने बिछी नई खपरैल, किसी खपरे का डीला तोड़ता हुआ गिरता और वहीं बैठ जाता। जहाँ-जहाँ ऐसी चटक पड़ेगी वहाँ-वहाँ से बरसात में पानी

चुएगा—केशव जानता था। भुतेले घरों में पत्थरों की बारिश होती है, लेकिन यहाँ तो वे सब थे। केशव को ऐसा कई-एक मौक़ों पर लगा था कि लोग मामा के उसके घर आने का मज़ाक़ बनाते हैं। पत्थरों के चलने को भी वह उसी से जोड़ पाता था, थोड़ा-बहुत।

मामा की हरकतें भी इधर कुछ अजीब हो गई थीं। वे या तो रात गए आते या फिर खरी दोपहरी को। शाम को जब गली चलती होती तब अगर आते तो सिर्फ़ बाहर-बाहर में पढ़ाकर चले जाते। अन्दर आना होता तो साँकर धीरे-से खटखटाकर बाहर गली में खड़े रहते और जब दरवाज़ा खुलता तो तेज़ी से अन्दर खुलक आते। कभी ऊपर अटारी में बैठना होता तो ज़ीना काफ़ी झुक-झुककर चढ़ते, क्योंकि जीना आँगन से होकर था और जादवजी की अटारी से दिखाई देता था। इसी तरह जाते समय भी धीरे-से दरवाज़ा खोलकर पहले बाहर झाँकते, फिर तीर की तरह गली में उतर जाते और गली में पहुँचते ही आराम से चलने लगते। एक बात पर केशव को ख़ास मज़ा आता था। कभी-कभी मामा आँखें बन्द कर दीवार से अपना सिर मारते होते...उसके पूछने पर यही कहते, सिर में दर्द है। यह भी ख़ास बात हो गई थी कि किसी-न-किसी बहाने केशव या उसकी बहिन को खिसका दिया जाता था। माँ आज भी केशव और उसकी बहिन को ऊपर सोने भेजने के लिए क़रीब-क़रीब डाँट बैठी थी।

वह मुड़ी बाहर निकाले तब तक देखता रहा जब तक राधे और शिवमंगल बैठे खुसुर-फुसुर करते रहे। राधे से लेकर शिवमंगल ने एक बीड़ी भी सुलगाई। उसे बीड़ी पीते आज पहली बार देख रहा था केशव। तो, यह तो गया। कसरतियों के आगे बीड़ी पीनेवाला कब तब ठहरेगा! केशव को कुछ मज़ा आया। उधर बीड़ी ख़त्म करके राधे ने मैदान के बीचोंबीच फेंकी, अँगोछा कन्धे पर डाला और चल दिया। शिवमंगल भी उठा, एक नज़र इस तरफ़ फेंकी। अँधेरे में झाँकती हुई केशव की मुड़ी अब भी दिखाई दी, न दिखती तो शायद एक पत्थर फेंक देता। सामने अपने घर के किवाड़ खटखटाए, दरवाज़ा खुला और अन्दर चला गया।

क्या पता शिवमंगल फिर निकलकर एक और फेंके और अब की बार वह खुली खिड़की से होता हुआ सीधा उसे आकर लगे, या उसकी बहिन को।

जब वह बहुत छोटा था तो कहीं से आते वक़्त एक मधुमक्खी भनभनाती हुई उसका पीछा काफ़ी दूर तक करती चली आई थी। केशव बार-बार उसे हटाता कि वह फिर आकर सिर पर भनभनाने लगती। केशव ने दौड़ भी लगाई, पर मक्खी से पीछा न छूटा। आख़िर केशव को ग़ुस्सा आ गया। घर आकर उसने एक लाठी उठाई और फनफनाता हुआ उस जगह तक पहुँचा, जहाँ से

मधुमक्खी साथ हुई थी...एक तरह से साथ लगी मक्खी के पीछे दौड़ता हुआ। वहाँ एक छत्ता था, नीचाई पर...और एक 'भच्च' में केशव ने लाठी धाँस दी। एक चरचराहट...और फिर उसके खोपड़े पर काँटेदार बादलों के छोटे-बड़े टुकड़े छा गए थे...उसे याद यहीं तक था। चिंथना, बेहोश होना, बुखार...ये सब क़िस्से थे...जो फिर उसने सुने थे।

वह उठ गया। बहिन नींद में डूबी थी। ज़ीने के मुँह तक आया और नीचे आँगन में झाँकने लगा। वहाँ घुप्प अँधेरा था, ख़ासतौर से मकान के पिछले हिस्से में। वह ज़ीना उतर गया। अटारी के नीचे की पौर में रोशनी अब भी हो रही थी।

नीचे पहुँचकर झाँका।

सफ़ेद चादर का एक बड़ा-सा गट्ठर पौर में उतरा रहा था। गट्ठर में तालाब के बँधे पानी की हल्की-हल्की हिलोरें उठती थीं, लहरों में वह गट्ठर इधर-उधर रेंगता था। कभी इधर, कभी उधर..."यों कि न आगे ही चलता था, न पीछे ही आता था। उसकी कोई दिशा नहीं थी। जैसे दो बराबर ताक़त के जवान खिलवाड़ की भिड़ंत में मस्त्या रहे हों...कभी यह उसे धकियाता और पछेलता, कभी वह इसे।

थोड़ी देर केशव वहीं से सहमा हुआ देखता रहा, भय से भी ज़्यादा अचरज से...कि एकाएक तभी न जाने क्या हुआ कि वह तेज़ी से आगे बढ़ गया था और गट्ठर की खिंची हुई चादर को एक किनारे से खींचने लग गया था।

पहले ही झटके में साँप के फन की तरह माँ का खूँखार चेहरा बाहर निकला था। पसीने की बूँदों में चेहरे की आग छलछला रही थी। "चलो ऊपर...केशव... जाओ...चलो..." वे झल्लाईं।

गट्ठर के बाहर निकला फन एक फुटा तन गया था और चोट करने के लिए अब पीछे की तरफ़ झूम ले रहा था।

केशव उसी रफ़्तार वापस हो लिया और सीधा अटारी की खिड़की पर आकर रुका। उसकी साँस धौंकनी-सी चल रही थी, कँपकँपी छूटती भी महसूस हो रही थी...सिर बुरी तरह घूम रहा था। कई चीज़ें सामने से उड़ी जा रही थीं—लड़ते साँड़ों की किटकिटाहट, उड़कर चोट करते हुए तीतरों के झरते हुए पंख, गुड़ी-मुड़ी होते साँप, बकरी को दबोचता तेंदुआ, कल्लन की चिकनी टाँग पर धार लेता उस्तरा, चट-चटाक, चट-चटाक सबको फूँक मारकर उड़ाता हुआ वही, पहाड़ का वह झाड़े फिरने बैठा हुआ आदमी।

जखीरे के सामनेवाले मैदान में सिर्फ़ अँधेरे की आवाज़ें थीं...जो ऊपर आसमान से गिरकर वहाँ के ख़ाली गड्ढों में भर रही थीं, ख़ामोश दियों के

टिमटिमाने की-सी आवाज़ें। आवाज़ों के पीछे ज़खीरा की छत पर नाचनेवाली चुड़ैलों का छुनन-छुनन था। आवाज़ों की ऊपरी पर्त पर कभी लछमन के दद्दा की खखारें, उनके बैलों के थुरकने और पूँछ फटकारने या फक्क-फक्क कर गोबर बरसाने के छपके कभी-कभी आ चिपकते थे।

मामा जैसा सफ़ेद धब्बा सामने की गली से आता हुआ दाईं तरफ़ लछमन के घर के सामने वाली गली पर मुड़ रहा था।

केशव अपनी चारपाई पर आकर लेट गया। बड़ा अनाप-शनाप लग रहा था। क्या वह भी रामकिशोर पिलपिलिया ही था...क्या उसके सब साथी भी वही होंगे...ढीले-ढाले कोट में इधर से उधर घूमते हुए?...या घुमाए जाते हुए, खरी दोपहरी में खेलने को मज़बूर किए जाते हुए...जैसे पुराने घर में उस दिन और नहीं तो उसे चाय ही लाने जाना पड़ा...और लौटने पर पिछवाड़े का ताला नदारद था...उस दिन लाखोटिया के शन्नो मौसी के यहाँ घुसने पर महेश के मुँह से चूती लार एक बदबूदार नाली की तरह केशव के सामने गिर रही थी—ऊपर से नीचे।

उस शाम मामा का अँधेरे में छिप जाना...माँ के साथ पीछे-पीछे आना, अक्सर सफ़ेद इस्तरी किए पाजामे की सिकुड़नें...सिर पटकना, चोर की तरह आना-जाना...ये सब क्या था...?

वह जो उसके दु:ख और डर को बँटानेवाला था, जो उस बस्ती के बाहर का आदमी लगता था—साफ़-सुथरा, मीठा बोलनेवाला, क्या वह भी घिनौना ही था—क्या सब एक ही थैली के चट्टे-बट्टे थे—वे जो उसे पढ़ाते, सिखाते, आज्ञा देते थे...वे भी...?

माँ—उसे अच्छे-बुरे की सीख देनेवाली! एक-दो औरतों को नंगे नहाते केशव ने देखा था, और दूसरे दिन कपड़ों में लिपटे उनके जिस्म कैसे लगते थे...कुछ-कुछ वैसा ही माँ के बारे में सोचकर केशव को लगता था। घर में जैसे माँ नाम की वह एक परिचित औरत नहीं, सोहन की माँ की रूह डोलती थी... उस पर जो अत्याचार हुए थे, उनका बदला खोजती हुई।

घर की चहारदीवारी ढह गई थी और केशव खुले मैदान में खड़ा था।

रात सपने में उसने देखा कि वह कीचड़ भरे एक कुएँ में गिर गया है, नीचे धँसता जा रहा है। जो भी उसे हाथ देता है वह दूसरे ही क्षण कीचड़ के एक बड़े लोथड़े में बदल जाता है। वह नीचे जा रहा है...लगातार...कीचड़ उसके नथुनों में भरने लगा है। तभी वह पागल पत्थर किले से उतरकर नीचे आ गया... उसने एक कील केशव की जीभ पर ठोंकी। फिर उसे हथेली पर बिठाकर वह ले चला है, मुहल्ले की गलियाँ, मन्दिर नकाता हुआ। घरों के छप्पर एक साबुत

ढकने की तरह खुलते चले जाते हैं ऊपर से,...नारायण...छवि...यह शन्नो मौसी...यह मास्टर कौशल की लड़की, शिवमंगल और कल्लू को लतियाती... बाँहों को कैलाश के गले में डाले...मामा दीवार पर सिर धुनते हुए और यह उसकी बहिन...!

तभी उसे ज़खीरा में पटक दिया गया। चारों तरफ़ से उसे उठाने को पार्टियाँ दौड़ रही हैं। यह शिवमंगल की...यह कल्लू...कैलाश...पंडित मुल्तन...छुटई कामता...।

उसे किसी के साथ शामिल होना है, पर वह हो तो किसके साथ हो...?

छींटे कब के उछलने लगे थे और वे बच-बचकर चलते रहे। पर अब वे कीचड़ में थे। आग आख़िर रेंगते-रेंगते केशव के घर तक आ ही गई।

रामकिशोर...पिलपिलिया आज केशव के साथ खेल रहा था। हमेशा की तरह अपने से बड़ी नाप का कोट और ढीलाढाला, पूरे आदमी वाला पैंट पहने। सब लड़के उसकी जिज्जी—शन्नो मौसी को वह जिज्जी कहता था—और लाखोटिया को लेकर चिढ़ाने लगे। महेश उनमें ख़ास आगे था। केशव भी छेड़छाड़ में शामिल हो गया। पहले तो रामकिशोर इधर-उधर करता रहा, जैसे बहती नाक को कहीं भी पोंछ लेता था, लेकिन आख़िरी बचाव में उसने केशव पर वार कर दिया—"तेरी बहिन तो पंडित से फँसी है।"

केशव को ग़ुस्सा आ गया और उसने रामकिशोर की पिटाई कर दी। वह रोता हुआ अपनी जिज्जी के पास गया और उसकी जिज्जी शिकायत लेकर केशव की माँ के पास पहुँच गई। केशव से सफाई माँगी गई तो उसे सबकुछ साफ़-साफ़ बताना पड़ा। केशव की माँ भी सहम गई और वह शन्नो पर ही उबलने लगी।

"कैसी गन्दी बातें लड़के को सिखाती हो...?"

"लड़के-लपाड़े जो कुछ भी बोलते रहते हैं सब मैं ही तो सिखाती हूँ।" शन्नो भी जूझ पड़ी।

"तो उसने और कहाँ से सीखा होगा...तेरा ही काम है यह!"

"मेरे को जैसे और कोई काम नहीं है।"

"तेरे क्या-क्या काम हैं, सबको मालूम है।"

"हाँ हैं, तो तू भला कौन-सी दूध की धुली है...दोगली!"

शन्नो केशव के चबूतरे से उतरकर, अपने चबूतरे पर चढ़कर मुक़ाबले की तैयारी करने लगी। "मुझसे अपने कारनामे न खुलवा" वह बड़बड़ा रही

थी—"मेरा तो मानो मर गया, तूने तो अपने खसम को जीते-जी मारकर बंडे में गाड़ दिया है री...बड़ी आई मेरे कारनामे गिनाने...छिः, बड़ों का गू-मूत पी लिया कि हिनहिनाने लगी!"

"तूने जैसे मेरी लड़की का जी किलपाया है, ईश्वर तुझे देखेगा..."

"हाँ, वह न देखे तो अपने खसमों को कहना!"

"देख शन्नो, ज़बान काबू में रख...नहीं तो..."

"नहीं तो क्या कर लेगी?...ले, आ मार मुझे...मारेगी? तेरे लड़के ने मेरे लाल को बुरी तरह मारा और बदले में तू मुझे मारेगी...आ देखूँ तुझे, सास की।"

शन्नो चबूतरे से उतरकर गली में सीना तानकर खड़ी हो गई।

हमेशा की तरह, जखीरे के मैदान के सारे घरों के सभी दरवाज़े खुल गए थे। सब तमाशा देखने उतर आए क्योंकि तमाशे या मनोरंजन के और साधन उधर थे ही कहाँ! केशव और रामकिशोर बग़ल में खड़े हुए थे। केशव की बहिन को पता चला कि उसकी बदनामी की गई है, तो वह आकर अगली पौर में पछाड़ खाकर पड़ रही। उसे किसी ने कभी बताया होगा कि बदनामी हो जाने पर ऐसा ही करते हैं—और बाहर माँ तमक-तमककर लड़ रही थी।

"मेरी फूल-सी लड़की के लिए वही भंगेड़ी रह गया था क्या? पहले एक ही को रख ले वह ...क्या हम मर गए...राजा के घर में जाने के लिए पैदा हुई मेरी फूल-सी लड़की के लिए यह सब अपने लड़के को सिखाते तुझे शर्म नहीं आई?"

उधर से पंडित भी अपनी झूलों को पीछे डाले लँगोट की एक नार लटकाए आ शामिल हुए औरतों की उस लड़ाई में। उनके किसी दूत ने ख़बर दे दी थी कि उनको लेकर कहीं भिड़न्त चल रही है—जहाँ उनके शामिल होकर अपना सिक्का ज़माने लायक स्थिति है।

"अरे, हमसे बात करो...सामने...पीठ-पीछे बोलने से क्या होगा?" आते ही उन्होंने केशव की माँ के ख़िलाफ़ पैंतरा सँभाल लिया। उस पर भी केशव की माँ जब मुखातिब न हुई तो उन्होंने और तीर छोड़े, "बड़ा पता रखा हुआ है मेरा... देखना हो कि कितनों को रख सकता है तो आकर देख ले!"

"मैं तुझसे बात करना नहीं चाहती।"

"क्यों, क्या मैं पसन्द नहीं आया? गोरे-चिट्टे ही पसन्द आते हैं तुझे!"

"तू जा, वहीं कुइयाँ के ऊपर दम लगाकर सो जा...शहर में आने लायक नहीं है तू...थू...!"

"तो तू भी वहीं जाकर दुकान लगा, वहाँ नौटंकीवालियाँ रहती है... हारमोनियम-तबला लेकर बैठ जा...इज़्ज़तदारों के बीच तेरा क्या काम?"

"मुझे तुझसे बात नहीं करनी, और न यह तेरे बाप का मुहल्ला है...समझा... कुत्ते तेरी बोटी खाएँगे दोगले...!"

और केशव की माँ ने किवाड़ बन्द कर लिए, शन्नो मौसी भनन-भनन करती हुई अपने घर की तरफ़ जाने लगी। मजमा उखड़ने लगा। पंडित को पूरा मौक़ा नहीं मिल पाया था, इसलिए शन्नो की जगह चबूतरे पर चढ़कर अब वह अकेला ही केशव के घर की तरफ़ गालियाँ फेंकने लगा, "जाने कहाँ से चली आती हैं बसने... मोहल्ले की हवा को ख़राब करती हैं। सोचना चाहिए कि यहाँ बहू-बेटियाँ भी रहती हैं। अरे, मेरे बारे में बोलनेवाली होती कौन है, मोहल्ले में तो कोई बोल ले...ज़ुबान खींच लूँगा, और यह डेढ़ बित्ते की मेहरिया, पंडित से भिड़ने की हिम्मत करती है...!"

शाम को जब मामा आए तो केशव की माँ ने उन्हें रो-रोकर भगा दिया। दूसरे दिन मामा ने अपने एक-दो साथियों के साथ नीम के नीचे अपना मोर्चा खोला और पंडित को सन्देशा भिजवाया कि वह अपनी ज़ुबान को काबू में रखे, नहीं तो उसकी गरदन साँप की थूथनी की तरह पीस दी जाएगी। जब मामा यह बोल रहे थे उनकी साफ़-सुथरी उँगलियाँ काँपने लगी थीं। बड़े जादव के बड़े लड़के को उन्होंने वज़न पाड़ने के लिए बिठा लिया था, पर वे घास का एक तिनका तोड़कर उसे फिर उँगली से धूल खोदकर गाड़ने में लगे हुए थे। सन्देशा मिलने के बाद पंडित शाम को जादवजी के चबूतरे की पट्टी पर आकर बैठ गया। जादवजी उसके मुख्य जजमान थे। इसलिए इतना उसने किया। पर उनके लड़के के आते ही उसने खँखारकर थूका—"भलमनसाहत से कोई कहे तो पंडित-जैसा सीधा आदमी मिलेगा नहीं कोई, उसे तो हमेशा सूधी गैल धरनी है, लेकिन अगर साँप की थुथनी जैसे पीसने की बात है तो गरदन लेकर आया हूँ...मैं भी देखूँ..." जादव के लड़के के हाथ में फिर घास का तिनका था। वे मज़ा ले रहे थे। कुछ न बोलने को वे अपनी इज़्ज़त मानते थे और जहाँ सभी कोई बोलते ही रहते थे, वहाँ इसमें वाकई थोड़ी-बहुत इज़्ज़त तो बची रहती थी। बाहर से वे किसी तरफ़ को नहीं होते थे, इससे भी उनके घर की नम्बरदारी बची हुई थी। किसी एक तरफ़ अगर हो जाएँ तो इन्साफ़ माँगने कौन आएगा फिर! उन्हें इन्साफ़ करने की तकलीफ़ भुगतनी थी। लोग-बाग आते रहें, यह उनके ख़ानदानी सुकून के लिए काफ़ी था। "नहीं-नहीं, ऐसी कोई बात नहीं" कहकर पंडित को थोड़ा उकसाया गया, थोड़ा दबाया गया।

मामला अच्छी तरह से तब उखड़ा जब केशव के पिता आए और उन्होंने मुहल्ले की पंचायत से शिकायत की। फिर जादवजी के चबूतरे पर पंच बाकायदा जुड़े...

बड़े जादव, चौपाल के चौबे, जेलर साहब प्रतिष्ठित व्यक्तियों में थे इसलिए उनके लिए चारपाइयाँ निकालकर डाल दी गई थीं। शिवहरे उनसे भी ख़ास बनकर आए थे क्योंकि मुहल्ले के वही एक आदमी थे जो इधर कुछ वर्षों में अच्छे निकल गए थे। पुलिस में कांस्टेबल थे और इसी ज़िले में तैनात थे। जब से वर्दी मिली थी, हमेशा उसे डाटे रहते। जहाँ कहीं ऐसी बैठकें हों, वहाँ अपने लिए ख़ास जगह बना लेने की खूबी भी उन्होंने हासिल कर ली थी—तभी से जब से वर्दी मिली थी। बस पहुँच जाना, बाक़ी काम तो वर्दी करा देती थी...इतना तक कि अक्सर ख़ुद बने हुए मुखिया और प्रधान भी उठकर खड़े हो जाते थे, अगवानी करते थे और बैठक छुटपुट हुई तो चाय-नाश्ता भी चल जाता था। पानी औरों के लिए लोटे में आता था तो उनके लिए साथ में गिलास भी आता था।

दाहिने चबूतरे पर पैर लटकाए पंडित थे, पंचायत को पीठ दिये हुए। आज धोती डाल रखी थी...कहीं से पंडिताई में मिली हुई पीली-पीली...ऊपर मैली और जगह-जगह महीन छेदों में इधर-उधर से फटी हुई बनियान थी, जिसके नीचे जनेऊ झाँक रहा था। माथे पर हनुमान-छाप लाल सिन्दूरी बड़ी-सी बिंदी थी। उनसे थोड़ा हटकर मुल्तन बैठा था। बाईं तरफ़ मामा थे, चारपाई से एकदम सटकर बैठे थे जिससे लगे कि उनका स्टेटस बस चारपाईवालों के बाद ही था। उनके इर्द-गिर्द कुछ दोस्त थे। बड़े जादव जी के बड़े लड़के को फिर उन्होंने अपने पास वज़न डालने के लिए बैठा रखा था। सीढ़ियों की बाईं तरफ़ के चबूतरे पर गली में एक टाँग डाले केशव के पिता बैठे हुए थे एक चिन्तित मूर्ति की तरह। उनके लिए वह सारा कुछ अजीब था जो बाहर हो रहा था...दरअसल वे कमरतोड़ काम करके अपनी गृहस्थी ज़माने के बाहर और कुछ समझते ही न थे। आते ही माँ की शिकायत जो मिली तो उनकी समझ में कुछ नहीं आया कि क्या करें। जादवजी मुहल्ले के प्रतिष्ठित व्यक्ति थे। उन्हीं के सहारे परिवार को यहाँ छोड़ा हुआ था। वे ही देखेंगे। सवेरे उनके यहाँ कहने गए तो बड़े ने मँझले से सलाह ली, पंचायत बुला ली गई। प्रधान की गद्‌दी पर किसी को नहीं बिठाया गया, क्योंकि न तो कोई उस पद के लिए चुना गया था, न ही किसी का नाम ऊपर से आया था। इसलिए जादव और चौबे जिन्होंने आपस में मुहल्ले का इलाक़ा एक तरह से आधा-आधा बाँट रखा था, वही सबकुछ थे। पंचायतों में दोनों ही बराबरी से बैठ जाते थे।

मुहल्ले के नौजवानों में से एक भी नहीं था। शिवमंगल बाप के होने की वजह से नहीं आया था, राधे को भेज दिया था। छुटईं आया तो उसे कल्लन ने खिसका दिया—'जाओ बेटा, खेलो।'...कल्लू ज़रूर एकदम नीचे की सीढ़ी पर

अपनी आधी लाठी टिकाए, तहमद में बैठा हुआ था। उसकी उपस्थिति पर किसी ने आपत्ति नहीं की, क्योंकि वह चौबों की तरफ़ था और फ़िलहाल पंचायत की रखवाली जैसी करता हुआ बैठा था।

"शुरू की जाए..." बड़े बोले। चौबे ने सिर हिला दिया।

"हाँ तो भाई, बोलो, क्या शिकायत है?"

"शिकायत क्या है जादवजी...आप सब बुजुर्ग लोगों के रहते नंग्यांय होती है।" केशव के पिता ने अर्ज़ी पेश की।

"मैं गालियाँ सुनने का आदी नहीं...हूँ..." पंडित झल्लाया और उठकर जाने लगा।

"अरे भाई, बैठो। ऐसा कुछ नहीं...मुँह से निकल गया" —जादवजी ने उसे पुचकारकर बिठाया "हाँ, तो भाई..."

"मैं तो यहाँ रहता नहीं हूँ। आप बड़े-बूढ़ों के सहारे, बीवी-बच्चों को छोड़ रखा है..."

कनफट्टे हँसी दबाते हुए इस छोर से उस छोर को आते दिखाई दिए "नहीं-नहीं, इसमें ऐतराज़ की क्या बात हो सकती..." चौबे ने कहा।

"तो फिर मेरी नामौज़ूदगी में कोई दूसरा मर्द मेरी बीवी को गालियाँ दे, भद्दी बातें कहे, यह कहाँ की भलमनसाहत है?"

"तुम होते सरऊ, तो भी क्या कर लेते?" पंडित ने धीमे-से भुनभुनाते हुए अपनी गर्दन हिलाई।

"जो मेरे लड़के को पढ़ाने जाते हैं...वे बहुत अच्छे आदमी हैं, अगर लोगों को यही शिकायत है तो मैं उनको मना कर दूँगा। लेकिन सब जगह आना-जाना ऐसे बन्द होने लगे तो सब अपने-अपने घरों में बन्द रहें।"

"तुम अपनी पत्नी को काबू में रखो, समझे!"

शिवहरे पुलिस के अन्दाज़ में बीच में ही भड़क उठा। उसने शायद नब्ज़ देख ली थी कि कौन पीछे जा रहा था और कौन आगे। जबर ग्रुप के साथ ख़ुद को जोड़ने से उसे कहीं घाटा नहीं हुआ था, उल्टे अपनी नवाबी पर इस तरह एक और सिक्का मढ़ जाता था।

"मैं आपसे बात करने नहीं आया हूँ।"

"तो तुम जो चाहो करो, और हम तुम्हारी तरफ़दारी करें—क्यों?"

"बात तरफ़दारी की नहीं, न्याय की है। मैं घर में अपनी बीवी के साथ क्या करता हूँ...यह मेरा मामला है; आप बीच में पड़नेवाले कौन होते हैं?"

"साले, ज़ुबान लड़ाता है...जानता नहीं, किससे बात कर रहा है?"

और उठकर शिवहरे ने एक थप्पड़ केशव के पिता के सिर पर जमा दिया उनकी टोपी गली में गिर गई। टोपी को उठाने वे गली में उतर गए, ग़ुस्से से उनकी आँखें भर आईं। रास्ते में पड़ा एक ढेला उन्होंने शिवहरे को मारने को उठाया कि पंडित ने कूदकर उनका वह हाथ पकड़ लिया। तभी शिवहरे ने नीचे जाकर सीढ़ियों पर टिकी नत्थू अहीर की लाठी उठाई और उनकी टाँग में एक तगड़े से जड़ दी। तब तक बीच-बचाववाले पहुँच गए थे। केशव के पिता की टाँग से ख़ून गिरने लगा था। शिवहरे लोगों की गिरफ़्त से अपने को यों छुड़ा रहा था जैसे कपड़ों की धूल झाड़ रहा हो।

"साले चले आते हैं...बीवी को कह देंगे कमाई करो, चाहे जैसे करो...ख़ुद रखी नहीं जाती, दुनिया को दोष दें...मैं इसीलिए तो मोहल्ले में नहीं आता हूँ... मुझसे यह चोंचलेबाजी नहीं देखी जाती।"

और वह बड़बड़ाता हुआ दूसरी तरफ़ निकल गया। केशव के पिता की टाँग में तीखा दर्द उठ रहा था। लाठी घुटने के जोड़ वाली हड्डी पर पड़ी थी। वे लँगड़ाते हुए अपने घर की तरफ़ चल दिए। कोई उठकर उन्हें पकड़ कर घर तक पहुँचानेवाला भी नहीं था, जो मामा बनते थे वे भी सकपकाकर रह गए थे।

लोग-बाग उखड़-उखड़कर जाने लगे। पंडित तो गली में वैसे ही खड़ा था। वह सबसे पहले चल दिया। इतना काफ़ी था कि जादवजी के बुलाने पर आ ही गया। फरियादी ही नहीं रहा तो पंचायत कैसी और चौधरी लोग रोकते भी किसे?

"ठीक नहीं हुआ।" चौबे बोले।

"क्या बताएँ..." जादव आश्चर्य में थे।

"शिवहरे को यह नहीं करना चाहिए था," माला शिवहरे और पंडित के ओट होने पर पछतावे में बोले।

कनफट्टे फिर उचक-उचककर कभी चौबे, कभी बड़े को देखने लगे। मुल्तन को हँसी आ रही थी, कल्लू का मुँह तमतमा आया था।

"वे न जीने देंगे साले..." कहते हुए केशव के पिता घर में घुसे।

केशव हक्का-बक्का रह गया। माँ ने चारपाई डाल दी और हल्दी-चूना लाकर मलने लगीं। केशव को पता नहीं लग रहा था कि यह किसने किया और क्यों किया—माँ-बाप की आपसी बातचीत के बावजूद। जब भी वह सुनने के लिए कुछ अन्दर होता, माँ हमेशा की तरह उसे बाहर जाने के लिए झिड़क देती। तभी दरवाज़ा खटखटाकर बड़े जादव और चौबे अन्दर दाख़िल हुए। उन्हें देखकर माँ रोने लगीं, काफ़ी आवाज़ करके—"आप लोगों के रहते हुए यह क्या हो गया?"

उन दोनों के मुँह लटके हुए थे। चारपाई की बगल में पड़े हुए टाट पर दोनों लोग बैठ गए।

"कहाँ, घुटने में चोट आई है...?" बड़े ने टटोलकर देखा।

उनके टटोलने पर केशव के पिता कराहे। "हल्दी-चूना लगा दिया न, ठीक है...मैं घर जाकर दवा भेज देता हूँ।"

केशव के पिता आँखें बन्द किए पड़े रहे।

"क्या तमाशा हो गया...यह शिवहरे पुलिस में क्या गया, दिमाग़ ही चढ़ गया। उसे पंचायत में नहीं होना चाहिए था।" चौबे बोले।

"क्या बताएँ। बिना बुलाए जो चले आते हैं। वह तो भाग गया। कल देखना, बुलाकर मैं साले की क्या ख़बर लेता हूँ। कल का छोकरा कांस्टेबल हो गया तो सिर घूम गया। बड़े-बूढ़ों के आगे अपनी हाँकता है।"

"मैं कल ख़ुद जाकर उनकी रिपोर्ट लिखाऊँगी...सरकारी आदमी होकर ऐसा करते हैं?

बड़े जादव का चेहरा सिकुड़ आया था। उन्हें यह उम्मीद नहीं थी कि एक औरत को यह भी सूझेगा। पौर में सन्नाटा छा गया था। चौबेजी जितने चिन्तित थे, उससे ज़्यादा अब जादवजी दिख रहे थे।

"अब हम यहाँ से चले जाएँ, यही अच्छा है," माँ फिर बोलीं।

"अरे, नहीं बिटिया...हम मर गए का?" जादवजी बोले।

"हाँ, ऐसा भी क्या है...अब हम देखेंगे...आप हमारे रहते मोहल्ला छोड़ दें, बना-बनाया घर छोड़ दें?...इतनी मेहनत की है आपने।" चौबे ने कहा।

"घर से भी ज़्यादा, इन लड़कों-बच्चों की पढ़ाई लेकर मैं यहाँ अकेली पड़ी हूँ, वर्ना इनके साथ गाँव में ही न रहती? जिसे काम करना है, वह तो कहीं भी खा-कमा सकता है...हम न किसी से मतलब रखते हैं न कुछ, तिस पर भी...।"

"नहीं, आप एकदम निश्चिन्त रहें। कोई बात हो तो हमें ख़बर कर दें... अभी ईश्वर की दया से इतना तो है ही कि एक इशारा कर देने पर कोई चूँ नहीं कर सकता।" चौबे बोले।

"हम चाहते थे कि ये बच्चे कुछ बन जाते, लेकिन यह बस्ती शायद इन्हें भी यों ही हड़प लेगी। हमारी जो गई सो गई, ये भी कुछ न बन पाए, तो जीवन व्यर्थ गया।"

"नहीं बहिनजी, आप बेखटके रहें...अब ज़िम्मेदारी हमारे ऊपर छोड़ दें। और केशव के पिताजी भी निश्चिन्त होकर अपनी नौकरी पर जाएँ...वह तो मुझे आज ही पता लगा कि इस तरफ़ क्या होता है...।"

चौबेजी का व्यंग जादव जी को अच्छा नहीं लगा। उनके इलाक़े की नम्बरदारी में इस तरह टाँग अड़ाएँगे तो उन्हें कुछ सोचना पड़ेगा। चौबेजी को मुस्टंडी शायद कुछ ज़्यादा चढ़ गई है, क्योंकि गाँव के आदमी उनके यहाँ हमेशा पड़े रहते हैं। चौबे के भाई गाँव में अब भी रहते हैं, और वे चौबे को मानते भी पिता-तुल्य हैं, जब चाहें जितने मड़ई भेज दें, जबकि जादवजी का गाँव से नाता क़रीब-क़रीब टूट चुका था। लोग उनके शहर चले जाने और पेशा बदलने से बिचक गए थे। ऊँच जाति के लोग उन्हें नीच जाति का समझते थे और नीच जातिवालों के वे अपने आदमी नहीं थे। चौबे की नक़ल करते हुए और कुछ बाहरी सलाह पर एकाध बार बड़े ने मँझले और कनफटे को गाँव भेजा था कि नीच जाति को संगठित करें, लेकिन उन सालों को ग़ुलामी करने से फ़ुरसत नहीं थी, वर्ना ये इतने ज़्यादा हैं तादाद में कि ब्राह्मण-ठाकुरों को तो हर गाँव में उखाड़ कर फेंका जा सकता है। लेकिन जाने क्यों दबते हैं साले। वर्षों से ही चला आ रहा है। गाँवों में जो कुछ होता-हवाता है, उसे सुन-पढ़कर शहर या गाँवों के ऊँची जाति के लोग चौकन्ने हो जाते हैं...पर उनके पास कुछ नहीं पहुँचता जो सुअरों को पालते-पालते सुअर हो गए हैं। लाठी उठाते ही कँपकँपी छूट जाती है। यह तो उनका काम ही नहीं! चौबे के मन्दिर की देखा-देखी जादवजी ने भी अपनी बग़िया में अखाड़ा खुदवा दिया था, पर कोई मिट्टी सींचनेवाला ही नहीं...बेरी के काँटों से थोड़े दिनों में तुप कर जाने कहाँ बिला गया।

"अच्छा, हम चलें, क्यों जादवजी?"

"हाँ-हाँ..." जादव चौंके और वे भी चौबे के साथ उठ गए।

"बिटिया, फिकर न करना,...हाँ, रिपोर्ट वग़ैरह न लिखाओ तो अच्छा है। वहाँ क्या होगा, और मामला बढ़ेगा। उसे दबा देना ही अच्छा है...बाक़ी शिवहरे का दिमाग़ सीधे रास्ते हम ही लगा देंगे।"

चौबे आगे निकल गए थे। जादवजी उनके पीछे लपके। माँ उन्हें बाहर तक भेजने आई, नमस्ते भी की। केशव को यह एकदम अच्छा नहीं लगा।

शिवराम हार माननेवाले नस्ल का नहीं था। ज़िन्दगी में उसका एक ही शौक था—जीतने का, हर हालत में जीतने का।

कोई बात नहीं अगर वह कल्लन से उसके स्तर पर नहीं निपट सकता। जुए में हार-जीत चलती रहती है...पर असल में वह जीतता है जो आख़िर में जीतता है। दुश्मन से उसके चुने हुए क्षेत्र में लड़ने से तो हार होती ही है। मकसद नीचा

दिखाने से है, तो शिवराम उसे घसीटकर दूसरी लड़ाई में ले जाएगा और वहाँ कल्लन को मुँह की खानी पड़ेगी। इस क्रम में जो जोखिम थे उनसे वह परिचित था। रास्ता लम्बा और उसके लिए भी आसान नहीं होगा, लेकिन लड़ाई अगर थोप दी जाए तो फिर चारा ही क्या बचता है। दरअसल वह तो उन आदमियों में से था जिनके लिए सारा जीवन एक मज़ा था—मज़ा जो जुआ खेलने से आता, दाँव और बाज़ी में है, उसकी हार और जीत में है। इसलिए वह दाँव कहीं भी लगा सकता था। तीतर लड़ाएगा, कौड़ी पाड़ लेगा और अच्छी-से-अच्छी बाई से मुजरा सुनेगा। सब जगह मात देना चाहेगा। हर वक़्त उसकी नुकीली मूँछ टुन्न रहती थी। तीतर वह अपना चुना हुआ उतारता था, कौड़ी में सिर्फ़ छः पाड़ता था, ताश में सिर्फ़ नाँग-पत्ता खेलता था...मतलब अपने हिसाब से हर जगह। अगर कल्लन ने तीतर की हार का बदला...मारपीट करके निकाला...जीते हुए खिलाड़ी को घर पर लूट लिया एक तरह से...तो इससे निपटना भी शिवराम को आता है। जुए के भी नियम होते हैं, यह कल्लन की समझ में नहीं आता। उसे समझाया जाएगा उस भाषा में, जिसमें वह समझता है। जीतना शिवराम को हर हालत में है।

शिवराम ने मकान बेचकर मोहल्ला छोड़ दिया। सोहन का एक जगह बन्दोबस्त कर दिय...बड़ा हो गया है, वह जाने, उसका काम और ईश्वर ने जैसा उसे बनाया है, उसके हिसाब से वह किसी की जूठन उठाकर ही ज़िन्दगी बिता सकेगा, एक नहीं दस शिवराम उतर आएँ। साथ रखकर भी वह उसे क्या बना देगा? सोहन को एक साहब के यहाँ नौकर रखा दिया। ख़ुद शहर में एक कमरा किराये पर लेकर रहने लगा।

साथ-साथ वह शहर के चोटी के वकील कालीचरण के यहाँ पहुँचा। सब उन्हें काले बाबू कहकर ज़्यादा अच्छी तरह जानते थे। फ़ौजदारी में बोस की टक्करी के वकील थे वे। बोस को राजनीति की वजह से फ़ुर्सत कम मिलती है, वर्ना शिवराम उनके यहाँ जाता। पैसा उसके लिए कोई बात नहीं थी, तगड़ा तीतर ही वह मैदान में उतारेगा। काले बाबू के सामने बहस में बोस के सिवा कोई ठहर नहीं सकता, और बोस को फीस देने लायक कल्लन था ही नहीं। काले बाबू मुकदमे में पूरा ध्यान देते थे। काले बाबू आदमी भले थे, सिर्फ़ बेचारे अपनी जीभ से लाचार थे। बिना गाली के उनका जुमला ही नहीं पूरा होता था। इस बारे में एक क़िस्सा मशहूर था। एक बार किसी ने उनकी शिकायत कर दी कि वे गाली बकते हैं। कलक्टर ने बुलाकर कहा तब भी उनके मुँह से निकल गया—'कौन साला कहता है कि मैं गाली बकता हूँ!' बहस में भी कई एक बार

जज के सामने गाली निकल जाती, लेकिन हर नया जज धीरे-धीरे उनकी लाचारी समझ जाता। उनकी क़ानून की समझ की तारीफ के आगे उस कमज़ोरी को दरकिनार करने लगता है। एक बार उन्होंने अपनी सफाई भी दी थी—'हुज़ूर क्या किया जाए, ये साली ज़मीन ही ऐसी है, तुलसीदास पैदा होते ही राम बोले थे, मेरे मुँह से गाली निकली थी। जब कन्ट्रोल लगाने की बात नहीं थी तब एक-से-एक फड़कदार गालियाँ मुँह से निकलती थीं...एकदम सरस्वती बहती थी!"

शिवराम की कहानी सुनकर वे एकदम भड़क उठे।

"लानत है मादर...तुम पर...कि पिटकर चले आए...अरे, मुकदमा-उकदमा पीछे होता रहता...साले के नाक-कान काट देते।"

"काले बाबू, मैं उसी के घर में था...और उसके साथ दो जवान लड़के थे।" शिवराम ने कहा।

"और भी था कोई वहाँ?"

"हाँ, एक पंडित था।"

"वह तुम्हारी तरफ़ से गवाही देगा?"

"जी नहीं।"

"तो कौन देगा...क्या बहन...मुकदमा लड़ने आए हो?"

"काले बाबू, चाहे जैसे हो, कल्लन की कुड़की करानी है। ज़रूरत पड़ेगी तो मैं ख़ुद को भी बेच दूँगा। उसने सिर्फ़ उस दिन तीतर के हारने का बैर भँजाया है।"

"साला तीतर यहाँ क्या करने लगा...खुलकर सारी बातें क्यों नहीं बोलता!"

शिवराम ने जखीरे का वाकया बता डाला। वहाँ के कुछ गवाह भी बन सकते थे। कल्लन उस रुतबे का तो नहीं था कि उसके ख़िलाफ़ गवाह ही न खड़े हों। दरअसल गवाह की उसे भी अच्छी-ख़ासी दिक़्क़त पड़ेगी, सिर्फ़ उसके सगे-सम्बन्धी हैं जो उसे आसानी से मिल जाएँगे।

"यह पंडित किस चिड़िया का नाम है?"

"है पास के मन्दिर का पुजारी, भंग पीता है..."

"तो कौन बहन...तुम्हारे बाप की कमाई की पीता है..." मतलब सोहरत ठीक-ठाक है...वह तो तुम्हारे ख़िलाफ़ ही बोलेगा?"

"वैसे मुझसे उसकी कोई चलती तो नहीं है, लेकिन, उम्मीद यही है...कहिए, तो मैं भी कोशिश कर लूँ।"

"करो...करो...तुम उसकी कुड़की चाहते हो न? तो मेरी राय है। साले को सिविल में भी घसीट लो...कचहरी-बाज़ी में ही, साला टें बोल जाएगा...तुम्हें क्या, न आगे नाथ न पीछे पगहा..."

शिवराम को भी बात जँची। सिविल केस में कल्लन के घर पर दावा किया गया और बेदखली की माँग की गई। मार-पीट के लिए फ़ौजदारी का मुकदमा अलग दायर किया गया।

कल्लन को जब पहला नोटिस मिला, तभी उसका थुलथुल शरीर हिल गया। शिवराम इस हद तक जाएगा, यह उम्मीद उसने नहीं की थी। इज़्ज़त की रोआपीटी करते हैं वे जिनके लुगाई-लड़के हों। शिवराम चाहता तो चुपचाप रह जाता...कौन कल्लन कहता फिर रहा था—अरे, दो-दो हाथ हो गई तो कौन ससुरा असमान टूट पड़ा। कमाई के नाम पर उसके यहाँ था ही क्या? कामता, छुटईं...प्रीतू...तीनों जवान लौंडे बस कसरत और बाल बनाना, सो भी आजकल लौंडे घर-घर जाकर बाल भी नहीं बनाना चाहते। सैलून खोलना चाहते हैं। कल्लन का इरादा यही था कि थोड़ी रक़म इकट्ठा करके शहर में एक दुकान करा दे इन लौंडों के लिए...लेकिन अब यह मुकदमेबाज़ी की जाए या दुकान?

पहले ज़रूर जी में आया कि शिवराम से जाकर मिल-मिलाकर बात ठीक कर ले। आख़िर साथ के तीतरबाज़ थे दोनों, बड़े भी क़रीब-क़रीब साथ ही हुए हैं। अब जुए की गरमागरमी में तो यह सब हो ही जाता है। तिल का पहाड़ काहे को बना रहा है! लौंडों से सलाह की। कोई सुलह पक्ष में नहीं था। वहाँ कोई नहीं होता था, जवान तो कभी नहीं...उस साले की हैसियत क्या है ललकारने की। और सारी झूठी बातें बनाई हैं, मुकदमा क्या ठहर सकेगा? मुँह के बल गिरेगा शिवराम...।

अगर वह वकील का रोब गाँठ सकता है तो वे कौन कम हैं? फिर वह तो अकेला है, यहाँ तो चार-चार हैं—कमाने के लिए और लड़ने के लिए भी।

शिवराम सोचता होगा कि वे धौंस में आ जाएँगे तो वह भी देख ले कि इधर भी ख़ून असली ही है, असली घी का बना हुआ।

जंग शुरू हो गई थी।

उस दिन लछमन के घर छोटा-मोटा जमघट था। दरवाज़ा खुलते ही जो पौर पड़ती थी उसके दोनों हिस्से क़रीब-क़रीब बराबरी के थे। एक तरफ़ गोरू बँधने की कोठरिया-सार...दूसरी तरफ़ बैठक। बीच की दीवार में एक खिड़की-नुमा छेद छोड़ दिया गया था जो सार को बैठक से जोड़ता था। छेद के ठीक सामने, दरवाज़े के दाईं तरफ़ उठा हुआ हिस्सा एक छोटी-मोटी चौपाल की तरह बना हुआ था। आज वहाँ दरी और चारों तरफ़ बोरियाँ बिछी हुई थीं। बीच में बीड़ी

का एक बंडल और माचिस रखी थी। उसके चारों तरफ़ घेरे में तीन-चार लोग बैठे हुए थे, चिन्तित।

छुटकी पंचायत थी, मालती के ब्याह की बात को विचारने के लिए। लछमन के दद्दा ने अपने ख़ासुलख़ासों को सलाह-मश्वरे के लिए बुलाया था। मालती काफ़ी बड़ी हो गई थी और आज सवेरे बड़े जादव ने मुहल्ले में ही सर्वेश की बाबत सलाह दी थी। पहले तो दद्दा बिचके थे, बात फिर भी कुरकुराती रही थी। शाम तक आते-आते उनकी राय जादवजी की तरफ़ की ही बन चुकी थी... और औरों की वैसी ही बना डालने के लिए उन्होंने यह पंचायत बुलाई थी।

बड़े जादव के शादी-ब्याह के मामले में विचार बड़े लचकीले होते थे... लड़की एक व्याधि है, इससे छुटकारा फ़ौरन पाया जाना चाहिए, नहीं तो इससे कई तरह के विचार उत्पन्न हो सकते हैं। लड़के वाले नक्शे तो बहुत लेते हैं, लेकिन उन्हें ठीक से पकड़ा जाए तो कोई दिक़्क़त नहीं होती। बड़े ने अपनी मँझली लड़की देवी के लिए यही किया था। देवी थोड़ी साँवली और मोटी थी, लोग-बाग फ़ोटो देखकर बिचक जाते। कुछ लड़केवाले बड़ी उम्र की शिकायत करते। उम्र ज़रूर देवी की तेईस की हो गई थी तो अब इतना बड़ा घर! बच्चे बड़े होते रहते हैं। किसे हिसाब रहता है कि किसकी उम्र कब बीस पार कर गई, लेकिन लड़केवाले तो बस पन्द्रह, सोलह, सत्रह पर नज़र रखते हैं। एक सज्जन देखने भी आए और खा-पीकर चले गए...वहाँ से एक पत्र आ गया...'अभी हमारा विवाह करने का इरादा नहीं है, आप हमारे भरोसे नहीं रहें।' बेचारी देवी का मुँह उतर गया था।

बड़े जादव ने अपना तरीक़ा बदला। अगली बार सम्बन्ध के लिए जहाँ चर्चा हुई, वहाँ लड़के के माँ-बाप के पहले उन्होंने लड़के को न्यौता दिया। 'आओ बेटा...घूमने-घामने के लिए...अच्छी पहाड़ी जगह है, किला तो इधर के इलाक़े का सबसे बड़ा है, रियासती महल है...सब दिखा देंगे।' जब लड़का आ गया तो उसे बजाय बाहर बैठक में ठहराने के—जहाँ अमूमन उसके सब मेहमान ठहरते थे—उन्होंने उसे ऊपर अटारी में ठहराया। अपनी पत्नी को इशारा दे दिया कि देवी के हाथों ही सारी चीज़ें ऊपर भिजवाया करें, देवी को जो उसके साथ समय बिताने दें, सिर्फ़ बाहर किसी से चर्चा न करें, क्योंकि बदनामी होने का डर था।

जादवजी को पता था कि वे जुआ खेल रहे हैं। अगर कहीं यहाँ भी मामला न सुलटा तो बड़ी मुश्किल थी। देवी के लड़के के साथ रहने के कारनामों की महक बाहर थोड़ी-बहुत ज़रूर पहुँच जाएगी, फिर कानाफूसी चलेगी...और अगर

यहाँ कौड़ी चित्त न पड़ी तो आगे कम-से-कम देवी के लिए तो कोई उनकी देहरी सूँघेगा नहीं। लेकिन वे जानते थे कि कभी-कभी जुआ खेलना पड़ता है।

वह खेल, बड़े जादव जैसा सोचते थे, वैसा ही चला। लड़का किले और रियासती महल वग़ैरह सबकुछ भूल गया। उस इलाक़े में लड़के-लड़की का मिलना एकदम वर्जित था। लड़की बड़ी हुई कि चहारदीवारी के अन्दर और बड़े-बूढ़ों की छत्रछाया में। लड़के बाहर से झाँक-झाँककर तसल्ली करते रहें... बस। तो लड़की का उसकी ज़िन्दगी में पहला सम्पर्क—और वह भी पकी हुई लड़की का...सब तरफ़ से फूली हुई। वह डूब गया। चाय-नाश्ता के बाद रात का खाना भी वहीं मँगाकर खाने लगा। पहले देवी से बातचीत, फिर आत्मीयता और फिर प्रेम के आलिंगन...चुम्बन...परिरंभण चलने लगे। लड़का न वापस जाने का नाम लेता था, न घर से बाहर निकलने का। बड़ी जादवाइन ने जब ख़बर दी कि देवी लड़के के बिस्तर तक पहुँचने लगी है, तो जादवजी ने लड़के को बैठक में बुलाया। जानते थे कि बछड़े को गाय के थनों में हटा-हटाकर लगाना चाहिए।

"कहो बेटा, कैसा लग रहा है?"

"यह तो बड़ा अच्छा इलाक़ा है।"

"हाँ, अब तो तुम्हारा ही देश बन जाएगा थोड़े ही दिनों में बेटा, तुम्हारे घर से सन्देश आया है। तुम्हें बुलाया है। तुम्हारे माँ-बाप चिन्तित हैं। मेरा विचार है कि एक-दो दिन को ज़रूर तुम्हें हो आना चाहिए...बाक़ी तो तुम्हारा ही घर है... चाहे जब आओ-जाओ।"

लड़के को संकोच की पहली कीली चुभी। उसने भी जाना ठीक समझा।

"और बेटा, तुमने सब देख-दाख ही लिया है। अगर मन भर गया हो तो सम्बन्ध जितना जल्दी हो जाए अच्छा रहेगा।" चलते समय जादवजी ने कहा।

लड़के के माँ-बाप को ज़रूर बेहद खला। बेचारे कहते भी रहे इधर-उधर, कि जादवों ने उनके हीरा से लड़के को भरी गड़ई की तरह डुबो दिया, बूढ़ी के साथ बाँध दिया, लेकिन जब अपनी ही थाली में छेद था तो दोष किसे दिया जाता है। लड़का तो बस देवी की ही रट लगाए था और वह भी 'चट मँगनी पट ब्याह' के लिए कह रहा था। उसका सारा शरीर देवी की विरह-ज्वाला में भस्म हुए जा रहा था। अगर एक महीने के अन्दर देवी घर नहीं आ गई तो वह घर छोड़ देगा, कहीं निकल जाएगा। माँ-बाप को झुकना पड़ा। बड़े जादव की मनौतियाँ भी करनी पड़ीं कि ब्याह इसी माह कर दें।

इस बार बड़े जादव ने मालती के ब्याह के लिए भी एक और तरह की लचरता दिखाई। उन्होंने सर्वेश का नाम सुझाया।

लछमन के दद्दा बिचके थे, क्योंकि सर्वेश की तीन पत्नियाँ मर चुकी थी। कुछ ऐसा था—उस घर का नक्षत्र या फिर सर्वेश के ग्रह—कि लड़की एक साल से ज़्यादा न टिकती। पहली दसवें महीने लड़के को जन्मते समय मय सन्तान के चली गई, दूसरी चार महीने में ख़त्म हो गई और तीसरी दो-एक महीने भी नहीं चली। सर्वेश की उम्र भी कुछ ज़्यादा थी।

"उस घर में लड़की देना माने हाथ धोना है," उन्होंने जादवजी से अपनी शंका रखी थी।

"अरे, यह तो ग्रहों का हेर-फेर है। मैंने सर्वेश की कुंडली विचरवाई है।" शनि की साढ़े-साती लगी हुई थी। साढ़े साती पूस की पूनों को ख़त्म होती है। पूजा-रचा के बाद उसकी नई ज़िन्दगी शुरू होगी...शुभ-ही-शुभ ग्रह हैं अब आगे।"

"उमर भी मालती से पन्द्रह-बीस साल ज़्यादा पड़ेगी।"

"लड़के के लिए यह क्या ज़्यादा है। अरे, इतना तो फ़र्क़ होना ही चाहिए... अपने ज़माने को भूल गए?"

लछमन के दद्दा ने विचारने का समय माँगा था। लछमन की माँ एकदम ख़िलाफ़ थी—"हम अपनी लड़की को कुँवारी रखे रहेंगे, पर उस भूतों के डेरे में न बाँधेंगे।" उसने कहा।

"हाँ, तेरा घर तो जैसे इन्द्र का दरबार है। चोट्टी जब से आई, घर ढहा दिया। खेती-बाड़ी लिप-पुत गई। अपुन को न देखेगी, त्रियाचरित्र दिखाएगी। ऐसा कमाऊ लड़का कहाँ धरा है फिर?"

"ब्याढ़े जाय ऐसा कमाऊ। काली माई को बलि नहीं चढ़ाना बिटिया की... पहले-पहल का ब्याह...!"

"कहा तो था तूने अपने मायकेवालों से कि कहीं ढूँढ़ा-ढाँढ़ी करें। कहीं का रिश्ता सुझाया उन्होंने? सालों को फुर्सत नहीं है। बड़े जादव को कम-से-कम चिन्ता तो है हमारी..."

"राम करे, कोढ़ी हो जाए वह गिंठा...नाटपरे को सरम न आई कहते... कीरा पड़ेंगे उसके मुँह में देखना, हाँ।"

"अच्छा, अब कतन्नी बन्द कर—तेरी जाति का बस यही तो गुण है...न कोई चिन्ता न कहीं व्यापना, न सोचने-विचारने की सामर्थ्य...बड़े जादव दुनिया देखे हुए हैं...आगे-पीछे सोचकर ही उन्होंने कहा है।"

"आग लगे ऐसे सोचने में...मैं कहे देती हूँ मेरी बिटिया को तुमने उस मनहूस के साथ बाँधा तो मैं कुएँ में कूद जाऊँगी।"

"औरत में सोचने की ताक़त कहाँ...," दद्दा बिफरकर बाहर चले गए। मालती को जलते तवे का ध्यान आया। बखरी में चलती उस बातचीत में उसके कान, मन, उसका सबकुछ हिलगा हुआ था। रोटी अधबिली हुरसे में पड़ी रह गई थी। क्या हुलस लिये हुए बड़ी हुई थी। मुहल्ले में कसरती लड़कों का झुंड जब गली से निकलता, मालती इधर-उधर से झाँककर एक नज़र मारे बिना न रहती। किसी के लिए लगाव नहीं था, लेकिन हट्टे-कट्टे, कसे हुए वे शरीर अच्छे लगते थे। मुहल्ले के किसी कोने में लड़ाई-झगड़े की ख़बर मिले, मालती लछमन को कुरेद-कुरेदकर पूछती—भिड़न्त के बारे में विस्तार से जानना चाहती, किसने किसका हाथ पकड़कर मोड़ा, किसने किसे टँगड़ी मारकर गिरा दिया...

कोई उसका हीरो था, ऐसी बात नहीं थी। लेकिन वीररस उसका इष्ट रस था। इन सब बातों में उसे रस मिलता था। ब्याह के बारे में उसे हमेशा से ऐसा विश्वास था कि उसके लिए बाहर से कोई आएगा। इस मुहल्ले में तो वह कुछ ही दिनों की मेहमान थी। देख ले, मज़ा ले ले,...ससुराल तो बाहर की ही होती है।

सर्वेश के बारे में उसने कभी सोचा ही नहीं था। यों मुहल्ले के क़रीब-क़रीब हर नौजवान को एक-न-एक बार ज़रूर ग़ौर से देखा होगा—हर कसे हुए चेहरे की त्यौरियों में एक-न-एक बार ज़रूर डूबी-उतराई होगी, लेकिन सर्वेश को देखने की कभी बात ही नहीं हुई। पोस्ट आफ़िस में बाबू था, अधेड़ उम्र का। शाम को लौटते हुए इधर ही चिट्ठियाँ बाँटने आता। कभी-कभी मालती के घर भी गिरा जाता, कभी कुंडी खटखटाकर पकड़ा जाता। कई बार आमना-सामना भी हुआ था जब मालती ने ख़ुद दरवाज़ा खोलकर चिट्ठी ली थी। धोती, कमीज़, टोपी—एक कामकाजी बाबू जिसे मोहल्ले की किसी बात से कोई मतलब नहीं था...सर्वेश की यही आकृति थी मालती के आगे।

दद्दा के मुँह से पहली बार सर्वेश से ब्याह के बारे में सुनकर उसका सबकुछ टूट-फूट कर बिखर-सा गया। एक क्षण के लिए तो उसे ऐसा लगा कि वह कोई जीवित इनसान नहीं, हवा का एक ढेर है—ज़मीन पर नहीं चल रही है, ऊपर कहीं टँगी हुई है। फिर जब ज़मीन पर गिरी तो सकते में माँ-बाप की बातचीत सुनती रही। वह किससे क्या कहती, लड़कियों को मुँह ही कहाँ दिया भगवान ने! थोड़ा-बहुत खुलता है तो वह शादी के बाद ही...तब तक सबकुछ पहले ख़त्म हो चुकता है...

दिन-भर खाना-पीना तो दूर, उसे जाने क्या-क्या लगता रहा है। अगर

कभी लगता कि वह है ही नहीं, तो कभी अपना ज़िस्म लोहे के ढेर की तरह भारी-भारी लगता है। उस शरीर को ढोने में उसकी साँस बार-बार फूल आती। सबकुछ मुर्दा हो गया था...ज़िन्दा थे तो सिर्फ़ कान, दद्दा की फुसफुसाहट पर भी खड़े हो जाते।

लेकिन दद्दा आधे दिन घर के बाहर रहे। आए भी तो आगे पौर में बैठ रहे। खाना खाते समय वे वैसे ही मौन रहते थे। माँ की तरफ़ से बात ख़त्म थी और फिर कोई जिक्र नहीं हुआ है।

और अब शाम को पौर में छोटी पंचायत आ बैठी थी। दद्दा के अलावा मालती के कक्का, दूर के रिश्ते के फूफा और बलदेव जीजा––जिनसे कक्का की बड़ी लड़की ब्याही थी, इतने ही थे। मालती सटी हुई कोठरी में आकर कुछ उठा-धरी करने लगी थी। माँ पौर की बखरीवाली देहरी पर घूँघट डाले बैठी थी।

वही सब बातें उठीं जो दद्दा के मन में पहले उठी थीं और उनका समाधान दद्दा ने वही दिया जो बड़े जादव ने उन्हें दिया था।

तभी बड़े जादव अपनी छतरी घुमाते हुए उधर से निकले, दवाख़ाने से लौट रहे थे। दद्दा के लिए आवाज़ लगाई।

"आइए महाराज...आइए...!"

सब उठ खड़े हुए। बड़े जादव को बीच का आसन दिया गया। वे पन्हैयाँ उतारकर ऊपर चढ़कर बैठ गए।

"तो सलाह-मशवरा हो गया?"

"बस, बैठे यही विचार कर रहे थे।"

"भाई, विचार करने को उसमें है ही क्या...मैंने कुंडली विचरवा ली है पंडित से...साढ़े साती ख़त्म हो ही जाती है, यह पुण्य कर्म कर ही डालो...अभी कहीं बात चल रही होती तो और बात थी। कब ढूँढ़ोगे, कब बात चलाओगे और कब ब्याह करोगे! यहाँ तो भगवान ने पका-पकाया भोग तुम्हारे लिए भेज दिया है और तुम उसे झुठला रहे हो। फिर अभी तुम्हें दो और कन्याओं से निपटना है। सर्वेश बड़ा नेक लड़का है, चरित्रवान है...कमाऊ है...और सबसे बड़ी बात तुम्हारी जात-बिरादरी का है...बाहर का होता तो मैं ख़ुद ही कभी न कहता... क्यों भाई पंचों?"

"अब जैसी आपकी सलाह हो।" उधर से आवाज़ आई।

"मैंने तो बता दिया...बोझा हल्का करो लछमन के दद्दा...और जगह तो पैसे की चोट भी पड़ती, यहाँ मैं बीच में हूँ, इसलिए वह भी कोई सवाल नहीं है। बस, एक कच्ची, एक पक्की पंगत कर देना। चाहे तो दो में से कोई एक

कर देना। मोहल्ले-पड़ोस की बात है, इसलिए जनवासे की भी झंझट नहीं। फिर अपनी बिटिया भी यहीं की यहीं—ख़बर-अबर की भी चिन्ता नहीं।"

दूसरी तरफ़ से जो बातें कही जा सकती थीं वे जादवजी के आने के पहले ही धीमी पड़ रही थीं, उनके आने के बाद एकदम बन्द ही हो गईं। रिश्तेदार सोचते थे कि वह जाने जिसकी लड़की है और जब उसी का मन ललक रहा है तो वे क्यों टाँग अड़ाएँ...ब्याह फिर भी कहीं वहीं हुआ तो सर्वेश से भी बुराई और लछमन के दद्दा से भी, और अब तो जादवजी की ख़िलाफ़त करने की बात थी। मोहल्ले में रहना था तो यह जोखिम कौन उठाए? और वह भी जब अपना कुछ न जाता हो।

"तो बस ठीक है, अब देर न करो...पक्यात की घड़ी विचरवा डालो।" जादवजी जूतों में पैर डालते हुए बोले। बाक़ी सब लोग उन्हें बाहर तक भेजने गए।

मालती की माँ उठ गई थीं। घूँघट को एक तरफ़ खींचकर अपनी आँखें पोंछ रही थीं। उन्हें पता था सबकुछ तय हो चुका। यहाँ ऐसे ही होता आया है, उनके वक़्त से, शायद पहले से ही। औरत तो गाय है चाहे जिधर को हाँक दो, चाहे जिस खूँटे से बाँध दो।

मालती ने भी अपने भाग्य का फ़ैसला कोठरी से सुन लिया। फ़ैसला करके लोग जा भी चुके थे। उसके काले चिकने शरीर पर पीलेपन की एक पर्त खटाखट चढ़ती चली गई और फिर खाल की पपड़ियों की तरह हर हिस्से में जा चिपकी, चिपकी रही।

एक दिन में वह बूढ़ी हो गई थी।

"तुरत दान महा कल्यान!"

तय होने के एक हफ्ते बाद ही पक्यात हो गई। सर्वेश के चबूतरे पर उस शाम दो लाल-लाल दर्रं बिछीं, ऊपर से सफ़ेद फकाफक चादर और टिकने के लिए कुछ गोल तकिए। आठ-दस व्यक्तियों का जमावड़ा हुआ। लछमन के दद्दा पीतल की एक परात में सेर-भर लड्डू और ग्यारह रुपये रखकर ले गए। चाँदी का थाल उनके बस की बात नहीं थी और इस तरह का कोई तय-तबा हुआ भी नहीं था। दावत वग़ैरह तो दूर, रोशनी भी नहीं की गई। पाँच-छ: दिनों बाद वैसे सूखे-सूखे ढंग से ब्याह भी हो गया। न कोई बारात, न कोई पालकी। शाम को दफ़्तर से लौटकर सर्वेश अपने दो भाइयों के साथ लछमन के घर आ गया। वहाँ एक गैस जली और भाँवरें, पलकाचार, कलेऊ सब उसी बैठक में

एक ही रात हो गया। केशव नहीं जा सका, क्योंकि उनके घर का आना-जाना बन्द था...लेकिन लछमन के घर से रोशनी की सफ़ेदी ऊपर उठती थी, जिसे केशव अपने घर से भी देख सकता था। उसे अजीब-सा लग रहा था। यह भी कोई शादी हुई जहाँ न बारात, न पंगत, न घोड़ा, न द्वारचार। शाम को सर्वेश अपनी दफ़्तरी पोशाक में आ गया, दरवाज़े पर एक पटे पर खड़ा हो गया, बस टीका हो गया। अन्दर गया, ब्याह हो गया। एक-आध शादियों में जादवजी के घर के अन्दर और बाहर का नक्शा केशव ने देखा था। कितने दिनों पहले से दरवाज़े को रंग-बिरंगी डिज़ाइनों से सजाया जाता, सामने गली में झंडियाँ लटकाई जातीं, जिन्हें मुहल्ले के बच्चे पतंगी काग़ज़ और लेही से दिनों-दिन पहले से तैयार करते थे। हर तरफ़ रंग, ताजा पेड़-पत्तियों और फूलों की महक। अन्दर बखरी में सजा हुआ मंडप और कोठरियों में बिलती हुई पूरियाँ और साथ-साथ चलती हुई गारियाँ। कभी बखरी में बिछी हुई पंगत और उन्हें पूरियाँ और लड्डुओं के साथ-साथ दी जाती हुई औरतों की गारियाँ—चुस्त और पैनी आवाज़ में—'आतर परसीं, सो पातर परसीं और परस दयीं दुनियाँ...जनकपुर की सखियाँ...मोरे हरि से करौ न ररियाँ'...यहाँ न कोई पंगत थी, न गारियाँ थीं, सिर्फ़ पंडित की आवाज़ जहाँ मुँह से बोला जाता मंत्र, स्वाहा में जाकर ऊपर उठकर टूटता था। पंडित की एक धोती और आठ-दस रुपये चित्त हुए। लछमन के यहाँ भल्लू पंडित को ही बुलाया गया, यह केशव के परिवार के लिए पुराने घाव को जैसे कुरेदना था।

सवेरे जब बिदा हुई तब केशव से न रहा गया और वह बाहर चबूतरे पर पहुँच गया। उसके माँ-बाप भी तो इधर-उधर से ताक-झाँक करके देख ही रहे थे...बिना देखे पास-पड़ोस के रहते भी नहीं थे। चाहे सामने कुछ भी हो, लड़ाई-झगड़ा, ब्याह-शादी या फिर ले जाती हुई कोई ठठरी ही। 'राम-नाम सत् है' के बोल सुनते ही सब दरवाज़े पर दौड़ जाते। मालती बुरी तरह रो रही थी। पीली धोती के ऊपर सफ़ेद रेशमी चद्दर जिसकी एक गाँठ सर्वेश की कमीज़ के छोर में बँधी थी। सबकुछ ऐसा लग रहा था जैसे खुली-खुली-सी उस लड़की को चारों तरफ़ से ढका-मूँदा जा रहा हो, जान-बूझकर। मालती की माँ उसके घूँघट को बार-बार नीचे खींच देती थी जो और रोने से फिर इधर-उधर हो जाता। मालती ने मुश्किल से दरवाज़ा छोड़ा...वह गली में उतारी गई। आगे-आगे सर्वेश, पीछे मालती और बीच में फैला हुआ चादर की गाँठ का बंधन। कोई पालकी नहीं थी, ससुराल पास ही थी, इसलिए पैदल ही जाना था! चलने के ठीक पहले मालती ने एक बार मुड़कर फिर इधर देखा,

अपने घर के चबूतरे को प्रणाम किया और आँसुओं से धुँधली, लेकिन एक पूरी नज़र केशव की तरफ़ भी डाली। केशव को रोना आ गया। उसे लगा, जैसे उसका कोई बहुत क़रीब का साथी मर गया है। एक बार मन हुआ कि जाकर मालती से लिपट जाए। अन्दर से बाक़ी सब भी दुखी थे—केशव की माँ और बहिन की आँखों में भी आँसू थे...लेकिन उनके घरों में लड़ाई थी, कोई आगे नहीं बढ़ सकता था। मालती मुड़ी और फिर धीरे-धीरे क़दमों से वे दूसरी तरफ़ को चले। जखीरे की पट्टी के साथ-साथ और फिर बाईं तरफ़ जादवजी के अशोक के पेड़ की बग़ल से मुड़ने के बाद वे नहीं दिखाई दिए। लछमन मालती के साथ-साथ ही चला गया। पुराना वक़्त होता तो केशव भी साथ जाता और कुछ दिनों वहीं रहता, मालती के पास। शुरू में जब लड़की ससुराल जाती है तो घर का बच्चा भी साथ जाता है और साथ ही वापस आता है। केशव भी तो उस घर का ही बच्चा था कभी!

पहले बिट्टी...अब मालती...और मालती के साथ ही ख़त्म हो गया वह घर जो केशव का असली घर बन बैठा था। क्या ऐसा नहीं हो सकता था कि मालती न जाती, या कि मालती की शादी न होती या कम-से-कम कुछ दिनों और न होती...क्या ऐसा भी नहीं हो सकता था कि शादी हो जाती पर वह रहती इसी घर में। अगर वह रहती तो आज न सही कल, कभी ऐसा ज़रूर होता, जब ये अगल-बग़ल के घर फिर एक हो जाते। फिर मालती उसके घर आकर खाना पकाती और केशव के माँ-बाप उसे मालती के सहारे छोड़कर जा सकते। बिना सुई-धागे के कपड़े को सिला नहीं जा सकता और उन दो घरों के बीच पड़ी हुई वह फाटन मालती के जाने के बाद अब शायद बनी ही रहनी थी। इन सब बातों के ऊपर एक बात और केशव को खटकती थी—क्या मालती के लिए सर्वेश के अलावा और कोई नहीं ढूँढ़ा जा सकता था? सर्वेश की तीन बीवियाँ कितनी जल्दी-जल्दी मर गईं। एक की तो बाहर ठठरी तैयार होती भी केशव ने दूर से देखी थी। सब यही कहते थे कि सर्वेश के घर कोई भूत रहता है, जो वहाँ आनेवाली किसी भी औरत को खा जाता है। मालती की शादी नहीं हुई, उसे मरने के लिए भेज दिया गया है। क्या इसीलिए शादी में कोई गाना-बजाना होना तो दूर, सब जल्दी में निपटा दिया गया और शुरू से ही ऐसा मातम बना रहा जैसे कोई गमी हो गई है, या होनेवाली है।

चारों तरफ़ मातम-जैसा माहौल। हवा एकदम थमी हुई, धूप बेज़ोर। घर और पेड़ एकदम ठिठके हुए से। ऊपर और लम्बा होकर उठते हुए उस पहाड़ में नई चिकनाई थी। उधर निगाह जाते ही केशव को वह पत्थर फिर दिखाई दिया...वह

रखैला पत्थर जो आज सवेरे ही से पहाड़ में कुछ ज़्यादा ही साफ़ दिख रहा था, झाड़े फिरने बैठा एक आदमी—एक हथेली पर अपनी कनपटी चिपकाए, दूसरे हाथ को उकड़ू पैर पर बाँस की तरह ढीला छोड़े हुए...एकदम खेत के बिजूके की तरह लिस-लिस...तिस पर वह हँस भी रहा था।

रखैले मुँह से झरती काली-काली हँसी...मौत का झार बस्ती की तरफ़ फेंकती हुई!

# चौपड़

श्री श्री 108 श्री महाराज रिपुदमन सिंह के अन्तिम दिनों रियासत के मामलात एक नई शक्ल लेकर उभरने लगे थे।

राजा निकम्मा हो गया था और जो कर-वसूली होती उसे कारिन्दे ही हड़प जाते। राजा का ख़र्चा भी बढ़ गया था। कुछ कर बढ़ाए गए तो जनता में रोष भड़का और जनता के सामने राजा की जो तस्वीर थी, उसे ज़ोरदार धक्का लगा। करों से भी पूरा न पड़ा तो राजा को राजा बने रहने के लिए कुछ ख़ानदानों पर आश्रित होना पड़ा। ये ख़ानदान जनता को हज़ार तरीकों से लूटते थे और लूट का कुछ हिस्सा नीचे से राजा को सरका देते थे। धीरे-धीरे राजा इन ख़ानदानों की कठपुतली बन गया। ख़ानदानों के पास पैसे की ताक़त थी, जिससे उन्होंने राजा को एक तरह से खरीद लिया था। अब राजा वही बोलते जो वे कहते, क़ानून वे ही बनते जिन्हें वे चाहते थे।

जनता का ध्यान ख़ानदानों की तरफ़ न जाए, इसके लिए ऐसा इन्तज़ाम किया गया कि वे आपसी लड़ाई-झगड़ों में ही फँसे रहें। इसके लिए लड़ाई-झगड़े का वातावरण फैलाया गया, हर गली में गुंडे उभरने लगे। ये गुंडे मनमानी करते और जनता को हर तरह से परेशान करते। ख़ानदानों ने इन गुंडों को खरीद कर पाल लिया। उन्हें वे माफिक पड़ते थे। जैसे राजा के लिए ये ख़ानदान थे, वैसे ख़ानदानों के लिए ये गुंडे थे, जो जनता की लूट-पाट के लिए भी इस्तेमाल हो सकते थे और जिनसे जब चाहा, अलग भी हुआ जा सकता था। गुंडों की पैदावार भी अच्छी-ख़ासी थी...और जहाँ कोई कमी हुई, उन्हें पैदा करना भी मुश्किल काम नहीं थ।

चारों तरफ़ लड़ाई-झगड़े का वातावरण फैल गया। गुंडे जनता को बेहद परेशान करने लगे। वे सर्वशक्तिमान हो रहे थे। राजा के कारिन्दे उनके सामने मजबूर थे, क्योंकि हर एक पर किसी-न-किसी ख़ानदान का ठप्पा था।

जनता बिलबिला उठी। चीत्कारें ड्योढ़ी की तरफ़ उठने लगीं।

राजा घबराने लगे। युक्तियाँ सोची जाने लगीं। पहली ज़रूरत यह थी कि राजा सबसे ऊपर है, ऐसी प्रतिष्ठा फिर से कायम होनी चाहिए। राजा का ख़ानदानों से कोई सरोकार नहीं है, इस बात का प्रचार जनता में इस तरह किया जाए कि

बात भी हो जाए और ख़ानदान रुस्वा भी न हों। ख़ानदानों की जो आपस की होड़बाज़ी थी, उन्हें भी ऐसे दिखाना था कि राजा समुद्र की तरह सबको समान रूप से ग्रहण करते हैं। गुंडों की शक्ति फिज़ा से उठती हुई ताज़ी शक्ति थी, इसलिए उसे अपनी तरफ़ खींचने का प्रयास करना था।

इस बीच यह भी ज़रूरी था कि जनता का ध्यान बाँटा जाए, उनका मनोरंजन मुफ्त कराया जाए।

लीला की जाए।

राजा रिपुदमन के पूर्वजों में से एक ने बस्ती में तालाब ही तालाब खुदवा डाले थे, तो उन्होंने गोवर्धनधारी के मेले का श्रीगणेश कर डाला।

यों साल के हर माह और हर दिन के सुबह-शाम बस्ती के हर कोने में पूजा-रचा होती ही रहती थी—पत्थरों के देवी-देवताओं की, जो लोगों के भाग्य-विधाता थे! हर मन्दिर में मनौतियाँ की जातीं। सुनवाई के हिसाब से इन मन्दिरों का कम-बढ़ नाम था! इन्हीं देवी-देवताओं के आगे लोग अपनी प्रतिष्ठा और धन बनाए रखने के लिए माथा टेकते और इन्हीं के आगे लाचार आदमी-औरतें गुहारी भी लगाते थे। दोनों ही के सामने देवताओं की मुस्कुराती हुई छवियाँ उसी मुद्रा में खड़ी रहतीं जो उन पर जड़ दी गई थीं। वहाँ से न इधर का जवाब आता, न उधर का...लेकिन यह पता लग ही जाता कि सुनवाई सिर्फ़ उनकी हो रही है जो ताक़तवर है या पैसेवाला है। लाचार और गरीब फिर भी गुहारी मारने की आदत से बाज़ न आते थे। कभी-कभी क्रोध में यह भी कह जाते कि पत्थरों को उन्होंने भगवान बनाया है। लेकिन बावजूद निराशा के बदस्तूर देवियाँ ढारी जातीं, शंकर पर बेल के पत्ते चढ़ाए ही जाते और जब कभी किसी के यहाँ पुत्ररत्न प्रकट होता तो यही कहा जाता कि जाने कितने पथरा पूजे, तब जाकर कहीं...

तो अच्छी बात थी कि ये देवी-देवता कभी-कभी अपने-अपने प्रासादों से आम जनता को आशीर्वाद देने निकलते! आख़िर जिनकी वजह से वे थे उनकी थोड़ी-सी तो खैरख्वाह की जाए।

मेले की जगह बस्ती के एकदम बाहर और काफ़ी दूरी पर की गई। बस्ती के बाहर तालाबों का ताँता बिछा था, पहले छोटे-छोटे, फिर और आगे-आगे बड़े होते हुए। एक-दूसरे के पानी का निकास एक-दूसरे में ही था। निकास की जगह सड़क पुलिया में बदल जाती...वहाँ सड़क में एक जोड़-सा दिखता। ऐसा लगता था जैसे वे सारे-के-सारे किसी बड़ी साज़िश में हिस्सेदार थे। आख़िर में जाकर 'अरिमर्दन' तालाब था जो सभी तालाबों का बढ़ता पानी खींचकर बस्ती

के बाहर फेंक देता था...और जब उन तालाबों में पानी की कमी पड़ती थी तो अपना पानी उनमें निकासों के सहारे ठेल देता।

तालाबों की उस बस्ती में बड़ी अहमियत थी। ये तालाब न होते तो आबादी ही न होती। कहते थे कुओं और कुइयों में भी इन्हीं का पानी नीचे-नीचे जाता था। तालाब नहाने, कपड़े धोने की सुविधा देने के साथ-साथ मनबहलाव भी लोगों को कराते रहते थे ताकि वे साफ़-सुथरे, स्वस्थ और प्रसन्न रहें। ख़ुद उन तालाबों की एक खासियत थी—चाहे जितना सूखा पड़ जाए वे लबालब ही भरे रहते। दुनिया के लिए कमी हो सकती है पर उनके लिए कमी नाम की चीज़ ही नहीं थी और हर मौसम के हर क्षण उनका पानी एक-दूसरे से ठिलाठिली करते हुए बस्ती की कगार को थपेड़े मारता रहता, और व्यस्त रहता।

देवताओं तक पहुँचने के लिए इन तालाबों पर से होकर जाना पड़ता था। यह एक लम्बा फासला था इसलिए तालाबों की भी पूजा होती थी और अरिमर्दन की तो सबसे ज़्यादा।

अरिमर्दन तालाब के बाईं तरफ़ एक लम्बा-चौड़ा मैदान शुरू होता था। मैदान के शुरू के हिस्से में ही 'यू' की शक्ल में एक गैलरी की तरह की चीज़ बनी हुई थी? पक्की ईंटों की वह गैलरी दरअसल छोटी-छोटी चारों तरफ़ से खुली हुई कोठरियों की थी, जिसमें मेले के दिनों बस्ती के हर कोने से देवी-देवता विमानों पर चढ़कर आते थे। कोई चौबों के ठाकुर थे, तो कोई ठाकुरों के चक्रधारी। कोई ज्योतिषी जी के महावीर, तो कोई नाकेवालों के रासबिहारी। देवताओं को नाम उनके पीछे की मानवीय हस्तियों से मिलता था। यों बाहर से ज़रूर वे भाग्यविधाता थे, लेकिन भीतर उनको शक्ति उन्हीं हस्तियों से मिलती थी। जो जितना बड़ा तबका, उसके देवता भी उतने ही गौरवशाली थे। बड़ा तबका सिर्फ़ बड़े ख़ानदान से नहीं होता था, उनके कितने आदमी थे, पैसा कितना था, लठैत कितने थे, ऐसी चीज़ों को मिलाकर ही तबका बड़ा बनता था।

देवता उन कोठरियों में पधराए जाते। विमानों पर उनका झंडा फहराया होता।

गैलरी के बीचों-बीच एक ऊँचा प्लेटफार्म था। यह जगह राजा के मन्दिर के लिए थी—श्री गोवर्धनधारी। गोवर्धनधारी के दाएँ-बाएँ प्लेटफार्म की नीचे वाली कोठरियों में देवता अपनी प्रतिष्ठा के अनुसार शासन ग्रहण करते...बड़ी कशमकश मचती गोवर्धनधारी के पास होने की—जो जितने पास वह उतना ही शक्तिशाली। गोवर्धनधारी चक्र के केन्द्र बिन्दु थे और वे दाएँ-बाएँ दोनों को बैलेंस करते हुए विराजमान होते।

विशाल आकार था गोवर्धनधारी का, जो बोझ वे उँगली पर उठाए हुए थे, वह भारी-भरकम पहाड़ था। नीचे गोपियाँ, बालग्वाल, ब्रजवासी कृतकृत्य मुद्रा में खड़े थे। मन्दिर में ठीक सामने प्लेटफॉर्म पर ही बड़ा हाल-सा था, जो रोशनी से जगमगाता रहता, किसी भव्य दरबार की तरह। सामने रासलीला होती थी। जनता को ज़्यादातर नाच से रिझाया जाता। नाच देखते-देखते जब वे उकताए-से हो जाते तो एक लीला कर दी जाती। लीला जितनी गम्भीरता से की नहीं जाती थी, उससे कहीं ज़्यादा गम्भीरता से ली जाती थी। उसी की चर्चा होती रहती, कई दिनों तक...हर वक़्त और हर कहीं भी...धीरे-धीरे ही वह सब ठंडा पड़ता। नाच चालू होता तो फिर चलता ही रहता। लोग लीला पर जुगाली करते हुए नाच के दौरान ऊँघते-सोते रहते, क्योंकि बुनियादी तौर पर वे खाने-सोनेवाले लोग ही थे।

देवताओं के इकट्ठे होने और रासलीला के पीछे एक ध्येय भी था—बस्ती के लिए शुभकामना करना...उसके कष्टों को दूर करना, वहाँ के जीवन को सुखी बनाना। सारे मेले का उद्देश्य यही था—पर कुछ के लिए मेले का मतलब सिर्फ़ लीला ही था।

गोवर्धनधारी का मेला ज़माने से चला आ रहा था, जैसे और कितनी ही चीज़ें चली आ रही थीं। मेले में आकर गोवर्धनधारी की मूर्ति अपना पुराना आसन अब भी ग्रहण करती। दाएँ-बाएँ दोनों तरफ़ अब भी विमान आसन ग्रहण करते। अपने झंडों को फहराते हुए वे गोवर्धनधारी की लीला में शामिल होते।

देवताओं के स्थान के बाईं तरफ़ जो एक नाटक कम्पनी के लिए इमारत बनी हुई थी और जहाँ कभी 'सीता-बनवास'-जैसे नाटक दिखाए जाते, वहाँ अब परिवार-नियोजन की फ़िल्में दिखाई जाती थीं। प्रगति के मार्ग में लोग कैसी-कैसी रुकावटें डालते हैं या कैसे सहायक हो सकते हैं, यह बताया जाता। ज़्यादातर बातें लोगों की समझ में नहीं आती थीं...वे पापी थे और पूर्वजन्म का फल हर आदमी भोगता है, अपनी ये पुरानी धारणाएँ ज़रूर वे हर बार और हर जगह दोहरा लेते थे।

कम्पनी के अहाते के आगे बाज़ार के लिए बनाई गई सड़कें-गलियाँ थीं, उनमें लोग-बाग लगातार चक्कर लगाते रहते। कभी-कभार अपनी टेंट से मुड़े हुए नोट निकालकर कुछ खरीद भी लेते, पर चीज़ें जिन्हें वे लेना चाहते उनकी हैसियत के बाहर होती थीं...और वे, जो हैसियत के अन्दर की थीं, उनकी उन्हें ज़रूरत नहीं थी...तो ज़्यादातर अगल-बग़ल की सजावट और चौंध को देखते

हुए वे सिर्फ़ चक्कर लगाते हुए घूम सकते थे—इधर से घुसकर बाज़ार के उस तरफ़ निकल आना और उधर से चलकर इधर आ जाना, मेले के बाहर ही बाहर।

बाज़ार के एक तरफ़ के नुक्कड़ पर सर्कस का बड़ा अहाता था। सर्कस ख़ास आकर्षण और अचरज की चीज़ थी। उसमें भाँति-भाँति के करतब देखने को मिलते। काग़ज़ के बस्तों की तरह आदमी इधर से उधर, उधर से इधर होते हुए। कभी झूलों में इधर से उधर जाते, कभी लटककर एक-दूसरे से गुँथ जाते....आदमी, औरतें...कहीं साइकिलों पर करतब दिखाते हुए, कहीं पिरामिड बनाते हुए, कभी घोड़ों के साथ-साथ दौड़ते हुए। कभी कोई आदमी एक छड़ पर बच्ची को बिठाकर दाँतों पर साध लेता या कोई औरत आँखों पर पट्टी बाँधकर सामने की तख्ती पर चिपकी लड़की के इर्द-गिर्द चाकू बरसाते हुए निशानेबाज़ी दिखाती तो लोगों की घिग्घी बँध जाती, तने हुए खेमे के उस बड़े घेरे में सन्नाटा छा जाता।

एक तरह से कृष्ण के मुँह में उतराता सारा ब्रह्मांड होता था सर्कस में। सारा तंत्र, हँसी-मज़ाक़, उछल-कूद, करुण-रस, चीत्कारें, फटफटिया की छलाँग और उन सभी के बीच जीते-जागते जानवरों की चिंघाड़े—हाथी, चीते और शेर।

बाहर सर्कस के बड़े पोस्टर पर भी खौखियाता हुआ भूखा शेर ही था।

बाक़ी सब मायावी करतब थे जो सर्कस के झूले के नीचे जाल की तरह फैले हुए थे।

अब भी अच्छी-ख़ासी भीड़ हो जाती थी मेले में। शहर के लोग तक़रीबन हर रोज़ पहुँचते थे। शहर के बाहर से भी लोग पैदल, इक्के, रिक्शों में लद-लदकर आते। आस-पास के गाँवों से बैलगाड़ियाँ लदकर आतीं और मेले के बाहर की ज़मीन पर बिछ जातीं। लोगों के पड़ाव जम जाते। वहीं कंडों पर रोटियाँ पकतीं और चौतरफ़ा बैठकर खाना-पीना होता, कहीं सिर्फ़ अलाव तापे जाते और गोवर्धनधारी का गुणगान होता। और वाकई मेले में भले ही कितनी ही और चीज़ें हों, वह अब भी एक ही का खेल था—गोवर्धनधारी का। इसीलिए गोवर्धनधारी का मेला के नाम से आज भी मशहूर था। एक के अलावा दो या तीन का नहीं हो सकता था—ब्रह्मा, विष्णु, महेश हों तो भी असली देवता तो विष्णु ही हैं। कृष्ण बलराम हों तो भी खेल तो कृष्णा का ही था। राम के साथ चाहे जितने अवतार और हुए हों, पर थे तो सबकुछ राम ही।

दिन-रात लोगों के जत्थे इधर से उधर डोलते रहते, जैसे ठुकराते हुए कभी इधर, कभी उधर फेंके जा रहे हों। दिन में खुरची हुई धूल ऊपर जा कर टँग जाती—जैसे नीचे कोई युद्ध हो रहा हो। यही धूल रात को गैसों की रोशनी में

ऊपर मटमैली चादर-सी फैली दिखती। हलचल रात देर गए थमती तो शहर की भीड़ लौट जाती। सुदूर गाँव के मर्द पड़ावों में ढिली बैलगाड़ियों के नीचे फूँस डालकर और गुदरी ओढ़कर सो जाते। बैलगाड़ियों में औरतें और बच्चे गुड़ीमुड़ी पड़ जाते। इस बीच कभी मन्दिर के सामने से, जाते हुए जत्थों से, कभी आती हुई बैलगाड़ियों की पंक्तियों से नारे लगातार रुक-रुककर उठते रहते थे—'बोल, गोवर्धनधारी की जय!'

जहाँ मेले में शोरशराबा, भीड़भाड़ और अपने भाग्यविधाताओं के दर्शन के लिए त्योहारों का आलम होता था, वहाँ मोहल्ले शाम से ही वीरान पड़ जाते। थोड़े दिनों के लिए तनातनी, गाली-गलौज, मारपीट उस चकाचौंध में दब-सी जाती थी।

लोग चालें सोचते, अपना जाल बिछाने की सोचते...तालाबों का जाल, सर्कस का जाल, मेले का जाल—जहाँ वे भी आ लिपटें जो सीधे-सीधे अपने रास्ते चले जा रहे हैं। मेले के उस बड़े जाल में उतराती मछलियाँ देखकर कुछ के मुँह में पानी आ जाता। उन्हें अपनी तरफ़ घसीटने के लिए एक और जाल की सोचते। कुछ चालें भी चलते थे—चालें जो छिपकर एकाएक ही चली जाती हैं...ज़्यादातर हड़बड़ी में, बिना ज़्यादा कुछ सोचे हुए। इस उम्मीद में कि या तो एकदम ही दुश्मन के लिए मौत की स्थिति पैदा हो जाएगी...या फिर...पर कुछ दूसरे इन्तज़ार करते थे, ख़ासे ख़तरनाक ढंग से।

पूस का घुटा-घुटा दिन। इतवार। सर्दी पहले बादलों पर अटकती फिर बस्ती पर चू रही थी, फोहा-दर-फोहा—सर्दी जिसमें एक अपने क़िस्म की उमस भी मिलती होती। पहाड़ों पर एक बेहूदा भूरापन उतरा रहा था। बादलों और धूल का मिक्सचर जैसा कुछ। सड़कें सुनसान थीं, कुछ सर्दी की वजह से और कुछ मेले की वजह से।

कुल मिलाकर एक मनहूस आलम।

ड्यौढ़ी पहुँचते ही केशव को एक तगड़ी छींक आई। गन्ने का रस मेले में पिया था, वही होगा...लेकिन खंदिया चढ़कर जब ज़खीरा के मैदान में पहुँचा तो साफ़ हो गया कि छींक जुकाम का नहीं, किसी दूसरी ही चीज़ का संकेत था।

केशव के घर के किवाड़ बन्द थे। ज़खीरा के गेट की ढलान पर शिवमंगल, राधे और छुटई बैठे हुए थे...ठीक उसी जगह, जहाँ शिवमंगल उस रात को बैठा था। मैदान के बाईं तरफ़ एक छोटी-मोटी भीड़ थी, ज़्यादातर लौंडों की जिनमें लछमन, चिन्तामणि और महेश भी थे। चारों तरफ़ एक बोझिल सन्नाटा था।

केशव चुपचाप घर की तरफ़ चलता रहा। उस माहौल में किसी से कुछ बात करने की गुंजाइश ही नहीं दिखती थी।

शिवमंगल के सामने से गुज़रा तो उसने टोका, "ओ बे पायजामे, निकाल अपने बाप को बाहर।"

केशव कुछ नहीं बोला, उसकी समझ में कुछ नहीं आ रहा था।

"घर-घुसा साला...तेरी माँ का आँचल ओढ़े बैठा है अन्दर जा, उसे चूड़ियाँ पहना दे।"

"कोई अन्दर कुछ भी कर रहा हो, तुमसे मतलब...?" केशव के मुँह से निकल ही तो गया।

"दाब...बहन...साले ज़ुबान लड़ाता है...पिद्दी न पिद्दी का शोरबा! एक हाथ दूँगा कि धूल चाटता नज़र आएगा!"

केशव को अपनी कमज़ोरी पर रोना आ गया। कोई मारते-मारते तोड़ देता तो शायद ऐसा नहीं लगता। क्या कोई उसके लिए नहीं, शिवमंगल से जबर जो इस वक़्त, इसी वक़्त, उसकी बोलती बन्द कर दे।

क्या हुआ होगा, यह बात वहाँ इतनी बेमानी थी कि उस वक़्त केशव को उसका ख़याल भी न आ रहा था। कुछ भी हो सकता था। एक दिन दो जवान मंगू को झकझोरने लगे। भलामानस लोटे में दूध लेकर चला जा रहा था। जवानों में से एक ने पीछे से आकर लोटे को ही पंजा मारकर गिरा दिया। मंगू को गाली देनी ही थी, और लड़ाई के लिए फिर बहाना काफ़ी था। ऐसा ही कुछ आज हो गया होगा।

रुआँसा केशव चबूतरा चढ़ गया और घर की कुंडी खड़खड़ाने लगा। अन्दर कुछ फुसफुसाहट हुई...'केशव है'—एक किवाड़ आधा खुला। केशव की माँ ने उसे अन्दर घसीट लिया।

तभी दाहिनी गली की तरफ़ से कनफट्टे जादव आ रहे थे। केशव के पिता उन्हें देखकर बाहर निकल आए।

"देखिए जादवजी, इन ससुरों ने मेरा जीना हराम कर रखा है।"

उन्हें बाहर देख शिवमंगल चोट खाए साँप की तरह झपटा, केशव के पिता अन्दर की तरफ़ घुसे, पर शिवमंगल ने उनके हाथ पकड़ ही लिये और चौखट पर खींचातानी चलने लगी। बीच कहीं केशव खुलककर शिवमंगल की हथेलियों पर नाख़ून चुभोने लगा। माँ और बहिन किवाड़ उढ़काने में लगी थीं। केशव के पिता ने किसी तरह ख़ुद को छुड़ा लिया और फिर सबने ज़ोर लगाकर किवाड़ अन्दर से बन्द कर लिये।

कनफट्टे सबकुछ देखकर हँसते रहे—वे जिनके बूते पर केशव के पिता बाहर निकले थे।

उस तरह अन्दर बन्द वे सब यों बैठे थे, जैसे ढहते हुए छप्पर पर अटके हुए हों और चारों तरफ़ बाढ़ का पानी लहरा रहा हो। अब तक कोई वहाँ ऐसा नहीं था जिसको केशव अपना दुश्मन कह सकता। आज वह पैदा हो गया था। शायद किसी को ज़लील करने का सबसे आसान तरीक़ा उसके सामने उसके बाप को ज़लील करना होता है। बाप पर क्रोध करे या उन पर तरस खाए, केशव इन दोनों के बीच कहीं था। शायद सबसे ऊपर ख़ुद का ज़लील किया जाना था, जिसमें उसके बाप की पगड़ी उछालना तो साथ लगा ही था।

"ठहर जाओ कुछ दिन, बड़ा हो जाने दो हमारे केशव को..." केशव की माँ बुदबुदा रही थीं।

उस ज़िम्मेदारी को केशव कैसे झेले! कैलाश का सहारा लेगा...फ़िलहाल तो लगता था कि उसके लिए बहुत भारी थी, या वह ही बौना पैदा हुआ था... कुछ भी कर सकने के नाकाबिल...लेकिन कैसे कहे? चुपचाप अटारी पर चला गया। दूर से चौकीदारी कर सकता था।

बाहर सबके चेहरे पर हँसी थीं। हँसी में कनफट्टे भी शामिल थे। तभी शिवमंगल के घर का दरवाज़ा खुला। जेलर साहब बाँहोंवाली बनियान और धोती में खूँटियोंदार खड़ाऊँ को चटचटाते हुए मैदान में घुसे।

"अच्छा अब अन्दर चलो।" उन्होंने शिवमंगल की तरफ़ इशारा किया। जैसे वहाँ मौजूद दूसरे लोगों का साथ उनके बेटे को बिगाड़ रहा हो।

शिवमंगल आज्ञाकारी बालक की तरह उठ गया। रुआँसा चेहरा बनाकर बोला, "मैं इन्हें देख लूँगा...मुझे गाली बकता है।"

"हाँ-हाँ...देख लेना...पर इस वक़्त तो अन्दर चलो।" और वे चौकड़ी भरते बछड़े को हाँककर ले गए।

शिवमंगल जेलर साहब का इकलौता बेटा था।

कुछ इकलौते होने की वजह से, कुछ जेलर साहब के ज़रूरत से ज़्यादा एहतियात से कि घर में वे जेल की पाबन्दियाँ लागू न करें, शिवमंगल को शुरू से ही काफ़ी ढील मिलती रही। पढ़ने में लापरवाही पहले तो इसमें खपती रही कि चलो वह खिलाड़ी है, लेकिन खिलाड़ी की आदतों की जगह उसकी सारी आदतें लफंगों-जैसी होने लगीं। फेल खूब होता था, और इसलिए दूसरे लड़कों

से उम्र भी बड़ी बैठती थी हमेशा। उसका फ़ायदा वह उठाता था। हर क्लास में उसकी धौंस चलती थी। आदतन मोहल्ले में भी वह वही सब खोजने लगा था। न वह पढ़ने में अच्छा बन पाया, न खेल में ही, तो और नहीं तो दादा-टाइप ही बन जाए। स्कूल में तो बन गया था, पूरा-का-पूरा—जब चाहे क्लास में आता, जब चाहे उठ जाता...मास्टरों से दोस्त की तरह बातें करता...नए मास्टरों को और लौंडों को हड़काता रहता...जब चाहे जिसकी किताबें-कापी उठा लेता, लेकिन मोहल्ले में उसके प्रतिद्वन्द्वी पग-पग पर थे। उनका शरीर बेहतर था और वे फक्कड़ भी शिवमंगल से कहीं ज़्यादा थे। शिवमंगल को अब भी अपने बाप से जवाबदेही के लिए तैयार रहना पड़ता था। जेलर साहब मोहल्ले के मामलों से दूर रहते थे। वे किसी से मिलते-जुलते नहीं थे, किसी को इस लायक ही न समझते थे। उनके 'स्टेटस' का आदमी वहाँ कोई नहीं था, मोहल्ले के एकमात्र अफ़सर वे थे। शिवमंगल से भी पेश आने का तरीक़ा उनका अफ़सरी रिज़र्व का ही था। कम बोलते थे इसलिए जो बोलते थे उसके वज़न को सहने के लिए शिवमंगल को काफ़ी सहनशक्ति समेटनी होती थी। इधर जेलर साहब शिवमंगल की उम्र की वजह से अब और भी चुप रहने लगे थे। बिगड़ी औलाद तो थी ही, कहीं कभी कुछ कह-सुन दिया तो एक लड़के से भी हाथ धोए।

शिवमंगल को पूरी आज़ादी थी—बाप के सामने थोड़ा-सा संजीदगी से पेश आ लिए...बस।

"इस बार दस से निकलने का इरादा है या नहीं?" बाप पूछते।

"बिल्कुल पिताजी, यहाँ पढ़ाई हो नहीं पाती इसलिए रमेश के घर जमाया है।"

और रमेश के घर चलता ताश, बीड़ी और चाय, साथ ही बुनते प्रोग्राम।

पूरे चौबीस का हो गया था। लड़कियों के ख्वाब कब के आने शुरू हो गए थे। स्कूल में थीं नहीं...उसके लिए मोहल्ला ही था। इसलिए और भी मोहल्ले में दादागिरी झाड़ने की ज़रूरत थी। पर अजीब चक्कर था—एक शैलजा नज़र में चढ़ी कि वहीं दो-दो जबर कुत्ते भूँकने लगे थे।

कल्लू और कैलाश से झिड़क खाने के बाद उसके सामने यह साफ़ हो गया था कि मोहल्ले में हस्ती गाँठने का तरीक़ा एक ही है कि लौंडों को इकट्ठा किया जाए। गिरोह की ताक़त से वह शरीर की कमी को पूरा करने की सोचता था। स्कूली लड़के उसकी धौंस में आसानी से आ जाते थे। वहीं से शुरुआत भी की, लेकिन देखा कि चार-पाँच ही थे जो उसका साथ दे सकते थे, वह भी सिर्फ़ खेलने वग़ैरह के लिए। चौबीसों घंटों उसके साथ रहनेवाला एक भी न

निकला। उसके लिए इधर के ही चाहिए। जादवों के तरफ़ के लोगों की सेना तैयार की जाए। पहले आए छुटईं, कामता। ऐसों के लिए उसका जेलर बाप का लड़का होना ही काफ़ी था। तय हुआ कि संख्या बढ़ाई जाएगी, छोटी जाति पर हो रहे अत्याचार का बदला लिया जाएगा, तरीके से। कोशिश यह की जाएगी कि जिसका बदला लिया जाना है, वह 'सीन' पर मौजूद ही न रहे। लड़कों के अलावा इसमें ठीक-ठीक बड़ों को भी रखा जा सकता है...शामिल किए गए कनफट्टे और पंडित। जो शुरू में लड़की की लड़ाई की बात थी, उसे जाति और दो मोहल्लों की लड़ाई का रंग दे दिया गया। कनफट्टे को समझाया गया कि चौबे के अखाड़े के लोग उन पर जादवजी का आदमी समझकर रोब लेते हैं, अगर उन्हें अभी न रोका गया तो उनकी हिम्मत बढ़ जाएगी और फिर वे बड़े-बूढ़ों और औरतों की इज़्ज़त पर भी उतर सकते हैं। कनफट्टे की ऊँची और नीची जाति की बात फ़ौरन समझ में आ जाती थी, और उन्होंने बड़े जादव के भी कान भर दिए। बड़े सूझ-बूझ के आदमी थे। चुप लगा गए। कनफट्टे ने उनकी तरफ़ से ज़िम्मा ले लिया था। शिवमंगल अपना प्रोग्राम चलाए, बात जब आगे बढ़ जाएगी तब देख लिया जाएगा।

शुरुआत हुई कैलाश की पिटाई से। चूँकि उधर के लोग अपने को बड़ा चरित्रवान कहते फिरते हैं, इसलिए उनकी लड़कियों को ख़राब करने का भी प्रोग्राम पास हो गया। यह सिर्फ़ ग्रुप के जवानों तक सीमित रहता था। लड़की का इस्तेमाल ग्रुप में जो पोज़ीशन होगी, उसके हिसाब से होगा...जवानों की टोली में नम्बर एक शिवमंगल का ही बनना था...पहली लड़की शैलजा ही होनी थी, क्योंकि यह प्रोग्राम पहले प्रोग्राम का ही पुच्छल्ला था।

कम्बख्त अजीब चीज़ थी शैलजा...पैनी-पैनी आँखों से शिवमंगल को एक-दो बार ही देखा था उसने, पर आँखें जब-कब आलपीनों-सी छेद करती होतीं। शिवमंगल का अन्दाज़ था कि एक बार खुलेआम पिटकर कैलाश तो पस्त पड़कर अलग हो जाएगा। शैलजा को नम्बर दो प्रोग्राम पर रखा गया। कहीं ऐसा न लगे कि सभी प्रोग्राम शिवमंगल के ख़ुद के लिए थे, इसलिए दो और प्रोग्राम शामिल कर लिये गए थे—केशव की माँ ने पंडित को झिड़का था तो उसका बदला केशव के बाप से और छुटईं-कामता के लिए शिवराम के चलाए मुकदमे में सभी क़िस्म की मदद।

पहला प्रोग्राम ठीक-ठाक गया। लेकिन दूसरा गड़बड़ा गया। डिटेल यह बना था कि ग्रुप दो भागों में बाँटा जाए। एक कहीं कैलाश को छेंके रहे, एक कल्लू को। समय ऐसा चुना जाए जब मास्टर कौशल अपने-आप कहीं फँसे हों। ऐसे

में शिवमंगल एक के साथ मास्टर के घर जाए। एक लड़के को सँभाल लेगा, बाहर निगरानी भी रखेगा...और फिर शिवमंगल निपट लेगा।

गड़बड़ी दो वजह से हो गई, कैलाश और कल्लू दोनों कुश्तिया थे। कैलाश के पास गुप्ती भी थी। इनसे भिड़ने के लिए जितनी तादात होना चाहिए, वह नहीं बन पाई थी। शिवमंगल पर ज़ोर दिया जा रहा था कि स्कूली लड़कों को भी प्रोग्राम में शामिल करे। वैसे शिवमंगल भी ख़ुद में इतनी हिम्मत नहीं बटोर पा रहा था कि घर में घुसकर कुछ कर आए। लोगों को पता तो चलेगा ही, तब उसकी क्या हालत होगी? यह ठीक है कि हमेशा साथियों को साथ रखेगा और कैलाश और कल्लू से निपट लिया जाएगा, मगर बाप...? वे जितने कट्टर इनसान थे उस हिसाब से ऐसी हरकत पर शायद उसे घर से ही निकाल दें, तब खाना-पीना...? पिताजी, जो फख्र करते थे कि मोहल्ले में वे पद और चरित्र दोनों दृष्टियों से ऊँचे हैं, वे कैसे बर्दाश्त करेंगे? वह तो गनीमत थी कि मास्टर कौशल खर-दिमाग़ थे, बाप से शिकायत करने के बजाय ख़ुद लड़ने आ पहुँचे, वरना तभी मुश्किल पड़ती। शिवमंगल को यह ज़्यादा माफिक पड़ता था कि रास्ते-चलते किसी को लथाड़ दिया, किसी लौंडिया को कस दिया...बच निकलने की गुंजाइश थी।

इस किले को तोड़ने के लिए कोई और युक्ति तजबीजनी थी।

फ़िलहाल फ़ौज बढ़ानी थी। स्कूली लौंडों से कोई ख़ास उम्मीद नहीं थी। बोस की पार्टी में काफ़ी लोग थे। क्यों न वहीं घुस जाया जाए, कुछ उनका काम करें, कुछ अपना करवाएँ। वहाँ तो हर तरह के आदमी मिल जाएँगे। तब कुछ ऐसा भी मौक़ा बनाया जा सकता है कि शैलजा को कहीं और बुला लिया जाए, किसी सुरक्षित जगह—किसी पार्टी-वर्कर का घर या वैसी कोई जगह... छेंकने की किसी को ज़रूरत ही नहीं, सिर्फ़ बाद में हिफाज़त की बात बचेगी।

फ़िलहाल शैलजावाले प्रोग्राम को स्थगित कर दिया गया था और दिखाने के लिए पंडित के प्रोग्राम पर आ उतरा गया। आज वही नाटक था। शिवमंगल के लिए यह भी एकदम सूखा नहीं था, क्योंकि इसके पीछे भी एक किले को तोड़ने की बात थी—केशव की माँ।

पढ़ना-लिखना शिवमंगल के बस की बात नहीं रह गई थी। कब तक यह स्वाँग चलाया जाए। अक्सर स्कूल से उसे दुश्मनी-सी महसूस होती। यह क्या तरीक़ा कि कमज़ोर लिज़लिज़े लौंडे निकलते चले जाते हैं और वह जैसे दस की इस मोटी देहरी को लाँघ नहीं सकता। कभी-कभी मन करता कि स्कूल की इमारत को आग लगा दी जाए, होलिका-दहन किया जाए। नए-नए, छोटे-छोटे

लौंडे आते-जाते, पुराने साथी निकलते जाते, ...हर बार नए साथियों की तलाश, जो उम्र के अन्तर की वजह से अब दिनों-दिन मुश्किल होती जाती है।

प्लान और प्रोग्राम के बीच अक्सर उसे लगता कि जो उसकी सेना में हैं, वे दमदार नहीं हैं। बात कुछ बड़े पैमाने पर बन नहीं पाएगी, तब सबकुछ छोड़ देने का मन करता। आख़िर जिस एक को उसे मज़ा चखाना था उसे यहीं ज़खीरा के सामने पिटवा चुका। अब दूसरी लाइन पकड़ी जाए, और तो कुछ वह हो नहीं सकता। बाप किसी छुटपुट नौकरी में लगा दें, उससे तो अच्छा यही है कि राजनीति में घुसे...बोस की पार्टी में जा मिले। धीरे-धीरे बढ़ते हुए वहाँ पर नेता हो सकता है।

शैलजा का ख़याल छोड़ना होगा। शादी तो उससे होने से रही। मास्टर कौशल के यों भी लम्बे-चौड़े ख़याल सुने जाते हैं। अब तो दरार भी पड़ चुकी है। फिर अगर राजनीति में जाना है, तो जैसे रामफल कहते हैं, फक्कड़ ही ठीक है। विवाह के बन्धन नहीं पालना चाहिए...जोखिम उठाने का माद्दा कम हो जाता है।

स्कूल का यह आख़िरी साल है—इधर या उधर। उसके बाद वह कुछ भी करेगा, पढ़ेगा नहीं—शिवमंगल सोच रहा था।

चौबेजी चौपाल में चिन्तित टहल रहे थे। अन्दर बैठक की घड़ी टिकटिका रही थी जिससे जब-तब तालमेल खा जाती थी उनके पैरों की आवाज़।

पुराने बरगद के पेड़ के नीचे गोल-गोल से चबूतरे पर दस-पन्द्रह चारपाइयाँ हमेशा पड़ी रहती थीं। सामने छुट-पुट बीस-तीस घर थे, जिसमें गाँव के सैकड़ों आदमी पड़े रहते, आते-जाते रहते। एक ऐसे ही घर में रसोई का इन्तज़ाम था। बाईं तरफ़ गौशाला थी जिसमें गाय-भैंस बँधी रहतीं। क़रीब एक फर्लांग के फासले पर चौपाल से नीचे उतरनेवाली गली में कहीं मन्दिर पड़ता था, मोहल्ले की बस्ती के बीचोंबीच। इस फासले की ज़्यादातर इमारतें उनके ख़ानदान की थीं। कुछ सीधे उनके इस्तेमाल में थीं, कुछ किराये पर चढ़ी हुई थीं और कुछ फ़िलहाल ख़ाली पड़ी हुईं थीं और देखभाल के अभाव में भसभसा रही थीं।

गाँव में खेती अच्छी-ख़ासी थी, गाड़ियों नाज आ जाता। भूसा भी साल-भर के लिए मवेशियों के खाने भर को आ जाता, कोई फिकर की बात नहीं थी। उनके हाथ गाँववालों के लिए हमेशा खुले रहते। अगर उन्होंने हमेशा अपने हाथ आज तक नहीं सकोरे तो सिर्फ़ एक उसूल के कारण...भारतीय संस्कृति और सभ्यता को ये नीच जाति के लोग तहस-नहस करने पर उतारू थे, और उसकी

रक्षा के लिए कुछ समर्थ लोगों की ज़रूरत थी। लोगों की कमी नहीं थी उनके पास, पर उनका सधकर उपयोग कैसे किया जाए, यही समस्या थी। चौबेजी जब-तब शहर के ठाकुर साहब की सलाह लेते रहते थे। ठाकुर साहब उनकी पार्टी के नेता थे और आजकल म्यूनिसपैलिटी के चेयरमैन थे। बड़े चुनाव में हार गए बोस से। चौबे जी का ख़याल था कि वे गँवई गाँव के वोट के कारण हारे। वहाँ ऊँच जाति को अब वोट ही नहीं देते, कुछ ऐसी हवा बन गई है। ठाकुर साहब यह नहीं मानते थे। उनका कहना था कि मतदाताओं को खरीदा गया था। पता नहीं कि यह उनका अपना मत था कि पार्टी का मत था, जिससे हट कर वे नहीं बोलना चाहते थे। कल ठाकुर साहब से चौबे जी की बातचीत हुई थी। वे कह रहे थे, देश में बेतहाशा महँगाई बढ़ती जा रही है। अनाज का वितरण ठीक नहीं है। कुछ ऐसा करना चाहिए कि असन्तोष का फ़ायदा पार्टी को मिले, उसकी इमेज और अच्छी बने। विधान सभा के चुनाव आने ही वाले हैं, तब अब का हमारा काम, काम में आ जाएगा। कुछ सलाह भी दी थी कि चौबेजी अपने आदमियों को छोटी-मोटी टोली में बाँट दें जो जनता के अलग-अलग वर्गों के साथ सम्पर्क करके प्रचार का काम करें, लेकिन इस तरह की बातें चौबेजी की भी समझ में नहीं आती थीं, उनके आदमी क्या समझते! सीधी बात थी ऊँच और नीच जाति की, जो सब समझते थे और जिसे सबको समझाया जा सकता था, पर उससे ठाकुर साहब इधर बिचकने लगे थे। सोचते वे भी चौबेजी की तरह थे, पर शायद पार्टी में जो नीच जाति के लोग थे उनको लेकर पार्टी कुछ और सोचती होगी। दरअसल ठाकुर साहब ख़ुद ज़्यादा साफ़ नहीं थे कि क्या और कैसे किया जाए, तभी उन्होंने चौबेजी को कार्यक्रम के बारे में सोचने को कहा था और चौबेजी चिन्तित थे।

चिन्ता का एक विषय इस मुहल्ले में जादवों का बढ़ता बोलबाला भी था। एक ज़माना था जब मुहल्ले में सिर्फ़ चौबों की ही चलती थी, पर आज़ादी के साथ-साथ इन जादवों ने भी यहाँ पाँव फैलाना शुरू कर दिया। शुरू में वे पंजों के बल घुसे थे और अब है कि पसरते जा रहे हैं। आमने-सामने मुखालफत अब भी नहीं करते हैं, पर जड़ें काटने में लगे हुए हैं। बुनियादी सवाल ऊपर आता जा रहा है...कि मोहल्ले की मलकियत उनके पास रहेगी या छिनकर जादवों के घेरे में चली जाएगी। अब इसी मलकियत के लिए तो वे और उनके बाप-दादा कब से यहाँ आसन जमाए हुए हैं, वर्ना न यहाँ काम, न धन्धा—गाँव में ही न रह लेते? इसलिए मलकियत की बात सबसे पहली थी। इसके ऊपर सवाल जाति का भी था। किसी ठाकुर-ब्राह्मण का मामला होता तो चौबेजी उसे भी अपने

साथ शामिल कर लेते, या हालत बड़ी ख़राब होती तो हाथ सकोर लेने में भी कोई संकोच नहीं होता। अब इन जादवों के हाथ पिटे तो दूर-दूर तक बदनामी हो जाएगी, सारे जाति वाले थू-थू करेंगे। उनकी ताक़त के आगे जादव अब भी कुछ नहीं थे, लेकिन कुछ ऐसा था कि उनके आदमी बस खाते-पीते बँधे खड़े रहते और जादवों के भंगी-चमार की तरह उछल-कूद करके हवा बाँधते रहते। चौबेजी शायद ज़रूरत से ज़्यादा सतर्क थे। आख़िर ज़िम्मेदारी भी शक्तिशाली पर ही रहती है; सोचना उन्हें ही पड़ता है जिनके पास एक एटमबम होता है। लेकिन अब कुछ करना पडेगा। कैलाश को उन्होंने घेरकर अपने मोहल्ले में मारा। नाइयों से एक ब्राह्मण के लड़के को पिटवाया। फिर केशव के बाप को उनके देखते-देखते वह कोरी का बच्चा शिवहरे मारा गया। इधर के साले हैं, आपस में ही उठा-पटक करते रहते हैं। कल्लू और कैलाश की ही नहीं बनती और उधर अब शिवमंगल लौंडों की ही फ़ौज बनाने में लगा हुआ है।

मोहल्ले का खाका एकदम बिगड़ रहा था और ठाकुर साहब कहते हैं कि पार्टी की इमेज बनाने का यह अच्छा मौक़ा है। क्या कैसे किया जाए, यही ठाकुर साहब बता देते, तो अच्छा था। लेकिन उन्होंने कार्यक्रम बनाने का भार उन पर छोड़ दिया।

सामने जो गँवई गाँव के लठैतों की सेना बँधी थी उसका क्या किया जाए। क्या उसका इस्तेमाल सिर्फ़ इतना था कि ठाकुर साहब को जब आदमियों की ज़रूरत पड़े भेज दें। मन्दिर के जो अखाड़ेबाज़ थे वे...? क्या उनका अखाड़ा सिर्फ़ इसलिए था कि एक उम्र में लोग यहाँ लौट और बाद में बिला जाएँ? क्या उनका और इस सेना का कोई गठबन्धन हो सकता है? यों वे चौबेजी के आदमी नहीं थे, लेकिन उनके मन्दिर में कसरत-कुश्ती करते हैं तो उनका कुछ तो हक है ही उन पर...उन्हें इस्तेमाल किया जा सकता है...और अगर जब-तब थोड़ा हाथ रखे रहने से वे अपनी तरफ़ रहते हैं तो बुराई क्या है...?

अखाड़े की बात से उन्हें कल्लू और कैलाश की बात याद आई और तोंद पर हाथ फेरते हुए उन्होंने दोनों को बुला भेजा। कल्लू पहले आ गया। अपनी उठंग तहमद-नुमा धोती, कुर्ता और सदरी डाले। चौबेजी बैठक में आ बिराजे, तकिए का सहारा लिये हुए। वहीं एक किनारे वह भी आकर बैठ गया।

"कहो भाई कल्लू क्या हाल है?"

"हुकुम करें।"

"कसरत ठीक-ठाक चल रही है?"

"जी हाँ।"

"कोई कष्ट?"

"अखाड़े की मिट्टी कई सालों से बदली नहीं गई...उसमें अब उतना ज़ोर नहीं रहा, हुकुम हो तो नई डलवा ली जाए।"

"हाँ, डलवा लो। जो ख़र्चा आए ले लेना। जब तुम्हारा काम अखाड़े की देख-रेख करना है तो तुम्हीं जानो। मन्दिर का पूजा-रचा कौन करता है...?"

"गौतम पंडितजी आ जाते हैं। लेकिन अब उनकी उम्र हो गई, आने-जाने में तकलीफ़ होती है। कुछ दिनों में कुछ और इंतज़ाम करना होगा।"

तभी कैलाश आ गया, अपनी गुप्ती लिये हुए। वह दूसरे छोर पर जा बैठा। कल्लू को वहाँ देखकर उसे ताज्जुब हुआ। कल्लू को भी यह उम्मीद नहीं थी। उसने मुँह बनाकर एक तरफ़ फेर लिया। दोनों दरी के दो किनारों पर बैठे हुए थे।

"कैलाश, मैंने तुम दोनों को जान-बूझकर एकसाथ बुलाया है। तुम लोगों के झगड़े की ख़बर सुनी तो मुझे अच्छा नहीं लगा। भाई, साफ़ बताओ, आख़िर बात क्या है? मैं भी तो कुछ जानूँ।"

दोनों चुप, अलग-अलग खिंचे बैठे रहे। कल्लू अपने रूल से ज़मीन पर लकीरें खींचता रहा, कैलाश दरी को नाख़ूनों से बजाता रहा।

"क्यों भाई कल्लू, तुम्हीं बताओ। तुम दोनों तो कभी कसरत भी साथ किया करते थे।"

"चौबेजी हवा ही उल्टी बहती है। क्या किया जाए? यों तो यह जो पट्ठा बन गया है, सो अपना ही तैयार किया हुआ है।"

"क्या तैयार किया हुआ है...हवा और ख़ुराक भी तेरी ही थी...कसरत भी मेरी जगह तूने ही की होगी।" कैलाश गुर्रा उठा।

"चलो, वह छोड़ो।" चौबेजी बोले, "एक अखाड़े के कसरतियों में भाईचारा होना चाहिए। जैसे एक पाठशाला के पढ़े गुरु-भाई कहलाते हैं। फिर तुम दोनों ऊँची जाति के लोग हो। एक ज़माना था जब नीच जाति के लोग आँख उठाकर नहीं देखते थे। अब का ज़माना तुम लोग देख ही रहे हो। क्या पता, वे ही हम लोगों में फूट डाल रहे हों, हमें सावधान रहना होगा।"

"मैं तो जो आप कहें, सबके लिए तैयार हूँ।" कल्लू ने कहा।

"मेरी तरफ़ से कोई वैर नहीं है।" कैलाश बोला।

"यह कैलाश का रखवाला बनता है...किस-किस को रोकेगा? अरे, जहाँ फूल होगा वहाँ भौंरे आएँगे ही।" कल्लू ने कहा।

"कौन है यह शैलजा?" चौबेजी ने टोका।

"वही अपने मास्टर कौशल की लड़की।"

"तुम लोगों को शर्म आनी चाहिए। ऐसी बात करते हो और वह भी मेरे सामने! मास्टर कौशल कैसे धर्मात्मा प्रकृति के व्यक्ति हैं। गुरु की लड़की की तरफ़ देखना भी पाप है...वह बहिन लगती है।"

"यह तो इसे समझाइए।" कल्लू ने कहा, "यह स्कूल जाता है...मुझे तो आप जानते ही हैं—स्कूल से मतलब ही कोई नहीं है।"

"क्या मतलब?" कैलाश तन गया।

"लेकिन मास्टर कौशल की तुम्हें भी इज़्ज़त करनी चाहिए, कल्लू, सब करते हैं।"

"तो मैं उनकी कहाँ बेइज़्ज़ती करता हूँ? वे मेरी जाति-बिरादरी के हैं, इसलिए आना-जाना है।" कल्लू ने कहा।

"अच्छा, यह मामला तुम लोग मुझ पर छोड़ो। तुम दोनों ही शैलजा की इज़्ज़त करोगे। मास्टर कौशल जहाँ चाहें उसका सम्बन्ध करें, यह उनकी मर्ज़ी की बात है। वे तुम में से भी किसी को चुन सकते हैं...लेकिन यह ज़रूरी नहीं है।"

"कैलाश हमारी बिरादरी का नहीं है।" कल्लू बोला।

"तेरी जाँत-पाँत का भी है कोई पता? जबर्दस्ती ठुँस रहा है।" कैलाश ने दाँत पीसे।

"ठीक है, ठीक है।" चौबेजी ने बीच-बचाव किया, "मैं मास्टर कौशल से बात करूँगा। एक लड़की के लिए तुम लोगों का लड़ना शोभा नहीं देता। ईश्वर ने शक्ति दी है तो उसका उपयोग बड़े कामों के लिए करो। भारतीय संस्कृति की रक्षा तुम्हें करनी है और बड़े-बड़े काम हैं...चलो उठो, मिलाओ हाथ।"

दोनों में से कोई भी नहीं हिला। मुँह बनाए अपनी-अपनी तरफ़ खिंचे बैठे रहे।

"चलो भाई कैलाश, आओ।"

"मैं क्यों पहले हाथ बढ़ाऊँ...मैं इससे डरता हूँ क्या?"

"तो यहाँ कौन साला डरता है?"

"अच्छा, चलो तुम दोनों ही न उठो—पहले मैं उठता हूँ।" कहते हुए चौबेजी उठे, एक हाथ से इसे उठाया, एक से उसे—बराबरी से। फिर उसी तरह से बराबरी से एक हाथ से इसका हाथ, एक हाथ से उसका हाथ पकड़कर मिलवा दिया। उनके मिले हाथों को अपनी मुट्ठी में बन्द किए वे थोड़ी देर को खड़े रहे।

"तुम दोनों देश के बहादुर सपूत हो। कोई विवाद का विषय बने तो मेरे पास आओ। लड़ने की शिकायत मुझे नहीं मिलनी चाहिए। अच्छा, अब बैठो!"

तीनों लोग फिर बैठ गए। चौबेजी थोड़ा गम्भीर हो गए। कैलाश और कल्लू दोनों समझौते पर खुश थे, हालाँकि दोनों में से हर कोई कोशिश यही कर रहा

था कि दिखाई उल्टा ही दे। कल्लू धूल खा चुका था, और कैलाश पर शिवमंगल का दबाव इधर बढ़ता जा रहा था, शायद इसलिए।

"जवान लड़कों से सलाह-मशवरा करना चाहिए। इन जादवों के बारे में तुम क्या सोचते हो?"

"वहाँ बदमाश शिवमंगल है। वह जादवों की शह पाए है...स्कूल के लौंडों को बहकाता रहता है।" कैलाश ने कहा, "जेलर का लड़का है इसलिए और ऐंठता फिरता है। इस तरफ़ आकर शैलजा को छेड़ते मैंने उसे ख़ुद देखा है, मास्टर कौशल पर भी उबल पड़ा था। मैंने एक दिन उसे डपटा था। अब उसकी टुकड़ियाँ मेरी फिराक में रहती हैं।"

"कल्लू, तुम कैलाश के साथ रहा करो। मैं बड़े जादव से बात करूँगा।"

"बात-आत करने से कुछ नहीं होगा चौबेजी। लाठियों से सबको बिछा दीजिए। आप चाहें तो क्या नहीं हो सकता। साले हमेशा के लिए ठंडे हो जाएँगे—सौ सुनार की तो एक लोहार की।" कल्लू बोला।

चौबेजी भड़क गए, थोड़ी देर को अपना सन्तुलन खो बैठे। कितने दिनों से ख़ुद ही यह सोच रहे थे, लेकिन ठाकुर साहब हाथ पकड़े रहते हैं। कहते हैं, सोच-समझकर करना चाहिए। कहाँ तक...? आख़िर एक सीमा होती है।

"अगर वे मेरे बच्चों को दिक करेंगे तो फिर कुछ सोचना ही पड़ेगा।"

तब उन्होंने सिर्फ़ इतना कहा, "कैलाश बेटा, तुम चिन्ता न करना... आदमियों की कमी हमारे यहाँ नहीं है...मेरे रहते कोई तुम्हारा बाल-बाँका भी नहीं कर सकता।"

"मुझे चिन्ता या डर नहीं है चौबेजी! मैं मरने-मारने को हमेशा तैयार रहता हूँ।"

"शाबाश...लेकिन मुझे तो तुम्हारी चिन्ता करनी है...ये ज़खीरा में 'शाखा' होती थी, सुना है कि वहाँ काँटे और काँच वग़ैरह फेंके जा रहे हैं।"

"सब जादवों का खेल है, चौबेजी! उनके यहाँ कनफट्टे सिर्फ़ इन्हीं कामों के लिए हैं और उस तरफ़ जो भी टोलियाँ हैं, कनफट्टे की ही बनाई हैं। अब देखा नहीं आपने—कैलाश ने छेड़ा था शिवमंगल को—और मारनेवाले थे छुटईं और कामता। उनसे तो इसका कोई झगड़ा नहीं था?" कल्लू बोला।

चौबेजी को बात कुरेद गई। वे अपनी लूम बदलकर दूसरे हाथ पर ले आए और सामने देखने लगे। मक्कारी और चालबाज़ी भी सबके बस का रोग नहीं, उन्हें आज तक न आई। सीधा-साधा लड़ना-भिड़ना तो समझ में आया पर यह आड़ा-तिरछा...?

"तो तुम लोगों का क्या ख़याल है?..."

"शिवमंगल को हाकिया लड़कों की शह मिली हुई है।" कैलाश ने कहा, "इसलिए उसकी छुट्टी स्कूल से होनी चाहिए। यह हो नहीं सकता, क्योंकि प्रिंसिपल बोस साहब के आदमी हैं, और प्रिंसिपल के बाद भी वे अपना ही आदमी लाएँगे।"

"उससे क्या होगा? शिवमंगल की जगह कोई दूसरा खड़ा हो जाएगा, सवाल तो छात्रों की ताक़त का है। उसे इधर घसीटने का है।"

चौबे जी ने टाल दिया, पर सोचते रहे—यह मसला तो ठाकुर साहब तक ले जाना पड़ेगा और अगले चुनाव के पहले इसका हल निकलना ज़रूरी है सोचना पड़ेगा, बड़े पते की बात कही कैलाश ने—उन्हें ऐसा लगा जैसे कार्यक्रम मिल गया है।

"पर शाखाएँ जखीरे में ज़रूर लगना चाहिए। नहीं तो मोहल्ले के नए-नए लड़कों को वे सब भ्रष्ट कर डालेंगे।"

"इसे आप मुझ पर छोड़िए।" कल्लू ने कहा, "मैं नज़र रखूँगा। हममें से कुछ अँधेरे में जाएँगे और एकाध को पकड़कर जहाँ बखिया उधेड़ी गई, वहीं सब ठीक हो जाएँगे साले।"

"पर देखो, अगर स्कूली लड़कों का काम हो तो कुछ करने के बजाय मुझसे पूछ लेना।"

"ठीक है।"

"तो तुम चलो दोनों, पर भाई, आगे आपस में लड़ाई-झगड़ा कभी नहीं। मैं जल्दी ही तुम दोनों को बुलाकर बताऊँगा। हमें सोच-समझकर काम करना है।"

वे दोनों नमस्कार कर बाहर निकले। बैठक के बाहर आते ही एक चौपाल के दाएँ रास्ते पर उतर गया और एक ने बायाँ रास्ता धर लिया।

चौबेजी उठकर बाहर बरगद के पेड़ के नीचे चले आए और अपनी तोंद पर हाथ फेरते हुए घूमते रहे।

घूमते रहे और सोचते रहे...

बड़े जादव को दूतों से कुछ ख़बर मिल गई।

वे पुराने अनुभवी थे। नब्ज़ पर हाथ रखकर सारी काया को पढ़-समझ लेते थे। चौबे जी का रवैया पंचायत में उस दिन उन्हें बहुत अच्छा नहीं लगा था। आगे के लिए तभी से आशंका थी। दरअसल रुष्ट तो वे उसी दिन से थे

जिस दिन कैलाश को ज़खीरा के मैदान में घेरा गया था। उम्मीद नहीं थी कि वे पंचायत में आएँगे भी... नहीं आते तो बात साफ़ हो जाती, लेकिन आकर वे घंटाली कर गए। उस दिन वह वाकया हो गया, चौबे की आँखों के सामने ही! शिवहरे अपना कोई बदला चुका रहा होगा, और बदमाशी हो गई अपने चबूतरे की। चौबे ग़ुस्सा खाकर निकाल देते तो बलगम निकलकर बाहर हो जाता पर वे पीकर चले गए। जाने क्या सोच रहे हैं...उनके अखाड़े की भीड़ बढ़ती जा रही है, चौपाल में गाँव के मवेशियों की सार की सार खोल डाली है। कहते हैं अखाड़ेवालों को और गाँव से आए लठैतों को दूध इन्हीं मवेशियों से जाता है। बड़े जादव को बड़े जोरों से ऐसा लगने लगा जैसे चौबे किसी महाभारत की तैयारी में लगे हुए हैं। यों जादवजी को व्यक्तिगत या पारिवारिक कोई ख़तरा नहीं था, पर इज़्ज़त-आबरू की बात थी। एक-एक ईंट रखकर मकान बनता है और गिरने का क्या, फ़ौरन भकभकाकर गिर सकता है। जादवजी ने तिल-तिल करके अपनी प्रतिष्ठा बनाई है। वे इस चक्कर में पड़ते भी नहीं, अगर इसमें फ़ायदा न दिखता। ऐसा लगता रहे कि मोहल्ले की नब्ज़ पर आपका हाथ है, तो चुनाव वग़ैरह में पूछ हो जाती है। सैर-सपाटे को जीप भी मिल जाती है, कभी-कभी। बोस के चुनाव के लिए कुछ रुपये भी मिले थे। ख़र्च की कहाँ और क्या ज़रूरत? जाति-बिरादरी की सेना को जाति की ही बात समझकर उठा-बैठा दिया, बस! अब अगर रुतबा ही न रहा तो पूछ गई और बैठे-बैठे की आमदनी से भी हाथ धोए।

उस दिन बड़े जादव दवाख़ाने से उठकर छाता घुमाते हुए बाहर ही बाहर बोस साहब की तरफ़ निकल गए। बोस साहब पर उनका भी कुछ हक था, जादवजी सोच रहे थे। जादवजी के इलाक़े ने उनके लिए पूरे ज़ोर-शोर से नारे लगाए थे, उनके घोड़े बोस साहब के लिए दौड़े थे।

बोस साहब बड़े तपाक से मिले।

"कहिए, जादवजी...बहुत दिनों बाद—कुशल तो है...?"

"जी हाँ, मेहरबानी है आपकी। आप व्यस्त होंगे, बड़े कामों में लगे हैं, इसलिए क्यों खलल डालूँ...यही सोचकर नहीं आता था।"

"अच्छा...अच्छा, कैसा चल रहा है उधर...?"

"अन्दर बैठें तो कैसा रहे...?"

बोस साहब आगे और उनके पीछे जादवजी वकालत के दफ़्तर से उठकर अन्दर ड्राइंग-रूम में चले गए। यह किनारे का गोल कमरा था। चारों तरफ़ गहरे लाल रंग के पर्दे थे। सोफ़े और कार्पेट का रंग भी लाल था। उस कमरे में

लाल-ही-लाल दिखता था। सिर्फ़ सोफ़े की पीठ के कवर बसन्ती रंग के डाले गए थे। किसी चीज़ पर तीसरा कोई रंग नहीं था। साइड टेबिल सनमाइका का था। तस्वीरें ज़्यादातर प्राकृतिक दृश्यों की थीं। एक तरह तीन-चार चिड़ियाँ तिनका उठाए हुए, एक तरफ़ एक काली-सी मज़दूरिन सफ़ेद दाँत चमकाती हुई और एक तरफ़ हँसता हुआ खेतिहर। एक बड़े नेता और बोस साहब की साथ-साथ की फ़ोटो किनारेवाली बड़ी मेज़ पर थी...और बस।

"आप बोस साहब, कुछ झटक गए हैं। कहिए, तो पाग बनाकर भिजवा दूँ।" बड़े जादव ने शुरू किया।

"नहीं-नहीं। असल में उस गमी से अभी तक...।"

"जी हाँ, वह तो क्या बताएँ!" जादवजी का सिर लटक गया।

"ईश्वर की लीला...।"

"हाँ, तो कहिए, कैसे आना हुआ?"

"कुछ ख़ास नहीं...बस, बहुत दिनों से इधर नहीं आया था।"

"कैसा चल रहा है?"

"ठीक-ठाक है—एक चौबेजी के दाँव-पेंच ही समझ में नहीं आते।"

"आप दोनों में तो काफ़ी हेलमेल सुना जाता है।"

"जी हाँ, यों तो कोई बात नहीं है। उधर की पंचायत में वे मुझे बुलाते हैं और इधर की में मैं उन्हें। पर वह जो आपके चुनाव के समय उनके दिल में मलाल हो गया, वही वक़्त-बेवक़्त पित्त की तरह भड़क उठता है।"

"क्या इधर कुछ...?"

"जी हाँ, अब देखिए। कुछ लड़कों में एक दिन खटापटी हो गई। लड़का जो पिट गया वह उधर का था। तो इसी से वे रंज़ में आ गए। अब इन लड़कों का तो आजकल आप हाल जानते ही हैं। रोज़ कुछ-न-कुछ करते रहते हैं। फिर एक दिन वह शिवहरे नालायकी कर गया। उससे उनके दिमाग़ पर मल की एक और तह जमा हो गई है।"

"वह तो मैंने भी सुना था। दरअसल केशव की माँ ख़ुद आई थी...यह तो भाई, वाकई अन्याय की बात है। पुलिस आदमियों की मदद के लिए है, न कि मारपीट करके धौंस ज़माने को। देश क्या स्वतंत्र इसीलिए हुआ था?"

"अब क्या बताया जाए बोस साहब! लड़कों के मारे नाक में दम आ गया है। वह शिवहरे का बच्चा बिना बुलाए चला आया था, और ऊँच जाति को देखा कि एकदम भड़क उठता है। कितनी बार समझाया कि बेटा, यों खुल्लम-खुल्ला मैदान में अभी मत उतरो। अभी ऐसे दिन नहीं आए।"

"आप लोगों की यह मुश्किल है...जाने कब इस देश के लोग जाति से ऊपर उठकर सोचेंगे। आपको कैसे समझाऊँ, कि अब झगड़ा ऊँच और नीच जाति का नहीं है, मालिक और मज़दूर का है। केशव की माँ बाहर आती-जाती हैं। वे हमारे प्रचार में काम आ सकती हैं। ऐसी महिलाएँ बहुत कम हैं। आपने रुस्वा कर दिया, हमारा इस तरह लोगों को रुष्ट करते जाना ठीक नहीं है।"

जादवजी का मुँह उतर गया। तो बोस साहब भी उन्हें ही दोषी मानते हैं। उन्हें लगा कि चुनाव के बाद बोस साहब काफ़ी बदल गए हैं। पहले जादव की समझाई बात उनके पल्ले पड़ जाती थी। छोटी जाति को ऊपर उठाने की कितनी बड़ी-बड़ी बातें किया करते थे। इधर जब से उन्होंने दिल्ली के चक्कर लगा लिये वे कुछ और ही सुर में बोलने लगे हैं। उनकी भाषा में फ़र्क़ आ गया है। वे इतनी-सी बात नहीं समझते कि असल बात तो ऊँच-नीच ख़त्म करने की ही है और जादव इसी में लगे हुए हैं। कांग्रेस, कम्यूनिस्ट सभी यही कहते हैं। बिना इसे ख़त्म किए दूसरी बात तक पहुँचा ही कहाँ जा सकता है? गांधीजी ने इसीलिए जाँत-पाँत ख़त्म करने की आवाज़ पहले उठाई थी।

"केशव की माँ शहर छोड़ने को कह रही थीं।" बोस साहब आगे बोले।

"वे अपने पति के पास के गाँव में तबादला चाहती हैं। वहीं जाकर वे रहेंगी। लड़के को होस्टल में रखने की सोचती हैं। मेरी सिफ़ारिश चाहती थीं।"

"अब यह तो आपकी मर्ज़ी, आप जैसा चाहे करा दें। वैसे उन्हें कोई तकलीफ़ नहीं है। अब इन लड़कों-बच्चों की कौन चलाई? आप पर या हम पर ही हँस दें। अनाप-सनाप बोलते ही रहते हैं, बन्दर की जात। शिवहरे भी लड़का ही है। कल से ही नौकरी लगी है। ग़लती सभी से होती है। मैंने उसे खूब समझा-बुझा दिया है, अगर वह आपके कोप का भाजन बना तो बड़ा दुर्भाग्य होगा। आज उसे सहारा दें हम तो कल अपने ही काम आएगा।"

बोस साहब हूँ-हाँ करके पी गए। तभी चाय आ गई। ड्राइंग-रूम में जब भी वकील साहब बैठते थे, ख़बर अन्दर जाती थी और इधर के दरवाज़े से चाय आप-से-आप पहुँच जाती थी। बोस साहब ने ख़ुद ही बनाई और कप जादव को बढ़ाया।

"मैं तो पीता नहीं।"

"अच्छा...कब से?"

"शुरू से ही।"

"तो आपके लिए दूध मँगाऊँ या शरबत?"

"कुछ भी नहीं। इस बार बग़िया में बेल बहुत आए हैं। कहें तो कुछेक भिजवा दूँ। बड़ा गुणकारी फल होता है।" जादवजी को फौरन ही थोड़ी झेंप आई, कहीं बोस साहब को यह नहीं मालूम कि उनकी बग़िया में बेर ही बेर हैं।

"हाँ, दिल्ली में मेरे एक मित्र वैद्य जी हैं, वे भी कह रहे थे।"

"मैं भिजवा दूँगा, जैसे ही पक गए। कब जा रहे हैं दिल्ली?"

"अगले हफ्ते।"

"कभी उधर के लिए समय निकालिए, मीटिंग मैं लगवा दूँगा। आप भाषण के लिए समय निकाल लें। आख़िर आपका इलाक़ा है, काफ़ी दिन हो गए हैं।"

"चाहता तो मैं भी कब से हूँ, पर समय ही नहीं मिलता। बस, भगदड़ मची रहती है—यहाँ से दिल्ली, दिल्ली से यहाँ। इस चक्कर में वकालत को भी पूरा समय नहीं दे पाता।"

"ख़ैर, ईश्वर की दया से आपको वकालत के पीछे पड़ने की ज़रूरत क्या है, वही आपके पीछे पड़ेगी। यशस्वी के पीछे-पीछे लक्ष्मी चलती है। अच्छा, तो चलूँ...!"

दोनों उठ खड़े हुए। दरवाज़े की तरफ़ आते-आते जादवजी फिर ठिठक गए।

"ये चौबे लठैतों को बहुत इकट्ठा कर रहा है जोर-शोर से तैयारियाँ कर रहा है। पता नहीं किस लिए। इस पर आप कुछ सोचिए...मुझे तो ख़तरा दिखता है।"

"आप क्यों डरते हैं? आपके भी तो अखाड़े हैं। या कोई भस्म ही उधर पहुँचा दीजिए। उड़ जाएँगे सब।"

बोस साहब ने हँसकर बात को टाल दिया और नाटे जादवजी के कंधे थपथपाते हुए विदा के लिए हाथ जोड़ दिए।

बोस जी जानते थे कि जादवजी को कहाँ तक रखना और कितना इस्तेमाल करना है। दूसरी पार्टियों में न जादवों की कोई पूछ थी और न ही हो सकती थी। रुस्वा होकर जादवजी जाते भी कहाँ। फिर बोसजी को यह भी ख़बर मिली थी कि पिछले चुनाव में जादव ने रुपयों का काफ़ी गोल-गपाड़ा किया और मुहल्ले में वे जो कुछ करते हैं अपने लिए करते हैं। जहाँ तक आदमियों की बात थी तो बोस के पास कमी नहीं थी। दो-दो पार्टियों के कार्यकर्ता और एक बड़ा स्कूल। उसके बाद उन सब लोगों की सेना जिनका काम करने वे हर दूसरे रोज़ दिल्ली दौड़ते रहते थे। ठाकुर के चेयरमैन होने से म्यूनिसपैलिटी के स्कूल ज़रूर उनके हाथ से निकल गए थे, पर हाथी—बड़ा स्कूल—अब भी उनके पास था। जादवों की सेना में भी उन्हें सिवा शिवमंगल के एक भी आदमी ऐसा नहीं दिखा था जो

खंदिया से नीचे उतरता हो या उतरकर बात या कुछ काम कर सकता हो। छुटभैयों की सेना थी...जिनसे जादवजी की प्रभुता भले ही स्थापित होती लगे, बोस को कोई फ़ायदा नहीं दिखता था। अपने नीचे ज़रूरत से ज़्यादा किसी की प्रभुता जम जाए, यह भी ख़तरनाक बात थी। वह आदमी नेता बनने लगे और फिर बोस की भी जड़ें उखाड़ दे...इसलिए अच्छा था कि जादव या कोई और एक सीमा से आगे न बढ़े। मोहल्ले से निपटकर जादव बाहर भी सरकेंगे, इसलिए अच्छा यही है कि उन्हें मोहल्ले से ही फुर्सत न मिलने दी जाये। रह गई बात वोट की तो ये और कहाँ जाएँगे? लोकसभा के चुनाव दूर थे। विधानसभा के लिए इस बार बोस साहब किसी दूसरे आदमी की मार्फत रुपये बरसाने की सोचते थे। रुपयों से काम कितना आसान हो जाता है...तो अभी से इसे अपनाओ, उसे संगठित करो...यह सब तबालत पालने की क्या ज़रूरत थी? चौबे के आदमियों को लेकर भी कोई परेशानी की बात नहीं थी...गाँव का कोई भी आदमी शहर में हो तो उसके यहाँ लोग आते ही रहते हैं। अगर सिलसिला थोड़ा अच्छा हुआ तो और लोग आते हैं, पड़े रहते हैं। सभी का शहर में कोई-न-कोई काम रहता है। बोस को कुछ ऐसा नहीं लगता था कि उन आदमियों से चौबे लाठियाँ भँजवाएँगे। ऐसी बात हो सकती है, पर सिर्फ़ चुनाव के समय जिसको अभी काफ़ी समय था। तब तक इन्तज़ाम कर लिया जाएगा। चौबे आदि हैं ऊँची जाति के लोग...इन पर वक़्त जाया करना बेकार है। उन्हें हथियाना मुश्किल है और उसकी ज़रूरत भी नहीं है क्योंकि संख्या में वे ज़्यादा नहीं हैं।

शहर में लड़ाई-झगड़े का मसला था, वह बड़ा पुराना और ऐतिहासिक मामला था। यहाँ की ज़मीन शुरू से लड़ाकू रही है और जो इसे नहीं समझते थे वे बोस के हिसाब से इतिहास नहीं पढ़ते। हिंसा के इस माहौल को बदलना नदी की धार को उलटना था। इसलिए इतना काफ़ी था कि वक़्त की हवा के मुताबिक ऊपर से 'शान्ति...शान्ति' चिल्लाते रहा जाए। दरअसल इस वातावरण को बदलने की नहीं, इस्तेमाल करने की ज़रूरत थी। यह भी तो ठीक था कि लोगबाग लड़ते-झगड़ते रहते हैं इसलिए बोस साहब के पास अपनी ज़रूरतों को लेकर आने की उन्हें उतनी फुर्सत नहीं मिलती, वर्ना आज जो यह काम, वह काम लेकर आते हैं उनकी संख्या सौगुनी होती। पर इसके भी आगे इस माहौल को इस्तेमाल करने की बात थी। अभी तक इसका जो इस्तेमाल हुआ था, उसके भी आगे उसे इस्तेमाल किया जा सकता था, पार्टी के लिए, अपने लिए ...वह कैसे होता। शायद कुछ ख़ास ग्रुपों को समेटा जाए, कुछ लीडरान को पकड़ा जाए। जादवजी जैसों के बाहर-बाहर उन्हें सीधा समेटा जाए।

जादवजी अपने आप पालतू बने रहें, इससे आगे कुछ करने की ज़रूरत नहीं थी।

केशव के पिता ने छुट्टी ले ली थी।

उन्हें काफ़ी धक्का पहुँचा था। अपमान की बात उतनी नहीं थी। उस नाम की चीज़ तो जैसे उस वातावरण में थी ही नहीं। गाली-गलौज, मार-पीट उतनी ही आम बात थी, जैसे थूक देना या थूक पर पैर पड़ जाना। उन्हें तकलीफ़ जिस बात की हुई थी वह थी कि वे किसी व्यक्ति, समाज या सरकार से कोई चीज़ नहीं चाहते। जब काम नहीं था तब भी उन्होंने किसी को नहीं कोसा। अपने आप ढूँढ़ने की बात थी, जो अपने आप में एक काम था। लगे रहे और जो भी काम सामने आया, चाहे वह शारीरिक हो या मानसिक, उन्होंने किया—सड़कें बनवाने में ताप-शीत झेले, सड़कों पर रातें बिताईं, पुलियों के नीचे बरसात काटी, इंजन जोड़ने का काम किया, मालख़ाने में मार्का लगाए, मशीनें बेचते गाँव-गाँव घूमते फिरे...क्या नहीं किया, जबकि बने वे सिर्फ़ पूजा-पाठ के लिए थे। सब तरफ़ से अपनी शक्तियों को बटोरकर उन्होंने एक तरफ़ लगाया—काम करना, पैसा पैदा करना। वह भी इसलिए कि बचपन में उन्होंने भुखमरी के जो दिन देखे थे, वे उनके बच्चों को न झेलने पड़ें। और समाज है कि उन्हें सुविधा देना दूर, उन्हें मजबूर करता है कि वे कुछ न करें। डराता और धमकाता है, रास्ते में रोड़े अटकाता है। लोग सुरक्षा की भावना से जंगल से शहर की तरफ़ भागे और वही चीज़ यहाँ से नदारद होती जा रही है। जंगल में फिर भी सुरक्षा है। जानवरों का एक तरीक़ा होता है। कौन किससे बोलेगा, कौन किससे कब नहीं बोलेगा। आदमी का कुछ भी भरोसा नहीं कि कब कौन-सी चाल चल बैठे।

शिवहरे के नाम से सिर्फ़ एक काला धब्बा उभरता था, जिसमें उसके चेहरे की लकीरें गड्डमड्ड हो जाती थीं। पुलिस...उसके पीछे शासन...इससे कभी साक्षात्कार हुआ हो तो जानें।

रियासती दिनों में क़िले के अन्दर बाकायदा सेना रहती थी। वहाँ के सिपाही नीचे उतरकर बुर्ज की शान को कायम रखने के लिए चलते-फिरते रहते थे। दिखाई तो देता था कि कौन है और किसके लिए क्या किया जा रहा है। अब सेना नहीं है, पहाड़ के अन्दर भी कुछ नहीं है...कोई लोग नहीं हैं जो आते-जाते किसी का झंडा रखने के लिए कुछ करते दिखाई देते हों। किसी की शान रखने जैसा कोई साफ़ उद्देश्य भी नहीं है। फिर भी आए दिन मोहल्ले में हर तरह के

छुट्टा कांड होते ही रहते हैं। इस सिलसिले पर किसी का वश है, यह समझ में नहीं आता। पहाड़ नहीं वह दैव हो गया है, जिसके सामने सभी लाचार हैं। कम-से-कम वे तो हैं ही जो पहाड़ के बीज से पैदा हुए।

इज़्ज़त को लेकर उनको ज़्यादा चोट पहुँचाई थी पंडित ने। शिवहरे और शिवमंगल से तो ख़ैर आदमी-आदमी की भिड़न्त थी। वे दोनों नई उमर के थे और ये थे अधेड़, क्या हुआ अगर धरपकड़ में ये ही गच्चा खा गए। पंडित सबके सामने उनकी औरत को जो चाहे सो बक गया...और पंडित उनसे बूढ़ा था। मन्दिर का पुजारी होते हुए भी वह आचार-विचार में इनके सामने कुछ भी नहीं था। एक तो पता नहीं वह किस जाति का था। अगर वह पैदाइशी ब्राह्मण हो भी तो कर्म से शूद्र था। उसने उनकी पत्नी को रंडी करार दिया, पंचायत में भी पंडित की फुसफुसाहट उन्होंने सुन ली थी। उसके बाद इन्हें पकड़कर उसने पिटवाया भी। नहीं पकड़ता तो कम-से-कम ढेला चलाने का प्रतिकार कर लेने का संतोष तो रहा होता। इसलिए बदले की कोई बात थी तो सबसे पहले उससे थी। जड़ वही था।

इधर कुछ आना-जाना चौबे की तरफ़ हुआ था। इस बार काम पर जाने से पहले घर के लिए वे कुछ व्यवस्था कर जाना चाहते थे। जादवों से तो उम्मीद थी भी नहीं। यह उनकी ग़लती थी कि अब तक उनके आसरे रहे, उनसे सलाह-मशवरा करके उन्होंने इधर ही घर लिया और उस पर रुपये-पैसे भी लगाए। ऐसा लगता था कि काम आख़िर अपनी ही जाति के आते हैं। चौबों की तरफ़ मकान लेते तो शायद यह दुर्दशा न होती।

उस दिन चौपाल से निकलते-निकलते अँधेरा हो गया था। बाहर मैदान में आग जल रही थी, जिसमें दो हृष्ट-पुष्ट आदमी रोटियाँ सेंक रहे थे। एक तरफ़ चालीस-पचास रोटियों का ढेर लग गया था, फिर भी रोटियाँ और सेंकी जा रही थीं। एक बेलता था, दूसरा सेंकता जाता था। सेंकनेवाले का चेहरा एकदम लाल दिख रहा था। धोती के ऊपर उघारा बदन, भारी-भरकम बाहें और लोहे की चादर-जैसी छाती, भीमसेनी शरीर। बेलने वाला थोड़ा उन्नीस था। पर तगड़ा वह भी था। यहाँ ऐसे शरीर किसी के नहीं थे। केशव के पिता को ताज्जुब हुआ कि चौबेजी के यहाँ भंडार था, रसोइए थे और गाँव से जो आते सबका खाना वहीं पकता था, फिर ये कौन थे जो ख़ुद पका रहे थे? वे स्वयं आचारवान् थे, शुद्धता और आचार से बड़े आकर्षित हुए और उनकी

तरफ़ चल दिए। कुछ दूर ही एक कटे पेड़ के तने पर बैठ गए। पता चला, वे दोनों गँवई-गाँव के असल ठाकुर थे और किसी का बनाया या छुआ नहीं खाते थे। बातचीत होने लगी।

"आप तो कितने ब्राह्मणों से उत्तम हैं?" केशव के पिता ने कहा, "यहाँ कैसे आना हुआ?"

"बस, अभी हाल कोई काम नहीं था, इसलिए यहीं आ गए।"

"कहाँ के हैं आप लोग?"

"समझिए कि चौबेजी के आस-पास के।"

"खेती होगी?"

"हाँ, पर देखने-भालने वाले काफ़ी हैं।"

"तो आप लोग साधुओं की तरह बिचरते हैं?"

"ऐसा ही समझिए, अपना धर्म निबाहते हैं।"

"किस तरह के काम की तलाश है यहाँ आप लोगों को?"

"कोई भी काम, लेकिन क्षत्रियों का हो। खाने-पीने की कमी नहीं है हमें।"

केशव के पिता के सामने पंडित का चेहरा घूम गया जो काँटे की तरह बराबर चुभता रहता था—उठते-बैठते, खाते-पीते, सोते-जागते। कितनी बार तो यहाँ तक लगा था कि धर पकड़ की लड़ाई अगर वे नहीं लड़ सकते तो चाकू ही पीछे से जाकर भोंक दें, पर आगे-पीछे की सोचकर रह गए। डरा-धमकाकर उसे कैसे चुप किया जा सकता है? यह तो वही कर सकता है जो जबर पड़ता हो। वह सेर था तो ये कम-से-कम सवासेर होते; पर होना तो दूर, उनकी इस मोहल्ले में जड़ें ही नहीं पनप पाईं, काम के चलते हमेशा बाहर रहे। किसके बल पर चलें और बिना लाठी के साँप को छेड़ा तो कीड़ा और खूँख्वार हो जाएगा। बीवी-बच्चे अकेले रहते हैं।

"भ्रष्ट और पतितों से पृथ्वी का उद्धार करना ही क्षत्रियों का असल धर्म है। शास्त्र तो यही कहते हैं।" और फिर उन्होंने मोहल्ले में हो रहे उत्पात, नीच जाति द्वारा मचाई गई गुंडई से शुरू करके पंडित तक की बात सुना दी, और साफ़-साफ़ उनकी मदद माँगी, बस ब्राह्मणों की रक्षा के लिए।

"पर वह तो पुजारी ब्राह्मण है?" बेलने वाले ने शंका की।

"है नहीं, यहाँ आकर बन गया है। बटेसुर गाँव का कुम्हार है, मैंने पता लगाया है।"

"फिर भी दुष्कर्म हम नहीं करेंगे। ब्राह्मण निकल गया तो हत्या लगेगी।" रोटी सेंककर फटकारते हुए पहले ठाकुर ने कहा।

"अश्वत्थामा का तो शास्त्रों में भी प्रमाण है।"

"हाँ, इतना कुछ किया जा सकता है, ख़र्च कितना करेंगे?"

केशव के पिता को थोड़ा झटका लगा कि इतनी जल्दी धर्म की बात करनेवाले पेशे पर उतर आए। पर वे जल्दी ही सँभल गए—तो वे इसी तरह के काम की तलाश में रहते हैं। उन्होंने सुना भी था कि चौबजी के यहाँ ऐसे आदमी रहते हैं। बात आगे बढ़ गई थी, और सबसे बड़ी बात कि काँटा निकालना था... अपने नाख़ूनों से नहीं निकलता तो ऑपरेशन डाक्टर के यहाँ...और वह अगर फीस लेता है तो भी निकलवाना तो है ही।

"अपनी हैसियत के अनुसार ही दे सकता हूँ," उन्होंने कहा, "वैसे आपको बता ही चुका, न्याय की रक्षा करने से पुण्य ही होता है।"

"महाराज, हमें भी पेट का ध्यान रखना है। देखते हैं खुराक?" पहले ठाकुर ने रोटियों के ढेर की तरफ़ इशारा किया, जो अब तक सौ की संख्या ज़रूर पार कर चुका होगा..."क्या करें, ईश्वर ने इतना बड़ा पेट देकर ज़मीन पर भेजा... और कमाने-खाने की उमर है।"

"आप ही बताइए।"

"देखिए!" रोटी बेलनेवाले ने काम रोककर धीरे-से कहा, "कत्ल के तो हम पाँच सौ...और अदालत का ख़र्च अलग लेते हैं...एकाध हड्डी तोड़ने के दो सौ ठीक हैं...आप धर्म की तरफ़ हैं इसलिए सौ दे दीजिएगा।"

केशव के पिता ने हामी भर दी।

"कल आप हमें जगह दिखा दीजिए...आदमी चिन्हाँ दें तो और भी अच्छा वरना पहचान बता दें...रुपये पहले लेंगे, क्योंकि काम करने के बाद भागना पड़ता है और इधर कम-से-कम कुछ महीनों तक आना नहीं हो पाएगा।"

वे ठीक ही कहते थे। अपनी हिफाज़त हर कोई करता है।

दूसरे दिन शाम को केशव के पिता उन्हें क़िले के नीचे की कुइयाँ में झाड़े फिराने के बहाने ले गए। वहीं से पंडित का घर दिखा दिया। चारेक बजे का वह समय ऐसा था जब पंडित सोता होता था। छः बजे क़रीब जागकर कुइयाँ पर आएगा। उसके चेले-चपाटी भी भंग छानने की तैयारी में तब तक वहाँ पहुँच जाते। भंग छनकर झाड़े...और उसके बाद मन्दिर की आरती करता था। आरती के बाद कभी मन्दिर में ही चौपड़ जमा लेता, कभी कीर्तन का हुआ तो दूसरी पहाड़ी पर काली माँ के मन्दिर में पूरी चंडाल-चौकड़ी के साथ गला फाड़-फाड़कर चिल्लाता रहेगा, अधरत्ता तक। रात को सोने के पहले गाँजा चलता था...यह सब ठाकुरों को बता दिया केशव के पिता ने।

पंडित दिखा तो नहीं, पर उसे पहचानना मुश्किल काम न था...पीछे गिरी हुई बालों की झूलें ही काफ़ी थीं। वैसे गूदों भरा चेहरा—सूखा-सा चेहरा।

"रात को हम चिलम के बहाने उसे बुला लेंगे।"

"हाँ, दम लगाने की लत है उसे, भगा आएगा। मकान उसका नुक्कड़ पर है। उसी तरफ़ से पीछे का पहाड़ी रास्ता है जो उस पार लखन सागर पर उतरता है। काम करके अपना रास्ता लेने में कोई भी कहीं कठिनाई नहीं होगी।"

"नहीं, कठिनाई किस बात की!"

"मान लीजिए...उसके पास भी कुछ आदमी हुए तो?"

"तो उन्हें कलथाने में कितनी देर लगती है?"

"नहीं, आप जाएँगे कितने समय?"

"यही रात को ग्यारह के क़रीब।"

"ठीक है, तब तो शायद ही कोई हो...अगर हुआ तो?"

"कहा न, तीन इधर चलीं तो एक उधर भी चल जाएगी...ससुरों में जान ही कितनी है!"

"जान तो कुछ भी नहीं है....उनकी तो ताक़त नंग्याँय है नंग्याँय... और क्या!"

रुपयों की देन भी हो गई। रातों-रात ही वे इस शहर के बाहर हो जाएँगे।

जैसे-जैसे सवेरा होता गया, केशव के पिता का डर बढ़ता गया। पंडित की दशा की जा चुकी होगी। अगर अच्छी घल गई होगी, तो भली चलाई, एकाध हड्डी ही टूट गई हो...चारपाई पर पड़ा होगा कराहता, क्या पता बेहोश हो गया हो? जब कोई आएगा देखेगा...लेकिन शक सभी का उन्हीं पर होगा। उन्होंने थोड़ा जल्दबाज़ी कर डाली। थोड़ा समय और गुज़र जाने दिया होता...और फिर वे हैं भी यहाँ। अगर बाहर होते तो फिर भी कुछ बचबचाव हो सकता था लेकिन और भी तो कितने हो सकते हैं जो पंडित को मार दें। वे सोचते गए पर एक नाम नहीं सूझा जो इस हद तक जा सकता था।

पुलिस में रपट होगी, और पूछताछ करने पुलिस उनके पास भी आएगी। कबूल कराने में कसकर पीटती भी है। शिवहरे को अब एक मौक़ा और मिल गया था। वह इसी बात की गाँठ बाँधे होगा कि केशव के पिता ने उसके ख़िलाफ़ ढेला उठाने की हिम्मत कर डाली। इस बार तो पिटाई करना उसकी ड्यूटी बन जाएगी।

केशव के पिता काँप गए। उठकर कुछ टाहक-टैया करने लगे, इन्तज़ार करते थे कि ख़बर मुहल्ले से उठकर उन तक पहुँचे, किसी से कोई जिक्र नहीं

सुना। बाहर चबूतरे पर आए कि आते-आते कोई शायद चर्चा करते जा रहे हों, ऐसा भी नहीं था।

क़रीब ग्यारह बजे सामने की गली से पंडित भला-चंगा चला आ रहा था, लँगोट की नार लटकाए हुए। केशव के पिता ने मुँह दूसरी तरफ़ फेर लिया, वह हैंकड़ी की चाल में आगे बढ़ गया।

चौपाल में ठाकुरों का अता-पता नहीं था। चौबेजी से कहनेवाली वह बात नहीं थी। यह सब करा लेने के लिए भी ज़बर होना ज़रूरी था।

स्कूल के प्रिंसिपल रिटायर हो रहे थे और उनकी जगह को बाहर से भरे जाने की ख़बर थी।

स्कूल का उस छोटे-से शहर में बड़ा महत्त्वपूर्ण स्थान था। यही एक जगह थी जहाँ इतनी बड़ी तादाद एक साथ और रोज़ जमा होती थी, और फिर आजकल छात्रों का ज़माना था। उनकी नई शक्ति की पहचान के बाद से ही सारी पार्टियाँ उसे काबू करने की कोशिश करती थीं। नेताओं को जुलूसों के लिए भीड़ तो मिलती ही थी, मीटिंगों के लिए आदमी बटोरना या चुनाव के समय भाग-भागकर काम करने में भी छात्र बहुत काम आते थे। फिर स्कूल का उपयोग शादी-बारात के लिए भी किया जा सकता था। फर्नीचर तो जब चाहे मिल सकता था। सेठ-साहूकारों को अपने हाथ में रखने का एक उम्दा ज़रिया यह था कि उनके यहाँ की शादी-ब्याह के फर्नीचर के लिए उन्हें ख़ुद पर आश्रित रखा जाए, भले ही कुछ कक्षाएँ आधा दिन चलें या चलें ही नहीं, या सिर्फ़ काग़ज़ पर चलाई जाएँ। अगर छुट्टी के दिन हुए तो स्कूल को बारात ठहराने के काम में भी ले आया जाता था। स्कूल के मैदान में कभी-कभी छोटी-मोटी रैली भी कर ली जाती या पार्टी के कार्यकर्ता ठहरा दिए जाते। स्कूल के चलते रहने पर हल्ला होने का डर रहता था, इसलिए रैली या पार्टी की मीटिंगों के लिए ऐसा ही मौक़ा चुना जाता जब स्कूल बन्द हों। फिर एकाध दिन इधर या उधर हो सकता है। भर्ती के दिनों भी स्कूल की कमेटी को काफ़ी फ़ायदा हो जाता। अगर प्रिंसिपल ठीक-ठाक हुआ तो एक अतिरिक्त धनराशि 'बिल्डिंग-फंड' या 'विकास-फंड' के नाम पर भर्ती की फीस के साथ ले ली जाती जिसे कमेटी के मेम्बर और प्रिंसिपल आपस में बाँट सकते थे।

अब तक जो प्रिंसिपल थे वे नम्र स्वभाव के और काफ़ी लचीले व्यक्ति थे। पिछले चुनाव में बोस साहब को उनसे काफ़ी मदद मिली थी। उसके बाद

स्कूल में प्रिंसिपल के उम्मीदवार मास्टर कंठी थे। ये बड़े ही कट्टर व्यक्ति थे। सवेरे दो घंटे पूजा करते थे, माथे भर में पीले तिलक में राम-राम गोद डालते और दिन-भर उनके माथे से 'राम-राम' बोलता रहता। उनके गले में कंठी हमेशा रहती थी। वे अड़ियल और ग़ुस्सैल स्वभाव के थे, इसलिए शहर की ज़्यादातर हस्तियाँ उनके पक्ष में नहीं थीं। लोग कहते कुछ नहीं थे, क्योंकि मास्टर कंठी के ख़िलाफ़ कहने को कुछ नहीं था, लेकिन सभी जानते थे कि मास्टर कंठी के रहते स्कूल का और चीज़ों के लिए उपयोग करना मुश्किल होगा। इसलिए सभी अपने हिसाब से कोशिश कर रहे थे कि प्रिंसिपल कोई नया ही आदमी हो। बोस साहब स्कूल के प्रेसीडेंट होने के कारण कोई पक्ष नहीं ले रहे थे, लेकिन यह सिर्फ़ बाहर-ही-बाहर था। अन्दर से वे उन सारी कोशिशों के साथ थे जो बाहर के आदमी के लिए की जा रही थीं! आख़िर बाहर से एक आदमी के चुने जाने की भी ख़बर पक्की हो गई। मास्टर कंठी के साथी अध्यापकों में तनाव फैल गया। मास्टर कंठी ख़ुद को लड़ाई के लिए तैयार करने लगे। उनका कहना था कि वे पद के लिए सारी योग्यताएँ रखते हैं और सब शर्तें भी पूरी करते हैं। उन्हें अवसर सिर्फ़ इसलिए नहीं दिया जा रहा कि वे किसी पार्टी या सेठ-साहूकारों के काम के आदमी नहीं हैं।

उस दिन सवेरे से ही हवा में खुनकी थी—ठंडी हवा और वह भी नम बदली के साथ। ठंडक हवा के झोंकों के साथ-साथ इधर-उधर डोलती थी। पत्तों की छरछराहट से हल्की बूँदाबाँदी हो जाती। हवा के गीले-गीले फोहे अगल-बग़ल घूम रहे थे। मुँह की भाप बाहर जम जाती और थोड़ी देर को कुछ लड़कों के लिए यही एक अच्छा-ख़ासा खेल रहा था—मुँह की भाप को बाहर निकालकर देखना। खुली सभा की प्रार्थना में खड़े हुए लड़कों को कँपकँपी छूट रही थी। पुराने प्रिंसिपल ने चार्ज अब भी नहीं छोड़ा था। वे ही प्रार्थना-सभा में आगे थे। सर्दी को झेलते हुए किसी तरह सभा ख़त्म हुई। जब हाज़री ली जा रही थी तो कल्लू पाँच-छ: देहाती लड़कों के साथ आया और सड़क से उतरते ही जो कमरा पड़ता था, उसमें घुस गया।

"मास्टर, जाओ आराम करो...आज छुट्टी है...यह रजिस्टर ले जाओगे या..."

मास्टर ने लपककर रजिस्टर लिया और अपनी बग़ल में दबा लिया।

"चलो रे लड़को...आज पढ़ाई नहीं होगी, जुलूस होगा।"

थोड़ा मेज़ भड़भड़ाई गई। बग़ल की क्लास में भी खलबली की लहर बराबरी से दौड़ रही थी। वहाँ कैलाश और उसके कुछ साथी इस कक्षा के कुछ लड़कों

को लेकर घुस गए थे और हू-हू करके वहाँ के लड़कों को उठा रहे थे। धीरे-धीरे वह एक खेल बन गया—एक क्लास को अपनी बग़ल की क्लास उखाड़ने में मज़ा आने लगा है। पहले उन्हें बरामदे से ही बाहर आने को कहा जाता। पीछे की बेंचों पर बैठे कुछेक खिसक जाते और फिर थोड़ी देर इशारेबाज़ी चलती, फिर कंकड़बाज़ी और उस पर भी अगर क्लास जमा रहा, तो धावा बोल दिया जाता था...क़रीब-क़रीब सभी के क्लास उखड़ गए। पंडितजी, सत्यपाल मास्टर और ड्राइंग-मास्टर काफ़ी असानी से ढह गए। वे समूहों से नहीं भिड़ते थे। सिर्फ़ कंठी मास्टर जो क्लास ले रहे थे, वहाँ के बरामदे में भी जाने की किसी की हिम्मत नहीं पड़ रही थी। वे सब लड़कों को पहचानते थे और पीटते बहुत थे। यह भी नहीं था कि सिर्फ़ कक्षा के लड़कों को ही पीटते हों—बरामदे में किसी को शैतानी करते पकड़ पाया, वहीं ज़माने लगते। ख़ुद अपने बाल घुटे हुए रखते थे, इसलिए लम्बे बालों से उन्हें नफरत थी। पीटते समय सबसे पहले झुतरे ही पकड़ते थे। क्रोध के मारे उनका दुबला-पतला शरीर काँपता होता। उन्हें होश नहीं रहता था। डैस्क, खम्भा जो भी पास आया उसी से सिर टकरा देते थे। उनकी कक्षा के लिए लड़कों का गिरोह बरामदे पर नहीं चढ़ सका—बाहर-ही-बाहर से इशारेबाज़ी करता रहा, लेकिन एका-एक काम आसान हो गया। कंठी मास्टर ने बाहर भीड़ देखी तो अपने-आप ही कह दिया, "जाओ, आज ये ससुरे पढ़ाई नहीं होने देंगे," और क्लास छोड़कर चले गए।

प्रार्थना-सभा की जगह सब लड़के तेज़ी से जमा हो रहे थे। अब तक ऊँची क्लास के एक-दो बड़े लड़के लीडर भी बन गए थे। कैलाश ऊपर के टीले पर चढ़ गया और आवाज़ ऊँची करके बोलने लगा, "भाइयो और बहिनो", "बहिनें तो हैं ही नहीं"—झुंड में से कोई बोला, लड़के हँसे..."जाने कब आएँगी," कोई दूसरा था...हँसी और ज़ोर से उछली। "हमारे पूज्य प्रिंसिपल साहब रिटायर हो रहे हैं...उनकी जगह बाहर से किसी को लाकर हमारे ऊपर लादा जा रहा है। पता नहीं, वह आदमी कैसा हो? हमारे स्कूल में एक-से-एक आला-दर्जा मास्टर हैं। उनमें से ही क्यों नहीं किसी को बनाया जाता? तो आज हमें यह माँगना है। लोगों को दिखा देना है कि छात्रों की एकता में कितनी ताक़त है और उनकी बात को एकदम ठुकराया नहीं जा सकता..."बोलो...छात्र-एकता..."

उधर से आवाज़ गूँजी—"ज़िन्दाबाद!"

दो-तीन नारे और हुए। तब तक कल्लू अपने देहाती साथियों के साथ रामलीला मैदान की तरफ़ पीछे से ही खिसक चुका था। वहाँ उसी समय महँगाई के ख़िलाफ़ आवाज़ उठाने को लोग इकट्ठा हो रहे थे। इनमें ज़्यादातर

ठाकुर साहब के कार्यकर्ता और म्यूनिसपैलटी और ज़िला परिषद् के स्कूलों के अध्यापक थे। चेयरमैन की तरफ़ से महँगाई के ख़िलाफ़ इस शान्तिपूर्ण आन्दोलन में शामिल होने की सलाह आई थी। हज़ारों ट्रक भर भरकर आस-पास के गाँवों से लाए गए थे। एक मीटिंग आयोजित की गई थी जिसमें ठाकुर साहब के अतिरिक्त बाहर से आने वाले एक बड़े नेता को भी भाषण देना था।

मीटिंग की तैयारियाँ हो रही थीं। समय साढ़े ग्यारह का दिया गया था... एहतियातन पुलिस काफ़ी संख्या में रामलीला मैदान के चक्कर काट रही थी।

उधर स्कूल के जुलूस के लीडर आपसे-आप पैदा हो गए थे। शिवमंगल का अता-पता नहीं था। मुनीर था। नवीं क्लास का मानीटर रामधनी सिंह था जो होस्टल का नेता था। होस्टल की तकलीफ़ों को लेकर वह कब से रुष्ट था—तकलीफ़ों को हटाना तो दूर, उन्हें किसी ने सुना भी नहीं था। रामधनी सिंह के लिए बना-बनाया मौक़ा सामने आ गया था। कैलास और दूसरे लड़कों में विवाद चलने लगा।

"अब चला जाए। देर करने से बिखरेगा। लौंडे घर भाग जाएँगे, छुट्टी मनाकर।"

"एक-दो क्लास के और आने हैं।"

"तब तक क्या किया जाए...सन्तोष, तू ऊपर जाकर नारे लगवा..."

"एक और भाषण हो जाए...होस्टल की तरफ़ से..."

"अरे, भाषण में क्या बोलेंगे...लौंडे बोर होकर फूट जाएँगे।"

"कविता नहीं आती किसी को?"

"अरे लक्ष्मी!"

"तुझे कोई कविता—बगावती कविता याद है?"

"झाँसी की रानी...खूब लड़ी मर्दानी।"

"अरे वह नहीं चलेगी।"

"हल्दीघाटी आती है?"

"वह भी बेकार है...किसी फ़िल्म-इल्म का जोशीला गाना...?"

"सरफ़रोशी की तमन्ना?"

"हाँ-हाँ...जम गया...बस, एकदम ठीक है...जाओ, ले जाओ ऊपर..."

लड़का गाने लगा—'सरफ़रोशी की तमन्ना अब हमारे दिल में है'...नीचे फुसफुसाहटवाला मशवरा चालू था।

"यार, यह तो साला जमता नहीं दिखता...अब और कविताबाजी की तो लौंडों का बना हुआ मूड बिगड़ जाएगा। देखते नहीं, क्या खी-खी हो रही है उधर।"

"अच्छा रुको, मैं सँभालता हूँ।"

तब तक रामधनीसिंह आगे आ गया और मंच पर चढ़ गया। गानेवाले लड़के को एक किनारे खिसकाकर बोलने लगा, "दोस्तो, हम छात्रों को कितनी बुरी तरह दबाया जा रहा है यह आपको मालूम है। होस्टल में अच्छा खाना मिलना तो दूर, हमें भरपेट खाना भी नहीं मिलता। हमारे खाने-पीने के दिन हैं, हमारी बाढ़ मारी जाती है, दिमाग़ पूरा विकसित नहीं हो सकता। उस पर बाहर से किसी भी प्रिंसिपल को हमारे ऊपर लाकर बिठा देना यह सरासर ज़्यादती है। यह धाँधलेबाज़ी नहीं चलेगी...हम लड़ेंगे, लड़ेंगे...।"

कैलाश नारे लगाने लगा—

"इन्कलाब..."

"...ज़िन्दाबाद!"

"छात्र-एकता..."

"ज़िन्दाबाद!"

"धाँधलेबाज़ी..."

"...नहीं चलेगी...नहीं चलेगी!"

"बाहरी आदमी..."

"...बाईकाट...बाईकाट!"

"पार्टीबाज़ो..."

"स्कूल छोड़ो...स्कूल छोड़ो!"

"होस्टल के लड़के भूखे हैं...."

"...राशन हमको पूरा दो, पूरा दो...!"

कैलाश नीचे आ गया। जुलूस बन गया था और उसमें हरकतें भी होने लगी थीं। अब वह जैसे किसी के कहने से नहीं, अपने आप बँधता, बिखरता और फिर बँधता हुआ चला जा रहा था।

केशव की समझ में ज़्यादा कुछ नहीं आ रहा था...इतना ही पता था कि स्ट्राइक थी—बस, शायद अगर शिवमंगल लीडर होता तो वह कतराकर घर की तरफ़ चल देता। लेकिन यहाँ कैलाश था...उसका 'हीरो'...और केशव को उसका साथ देने में बड़ा उत्साह महसूस हो रहा था।

सबसे पहले जुलूस स्कूल के सामने श्री बोस के बँगले की तरफ़ चला। बँगला पास था और 'बोस साहब स्कूल के प्रेसीडेंट हैं' किसी ने सुझा दिया था।

बोस साहब के कम्पाउंड में घुसते ही नारेबाज़ी और बुलन्द हो गई। इधर से नारों की आवाज़ें, उधर से कुत्तों का भूँकना। नारे बन्द होते ही कुत्तों

का भूँकना और भी वाहियात लगने लगता। एक-दो लड़कों ने शरारत में कुत्तों की तरफ़ कंकड़ फेंके। उन्हें लीडरों ने जाकर मना कर दिया...ए....ये सब पत्थरबाज़ी नहीं...हम सिर्फ़ शान्त प्रदर्शनकारी हैं...गांधीजी की अहिंसा याद रखो..."

बोस साहब शहर में नहीं थे। यह पता चलते ही जुलूस कलक्टर के बँगले की तरफ़ बढ़ गया। स्कूल के इस तरफ़ से दो सड़कें समान्तर रेखाओं की तरह जाती थीं। सामने शहर का बाहरी हिस्सा था, पीछे शहर था। बोस साहब की कोठी इस तरफ़ की सड़क पर थी और कलक्टर साहब की दूसरी तरफ़। जुलूस का मुँह स्कूल में फिर उतरने लगा...कि कुछों ने रोका।

"उधर से चलो, पगडंडी में कहाँ उतरोगे? हमें पक्की सड़क पर ही चलना चाहिए।"

जुलूस पक्की सड़क पर हो लिया। आगे चलकर सिविल सर्जन के बँगले के किनारे-किनारे से एक कंकरीली सड़क सीधी कलक्टर के बँगले पर निकलती थी। जैसे-जैसे कलक्टर का बंगला आता गया, नारे और तेज़ होते गए।

वही खोह...बड़े-बड़े पेड़ों से घिरी हुई, काँटों से बँधी हुई...जो सिर्फ़ हवा के हल्के झोंकों की आदी थी, उसे एकाएक तूफ़ान के थपेड़े लग रहे। थे। लेकिन ग़ज़ब की ताक़त थी कोठी में कि अब भी अडिग पड़ी थी। वैराग्य की शान्ति में लिप्त, तटस्थ, उदासीन या कि क्या पता उसने अपनी सुरक्षा के लिए कवच ओढ़ लिया था। अपनी कान-आँख को बन्द कर वह अपने दरवाज़ों में ही क़ैद हो गई थी, कछुए की तरह, जो ख़तरे की हल्की छुअन-भर से खपरी के नीचे लुक जाता है।

बँगले के बाहर गेट पर ही एक दरबान ने रोका—

"आप लोग यहीं रुकिए। बाहर से ही नारेबाज़ी करिए।"

"क्यों...?" एक ने कहा।

"हम कलक्टर से मिलेंगे...उन्हें हमसे मिलना चाहिए।" रामधनीसिंह आगे आकर बोला।

"वे इस समय मीटिंग में हैं।"

"तो हम कौन-सी चीटिंग कराने आए हैं? हमसे भी मीटिंग करनी होगी।" कोई दूसरा लड़का था।

"कलक्टर साला..." पीछे से एक कोई और बुदबुदाया।

जुलूस थम गया था। रामधनीसिंह सामने आकर, एक तरह से जुलूस को आगे से बाँधे हुए फिर बोलने लगा।

"देखो भाइयो, हमारा उद्देश्य सिर्फ़ अपनी तकलीफ़ों की तरफ़ लोगों का ध्यान दिलाना है। हम कलक्टर से मिलेंगे और उनके सामने बताएँगे कि हमें क्या तकलीफ़ें हैं और उनकी तरफ़ ध्यान नहीं दिया जा रहा...हम..."

उसकी आवाज़ फिर नारों में डूब गई। नारों में एक-दो आप-से-आप जुड़ गए थे।

"कलक्टर साहब..."

"बाहर निकलो...बाहर निकलो!"

"हमारी माँगें..."

"...पूरी हों..."

"छात्र-एकता..."

"...ज़िन्दाबाद, ज़िन्दाबाद...!"

जुलूस रुका हुआ था। तभी कहीं से सुरेश आ गया। उसने जुलूस के बीच में दरबान को पकड़कर घसीट लिया और टंगड़ी मारकर गिरा दिया। उसकी लाठी छीन ली, और बोला, "चलो भाइयो, आगे बढ़ो!" लीडरों में से एक पीछे दौड़ा आया।

"भाई...यह नहीं करो।" रामधनीसिंह पीछे से चिल्लाया।

तब तक दो वर्दीवाले जो थोड़ी दूर पर खड़े थे, दरबान को बचाने दौड़ पड़े।

एक के उधर जाते ही सुरेश 'मारो सालों को' कहता हुआ अपने एक-दो साथियों के साथ उन पर चिपट पड़ा। एक ने एक वर्दीवाले की नाक पर घूँसा मार दिया। उसकी आँखें लाल हो गईं और उनमें ख़ून उतरने लगा। जुलूस धीरे-धीरे आगे बढ़ रहा था। लपेट में दूसरी वर्दी भी आ गई और खेला-खेली में उसकी भी नोच-पीट शुरू हो गई। एक लड़के ने उसकी टोपी उछाल दी, फिर उसके सिर पर सब छिप-छिपकर थप्पड़ें बरसाने लगे।

अब जुलूस कोठी को सामने से घेरे हुए नारे लगा रहा था—आधा बजरी की सड़क पर, आधा लॉन को खौंदता हुआ। क़रीब दो सौ लड़के होंगे। जुलूस के पीछे लॉन और फिर बजरी की घुमावदार सड़क के हिस्से थे, जिसमें दो गाड़ियाँ ढिली थीं—एक सफ़ेद बन्द जीप और एक खाकी जीप। कलक्टर बाहर नहीं आया तो, 'कलक्टर साले, बाहर आओ'—ने ज़ोर पकड़ लिया। ऐसा लगता था कि जुलूस का उद्देश्य सिर्फ़ कलक्टर से मिलना हो गया था।

तभी गेट से पुलिस की दो-तीन जीपें भड़भड़ाती हुई अन्दर आईं, पहली दो जीपें लाठियों से लैस थीं और तीसरी के पास बन्दूकें थीं। जीपों को देखते ही लड़कों में हल्की-सी भगदड़ मची। केशव बेहद डर गया था। भागने का

रास्ता—इधर-उधर कहीं से भी—ताकने लगा, पर वापस जाने का एक ही रास्ता था और उधर जीपें थीं। वे लॉन और बजरी पर ही इधर-उधर बिखर सकते थे। जुलूस एक तरह से क़ैद था।

सुरेश एकाएक उचककर पीछे ढिली खाकी जीप में घुस गया। अपनी जेब, कमर और पेंट के नीचे से उसने एक गड्डी निकाली—पेट्रोल से तर कुछ मोटे कपड़े थे जो ताश की गड्डी की तरह लपेटे थे। जीप की पिछली सीटों को उठाकर खड़ा कर दिया और नारियल के बाल या रुई जहाँ दिखाई दिए, वहाँ कपड़ों की उस मोटी गड्डी को खोलकर रख दिया। फिर कमीज़ की जेब से एक बन्द पुड़िया निकालकर उसको भी पास में रख दिया। पेट्रोल-भरा एक टीन मिला तो उसे भी वहीं उँडेल दिया। दियासलाई छुआ वह भागकर फिर छितरे हुए जुलूस में मिल गया और नारे लगाने लगा।

आग का धुआँ ऊपर जल्दी ही नज़र आने लगा और लठैत पुलिस जीपों की तरफ़ घुसने लगी।

"मारो सालों को...पत्थर मारो!" सुरेश चिल्लाया।

उसके साथी कुछ बड़े-बड़े पत्थरों को झोलों में भरकर ले आए थे। किताबें समझकर किसी का ध्यान उधर नहीं गया था। झोलों को जुलूस के अलग-अलग हिस्सों में उँडेल दिया गया। पत्थर चल निकले। लाठीवाले सिपाही जब तक सँभलते तब तक एक-दो के सिर फूट गए। एक-दो पत्थर कलक्टर के घर और बरामदे में खड़े लोगों के भी लगे। सनसनाहट चल निकली थी। लड़कों के हाथ में जो भी पत्थर आ रहे थे, वे चला रहे थे। पुलिस के पास पत्थर से बचाव का कोई उपाय नहीं था। बँगले के अन्दर पत्थर ही नहीं थे, तो पत्थर चलने का अन्देशा ही नहीं था। सिपाही हाथों से बचाव करते हुए गाड़ियों की तरफ़ पहुँचने की कोशिश कर रहे थे। एक-दो के सिर फूटने पर सिपाही बौखला गए और लाठी चलाने लगे।

"लाठी नहीं चलाओ...लाठी चलाने की ज़रूरत नहीं है।" एक पेंट-बुशर्ट वाला था। हाथ पर लाल रंग का एक मखमली कपड़ा लगा था जिस पर मजिस्ट्रेट लिखा था।

"और क्या यों ही पिटते रहें? चलो हटो, धुन दो सालों को।"

पुलिस लड़कों के बीच में घुस गई, धक्के में मजिस्ट्रेट भी घिसट आया, दो-तीन लाठियाँ उसको भी पड़ीं। वह एक तरफ़ से बरामदे में भाग गया। उसकी बुशर्ट फट गई थी। एक-दो खाकी वर्दीवालों ने उसे सँभाला। उधर लड़कों की कसकर धुनाई चालू हो गई थी। भागने की जगह कोई नहीं थी, सिर्फ़ एक सामने की सड़क थी और उधर से ही सिपाही थे जो घुसकर देहाती लठैतों की तरह

लाठियाँ भाँज रहे थे। थोड़ी ही देर में ख़ून-ही-ख़ून हो गया। जो नीचे गिरे, वे पुलिस के मज़बूत बूटों से रौंदे जा रहे थे।

सुरेश और उसके साथ के दो और सफ़ेद जीप को पीछे से खोलकर घुस गए। यह पूरी सुरक्षित जगह थी, क्योंकि पीछे से भी बन्द की जा सकती थी। इस बार सुरेश के साथ जो दूसरा था उसने अपनी कमर और पेंट के नीचे से सामान निकाला, सीटें उखाड़ीं और दियासलाई छुआकर वे सब नीचे उतर गए, और यों दिखाने लगे जैसे जीप की आड़ ले रहे हों। जब इस जीप से भी आग तेज़ी से निकलने लगी तब जैसे धुआँ बचाते हुए इधर को आए। लाठीबाज़ पुलिस के पीछे से एक-दो सिपाही पानी की बाल्टी लेकर सफ़ेद जीप की तरफ़ दौड़े। सुरेश और उसके साथियों ने बाल्टी छीनकर उन्हीं पर उँडेल दीं और ख़ाली बाल्टियों से वार करने लगे। वे वापस भागें, तब तक एक लठैत सिपाही उधर आ गया। सुरेश और उसके साथी ख़ाली बाल्टियों से लड़ने लगे। उनमें से एक सिपाही की ही लाठी छीनकर सिपाहियों को पीछे से मारने लगा।

तभी सब की आँखों में मिर्चा-सा भरने लगा। लगा जलती जीपों का धुआँ था। कुछ दिखाई नहीं दे रहा था, आँखें मलते हुए लड़के जो भी हाथ आता उसे ही वर्दीवालों की तरफ़ उछाल रहे थे। सुरेश और उसके साथियों की लड़ाई अलग जारी थी। तभी कहीं से गोली की आवाज़ आई। एक-दो-तीन...बरामदे की तरफ़ से सामने का रास्ता खुल रहा था...सभी उसी तरफ़ दौड़े, कुछ ख़ून से लथपथ...तीनों तरफ़ से पिटते हुए भेड़ों के झुंड की तरह। एकदम सामने दौड़े जा रहे थे। एक-दूसरे के पीछे धकियाते, अपनी जान बचाकर भागते हुए एक-दूसरे में ही छिपने की कोशिश करते। उस भीड़ में कहीं केशव भी था। एक-दो लाठियाँ उसे भी पड़ी थीं, कमीज़ फट गई थी। उसकी आँखें जाने कब से कैलाश को ढूँढ़ रही थीं। कैलाश को सामनेवाले की एक लाठी को पकड़ कर मरोड़ते हुए उसने देखा था कि तभी सनसनाती हुई एक लाठी कैलाश की कनपटी पर पड़ी थी। और कान पर हाथ रखकर वह वहीं कहीं नीचे दब गया था। फिर नहीं दिखा।

पीछे, जो बेहोश हो गए थे या, क्या पता मर गए होंगे, उन्हें लावारिस छोड़कर सभी भागे जा रहे थे। केशव भी। धीरे-धीरे सब निकल भागे। लठैत पुलिस उन्हें खदेड़ती चली गई—"साले याद रखेंगे...आगे सोचकर क़दम उठाएँगे..." उनमें से कुछ भुरभुरा रहे थे।

कम्पाउंड के बाहर निकलकर केशव ने एक बार अन्दर की तरफ़ देखा। कुछ लाशों की तरह पीछे पड़े रह गए थे। आठ-दस होंगे। उन्हीं में एक कैलाश

भी होगा। ताक़त रखते हुए भी वह हमेशा ही पिटता था। वहाँ भी पिटा जहाँ केशव-जैसे लड़के तक भाग लिए थे।

दोनों जीपें इत्मीनान से जल रही थीं। कलक्टर साहब अब भी बाहर नहीं निकले थे। हवा जीपों के उठते धुएँ को बुहार रही थी, कोठी से दूर-दूर। अब तक कुछ सिपाही आग बुझाने के लिए भी पहुँच गए थे।

कोठी पर खरोंच भी नहीं आई थी, कहीं से कालिख की छोटी परत भी उसे छू नहीं गई थी। धूल झाड़कर जैसे वह फिर उठ बैठी थी, अपनी पुरानी खूबसूरती में और पेड़ों के बीच से आते हुए धूप के तारों से मिलकर फिर 'विला' या 'रिट्रीट' की तरह चमकने लगी थी।

कलक्टर के कम्पाउंड के अन्दर निहत्थे लड़कों पर गोली बरसाई गई—इस ख़बर के साथ-साथ शहर में सनसनी फैलती चली गई। जब तक प्रशासन झटके से सँभलता, तब तक लौटते हुए लड़कों ने और तमाशे कर डाले थे। वह अब छात्रों का समूह नहीं रह गया था। रास्ते का कोई भी अछरू-बछरू शामिल होकर अपने दिल की आग बुझाने में लग गया। थोड़ा आगे चलकर रामलीला मैदान की मीटिंग से लौटते हुए लोग भी उसमें शामिल हो गए। बस के अड्डे पहुँचकर उस समूह ने बसों में आग लगाने की कोशिश की। बस के जिन कर्मचारियों ने रोकने की कोशिश की उन्हें पीटा गया और पुलिस के पहुँचते-पहुँचते एक बस को जला भी दिया गया। इस बार एस. पी. ख़ुद साथ आया था। छात्रों के अलावा जो भी कोई था, भाग निकला। उनकी देखा-देखी कुछ लड़के भी भाग निकले और फिर जो छोटा-सा समूह बचा, उसे पकड़कर पुलिस-वैन में भर लिया गया।

शहर में कर्फ़्यू लग गया था।

पुलिस ने बड़ी ज़्यादती की—हरेक के मुँह पर यही बात थी। बोस साहब लखनऊ थे...फ़ोन पर ख़बर मिलते ही वे कार से धड़धड़ाते हुए पहुँच गए। राम मोहन, ठाकुर साहब, माथुर और बोस—जो शहर के मुख्य नेता थे—सबके घर अलग-अलग बन्द कमरों में बैठक हुई। सभी ऐसे चिन्तित होकर इकट्ठे हुए जैसे एक गम्भीर स्थिति सामने थी और उसका सामना कैसे किया जाए इस पर विचार करना था, जबकि स्थिति दरअसल गुज़र चुकी थी जो प्रश्न अब बच रहा था वह यह कि घटना का उनकी पार्टी कैसे फ़ायदा उठाए। राम-मोहन अव्वल दर्जे के भाषणबाज़ थे, यों भी पेशे से लेक्चरार थे। कहीं और नौकरी नहीं मिली थी तो उन्होंने अपना कॉलेज खोल दिया था। मान्यता नहीं थी तो उसे

वे प्राइवेट कोचिंग ग्रुप्स कहकर चलाते थे और लड़कों को हाईस्कूल, इंटर, बी.ए., एम.ए. के लिए तैयार कराते थे। नौकरी न करने या अपने कॉलेज को मान्यता न मिलने के पक्ष में उनकी दलील थी कि वे अपना राजनैतिक जीवन ख़त्म नहीं करना चाहते। वे एक दुबले-पतले व्यक्ति थे—एक ज़माने में उन्हें टी.बी. हो गई थी। कॉलेज के सँभलते ही उनकी सेहत भी सँभल गई। अब कसरत करते थे। मिट्टी का ख़ास इस्तेमाल करते थे और मलाई-रबड़ी के शौकीन थे। अक्सर दूसरों के सामने भी अकेले चम्मच से मलाई की प्लेट चट करते चले जाते, लोग देखते रहते। पिछली बार चुनाव में उनका चिह्न इंजन था, इंजन की तरह वे फक-फक करते हुए घूमते रहते थे। चलते हुए या रिक्शे पर बैठे उनकी छाती तनी रहती थी जैसे कि भगत सिंह के बाद वीर सेनानी एक वही बचे थे। उनका दावा था कि अगर हिन्दुस्तान की सरहद पर फ़ौजी उन्हें उठाकर खड़ा कर देते और वे एक भाषण चीनियों को दे देते तो वे लौट जाते और बासठ की दुर्घटना न हुई होती। पोशाक उनकी हमेशा एक-सी होती थी— चूड़ीदार पायजामा, कुर्ता, हाथी के कानों-सी झूलती जाकेट और टोपी। उनका विचार था कि एक सभा की जाए जिसमें छात्र, अध्यापक, पुलिस का हर कांस्टेबल और शहर का हर अफ़सर आए और वे एक भाषण देंगे—ये करफ़ू-अरफ़ू से मामला शान्त नहीं होता।

ठाकुर साहब के पहलवानी शरीर में जाकेट फँसती थी, इसलिए वे चौड़ा कुर्ता और धोती में, तेल पिलाई हुई लाठी लेकर चलते थे। उनके चौड़े मुँह पर झबरी मूँछें फबती थीं। ऊपर चोटी भी फड़क खड़ी रहती थी। अपना कुर्ता चढ़ाते हुए वे कोस रहे थे, "अगर सीधे-साधे साले चलें तो ये नौबत न आए...? जिस मास्टर की बारी आ गई, उसे प्रिंसिपल क्यों नहीं बनाते...होस्टल के लड़कों को पूरा खाना क्यों नहीं देते...जबर्दस्ती धाँधलेबाजी चलाकर लड़कों के भविष्य से खेला जा रहा है। फ़ौरन कंठी मास्टर के अगला प्रिंसिपल होने की घोषणा कर दी जाए। और होस्टल के लिए राशन का उचित प्रबन्ध किया जाए। देखो, मामला अपने-आप सँभल जाएगा।"

माथुर के लिए सवाल इसके या उसके प्रधानाचार्य होने का नहीं था। वे डाइबिटीज़ के मरीज़ थे। इस उजड्ड शहर का वह अपने-आपको इकलौता शुभचिन्तक मानते थे। "पहलवानी से लीडरी नहीं की जाती, बौद्धिकता से लोगों को रास्ता दिखलाया जा सकता है, ताक़तवर तो साँड़ भी होते हैं। सवाल था कि स्कूल के प्रबन्ध में बाहरी व्यक्ति का होना ही ग़लत था...कमेटी-अमेटी के मार्फत लोग अपने मोहरों को स्कूल में घुसाते हैं। क्यों नहीं अध्यापक, छात्र

और स्कूल के कर्मचारी मिलकर अपना शासन चला सकते...? प्रबन्ध कमेटी की ज़रूरत क्या है? उसे फ़ौरन ख़त्म करना चाहिए, लेकिन हमेशा की तरह 'सुपरसीड' कर कलक्टर को लाकर बिठा देना भी हिमाकत है। सत्ता लड़कों को दे दी जाए।" उन्हें यह घटना व्यवस्था के ख़िलाफ़ एक और चोट दिख रही थी। ये चोटें लगेंगी—जब तक देश में बड़े और छोटे हैं...

शहर लौटते ही बोस साहब ने मामला सँभालने के लिए कमर कसी। प्रशासन के ऊपर उतनी ज़िम्मेदारी नहीं थी जितनी उन पर थी। एक तो वे इस इलाक़े के चुने गए प्रतिनिधि थे, दूसरे स्कूल के सभापति थे। उन्होंने सब जगह 'फीलर्स' भेजे। "यह वक़्त पार्टीबाज़ी का नहीं है, शहर में शान्ति लाने का है इसलिए सब पार्टियाँ एक होकर शान्ति के लिए आज ही शाम मीटिंग करें।" सभापति को लेकर थोड़े से मतभेद हुए। बोस साहब के सभापति बनकर बैठने में लोगों को एतराज था। कलक्टर भी क्यों बैठे...वह व्यवस्था का प्रतिनिधि था, और फिर उसे देखकर लोग फिर भड़क उठेंगे। उसे न ही बुलाना ठीक है। आख़िर यह तय हो गया कि मीटिंग में कोई सभापति न रहे। सभी पार्टी के लीडर अलग-अलग बोलें और शान्ति के लिए कहें...बोस साहब के आख़िर में बोलने पर भी लोगों को एतराज था। वे बीच में बोलें।

बोस साहब सारी शर्तें मान गए, क्योंकि अगर शान्ति जल्दी ही शहर में न लौटी तो मामला ऊपर जा सकता है और जो उनके आदमी के प्रधानाचार्य बनकर आने के लिए काग़ज़-पर्चे चल निकले थे, उन पर रोकथाम लग सकती है। एक बार मामला शान्त हो गया तो थोड़े दिनों में ऊपर से आदेश आ जाएगा, वे अलग के अलग बने रहेंगे।

मीटिंग होने के दो घंटे पहले शहर से 'करफ्यू' उठा लिया गया, बोस साहब की कलक्टर से व्यक्तिगत अपील पर। जिन्हें गिरफ़्तार कर लिया गया था, उन्हें फ़ौरन छोड़ने पर कलकटर राजी नहीं हुए। बोस साहब ने भी ज़्यादा ज़ोर नहीं दिया। उसे बाद में लड़कों में लोकप्रियता बढ़ाने के लिए इस्तेमाल किया जा सकता था।

शहर के अन्दर सबसे बड़ा मैदान रामलीला मैदान ही था। काफ़ी तादाद में लोग इकट्ठे हुए। पहले माथुर साहब बोले और उन्होंने गालियों की झड़ी लगा दी...श्री राम मोहन उँगली उठा-उठाकर नाटक करते रहे—"वे लोग जो अपने घर के बाहर गोली चलाते हैं और ख़ुद दुबके रहते हैं डरपोक और निकम्मे हैं...ज़रूरत है बहादुरी से चीज़ों का सामना करने की...कलक्टर को यह नहीं भूलना चाहिए कि वे हमारे सेवक हैं, नौकर हैं...मालिक नहीं हैं। लेकिन वे

मालिकों की तरह अपने कारिन्दों से जनता को पिटवाते हैं। इस मामले की जाँच कराई जानी चाहिए और कसूरवारों को दंड मिलना चाहिए। कलक्टर का तबादला फ़ौरन होना चाहिए। आप लोग शान्त रहें। अगर सरकार हमारी माँगें पूरी नहीं करती, तो आपके लिए हम लड़ेंगे और जो कसूरवार हैं, उन्हें दंड दिलाकर रहेंगे..."

बोस साहब ने अपनी बात ख़ुद से शुरू की, "मैं यहाँ नहीं था इसलिए यह सब हो गया...वर्ना ये बच्चे हैं, हमारे बच्चे...मैं अपने घर बुलाकर उन्हें बिठाता, मिठाई खिलाकर उनसे बात करता...प्यारे बेटो...ये अच्छे लड़के हैं, कोई ख़राब नहीं हैं...उन्हें प्यार से समझाया जा सकता है...किसी ने बहका दिया तो बहक गए...मेरी नामौजूदगी में उन्हें बहका दिया गया है।...और फिर देखो तो, इन मासूमों की नादानी से उन पर कैसे-कैसे क़हर बरपाए गए...ये मासूम बच्चे... हमारे बच्चे...

बोस साहब रोने लगे। लोग द्रवीभूत हो गए।

"बेचारे का छोटा बच्चा हाल ही में गुज़र गया इसलिए और भी नरमदिल हो गए हैं..." एक ने कहा।

"उनका हृदय बड़ा विशाल है...सबके लिए ममता जागती है।" दूसरा बोला।

"भाई, बड़े आदमियों की यही निशानी होती है, तभी तो इतने ऊँचे पर पहुँचे हैं।"

"जो इस कांड के लिए ज़िम्मेदार हैं"—बोस आगे कह रहे थे—"उन्हें ज़रूर...दंड दिया जाएगा...जो हमारे बच्चे गिरफ़्तार किए गए हैं उन्हें छुड़वाने की ज़िम्मेदारी नैं ख़ुद पर लेता हूँ। लेकिन मेरे प्यारे बेटो! तुम सिर्फ़ अपनी किताबों का ख़याल करो। तुम्हें बहकावे में नहीं आना चाहिए। तुम्हारे लिए सब अध्यापक गुरु हैं। जो भी तुम्हें पढ़ाएगा वह तुम्हारा गुरु होगा। अध्यापक आते हैं, जाते हैं, रिटायर होते हैं, नए आते हैं...तुम्हें तो सबके लिए बराबरी का भाव रखना है। जो गया, वह भी पूज्य रहेगा और जो भी आए, वह पूज्य होगा। तो प्यारे बेटो..."

राममोहन और माथुर झल्ला रहे थे—"बोस रोकर बाज़ी मार ले गया... इन्होंने यह अच्छा औरती हथकंडा अपनाया है। मौक़ा पाया और रोने लगे... सालों को और कुछ करते नहीं बनता..."

ठाकुर साहब ने पहले तो ठकुरई अन्दाज़ से खखारा और फिर दहाड़ना शुरू किया—"मुझे रोना नहीं आता...ये तिरिया-चरित्तर मुझसे नहीं होता। जो रोता है वह नामर्द है...(इस पर श्रोताओं के एक हिस्से में आवाज़ें होने

लगीं...बोस साहब ने हाथ से शान्ति के लिए कहा तो धीरे-धीरे शान्ति हुई)... हमारी बहादुर संस्कृति है...लड़ने, मरने, खपने की। भाई, तुम हर मामले में टाँग क्यों अड़ाते हो? लड़कों की माँगें एकदम ठीक थीं...उन्हें भरपेट खाना क्यों नहीं दिया जाता, जिस अध्यापक की बारी आई है उसे उसका हक क्यों नहीं मिलता? सारी ज़िन्दगी वह मरता-खपता रहा, इसी तरक्की की आस में न? वह आप उसे नहीं देंगे क्योंकि आपकी तो आदत ख़राब है...आप भ्रष्ट हैं, आपको तिलक लगाने वालों में साम्प्रदायिकता दिखाई देती है। इसी तरह हमारी संस्कृति पर विदेशी संस्कृति लादी जा रही है। आपकी आदत हो गई है उठापटक कर देने की तो आप स्कूलों में क्यों नहीं करेंगे...मैं यह साफ़ कर देना चाहता हूँ कि यह सब नहीं चलेगा। लड़कों की माँग का मैं पूरी तरह समर्थन करता हूँ। जिन्होंने बालकों के साथ अभद्र व्यवहार किया, अंग्रेज़ी तानाशाही दिखाई, वे कुत्ते यहाँ नहीं रह पाएँगे...सरकार उन्हें वापस ले...नहीं तो हम उन्हें ढकेलकर नदी में डुबो देंगे..."

काफी तालियाँ हुईं। राममोहन और माथुर भी ख़ुश थे कि बोस को धो दिया गया। यह उनकी ही स्ट्रैटेजी थी कि बोस को एकदम बाद में नहीं बोलने दिया जाए। मीटिंग उठने लगी तो एक किनारे लड़कों की नारेबाज़ी हुई—

"इन्कलाब...ज़िन्दाबाद!"

"हमारी माँगें...पूरी हों!"

"छात्र-एकता...ज़िन्दाबाद!"

"हमारे भाई...रिहा करो...रिहा करो!"

"बाहरी आदमी...बाईकाट...बाईकाट!"

"राशन पूरा लेके रहेंगे...लेके रहेंगे!"

एक आवाज़ आई कि लड़कों के लीडर को भी बोलने का मौक़ा दिया जाए। इस पर बोस साहब ने आकर माइक पकड़ लिया। "प्यारे बेटो...मंच पर तुम्हारे आने की क्या ज़रूरत है, जब हम हैं? जितने बच्चे इस समय हिरासत में हैं मैं उन्हें छुड़वाकर दम लूँगा। ये मैं वादा करता हूँ।" (इस पर छात्र वर्ग की तरफ़ से तालियाँ आईं)..."रह गईं और बातें तो प्यारे बेटो, वह हमारे हाथ में नहीं हैं...फिर भी मैं सरकार के सामने आपकी बात रखूँगा। अब तुम भी अच्छे बच्चों की तरह अपने स्कूल लौट जाओ, पढ़ो...देश को आगे चलकर तुम्हीं को कन्धों पर उठाना है। यह काबलियत हासिल करने का वक़्त है। इसे इस तरह गँवाना ठीक नहीं। तुम स्कूल में पढ़ो-लिखो, बाक़ी चीज़ें अपने बुज़ुर्गों पर छोड़ दो।"

बोस के माइक से हटते ही माइक हटा लिया गया। लीडरान उठकर अपने जूते ढूँढ़ने लगे और दरियाँ उठानेवाले तख़्त पर आ पहुँचे।

सभा ख़त्म हो गई थी।

मालती की आवाज़ सुनकर केशव पहले चौंका, फिर थोड़ा डरा...लेकिन उसके बुलाने पर चुपचाप अन्दर चला गया।

मालती अपने घर के दरवाज़े पर खड़ी बाहर की तरफ़ देख रही थी जब केशव उधर से गुज़र रहा था। मालती ने देख लिया और हल्की-सी आवाज़ लगाई थी, "केशव, आओ न!"...आवाज़ जानी-पहचानी थी और घर भी मालूम ही था। केशव चाहता तो तेज़ी से सामने से निकल भी जा सकता था, ऐसे दिखाते हुए जैसे कि उसने कुछ सुना ही नहीं। पर, कुछ न हो सका। आवाज़ सुनते ही वह पलटा और सामने पौर के अन्दर से मालती की आँखों से पकड़ा गया। साड़ी के छोर से सिर को ढके वह कोई और ही लग रही थी।

"क्यों, इधर का रास्ता ही छोड़ दिया तुमने? यह तो दूसरा घर है, इससे तो तुम्हारे पिता की लड़ाई नहीं है। क्यों नहीं आए अब तक?"

केशव के पास कोई जवाब नहीं था। उसे कुछ-कुछ ऐसा लगा जैसे स्कूल से भाग जाने पर फिर पकड़ में आने के बाद लगता है। वाकई यह केशव को क्यों नहीं सूझा! वह लछमन के घर नहीं तो यहाँ तो आ ही सकता था।

"आओ, तुम्हें लड्डू खिलाऊँ। आज ही बनाए हैं।"

और मालती केशव के कन्धे पर हाथ डालकर उसे साथ-साथ बखरी में ले गई, चारपाई पर बैठा दिया और फिर अन्दर रसोईघर में घुस गई।

मालती से सटकर चलते हुए केशव के नथुने एक अजीब बदबू से भरे जा रहे थे। उसने महसूस किया कि सिर ढकने के अलावा मालती में यह एक और फ़र्क़ आ गया है। उसका शरीर जो पहले महकता होता था, वह अब जैसे सड़े हुए पसीने की बदबू का भंडार है। केशव को मितली-सी आने लगी थी। अलग बैठकर उसे राहत मिली जैसे मुद्दत बाद खुली हवा में साँस लेने को मिल रहा हो। तभी मालती रसोईघर से तश्तरी में दो आटे के लड्डू और पानी का एक गिलास लिये हुए आई। तश्तरी को केशव के पास रखने को जो वह झुकी तो बदबू का एक भभका केशव को फिर बींध गया। उससे छुटकारा नहीं था, क्योंकि मालती सामने ही चारपाई पर बैठ गई थी।

"क्यों एकदम भुला दिया तूने?" मालती ने कहा, "...खाओ!"

केशव हँसकर रह गया और फ़िलहाल लड्डू खाने में व्यस्त हो गया।

"लछमन के साथ खेलते हो कि नहीं?"

"नहीं।"

"बोलचाल शुरू हुई।"

केशव कुछ न बोला।

"न हुई हो तो कल यहाँ शाम को आना, लछमन भी आएगा। मैं करा दूँगी। लड़ाई माँ-बाप की हो, उससे तुम दोनों को क्या?"

मालती केशव को खाते हुए देखती रही। केशव का कुछ न बदला, लेकिन इतने थोड़े से दिनों में उसका सबकुछ बदल गया है। थोड़ी देर के लिए उसका बड़े ज़ोर से मन होने लगा कि फिर से केशव को पीठ पर लादकर दौड़े-कूदे, उचके और फिर केशव उसकी चोटी घसीटे और पीछे से कहीं आकर गरदन में हाथ डालकर उसकी आँखें बन्द करे। वह सबकुछ जैसे बहुत पीछे छूट गया था, और फिर कभी आनेवाला भी नहीं था। पहले वह ख़ुद इन लोगों के बीच की थी। बड़ी होते हुए भी उसने इनके बीच में ख़ुद अपने आपको बड़ा महसूस नहीं किया था, लेकिन शादी के बाद उम्र में कई साल बड़े सर्वेश की बराबरी पर आने की कोशिश करते-करते जैसे वह ख़ुद प्रौढ़ा हो गई। सर्वेश ने उसे घर ज़रूर दिया, लेकिन घर के अलावा और कुछ नहीं...घर भी सुनसान और अकेला, जहाँ दिन-भर चौकीदारी के लिए उसे डाल रखा गया है। घर का कामकाज या घर में कोई भूले-भटके आ गया तो उससे बैठकर दो-चार मिनट बात कर लो, वर्ना तो फिर पौर में किवाड़ की ओट में टँगकर सड़क पर आते-जाते लोगों को लुके-छिपे झाँकते रहो। सुबह सर्वेश को दफ़्तर बिदा करने से उसके दफ़्तर से लौटने तक मालती के पास जैसे करने को कुछ था ही नहीं! लम्बे दिन के पहले और बाद के हिस्से में भी सिर्फ़ एक ही आदमी का सम्पर्क और वहाँ भी मालती को लगातार महसूस होता कि जैसे सर्वेश के सारे कार्यकलाप बासी हैं, जहाँ मालती को सिर्फ़ कर्तव्य की वजह से शामिल होना है। अपने शरीर की देखभाल के प्रति भी वह बड़ी लापरवाह हो गई थी। पागल-सा घूमते हुए दिन बिताने के बाद एकाएक ध्यान आता कि सर्वेश अगर इस हालत में उसे देखेगा तो बेकार ही उसे लगेगा कि मालती खुश नहीं है, और वह जल्दी-जल्दी चोटी कर लेती, मुँह ऊपर से चिकना-चुपड़ा कर लेती। लेकिन हकीकत यह थी कि सवेरे नहा लिया तो ठीक, वरना नहाने का भी ख़याल उसे नहीं रहता था।

शाम को सर्वेश आएगा, पहले टोपी खूँटी पर टाँगेगा, फिर कमीज़ और धोती। एकदम इसी क्रम से रोज़ ही। उसके बाद लाल गमछा लपेटकर

निस्तार के लिए चला जाएगा। लौटकर अंडरवियर और बनियान के साथ पटे पर खाने के लिए बैठ जाएगा। मालती परोसकर रखेगी और बग़ल में बैठकर मक्खियाँ हाँकने लगेगी। खाने के बाद ही रात...मालती को जल्दी खाना ख़त्म करके सर्वेश के पास पहुँचना और उसके पैर दबाने को बैठ जाना और उसके बाद...

फिर दूसरा दिन...रोज़ जैसा ही...उस अँधेरी खोह में डूबने-उतराने के लिए। दरवाज़े की साँकर अन्दर से बन्द करके पड़े रहो। यही वहाँ का रिवाज़ था। ऐसे अकेली रहनेवली औरतें ज़्यादा देर दरवाज़ा खुला नहीं रख सकतीं, उनके पातिव्रत पर शक किया जा सकता है। इस घर का आँगन ज़रूर खुला हुआ है, पर चढ़े दिन में भी दाईं तरफ़ के कमरे में फैला हुआ अन्धकार साँप की तरह बाहर की तरफ़ लगातार दौड़ता रहता है। यहीं मरी होंगी वे—नं. एक, नं. दो, तीन भी—क्या ठीक उसी जगह जहाँ उनकी चारपाई बिछी हुई है... क्या सबकुछ को लीपा-पोता जा सकता है? उन छायाओं को भी जिन्हें मालती अक्सर इधर-उधर रेंगते हुए सुना करती है, और तब उसका वश अपने पर नहीं रहता और वह सीधे दौड़, जाकर गली के दरवाज़े के किवाड़ों को खोल देती है—बाहर की खुली रोशनी और हवा से इन छायाओं को बुहारने के लिए। कोई कुछ कहे...क्या उसकी लाश भी इसी कमरे की ज़मीन पर रखी जाएगी और तब डोला-फिरा करेंगी वहाँ तीन की जगह चार...और डरकर भागता फिरेगा... सर्वेश...इधर-उधर...।

सभी खेल-कूद हो सकते हैं, लेकिन सिर्फ़ उन छायाओं के साथ। अभी सिर्फ़ उसे ही उसे भागना है, और उन तीन को पीछा करना है, ढूँढ़ना है! जल्दी ही वह भी पीछा करनेवलों के साथ होगी।

यही सब अनापसनाप सोचते, महसूस करते इतने दिन गुज़रे हैं। मालती का कितना मन होता कि सामने जादवजी के घर जाकर ख़ाली दिन में वह लड़कों-बच्चों के साथ बेरी के पेड़ों पर उचक-कूद का कोई खेल खेले, लेकिन अब वहाँ जाना था तो पूछकर जाना था। एक-दो बार गई तो बुजुर्गों की संगत ही मिली—मालती के लिए एक चटाई बिछा दी गई और बड़े, मँझले या छोटे जादव की पत्नियों में से जो कोई फुर्सत में हुई आ बैठी—पीछे कहीं थोड़ी देर को आ बैठती छवि, बिट्टी या कोई और। बातें ससुराल या मायके की, कुछ खाना-पीना और उसके बाद वापस पहुँचाने के लिए भी किसी को साथ भेजा जाता।

पुरानी बातें ठीक उसी ढंग से नहीं की जा सकतीं, चाहे इर्द-गिर्द सभी कुछ वही हो...पुरानी मामूली से मामूली बातें...

जादवजी के यहाँ जाने के लिए फिर सर्वेश से पूछने पर संकोच हुआ था। वह तो दूर, अपने घर जाने के लिए भी बार-बार सर्वेश से आज्ञा माँगने में भी वह हिचकिचाने लगी थी। क्या कहेंगे—शादी किसलिए की थी...!

केशव लड्डू ख़त्म करके पानी पी रहा था। गिलास और तश्तरी ख़ुद उठाकर नरधे की तरफ़ जाने को उठा कि मालती ने हाथ से तश्तरी छुड़ा ली और केशव को कुछ पास घसीटते हुए उसके गाल थपथपा डाले। फिर वही बदबू का झोंका केशव की आँखों को मूँदने लगा।

"तुम्हारी पुरानी आदत!" मालती ने कहा, "अरे वहाँ तो मेरी भी हैसियत तुम्हारे बराबर की थी, इसलिए अपने झूठे बर्तन भी तुम से उठवा लेती थी। यहाँ... इस घर में थोड़ा यह चलेगा...और लड्डू लाऊँ...?"

केशव ने मना कर दिया। "आओ चलो, तुम्हें पिछवाड़े की बग़िया दिखाऊँ।" फिर वैसे ही सटे-सटे चलना...केशव थोड़ा दूर से चलने की कोशिश करता कि मालती अपनी तरफ़ खींच लेती। केशव के इर्द-गिर्द सबकुछ कितना ताज़ा था, मालती को लगता।

मकान के इधर के हिस्से और पिछवाड़े को जोड़ने वाली एक छोटी-सी दरवाज़ा-नुमा खिड़की थी। केशव को वह छोटा-सा दरवाज़ा बहुत अच्छा लगा। उसे पार करते ही वह एक खुले मैदान में निकल आया। चारों तरफ़ गेंदे के बेसिलसिले से लगे हुए पौधे थे, एक तरफ़ किनारे पर कुछ बड़े पेड़ भी थे, एक-दो पपीते के और दो-तीन बेरी के।

"अच्छा, बेरी के पेड़ भी हैं?"

केशव ने कुछ उत्साह से पूछा और अलग हटकर कुछ-कुछ तेज़ी से उधर को जाने लगा। पीछे-पीछे मालती भी चली गई।

"नए पेड़ हैं। अभी बेर लगने में एक-आध साल लगेगा।"

"हमारे पीछे जो बेरी का पेड़ है वैसा ही लगवाना था...वैसा खट्टामिट्ठा बेर का पेड़ तो जादवजी की बग़िया में भी दूसरा नहीं है। सारे तेंदू ही तेंदू हैं।

"वहाँ जाते हो अभी खेलने?"

"हाँ, कभी-कभी।"

"किनके साथ, जादवजी के घर से कौन-कौन आता है...बिट्टी आती है?"

केशव मालती की तरफ़ देखने लगा। उससे कुछ नहीं कहा गया।

"वहाँ जब भी खेलने जाओ तो यहाँ भी आ जाया करो। एक तरह से सटी-सटी बखरी है...बस गली है बीच में। मन्दिर से सीधा इधर...अपने दोस्तों को भी ले आया करो, कुछ देर यहीं खेला करो।"

"जीजाजी मना नहीं करेंगे?" सर्वेश के लिए केशव के मुँह से अनायास निकल गया।

"नहीं"...मालती ने कहा, "वे तो खुश होंगे। तुम लोगों को जैसे बड़े जादव की आवाज़ सुनते ही भागना पड़ता है, वह यहाँ नहीं करना होगा।"

"लेकिन यहाँ बड़े पेड़ कहाँ हैं? सिलोर-माई-डंडा हो भी नहीं सकता। गिल्ली-डंडा और कबड्डी ज़रूर खेली जा सकती है। गिल्ली-डंडा में भी गिल्ली बाहर भाग जाएगी और बार-बार दौड़ना पड़ेगा। फिर पदाने के लिए पूरी जगह नहीं है।"

"अच्छा चलो, बहाने नहीं बनाओ। चाहो तो खूब खेल सकते हो। यह कहो न कि तुम यहाँ अब आना नहीं चाहते।"

केशव ने देखा कि मालती की आँखें कुछ भीग आई थीं। एक वक़्त उसका मन हुआ करता था बार-बार लछमन के घर जाने का—मालती के पास ख़ूब देर रहने का, कैसे लप्प से वहाँ पहुँच जाता था। मालती तो लड़का है नहीं, कि उचककर कहीं भी चली जाए।

"नहीं, आया करूँगा।"

"चलो, कुछ खेलें।" मालती ने कहा।

"अभी, क्या...? हम दो ही...?"

"हाँ, क्या हुआ, मैं छिपूँगी, तुम ढूँढ़ना, फिर तुम छिपना, हैं...!" वे खेलने लगे।

सुरेश का काम ठीक-ठाक रहा था—इसकी सराहना मास्टर और नौजवान दोनों ने की। वह न केवल प्लान के हिसाब से काम करता था, ख़तरे भी उठा सकता था। लेकिन सुरेश को उससे कोई सन्तोष नहीं हुआ था। यह क्या लुके-छिपे कुछ कर आए, न किसी ने जाना...न अपनी धाक फैली। नौजवान के वह इतने ही क़रीब आ पाया कि उसका नाम अब वह जान गया था—भारत—पता नहीं असल था या ओढ़ा हुआ। भारत और मास्टर की बड़ी-बड़ी बातें उसके पल्ले अक्सर नहीं पड़ती थीं। उसे वह सब छुटपुट चोरियों का एक लम्बा सिलसिला लगता था। उनके हिसाब से उन्हें कभी रोशनी में आना ही न था, जब कि सुरेश सिर्फ़ रोशनी में आने के लिए लुकलुका रहा था। उसने जो कुछ भी किया उसे उसके मोहल्ले के लोग तो जान ही नहीं पाए। मास्टर और नौजवान उसे मोहल्ले से निकालना चाहते थे, मोहल्ला कुछ सिर्फ़ एक 'स्ट्रैटेजिक' स्थल होता है—व्यक्तिगत प्रतिष्ठा कुछ नहीं, सिर्फ़ पार्टी के प्रोग्राम थे, जो मोहल्ले के

बाहर स्कूल और स्कूल के भी बाहर पूरे शहर के लिए थे। बकवास! स्कूल का काम ज़रूर थोड़ा कुछ था। उसने सारा काम सफाई से किया था और पहले बताई गई प्लान के मुताबिक ही किया था, न कम न ज़्यादा। जुलूस को अपने ढंग से चलाना, कलक्टर के घर पर सबके सामने जीपों में आग लगा देना और चुपचाप खिसक लेना। सुरेश का हौसला काफ़ी बढ़ गया था। भारत और मास्टर उस पर विश्वास कर सकते थे। उसे तमंचा दिला दिया गया। वह मोहल्ले का एक ऐसा नेता बनने के ख्वाब देखने लगा जिसके सामने मुग्दरी कल्लू और हाकीबाज़ शिवमंगल...कोई कुछ नहीं होंगे। जब वह सड़क पर निकल जाएगा। तो अटारियों से मुहल्ले-भर की लड़कियों की लार चुचुआने लगेगी। उसके साथ के लिए नए-नए नौजवान तरसते होंगे, वह छाँट-छाँटकर ही लौंडों को अपने ग्रुप में भरती करेगा...वह मुहल्ले में कुछ भी करा सकेगा...सबसे पहला हिसाब उसे पंडित से चुकाना था, जिसने उसे कभी छवि को लेकर झिड़क दिया था, ठीक वैसे ही जैसे एक जबर कुत्ता एक खजैल को सिर्फ़ अपने दाँत दिखाकर ही दूर रखता है। अब वह कुछ भी कर सकता था तमंचे के सहारे। लेकिन एक ज़बर्दस्त बंदिश थी—मास्टर ने आगाह किया था कि तमंचा लुका-छिपा ही रहे, क्योंकि बग़ैर लाइसेंस का था। अगर पकड़ा गया तो पुलिस से सुरेश की हिफाज़त कोई न कर सकेगा। इसलिए उसे रखे रहे, उसका इस्तेमाल न करे। जब अपनी जान का ख़तरा हो, उसी हालत में इस्तेमाल करे। इस्तेमाल कभी किया तो क्या होगा—भगदड़ मच जाएगी, मुहल्ले क्या, वह शहर में भी नहीं रह सकेगा और रुतबे से वह हमेशा-हमेशा के लिए हाथ धो बैठेगा। डर की वजह से पहले तो सुरेश तमंचे को घर में एक सन्दूक में ही छिपाए रहा कुछ दिनों तक! धीरे-धीरे वह लोहे के उस टुकड़े को देखने का आदी हो गया और फिर उसे साथ रखने लगा...पर अब भी लँगोट में खोंसकर ही चलता था। ऊपरी इस्तेमाल के लिए उसने एक बड़ा चाकू ले रखा था। लेकिन चाकू साली बड़ी मरियल चीज़ थी। पहले भी तो वह चाकू रखता था, उसकी धार को कभी-कभी निकाल कर दिखा भी देता था, पर उससे धौंस सिर्फ़ कुछ ही खाते थे। जो घिसे हुए थे, वे चाकू की तरफ़ बच्चों के खिलौने की तरह देखकर हँस देते। कोई सुरेश की पतली कलाई को ही जकड़कर उसके चाकू की खी-खी उड़ा डालते।

जाड़े खात्मे पर आ रहे थे। मेला अब धीरे-धीरे उठने लगा था। वृन्दावन की रास-मंडली कृष्ण के जाने पर गोपियों के विलाप का अपना आख़िरी खेल दिखा

चुकी थी, और अब अपना सामान बाँध रही थी। कृष्ण और राधा बनने वाले लड़के अब-जब-कभी भी मेले की कम होती भीड़ में ऊखें चोंखते दिखाई देते थे। हवा में पतझड़ी बहाव उतराने लगा था। शामों में जाड़े की वीरानी अब भी थोड़ी-बहुत बची थी।

उस शाम सुरेश मेले से लौटकर मोहल्ले में घुस रहा था। वह अकेला था। मेले में साथ देनेवाले और दोस्त पीछे छूट गए थे। मन्दिर की कुइयाँ से जो गली इधर फाटक पर आती थी, वहाँ पहुँचते-पहुँचते उसने ख़ुद को नारायण के पीछे पाया। नारायण के साथ एक-दो छोकरे थे। पंडित के साथ शाम को भंग छानकर वे सब लौट रहे थे।

नारायण जैसे फुँकरे भी चेलेचाँटी रखने लगे, इससे सुरेश के मन में पहली बार खलबली मची।

"अबे ओ भड़ुए!!" उसने पीछे से ही आवाज़ मारी।

आवाज़ या तो नारायण ने और उसके साथ चलनेवालों ने सुनी नहीं, या वे जानकर उसकी अवहेलना कर गए। सुरेश को यही लगा कि वे सुनी—अनसुनी कर रहे हैं। दरअसल उसकी आवाज़ में अब तक वह तुर्शी नहीं आई थी कि नारायण जैसे फुँकरे ही काँपकर थम जाते। बात उसे कचोट गई। इस बार उसने ज़ोर से आवाज़ लगाई—"अबे ओ नारायण के बच्चे...रुक बेटी..."

इस बार नारायण मुड़ा और पलटकर 'हैं-हैं' करने लगा। सुरेश को लगा कि नारायण हिजड़े से थोड़ा ऊपर का आदमी था, उस क़िस्म की जाति जो गाली तो दूर, ग़ुस्से-भर एक आवाज़ भी नहीं मार सकते, जिन्हें ग़ुस्सा ही नहीं आता। हालाँकि वह पूरा जवान हो चुका था, लेकिन दाढ़ी-मूँछ के नाम पर सिर्फ़ दो-तीन खूतें ही दाढ़ी में काफ़ी ग़ौर से देखने पर दिखाई दे सकती थीं। नारायण खड़ा हो गया और सुरेश की तरफ़ ऐसी मिठास से देखने लगा जैसे वह बचपन का साथी हो। पास आता सुरेश थोड़ी देर तीखी नज़रों से नारायण के चेहरे पर वह कुछ खोजता रहा, जिस पर छवि मरती होगी और जो सुरेश में नहीं था। उसकी दृष्टि में इधर तीखापन आ गया था। नारायण और उसके साथी थोड़ा सहमे, पर साथ चलते हुए सहज महसूस करने की कोशिश करने लगे।

"मेला देखकर आ रहे हो?" नारायण ने कहा।

"और क्या तुम्हारी तरह पंडित का लँगोट धोकर...?"

नारायण हँसा।

"क्यों बे, आज कितना मूत पिया पंडित का...पाव, आधा सेर...आज तो तीन थे...बँट गया होगा..."

सुरेश के उस तेवर से सभी वाकिफ थे, जैसे किसी भूँकनेवाले कुत्ते की भऊँ-भऊँ के आदी हो जाते हैं।

सभी हँसकर फिर टालने लगे। सुरेश को और ग़ुस्सा आया कि साले कुरेदने पर भी ज्यों के त्यों बने हैं, मिट्टी के ढेर। वे सुरेश के लिए नामर्दों की औलाद थे तो सुरेश उनके लिए एक बदमाश मसखरा था, जो कुरेदो न कुरेदो, कुछ गालियाँ ज़रूर बकेगा और भूँकता हुआ अपनी राह चला जाएगा। सुरेश को इसका अहसास था और आज उसे यह बात और भी ज़्यादा खटक रही थी।

"अरे कहाँ चलें, छवि के पास? बोल साले..."

सुरेश ने पीछे से नारायण का हाथ पकड़कर उमेठा। वह क़द में नारायण से काफ़ी छोटा था, इसलिए ऐसा लग रहा था जैसे नारायण से कोई बच्चा खिलवाड़ कर रहा है।

"अब दिल्लगी हो चुकी यार...हाथ छोड़!"

"पहले बोल—पंडित का लँगोट धोकर आया है...बोल!"

"अच्छा बाबा—धोकर आया हूँ...अब छोड़!"

"छवि की क़सम खाकर कह!"

"छवि की क़सम...हाथ छोड़ अब।"

सुरेश ने तंग आकर छोड़ दिया। वे फिर साथ-साथ चलने लगे, बिना कुछ बोले हुए। कुछ क़दमों के बाद सुरेश ने एक लात एक को जमाई, एक दूसरे को, और दोनों लौंडों को भगा दिया—"जाओ सालो, पंडित की ग़ुलामी करो जाकर..." वे लौंडे भी नारायण की ही नस्ल के थे, चुपचाप सरक गए। अब सुरेश नारायण के साथ अकेला था। नारायण अब भी 'हैं-हैं' करता हुआ साथ चला जा रहा था, जैसे सुरेश के ग़ुस्से में कोई वज़न ही नहीं था!

"क्यों बे...कितनी बार...सच-सच बता!"

"तुम बहुत बड़े दिल्लगीबाज़ हो।"

"चोप साले...मेरा छुरा देखा है तूने...सच-सच बोल!"

"तुम्हीं बता दो, यार, क्या सुनना चाहते हो?"

"मैं सच सुनना चाहता हूँ!"

"तो सच यह है कि कुछ नहीं है।"

"बकवास...रोज़ आती नहीं है?"

नारायण हँसा। सुरेश ने ग़ुस्से में उसे एक फड़कती हुई गाली दी।

नारायण और हँसा। "पंडित के पास कितनी बार भेजा?"

नारायण अब भी हँसता रहा। वे साथ-साथ चलते रहे। अब वे ज़खीरा के बग़ल से जादवजी वाली गली पर मुड़ रहे थे। सुरेश के घर का रास्ता ज़खीरा के सामने से था जिसे वह छोड़ चुका था और ज़ाहिरा तौर पर अब नारायण के पीछे लगा हुआ था। जादवजी के चबूतरे पर दो-तीन अहीर लाठी टेके हुए बैठे थे। नारायण मन्दिर की तरफ़ जा रहा था और अपने रास्ते चलता चला गया। सुरेश भी पीछे लगा रहा। जादवजी के घर के सामने सुरेश की आवाज़ आप-से-आप चुप लगा गई और वे सिर्फ़ चलते रहे। घर पारकर नारायण बाएँ मन्दिर की तरफ़ मुड़ा और मन्दिर के बाहरी किवाड़ का तालाचाबी लगाकर खोलने लगा। एक-दो लोग जो गुज़रे उन्हें भी सुरेश को नारायण के साथ देखकर कुछ भी अजीब नहीं लगा। दरअसल सुरेश को सभी एक आवारा छोकरा समझते थे। और तो और, सुरेश का लगातार पीछा किया जाना नारायण के अन्दर भी कोई ख़ास खौफ पैदा नहीं कर रहा था।

"क्यों, आज आएगी...?"

जब वे अन्दर मन्दिर में दाख़िल हुए तो सुरेश ने फिर चिकोटी काटी। आज नारायण पंडित से जी भरकर शिकायत करेगा। पंडित बौखलाया हुआ सुरेश को किनारे करेगा, और तब सुरेश छुरे से पंडित का खात्मा कर डालेगा। साले के लँगोट के नीचे छुरे को गाड़ देगा। नारायण का काम ख़त्म तो वह अब भी कर सकता था, पर लुके-छिपे कुछ किया तो क्या किया...पार्टी के और कामों जैसा ही कुछ यह भी बनेगा...

"क्यों बे...क्या ज़ुबान नहीं है। निकाल दूँ सारी की सारी बाहर!"

"यार, क्या इतनी देर से तमाशा खड़ा कर रहे हो। आरती के लिए रुकना हो तो रुको, वर्ना जाओ, अपना रास्ता देखो।"

"कुत्ते साले! अपनी जगह आकर गुर्राने लगा!"

"भैया...मुझे गुर्राने-उर्राने से क्या...पूजा करता हूँ।...

"और पंडित पर भरोसा करके लौंडियाबाज़ी...क्यों?"

नारायण फिर हँसने लगा।

"चोप साले...खींसे वापस ले, जा अपना काम कर...और किसी से मेरे बारे में कुछ कहा तो देख ये छुरा, और ये तमंचा..." हथियार दिखाते हुए सुरेश ने एक मुक्का नारायण के पेट पर जड़ा। मुक्के में ज़्यादा ज़ोर नहीं था, पर नारायण हल्का-सा सहमकर पीछे हटा और इस बार थोड़ी संजीदगी उसके चेहरे पर आई। वह बिना कुछ कहे मन्दिर को खोलकर भोग के बर्तनों की उठा-पटक करने लगा और कनखियों से सुरेश को बाहर निकलते देखता रहा।

अँधेरा अब तक पहाड़ पर भी फैल चुका था। पत्थरों की चीपें कालेपन में चमकती थीं। नीचे रास्ता चलते इक्के-दुक्के ही दीखते थे, रास्ता टटोल कर आगे बढ़ते हुए। कहीं-कहीं उभेड़ खाकर उनके पैर लड़खड़ा जाते। उन्हें किनारे करता हुआ सुरेश लौट रहा था। उसकी आँखों के सामने छवि की बड़ी-बड़ी आँखें, कानों में झूलते बुन्दे, गोल-गोल बाँहें, साड़ी में फुफकारी लेती हुई छाती, ये सब घूम गए। चींटियों के इधर-उधर रेंगने की किसकिसाहट सारे ज़िस्म में भर गई। वह वापस लौट आया और इस बार मन्दिर में घुसकर दाहिने तरफ़ के खम्भों की आड़ लेता हुआ परकम्मा में और वहाँ से ऊपर छत पर सरक गया।

आरती हुई...नारायण के हाथ में झूलती घंटी की आवाज़ से शुरू होकर हमेशा का हो-हल्ला हुआ, लोग आए और माथा टेक, प्रसाद लेकर चले गए। ऊपर से सुरेश लोगों को आते-जाते देखता रहा।

आख़िरी आदमी जा चुका था। अब नीचे सन्नाटा था। नारायण अब भी बैठा हुआ है, 'मज़ा करते हैं साले और एक सुरेश...उसके लिए सिर्फ़ रास्ते—इधर से उधर जाओ, उधर से इधर, वह कोई हस्ती नहीं!' सुरेश के जबड़ों के बीच गालियाँ चकचकाने लगीं। जाँघों से नीचे की ओर बहती हुई जो रेशमी सरसराहट थोड़ी देर पहले महसूस की थी वह कहीं चरमराकर टूट गई। उसकी जगह हाथों में उठती हुई तेज़ खुजली थी...हाथ किसी सिर को कलींदे की तरह पिचका देने को बेचैन थे। किसी-किसी तरह उसने ख़ुद पर काबू रखा और चुपचाप अँधेरे में इन्तज़ार करता रहा।

कुछ मिनट यों ही गुज़र गए। वह थकने लगा। हर मिनट का बोझ उसके लिए और भारी हो रहा था। एक बार मन हुआ कि नारायण को एक लात जमाकर चलता बने। तभी उसे पंडित की याद आई। उससे भी तो हिसाब चुकाना था। छवि को तोड़ लिया तो पंडित अपने-आप टूट जाएगा। नारायण रुका हुआ था, इसलिए उम्मीद अब भी थी। चलो, फिर आज इससे ही निपट लिया जाए। वह छत पर वैसे ही खड़ा रहा।

छवि आई। ऊपर से ही सुरेश ने उसे पहले इत्मीनान से देखा। अँधेरे में भी चमकता चिकना-चिकना चेहरा, पल्लू से ढकी छातियाँ, अलसाया शरीर। उसने अपनी सरसराहट को याद करने की कोशिश की। वह बड़बड़ाता हुआ नीचे गया।

माथा टेककर छवि उठ रही थी। सुरेश लपककर नीचे पहुँच गया और एक धक्का देकर छवि को मन्दिर के नीचे ले गया—क़रीब-क़रीब नारायण के ऊपर से। झटके में नारायण भी अन्दर की तरफ़ कलथा गया। सुरेश के

चाकू का फल एक साँप की तरह निकला हुआ फुसफुसा रहा था। अन्दर धँसकर उसने किवाड़ अपने पीछे से उढ़काए और फिर चाकू के फल को चक्कर में लहराने लगा।

"क्यों बे रंडी की औलाद" एक लात उसने नारायण को सामने की तरफ़ लगाई, "मुझसे झूठ बोलता था..."

लड़खड़ाता हुआ नारायण मूर्तियों के ऊपर गिरते-गिरते बचा। हल्की-सी खनखनाहट हुई, नीचे की मूर्तियों के गिरने की।

"अपने खसम से कहो, वह तुझे बचाए आज...न हो, इसके बाप पंडित को बुलाओ।"

सुरेश ने चाकू को छाती पर लाकर बीच से ब्लाउज को फाड़ डाला। छवि को पकड़कर नारायण के और अपने बीच किया।

छवि की आँखों से आँसू लगातार बह रहे थे। यह चिल्ला भी नहीं सकती थी...खड़ी रही, निश्चेष्ट...

"तेरे गाल का ख़ून पीने की क़सम खाई थी...चल इधर।"

सुरेश ने अपनी तरफ़ खींचकर छवि को ज़ोर से जकड़ लिया। छवि उससे क़द में कुछ बड़ी पड़ती थी, इसलिए चिपकता हुआ क़रीब-क़रीब उस पर टँग गया।

"इस नामर्द को बड़ा मज़ा देती रही, तेरा यह गाल और रंग.... क़सम से पागल कर रखा था मुझे।"

छवि चिल्लाने लगी।

"चिल्लाने का नहीं है!"

"लगता है।" छवि अपने हाथ से गाल सहलाते हुए बोली।

सुरेश के दाँत के निशान छवि के एक गाल पर उभर आए थे।

"अच्छा चल, तेरे लिए आसान कर देता हूँ।"

सुरेश ने चाकू उठाकर एक नोक छवि के एक गाल पर छुला दी...ख़ून की पतली धार चल निकली। सुरेश ने अपने मुँह से उसे चाट लिया फिर नारायण को दिखा-दिखाकर चाटता रहा।

"कोई आ जाएगा...।" छवि सिसक रही थी।

"साली इज़्ज़तदार बनती है। सुरेश छिपकर कोई काम नहीं करता।" और सुरेश ने भड़ से दरवाज़ा खोल दिया।

"चल हट! नारायण, पंडित की जूठन सुरेश के लिए नहीं है। वह ताज़ा चीज़ ही चखता है। समझी...चल निकल बाहर...चल बे भड़ुए!"

दोनों को आगे-आगे चलाते हुए सुरेश ने उसे सामने के दरवाज़े से मन्दिर

के बाहरवाले चबूतरे पर निकाला। छवि ने अपनी छाती ढक ली थी और साड़ी के छोर से दोनों गाल ढके हुए थी।

बाहर सन्नाटा था।

"इस मुहल्ले की कमीनी औलादो...सो गए सालो...मैं सुरेश बोल रहा हूँ... देखो कारनामे...।"

गली से जाते हुए एकाध रुक गए। बाईं तरफ़ से रामरतन निकल आया। मालती का नया घर एकदम सामने था। केशव अब भी वहीं था। मालती ने रोक लिया था, सर्वेश के आने तक। सर्वेश भी आ चुका था। वे सब बाहर को दौड़े... सर्वेश और केशव चबूतरे पर, मालती किवाड़ की ओट में।

"देखो, ये जादवजी की चहेतरी पुत्री है और यह रंडी की औलाद है...यह मन्दिर में भोग लगाता है और यह पाती है...तुम्हारे मन्दिरों में रासलीला होती है...साले आज पकड़े गए।"

सुरेश ने नारायण को चबूतरे के नीचे उतारकर उसे झुतरों के बल पकड़ लिया...फिर एक लात पसलियों पर जमकर लगाई...नारायण टन्नाकर गिर गया, चबूतरे का सहारा लेता हुआ।

छवि हाथों में मुँह छिपाकर भाग गई—मन्दिर से होते हुए घर की तरफ़।

सुरेश ने चाकू को ठीक से खोंसा और गालियाँ देता हुआ चल दिया। गली मुड़ते वह फिर रुका और वहीं से फिर नारायण को गरियाने लगा।

"अबे ओ बेटी...अगली बार जब पंडित का मूत पीने जाना, तो उसे समझा देना, वह मुझे डोर-लोटे के साथ कुइयाँ में डुबाने वाला था न! साले को बूढ़ा समझकर छोड़े दे रहा हूँ, वर्ना उसके लँगोट की नार को काटकर तुम तीनों को नंगा बाँधता उससे...कह देना अपने बाप से..."

उसकी छाया धीरे-धीरे गली के अँधेरे में खो गई। केशव देखता रह गया।

हर बार ही केशव देखता रह जाता है, जैसे सभी देखते रहते हैं...अन्दर ही अन्दर तुसतुसाते हुए।

सर्वेश छवि को दोष दे रहा था, अन्दर बखरी में लौटकर। केशव अब सुन रहा था...जैसे थोड़ा पहले सिर्फ़ देख रहा था।

सर्वेश के नाक-नक़्श के पीछे सुरेश के नाक-नक़्श उतरा रहे थे। तिरछी टोपी लगाकर किस शौक से शादी करने पहुँचा था सर्वेश...तभी से उसके लिए केशव के मन में घृणा ही घृणा भर गई थी। सर्वेश एक बहुत बड़ी वजह था, जिसके कारण केशव इधर फिर कभी नहीं आया था, और आज वह सुरेश का पक्ष ले रहा था... बेईमान...साला!

बिना किसी से कुछ कहे एकाएक ही केशव उठा और घर के बाहर निकल आया। वह सर्वेश की अब कभी शक्ल भी नहीं देखेगा, उसके घर तो बिल्कुल ही नहीं आएगा।

घर की तरफ़ निकला तो मन्दिर का चबूतरा सुनसान था। जहाँ थोड़ी देर पहले ही कोहराम मचा हुआ था, वहाँ अब ऐसा था जैसे कहीं कुछ हुआ ही नहीं था। थोड़ा-सा ग़ौर से देखो तो मन्दिर से लिपटे अँधेरे में भूत उगते नज़र आए। नारायण का भूत...फाँऊँ-फाँऊँ...करता हुआ, छवि...चुड़ैल...पागल-सी हँसती...बड़े-बड़े दाँत दिखाती...लम्बी जीभ निकालती...केशव के राम-सीता!

मरघट उसने अब तक नहीं देखा था...लेकिन वह मन्दिर-सा ही होगा, उसे लग रहा था।

सौ रुपये खोने के बाद केशव के पिता को कोई दूसरी उचक-कूद मचाने की फिर हिम्मत नहीं हुई। वे यह मानकर रह गए कि यह सब उनके बूते का नहीं था। शिवमंगल से निपटना तो और भी मुश्किल बात थी। उस दिन की झड़प के बाद जेब में एहतियातन साग-सब्ज़ी काटनेवाला चाकू ज़रूर रखने लगे थे, कि कहीं शिवमंगल ने रास्ते चलते कोई छेड़खानी की तो वे भी कुछ कर गुज़रेंगे—'मरता क्या न करता'...लेकिन उस दिन की गरमा-गरमी जैसे उसी दिन ख़त्म हो गई थी। कई दिनों तक लगातार उन्हें ज़रूर व्यापता रहा, ख़ासतौर से जब-जब वे घर के बाहर होते।

पर जल्दी ही उन सबसे बदला लेने का ख़याल दिमाग़ से ही उतर गया। जब जादवजी की लड़की छवि के साथ इतना बड़ा हादसा किया जा सकता है, तो वे कौन चीज़ थे। ख़बर सुनकर कुछ खुशी तो हुई थी, क्योंकि जादवों ने उनसे हमेशा दोगलाँय ही की थी। जब अपने घर आग लगती है तब पता चलता है, पर खुशी के साथ ही हिलगी चली आई सनसनाहट...और उन्हें अपनी लड़की का ध्यान हो आया। पंडित और उसके बाबत जो उड़ाया गया था, उससे भी नहीं हुआ था। उन्हें ऐसा लगा जैसे कच्चे पखवा उठा लिये हैं पर छवना बाक़ी है...और बादल घिरकर आ गए हैं...जल्दी ही कुछ करना चाहिए...

छुट्टी के अब भी कई दिन बाक़ी थे। उन्होंने घर में तय किया कि केशव की बहिन का ब्याह करके कम-से-कम उससे छुट्टी पा लेना चाहिए। इस मुहल्ले का क्या भरोसा? कहीं कुछ अनाप-सनाप हो गया तो लड़की की ज़िन्दगी बरबाद।

फिर कुछ करने-धरने का ही नहीं रहेगा। तीन-चार दिन के लिए खाना-पीना बँधवाकर वे निकल पड़े, डरते हुए कि कहीं उनकी नामौजूदगी में ही कुछ न हो बैठे...मऊ तहसील में बिरादरी के बहुत घर सुने जाते थे। कहीं-न-कहीं बात बन ही जाएगी। मऊ उतरकर उन्होंने पता किया, और जो बिरादरी का सबसे बड़ा घराना था, उसके यहाँ जा पहुँचे।

घर रुआब-दाबवाला था, बाहर से पक्का और बड़े दरवाज़ेवाला। उनकी शहर में अच्छी-खाख़ी मिठाई की दुकान थी जो ख़ूब चलती थी। घर के बाहर छोटा-मोटा अहाता भी था। मवेशी कई एक थे और गाँव में खेती-बाड़ी भी सुनी जाती थी। लड़का नई उम्र का था, पढ़ रहा था आठवें या नवें में...और क्या चाहिए था—अच्छे-ख़ासे, खाते-पीते लोग थे।

घर पहुँचकर अन्दर शर्माजी के लिए ख़बर पहुँचवाई। पता लगा, शर्माजी पूजा पर हैं, थोड़ी देर बाद निकलेंगे...तो परिवार पूजा-पाठवाला भी था। केशव के पिता को सन्तोष हुआ। सवेरे वे नदी में नहाकर पूजा-पाठ से निवृत्त होकर ख़ुद भी निकले थे। क्यों न जब तक शर्माजी पूजा-पाठ में फँसे थे वे भी कुछ खा-पी लें? झोले से लोटा निकालकर नल से पानी ले आए और वहीं चबूतरे पर बैठकर कटोरी निकाल ली, भुजा हुआ पिसान घोलकर खा लिया और फिर निश्चिन्त होकर इन्तज़ार करने लगे। शर्मा जी निकले—दमर-दमर चेहरा, माथे पर तिलक, फूला-फूला शरीर, एकदम मिठ्यों-जैसा...सफ़ेद धोती और बाँहोंवाली बनियान, अन्दर से झाँकता हुआ जनेऊ।

"डंडौत महाराज! आपके लड़के के ब्याह के सिलसिले में आया हूँ। कुंडली मिल जाती तो विचरवा लेते।"

शर्माजी ने केशव के पिता को ऊपर से नीचे तक देखा। मामूली-से कपड़े और खेतिहरवाली पन्हइयाँ। मुस्कुराकर रह गए।

"आइए-आइए," वे उन्हें अन्दर ले गए।

बैठक सेठ-साहूकारों की मसनद-जैसी सजी-सँवरी थी। खपरैल के नीचे तनी हुई चाँदनी। चाँदनी के ठीक नीचे सटी-सटी चौतरफ़ा लगी तस्वीरें। पूरी बैठक में पसरा हुआ गद्दा। ऊपर बिछी सफ़ेद चादर! इधर-उधर लगे आठ-दस गोल तकिए। शर्माजी एक तकिए का सहारा लेकर बैठ गए। एक किनारे केशव के पिता भी जूता उतारकर चढ़ गए।

सबकुछ सेठ-साहूकारों जैसा था। शर्माजी के गले में कोई छः तोले की जंजीर लटक रही थी।

"कौन लोग हैं?" शर्माजी ने ही चर्चा छेड़ी।

"महाराज, हम लोग पहाड़ी के मिसिर हैं, वशिष्ट गोत्र है। आजकल ज़रूर रोज़ी-रोटी के चक्कर में बाहर..."

"क्या होता है आपके यहाँ...?"

"मैं मास्टर हूँ, पत्नी भी स्कूल में पढ़ाती है। लड़की की आयु तेरह वर्ष, रंग गोरा है, घर के काम-काज में निपुण है। सुशील है...पढ़ी-लिखी भी है।"

"पहाड़ी के कुछ घरों को मैं भी जानता हूँ। क्या नाम था आपके पिताजी का?" शर्माजी ने पूछा।

केशव के पिता ने नाम बताया।

"अच्छी-अच्छा, मुझे पता है...वही जो वहाँ के लोधियों के यहाँ काम करते थे।"

केशव के पिता को यह ज़िक्र अच्छा नहीं लगा। लेकिन क्या करते, बात सही थी। उनके बाप की अपनी ज़मीन तो थी नहीं।

"आपका कोई भाई था क्या, जो कत्ल के जुर्म में जेल भी गया था।"

"हाँ, गया ज़रूर था मगर छूट भी गया। दरअसल वह लोधियों की चाल थी। उसे फँसाया गया था और फिर भाई का हमसे क्या मतलब? मैं तो अपने ब्याह के बाद से ही अलग हूँ।"

"नहीं-नहीं, वह तो मैंने ऐसे ही पूछा। ब्याह कैसा करने का विचार है?"'

"अपनी समर्थ-मुताबिक सब कुछ करेंगे, परन्तु ये बातें और बाक़ी चीज़ें तो बाद में भी तय की जा सकती हैं। अगर आप लड़के की कुंडली दे दें तो मैं यहीं मिलान करवा लूँ, और फिर तय-तवा हो जाए। ब्याह हम इन्हीं गरमियों में कर देना चाहते हैं।"

"क्यों ऐसी क्या जल्दी है? अभी तो लड़की की उम्र भी बहुत छोटी है।"

केशव के पिता थोड़ी देर को हिचकिचा गए। कहीं शर्माजी को मज़बूरी तो नहीं मालूम।

"बात यह है महाराज, कि यही उम्र है जब शादी कर दी जानी चाहिए। बिरादरी के अच्छे लड़के वरना रुकते कहाँ हैं?"

"हाँ, वह तो है ही..." कहते हुए शर्माजी तोंद पर हाथ फेरते-फेरते उठ गए, "दुकान का समय हो गया, चलूँ!"

"तो मेरे लिए क्या आज्ञा है? कुंडली मिल जाती तो मैं दिन-भर में यह काम कर लेता। शाम को आपसे फिर मिलकर आगे की योजना बना ली जाती।"

"हमें कुछ सोचने-समझने का मौक़ा दीजिएगा या नहीं?" शर्माजी के स्वर में थोड़ी कड़ाई थी।

"तो जैसी आप आज्ञा दें!"

"कल सवेरे आप दुकान पर मिलिए।"

केशव के पिता ज़ब्त करके रह गए। उनका ख़याल था कि कुंडली वग़ैरह देने, यहाँ तक कि लड़की को जाकर देखने तक तो किसी को कोई ऐतराज़ ही नहीं होता था। लेकिन काम तब अपना फँसा था, इसलिए हाँ-हूँ करके वापस बाहर निकल लिये।

दूसरे दिन सवेरे वे शर्माजी के आने के पहले ही पहुँच गए। वही वैभव, वही रूप-रंग। शहर की वह सबसे बड़ी मिठाई की दुकान नहीं, तो पहली दो-तीन में ज़रूर थी। नौकर-चाकर मिठाई बेचने के लिए अलग थे। पीछे शर्माजी के लिए गद्दी थी, सर्राफों-जैसी छोटी, पर चमकदार। दुकान पर लड़का भी देखने को मिल गया। कोई ख़ास बात तो नहीं थी। थोड़ा फसर-फसर भी था अभी से, लेकिन ठीक-ठाक था। रंग ज़रूर दबा था, लेकिन लड़के का रंग कहाँ देखा जाता है! घर अच्छा चाहिए। यहाँ हो जाए तो लड़की का भाग्य समझो बन गया। थोड़ी देर इधर-उधर बस्ती में यूँ ही घूमते रहे। जब लौटकर फिर आए तब तक शर्माजी आ चुके थे। डंडौत करके उनके पास फिर मसनद के किनारे बैठ गए।

शर्माजी बही-खाते निकालकर एकदम सेठों की मुद्रा में व्यस्त थे।

केशव के पिता चुपचाप इन्तज़ार में बैठे थे कि उचित वातावरण बने, तब बातचीत शुरू की जाए। काफ़ी देर की चुप्पी के बाद शर्माजी ने मुँह उठाया और एकाएक ही भभक पड़े—

"आप मेरे पीछे क्यों पड़े हैं? सम्बन्ध बराबरी वालों के होते हैं! आपकी हमारी क्या बराबरी? क्यों फिज़ूल वक़्त बरबाद कर रहे हो?"

"तो महाराज, यह कल ही बता दिया होता," केशव के पिता ने काफ़ी संयत ढंग से कहा।

"क्या बता देते? आपको खुद सोचना चाहिए। जिसके घर में कोई कत्ल में फँस चुका हो, उसके घर कौन शादी करने को तैयार होगा? आप पीछे पड़े रहे कि मैं साफ़-साफ़ कहूँ तो कहना पड़ रहा है। आप कोशिश करके देख लीजिए, जो भी कोई आपके बारे में जानते होंगे, उसकी यही मुश्किल होगी।"

"तो महाराज आप भी सुन लीजिए, इसी शहर में इसी बार पक्यात करके न गया तो जनेऊ निकालकर गधे को पहना दूँगा।"

केशव के पिता उठकर चल दिए।

असली बात जो थी वह नहीं कहेगा कि मुझे नेग में तगड़ी रक़म नहीं मिलेगी। क्या सोचता है कि उनकी लड़की हमेशा कुँआरी बनी रहेगी, क्योंकि उनका

छोटा भाई कभी कत्ल में फँसाया गया था। अगर उसने कुछ किया भी होता तो वे बचपन से अलग रहे हैं, ब्याह के बाद तो ऐलानिया अलग हैं। उन्होंने तैश में आकर शर्मा के सामने एक प्रतिज्ञा कर ली थी...इसी बार इसी शहर...पक्यात के लिए जो दो सौ रुपये लाए थे, उसी से।

एक लड़की का भाग्य कड़ाके की बातचीत के दरम्यान कहीं शक्ल ले चुका था। केशव के पिता कमर कसके तो चले ही थे, यहाँ पहुँचकर उन्होंने फिर एक लताड़ झेली थी, लेकिन इस बार अंगद की तरह पाँव रोप देने और वापस ललकारने का मौक़ा उन्हें मिला था। वैसे भी ब्याह की उन्हें जल्दी थी। जो कोई भी लड़का सामने आएगा उसी से शादी तय कर दी जाएगी। अगर कहीं बात बन गई तो शर्मा को दो-चार सुनाने को भी मिलेगा। उसके बाद ही वे मऊ छोड़ेंगे। लड़का तो यों भी कहाँ देखते हैं, यही देखा जाता है कि बूढ़ा न हो, तो कोई ज़रूरी है घरबार भी देखा जाए? उनका घरबार ही क्या था। एक बार जो ब्याह हुआ तो सब अपने-आप पनपने लगते हैं...और फिर ब्याह वहीं तो होगा जहाँ ईश्वर ने रच रखा है। माता-पिता तो सिर्फ़ एक तरह के माध्यम-भर हैं। जहाँ लड़की के संस्कार होंगे, वहीं तो जाएगी।

केशव के पिता दुबे के चौक की तरफ़ बढ़ गए। एक घर में बात भी पक्की हो गई, उसी शाम। उनका प्रण पूरा हो गया था। घर मामूली था। पंडिताई होती थी। लड़के से ज़्याद उन्हें लड़के के बाप ने मोह लिया। अच्छी तन्दुरुस्ती, तेजस्वी चेहरा, जबकि लड़का सिर्फ़ दुबला-पतला, पढ़ने-लिखने में मामूली... सब काम ख़त्म करके केशव के पिता वापस लौटे तब भी उनके मुँह से लड़के की चर्चा कम, लड़के के पिता की चर्चा ज़्यादा थी, जैसे कि शादी उन्हीं से होनी थी। इतनी जजमानी, पूजा-अर्चावाले लोग...वग़ैरह-वग़ैरह।

सबकी नज़रों में केशव की बहिन का ओहदा बढ़ गया था। वह उस बस्ती में कुछ दिनों के ही लिए थी और उसके बाद यहाँ की लठैती, गाली-गलौच, कीचड़ से जैसे फिर मुक्ति सदा के लिए। केशव के लिए भी जैसे कोई बड़ी चीज़ होनेवाली थी। उसकी बहिन दूसरे शहर चली जाएगी और हर दूसरे शहर के बारे में जो सपने होते हैं, वह केशव की बहिन के साथ-साथ केशव के भी थे जहाँ सबकुछ अच्छा ही अच्छा था। गन्दगी और कीचड़ तो सिर्फ़ यहीं था!

मँझले ने मज़ाक़ में एक दिन चिढ़ा भी दिया। "तुम्हारे जीजा को एक बढ़िया माल हाथ लगेगा।" उसने कहा।

"हट, वे ऐसे आदमी नहीं हैं, मुझे पता है," केशव ने कहा, "वे ऐसी हरकतें नहीं करते।"

"तो क्या और पूजेंगे तुम्हारी बहिन को, पटे पर बिठाकर?"

मँझले केशव की नादानी पर हँसने लगा। केशव भौचक्का-सा बुद्धू बना सामने देख रहा था। उसका दो दिन पुराना उत्साह फक्क-से बुझ गया।

सुरेश की नई करतूतों की ख़बर ड्राइंग-मास्टर तक भी पहुँची। तनतनाता हुआ वह भारत के पास पहुँचा।

भारत से मास्टर की पटरी यहीं नहीं खाती थी, भारत की सूझबूझ के लिए उसकी पूरी श्रद्धा के बावजूद। भारत यहाँ के आदमियों को सिखाने-समझाने में विश्वास रखते थे, जबकि मास्टर का अनुभव था कि यहाँ की औलादों के बस का सिर्फ़ इतना था कि वे आपस में जूझते-मरते रहें। उसी नाली के मच्छर रहें जहाँ वे पैदा थे। भारत पूरा वाकया सुनने के बाद सिर्फ़ मुस्कुराया।

"मुझे कभी-कभी लगता है कि हमारा रास्ता सही नहीं है।" मास्टर ने कहा।

"रास्ते को समझने के लिए बात शुरू से ही शुरू करें...देखो, यह तो मानते हो कि हमारी यह सामाजिक व्यवस्था सड़ चुकी है और इसे बदलना चाहिए।"

"यह मैं एकदम मानता हूँ...इसमें भी मुझे पल-भर को शंका नहीं हुई कि सामाजिक व्यवस्था आर्थिक व्यवस्था पर निर्भर है, इसीलिए वह भी बदलना चाहिए। लेकिन हम यह सब तोड़-फोड़ से ही कर सकते हैं—इसमें मुझे अक्सर सन्देह होने लगता है...इसीलिए कि तोड़-फोड़ के लिए हमारे पास आदमी कौन आते हैं—सुरेश-जैसे। इन आदमियों से..."

"हमारा उद्देश्य कोई नई व्यवस्था लाना नहीं है...सिर्फ़ इस व्यवस्था को उखाड़ना है...नई तो अपने-आप आएगी..."

"यह तो एक तरह से नकारात्मक दृष्टि है।"

"मैं नहीं मानता...अव्यवस्था पैदा करके ही हम नई के लिए जगह पैदा करते हैं, और तब हमारा रोल कांस्ट्रक्टिव है..."

"लेकिन हिंसात्मक रवैये से जितना बनता नहीं, उतना बिगड़ता है।"

"आपके पास और कौन-सा विकल्प है जनाब?" भारत की आवाज़ तेज़ पड़ गई..."हिंसा ही हमारा एकमात्र हथियार है। आप हिंसा के नाम से उचक क्यों बैठते हैं? आदमी की हर हरकत हिंसा है, एक आदमी का औरत को बीवी बनाकर रखना हिंसा है, बच्चे को एक ख़ास ढंग की शिक्षा देना हिंसा है, आदमी को एक कायदे से जीने के लिए मजबूर करना हिंसा है...बाप का लड़के को समझाना हिंसा है।"

"तो यह सब तो हर व्यवस्था में रहेगा..."

"बिल्कुल...मेरा मतलब सिर्फ़ इतना था कि हिंसा से निजात नहीं है। इसलिए इससे घबराया क्यों जाए? इसे आदमी की बुनियादी शक्ति के रूप में देखो। हम आदमी के लड़ाकू स्वभाव को नहीं बदलना चाहते, हम तो उसे सिर्फ़ सही दुश्मन की पहचान कराना चाहते हैं कि वह एक व्यक्ति की तरफ़ दुश्मनी की नज़र से देखने के बजाय उस व्यवस्था को देखे जिसकी पैदावार उसका दुश्मन है। सिर्फ़ उसके द्वेष और हिंसा को सही रास्ते लगाना है। और इस-जैसी जगहों में जहाँ लड़ाई-झगड़ा, हिंसा अपने बड़े ही 'क्रयूड' रूप में है, सभ्यता की फैलाई हिचक नहीं है...वहाँ यह और भी आसान होना चाहिए।"

"लेकिन क्या फ़ायदा...जब इसमें भी हिंसा है और नई में भी रहना है?"

"फ़ायदा हमेशा एक 'रिलेटिव' शब्द है। आदमी के साथ हो रही सबसे बड़ी हिंसा, कि कुछ को बहुत खाने को हो, कुछ को बिल्कुल न हो—इसे अगर हम ख़त्म कर सकें तो हिंसा के और रूप बर्दाश्त किए जा सकते हैं। कम-से-कम यह बड़ा फ़ायदा तो है। यहाँ नुकसान तो सब हैं और वह बड़ा फ़ायदा भी नहीं।"

"तो आप भी हिंसा को नुकसान मानते हैं न...?"

"मैं तुम्हारी भाषा में बात करने लगा था, समझाने को...सुरेश ने कुछ बड़ों का पर्दाफाश किया है, लड़के-लड़की के उस सम्बन्ध के ख़िलाफ़ भी हवा पैदा की है जो आज के दिनों जब संघर्ष की इतनी ज़रूरत है, शुद्ध अय्याशी है...ज़रा सोचो वे सब जो तुम्हारी लिस्ट में हैं—शिवमंगल, कैलाश, कल्लू और यहाँ के सब—अगर वे जब लड़ना-भिड़ना छोड़कर प्रेम में जा फँसे, तो संघर्ष की मशाल कौन हाथ में लेगा? इसलिए यह अच्छा है कि नौजवान जूझता रहे...लड़ने-मरने को तैयार रहे। चलते चाकू की धार पर जंग नहीं लगता।"

"तो यह समझ लीजिए कि ये सब वहीं खंदिया में जूझते-जूझते ही बुढ़ा जाएँगे, आप इनको बाहर नहीं खींच पाएँगे कभी।"

"सबको न सही...जिन्हें भी हम नहीं खींच पाए, वे भी हमारा काम कर रहे हैं। समाज को लात पर लात लगा रहे हैं। अव्यवस्था पैदा कर रहे हैं। भले ही वह थोड़ी देर को ही हो...या सिर्फ़ असुरक्षा की भावना ही पैदा हो रही हो। जब असुरक्षा की भावना होगी तो न केवल जवान बल्कि हर व्यक्ति मौजूदा व्यवस्था को बदलने की चाह रखेगा।"

"तो मतलब यह कि हम उनकी व्यक्तिगत लड़ाइयों में भी शामिल हो जाएँ, पीछे से उनकी मदद करें?"

"नहीं, हम तो अपना काम करेंगे...जहाँ सबकुछ ठीक-ठाक चल रहा है, वहाँ एक भूकम्प-सा पैदा करके अलग हट लें, गुरिल्ला की तरह। या बासठ में आए चीनियों की तरह एक 'पंच' और ग़ायब...जहाँ तक बन सके, नए-नए नौजवानों से यह काम कराएँ। इससे दोनों तरफ़ के फ़ायदे होंगे। हमारा काम भी हुआ और एक आदमी की ब्रेन-वाशिंग भी हुई। बाक़ी जो वे व्यक्तिगत स्तर पर खटर-पटर करते हैं उससे हम बिचकें नहीं। वहाँ उस तरह की मदद देने की ज़रूरत नहीं है, न ही उन्हें उकसाने की। यह तो वे करते ही रहेंगे, क्योंकि यह उनकी रूहानी ज़रूरत है। इसलिए मदद-वग़ैरह जो भी उन्हें चाहिए, वे ढूँढ़ ही निकालेंगे—पर इस काम और हमारे काम में कोई विरोध नहीं है।"

"इस सबके बीच लगातार रहते हुए क्या आपको गन्दगी नहीं लगती?"

"गन्दगी?" भारत हँसा, "इस शरीर की बुनियादी हरकतें...खाना, पाखाना, पेशाब...पसीना...और सेक्स...क्या ये गन्दी हरकतें नहीं हैं? पर हमें नहीं लगतीं। जब हम उन्हें अपने से बाहर देखते हैं तभी वे गन्दी लगती हैं। हिंसा भी ऐसी बुनियादी भावना है, यह हमारी नसों में है...वहाँ से निकलकर वातावरण में जा चिपकती है। हमारे इर्द-गिर्द हवा की तरह है।

"फिर हमारा तो क्षेत्र राजनीति का है। राजनीति की बुनियाद इतिहास के शुरू से ही हिंसा पर रही है। अशोक का...जिसका इतना नाम लिया जाता है, दूसरों पर एक विश्वास या धर्म लादना, भले ही उतने क्र्यूड ढंग से न हो—क्या एक बड़ी हिंसा का नमूना नहीं है? राजनीति तो वह समुन्दर है जहाँ हर तरह की हिंसा की धाराएँ, नदियों की तरह आकर गिरती हैं। और फिर जो हिंसा इस समुद्र से निकलती है...वह उसका सबसे विशाल स्वरूप है। उसी से वह परिवेश बनता है जिसके ये सब छुटपुट हिस्से हैं—यह लड़ाकू इलाक़ा भी अपनी रसद उसी परिवेश से पाता है।

"पर मेरा ख़याल है, यह हिंसा को दार्शनिक ढंग से पेश करना है...! अच्छा, व्यावहारिक धरातल पर देखो। राजनीति में आदमी कौन हैं...शिवमंगल और कैलाश-जैसे ही तो जाएँगे...? दाँव-पेंच राजनीति का अस्त्र है। ये कुश्ती के दाँव-पेंचों से ज़्यादा ख़तरनाक, बेरहम और हिंसात्मक हैं, क्योंकि कुश्ती वाले तो पता होते हैं, ये किसी को पता नहीं, तीसरे चूँकि यहाँ आदमी की अपनी हिफाज़त का प्रश्न सीधे से नहीं उठता इसलिए कोई हिचक नहीं है, किसी बिन्दु से वापसी नहीं है...कहते हैं न 'ऐवरीथिंग इज जस्टीफाइड इन लव, वार एंड पोलिटिक्स...।' अब अन्दाज़ लगाइए, बिना राज्य के आज के जन-जीवन की कल्पना नहीं की जा सकती। और राज्य बग़ैर राजनीति के नहीं रह सकता,

और राजनीति की बुनियाद और उसकी अभिव्यक्ति, दोनों ही हिंसा है...हिंसा ही हिंसा..."

"ख़ैर, ये छोड़िए...तो फिर सुरेश पर क्या कोई रोक नहीं लगाई जाए?"

"क्या ज़रूरत...वह उधर भी अपना काम कर रहा है और इधर भी करता है? बाक़ी और दूसरों का क्या हुआ? आपकी लिस्ट तो अच्छी-खासी थी।"

"सब इसी तरह के हैं। कल्लू तो एकदम लम्पट है, कुछ समझेगा ही नहीं। कैलाश और शिवमंगल को घसीटा जा सकता है। सुरेश को कुछ एकदम नयों को तैयार करने के लिए कहा है। सुरेश के हाथों में तमंचा ख़तरनाक चीज़ है।"

"रिस्क तो है, पर ऐसे रिस्क लेने होंगे। लेट अस वेट एंड सी—जितनी उपजाऊ यहाँ की ज़मीन है, उस हिसाब से हमारी भर्ती नहीं चल रही।"

"यहाँ की दिक़्क़त आपको बता चुका, इतनी ऐंठ है यहाँ की नस्ल में कि उसकी सारी ज़िन्दगी उसे बनाने और फिर बरकरार रखने में ही निकल जाती है।"

"हाँ, यह कुछ अजीब बात है। कुछ ख़ास बातें ही हैं, जिन पर यहाँ का आदमी मर मिटने को तैयार होता है, दूसरी बातें शायद उसके ऊपर से बह जाती हैं। पल्ले ही नहीं पड़तीं, पर हमें इस इनर्जी को डाइवर्ट करना है। एक पहाड़ी नदी है, उसके बहाव को ऊपरी हिस्से पर जाकर क़ैद करो, पूरा नहीं...बाँध ही न पाओगे। पूरा बाँध खड़ा करना पड़ेगा। सारी ताक़त एक में ही लग जाएगी। तो सिर्फ़ उसका एक तरफ़ का हिस्सा लो जो उधर को बहता है जिधर हमें डाइवर्ट करना है। फिर उस पतली धार के लिए रास्ता बनाते चले जाओ छोटा-सा...असली धार को अपने रास्ते जाने दो। नदी को लगता रहेगा, वह क़ैद नहीं हुई और तुम उस पतली धार को डाइवर्ट करके नदी के रास्ते से अलग समतल में भी ले जा सकते हो। फिर उसे बम्बों में घुसेड़ कर उसकी फोर्स से चक्की चला सकते हो, लकड़ी काटने की मशीन चला सकते हो—मेरा मतलब समझ गए होगे..."

मास्टर उठ खड़ा हुआ। भारत की बातों से उसका माथा एक अखाड़ा-सा बन जाता है...कितनी तरह की उठा-पटक वहाँ होती रहती है। एक-एक पर टूट पड़ते विचार। भारत कहना भूल गया, धमनियों से ज़्यादा हिंसा आदमी के माथे में है, जहाँ पर हर क्षण धर-पकड़ चलती रहती है।

केशव की मुलाक़ात उस दिन अकस्मात् ही सोहन से हो गई।

गोबर बटोरते-बटोरते उस दिन वह खंदिया के नीचे मैदान तक पहुँच गया था। अमूमन जाने की ज़रूरत नहीं पड़ती थी, क्योंकि उसकी टोकरी खंदिया की

सीढ़ियाँ पूरी होने के बहुत पहले ही भर जाती थी और वह वापस लौट जाता था, लेकिन आज वैसा नहीं हो पाया। नार में एक गाय ने टोकरी की खुजलाहट में कुछ बिगड़कर पीछे की तरफ़ पैर फटकार दिया था। केशव गाय के एकदम पीछे था। बिचककर पीछे हटा, फिर भी गाय के खुर का एक तेज़ स्पर्श उसकी जाँघ को, ऊपर से ही सही, पर खरोंचता हुआ चला गया। चोट ज़्यादा नहीं आई थी पर काफ़ी गहरे तक छिल गया था। इसके बाद काफ़ी बच-बचकर और नार के किनारे-किनारे से चलता रहा। ऐसा करने से हमेशा ही टोकरी भरने में देर हो जाती थी, क्योंकि जब तक नार आगे न निकल जाए, गोबर उठाया नहीं जा सकता था, और दूसरे लड़के आगे-आगे ही लपककर समेट लेते थे।

मैदान के एक किनारे खड़े हुए केशव ने देखा कि सोहन दूसरी तरफ़ से जो नार आकर उस मैदान में इकट्ठी होती थी, उसके साथ गोबर बटोरता हुआ आया है। केशव ने आवाज़ दी और सोहन को बुलाकर पास बिठा लिया। सोहन वैसा ही था, आँखें मिचमिचाता हुआ। केशव का बहुत क़रीबी नहीं था, वह हो भी नहीं सकता था, लेकिन जो अकेलापन केशव के अन्दर कहीं घर कर रहा था वह सोहन का आकार लेकर तब बाहर खड़ा था। एक माने में शिवराम के साथ जो कुछ हुआ, कुछ-कुछ वैसा ही तो केशव के पिता के साथ भी गुज़रा था। दरअसल जितना ज़्यादा केशव अपने पिता को देखता, उतना ही वह उस मोहल्ले में अपने-आपको अकेला पाता। शुरू-शुरू में केशव के एक सगे मामा केशव के पिता से होली खेलने आते थे। उनके होली खेलने का ढंग कुछ अजीब था। वह किसी बहाने से केशव की मार्फत ही पिता को बाहर बुलवा लेते और अपने एक-दो साथियों के साथ मिलकर केशव के पिता को पकड़ लेते और उन्हें नाली के कीचड़ में सानकर रख देते। उसके बाद सभी पिता के हाथ-पैर पकड़कर उन्हें कन्धों पर उठा लेते और कुछ दूर वैसे ही लिये चले जाते जैसे लोग ठठरी को उठाकर ले जाते हैं। केशव तब बहुत छोटा था, पर यह सब उसे बहुत ख़राब लगता। इस कांड को होली से जोड़ पाने की तमीज़ उसे तब नहीं आई थी। उन्हीं दिनों की एक और तस्वीर उसके सामने बार-बार ऊपर होकर आया करती। फाटकवाले घर की ही एक घटना...जब थल्ले सुनार काफ़ी गरम-गरम उनके यहाँ आया था और केशव की मार्फत ही उसने भी पिता को बुलाया था। बाहर उन दोनों की कुछ तेज़-तेज़ बातें हुई थीं जो केशव की समझ के बाहर थीं। थल्ले ने एक बार केशव के पिता का हाथ भी पकड़ लिया था। उसका हाथ राक्षसों-जैसा डरावना और काला था। काफ़ी दिनों बाद केशव यह अन्दाज़ लगा सका था कि थल्ले ने अपनी बीवी को लेकर शक किया था या शायद उसके

पिता थल्ले को समझाने की अनधिकार चेष्टा कर बैठे थे। उसी फाटकवाले घर में कई बार केशव ने पिता को कहीं बाहर से तैश में आते हुए एकदम कुल्हाड़ी उठाकर पत्थर पर उसकी धार को घिसते हुए देखा था। अक्सर ऐसा हो जाता कि या तो माँ और या फिर कोई और बाहर का आदमी उन्हें कुल्हाड़ी लिये हुए बाहर कहीं जाने से रोक लेने में कामयाब हो जाता। केशव को पता नहीं चलता था कि कौन-सा व्यक्ति था जिसके लिए पिता के मन में इतना क्रोध था। फिर एक दिन केशव उस आदमी को देख सका था। एक नाटा-सा आदमी जो लछमन के घर से कोई तीन घर छोड़कर रहता था, उसे जादवों का कोई दूर का रिश्तेदार समझा जाता था। उस दिन जब पिता कुल्हाड़ी घिसने लगे तो वह पीछे-पीछे आकर दरवाज़े पर से चिल्लाने लगा। थोड़ी देर में थककर पीछे फाटक की तरफ़ हटकर खड़ा हो गया था कि तभी पिता कुल्हाड़ी लिये, आग-बबूला हुए चबूतरे पर उतर आए थे और वहाँ उन्होंने ललकारा था...कुछ-कुछ वैसे ही जैसे मास्टर कौशल उस दिन शिवमंगल को ललकारते हुए मैदान में उतर आए थे। कुछ लोग इकट्ठा हो गए थे, इसलिए मामला दब-दबा गया।

उसके बाद शिवहरे की लाठी और शिवमंगल का उन्हें लथेड़ना। पहले मौक़े पर तो ख़ैर वह मौजूद नहीं था, लेकिन दूसरी बार...केशव को पिता बहुत ही दयनीय तस्वीर लगते, उनकी धँसी हुई आँखें जैसे हमेशा छलछलाती लगतीं और उनके बारे में सोचता हुआ केशव अकेला होता चला जाता...अकेला और उस उम्र में भी उदास। जब कभी वह अपने अकेलेपन से उबर पाता तब उस व्यक्ति को पिता मानने में शर्म-सी महसूस करता, क्यों नहीं कोई ऐसा व्यक्ति उसका पिता हुआ जो ठस्सेवाला आदमी होता! केशव उतना ही लाचार था जितना सोहन। स्थिति सोहन से किस माने में फ़र्क़ थी, सिर्फ़ यही न कि सोहन कुछ सोच नहीं सकता था, वर्ना केशव की भी माँ मर चुकी थी और बाप का कोई अस्तित्व नहीं था, एक तरह से।

सोहन आवाज़ सुनकर ही चला आया। केशव की जगह कोई और बुलाता तो भी शायद वह यही करता। हर वक़्त ही उसे जैसा कहा जाता, वह वैसा ही करता है, कोई कुछ भी कह दे। केशव ने ही बात शुरू की।

"कहो, कहाँ रहते हो आजकल?"

"राइनपुरा के सराय में।" सोहन ने कहा।

"बाप भी वहीं है?"

"कौन?"

"शिवराम।"

सोहन को जैसे बहुत दूर कोई चीज़ दिखाई दी। उसे शिवराम की याद करने में जैसे कुछ ज़ोर देना पड़ रहा था।

"नहीं, वे नहीं रहते।"

"तब तुम किसके साथ रहते हो?"

"बेदी काका के साथ।"

"ये कौन हैं?"

"काका, बेदी काका।"

"शिवराम कहाँ हैं?"

"मुझे नहीं मालूम..." सोहन की आँखों में कीचड़ उछल आया था।

"काका के यहाँ क्या करते हो?"

"सबकुछ, चौका-बर्तन, झाड़ू, कंडे पाथना, रोटी बनाना। खाने को खूब मिलता है। आज ही भुँजिया खाई थी।"

केशव को याद आया कि सोहन को भुँजिया बहुत पसन्द है। कुम्हड़े को मेथी के साथ भूँजकर बनाने को ही वह भुँजिया कहता था, और जिस दिन यह बनता या बननेवाला होता...उस दिन भुँजिया कहते वक़्त ही उसके मुँह में ढेर पानी आ जाता था, रोके नहीं रुकता था। आज भी वैसा ही था। उसके लिए जैसे कुछ कहीं बदला ही नहीं था।

"रुपये भी देते हैं।" सोहन ने आगे बताया।

"कितने?"

सोहन ने कुछ नहीं कहा। शायद उसने सुना नहीं या फिर वह समझा ही नहीं था।

"कभी इधर भी आया करो। चिया खेलेंगे। तुम तो जब से गए, यार, इधर आए ही नहीं। जानते हो, तुम्हारे मकान में आजकल हम रहते हैं।"

"अच्छा?"

सोहन कुछ-कुछ अचम्भे से सामने देखता रहा। केशव को ऐसे लगा जैसे उस वक़्त सोहन को अपनी माँ की याद आ रही थी। इस घर में केशव को भी सिर्फ़ सोहन की माँ ही माँ दिखती थी, जबकि उसने उन्हें कभी देखा ही नहीं था। हमेशा दिखती एक तस्वीर जो केशव ने अनायास ही गढ़ ली थी। कैसे वह सोहन के लिए खाना बनाती होगी? कैसे वह बखरी से होकर रसोई की उस अँधेरी पौर में घुसती होगी। आज भी सोहन के पीछे उसकी माँ की वही काली तस्वीर सामने खड़ी थी, एक लम्बी, दुबली-पतली, काली-सी औरत, उठंग धोती पहने, गहरा काजल लगाए और माथे पर मोटी-मोटी लाल बिन्दी दिए...

"सोहन, अब जाओ, मैं भी जाता हूँ। खंदिया आना कभी...ऐं...खेलेंगे, अपना घर भी देख लेना—एकदम शक्ल बदल गई है।"

सोहन मिचमिचता बैठा सामने देखता रहा। फिर उठा और तसला उठाकर चलता बना। केशव थोड़ी देर उसे जाते देखता रहा। नार के मवेशी चरने के लिए जा चुके थे। धूल-भरे उस मैदान में जहाँ-तहाँ मवेशियों के हगने-मूतने के निशान थे, धूल को एक विशेष आकार में दाबे हुए या ऊपर किसी रंग में उछले हुए।

सोहन भले ही कोरी स्लेट हो, केशव के मन पर ज़रूर एक आकार साफ़-साफ़ उछला हुआ था, उसे सोहन बनाकर छोड़ देनेवाली एक काँटेदार छाया थी जो लगातार उसके मन पर करवटें लेती रहती, उसे पोर-दर-पोर छीलते हुए... शिवमंगल! सोहन को तो फिर भी आमने-सामने कुछ नहीं झेलना पड़ा, शिवराम पर जो गुज़री वह अपरोक्ष रूप से ही उस तक पहुँची होगी, लेकिन केशव...? उसे लगता है कि उसे इससे ज़्यादा ज़लील नहीं किया जा सकता था...

वह आदमी की औलाद नहीं, गोबर था!

फायरिंग की घटना के दूसरे दिन ही लड़कों को छोड़ दिया गया।

बोस साहब मीटिंग के फ़ौरन बाद लखनऊ चले गए थे। वहाँ से उन्होंने दिल्ली भी सम्पर्क किया था। स्थिति विस्फोटक थी, क्योंकि छात्रों में असन्तोष वैसे भी सब जगह बढ़ रहा था, इसलिए छात्रों को बन्द रखना, माने तनाव को बनाए रखना था। वे उनकी फ़ौरन रिहाई कराकर छात्रों में अपनी प्रतिष्ठा भी बनाना चाहते थे, क्योंकि उन्होंने मीटिंग में वायदा किया था। लखनऊ से कलक्टर को आदेश दिलवाकर ही वे लौटे थे, छात्रों की वाह-वाही सुनने के लिए।

उस रोज़ कैलाश को सलाह दी गई थी कि जुलूस को बनाकर रामलीला मैदान में मीटिंग की तरफ़ लाया जाए, पर एक बार जो जुलूस चला तो उस पर किसी का काबू न रहा। कल्लू तो पहले ही जा चुका था। कैलाश का ख़याल था कि जुलूस को कलक्टर साहब के यहाँ से रामलीला मैदान की ही तरफ़ हाँकेगा, लेकिन वहाँ कुछ और हो गुज़रा। फायरिंग के बाद लौटते जुलूस को उसने फिर से बटोरने की कोशिश की तो वह चलकर बस-अड्डे पर अटक गया।

लेकिन दूसरी पार्टियों को जो चाहिए था वह ही नहीं, उससे और ज़्यादा हो गया था। जनता में हवा बाँधने के लिए इतना ही काफ़ी था कि वे जानें कि लड़कों को भरपेट खाना नहीं मिलता है, स्कूल में प्रिंसिपल के लिए उपयुक्त उम्मीदवार पर अन्याय किया जा रहा है और अगर छात्र इस सबके ख़िलाफ़ आवाज़ उठा

सकते हैं तो जनता को भी उठाना चाहिए। भ्रष्टाचार का एक साफ़-साफ़ नमूना उनके सामने था। फिर और भी चीज़ें थीं, महँगाई और रोज़मर्रा की ज़रूरत की चीज़ें न मिलने की भी...।

मास्टर कंठी इस तमाम शोरगुल से दूर रहे। उलटे, फायरिंग के दूसरे ही दिन प्रार्थना-सभा में उन्होंने लड़कों को रोककर कहा भी कि उन्हें मामला अपने हाथ में नहीं लेना चाहिए। होस्टल के खाने के बारे में जो शिकायत थी उस पर जाँच की जाएगी। जो लड़के हिरासत में हैं उन्हें छुड़वाने के लिए भी वे सब प्रयत्न करेंगे और लड़के चुपचाप अपनी कक्षा में जाएँ। पर वातावरण में तनाव फिर भी भरा रहा। ऐसा लगता था कि फिर एक जुलूस की तैयारियाँ हो रही हैं, ज़्यादातर लड़के स्कूल के बाहर रहे। इधर-उधर छुटपुट नारेबाज़ी भी जब-तब चल पड़ती...स्कूल के सामने और बोस साहब के घर के सामने। जबकि बोस साहब तो मीटिंग के बाद ही लखनऊ के लिए रवाना हो चुके थे।

जैसे ही ख़बर फैली कि लड़के रिहा कर दिए गए हैं, तनाव बिखरने लगा। बोस साहब प्रसन्न थे कि उन्होंने सबकुछ रफ़ू-दफ़ू कर दिया और प्रधानाचार्य की नियुक्ति, जो असली बात थी और जिसके लिए विरोधी लोगों ने यह सब प्रपंच रचा था, वह भी धुँधला गई थी। अच्छा यही हुआ कि मरा कोई नहीं और जो घायल भी हुए थे वे अस्पताल में जल्दी अच्छे हो रहे थे। उन्होंने प्रशासन की भी पीठ थपथपाई कि उन्होंने बड़े सब्र से काम लिया और दो ही राउंड, और वे भी हवा में, फायर किए। उसके साथ-साथ अश्रुगैस पर उतरकर उन्होंने भीड़ को इसी वहम में रखा कि गोली चल रही है—रुक-रुककर। वर्ना शायद इतनी जल्दी जुलूस तितर-बितर नहीं होता।

मास्टर कंठी का मामला अब भी घपले में था। लेकिन न तो उन्होंने जाकर इस नेता के पैर पकड़े, न उसके। न ही वे लड़कों की नारेबाज़ी से अपनी लोकप्रियता के ढिंढोरे ही पीटते फिरे। वे अपने अधिकारियों के लिए लड़ाई में ज़रूर विश्वास करते थे, लेकिन यह भी जानते थे कि अगर उन्होंने किसी दल का सहारा लिया तो पद हासिल करके उसका ग़ुलाम बनना पड़ेगा। तो क्या फ़र्क़ रहा, इधर से छूटे, उधर फँस गए। वे यह भी खूब समझते थे कि जो उनके लिए लड़ रहे हैं वे ही आख़िर क्यों लड़ रहे हैं।

बोस के यहीं बैठे-बैठे एक बाहरी आदमी का आर्डर आ गया, एक महीने के अन्दर-अन्दर। सिर्फ़ इतना दिखावा ज़रूर किया गया कि बोस साहब का इसमें कुछ भी हाथ नहीं था। प्रबन्ध कमेटी ने जब नए व्यक्ति का इंटरव्यू किया तब भी वे नहीं थे, उन्होंने सिर्फ़ प्रबन्ध कमेटी की सिफ़ारिश मानी है, क्योंकि प्रजातंत्र

का ज़माना है और वे दूसरों की राय की इज़्ज़त करते हैं, भले ही वे व्यक्तिगत रूप से इससे सहमत न हों। लड़कों की रिहाई दूसरे ही दिन कराकर उन्होंने भूमिका बना ली थी और उनका ख़याल था कि नए आदमी की नियुक्ति उसी में खप जाएगी। लेकिन नियुक्ति के आदेश निकलते ही मास्टर कंठी ने हाईकोर्ट में जाकर 'रिट' ठोक दी और नियुक्ति के आदेश का 'स्टे' ले आए—पहले मास्टर कंठी का केस देखा जाए, तब तक नए व्यक्ति की नियुक्ति नहीं की जा सकती थी। मास्टर कंठी ही इंचार्ज रहेंगे।

प्रबन्ध कमेटी मजबूर हो गई थी। कमेटी के कुछ सदस्यों का ख़याल अब भी था कि मास्टर कंठी को साफ़-साफ़ अयोग्य करार दे दिया जाए। सदस्यों ने बोस साहब को हाईकोर्ट में भी दौड़-धूप कर मामले को ठीक-ठाक कराने की सलाह दी। उनके लिए प्रबन्ध कमेटी के अधिकारों और प्रधानाचार्य के ऊपर उसकी सत्ता का प्रश्न था। जो मास्टर उसके बावजूद नियुक्त हो जाएगा, उस पर उसकी क्या चलेगी, और फिर आगे भी क्या चलेगी?

बोस साहब अनुभवी व्यक्ति थे। न्यायालयों को सिर्फ़ बड़े-बड़े मामलों में पकड़ा जाता है। वे मास्टर कंठी को भी पहचानते थे। लड़कों के सामने भी उन्होंने एक तस्वीर रखी थी। इसलिए अच्छा यही था कि यहीं से मास्टर कंठी की तरफ़ झुक जाया जाए। आगे चलकर उन्हें भी अपनी तरफ़ मोड़ा जा सकता था। मास्टर कंठी अगर उनकी तरफ़ नहीं थे तो विपक्षी दल भी नहीं थे। एकदम खुल्लमखुल्ला दूसरा पक्ष लेने में ख़तरा था। अगर किसी वजह से कामयाबी न हुई तो मास्टर कंठी और स्कूल, दोनों से हाथ धो बैठना था, काफ़ी समय के लिए। मास्टर कंठी अभी जल्दी ही रिटायर होनेवाले थे। स्कूल से भी बड़ा सवाल इस वक़्त और था। विधानसभा के चुनावों तक विपक्ष को किसी चीज़ का मौक़ा न दिया जाए। अगर बाहरी व्यक्ति रखा गया तो किसी-न-किसी बहाने मामले को जब-तब उखाड़ते ही रहेंगे। इसलिए उन्होंने एलानिया और कुछ ज़्यादा ही हल्ला मचाते हुए ख़ुद को मास्टर कंठी के पक्ष में डाल दिया।

आख़िर मास्टर कंठी को प्रिंसिपल बना दिया गया।

मास्टर कंठी नया पद सँभालते ही स्कूल की हालत सुधारने में जी-जान से लग गए। उन्होंने फ़ौरन ही कुछ तेज़-तर्रार क़दम उठाए। होस्टल के मैस को उन्होंने नए ठेकेदार को दिया और उसे सख़्त हिदायतें दीं कि शिकायतें आने पर उसे एक दिन के लिए भी नहीं रखा जाएगा। जिन अध्यापकों की जड़ें बाहर राजनीति में थीं, उनसे साफ़-साफ़ कहा गया कि स्कूल के बाहर दाँवपेंच चलाने में उनका अपना हित भी नहीं है। मास्टर कंठी हर अच्छे अध्यापक के साथ

हैं, इसलिए किसी को भी बाहर की किसी शक्ति का सहारा लेने की ज़रूरत नहीं है। बारातों या मीटिंगों में स्कूल का फर्नीचर जाना एकदम बन्द हो गया। सिफ़ारिशों से भर्ती नहीं होगी।

यह तय कर लिया गया। एकाध बार स्कूल की दो-तीन दिनों की छुट्टी के दरमियान स्कूल की इमारत का ग़ैरस्कूली मतलबों के लिए इस्तेमाल भी सख्ती से मना किया गया। स्कूल में हाज़िरी पर ज़्यादा ज़ोर देने को कहा गया। मास्टर कंठी का विचार था कि स्कूल सिर्फ़ एक शिक्षा-संस्था होना चाहिए, और वे इसे कार्यान्वित करने की सोचते थे।

ऐसा नहीं था कि राजनैतिक दलों ने स्कूल से हाथ धो लिये थे। फ़िलहाल बोस साहब अपना हाथ एक तरफ़ रखे हुए थे। उस दिन के गोली-कांड के बाद उन्हें स्कूल आग का एक गोला लगता था। कब कोई टुकड़ा उछला और आग सारे शहर में फैल जाए, और विरोधियों को बना-बनाया मसाला मिल जाए। दूसरे दल इन्तज़ार में थे। दूसरे को जमने के पहले वहाँ से बोस का पत्ता कटना ज़रूरी था और बोस दूसरा खेल खेल गए थे। अब स्कूल में धँसने के पहले यह नारा उठाना ज़रूरी था कि स्कूल सिर्फ़ पढ़ने-लिखने के लिए हो। इस तरह से सारी पार्टियाँ थोड़ी देर के लिए हट गई थीं।

मास्टर कंठी को एक और जोश था। स्कूल का रिज़ल्ट अच्छा करके वे उसे चोटी की संस्था बना देना चाहते थे, ताकि लोग उस आदमी का भी करतब देख लें जिसे वे प्रिंसिपल होने के लायक ही नहीं समझते थे। उन्होंने सभी अध्यापकों को पढ़ने में दिलचस्पी रखनेवाले लड़कों को स्कूल से बाहर भी मदद देने के लिए कहा। वे ख़ुद सवेरे चार बजे उठते, नहा-धोकर, पूजा-पाठ से निपटकर नीचे आ जाते थे और सवेरे घर पर ही फाइनल के एक ग्रुप को पढ़ाते थे। शाल ओढ़े हुए, माथे पर राम-नाम, चमकता हुआ शरीर, गोकि दुबला-पतला, तब वे शुद्धता की प्रतिमूर्ति लगते थे। इसी तरह रात को एक दूसरा ग्रुप लेते थे। पहले बड़े ज़रूर पहुँचता था।

मास्टर कंठी को पूरा-पूरा सहयोग बिना माँगे ही अगर किसी अध्यापक से मिला तो वे मास्टर कौशल थे। कंठी का प्रिंसिपल बनना मास्टर कौशल की अपनी जीत थी, जो अपने स्कूल के कार्यकाल के तेईस वर्षों में उन्हें पहली बार महसूस हुई। इन तेईस वर्षों में वे एक ही पद पर रहे थे, वही जिस पर उन्होंने अपना जीवन शुरू किया। उनके बाद के कितने लोग कहाँ-कहाँ पहुँच गए। जहाँ मास्टर कौशल का मौक़ा भी बना वहाँ लोगों की नाक-भौं पहले ही सिकुड़ी हुई होती...'भाई ये ड्रिल के अलावा जानते क्या हैं?' मास्टर कौशल के लिए

ये सारी चीज़ें बेमानी थीं। उनके ख़याल से उनका जीवन किसी और चीज़ के लिए बना था। अपनी तरक्की करना, घर का पेट पालना, यह तो सभी करते हैं। मास्टर कौशल के अनुसार हर जीव का समाज के लिए भी एक योगदान होता है। उनके अपने ज़िम्मे यही आया था कि इस इलाक़े के पिछड़ेपन को दूर करने में मदद कर सकें। जीवन ने अगर उन्हें कोई बेहतर ओहदा दिया होता तो शायद कुछ ज़्यादा कर सकते थे, लेकिन इसी वजह से न वह कभी हताश हुए और न उनके मिशन में कभी ढील आई। इलाक़े के पिछड़ेपन को आर्थिक रूप से तो उठाना उनके हाथ में नहीं था, लेकिन यहाँ भी जितना उनके हाथ से बन पाता उतना तो करते ही रहते थे। जो अच्छे लड़के पैसे की वजह से यूनिवर्सिटी नहीं जा पाते उनकी मास्टर कौशल पैसे से भी मदद करने की कोशिश करते। शुरू में यह सिलसिला काफ़ी चला। लेकिन जब मास्टर कौशल के अपने लड़के पढ़ने लायक हुए तो उस में रुकावट आई थी। तब उन्हें यही सन्तोष काफ़ी होता था कि जिन लड़कों की पढ़ाई में रुचि नहीं है उनमें रुचि पैदा की जाए, और जो बहुत मेधावी हैं उनकी बग़ैर पैसे लिये मदद की जाए। दरअसल मास्टर कंठी ने जो अब स्कूल के स्तर पर शुरू किया था, उसे मास्टर कौशल व्यक्तिगत स्तर पर शुरू से ही निबाहते चले आ रहे थे। वे हर माने में शत-प्रतिशत अध्यापक थे। उनका यह पक्का विश्वास था कि उस इलाक़े का पिछड़ापन सिर्फ़ स्कूल ही दूर कर सकत है। जब नई से नई पीढ़ियाँ निकल जाएँगी, तो आप-से-आप इलाक़े की गुंडागर्दी, मारपीट, आवारागर्दी ख़त्म हो जाएगी और जहाँ यह ख़त्म हुआ वहाँ इलाक़ा आप-से-आप तरक्की करेगा। जो लड़के आवारा बने घूमते थे, उनमें से ज़्यादातर स्कूल के रजिस्टरों में थे। और मास्टर कौशल को लगता था कि यह एक बहुत बड़ी सहूलियत थी, वहाँ की युवा पीढ़ी को रास्ते पर लाने की। जहाँ उन्होंने पढ़ने में तेज़ लड़कों की मदद करना ज़ारी रखा था वहाँ अब आवारा लड़कों पर भी ध्यान देना शुरू किया। सामाजिक कार्यों के लिए लड़कों के ऐसे ग्रुप बनाए जहाँ जान-बूझकर दस अच्छे लड़कों के साथ एक-दो बदमाशों को भी रखा। मास्टर कंठी का ख़याल था कि अगर भटके हुए लड़कों को सुधरने का मौक़ा नहीं दिया गया तो उनके सामने बरबाद होने के अलावा कोई और रास्ता ही नहीं बचेगा। अगर बदमाश अच्छों को बिगाड़ सकते हैं तो अच्छे भी तो बरबाद छात्रों को रास्ते पर लाने में मददगार साबित हो सकते हैं। आख़िर मास्टर कंठी मान गए थे।

मास्टर कौशल के जीवन में बड़ा सन्तोष था। पत्नी ज़रूर कई वर्ष पहले मर चुकी थी पर बच्चे दो ही थे और दोनों एक तरह से बड़े हो गए थे। शैलजा

का छोटा भाई आठवें में था और शैलजा लड़कियों के स्कूल में दसवें में थी, लगन से इम्तहान की तैयारी कर रही थी। मास्टर की नौकरी अभी छः साल तो थी ही, इस बीच शैलजा का विवाह कर देंगे और लड़के को भी काफ़ी दूर तक निकाल देंगे...और फिर मुक्त। रिटायर होने के बाद भी उनका अपने मिशन के बारे में एक प्रोग्राम था। वे मोहल्ले में छोटे-छोटे लड़कों के गिरोह बनाकर मुफ़्त पढ़ाएँगे और साथ-साथ उन्हें शुरू से ही दूसरी तरफ़ को मोड़ेंगे—वह पीढ़ी जिस पर अभी वे ध्यान नहीं दे पाते थे। अक्सर बैठे-बैठे वे सपनों में खो जाते और सोचा करते कि वे नया वातावरण देखते हुए ही मरेंगे।

मास्टर कौशल की पुरानी बातों के लिए अगर एक नया और सबसे अच्छा मौक़ा था तो कितनों के लिए वह एक नई शुरुआत थी।

कैलाश मास्टर कौशल के यहाँ रोज़ पढ़ने को जाता...इसलिए नहीं कि पढ़ने की कोई बड़ी कशिश पैदा हो गई थी उसमें, बल्कि इसलिए कि शैलजा के इर्द-गिर्द उतनी देर तक रह सकता था। इसी बहाने रोज शैलजा को पास से देख भी लेता। कभी-कभार एक-दो बातचीत भी हो जाती। पानी पीने के चलते या कोई किताब-कापी ढूँढ़ते-ढूँढ़ते। शैलजा को मास्टर कौशल ख़ुद ही पढ़ाते थे। अक्सर जब कैलाश आता, वह पढ़ रही होती, लेकिन स्वयं उसने कभी भी अपनी स्थिति का फ़ायदा उठाने की कोशिश नहीं की थी। इधर ज़रूर जब से मास्टर कौशल के यहाँ वह जाने लगा था, शैलजा की उपस्थिति उसके व्यक्तित्व को बराबर छूती रहती। उसे ऐसा लगता कि शैलजा अपनी साफ़ मुलायम उँगलियों से उसके शरीर के खरदुरेपन को एक चिकनाहट में ढाल रही है। वह सोचता कि शैलजा के साथ वह अपने उजड्डपन को धो सकेगा और लड़ाई-झगड़े, गाली-गलौच से मुक्ति पा सकेगा, जो साँपों की तरह उसके जिस्म से लिपटी रहती है।

संगत का असर कहिए—कैलाश ने शिवमंगल से भिड़ने का ख़याल छोड़ दिया था। कामता, छुटई के उस दिन के घेरने के बाद फिर भिड़ंत नहीं हुई, इसलिए कि कैलाश की तरफ़ से कोई पहल नहीं हुई। अक्सर उसे छुटई और कामता मिलते—वे दोनों साथ चलने लगे थे हमेशा—और कैलाश चाहता तो उन्हें मज़ा चखा सकता था अकेले ही। लेकिन वह बिना कोई ख़ास ध्यान दिए अपने रास्ते चला जाता। वह समझ गया था कि उसकी तरफ़ से छेड़छाड़ के माने भी दलदल में फँसना था, और अब उसे दलदल से निकलना था। गुप्ती वह अब भी ज़रूर अपने पास रखता था, पर उसने यह तय कर लिया था कि सिर्फ़ अपने बचाव में ही लड़ेगा। ऐसे ही जब कभी शिवमंगल से भी

अकेले में आमना-सामना हो जाता, तब भी कैलाश बिना कुछ बोले आगे बढ़ जाता था।

केशव के पास जब कुछ नहीं बचा था तब एकाएक उसके सामने स्कूल नया अर्थ लिये खड़ा था। कितने घरौंदे बने-टूटे थे...कुछ तो बनने के पहले ही टूट गए थे, जैसे गुब्बारा फूलते-फूलते ही फूट जाए। ऐसे में वह कहाँ खड़ा हो, यही सबसे बड़ी समस्या थी शुरू में। उसके सामने समस्या जो रूप लेकर आती थी वह यह था कि किनके साथ उठे-बैठे, किनके साथ ऐसा रिश्ता जोड़े जो कभी टूटे नहीं। दोस्त क़रीब-क़रीब थे ही नहीं। घर? दूसरे घर और रिश्तेदार? वह भी नहीं। स्कूल पहले भी था, लेकिन वहाँ भी हमेशा ही ऐसा लगता रहता जैसे वह खंदिया मोहल्ले की किसी गली में घुस रहा है, वही ऊबड़-खाबड़ व्यवहार, वही ज़ुबान और वैसी ही बातें।

मास्टर कौशल की मार्फत स्कूल जैसे किसी बड़े आत्मीय की तरह ईंटों की दीवार से निकलकर बाहर आया था और उसने केशव की तरफ़ हाथ बढ़ाया था। केशव क़रीब-क़रीब उस तस्वीर से चिपट गया जैसे एक दिन पागल को देखकर मामा से चिपटता रह गया। तब से अब तक, शायद पूरा साल भी नहीं हुआ, लेकिन इतना कुछ सामने से निकल चुका था कि अब अगर फिर उसी तरह पागल के सामने वह ख़ुद को पाता तो डरता नहीं।

मास्टर कौशल के क़रीब वह आप-से-आप आ गया। हो सकता है इसके पीछे शिवमंगल के लिए केशव के मन में पनपती दुश्मनी भी हो। अगर शिवमंगल से कुछ हिसाब चुकाना था तो कैलाश और मास्टर कौशल के पास आप-से-आप खिसक आना था, आज नहीं कल। यहाँ तक तो ठीक था, लेकिन इसके बाद कुछ उलट-पुलट हो गया। मास्टर कौशल के घर में जो वातावरण मिला उसने सबकुछ दाब पर रख दिया, शिवमंगल के प्रति पनपते आक्रोश को भी। घर और स्कूल में जैसे अदला-बदली हो गई थी। घर जाने को मन नहीं करता था और स्कूल के लिए लगता कि दिन ख़त्म क्यों होता है। शाम के बाद मास्टर कौशल का घर स्कूल-जैसा लगता था। मास्टर कौशल उसमें इतनी दिलचस्पी लेते थे जितनी आज तक किसी ने नहीं ली थी, ढेरों चीज़ें समझाते—कि वह अपने माँ-बाप की तरफ़ देखे, कितनी तकलीफ़ें उठाकर उसे स्कूल भेजते हैं, स्कूल में मास्टर कितनी मेहनत से उसे पढ़ाते हैं, वह पढ़ने में तेज़ था, फर्स्ट आ सकता है, वजीफा पा सकता है, यूनिवर्सिटी जाएगा और अपने पैरों पर खड़ा हो सकता है और यहाँ से निकल जाएगा।

भले ही वे सिर्फ़ बातें हों, लेकिन वे एक जाल, खूबसूरत जाल की तरह केशव पर बिछ रही थीं। उसका खेलना-कूदना क़रीब-क़रीब बन्द हो

गया था। घर भी जाता तो सिर्फ़ खाने और सोने के लिए। बाक़ी स्कूल...मास्टर कौशल...स्कूल...।

इम्तहान पास आ रहे थे। मौसम की बदली हुई हवा नई और ताज़ी-ताज़ी लगती। बराबरी से इधर-उधर भागती दिखती एक कसमसाहट...बेचैनी...कुछ नया...कुछ बेहतर कर गुज़रने की छटपटाहट।

स्कूल के घिसे हुए लड़के अलग पढ़ रहे थे। उन्हें ऐसे झुंड अब मुश्किल से मिलते जहाँ वे नेता बन सकते। शिवमंगल और मुनीर-जैसों ने स्कूल आना क़रीब-क़रीब बन्द कर दिया था, आते थे तो सिर्फ़ हाज़िरी के लिए। अशरफ़, माथुर-जैसे भी पढ़ने की तरफ़ मुड़ गए थे, उस ग्रुप की तरफ़ जिसके लिए शरारत सिर्फ़ पहले सत्र के लिए होती है।

शिवमंगल क़रीब-क़रीब अकेला पड़ गया था। उसकी फ़ौज और प्रोग्राम जहाँ के तहाँ रह गए। उसके स्टिकिया साथी एक-एक करके अलग हट गए थे। शिवमंगल से वे डरते अब भी थे लेकिन हर कोई, कोई-न-कोई बहाना निकालकर खिसक लेता। शिवमंगल क्या करता—साले सभी किताबी कीड़े बनते जा रहे थे! एक बेचैनी उसे सारा दिन सालती रहती, उसी को लिये-लिये कभी वह कहीं पत्थर चला देता, कभी किसी लड़की के साथ-साथ चलते-चलते छेड़खानी कर देता, कभी किसी दब्बू मास्टर के यहाँ जाकर हैंकड़ी दिखा आता, पर बेचैनी नहीं जाती थी...उसे दबाने के लिए वह पंडित के साथ शाम को भंगवाले गिरोह में भी घुसा। लेकिन वहाँ वे थे जिनसे शिवमंगल आगे था—छोटे दिमाग़वाले, छोटे तबके के लोग।

इन सबके बीच शिवमंगल उखड़ा-उखड़ा ही रहता। अगर उसे कहीं थोड़ा-बहुत अच्छा लगता तो रामफल और उसकी पार्टी के कार्यकर्ताओं के साथ। लेकिन वहाँ भी वह बहुत नया था और दादागीरी का स्कोप तो वहाँ बिल्कुल ही नहीं था।

उसका कोई दुश्मन था, बड़ा था पहुँचा हुआ और क्रूर, लेकिन कौन? शिवमंगल अक्सर उसके आकार को साफ़-साफ़ देखना चाहता, लेकिन वहाँ हवा में बहते हुए बेचैनी के टुकड़े मात्र थे। स्कूल की इमारत तपी हुई सलाइयों की तरह आँखों में चुभती। काश...वह...इमारत न होकर हाड़-मांस का कोई पुतला होता, शिवमंगल उसे देख लेता...ईंटों का वह क्या करे? क्या स्कूल को उखाड़ना शुरू कर दे? बेशक, वह यही करता लेकिन वह अकेला पड़ गया था। एक वह कितनी ईंटें उखाड़ सकेगा?

शायद जो लोग कहते थे कि शिवमंगल ग़लत रास्ते पर है, वे सही थे... लेकिन सही रास्ता कौन है और वह कौन-सा है जो शिवमंगल को उस रास्ते

नहीं, इस रास्ते लाया, उसकी नसें बदले की आग में खिंचती-तनती रहने लगी थीं। बदला...मगर किससे? किस बात का, और कैसे?

कल्लू और कैलाश का ऊपरी मेल-जोल हो गया था, उनकी बोलचाल शुरू हो गई थी और पिछली बार स्कूल के बवंडर में उन्होंने साथ-साथ काम भी किया था। ऐसे और मौक़े आते तो शायद खाई और पटती, लेकिन इधर मास्टर कौशल की संगत में कैलाश का रंग एकदम बदलता जा रहा था। कल्लू का ख़याल था कि कैलाश गिरगिटान था जो अपना रंग बदल रहा था। पढ़ने-लिखने के लिए उतना नहीं, जितना शैलजा के लिए। उसके अन्दर की गाँठ सुलझने के बजाय और कसती चली गई। कल्लू की समझ में कुछ नहीं आ रहा था कि वह क्या करे? वह स्वयं पढ़-पत्थर, लिख-पहाड़ था। उस दिशा में एक क़दम भी लेना उसके लिए मुश्किल था और जहाँ तक अखाड़ेबाज़ी थी, वह कम्बख़्त दगा दे गई थी। कैलाश को जब भी मास्टर कौशल की सीढ़ियाँ चढ़ते-उतरते देखता, वह नीचे से ऊपर तक झुलस जाता जैसे घुटनों तक अलाव में उतर गया हो। तबीयत ऐसी झींकू हो जाती कि सँभाले नहीं सँभलती। बस, सीधे मन्दिर जाकर भंग का अंटा गुटकना पड़ता था। लेकिन अब यह रोज़ का चक्कर बन रहा था—जब उधर से गुज़रो तब या कैलाश आते दिखेगा या जाते या घर के अन्दर उतराते... पता नहीं साला वहीं रहने लगा था या कि सिर्फ़ कल्लू को जलाने के लिए ऐन समय यह सब करता था।

एक बार कल्लू ने मास्टर कौशल के भी कान भरे।

"मास्टर, यह कैलाश अच्छा आदमी नहीं है, इसे मैं अखाड़े से जानता हूँ... आस्तीन का साँप है। तुम जो इसे इतना लहका रहे हो..."

"कल्लू," मास्टर ने कहा, "तुमने तो कभी किताब-कापी को हाथ नहीं लगाया। वह बेचारा अगर अपना जीवन बदलने के लिए प्रयत्नशील है तो क्यों टाँग अड़ाते हो? मेरे यहाँ तो लड़के आएँगे ही। इम्तहान के दिन हैं। मास्टर कंठी के यहाँ जाकर देखो, कितनी भीड़ रहती है। तुम भी क्यों नहीं शुरू कर देते? देर आए पर दुरुस्त आए।"

"मास्टर, इस उमर में अब यह न कहो, चाहे गुलामी करा लो...उसके लिए कल्लू तैयार है।"

"तो कोई कामकाज देखो, कब तक ऐसे घूमते रहोगे?"

"अकेली जान के लिए क्या करूँ, चौबेजी कह रहे थे कि अखाड़े में ही कुछ बाँध देंगे।"

"ये ससुरे बड़े-बड़े आदमी कैसे लड़कों के जीवन से खेलते हैं!"

"चौबे जी को आप नहीं जानते मास्टर, बहुत अच्छे आदमी हैं। आपकी बड़ी तारीफ करते हैं। अब देखिए, मुझे मुफ़्त ही देते हैं एक तरह से, वर्ना अखाड़े में काम ही क्या है।"

मास्टर कौशल आगे कुछ नहीं बोले, सीधे अपने रास्ते चले गए थे।

कल्लू ने एक बार चौबे की भी शरण ली थी, न्याय के लिए।

"आपने फ़ैसला किया था मेरे और कैलाश के बीच, तब यह बात साफ़ की गई थी कि शैलजा से दोनों दूर रहेंगे। अब वह कैलाश वहीं चिपका रहता है।"

"मास्टर कौशल से मेरी बात हुई थी। वे शैलजा के ब्याह के लिए प्रयत्नशील हैं। वह लड़की ऐसी नहीं है जैसा तुम सोचते हो। कुछ ही दिनों की बात है, तुम्हारा खटका दूर हो जाएगा।"

उन्होंने भी कल्लू को टाल दिया। वह तो हवा साली बदल गई वर्ना कल्लू को किसकी ज़रूरत थी। शिवमंगल एक ही धौंस का होता था, मास्टर कौशल को भी अपनी ज़रूरत थी। अब कैलाश को पाल लिया तो वे दिन भूल गए। मोहल्ले में साले कल के छोकरे उतरा आए हैं और दादागीरी करते घूमते हैं। शिवमंगल भी अब नहीं सेंटता, और सुरेश...? वह तो ख़ैर अब बड़ा बाप बन गया है। सबसे बड़ी ताक़त है उसका सिर-फिरा होना, जिसे चाहे छुरा भोंक दे, गोली दाग दे। कल्लू को अपने लिए रास्ता बनाना था। उसका अपना वक़्त लद चुका था। फिर चौबे के यहाँ कुत्ते की तरह रोटी खाते कब तक पड़ा रहा जाए। मास्टर कौशल शायद सही कहता है कि किसी धन्धे में लग जाया जाए। शिवहरे अच्छा रहा जो निकल गया और अब रौब की खाता है, काफ़ी दिनों तक खाएगा। शरीर तो उसे कभी नहीं था और उम्र भी न रहे तब भी वर्दी तो रहेगी। रौब रहेगा। कसरतिया होने की वजह से उसे भी पुलिस में नौकरी मिल सकती है...कल्लू सोच रहा था।

वह शिवहरे से मिला।

"क्यों हार मान गए, इतनी जल्दी?" शिवहरे ने व्यंग किया।

"यही समझ लो भैया! एक काँटा लगा तो साले ने सारा ख़ून चूस लिया।"

"क्या हो गया?"

"अरे वही औरत और क्या, शरीर को तो वही पी जाती है।"

"मगर तुम्हारी तो शादी हुई ही नहीं...कोई चक्कर-वक्कर है क्या?"

"यार शिवहरे, मास्टर कौशल की लड़की निगाह में जो अटकी कि फाँस की तरह आँख में चिपक गई।"

"तो उसके लिए नौकरी ढूँढ़ने चला है। अरे, वह लड़की तेरे लिए क्या मुश्किल चीज़ है। तेरे ही मोहल्ले की है..."

कल्लू ने शिवहरे को सारा खाका समझाया। मास्टर कौशल की लड़की की तारीफ शिवहरे ने भी सुनी थी। वह शादीशुदा तो ज़रूर था पर बीवी तो घर रखने की चीज़ होती है, जंगली माल का स्वाद ही अलग होता है। वर्दी ने तरह-तरह की बंदिशें उस पर थोप रखी थीं। खुलकर तो सामने नहीं आ सकता था, क्यों न कल्लू के अदब में रहकर हलाल करे..."

"तुम्हारा मसल, मेरा मसला है,"—उसने कल्लू को विश्वास दिलाया, "पर भाई हिस्सा-बँटवारे की बात अभी तय हो जाए...बाद का झगड़ा-झंझट न रहे।"

कल्लू नहीं समझा तो शिवहरे ने बात साफ़ की।

"मैं मुफ़्त ही इतना जोखिम उठाऊँगा? मुझे क्या मिलेगा?"

"यार, तू अगर मदद करेगा तो मेरी वजह से। हमने एक अखाड़े में कसरत की है, हम कसरतिया यार हैं।"

"ये हवा की यारी इधर नहीं चलती। पहली गोली मैं दागूँगा, बाद में तुम्हारी चलेगी।"

"यार, मैं उससे ब्याह रचाना चाहता हूँ, घर बसाना चाहता हूँ।"

"तब वह बात नहीं सोचूँगा भाभी के लिए। फिर मुझे क्या मिलेगा?" वे दोनों सोचने लगे।

"तू एक काम कर। मास्टर के यहाँ से गहने-गुरिया जो हाथ लगे, वह मेरा।"

"क्यों चोरी करवाते हो भैया? आज तक किसी की कमाई में हाथ नहीं डाला।"

"लौंडिया की यह चोरी नहीं तो और क्या? वह तुझ पर मरती तो है नहीं कि सुभद्रा-हरण हो जाए, अरे, जब हाथ ही डालना है तो लम्बा करके डाल...कुछ अपने लिए भी बटोरकर ले आना, कुछ दिनों की रसद का इन्तज़ाम हो जाएगा।"

"पुलिस?"

"मेरे होते हुए कोई तुझे छू नहीं सकता। मैं किस दिन के लिए हूँ?"

"लेकिन यार, वहाँ घुसूँगा कैसे? कैलाश तो छाया की तरह इर्द-गिर्द मँडराता रहता है।"

"स्कूल तो दोनों अलग-अलग जाते हैं...उसका इधर है, लड़कियों का उधर राइनपुरा में।"

"तो उससे क्या?"

"यार, कसरतियों की अक्ल कुन्द हो जाती है...अरे, रास्ते में कहीं भी धर लो...इतना भर पता कर लो कि उसके साथ कौन जाती है और वह कहाँ से अकेली होती है। मेरा ख़याल है जहाँ से यह मोहल्ला लगता है...अरे, वह पंचू की चक्की वाला मोड़, वहाँ से वह ज़रूर अकेली हो जाती होगी...मैं जीप का बन्दोबस्त कर लूँगा किसी काम के बहाने से...और थाने के इधर जो इमली का पेड़ है बड़ा, वहाँ तेरा इन्तज़ार करूँगा...तुझे कोस-दो कोस पहुँचा आऊँगा।"

"थाने के पास ही?"

"अपने साथियों की तू फिकर न कर यार। उनकी भी तो हिस्सा-बाँटी करनी होगी। मैं माल का क्या सिर्फ़ अपने लिए कह रहा था। सबको साथ रखना होगा। स्कूल ख़त्म होता है साढ़े चार बजे। वहाँ वह पौने पाँच तक ज़रूर पहुँच जाती होगी। मैं थोड़ा पहले ही जीप लिये खड़ा रहूँगा। इसके पहले तू वहाँ से माल साफ़ करते आना। माल नहीं लाया तो कुछ नहीं बनेगा, तू पकड़ लिया जाएगा। अपने बन्दों का मुँह बन्द रखने के लिए माल चाहिए प्यारे, बिना उसके गाड़ी कहाँ आगे खिसकेगी?"

बात तय हो गई। काम तो अच्छे-ख़ासे जोखिम का था, पर यही एक तरीक़ा था। शैलजा के हल्ला मचाने की भी समस्या शिवहरे ने सुलझा दी थी। जहाँ से वह शैलजा की तरफ़ बढ़ेगा, जीप को उसी तरफ़ चला देंगे, ऐसे कि बस कल्लू को शैलजा को लादकर जीप में रखना होगा। जीप ढकी हुई होगी। लादने भर में क्या, इतना तो साला अभी शरीर था ही कि वह दस शैलजाओं को कन्धे पर लादकर मीलों भाग सकता है, अपनी रफ़्तार पर। सिर्फ़ यही बात बचती थी कि शैलजा तक के फासले पर कोई मिल न जाए...मिलेगा, देखेगा भी तो क्या? यह तो पता चलना ही है कि कल्लू भी ग़ायब है...उस पर तो शक जाएगा ही, तो कोई देखे न देखे। सिर्फ़ तीन में से किसी को नहीं मिलना चाहिए, शिवमंगल, कैलाश और सुरेश। तो वे क्या साले वहीं मरेंगे उस वक़्त? शिवमंगल और कैलाश स्कूल में होंगे...सुरेश कहीं सो रहा होगा, मौक़ा अच्छा था।

बाद के लिए कुछ सोचने की ज़रूरत नहीं थी—शिवहरे ने समझाया, "एक बार इधर से निकल जाओ। फिर वह सँभाल लेगा। फेफड़े मज़बूत करने से ही तो कुछ बनेगा। देखो, तुम और शैलजा दोनों बालिग हो, अपनी मर्ज़ी से कहीं भी जा सकते हो और शादी भी कर सकते हो। अरे, एक बार जो सेंध लगी तो

पतुरिया अपने-आप समझ जाएगी कि उसे कोई वापस नहीं लेगा। दो दिनों में ही मिजाज़ ठिकाने लग जाएँगे।"

कुछ नहीं सोचना था, एक सिर्फ़ मास्टर के यहाँ हाथ साफ़ करने की बात थी। यह काम साला कभी नहीं किया, ताला कैसे तोड़ेगा? तोड़ने में समय लगेगा, किसी ने देखा तो रौबदाब कुछ भी काम नहीं आएगा। शिवहरे ने यह भी मुश्किल आसान कर दी। कल कल्लू मास्टर के ताले को देखकर आए। वह दो-तीन चाबियाँ देगा, एक-न-एक फ़ौरन फिट आ जाएगी। साथ में 'मास्टर की' भी देगा जो हर जगह काम कर जाती है, मगर कुंजियों को सफाई से लेकर वापस करना होगा।

अब बचता था मसला कि कहाँ जाकर रहा जाएगा! शिवहरे का कहना था कि उसी तरफ़ से शहर के बाहर निकलना पड़ेगा, क्योंकि बस्ती उधर कम थी। एक लड़कियों का स्कूल, फिर राइनपुरे का बाज़ार, बाज़ार की दाईं तरफ़ काटता हुआ एक बाई-पास था। उस तरफ़ कोई गाँव नहीं भी मिला तो जंगल में पहले शैलजा से निपट लेगा, फिर आप पीछे-पीछे चलेगी। ख़ैर, वह सोच लिया जाएगा। कहीं-न-कहीं दो दिन रहने की जगह निकल ही जाएगी...बस, एक रात अकेले रहने की बात है। उसके बाद शैलजा अपनी, ब्याह के बाद किसी गाँव में जा बसेगा। हो सकता है वहाँ अपनी टक्कर का कोई न हो, धीरे-धीरे वहीं अपना रुतबा फैला लेगा। अगर न भी हुआ तो खेती-मजूरी कहाँ जाती है? अपने पैरों प्रर खड़ा तो होगा। यहाँ की भीख और कंटक दोनों से छुट्टी।

"तुम मुझ पर भरोसा रखो!" शिवहरे ने कल्लू का कन्धा थपथपाया, "जब तक तुम्हारा ब्याह नहीं हो जाता, मैं यहाँ सँभाले रहूँगा...कोई तुम्हारे पीछे नहीं पड़ेगा और शादी के बाद तुमसे पूछेगा भी तो क्या कर लेगा। बस, तुम दिन तय करके मुझे बता देना।"

कल्लू के आगे एक सुनहरा भविष्य आकार ले रहा था। अभी तो ठीक है, वर्ना कभी नहीं।

वह अपना फेटा कसकर बाँध रहा था।

झल्लू पंडित का सितारा गर्दिश में था। दरअसल सितारा जैसा कभी कुछ नहीं था और पंडित को शुरू से ही मालूम था कि उसे किस सीमा के अन्दर काम करना है। जादवजी उसे यहाँ लाए थे, उनके ही रहते मन्दिर में पूजा-पाठ और इधर के इलाक़े में पंडिताई थी। अब ज़रूर पंडित को कभी-कभी लगता था

कि अगर पैर खड़ा करने की जुगाड़ होते ही पंडिताई की तरफ़ ध्यान देता तो काफ़ी कुछ कमा लिया होता। पर ज़्यादा क्या होता? चौबों की तरफ़ के पुरोहित अलग हैं। हाँ, इधर के हर घर में जजमानी हो जाती। जब आया था तब सब बुलाते भी थे। इधर हर घर टूटने लगा है। लेकिन ससुरा आते ही तो रास्ता वही बन गया। जादव जी के यहाँ बराबरी का व्यवहार मिलने की बात ही कहाँ, उसे अपनी सोसाइटी के लिए घुसना पड़ा नीच जाति में, जहाँ असल जजमानी भी थी, और उन्होंने पंडित को चढ़ाना शुरू किया। उन्हें एक वज़ीर चाहिए था और पंडित को यह अच्छा लगता था कि लोग उसकी धौंस को मानें। लेकिन धौंस का चक्कर वह सिर्फ़ उन अधेड़ों के बीच चलाता था, जो उसके स्तर की बेशरमाई पर नहीं उतर सकते थे और जिनसे ज़रूरत पड़े तो शारीरिक स्तर पर भी भिड़ सकता था। इससे जो उसका ठस्सा बनता था, वह उसे लौंडे-लपाड़ों पर रौब डालने के लिए इस्तेमाल कर लेता था। जो इनके बीच का मामला था, जहाँ जवानों की कड़कड़ाहट थी, उसमें पंडित ने कभी उँगली नहीं डाली और इसलिए वह अपने ठस्से को काफ़ी कुछ खींच ले गया।

लेकिन अब सुरेश था। नारायण और छवि को सबके सामने पकड़कर ले गया। पंडित को सबके सामने गालियाँ दीं। उसे लगता, जैसे सुरेश ने सबके सामने उसे ज़मीन पर दे मारा है और झाबा-भर धूल उसके मुँह में डाल दी है। छवि से पंडित को ज़्यादा लेना-देना नहीं था। शुरू-शुरू में ज़रूर पंडित ने छवि की चाह की थी। यहाँ अकेले रहता था, जादवजी की पूजा-पाठ में आना-जाना था। सोचा था कि शायद कभी कुछ बात बन जाए। लेकिन या तो जादव ही कुछ सूँघ गए थे, या फिर एक बार आँख मारने पर छवि ही बिदक गई। पूजा-पाठ में मदद रसोईघर से ही करने लगी, फिर सामने नहीं आई। जादवजी ने अपने मन्दिर के लिए इन्तज़ाम अलग से करने का इरादा कर लिया। कोई और आकर अपनी जड़ें काटे इसलिए यही सोचा कि अपने ही आदमी को लगवा दिया जाए।

नारायण से उम्मीद बनती थी। शायद वह छवि को पंडित के लिए फाँस सके। ख़ुद क्या करने लायक था। नारायण को सारे गुरुमन्तर भी दिए। पहले छवि को बहकाए...फिर जब मामला थोड़ा ज़ोर पकड़ ले तो किसी रात कुइयाँवाले मन्दिर में बुला ले। उस वक़्त नारायण को एक किनारे करके वह ख़ुद सामने आ जाएगा...'भंडा फोड़ कर दूँगा'...यह धमकी काम कर जाएगी। लेकिन नारायण गोबर का निकला। पहले कहता रहा कि मौक़ा लगने दो, फिर कहता कि मँझले जादव से डरता है। पंडित उसे याद दिलाता कि उसे नौकरी पर किसने लगवाया।

लेकिन कुछ नहीं, और इधर तो अब पंडित को भी भूलकर वह नौकरी को चाटने लगा था, ऐसा लगता था। बोलता था, वह कुछ ऐसा नहीं करेगा जिससे नौकरी छूट जाए...जिस पत्तर में खाता है उसमें छेद नहीं करेगा। मगर साले के असली हथकंडे ये थे...वह पंडित की पत्तर में खा रहा था और उसी में छेद कर रहा था। कहता तो ससुरा अब भी है कि छवि सिर्फ़ दर्शन करने आई थी, लेकिन कहने से क्या होता है। चेला चीनी निकल गया।

अकेले रहने की तब तक बात रही थी, जब तक छवि को सीधे जीतने की उम्मीद थी। जब वह लम्बा रास्ता दिखा तो काम तो चलाना ही था। गाँव से लच्छू बरेदी की विधवा लड़की को हाँक लाया। कहा तो था कि वह उसे ब्याहता बनाकर रखेगा, लेकिन वह तो वाकई वैसे ही रहना चाहती थी। आते ही हुकुम चलाने लगी—'पंडित यह करेगा, यह नहीं करेगा। घर में यह आएगा, यह नहीं आएगा...' ससुरी को मारा-पीटा भी कि रखैल बनकर बनी रहे, पर वह वापस भाग गई। पंडित ने फिर उसका पीछा नहीं किया। रास्ते में जान छूट गई थी।

केशव की माँ की सोहबत सुनी थी। देखने में अच्छी-ख़ासी थी। बाहर का स्वाद भी उसको लग चुका था। रास्ते में एक दिन टोका भी—'कब तक पीछे दौड़ती रहोगी'...मुँह बिचकाकर चली गई। उसे तो गोरा-चिट्टा साफ़-सुथरा चाहिए...पर पंडित को मना करने का मज़ा भी चखने को मिल गया, खुलेआम ससुरी की इज़्ज़त धोकर रख दी और उसके हिजड़े आदमी को पिटवा दिया... पर जो सोचा था वह न हुआ। एक बार पंडित के कदमों पर आती तो देखता, कौन माई का लाल उसे छेड़ता है। जादवों का डर लगता था वर्ना तो एक दिन उसके घर में ही घुसकर मसक आता।

उसकी सोहबत ग़लत बन गई। कोई ऊँच जाति की औरत का ख़याल उसे छोड़ ही देना पड़ेगा। ढीमरों, खवासों में सब ससुरी काली-कलूटी हैं। कोई नज़र में चढ़ती ही नहीं। चढ़े भी तो फिर थोड़ा ख़याल यह आता है कि इन्हीं के बलबूते पर तो अपना सिलसिला खड़ा है। ये कहीं पलटकर चढ़ बैठे तो फिर कोई बचानेवाला नहीं। छत्ते को भिनका देने के लिए तो यही काफ़ी था कि एक ऊँच जाति का आदमी उनके घर की इज़्ज़त लूटने चला है।

सूखा ही सूखा था। पंडित की क़िस्मत में और कुछ भी हो, एक औरत नहीं लिखी थी। महीनों गुज़र गए, कोई हाथ पकड़ने तक को नहीं मिली।

आज सबेरे पूज के बाद ही ज़्यादा छन गई थी। मुल्तन के ही यहाँ दोपहर खाना खाया था। और मन्दिर आकर साँकर अन्दर से बन्द कर वह पिछवाड़े

चला गया। अँधेरे की हल्की ठंडक में वहीं लुढ़ककर सो गया, और बेख़बर सोया रहा।

जागा तो धूप का नया-नया तीखापन ढलान पर था। पंडित के इर्द-गिर्द ताज़गी थी...लेकिन शरीर में अब भी कुछ भारीपन था। मन्दिर के बाहरी बरामदे में रखे घड़े का पानी चुल्लू से लेकर मुँह पर छिटका और फिर एक-दो चुल्लू पिया। बाहर और अन्दर ठंडक अच्छी लगी। लँगोट पर तहमद चढ़ाई। तरावट लिये हुए वह बाहर निकला।

बाहर से साँकर चढ़ा रहा था कि घरवाले मोड़ की तरफ़ से लाल रंग का एक गुच्छा ढलती हुई सुनहरी धूप में चमचमाता हुआ इधर चला आ रहा था। पंडित के हाथ साँकर चढ़ाते-चढ़ाते रह गए। फिर साँकर हाथ से छूट गई और नीचे आकर किवाड़ से टकराई। पंडित कुछ चौंकता-सा झूलती साँकर को किवाड़ से टकराकर, हिलते-बजते देखता रहा। अपने सारे शरीर में उसे फाल्गुन की फिसलती हुई चिकनाहट का दबाव महसूस होने लगा।

शान्ती थी—न जादव की कोई, न चौबे की...न किसी ज्वान-जवान के रिश्ते की। लाल साड़ी, लाल ब्लाउज, माथे पर लाल बिन्दी। पल्ले को सिर पर धूप के बचाव से ओढ़ती कि पल्ला हवा के दबाव से फिर ढह जाता। आख़िर उसने पल्ले को ओढ़कर उसके एक छोर को मुँह में खोंस लिया। धूप से थोड़ा-सा त्रस्त वह नीचे देखते हुए चली जा रही थी।

मन्दिर के सामने से गुज़री तो उसके पल्लू को मुँह में दबाने की अदा ने पंडित के शरीर में एक बड़ा-सा गड्ढा कर दिया। लाल पल्लू, लाल होंठ... पसीने की बूँदों से सजा हुआ लाल चेहरा।

पंडित ने उसे धर लिया। एक हाथ से उसके मुँह को तोपा और ठेलता हुआ मन्दिर के अन्दर ले गया।

दरवाज़ा अन्दर से बन्द हो गया। बाहर कँकरीली सड़क को कल्हारती हुई धूप की चिनमिनाहट थी। एक कुत्ता खुली जीभ से लार चुवाता हुआ मन्दिर के सामने से गुज़रा और कुइयाँ की जगत पर चढ़कर पसर रहा, पसरकर हाँकने लगा। कुइयाँ के ऊपर पीपल के पत्तों में छरछराहट थी। ऊपर चकरी खाते राजाओं के मुकुट बुर्ज...नीचे उतरती सपाट एक पत्थर की दीवार...कालापन भुतैला होने को आ रहा था। पहाड़ की काली-काली जीभ मन्दिर की इमारत को छू रही थी। सन्नाटा था, मौत-जैसा। तेंदुए का इलाक़ा बकरी तोड़ने के पहले का सन्नाटा। एक फड़फड़ाहट दोपहर की उस ख़ामोशी में थोड़ा ऊपर उठकर बजी और फिर पीपल की फुनगी में कहीं घुसकर बैठ गई।

गली के सामने फाटक अलसाया पड़ा था। उसके पहले बड़े-मँझले का घर ताले से बन्द। मुश्किल से सौ गज का फासला, पर कितना बड़ा...

भिनसारे से ही जेलर साहब के पिछवाड़े की पहाड़ी से अजीब तरह की आवाज़ें आ रही थीं। दबा हुआ-सा शोरगुल। किवाड़ भुड़कने, भागने-दौड़ने, बीच-बीच में चिल्लाने की अवाज़ें। जेलर साहब ठीक से सो भी नहीं पाए थे। रात गए तक शुरू चाचा का कुत्ता बड़े वाहियात ढंग से रोता रहा था जिसके सुर में सुर मिलाते रहे थे पहाड़ी के सियार। जेलर साहब के घर एक लाल बिल्ली भी थूथन ऊपर करके रो रही थी। जेलर साहब ने उठकर एक-दो बार उसे दबकाया था, डंडा लेकर पीछे भी दौड़े थे, पर बिल्ली चमकती आँखों के साथ खपरैल पर जा बैठी थी। जेलर साहब के चारपाई पकड़ते ही उसने थूथन असमान की तरफ़ करके फिर रोना शुरू कर दिया था। रात के अँधेरे को उसके रोने की आवाज़ें दूर तक खोदती चली जाती थीं।

बड़ी देर में थोड़ी झपकी आई कि फिर आवाजें आने लगी थीं। जेलर साहब बेचैनी से करवटें बदल रहे थे कि उनका दरवाज़ा ज़ोर से भड़भड़ाया गया। शान्ती की माँ घूँघट घाले खड़ी थी।

"जेलर साहब...मेरी बिटिया जाने कैसे-कैसे कर रही है, उसे बचाइए... जेलर साहब।"

जेलर साहब ने लुंगी कसी और सिरहाने से टॉर्च उठाई, फिर अपनी खूँटीदार खड़ाऊँ चटकाते हुए शान्ती की माँ के आगे-आगे चले गए। थोड़ी ही देर में जेलर साहब की पत्नी और शिवमंगल की बहिन भी पीछे-पीछे जा पहुँची।

घर में दीये की रोशनी थी। शुरू चाचा और उनका छोटा नाती वहाँ पहले से ही थे। शान्ती बेहोशी में थी पर छटपटा रही थी, उसे कटी छिपकली की पूँछ तड़फ रही हो। उसके हाथ-पैर बराबर चल रहे थे। चेहरा खुश्क था और होंठ के एक किनारे से उठता हुआ पीलापन उसके चेहरे की तरफ़ फैल रहा था।

जेलर साहब ने उसके पैर थामे शान्ती की माँ को हाथ थामे रहने को कहा। थोड़ी देर तक थामे रहे...फिर छोड़ा तो फिर हाथ-पैर पहले की तरह उठने-गिरने लगे।

"पहले कभी ऐसा हुआ है क्या इसे?"

"कभी ऐसा नहीं किया मेरी बिटिया ने...हाय! मेरी बिटिया को क्या हो गया रे?"

जेलर ने शुरू चाचा को टार्च दी और फ़ौरन बड़े जादव की तरफ़ दौड़ाया। शिवमंगल की बहिन और उसकी माँ शान्ती के हाथ-पैर सहलाने लगीं।

"कुछ अनाप-सनाप खाया-पिया क्या?"

"कुछ नहीं जेलर साहब, स्कूल से आकर बस लेटी रही। न किसी से बात, न चीत। शाम को खाना दिया तो कुछ नहीं खाया। बोली भूख नहीं है, जाने क्या हो गया मेरी बिटिया को?"

शान्ती का हाथ-पैर पटकना थोड़ी देर को थिमाया तो शिवमंगल की माँ और बहिन उठकर इधर आ गईं। उसका सारा चेहरा अब तक पीला और खुश्क पड़ चुका था।

बड़े जादव के आगे-आगे उजाला हो आया था...सवेरे का मटमैला उजाला। शान्ती के हाथ-पैर अब भी हिल रहे थे...पर बहुत धीरे-धीरे। जादव जी बदल-बदलकर पलक उलटकर देखते, नब्ज़ पर हाथ रखते, हाथ-पैर सहलाते, फटकारते, फिर होंठों को उघारकर देखते...दत्ती को खोलने की कोशिश करते। कुछ देर ऐसे ही चलता रहा कि तभी शान्ती के हाथ-पैर शान्त हो गए। होंठों के एक किनारे ख़ून की पतली पर्त दिखाई देने लगी। जादवजी ने आख़िरी बार नब्ज़ टटोली और बाहर आ गए।

"मिर्गी ने धर पकड़ा बेचारी को।" जादव ने बाहर निकलते हुए कहा।

"पहले कभी ऐसा नहीं हुआ, जादवजी," शन्ती की माँ ने कहा।

"कभी-कभी पहला ही दौरा ले जाता है।"

"तो किसी तरह बेहोशी को तोड़िए!" जेलर साहब ने कहा।

"देर हो गई है, अब तो नब्ज़ ही छूट गई है, ईश्वर की इच्छा...इन्तज़ाम कराइए, कुछ लोगों को भेज देता हूँ...सवेरे-सवेरे निपट जाएँ, दोपहर तेज़ होने लगी है आजकल।"

शान्ती की माँ पछाड़ खाकर गिर पड़ी। उसकी लज्जा और शर्म सब ख़त्म हो गई थी, "अरी मेरी फूल-सी बिटिया...मुझे अकेले छोड़ गई...अब मैं किसके सहारे रहूँगी, बिटिया के हाथ पीले न कर पाई...मेरी चिरैया फुर्र से उड़ गई..."

प्रभाती बेला की उस चीत्कार ने सब जगह ऐलान कर दिया कि शान्ती नहीं रही।

सात बजे तक सारी तैयारियाँ हो चुकी थीं। शिवमंगल की बहिन के आँसू न रुकते थे। शान्ती उससे शर्त बदा करती थी, कि कौन किसे छोड़कर जाएगा। वह हमेशा यही कहती कि शिवमंगल की बहिन के ससुराल जाते ही वह मुहल्ला छोड़ देगी। शान्ती की माँ का चिल्लाते-चिल्लाते गला बैठ गया।

जिस समय अर्थी कुलिया के बाहर आई तो सुबह की धूप में गरमाहट आ गई थी। घरों के दरवज़े खुले थे और लड़कों-बच्चों को भीतर धकेलकर औरतें दरवाज़ों का मुँह तोपे खड़ी थीं और अपनी आँखें बराबर पोंछ रही थीं, "कमाती-खाती बिटिया चली गई...जाने किसकी हाय खा गई...ये होता है लड़की को घर से बाहर जाने देने का फल"—कोई समझा रही थी, "किसी मास्टर के प्रेम में फँसी थी, मास्टर ब्याहता था, इसलिए ज़हर खा लिया"—एक और ने बताया। "शान्ती की मताई का ही दोष है, ज्वान-जवान बिटिया इस उम्र तक क्वाँरी रखी जाती है कहीं...?" तीसरी की शिकायत थी।

जेलर साहब के नीम की फुनगियाँ हवा में छरछरा रही थीं। बड़ी डाल से लटका हुआ झूला लपेट-लपाट कर ऊपर ही बाँध दिया गया था। झूले का चौड़ा पटा डाल से जकड़ा हुआ औंधा पड़ा था।

सूरज की किनकिनाती रोशनी में किला नीचे के पहाड़ पर अपनी असली भयावहता बिछाते हुए अडिग खड़ा था। पत्थरों और तोपों की कालिख उछलकर चटख हो गई थी।

सामने जिस पहाड़ के बीच के रास्ते से जाना था, उसके दाईं तरफ़ काफ़ी ऊपर काली का मन्दिर था। काली माँ की जीभ रक्त से हमेशा लाल रहती थी—वे साल में कई बलि लेती थीं!

बड़े इम्तहान की तैयारी में मास्टर कंठी के यहाँ घोटे-से गोल चक्कर में बैठे, 'एज़ द ट्विट्रिंग्स ऑफ द बर्ड्स टु द डाइंग इयर्स' का मतलब सुन और समझ रहे थे।

कलक्टर साहब के बँगले तक सवेरा पहुँचने में अब भी देर थी। बेड टी का इन्तज़ाम शुरू हो गया था।

यह पहली अर्थी थी जिसके पीछे केशव चला।

शान्ती को सिर्फ़ एक बार ही पास से देखा था...अभी कुछ दिनों पहले ही, मँझले के यहाँ। वह चारपाई पर लेटी हुई थी। बड़े सिरहाने बैठे थे। उसका चेहरा उदास था, बड़े का मुँह लटका हुआ था। केशव की समझ में वह सब नहीं आया था।

अपने ही पास शान्ती ने केशव को बिठा लिया था, अपने शरीर से सटाकर और ख़ुद लेटी रही थी। एक हाथ से केशव की पीठ सहलाती जाती थी। पहली बार और इतना आत्मीय स्पर्श!

जाने क्यों, केशव को लग रहा था कि शान्ती ने सङ्खया खा लिया है... बड़े को और उसको लेकर उल्टी-सीधी बातें शुरू हो गई होंगी, तभी वे दोनों उस दिन इतने उदास थे।

मोहल्ले में सिर्फ़ काले और सफ़ेद रंग, या फिर इनके बीच के...भूरे या चितकबरे ही रह सकते थे। शान्ती का रंग लाल था...और उस पर कालिख पुतनी ही थी।

# मात

पहाड़ की जड़ पर पहुँचकर केशव के पिता साइकिल से उतर गए। लखन सागर के किनारे से होते हुए गोला था जिस पर साइकिल से सीधे शहर तक पहुँचा जा सकता था, लेकिन वह चक्करदार रास्ता था और यूँ भी खंदिया की चढ़ाई पर उतर, साइकिल को खचोरना ही पड़ता। पिछवाड़े का यह रास्ता सीधा था। पहले कोई सौ से ऊपर सीढ़ियाँ और ऊपर तलैया...हरे पानीवाली। वहीं से काली माई के मन्दिर तक रास्ता पथरीला ज़रूर था लेकिन चढ़ाई बहुत मामूली थी। काली माई के मन्दिर से खंदिया तक उतार-ही-उतार था। कुल मिलाकर, पूरे रास्ते में यही चढ़ाई थी जो मुश्किल थी।

शाम के आख़िरी उजाले ने रास्ते को चलने लायक छोड़ रखा था। अँधेरा होने के पहले-पहले वे घर पहुँच ही जाएँगे। तलैया पर पहुँचते ही कुछ आदमियों के हँसने की आवाज़ें उनके कानों में आईं। तलैया शाम को ज़्यादातर सुनसान पड़ी रहती थी। पहले भी वे कई बार इस रास्ते से आए थे। अगर कभी यहाँ पहले पहुँच गए तो एकाध आदमी या औरत घाट की काई हटाते हुए कपड़े फींचते या हिलोरते नज़र आ जाते। पर उन एक-दो आदमियों की मौजूदगी से वहाँ की नीरवता कुछ ज़्यादा ही उजागर हो जाती थी। आदमी की उस मामूली उपस्थिति से इतना सहारा ज़रूर होता था कि एक किनारे कहीं साइकिल टिकाकर पत्थर पर बैठकर थोड़ा सुस्ता लिया जाता। नीचे से ऊपर तक लगातार चढ़कर आने के बाद जो साँस फूल जाती थी, वह भी थम जाती। केशव के पिता थोड़ा कहीं बैठ लेने की सोच ही रहे थे कि आदमियों के हँसी-ठट्ठों के स्वर ने उन्हें विचलित कर दिया।

तीन-चार 'ज्वान' थे और भंग घोटी जा रही थी। केशव के पिता ने एक सरसरी निगाह से उधर देखा। थोड़ी राहत हुई कि वहाँ कोई नहीं था जिनसे डर की धौंकनी अन्दर कहीं चल पड़ती। शिवहरे, शिवमंगल, पंडित कोई नहीं। वे थोड़ा हटकर एक बड़ी चीप की तरह चलने लगे, सुस्ताने के ख़याल से। तभी उनमें से एक सीधे पेड़ की तरह लम्बा खड़ा हो गया, वहीं जहाँ वे सब बैठे थे।

"पाँय लागूँ पंडितजी"—और उसने अपने हाथ कोहनी से लगाकर उँगलियों के पोरों तक जोड़ दिए और माथे के ऊपर तक लाते हुए आँखें मूँद लीं, दूर से ही।

रमेश था, बाहर कहीं नौकरी करता था और छुट्टी-वुट्टी लेकर आया होगा। एक दिन ऐसे ही साइकिल घर के चबूतरे पर चढ़ाते वक़्त पीछे से कल्लन ने किया था। सामने से दंडौत और पीछे से चिढ़ानेवाला इशारा। केशव के पिता अनदेखा कर गए थे।

आज भी व्यंग को पहचानने के बावजूद केशव के पिता सिर्फ़ 'जय हो' में धीमा-सा जवाब-भर दे सके। इस तरह देखा-अनदेखा, सुना-अनसुना करने की आदत-सी पड़ गई है। सुस्ताने की ज़रूरत महसूस करते हुए भी वहाँ बैठने को मन नहीं हुआ। बैठेंगे तो कुछ और फबतियाँ छोड़ी जा सकती हैं। वे कुछ बोलते तो बतबढ़ होने का भी डर था। क्यों व्यर्थ में...इसलिए उन्होंने ढनगती हुई साइकिल को आगे रास्ते की तरफ़ मोड़ दिया और घर की तरफ़ चलते चले गए।

रास्ता कुछ ज़्यादा ही कठिन हो रहा था। चढ़ाई ख़त्म थी, पर समतल नहीं थी। पग-पग पर ऊँचे-ऊँचे पत्थर थे जिनसे बचते हुए साइकिल के पहिए को इधर-उधर से खुलकाना पड़ता। अक्सर साइकिल जो ढनगती तो उन्हें भी ढनगा ले जाती, मुश्किल से सँभलती थी...कभी सामने के किसी पत्थर से पहिया टकराता तो टन्नाहट उनकी छाती तक को दौंका जाती...चलती थी तब भी खड़खड़ाती हुई।

बाहर उनकी क्या हैसियत थी यह साफ़ था, जबकि रमेश-जैसे दो-चार दिन के आए हुए लोग भी उनके बारे में जाने क्या-क्या सुन चुके थे और क्या-क्या धारणा बना बैठे थे। उस वक़्त वे भी अपने किसी गिरोह में पहुँचकर लोगों का मज़ाक़ उड़ाना चाहते, भले ही अन्दर बैठकर और बातों-बातों में ही, लेकिन वैसा गिरोह या अड्डा उनके लिए वहाँ कहीं नहीं था। पहुँचने की जगह सिर्फ़ एक थी, घर। लेकिन क्या वहाँ भी वे इस तरह की बातें किसी से करके हलका हो सकते थे?

कुंडी खड़काई, और दरवाज़ा खुला और जैसे ही उनकी आकृति साइकिल को उठाकर चबूतरे पर चढ़ाते हुए सामने दिखाई दी, केशव की माँ के मुँह से निकल गया—"अरे पंडितजी आ गए!" उनके स्वर में हल्की-सी घबराहट थी, थोड़ा अचम्भा भी, क्योंकि आज उनके आने का दिन नहीं था।

पौर में मामा बैठे थे, दीवार से सटे, अपनी ऊँघती हुई मुद्रा में। केशव के पिता पौर से साइकिल को ढनगाते हुए आँगन में निकल गए। मामा को बैठा देख वे कुछ खिन्न हो आए। तो जो बाहर था वही अन्दर था, जैसे उधर उनका ज़ोर नहीं था तो इधर भी नहीं। वे एकाएक अपने आपको काफ़ी दुर्बल

महसूस करने लगे...क्या कहीं भी उनका बस नहीं है, इस पर भी नहीं कि उनके घर कौन आता और कौन जाता है? तब मामा उन्हें रमेश की तरफ़ के आदमी लगे।

माँ रसोई-घर में जाकर कुछ उठा-पटक करने लगी थीं। पौर में अब सिर्फ़ मामा, केशव और उसकी बहिन थे। एक सनकता हुआ सन्नाटा था...जैसे वहाँ सब कोई इन्तज़ार में था, किसी अनहोनी के।

"कितनी बार इनको कहा"—पिता माँ को सुनाते हुए कह रहे थे कि "यहाँ न आया करो, इतना बड़ा बतंगड़ हो चुका..."

"महाराज, मैं बस अभी ही आया था। सोचा कि केशव के इम्तहान पास हैं, इस वक़्त नहीं देखा गया तो साल की मेहनत बेकार जाएगी..." मामा ने पौर से ही कहा।

इस बार पिता पौर से आँगन के मुँह पर आ गए।

"आप अपने बाल-बच्चों को देखिए। इन्हें इनके करम पर छोड़िए और अगर आप यही चाहते हों कि हम यह बस्ती छोड़ दें, तो जैसा बताइए।"

केशव के पिता बात को काफ़ी सभ्य ढंग से रखने की कोशिश कर रहे थे और इस कोशिश में उनकी आकृति एक कोने से बड़ी दयनीय भी हो आई थी, जैसे कि वे अपने लड़कों की भलाई भी चाहते थे और नहीं भी चाहते थे। लेकिन केशव को तब उनका शरीफ होना खल रहा था। इस तरह बात वही करते हैं जो कमज़ोर होते हैं...क्यों नहीं वे ललकार कर मामा को घर से बाहर निकाल देते!

"ठीक है, आपकी ऐसी इच्छा है तो मैं नहीं आया करूँगा।" मामा उठकर खड़े हो गए।

"आप देखते हैं कि लोग क्या-क्या बातें करते हैं?"

"लोग-बागों की क्या चलाई, मैं नहीं भी आऊँगा तब भी वे अनाप-शनाप बोलते ही रहेंगे। किसी का मुँह तो पकड़ा नहीं जा सकता।"

केशव के पिता के पास इसका कोई जवाब नहीं था। इसलिए उन्होंने कुछ नहीं कहा। ऐसा उन्हें भी लगता था कि सिर्फ़ मामा के न आने से उनकी बस्ती में जो स्थिति थी, उसमें कोई फ़र्क़ नहीं आएगा। धब्बा जो लग चुका था, वह तो रहेगा ही और यहाँ आकर उनकी पल-भर पहले की कटुता घुल गई। मामा से यों तीखे-तीखे बोलते हुए उन्हें लग रहा था कि वे एक और विरोधी बनाकर ही बाहर छोड़ रहे हैं...उस आदमी को जिससे, चाहे कुछ भी हो, काफ़ी अन्दरूनी बातें की जा सकती थीं और जो शायद मुहल्ले का वह एकमात्र व्यक्ति था जिनसे

उनका ख़ुद क्रा कोई निकट का सम्पर्क था, वर्ना वहाँ के लिए वे अजनबी ही थे एक तरह से। और यही था जिसने केशव के पिता को असाधारण रूप से सभ्य बना दिया था, उस मौक़े पर।

"लोगों के मुँह बन्द हों या न हों, लेकिन हमें तो तसल्ली होगी कि अपनी तरफ़ से तो कुछ उठा नहीं छोड़ा।"

मामा पौर से नीचे उतर गए, जूतों में अपने पैर डाले और धीरे-धीरे बाहर निकल गए, अनमने से।

पौर में सन्नाटा फिर तैर आया। एक क़िस्म की निश्चिन्तता उस सन्नाटे में ज़रूर थी लेकिन जाने क्यों वह बोझिल थी। केशव के पिता का चेहरा बुझा-सा हो आया था, जैसे कि अब वह बस्ती उनके लिए सिर्फ़ दुश्मनों की बस्ती रह गई थी। वहाँ अब एक भी नहीं बचा था जिसकी तरफ़ वे वक़्त-बेवक़्त किसी तरह के सहारे के लिए तक सकते, जो उनकी नामौजूदगी में उनके घर-द्वार का ख़याल रख सकता। केशव ने ग़ौर किया, माँ इस बीच कुछ नहीं बोली थीं। वे रसोई से बाहर भी नहीं आई थीं।

"खाना परसूँ?" माँ ने रसोई के अन्दर से पूछा।

"परस दे, जो मन हो।"

और पिता हाथ-मुँह धोने घड़ौंची की तरफ़ बढ़ गए।

कल्लन और शिवराम के फ़ौजदारी के मुकदमे की तेईसवीं पेशी थी।

दीवानी का मुकदमा भी कुछ आगे नहीं बढ़ा था। शुरू-शुरू में पेशी बढ़वाई जाती रही कि काग़ज़ात हासिल करने हैं, नक़ल लेनी है। शिवराम ने दावा किया था कि कल्लन का घर तीन पुश्त पहले उसके ख़ानदान का था, जिसे कल्लन के बाप ने हड़प लिया। इसके सबूत में खसरे की नक़ल भी दाख़िले-कचहरी कर दी थी। कल्लन के पास काग़ज़ी सबूत कोई नहीं था, ज़रूरत ही नहीं समझी गई थी कभी, क्योंकि वे जाने कब से उसमें रहते आ रहे थे। बहुत ढूँढ़ा गया तो रिकाड्‌र्स में उस घर का खाका ही न मिला। हकीकत यह थी कि एक ज़माने में उधर की सारी ज़मीन चौबों की थी। चौबे के किसी पूर्वज ने ज़मीन को शिवराम के दादा के नाम पर पट्टे पर लिख दिया था और उन्होंने फिर काग़ज़ पर अपनी मुहर चढ़वा ली थी। लावारिस ज़मीन थी...कल्लन के दादा जिस कोठरी में रहते थे, उसके ठीक सामने। वे लोग फिर धीरे-धीरे पसरते चले गए थे, पहले सिर्फ़ सामने की ज़मीन पर बग़िया लगा ली गई। शिवराम के बाप के समय वहाँ

एक चौहद्दी उग आई थी, जो सिर्फ़ एक बखरी का इस्तेमाल कल्लन के बाप को देती थी। शिवराम शुरू से ही आवारा क़िस्म का आदमी था इसलिए कब कल्लन ने बखरी के अन्दर कमरे भी बनवा लिए उसे पता ही नहीं चला। दूसरे उसे ठीक से कुछ मालूम भी नहीं था। कुछ मालूम भी न पड़ता अगर कल्लन को नीचा दिखाने की ज़रूरत न पड़ती। जो सुना जाता था वह यह था कि वह ज़मीन कभी शिवराम के ख़ानदान की थी और उसे कल्लन के पूर्वजों को बेच दिया गया था। जब ज़बर्दस्ती मुकदमा धाँसने की बात आई तो इतना पता लगना काफ़ी था कि खसरे में अब भी शिवराम के दादा का नाम था। शिवराम का केस बन गया। मुकदमा दायर होने के बाद फिर एक तरफ़ से हलफनामा, उसके ख़िलाफ़ दूसरी तरफ़ का हलफनामा। फिर अपनी बात के पक्ष में और लोगों के हलफनामे पर चालीसेक रुपये ख़र्च हो जाते और हर पेशी के लिए वकील की फीस अलग...शिवराम को कोई जल्दी नहीं थी।

फ़ौजदारी का मुकदमा हलफनामे की स्टेज पार करके गवाहियों की पेशी पर आ गया था...और आज शिवराम के ख़ास गवाह पंडित की पेशी थी। पंडित ने शुरू में तो आनाकानी की थी, लेकिन जहाँ शिवराम ने रुपये का लालच दिया, वह तैयार हो गया था। कौन झूठ बोलना था, अगर बोलना भी होता तो कमाई की खातिर था। यहाँ तो सही बात को सिर्फ़ बढ़ा-चढ़ाकर कहना था। कल्लन को पता चला तो पंडित के पास दौड़ा गया—"इतना पुराना साथ तोड़ रहे हो।" पंडित को यह खटका ज़रूर था कि शिवराम तो मुहल्ला छोड़ चुका है जबकि कल्लन मुहल्ले में है और उसके दो जवान लड़के भी हैं, लेकिन न तो कल्लन और न उसके लड़कों का ही दबदबा था कि कोई पंडित पर हाथ उठाने की हिम्मत करता। ख़ासतौर से तब जब वे यह जानते थे कि जादवजी उसे यहाँ लाए हैं। कल्लन की जगह कोई और ज़बर होता तो शायद कुछ सोचना पड़ता, घर आई लक्ष्मी को कैसे ठुकराया जाए...सौ रुपये ख़ासी रक़म थी।

"भैया, ब्राह्मण हूँ। सच न कहूँगा तो अपना धर्म बिगड़ेगा। सच अगर यह होता कि उसने तुम्हें मारा तो वह भी कहता।" पंडित ने कल्लन को अपनी सफ़ाई दी थी।

मगर कचहरी में कल्लन ने देखा कि पंडित सच के साथ-साथ झूठ भी काफ़ी बोल रहा है। जुए का ज़रूर ज़िक्र नहीं किया जा सकता था, लेकिन यह कि शिवराम कल्लन से यह कहने गया था कि उसने घर जबर्दस्ती उसकी ज़मीन पर बना लिया है, जल्दी अपना इन्तज़ाम कर ले, इस पर कल्लन ने मार-पीट कर दी। यह कौन-से धर्म का तकाज़ा था? बेकार साले अपनी जात-बिरादरी के

लोग इनके पीछे दौड़ते हैं। असल में साथ देगा अपनी जाति का ही। ख़ुद वहाँ क्यों गया था, इस पर भी पंडित झूठ बोल गया। पंडित का कहना था कि वह वहाँ से गुज़र रहा था कि गरम-गरम बातें सुनकर ठहर गया।

धर्मात्मा कहीं का!

कहर मचा रखी थी शिवराम ने। हर महीने कचहरी दौड़ो और सारा महीना तारीख़ की तैयारी में लगाओ। रोज़ी-रोटी कब देखो...? ससुरा, जब से मुकदमा शुरू हुआ तभी से कल्लन का सारा ख़ानदान कभी इस दफ़्तर दौड़ रहा है, कभी उस दफ़्तर। कभी यह काग़ज़ बटोरो, कभी वह। कभी यह गवाह तलाशो कभी उस काग़ज़ की नक़ल करवाओ। हर ऐसी छोटी-सी कसरत में भी शिवराम के लिए सैकड़ों गालियाँ निकलती थीं। शुरू में सुलह हो जाती तो हो ही जाती। पर अब तो हर पेशी में बैर और गँसता गया है...शिवराम उसके पेट पर लात मार रहा है, घर से बाहर निकालकर, उसके लड़कों को अनाथ बना देना चाहता है, अपना-जैसा बनाकर घुमा रहा है।

कल्लन इस भागदौड़ से आजिज़ आ गया है। कभी सोचा नहीं था कि इस आदमी से खेलना—पतंगें, तीतर, जुआ—इतना महँगा पड़ेगा। तो क्या वह हार रहा है? जाकर शिवराम के गोड़ लगे कि भैया बहुत हुआ...मुकदमा वापस लो, पतंगों और तीतरों के दिन याद करो। छि:! इससे तो अच्छा मर जाए, शिवराम को ठिकाने लगाकर लौंडों के सामने मिसाल तो रहेगी।

उधर शिवराम के लिए मुकदमेबाज़ी सिर्फ़ एक खेल था, तीतर लड़ाने की तरह। उसका अकेला होना उसकी सबसे बड़ी ताक़त साबित हो रही थी। तीतर का पिंजरा ज़रूर छूट गया था। उसकी जगह होती थी अब बाल्टी और गड़ई... हाथ में यह लटकाए वह हर शाम वकील साहब के पीछे-पीछे मानिक कुइयाँ तक जाता था। कल्लन ने उस दिन ताल ठोंककर उसे अखाड़े में उतरने के लिए चुनौती फेंकी थी, तो आ जाए अब। तीतरों की जगह उनके मालिकों की लड़न्त चल रही थी, पेशी-दर-पेशी।

कचहरी रेलवे लाइन के पार थी। रेल की लाइन को पार करके शहर के असली हिस्से में घुसा जा सकता था। सड़क जहाँ से लाइन को काटती थी वहाँ फाटक था, लेकिन वह सिर्फ़ सवारियों के लिए। पैदल चलनेवाले किसी भी जगह से लाइन को धोती सकोरकर पार कर सकते थे। भीड़ छितरकर किसी भी तरफ़ से निकल जाती थी।

पेशी के बाद कल्लन हिलगा रहा, बिना कुछ जताए शिवराम की छाया का पीछा करता रहा। शिवराम वकील और मुँशी से निबटकर मुख्तारनामे से बाहर

निकला तो कल्लन और उसके लड़के ओट हो लिये। अब शिवराम अकेला सामने से ही रेल की लाइन की तरफ़ जा रहा था।

रेल की लाइन पर चढ़ते ही कल्लन, छुटईं और कामता ने शिवराम को पकड़ लिया और उस तरफ़ को घसीटने लगे जिधर को रेलवे लाइन शहर के बाहर निकलती थी।

"कचहरी जब फ़ैसला करेगी, करेगी। तेरा फ़ैसला हम आज कर देंगे साले... नींद हराम कर रखी है..." कल्लन घसीटते हुए कह रहा था।

"कल्लन, फिर तू ग़लती कर रहा है...क़ानून को नहीं जानता..."

"ऐसी-तैसी तेरी और तेरे क़ानून की...आज तेरी मुड़िया को यहीं पटरी पर घिसकर रेल के नीचे डाल दूँगा...मेरा जो होगा, वह होगा...चल साले!"

शिवराम अपनी तरफ़ खिंच रहा था। वे तीन थे और जल्दी ही वह घसीटा जा रहा था। आगे सिर्फ़ थोड़ी दूर तक घर थे उसके बाहर सुनसान। रेल की लाइन वहाँ पहुँचकर बहुत ऊपर उठती दिखती थी। आर-पार खाइयाँ, खेत और छुटपुट पगडंडियाँ। वहाँ ले जाकर दिनदहाड़े ही वे उसका कुछ भी कर सकते थे...मारकर नीचे डाल सकते थे। घबराकर शिवराम चिल्लाने लगा, "मार डाला...बचाओ...बचाओ!"

मुँह तोपने तक उसकी आवाज़ चलते हुए कुछ लोगों तक पहुँच ही गई। कुछ लोग उधर दौड़ आए।

"क्यों भैया, क्या कर रहे हो?"

"यह इससे पूछो कि यह हमारा क्या कर रहा है?" कल्लन हाँफता हुआ बोला, "साले ने हमें जबर्दस्ती मुकदमे में फँसाया। मुकदमेबाज़ी की घिसघिस हम नहीं जानते...हम तो अपना फ़ैसला आज कर लेंगे...आप लोग अपने रास्ते जाओ।"

हल्की-फुल्की भीड़ इकट्ठी हो आई थी। एक-दो नौजवानों ने आगे बढ़कर उन्हें अलग-अलग कर दिया। शिवराम को पीछे से निकलकर जाने को कहा।

"कब तक बचोगे...बेटा। तेरी टोंटी ऐंठकर न फेंक दी तो मेरे नाम का कुत्ता पोस लेना!" कल्लन मूँछ ऐंठते बोला।

"शिवराम के पास उसका भी इलाज है।" अब शिवराम की भी बोलती खुल गई थी।

"तू खूब इलाज ढूँढ़, लेकिन याद रखियो, मुकदमे का फ़ैसला कल्लन ही करेगा।"

शिवराम लाइन के पार उतरकर चला जा रहा था, लगभग भागता हुआ। सामने रेल की पटरी चमक रही थी...सुनसान इलाक़े को दूर तक एक ही ढंग

से छेदती हुई चली गई थी—उस बिन्दु तक जहाँ तक नज़रें जाती थीं—और आगे उसके परे भी।

शामें धीरे-धीरे फैलने लगी थीं! गर्मी की तरफ़ बढ़ते मौसम ने उन्हें फाड़-फाड़कर फैलाना शुरू कर दिया था, एक तरह से। ज़खीरा में लड़के फिर इकट्ठे होना शुरू हो गए थे। एक-दो बार शिवमंगल की छुटपुट पार्टी हाकी खेलते हुए फिर दिखाई दी थी। जखीरे में बेल के पेड़ में फलों पर पीलेपन की परत फैलने लगी थी।

आज दोपहर गए खाना खाकर सुरेश सो गया था...और थोड़ी देर पहले ही उठा था। मास्टर के पास जाना था, क्योंकि आज कहीं भारत से मिलने की बात थी। उसके पास सन्देशा आया था। फिर कुछ करना-कराना होगा। सुरेश को उन कामों से नफरत हो गई थी, लेकिन इधर काफ़ी दिनों से कुछ हुआ ही नहीं था, हाथों को जंग लग रहा था। इसलिए अच्छा था कि कहीं कुछ कर आया जाए। उसकी आँखों में नींद की उबासी तब भी तैर रही थी जब वह मास्टर की तरफ़ जाने के लिए निकला।

जखीरे के नीचे फैले चौराहे पर कुछ लौंडे गोलियाँ खेल रहे थे। पुराना समय होता तो वह किसी को पीछे से पकड़ लेता, चूमता-चामता और फिर अलग करके उसके चूतड़ों पर एक लात जमाकर ही आगे बढ़ता, लेकिन वह सब कब का पीछे छूट चुका था।

जखीरा के अन्दरवाले मैदान में कुछ बड़े-बड़े आदमी इधर-उधर छितराए हुए थे। बेसिक ट्रेनिंग के लिए आए हुए कुछ मास्टर थे और वे किसी खेल की तैयारी कर रहे थे। आगे फाटक के सामनेवाले कुएँ पर दो-तीन औरतें थीं। कुएँ के बीच में सामने मुहल्ले के बाहर निकलनेवाली गली लगभग सुनसान थी। सामने एक छोटी-सी छत पर छुटईं पतंग बढ़ा रहा था और दाहिने हाथ से डोर थामे हुए बाएँ हाथ को पतंग बढ़ाने के अन्दाज़ में छूँछा ही हिला रहा था। सुरेश को अजीब लगा। जब वह ठीक उस छतवाले मकान की जड़ तक पहुँच गया तब उसने पलटकर देखा—सामने छुटईं के दूसरी तरफ़ की छत पर एक गोल-गोल-सी लड़की, एक बड़ी-सी लाल बिन्दी लगाए खड़ी थी...तो ये पेंच लड़ाए जा रहे हैं। सुरेश ने खँखारकर पंडित की तरफ़ थूका। लड़की का ध्यान इधर बँटा और वह अन्दर भाग गई। गाली देता हुआ सुरेश आगे बढ़ गया। उसे अन्दर एक खरखराहट-सी तनती हुई महसूस हो रही थी।

उबासे चेहरे को ढोते हुए वह मास्टर के यहाँ पहुँचा। मास्टर अपनी चटाई पर एक करवट के बल फैला हुआ अख़बार के एक टुकड़े को चाट रहा था।

सुरेश को देखते ही उसने पैर सकोरे और उठकर बैठ गया।

"आओ, ख़बर पहुँच गई थी?"

"हाँ...क्या बात है?"

"पहले तुम बताओ—कैसी हवा है उधर?..."

"ठीक है।"

"भर्ती आगे बढ़ी कुछ?"

"सब ऐसे ही चल रहा है। लेंडू हैं साली आजकल की औलादें! इधर क्या नया पका रहे हैं..."

"दूसरे शहर जान है....तुम्हें भी, मुझे भी।"

"कब?"

"कल ही।"

"किसलिए?"

"यह वहीं चलकर पता चलेगा...ख़बर आई है कि उधर के यूनिट को कुछ अनुभवी लोगों की ज़रूरत है।"

"तो आपसे उम्दा कौन मिलेगा?" सुरेश हँसा।

"मैं तो चल ही रहा हूँ। तुम्हारी भी ज़रूरत है। मैं सामने तो नहीं आ सकता न!"

सुरेश को लगा कि उसका इस्तेमाल फिर प्यादे की तरह किया जाना है। उसे घिन छूट गई। पहले वह सबकुछ झेलता गया था, क्योंकि तमंचा लेना था, अब क्यों नहीं इन सालों से छुट्टी पाई जाए।

"मैं नहीं जा सकूँगा।"

"क्यों?"

"कुछ वजहों से...समझ लीजिए।"

"पार्टी के अनुशासन का तुम्हें ख़याल है?"

"लेकिन पार्टी को भी तो कभी मेरा ख़याल करना चाहिए?"

"क्यों, क्या नहीं किया? तुम्हें 'वेपन' दिलवाया।"

"बेक़ार है...जब उसे इस्तेमाल ही नहीं कर सकता।"

"तुम लोगों का काम बस अपने इर्द-गिर्द होता है।" मास्टर ने काफ़ी ज़ब्त करके कहा।

"वह नहीं, पर मुझे अपने स्तर पर कुछ लोगों से निपटना है।"

"उन्हीं से तो निपटा जा रहा है। उनके वर्ग को ख़त्म कर दोगे तो वे अपने-आप ख़त्म हो जाएँगे। यों इक्के-दुक्के को मारोगे तो और खड़े हो जाएँगे...हमें जड़ पर मार करनी है।"

"मुझे यह समझ में नहीं आता कि मैं और कहीं जाकर किसी और को मारूँ और अपनों को छोड़ दूँ।"

"उनका इन्तज़ाम किसी और से करवा दिया जाएगा। अच्छा बताओ, तुम्हें किसे ठिकाने लगाना है। मैं इन्तज़ाम कर देता हूँ—अभी...इसी वक़्त।"

सुरेश सोचने लगा, तो किसी एक का नाम नहीं सूझा। उसकी दुश्मनी किसी से नहीं थी। अगर होती तो अब वह अकेले ही निपट सकता था उनसे, अब तक निपट ही लिया होता। वह कब से चाहता था कि उसके दुश्मन एक-दो नहीं, सारे मुहल्ले का मुहल्ला हो। उसी तरह सही, वे उसकी उपस्थिति तो महसूस करें।

"क्यों...बताओ?"

"क्या करिएगा, वह छोड़िए। फ़िलहाल यही समझ लीजिए कि मैं बीमार हूँ।"

"मगर तुम बीमार नहीं हो, अच्छे-ख़ासे हो।"

चाय आ गई थी। बासे-बासे से मगों से गरम चाय का बड़ा ही बारीक धुआँ उठ रहा था। वे दोनों मगों को अपनी-अपनी तरफ़ खिसकाकर चुस्की लेने लगे, तेज़-तेज़। दोनों को ही जल्दी थी, ऐसा लग रहा था। सुरेश को भारत से जल्दी मिलकर वापस लौट जाने की और मास्टर को सुरेश से साफ़-साफ़ बात कर लेने की। चाय की हर चुस्की के बाद वह चकलाने लगता था...उसे कोफ्त हो रही थी सुरेश-जैसों से, जो कभी भी पलट सकते हैं, जिन्हें समझाया नहीं जा सकता। जो भुस हैं, एकदम भुस! बैल! भारत से कितनी बार इसीलिए झड़प हुई। सुरेश-जैसे से क्या उम्मीद की जाए। सबसे बड़ी वजह, जिससे मास्टर को भारत और पार्टी के कार्यक्रमों और लक्ष्यों पर कभी-कभी शक होने लगता है, वह है सुरेश-जैसों यहाँ की औलादें। वे इन पत्तों पर तकिया किए बैठे हैं, लेकिन मास्टर बाहर कैसे रहे! वह अनुशासन में रहना जानता है। इसलिए जो शक हुए, उन्हें सिर्फ़ भारत के पास ले जाता है, और भारत के पास जैसे हर चीज़ का जवाब है। विश्वास फिर से पैदा कर देनेवाला जवाब। पर सुरेश-जैसे लुँठ लोगों को कोई क्या समझाएगा! भारत का इसके साथ वक़्त ही बरबाद होगा।

"चलें भारत के पास...?" सुरेश ने कहा।

"क्या करने?"

"हमें उनसे मिलना था न!"

"किसलिए?"

"जिस लिए भी वे मिलना चाहते थे।"

"भारत सिर्फ़ उन्हीं से मिलते हैं जिनके पास थोड़ा-बहुत 'भेजा' है।"

"क्या मतलब...?"

"वह तुम क्या समझोगे। सबके बस की बात नहीं है समझना।"

"मास्टर, तुम्हें जान लेना चाहिए कि सुरेश की गालियाँ सुनने की आदत नहीं है, आगे ध्यान रखना...मैं चलता हूँ!"

और वह उठ खड़ा हुआ। अच्छा हुआ! इस रस्सी को भी झटके से तोड़ डाला। कौन साला है सुरेश पर हुकूम चलानेवाला! मास्टर की आँखें फटकर बाहर को आ रही थीं। यह कल का छोकरा! इसमें इतनी हिम्मत कब से आ गई?

सुरेश जब खंदिया की तरफ़ लौट रहा था, तब तक शहर में रात बिछ चुकी थी। सड़क पर फासले से हाल ही बैठाए गए खम्भे अँधेरे में ठूँठों की तरह खड़े थे। कहीं-कहीं उनके बीच तारों का ढीलाढाला सिलसिला पड़ा था। बिजली इधर लाई जा रही थी, रोशनी अब भी नहीं आई थी।

उन बेकार के खंभों के बीच सुरेश अपनी लम्बाई से भी ज़्यादा उचकता हुआ बढ़ा चला जा रहा था।

एक झटका उस शाम...जिसमें छवि-नारायण को सबके सामने धो दिया और दूसरा अब यह...साला मास्टर! असल तो पहला था जिसकी तलाश सुरेश को कब से थी। दूसरा यह उसी कतार में आप से आप आ गया। वह जानता था कि वह कुछ बनेगा तो झटके में ही। उसका हौसला बढ़ गया था। कुछ ही दिनों में वह हस्ती बन गया।

उसे अब अपने-आप में एक बड़ा वजन महसूस होने लगा था। इसे वह बाहर भी देख सकता था। जहाँ से निकलता, लौंडे-लपाड़े इधर-उधर लुक जाते, नौजवानों की बोलती बन्द हो जाती और वे चौकन्ने होकर उसे ताकने लगते। बड़े-बूढ़े अपने चेहरों पर मीठी मुस्कान फैलाकर सुरेश की खैर-ख्वाह पूछते—"भैया, कैसे हो?" शायद नारायण की मार्फत लोगों को अब यह भी पता चल गया था कि उसके पास तमंचा था, और जिसने जादवजी को भी नहीं सेंटा वह कुछ भी कर सकता था।

पंडित से भी सामना दो बार हुआ। पहली बार पंडित अपने एक चमचे के साथ था। दोनों ने ही सुरेश को देखकर अपने कान खड़े कर लिये थे और कुत्तों

की तरह ख़बरदार हो गए थे। पंडित का खँखारना तो दूर, उसका मुँह साफ़-साफ़ खुश्क पड़ता दिखाई दे रहा था। सुरेश सीना फुलाए अपने रास्ते चला गया। पंडित को जब चाहे वह घेर सकता था—चाहता तो उसे कुइयाँ में धकेल देता, लेकिन अब इसकी ज़रूरत नहीं रही थी!

दूसरी बार पंडित को सुरेश ने ही छेड़ा था सामने से, "क्यों बे पंडित, तेरी काछ हमेशा ढीली रहती है, क्या बड़ी खुजलाहट होती रहती है, दवा भेजूँ?" पंडित हैं-हैं करने लगा था, ठीक जैसे नारायण करता था। तब से पंडित की तरफ़ ध्यान देना भी सुरेश को अपनी तौहीनी लगने लगी।

रोब उसके ऐन सामने था, सिर्फ़ यह नहीं पता चलता था कि लड़कियों पर कुछ रोब गँसा या नहीं। सुरेश का अन्दाज़ था कि वह जिधर से निकलता होगा, लड़कियाँ ज़रूर लुके-छिपे देखती होंगी। जिन लड़कियों के घरों के बारे में उसे पता था, उन गलियों से गुज़रते समय वह अपने शरीर पर उनकी नज़रें चींटियों की तरह चढ़ती-उतरती महसूस भी करता, पर यह काफ़ी नहीं था। सुरेश चाहता था कि उसे देखकर लड़कियों को कँपकँपी छूटे, उन्हें उसके डरावने सपने आएँ, वे उनकी कल्पना एक ऐसे आदमी की तरह करें जो किसी को भी जब चाहे उठा सकता है, बस उसकी नज़र पड़ने की देर है। अपना यह रुतबा ज़माने के लिए उसने एक दिन सबके देखते-देखते ही भट्ट की लड़की को कुएँ पर पानी भरते वक़्त पकड़ लिया और करोढ़ते हुए पहाड़ी की तरफ़ ले गया। किसी की हिम्मत न हुई कि सुरेश को रोके, क्योंकि उसके पास छुरा और तमंचा दोनों थे—और वह सिरफिरा भी था, कुछ भी कर सकता था।

कुछ नहीं हुआ—न उस दिन, न दूसरे दिन, न तीसरे दिन ही। भट्ट की मुहल्ले के नीचे बस-अड्डे के पास चाय की दुकान थी। वह तीसरे दिन भी और दिनों की तरह दुकान पर गया। क्या करता? सुरेश को मार डालना उतना मुश्किल नहीं था, लेकिन भट्ट पर जो पाँच-छ: अदद आश्रित थे, उनके राशन-पानी का क्या होता...? तीसरे दिन शाम को सुरेश भट्ट के यहाँ ही चाय पीने को पहुँचा।

"ओ बे...चल, एक चाय दे कड़क!"

भट्ट ख़ामोश रहा। चुपचाप चाय बनाने लगा! पहले से पता होता तो चाय में ही ज़हर का बन्दोबस्त करके रखता।

"क़सम से, तेरी लौंडिया बड़ा क़सक चीज़ थी...तू फिकर न कर, आगे कोई ख़तरा नहीं। सुरेश सिर्फ़ एक बार ही चखता है। लेकिन तुझे एक बार ही और तंग करूँगा—जब छोटी तैयार हो जाएगी...बस!"

भट्ट दाँत पीसकर रह गया, चुपचाप कप में पानी हिलाता रहा।

जल्दी ही कुछ ऐसा लगने लगा था जैसे मुहल्ला कुछ तंग क्षेत्र था, सुरेश के रुतबे के लिए! इसलिए कुछ ही दिनों में वह खंदिया के नीचे भी बहने लगा।

वह डामर सड़क पर किसी रिक्शे को हुड़क लगाकर रोक लेता और जहाँ चाहता चल देता। पैसे माँगने की किसी की हिम्मत नहीं थी। कभी भी किसी होटलवाले के यहाँ पहुँच जाता और जो चाहे खाता। उसके पिछलग्गुओं की तादाद बढ़ रही थी, क्योंकि सुरेश के साथ सबका खाना-पीना मुफ़्त चला जाता था। पैसे माँगने की जुर्रत किसी को नहीं करना चाहिए। एक बार एक होटलवाले का लौंडा पैसे माँगने आ गया तो सुरेश ने जिस कुर्सी पर बैठा था वही उठाकर लौंडे के ऊपर पटक दी।

"साले को पैसे चाहिए...मिल गए? जानता नहीं, मैं कौन हूँ? तेरे मालिक की बेटी का खसम।"

मालिक हाथ जोड़े भागता हुआ आ गया था। "भैया, लड़का नया है... ना-समझ।"

"अब समझ गया होगा।"

"और क्या लाऊँ, मुर्गा बड़ा अच्छा बना है?"

"कुछ नहीं, तेरे यहाँ का आज पचेगा मुझे?"

और वह बाहर निकल गया था गुदुर-गुदुर करता हुआ।

चाय-आय पीने जहाँ घुसता, ग्राहक परे हट जाते थे। जिनके हाथों ने हाल ही चाय थामी होती, उनमें सुरेश को चाय देने के लिए होड़ लग जाती—जो पहले से पीते होते वे एक किनारे हटकर चोरी से पीने लगते।

दुकानदार भी अब निकल-निकलकर नमस्ते करने लगे थे। सुरेश को लहर आई कि अपने लिए वह एक नई क़िस्म की ड्रैस बनवाएगा। कपड़े की दुकान पर ही सिलने को दी, "ये आज रातों-रात तैयार हो जाना चाहिए, सवेरे ये आएँगे लेने... "तेरे बाप...समझे..."

दुकानदार हाथ जोड़कर खड़ा हो गया था—"माई-बाप, दुकान सात बजे बन्द करनी पड़ती है।"

"दुकान बन्द नहीं होगी...जो साला पूछे उससे बोलो, सुरेश के कपड़े सिल रहे हैं..."

दुकानदार, ग्राहक सभी देखते रह जाते—डेढ़ बित्ते का एक सींकिया-सा आदमी और यह दबदबा...जो नहीं जानते थे, वे फुसफुसाकर पूछते, उसके जाने के बाद। सुरेश की हवा तेज़ी से बँध रही थी। जो उसे नहीं भी पहचानते थे, वे भी उसे जानने लगे थे।

कभी वसूली के लिए सुरेश प्राइवेट बस-अड्डे पर चला जाता। कंडक्टर की गर्दन पकड़ लेता, "क्यों बे भड़कू, जब तू सीट बैठने को नहीं दे सकता, तो पैसे क्यों लेता है...निकाल" और उसके बैग से खोभा भर पैसे निकाल लेता। कुछ खड़े हुए लोगों में बाँट देता, कुछ अपनी जेब में डालता। अब तक उसके हमेशा साथ-साथ रहने वालों की संख्या भी अच्छी-ख़ासी हो गई थी... इसलिए जत्थे का दबदबा भी साथ था। सुरेश को अपना यों बस-अड्डे पर अक्सर जाना जल्दी ख़राब लगने लगा। उसकी यह भी तबीयत थी कि उसका नाम हर जगह चलना चाहिए...तो उसने बसों और ट्रकों के लिए 'सुरेश टैक्स' लगा दिया। हर अड्डे पर उसका एक आदमी टैक्स की वसूली करता—हर बस और ट्रक से जो उस शहर से गुज़रते थे। कोई नया पूछता 'किसलिए?' तो 'सुरेश तुम्हें सही-सलामत गुज़र जाने दे रहे हैं इसलिए...' बताया जाता। धीरे-धीरे उधर से आने-जानेवाले ट्रक-लारियाँ—सब 'सुरेश टैक्स' के आदी हो गए थे। सुरेश को ज़िद्द हुई कि सब पानवालों को यह पता होना चाहिए कि वह कौन-सी सिगरेट पीता है। 'कल तक अगर नहीं आई तो गोली अन्दर धाँस दूँगा'—एक को उसने लथेड़ा था। तभी से पानवाले चौकन्ने हो गए थे। इस शहर के हर पानवाले को सुरेश की सिगरेट रखना चाहिए। पता नहीं, कब किस चौराहे पर उसे ज़रूरत पड़ जाए।

पुलिसवालों से सुरेश को कभी कोई तकलीफ़ नहीं हुई। उसकी नई हस्ती से भी दहशत खाने लगे थे। आख़िर वे उस ज़मीन के थे और यहाँ के ख़ून को अच्छी तरह पहचानते थे। वह गुंडा जिसने यहाँ के कलक्टर और एस. पी. को भी मात दी थी, उसकी याद अभी भी तरोताज़ा थी। यह तो वह नस्ल थी जो उस ज़मीन में हर दूसरे साल उगती थी और उसका इलाज सिर्फ़ झेलना था। आँधी के ख़िलाफ़ और क्या हिफाज़त हो सकती है? लोग मुड़िया बन्द किए पड़े रहें। जहाँ हर एक की कोशिश सिर्फ़ यही होती थी कि बस सुरेश की नज़र उस पर न पड़े, वहाँ रिपोर्ट लिखवाने कौन आता सामने?

रिपोर्ट होती तो कहीं कुछ कार्यवाही होती। जैसे हालात थे उनमें छुटपुट कांस्टेबलों को तो लूटपाट में दिलचस्पी थी, जो सुरेश के साथी पूरी कर देते थे। ये कर्मचारी सुरेश को इज़्ज़त देते थे, उसके लिए कुर्सी मँगवाते, चाय-सिगरेट पिलवाते। उन्हें क्या पड़ी थी छत्ते में हाथ डालने की, उनके भी तो बाल-बच्चे थे!

जो गुंजाइश बचती थी, उसका मुँह एक सुरेश ने ही भर दिया।

कप्तान साहब की सवारी को उसने बीच बाज़ार में रोक लिया। कप्तान का हाथ पकड़कर नीचे उतारा।

"अजी आइए भी हुज़ूर, आपके तो दर्शन ही नहीं होते (और एक हाथ उसने साहब के कन्धे पर थपकी के अन्दाज़ में लगाया), कैसे मिज़ाज हैं... क्या खातिरदारी की जाए आपकी? कम-से-कम एक सिगरेट तो पीते जाइए ग़रीबों की।"

और कप्तान साहब की कमर में हाथ डाले वह पानवाले की दुकान की तरफ़ बढ़ गया। कप्तान उस अनौपचारिकता पर सुलग रहे थे। वे जानते ही नहीं थे कि यह कौन था, लेकिन क्या करते! आख़िर वह कोई ग़ैर-क़ानूनी व्यवहार तो नहीं कर रहा था। उनकी इज़्ज़त के लिए तब यही ठीक था कि सबको दिखाते कि उनका परिचित ही ऐसा व्यवहार कर सकता है। चुपचाप एक तरह से करूढ़ते हुए साथ चले गए और उसके साथ सिगरेट भी पी। उसके बाद पुलिस में नीचेवालों को और भी कहने को हो गया, "सुरेश को कप्तान साहब बहुत मानते हैं।"

सबके सब ठंडे पड़ गए थे। एक सुरेश था जो काले धब्बे की तरह खंदिया मुहल्ले में उछला था और एकाएक फूलकर अब क़रीब-क़रीब सारे शहर पर छा गया था जैसे छोटे-बड़े पत्थरों के बीच वह एक बड़ी चट्टान था जो ऊपर उटकर टँग गया था। कभी भी किसी के ऊपर गिर सकता था, गिरकर उसे चूर-चूर कर सकता था। हर घर की खपरैल पर उसकी छाया डोलती रहती। जिधर वह दिखाई पड़ जाता, गलियाँ सुनसान पड़ जातीं, सड़कों की आवाज़ें बन्द हो जातीं या 'बा-मुलाहिज़ा होशियार' वाला स्वागत उसके लिए तैयार हो जाता।

उसका आकार बहुत बड़ा हो गया था। कोई नहीं था जो उससे खुलकर बात कर सकता, या जिसे उससे हँसी-मज़ाक की हिम्मत पड़े। चमचे थे वे सिर्फ़ सेवाबाजी में लगे रहते, उसके सामने आँख नहीं उठा सकते थे। उसके आगे सब बौने थे। मुहल्ले के गुंडों का तो अता-पता नहीं था। पंडित...नारायण...सब अब सिर्फ़ धब्बे थे आकार में छोटे पड़ते हुए वे अब जाने कहाँ विला गए थे।

दो-चार दिनों के बाद ज़रूर एक चक्कर लगा आता था वह और माँ के बक्से में जितने रुपये तब हुए ...सभी डालकर चला जाता। माँ से बातचीत नहीं होती थी। एक बार दिन में घर पर ही सो गया था। सोकर उठा तो माँ ने उसे घेरा था, रोने लगी थी। सुरेश ने मुँह धोया और "माँ, तू अपना काम देख, मैं अपना"—कहकर बाहर निकल लिया था। उसके बाद दोनों सामने भी पड़ते तो बातचीत नहीं होती थी। महेश और वह तो जैसे एक-दूसरे को देख नहीं सकते थे—वह आया तो यह गया, यह आया तो वह।

खंदिया अब वह कम ही चढ़ता था। एक बार उसे वे कंकरीली सड़कें बड़ी छोटी-छोटी और उजाड़ लगी थीं—वहाँ उसका अतीत था, अपमानों से भरा हुआ। उसे याद कर वह जो कुछ सामने था उसे बर्बाद नहीं करना चाहता था। बदला किन-किन से लेता फिरता...सारे शहर ने उसे अपमान के अलावा क्या दिया था, और शहर से बदला उसने ले लिया था। उसके पैरों तले हर वक़्त लोटता था वह शहर।

इधर बिन्दा के घर वह ज़्यादा रहने लगा था। बिन्दा शहर का सबसे बड़ा ठेकेदार था, और इस शहर में अकेला ही रहता था। पीछे का एक कमरा उसने सुरेश के लिए छोड़ रखा था।

पैसों के लिए अब उसे हाथ-पाँव नहीं चलाने पड़ते थे। 'सुरेश टैक्स' की वसूली अपने-आप होती थी। कभी-कभार जाकर वह अड्डों पर चैकिंग कर आता कि उसका कारिन्दा ड्यूटी के मुताबिक वहाँ था या नहीं। जो नहीं होता था उसकी पेशी बिन्दा के घर पर होती थी। टैक्स अपने-आप उसके यहाँ पहुँचता था और वहीं पर हिसाब होता था। कारिन्दों का कमीशन वह ख़ुद बाँटता था।

बाहर सुरेश ही सुरेश था। बड़ी-बड़ी डामर सड़कों के इधर-उधर सहमे-से दुकानदार नमस्कार करते हुए, उसके लिए रास्ता छोड़ते लोग...उसे सिगरेट पिलाने की होड़ लगाते पुलिसवाले। दौड़कर अन्दर भागती औरतें और लड़कियाँ। राम-राम करते हुए जवान लौंडे, उसके ग्रुप में शामिल होने को लार चुआते छोटे-मोटे गुंडे, और सुनसान सड़कें और गलियाँ।

वह जो चाहता था, बन गया था...छोटे शरीर का एक बड़ा बादशाह।

उस शाम मास्टर कौशल को स्कूल से लौटने पर घर की जो हालत मिली... तो फिर दीया-जले तक रिपोर्ट वग़ैरह लिखवाने के चक्कर में ही गया। शैलजा घर नहीं पहुँची थी। शायद एकाएक किसी सहेली के यहाँ ही रह गई हो, इधर पहुँचाने का बन्दोबस्त न हो पाया हो, अब तक ख़बर भी पहुँचाने के लिए कोई न मिला...लेकिन ऐसा होना तो चाहिए था। शैलजा कभी इस तरह बाहर नहीं रही, घर में खाना बनाने के लिए भी एक वही थी।

रात ग्यारह बजे तक इन्तज़ार रहा। इस बीच पुलिस भी आई, मास्टर के घर की तलाशी लेने। मास्टर कौशल का मुँह एकदम सिला था, उस सबके दौरान वे एक तसवीर-से ही खड़े रहे, एक किनारे। आधी रात से खटका बढ़ने लगा,

पर शैलजा के सवेरे आ जाने की उम्मीद अब भी थी। मास्टर कौशल यह सोच ही नहीं सकते थे कि शैलजा के साथ कुछ हो सकता है।

उस रात उनके यहाँ खाना नहीं बना, लड़के को सुबह का ही जो रखा था, वही खाने को कह दिया। आप बिना खाए ही रह गए।

सवेरे-सवेरे कैलाश की बुआ आ गई। आते ही उन्होंने सारा घर अपने ऊपर धर लिया। किसी को शैलजा की कमी न खटके...लेकिन वे खाना-पीना, घर-गृहस्थी के आगे और आख़िर कहाँ जा सकती थीं। लड़के को स्कूल जाने के लिए तैयार कर दिया। मास्टर के लिए भी खाना तैयार था।

मास्टर कौशल अब यह मानने के लिए मजबूर होते जा रहे थे कि शैलजा के साथ कुछ हो गया है। उनकी घबराहट बढ़ती जा रही थी। लड़के को स्कूल जाना मना कर एक-दो जगह ढुँढ़वाने को भेजा, कुछ जगहें कैलाश और वे भी देख आए।

मास्टर का चेहरा उतर गया था। कैलाश के बहुत कहने पर आख़िर वह शैलजा के ग़ायब होने की बात को बाहर भी कुबूल करने को राज़ी हो गए थे। उन्होंने पुलिस में यह रिपोर्ट भी दे दी।

शक...? मास्टर कौशल किस पर शक करें? सीधे सामने के वार तो वे भी झेल सकते थे, लेकिन लुके-छिपे यों पीछे से मारना? उनके जीवन में एक गड्ढा हो गया था। चोरी की बात तो जाने कहाँ बिला गई थी। शैलजा का ग़ायब होना जैसे उन पर खुलेआम एक करारा तमाचा पड़ा था। गर्दन नीची हो गई और हमेशा अब वैसी ही रहनेवाली थी...तब तक तो निश्चित ही जब तक पुलिस के रिकार्ड थे, जहाँ उनकी रिपोर्ट दर्ज थी, पर शायद उसके आगे भी। बहुत आगे जब तक उन्हें जीवित रहना था, यह कलंक उनसे चिपका रहना था। लड़की के मर जाने का रंज झेला जा सकता है लेकिन उसके भाग जाने का उसे उठा लिये जाने का?

पुलिस में रिपोर्ट लिखाने के बाद उन्हें ऐसा लग रहा था जैसे उनका सबकुछ बिक चुका है, उनके पास कुछ नहीं है और वे कहीं नहीं हैं। स्कूल उस दिन नहीं गए। कैलाश को ज़रूर जाने को कह दिया। दिन-भर इधर-उधर ढूँढ़ते-फिरते रहे, शाम को अधमरे-से घर लौट आए।

"बेटा, यों जी छोटा करने से क्या होगा? ईश्वर के आगे किसी की चलती है...चलो कुछ खा-पी लो, पूरे चौबीस घंटे हो गए...अन्न का एक दाना भी पेट में नहीं गया।" बुआ के स्वर में पीड़ा थी।

मास्टर कौशल की आँखें बुआ की तरफ़ उठीं और वे देखते रह गए। उन कुछ क्षणों जैसे वे अपनी पीड़ा से बाहर निकल गए थे।

बुआ के शरीर पर फैली हुई झुर्रियाँ थीं, जैसे वह एक शरीर नहीं, सिकुड़नों-भरा कोई बड़ा लत्ता हो। जवानी के पूरा भरने के पहले ही वे उजड़ गई थीं। जीवन से जिन्हें कुछ नहीं मिला, उन्हीं के पास इतना था कि किसी की भी विपत्ति को ओढ़कर उसे थोड़ी-बहुत सुरक्षा दे सकती थीं...वे नारियाँ जो हरएक के दुख-पिराते में आगे आ जाती हैं।...उसी वक़्त निकलती हैं बाहर... वरना कहीं फालतू-सी चिपकी रहेंगी, यों कि किसी की निगाह तक न जाए। कैलाश की माँ के मरने पर वह घर इसी औरत ने सँभाला था। यह कौम न होती तो कितना मुश्किल हो जाता जीवन का चलना ही, सबकुछ तहस-नहस हो चुका होता।

"ईश्वर की इच्छा कैसे मान लूँ बुआ, वह तो अन्याय कभी नहीं करता। वह साक्षी है कि मैंने मन से जो कभी किसी का बुरा सोचा हो।"

मास्टर कौशल रुक गए। उन्हें लगा कि वे कुछ और बोलेंगे तो रो पड़ेंगे। बुआ ने जहाँ उन्हें शरण दी थी, वहाँ असहाय भी बना दिया था। जैसे वे अपने किसी बड़े ही आत्मीय बुजुर्ग के पास थे, जिसका सहारा पाते ही बिलखकर रो लेने का मन करने लगता है।

बुआ के लिए वे बड़ी-बड़ी बातें थीं। उनके पास जवाब होना तो दूर, वे प्रश्न ही दिमाग़ के बाहर थे...वह आदिम शक्ति ज़रूर थी वहाँ, जो किसी भी हद तक सह सकती है, फिर उठ खड़ी हो सकती है...कुछ और भी झेल डालने के लिए, पहले से ज़्यादा ताक़तवर।

हाथ से उन्होंने मास्टर कौशल के कंधे को छू दिया—"चलो! उठो अन्न का तिरस्कार न करो...बेटा।"

मास्टर कौशल उठकर हाथ-मुँह धोने लगे।

पुलिस ने पहले अपनी तहकीकात पर शिवमंगल को पकड़ा। उसने शैलजा से कभी छेड़छाड़ की थी, मास्टर से एक बार उसका झगड़ा भी हुआ था...लेकिन पूछताछ के बाद कुछ ही घंटों में उसे छोड़ दिया गया। वह जेलर का लड़का था। उसके और शैलजा के बीच कुछ नहीं था, और वह उसी शहर में था। सिर्फ़ शक पर पुलिस कब तक रखती!

उसके बाद कैलाश को हिरासत में लिया गया। उसके और शैलजा के सम्बन्ध काफ़ी आत्मीय माने जाते थे। वह शहर में ज़रूर था, लेकिन हो सकता है कि शैलजा को उसने कहीं छिपाकर रखा हो। उसके लड़ने-भिड़ने की कहानियाँ

भी थीं। मुहल्ले में वह बदनाम था। शिवहरे का पक्का ख़याल था कि उसे ज़रूर शैलजा के बारे में मालूम था।

कैलाश के पिता ने अपने ढंग से हाथ-पैर चलाए। इधर-उधर दरख्वास्तें दीं, कलक्टर से भी मिले। लेकिन लड़की को उठाने का मामला था, कैलाश को कैसे छोड़ा जा सकता था! यह आश्वासन ज़रूर दिया गया कि ज़रूरत से ज़्यादा एक दिन भी उसे नहीं रखा जाएगा। अच्छा हो, अगर शैलजा को ढूँढ़ने में वे अपनी शक्तियाँ लगाएँ...उस तरीके से ही जल्दी हो सकती थी। यह शैलजा के पिता के क्षेत्र के बाहर की बात थी। वे थे काग़ज़-पत्तर के आदमी, ताक-झाँक कहाँ करते फिरते! वे यहाँ तक गए कि मास्टर कौशल से लिखाकर दे देंगे कि उन्हें कैलाश पर कोई शक नहीं था, लेकिन अब वह मास्टर कौशल का निजी मामला कहाँ रहा था, पुलिस अपने ढंग से छानबीन करेगी। हाँ, मास्टर कौशल अपनी रिपोर्ट वापस ले लें तो दूसरी बात।

कैलाश के पिता मन मारकर रह गए। लड़के की खातिर अपनी चौहद्दी भी लाँघ गए। अपने मुवक्किलों को शैलजा को ढूँढ़ने पर लगाया। आस-पास की जगह होती तो मुँशी को दौड़ा देते, या ख़ुद हो आते, फिर कचहरी भी देखनी थी। वहाँ दूसरों के कष्ट थे, और अपने कष्ट के सामने वे उन्हें कैसे दरकिनार करें!

कैलाश को तोड़कर रख दिया गया। मारते हुए शिवहरे ऊटपटाँग बातें भी बोलता था, "रोज़ जाकर ऐश करता था... साले रंडीबाज़। तेरा सारा इश्क निकाल दूँगा..." वह तो कैलाश का शरीर था कि सह गया।

"शिवहरे, मैं जानता हूँ तू बैर भँजा रहा है मुझसे, वर्दी की अर्दब में रहकर...याद रखना, मैं कभी बाहर निकलूँगा।" कैलाश की आँखें मज़बूरी में भी आग उगलतीं।

दूसरे दिन फिर जमकर पिटाई की गई, जब कोतवाल आए उसके पहले ही। कैलाश का सारा शरीर सूज गया था। एक तो वह वैसे ही मोटा था, दूसरे सूजे हाथ-पाँव और मुँह। फटी कमीज़ और पायजामा में वह बड़ा भयानक लग रहा था। उसकी आँखों में ख़ून उतर आया था। कोतवाल भी देखते ही सहम गया।

"मेरा जो यह हाल किया गया है, जिस वजह से किया गया है...देख लीजिए..." कैलाश की आवाज़ रुआँसी थी।

"तुम शैलजा का पता बता दो।"

"मैंने जो कहा है, ठीक कहा है। मैं बाहर होता तो अब तक पता तो क्या, यहाँ लाकर हाज़िर कर देता।"

"कहाँ जाते...चलो हम भी चलते हैं तुम्हारे साथ।"

"आपके साथ? आप क्या चलेंगे? आप लोगों की तो ताक़त बाँधकर पीटने के लिए ही है—खुला मुझे भी छोड़कर देखो; फिर देखूँ, कौन माई का लाल है तुम लोगों के यहाँ।"

दो दिन तक ढुँढ़ाई चलती रही। कप्तान साहब ग़ुस्से में थे। कैलाश के पिता का ज़ोर उसकी रिहाई के लिए चल रहा था। दिन में चार-पाँच बार कोतवाल की कप्तान के यहाँ पेशी होती।

"शहर में दिन-दहाड़े लड़की को उठा लिया गया, चोरी भी हो गई और हम न चोर को पकड़ सके, न लड़की उड़ानेवाले को...लानत है।" उन्होंने कोतवाल को झिड़का।

ढूँढ़ने में तेज़ी लाई गई। शिवहरे ने आख़िर कांड का पता लगा लिया और शाबाशी भी ले ली—शैलजा कल्लू के साथ भाग गई थी...क्योंकि मास्टर शादी के ख़िलाफ़ थे। अब उन्होंने शादी भी कर ली है। शिवहरे का कहना था कि कैलाश से ही यह सब उगलवाया गया। उसे सब पता था क्योंकि कैलाश कल्लू का ख़ास दोस्त था। वह हिरासत में न लिया जाता और उसकी पिटाई न होती तो अभी और भी दिन लगते। कल्लू और शैलजा दोनों बालिग थे। शैलजा का दस्तखत किया स्टेटमेंट था कि वह अपनी मर्ज़ी से गई थी। स्टेटमेंट के साथ शैलजा का मिडिल-पास का सर्टीफिकेट भी लगा दिया गया था, जिसमें उसकी उम्र दर्ज थी।

कप्तान साहब ने कोतवाल को शाबाशी दी और मास्टर कौशल को इत्तला कर दी गई।

कैलाश को छोड़ दिया गया। उसके ज़िस्म का कोई हिस्सा नहीं था जहाँ निशान न हों! और तो और, उसके मुँह को भी नहीं छोड़ा गया था। वह बुरी तरह से सूजा था। जब कोतवाली से बाहर आया, तब उसकी रग-रग दुख रही थी और उसे अपने शरीर को करोढ़ने से ही अन्दाज़ मिल रहा था कि उसकी शक्ल बाहर कैसी दिख रही होगी। ग़ुस्सा भी था लेकिन सबकुछ टूटन में दबा हुआ था। पहले एक बार उसे रास्ते से रपटाने की कोशिश की गई थी तो वह सँभल गया था, अब फिर क्या...हर बार जब उसे घसीटकर पटक दिया जाए... तभी-तभी...? उसका बेवजह जितना अपमान किया गया था, उसको साथ रखकर वह कोई ज़िन्दगी, कम-से-कम इस इलाक़े में, नहीं गुज़ार सकता था। फिर शिवहरे ने जैसे उसे पकड़-पकड़कर सुबह-शाम पीटा, जब थक गया तो औरों से पिटवाया—बाँधकर सबसे बारी-बारी से पिटवाया—यह बात पी जाने

की नहीं थी। उसने तभी क़सम खाई थी कि असल माँ की औलाद होगा तो शिवहरे के एक-एक बेंत का बदला लेगा। छूट-भर पाए वह। उसे छूटने की उम्मीद नहीं थी। वह तो कोतवाल को ख़ुद लगा होगा कि शिवहरे ज़्यादती कर रहा है और कैलाश की हालत देखकर उसी ने मार-पीट कम करने का आदेश दिया होगा। कोई लाचारी ज़रूर रही होगी, वरना अगर शिवहरे का बस चलता तो उसे ख़त्म कर देता और अब भी क्या पता...अन्दर ख़त्म न कर सकने की मजबूरी रही हो, तो अब बाहर तो कोई नहीं थी। शिवहरे भी जानता होगा कि उसने एक घायल साँप को छोड़ दिया है।

छूटने की उम्मीद नहीं थी तो एकदम छूटकर समझ में नहीं आया कि क्या करे। बस, दर्द-ही-दर्द था, जिसमें शिवहरे के लिए गुस्सा भी दब गया था। मास्टर कौशल या शैलजा कोशिश करने पर भी उसके ज़हन के खाके में न उठते थे। अगर वे कहीं थे भी तो उसके पास या अपने घर क्या मुँह लेकर जाएगा! कहीं कुछ नहीं बचा था।

आधी खंदिया से ही वह पहाड़ पर चढ़ गया। एक कुँड पर पहुँचकर भर-पेट पानी पिया और एक बड़ी चीप की छाँह में सो गया।

जागा तो नसों को दाबता हुआ एक गुस्सा उठ रहा था। वह ख़ुद को जितना बचाना चाहता रहा था, उतना ही उसे कीचड़ में घसीटकर सान दिया गया।... क्यों और कैसे उसकी समझ में उतना नहीं आता था, लेकिन गुस्से से उसका माथा भचभच कर रहा था और शरीर की हर नस फड़क रही थी।

जहाँ रात होते ही चारपाइयाँ सड़कों और गलियों की बराबरी पर आकर बिछ जातीं, उस हद की गर्मी आना अभी बाक़ी थी। बखरियों में औरतों-बच्चों की चारपाइयाँ, बाहर बड़े-बूढ़ों की। बखरी या छत नहीं तो मर्द सड़क की बराबरी पर और औरतों के लिए अन्दर का कोई अधखुला कोना ही...जहाँ पूरी रात सोते नहीं, बिजना हाँकते बीतती थी...ये ही थीं वहाँ की गर्मी की रातें।

मास्टर कौशल का घर मौसम के अहसास के परे था। मास्टर कौशल के इर्द-गिर्द अगर कुछ था तो सिर्फ़ एक निष्क्रियता ही...सामने, पीछे, चारों तरफ़। वे क़रीब-क़रीब जड़ हो गए थे। उस छोटे-से घेरे में जो उनका घर था—जैसे ज़िन्दगी की धड़कन ही नहीं रही थी। जो शाम को पढ़ैया लड़कों के आने-जाने की खटखटाहट से गूँजता रहता था, वहाँ तैरता हुआ अब सिर्फ़ एक बोझिल सन्नाटा था, सुबह से रात तक खिंचा हुआ...सन्नाटा जो उस आदमी के इर्द-गिर्द

हो जाता है जिसकी नब्ज़ बस अब छूटनेवाली ही हो। शाम होते ही जैसे थकी हवा भी बाहर नीम के पेड़ में घुसकर बैठ जाती थी, पत्ते तक नहीं हिलते थे कि वहीं कहीं थोड़ी-बहुत आवाज़ हो।

अँधियारा होते ही कैलाश की बुआ एक लालटेन पौर में जलाकर रख देती और चटाई पर चादर लपेटे बैठे रहते मास्टर कौशल। सामने खुले दरवाज़े, उसके बाहर नीम और उसके भी आगे अँधेरे में डूबे घरों की ग़ैर-सिलसिलेदार कतार की तरफ़ ताकते हुए...आँखों में न कोई ख़ास रंग, पर न अनमनापन ही। देखते थे, जैसे आँखें थीं तो देखना था। ऐसा भी नहीं था कि वे कुछ ख़ास सोचते होते। दरअसल वह प्रक्रिया भी उतनी ही मशीनवत थी जितनी बाहर देखने की।

एक छोटी लालटेन रसोईघर में जलती जिसकी रोशनी में बुआ खाना बनाने की तैयारी में उठा-धरी करती रहतीं। वे अब एक साथ दो घरों में रहती थीं। पहले में अब काम ही क्या बचा था, सिर्फ़ एक मड़ई था। कैलाश छूटा-न-छूटा बराबर...बाहर निकला तो अता-पता ही नहीं।

कैलाश के पिता पहले शैलजा को ढुँढ़वाने में लगे थे, सो अब कैलाश के पीछे भागने लगे, लेकिन कैलाश हवा हो चुका था। उसके ग़ुस्से और ज़िद्द से वे वाकिफ थे। इसीलिए उन्हें लगता था कि कैलाश को जल्दी ही ढूँढ़ निकालना बेहद ज़रूरी था। छूटने के तीन-चार दिन बाद भी जब कैलाश हाथ नहीं आया तो धीरे-धीरे एक विश्वास उन्हें घर करने लगा, लड़का शायद हाथ से निकल गया।

कैलाश की बुआ शैलजा के भाई को काम में जान-बूझकर उँघाए रखतीं... कि लड़का तो सँभला रहे। लड़के के बाप को समझाने लायक बुद्धि उनमें कहाँ थी। यही बहुत था कि वे उनके कहने पर खाना-पीना कर लेते। जब बुआ जातीं तो उनकी आज्ञानुसार किवाड़ अन्दर से बन्द कर लेते और पौर में ही बिछी चारपाई पर लुढ़क जाते, वहीं लड़के की बग़ल में। उसे तो बुआ सुलाकर ही जाती थीं। बाक़ी बुआ जानती थीं कि ऐसे ही चलना था काफ़ी अर्से तक, जब तक बबुआ बड़ा नहीं हो जाता, बहू घर में नहीं आती...एक लड़की गई तो अब दूसरी लड़की आकर ही गुलज़ार करेगी। यहाँ तो फिर भी उम्मीद थी...कैलाश के यहाँ? वहाँ तो अब कैलाश के पिता और वह ऐसे ही घिसटते-घिसटते खप जाएँगे...बारी-बारी से।

बुआ ने लालटेन को उठाकर दीवार की तरफ़ को चूल्हे के पसरे हुए हिस्से पर रख दिया और तवा चढ़ा दिया। रोशनी बराबरी से उस छोटे-से रसोईघर में

फैल गई। जब तक तवा गरम हो तब तक चम्मच से तरकारी परोस दी बबुआ की थाली में। कटोरी में गरम तरकारी के सिराने में भी समय लगता है।

"का बबुआ, पनफतू खाएगा?"

बुआ ने हाथ बजाते हुए कहा, लड़के में कुछ उत्साह भरने को...पर उसकी तरफ़ से जो 'कुछ भी' का जवाब आया, तो वे फ़ौरन ही बुझ गईं...ये तीन बित्ता का लड़का! और कोई वक़्त होता तो डाँट के साथ-साथ क़िस्से भी सुना डालतीं कि जब वे उसकी उम्र की थीं तो क्या-क्या खाती थीं और खाती चली जाती थीं। कंडे में सिंकी गकड़ियाँ, जुंडी की पूड़ियाँ...मंगौड़े, गुलगुले...क्या-क्या मन करता था लड़कई में...अपनी तरफ़ से ही क्या नया खिलाएँ उसे। सोच ही रही थीं कि एकाएक पौर से रोने-धोने की आवाज़ें आने लगीं।

थाली छोड़कर पहले लड़का भागा, पीछे-पीछे भागीं बुआ, धोती सकोरती हुई।

शैलजा मास्टर कौशल के गले को थामे, सिर कंधे पर रखे हिचकियाँ ले रही थी और मास्टर कौशल एकदम सामने देखे जा रहे थे, उसी मुद्रा में जो इधर आम हो गई थी, उसके साथ।

बुआ लपककर आगे बढ़ गईं और दरवाज़े के किवाड़ बन्द कर लिए, अन्दर से साँकर चढ़ा ली।

"के बिटिया...!"

"काकी!" शैलजा मास्टर कौशल को छोड़ बुआ से जा चिपटी और ज़ोर-ज़ोर से रोने लगी।

"काकी, मेरा कोई कसूर नहीं...काकी।"

"हम सब जानत हीं, बिटिया...चमक जा...चमक जा..."

बुआ उसे थपथपाती रहीं। लड़की की आँखों से आँसुओं की धार बेआवाज़ निकलकर बही जा रही थी। मास्टर कौशल फटी आँखों से अब बन्द किवाड़ और उस पर तनी साँकर की ही तरफ़ देखे जा रहे थे।

"बापू...मैं उस लफंगे के साथ नहीं रहूँगी, नहीं रहूँगी..." शैलजा काकी से छिटककर मास्टर के कंधे हिलाने लगी..."आपको पता नहीं, मैं कैसे-कैसे भागकर आई हूँ।"

मास्टर कौशल कुछ जागते-से हो आए। उनकी आँखें अन्दर की तरफ़ खिंच रही थीं...करुणा में, करुणा जो भयभीत करती है।

"मगर तूने तो उससे ब्याह कर लिया है..." वे बुदबुदाए जैसे कोई बहुत पहले की बात याद आई हो।

"मैं मज़बूर थी...मुझसे ज़बरदस्ती की गई, क्या करती!"

"मर तो सकती थी?" मास्टर कौशल एकाएक चीख़ उठा।

शैलजा चौंककर अलग हट गई, लेकिन बुआ आगे आ गईं। वे क़रीब-क़रीब खूँख्वार हो आई थीं।

"वाह रे मर्दुओ, बढ़िया न्याय है तुम्हारा...दस दिन की ज़बरन को ज़िन्दगी-भर के लिए ओढ़ लो या फिर मर जाओ, पैदा होते ही क्यों न कुएँ में ढकेल दिया?"

और उन्होंने शैलजा को क़रीब-क़रीब घसीटकर अपने से चिपका लिया।

"तूने हमें कहीं का न रखा, हमारी इज़्ज़त धो दी—और कब यहाँ आई है... क्या करेगी...कौन ब्याहेगा तुझे अब?"

"ब्याहे न ब्याहे—सिंगट्टे से। हमारी गुड़िया...कैसी झुरा गई, नाटपरे ने स्याइत खाने को भी नहीं पूछा..." बुआ रोने लगीं।

शैलजा की हालत उनसे देखी नहीं जाती थी। हमेशा साफ़ कपड़ों में ही जिसे देखा वह एकदम मैले-कुचैले कपड़ों में जो कोनों से छिन भी गए थे। मैदे की लोई-सा बदन करया गया था...जैसे खूब घाम खाया हो। शरीर से जलाँध छूटती थी। सुरमई आँखें इर्द-गिर्द उभर आए ढट्टों में खो गई थीं। बाल चिकटे और धूल-भरे थे।

"काकी, मैं यहीं रहूँगी...यहीं रहूँगी...तुम लोगों के पास ही।"

"ज़िन्दगी बहुत बड़ी होती है...मैं क्या हमेशा बना रहूँगा...मैं तुम्हारी जगह होता तो मरते मर जाता, दस्तखत न करता...किया था तो फिर उसे निबाहता।"

"क्या बिसात है...उस कलुए की हमारी रतन-जैसी बिटिया के सामने ...बिटिया तै चमक जा, अभी तेरी काकी ज़िन्दा है। भैया तेरा करेजा छोटा पड़ता हो...और जो तुझसे न सपरता हो तो तू मुझे दे डाल इसे। इसकी आधी तो मैं ही पार लगा दूँगी। बिटिया चमक जा अब...बबुआ की तरफ़ देख। इसे क्यों अब और रुलाती है। चल...हाथ-मुँह धो, कपड़े बदल डाल...और खाना खा ले... भुखा गई होगी। होनी थी, हो गई—तू आ गई, देख घर में उजियारा हो गया। हमारे बड़े भाग थे। तेरे बिना घर कैसा साँय-साँय करता था।"

बुआ आँचल से नाक को दबाए सिसक रही थीं। वैसे ही शैलजा को अन्दर ले गईं।

मास्टर कौशल पौर में अकेले रह गए। उनके शरीर में हल्की ऐंठन उठने लगी। हरकत के लिए मांसपेशियाँ कसमसाने लगीं।

वे उठ गए और चहलकदमी करने लगे। थोड़ी देर वैसे ही टहलते रहे... फिर उन्होंने आगे बढ़कर दरवाज़ा खोल दिया।

बाहर ठंडी हवा के हलके-हलके थपेड़ों में नीम की टहनियाँ डोलने लगी थीं।

बड़े जादवजी ने छवि के मामले को बहुत पीने की कोशिश की थी, मगर वह गले से नीचे न उतरता था।

किसी से चर्चा करो तो अपनी ही आबरू की धज्जियाँ उड़ती थीं...और यह भी नहीं था कि मामला अन्दर ही दबा रहता। सुरेश ने इतना हल्ला तो कर ही दिया था कि कम-से-कम मुहल्ले में हर किसी के कानों में बात जा चुकी थी। खुलेआम ज़रूर कोई जादवजी को सहानुभूति भी नहीं देता था, क्योंकि सभी जानते थे कि सहानुभूति भी जले पर नमक छिड़कना ही थी। लेकिन बड़े जादव को लोगों की चुप्पी बराबर बींधती चलती और अब तो बाहर निकलते ही उनका सिर लटका होता। न केवल छवि को बल्कि और लड़कियों को भी बखरी लाँघने की सख्त मनाही कर दी गई। बग़िया, मन्दिर भले ही घर के हों, जवान लड़कियाँ वहाँ पैर नहीं रखेंगी। उनकी हद इधर की पौर थी, बस!

उनकी इज़्ज़त धोकर चौबे ने केशव के बाप का बदला लिया था और अब सुरेश को हथियार के साथ छुट्टा साँड़ की तरह छोड़ दिया था। ये बड़ी जातिवाले छोटों को मुहल्ले में सिर उठाए घूमते देखकर ही सुलग उठते थे। चौबे के यहाँ जो लठैत पल रहे थे उनको लेकर जादवजी को पहले ही खटका था। बोस से कहा भी था...पर जब अपना ही नेता इतना निकम्मा था, तो क्या किया जाए? चौबे के सामने खुलकर आने की तैयारी या कूवत अभी उनके पास नहीं थी तो भड़काने से ही क्या फ़ायदा, इसलिए कोई भी सरेश की शिकायत लेकर आया तो उन्होंने यही कहा कि वह सिरफिरा है, पागल लड़का है। मेरी बेटी मन्दिर में दर्शन करने गई, उसे क्या मतलब नारायण से...उसी का हल्ला मचा दिया। उसका तो कुछ और इन्तज़ाम करना होगा...

पहला काम उन्होंने यह किया कि गाँव से चार लठैत बुलाकर घर पर डाल लिये। आज इतना तो कल और भी कुछ हो सकता है। उन्हें ही रास्ते में ज़लील किया जा सकता है। मन तो करता था कि नारायण की छुट्टी कर दें...लेकिन अभी यह करना माने ज़ुल्म कबूल करना था। ख़ुद का बहुत ज़ब्त कर एक आख़िरी बार वे चौबे को समझाने भी गए कि लौंडों को इस तरह लहकाना ठीक नहीं, कल के दिन वे उन पर भी पलट सकते हैं..मगर चौबेजी फिर चाल खेल गए। उन्होंने कहा कि वे सुरेश को जानते भी नहीं। सिर्फ़ वह इस तरफ़ रहता

है, इसके यह माने नहीं कि वह उनका आदमी है। दूसरी बातों में वे ऊपरी तौर पर हाँ में हाँ मिलाते रहे।

जादवजी ने अपनी सेना के लीडरों की ही एक सभा बुलाई। कई—एक तो डर के मारे पहुँचे ही नहीं। पंडित मुल्तन...छुटईं, कामता और शिवमंगल एक तरह से घसीटकर लाए गए! सबकी बोलती बन्द थी।

"क्या यारो, लानत है, एक बिते का आदमी और उसने मुहल्ला सिर पर उठा लिया!"

"जादवजी आहिस्ता बोलिए, छुटईं फुसफुसाया, "सुरेश के आदमी हर तरफ़ रहते हैं।"

जादवजी का सिर और भी लटक गया। सुरेश ने जो छुटपुट गुंडों की फ़ौज इधर बना ली थी उससे सब दहशत खा रहे थे। अगर अकेले उसे धर-पकड़ भी लिया जाए तो मैदान में तो उतरना होगा...फिर सुरेश के साथी क्या छोड़ देंगे? फिर इस बार तो जंग अच्छी-ख़ासी मल्कियत होगी। सुरेश से अकेले भिड़ने में भी चांस फिफ्टी-फिफ्टी ही था...क्योंकि उसके पास हथियार थे और वह सिरफिरा था।

"जादवजी, इसका बन्दोबस्त तो पुलिस से ही कराइए। हम लोग अलग भी बने रहेंगे और काम भी हो जाएगा...और काम भी सब चुपचाप होना चाहिए।" पंडित ने कहा।

"किस पर भरोसा करते हो, क्या शिवहरे पर?" शिवमंगल ने कहा।

"नहीं शिवहरे...क्या करेगा?"

और जादवजी सोच में पड़ गए! सोचते-सोचते ही सभा विसर्जित हो गई। जब उन्हें ही सोचना है तो इन फुकरों के सामने क्यों सोचें! कुशल नेता लोग अपना सोचना अपने पास ही रखते हैं। बोस साहब से भी वे भाँपने के अन्दाज़ में मिले।

"जादवजी, गुंडों से निपटने का समय है क्या हमारे पास? विधानसभा के चुनाव सिर पर खड़े हैं...इन्हें अपनी तरफ़ पटाने से ही ज़्यादा लाभ है। इनमें नेताओं के गुण होते हैं और इनके पास काफ़ी आदमी हैं जो चुनाव की हर बूथ पर विपक्षी के वोटरों को भगाने और अपनी तरफ़ लाने में मदद करेंगे...क्या कहते हैं आप...?"

इस पर जादवजी को छवि का क़िस्सा खोलना पड़ा। बोस साहब मामले को विशुद्ध राजनैतिक समझ रहे थे, पर निकला वह व्यक्तिगत। तो जादवजी के बारे में उनका सोचना ठीक ही निकला। उन्हें चुनाव, पार्टी या बोस के बजाय अपनी ज़्यादा चिन्ता रहती है। यह नहीं जानते कि राजनीति में आदमी

को बेशरम होना पड़ता है, हज़ारों लत्तड़े सहनी पड़ती हैं और कहीं से भी तोड़-मरोड़कर अपना काम निकलवाना सीखना पड़ता है। अगर ऐंठ या इज़्ज़त-आबरू की बातें सोचकर चलने लगे तो हो चुका...लेकिन जादवजी आहत थे, इसलिए बोस ने भी उस वक़्त तो अपनी ऊपरी चिन्ता दिखाई। वे कुछ बन्दोबस्त करेंगे। आशा भी दी और जादवजी के आँसू पोंछकर उन्हें विदा किया। आख़िर थे तो जादव अपने ही आदमी और कुशल राजनीतिज्ञ को 'न' तो कभी करना ही न चाहिए।

लेकिन जादवजी के जाते ही उन्हें कई तरह की आशंकाएँ होने लगीं। शहर उनके हाथ से निकल जाए, इसके पहले ही कुछ इन्तज़ाम करना होगा। एक तरफ़ मास्टर कंठी उनकी ख़िलाफ़त खुलेआम कर रहा था। कंठी पहने और तिलक लगाकर वह अनायास ही लोगों के दिलों को जीत लेता था और उस सबका फ़ायदा हो रहा था ठाकुर को। और यह सुरेश को ढाई घर उचकाकर ठाकुर ने बोस को शह दी थी। बढ़ते-बढ़ते सुरेश किसी दिन उनकी भी फजीहत कर सकता है। एक बार प्रतिष्ठा गिरी तो सबकुछ गया। अगर विधान सभा के चुनावों में उनकी पार्टी नहीं जीती तो उनकी स्थिति एकदम गिर जाएगी...उनके सारे सम्पर्क व्यर्थ हो जाएँगे जो दिल्ली जा-जाकर उन्होंने बनाए थे...यह भी शक की बात हो जाएगी कि अगले चुनाव में उन्हें टिकट भी मिलेगा। आख़िर सब आपका 'होल्ड' देखते हैं। पैसा उनके पास अपना तो इतना नहीं कि उसके बल पर ही राजनीति में रह ले जाएँ। शहर में स्थिति की वजह से ही पार्टी का पैसा उन्हें सुलभ था। स्कूल का भी फंड था लेकिन जब से मास्टर कंठी आया, वे सिर्फ़ नाम के प्रेसीडेंट हैं। उनकी वह कुछ चलने नहीं देता था।

इसके पहले कि वे कुछ अपनी चाल सोचें, पहले शहर की पूरी जानकारी होना ज़रूरी था। पार्टीवाले शहर को क्या जानें...वे तो अपनी पोज़ीशन बनाने के लिए वही इत्तला देते हैं जो बोस को अच्छी लगे। हमेशा ही आशाप्रद। असली नब्ज़ तो पुलिस की उँगलियों पर फड़कती रहती है। उन्होंने नए कोतवाल को बुला भेजा। आख़िर उन्होंने उसकी मदद की थी। वह उनका आदमी था। देख भी लेंगे कि कितने काम का है।

"बधाई हो आपको, मुझे खुशी हुई..."

"सब आपकी मेहरबानी है...रुपयों का बन्दोबस्त मैं जल्दी करूँगा—पर दे पाऊँगा किस्तों में ही।"

"ठीक है...ठीक है...यह बताओ, नया इलाक़ा कैसा है?"

"अभी तो जानकारी हासिल कर रहा हूँ..."

"सुरेश ने, सुना है, काफ़ी तहलका मचा रखा है।"

"मैंने भी सुना था ...तहकीकात भी की, मगर उसके ख़िलाफ़ कोई शिकायत हमारे यहाँ दर्ज़ नहीं है। ऐसा लगता है कि उसके दुश्मन उल्टा-सीधा प्रचार करते रहते हैं। दुश्मनी तो, आप जानते हैं, यहाँ हर किसी की किसी-न-किसी से है... तो सिर्फ़ उस बिना पर किसे-किसे पकड़ते फिरें।

"नहीं मैं यह नहीं कह रहा था...अच्छा, कौन है यह आदमी?"

"मामूली घर का है और मामूली यही आदमी है। मैं तो ख़ुद मिल चुका हूँ...स्वभाव का एकदम हीरा है, दुश्मनों के लिए दुश्मन है...तो भी हम देख रहे हैं, जिस दिन उसने क़ानून हाथ में लिया, उसे पकड़ लेंगे।"

"कहते हैं, खंदिया के चौबे का आदमी है?"

"रहनेवाला ज़रूर उधर का है...पर पार्टी की किसी लिस्ट में उसका कोई नाम नहीं...कल तक स्कूल में पढ़ता था।"

"क्या मास्टर कंठी ने निकाल दिया?"

"जी नहीं। जाना बन्द कर दिया तो नाम आप-से-आप कट गया। आठवें दर्जे में था..."

"कुछ स्कूल भी हमारा ठीकठाक नहीं चल रहा, वरना लड़के पढ़ना छोड़कर सुरेश नहीं बनते। राजनीति ज़्यादा होने लगी है वहाँ। मास्टर कंठी खुलेआम ठाकुर की पार्टी का काम कर रहे हैं।"

"इलाज तो आपके हाथ में है...मुझे जो हुक्म करें, मैं तैयार हूँ।"

"यही तो दुर्भाग्य है कि मैं स्कूल का प्रेसीडेंट हूँ...और फिर भी यह सब चल रहा है...ख़ैर अच्छा...सुरेश को मेरा विचार है सुधार कर रास्ते पर लाया जा सकता है...किसकी सुनता है वह...?"

"बिन्दे ठेकेदार के यहाँ ज़्यादा पड़ा रहता है। अब उनके बीच क्या है, पता नहीं।"

बोस साहब सोचने लग गए। सुरेश को पाला जा सकता है क्या? अगर वह चौबे का भी आदमी हो तो भी उसे फोड़ा जा सकता है। पालतू कुत्ता अपनी हिफाज़त ही करेगा...मास्टर कंठी...? कंठी को फोड़ने या पालने की तो सारी कोशिशें बेकार गई थीं...अब सुरेश को देखें!

"मेरे लिए कोई हुकुम हो तो बताएँ।" कोतवाल ने उठते हुए कहा।

"नहीं, मैंने तो ऐसे ही बुला लिया था...कि भाई नए-नए आए हो...कोई तकलीफ़...?"

"जी, बस आपकी कृपा है।"

"मिलते रहा करिए। शहर के बारे में जानकारी रखना तो आप जानते हैं, हमारा पेशा ही है। जानकारी न होगी तो सुधार की बात क्या खाक सोच सकेंगे?"

जादवजी भी समझ गए थे कि बोस साहब कुछ नहीं करेंगे। लेकिन उनके यहाँ जाने का एक फ़ायदा ज़रूर हो गया। चुनाव का फ़ायदा वे भी उठा सकते थे, बोस साहब से नहीं तो ऊपरवालों से, और लखनऊ जाकर उन्होंने प्रान्त के पार्टी-प्रधान से भेंट की। उन्हें समझाया कि जनता गुंडागर्दी से बेहद त्रस्त है और वातावरण अनुकूल नहीं है। अगर अनुकूल बनाना है तो वहाँ एक तगड़े एस. पी. की नियुक्ति कराई जाए और सब गुंडों को हिरासत में लिया जाए...ख़ासतौर पर सुरेश को, जो दिन-दहाड़े लड़कियों की इज़्ज़त लूटता है, किसी के भी घर में घुस जाता है। पार्टीप्रधान ने उनकी बातें ध्यान से सुनीं लेकिन पार्टी का जो तरीक़ा होता है उन्हें उसी के हिसाब से तो चलना था। ज़िले के पार्टी-प्रतिनिधि से उन्होंने सम्पर्क किया। ये बोस साहब के ख़ासुल-ख़ास आदमी थे और बोस उन्हें पहले ही समझा चुके थे कि उनके काम के आदमी सुरेश और शिवमंगल दोनों थे...उन्हें अपनी तरफ़ लिया जाए। तब तक एक बिन्दे की मार्फत सुरेश के साथ एकाध बैठकें बोस साहब की हो भी चुकी थीं। सुरेश तो किसी तरफ़ नहीं था, तपाक से बोस ने उसे समेट लिया। यहाँ से रिपोर्ट पहुँचा दी गई कि जादवजी ने अपने व्यक्तिगत स्वार्थ के लिए ग़लत-सलत रिपोर्ट दी है। वह गुंडागर्दी करता है यह भी बढ़ा-चढ़ाकर भेजी गई ख़बर है। यह बात और है कि लड़कई उम्र के तकाज़े में वह एक-दो जगह कहीं भिड़ गया हो। फ़िलहाल उसे बन्द कराने के बजाय अच्छा है उसे ऐसे कामों से रोककर रखा जाए जिनसे जनता रुष्ट होती है—और यह आसानी से किया जा सकता है। अगर सुरेश को लेकर जनता में थोड़ा-बहुत भय है भी तो उसे इस्तेमाल किया जा सकता है और किया जाएगा—ऐसी चीज़ों की भी ज़रूरत पड़ती है। एस.पी. का भी रुख अच्छा है, इसलिए उन्हें भी बदलवाने की ज़रूरत नहीं है।

जादवजी बेचारे वहीं तक पहुँच पाए जहाँ तक उनकी पहुँच थी। बोस ने अपनी तरफ़ से उन्हें इतनी दिलासा दे दी कि सुरेश अब खंदिया नहीं चढ़ेगा, लेकिन उधर का चुनाव-कार्य सारा जादवजी सँभालें...वरना फिर भेजना पड़ सकता है।

जादवजी ने जब उल्टा रंग देखा तो उनकी गाँठ और गँस गई...लेकिन क्या करते...बोस साहब ने सीधा सम्पर्क बैठाकर उनके जाने कितने आदमी फोड़

लिए और उन्हें हटाकर अगर देखो तो जादवजी की अपनी तादाद बहुत कम थी। इसके बल पर बोस या चौबे से निपटना तो दूर, अकेले सुरेश से भी नहीं निपटा जा सकता था। बोस से अलग करना ख़ुद को और कमज़ोर दिखाना था और अब तो खुलेआम बोस सुरेश को उनके ख़िलाफ़ कभी भी तुरुप की तरह इस्तेमाल कर सकते थे। उन्होंने समय की नब्ज़ अपने माफिक नहीं देखी और उचित समय का इन्तज़ार करना ही ठीक समझा।

बोस के साथ सुरेश के उठने-बैठने की ख़बरें मास्टर और भारत तक भी पहुँची। मास्टर ज़रूर सुरेश पर कड़ी निगाह रख रहे थे, लेकिन वह आसानी से पकड़ में आनेवाला आदमी नहीं रहा था। भारत का यह ख़याल था कि सुरेश को अपनी फ़ौज तैयार करने दी जाए। बाद में सुरेश के साथ-साथ वह भी अपने काम आएगी, लेकिन भारत चाहे जो सोचता रहा हो, मास्टर को सुरेश के बारे में जो खटका था वह सच निकला। उससे भंडाफोड़ का डर भी था और इसके लिए कुछ मुस्तकिल बन्दोबस्त करना होगा। तमंचा भी उससे वसूलना है। जब तक यह कुछ नहीं किया जाता, चुप रहा जाए, सुरेश के ज़हन से धीरे-धीरे उतर जाया जाए। शायद समय से वे सब कुछ भूल जाएँ। भारत भी धीरे-धीरे अब इस विचार का होता जा रहा था कि काम उनके वही आ सकते हैं जो पढ़े-लिखे तो हैं ही, सोचने की ताक़त भी रखते हैं। आम आदमी तो स्वार्थी और लालची होता है, इसलिए उधर ही जाएगा जिधर मिठाई की दुकान है।

भारत का स्वास्थ्य इधर काफ़ी गिर गया था और ऐसा शक था कि उसे टी. बी. है।

कैलाश का कहीं अता-पता नहीं था। अब उसके बारे में सिर्फ़ उड़ती हुई ख़बरें थीं। कुछ कहते थे कि वह कल्लू का पता लगाते-लगाते उसके गाँव पहुँच गया था और वहाँ उसने कल्लू की खूब ख़बर ली। कुछ दिनों बाद दूसरी ख़बर उड़ी कि रात को वह शिवहरे के घर में घुस गया। बच्चों को एक कमरे में बन्द कर दिया...और फिर शिवहरे को बहुत मारा। छुरे से उसके दोनों हाथों को छलनी बनाकर उसे एक गठरी में बाँधकर एक किनारे डाल दिया और उसी के सामने उसकी औरत को ज़लील किया।

शिवहरे की दोनों हथेलियाँ बेकार हो गई थीं। एक को तो काट ही देना

पड़ा। दूसरी को बचा लिया गया किसी तरह, पर वहाँ भी हथेली की जगह सिर्फ़ सफ़ेद पट्टी थी...वह अस्पताल में था।

पुलिस हाथ धोकर कैलाश के पीछे पड़ गई। दोनों एक-दूसरे के ख़ून के प्यासे थे। ऐसा लगता था जैसे इस इलाक़े की पुरानी दुश्मनी फिर ऊपर आ गई है—इस शहर का ख़ून और पुलिस। कैलाश जहाँ कहीं किसी सिपाही को अकेला पा जाता, पकड़-पकड़कर मारता। वह एक छोटा-मोटा डाकू बन गया था। शहर के बाहर रहता था और सिर्फ़ ज़ब-तब मारधाड़ के लिए शहर आ जाता था। एक ख़बर यह भी थी कि सुरेश का तमंचा अब कैलाश के पास था।

सुरेश की आँच धिमा रही थी तो शहर की आग न बुझ जाए इस डर से कैलाश को ही सुलगाकर तैयार कर लिया गया था।

हॉल इम्तहान के लिए लगाई गई सीटों की लम्बी कतारों में और भी लम्बा हो गया था।

पर्चे बँट चुके थे और इम्तहान का सन्नाटा हॉल पर उतर आया था। बोर्ड के इम्तहान के साथ-साथ स्कूल के भी सालाना इम्तहान थे, इसलिए उस पूरी इमारत में ही ख़ामोशी छा गई थी। सिर्फ़ अध्यापकों के इधर-उधर आने-जाने में जूतों की आवाज़ें, उनकी हलकी फुसफुसाहटें और बाहर बरामदे में रखी पानी की बाल्टी के इर्द-गिर्द पानी के डाले जाने और लोटे के रखने की आवाज़ें थीं, जो उस ख़ामोशी के इधर-उधर आकर कभी-कभार चिपक जातीं। कभी कोई लड़का कापी को खरखराता हुआ मोड़ता, तो कुछ उसकी तरफ़ देखने लगते तभी इनविज़िलेटर्स इशारा या हलकी सीटी बजाकर उन लड़कों को अपनी मेज़ पर ध्यान लगाने को कहते। मास्टर कंठी की प्रिंसिपली का यह पहला इम्तहान था—निगरानी कड़ी थी और सख्ती की हिदायतें थीं।

आधा घंटा हो चुका था। ज़्यादातर लड़कों का पूरा ध्यान पर्चे पर था। जिन्होंने ख़ास मेहनत की थी, उनकी क़लमें तेज़ी से चल रही थीं। केशव की तैयारी अच्छी थी। बड़े की भी ठीक-ठीक थी। शान्ती की मौत से उसे बड़ा धक्का पहुँचा था और कुछ दिनों तो ऐसा लगता रहा जैसे वह इम्तहान नहीं दे पाएगा, लेकिन साल छोड़ने लायक उसकी आर्थिक स्थिति नहीं थी। वह सबसे बड़ा था...इस वर्ष फाइनल करके कहीं अध्यापकी कर लेगा। फिर भाइयों को पढ़ाता जाएगा और ख़ुद भी प्राइवेट बी. ए., एम. ए. करने के बाद ही किसी लायक हो सकेगा। इसलिए उसने ख़ुद को किसी तरह सँभाला था।

शिवमंगल की कापी के नीचे एक पर्चा था...जिसे अब वह कापी की बराबरी में रखकर इत्मीनान से देखता जाता था और धीरे-धीरे उतारता जाता था। इनविज़िलेटर्स ने उसे देख लिया था, लेकिन किसी की हिम्मत उसके पास जाने की नहीं हो रही थी, और तो और, अब लड़कों के लिए भी यह तमाशे की चीज़ हो गई थी कि शिवमंगल एक बड़ा-सा लिखा हुआ काग़ज़ अपनी कापी की बराबरी में रखे हुए था। आगेवाले मुड़-मुड़कर, पीछेवाले आगे झुककर उसकी सीट की तरफ़ देखते थे। हॉल में एक खुसुर-फुसुर चल निकली थी जो धीरे-धीरे तेज़ हो रही थी।

जब दिखा कि बात दबी न रहेगी, तो वहाँ तैनात अध्यापकों में एक शिवमंगल की तरफ़ बढ़ गया और उस काग़ज़ को उठाने लगा...शिवमंगल ने हाथ पकड़ लिया।

"जाइए अपना काम करिए...मुझे इस बार पास होना है।"

"लेकिन इस तरह पास होने का कोई मतलब नहीं है।"

"है।"

"यह काग़ज़ मुझे दे दो।"

"क्या आपके पिताजी का है?"

अध्यापक डरकर चला गया। मामले की रिपोर्ट इम्तहान के सुपरिंटेंडेंट जो मास्टर कौशल थे, उन्हें की गई। वे अध्यापक के साथ आए।

"शिवमंगल, तुम्हें यह काग़ज़ और अपनी कापी दोनों देने होंगे...नई कापी लो और लिखो।"

"घनचक्कर तेरा दिमाग़ तो ठीक है...दुश्मनी यहाँ भँजाना चाहता है?"

"मेरी लड़कों से कोई दुश्मनी नहीं होती। तुझे बाहर भी निकाला जा सकता था, पर मैं तुझे एक चांस दे रहा हूँ।"

"चलो खिसको, अपना काम करो, शिवमंगल को चांस देंगे पाजामे...पहले कभी मुझे टोकने की हिम्मत न पड़ी, अपना-अपना काम करो। चलो...फूटो यहाँ से।"

और शिवमंगल ने अपनी जेब से एक मोटा चाकू निकालकर अपनी सीट पर रख लिया।

हॉल का सारा ध्यान उधर आ गया था। शोरगुल सुनकर या फिर किसी अध्यापक के ख़बर देने पर मास्टर कंठी भी धड़धड़ाते हुए वहाँ पहुँच गए। वे स्वभाव से उतावले क़िस्म के व्यक्ति थे और पद की वजह से भी हर चीज़ में उन्हें आगे ही रहना था।

"क्या बात है? अच्छा दादागीरी के झटके हैं, साले पूरा साल आवारागर्दी करेंगे और इम्तहान देने चले आएँगे।"

"मास्टर, मैं गाली सुनने का आदी नहीं हूँ।"

"तो मैं भी इन हरकतों से स्कूल को बदनाम नहीं होने दे सकता। आपका क्या फ़ैसला है...?" उन्होंने मास्टर कौशल से पूछा।

"नई कापी देने के लिए मैं पहले ही कह चुका हूँ।"

"चलिए...लाओ...इनके लिए नई कापी।"

"कंठी मास्टर, प्रिंसिपली तेरे भेजे में चढ़ गई लगती है। जानता है, मैं जिस दिन चाहूँ, तुझे इस कुर्सी से अलग कर सकता हूँ।"

"अभी आप नई कापी पर लिखिए...और इम्तहान के बाद मुझे कुर्सी से हटवाइएगा।" मास्टर कंठी ने हँसी में कहा।

कापी आ गई थी। मास्टर कंठी ने ख़ुद वह शिवमंगल की मेज़ पर रखी...और पुरानी कापी और काग़ज़ खींच लिया।

शिवमंगल ने चाकू खोल लिया...सब समझ रहे थे कि शिवमंगल धमकी दे रहा है लेकिन उसने..."बाद में नहीं अभी..." कहते हुए मास्टर कंठी के पेट में चाकू खोंपकर नेकाल लिया, कंठी मास्टर दोनों हाथों से पेट को दबाकर रह गए। दूसरे मास्टर उन्हें सँभालने लग गए...हाल में खलबली मच गई।

तभी पीछे से काँच के दरवाज़े को छेदती हुई एक पुरानी कुर्सी हॉल के उधर के ही हिस्से में आकर गिरी...झनझनाहट के साथ काँच के छोटे-बड़े टुकड़े दरवाज़े के पास बिखर गए। काँच की खनकियाँ काफ़ी दूर बैठे केशव तक भी आईं। लड़के सकते में आकर अपनी सीट पर खड़े हो गए।

टूटे दरवाज़े को हाथ डालकर एक तगड़े आदमी-नुमा लड़के ने खोला और अन्दर धँस आया। उसके सिर पर सफ़ेद पट्टी थी जिसमें लाल स्याही या ख़ून के धब्बे उतरा रहे थे। उसके पीछे पाँच-छ: और अजनबी लड़के हॉल में घुस आए और वे सब लगी हुई मेज़ों और कुर्सियों को लातों और हाथों से कलथाते हुए इधर-उधर पटकने लगे, मेज़ों पर रखे कापियाँ-पर्चे फाड़ने लगे। लड़कों से बिना बोले हुए वे एक मशीनी क्रम से यह काम करते हुए आगे बढ़ते चले जा रहे थे। "इम्तहान नहीं होगा, पर्चे आउट हो गए हैं! सब ढोंग हैं....तानाशाही नहीं चलेगी..." इसी तरह की ढेरों आवाज़ों का बल पाकर हॉल के कुछ स्कूली लड़कों ने भी अपनी मेज़ें पटक दीं, कापियाँ-पर्चे फाड़ डाले। उस खड़बड़ाहट ने जो ज़ोर पकड़ा तो जो लड़के वाकई इम्तहान के लिए अच्छे से तैयार थे और इम्तहान देना चाहते थे वे भी भाग खड़े हुए, अपनी कापियाँ और पर्चे जोरों से सीने से लगाए हुए।

पट्टीवाला आदमी हनुमान की तरह कुर्सियों और मेज़ों को अपनी भुजाओं पर उठाकर लगी हुई कतारों की तरफ़ फेंक रहा था। एक अखाड़ा-सा बन गया था वहाँ...कुर्सी-मेज़ों की उठापटक का। इनविज़िलेटर्स का अता-पता नहीं था। मास्टर कंठी को उनके कमरे में ले जाया गया। ज़्यादातर अध्यापक वहीं थे। एक आफिस की तरफ़ के दरवाज़े से उस कांड को देखा जा रहा था...ज़्यादा ख़ामोशी में लिपटा हुआ।

देखते-देखते हाल की सिलसिलेवार लगी हुई मेज़-कुर्सियाँ औंधी-तिरछी पड़ी हुई दिखाई देने लगीं। एकाध जो काँच की खिड़कियाँ बची थीं, उन्हें भी कुर्सियों की फेंक से खनाक-खनाक में तोड़ा जा रहा था।

फिर पट्टीवाला और उसके साथी हॉल से निकलकर गैलरी में घुस गए, उधर से कमरों में जाकर वहाँ भी वही तमाशा करने लगे।

शायद उस तरफ़ पहल कब की हो चुकी थी और अब पट्टीवाला मैदान में बाहर उतर आया था। वहाँ एक हल्की-सी आग उठ रही थी—नीचे काग़ज़-कापी, ऊपर से मेज-कुर्सियों के टूटे टुकड़े। धीरे-धीरे वह भी एक खेल बन गया जिसमें स्कूली लड़के भी शामिल हो गए। जिसके हाथ जो आता उसे आग में झोंक देता। बरामदे के एक कोने में लड़कों की जो किताबें-कापियाँ बाहर रखवाई गई थीं...उनके ढेर को भी एक-दो गुप्पा भर-भरकर उठा लाए और आग में झोंक दिया। एक अच्छी-ख़ासी होली का आलम बन गया था।

तरह-तरह की आवाज़ें अब भी उठ रही थीं—पक्षपात नहीं चलेगा... तानाशाही मुर्दाबाद...तानाशाही मुर्दाबाद...पेपर आउट करनेवाले हाय-हाय।... और ख़ैर 'छात्र एकता जिन्दाबाद' थी ही, हमेशा मौजूद रहती थी ऐसे मौक़ों पर।

आवाज़ों के ऊपर अब एक और फुसफुसाहट रेंगने लगी थी। शिवमंगल ने मास्टर कंठी को छुरा भोंक दिया। लड़कों की भीड़ के जत्थे इधर-उधर आ जा रहे थे...कुछ मास्टर कंठी की ख़बर पक्की करने के लिए आफ़िस को घेरने लगे थे।

मेज़ों की उठापटक, काँच के दरवाज़े-खिड़कियों की तोड़-फोड़ और होलिका-दहन, सबका क्रम एक साथ और बड़ी जल्दी चल निकला था। मास्टर कंठी की ख़बर के उड़ते ही नज़ारा तेज़ी से बदलने लगा। इम्तहान तो बिखर ही चुका था...उपद्रवबाज़ी धीमी पड़ते-पड़ते एकदम ग़ायब हो गई...आवाज़ें बन्द होने लगीं और लड़कों की भीड़ को एक मायूसी ने आकर दबोच लिया। पट्टीवाले और उसके साथियों का तो कब से कहीं अता-पता नहीं था। बाहर आग भी तेज़ी से भभकती हुई अपना पेट भर रही थी। फर्नीचर का अच्छा-ख़ासा ढेर इकट्ठा हो चुका था वहाँ।

पुलिस आ गई। स्कूल में कम ही आए, बाहर डामर की सड़क पर ज़रूर पुलिस का एक बड़ा ट्रक टोपदार सिपाहियों को भरे हुए ढिला खड़ा था। पुलिस में से एकाध कुछ लिख रहे थे, कुछ अध्यापकों से बात कर रहे थे। तब तक अस्पताल की वैन भी आ गई।

मास्टर कंठी ख़त्म हो चुके थे। उनकी लाश को सफ़ेद कपड़े में ढककर बाहर लाया गया, वैन पर रखने के लिए। सफ़ेद कपड़े पर भी ख़ून के निशान उछल आए थे। लड़कों की भीड़ मास्टर कंठी को पास से देखने के लिए उमड़ पड़ी। पुलिसवालों ने रूल्स के सहारे रास्ता किया।

कुछ मिनटों पहले की वह उपद्रवी भीड़ अब सिर्फ़ एक तमाशबीन थी। ज़्यादातर के चेहरे लटके हुए थे, उनकी आँखें छलछला रही थीं। लड़कों का जत्था नीम के नीचे गँस रहा था, जहाँ वैन खड़ी थी। इसी नीम के नीचे सवेरे की प्रार्थना होती थी "वह शक्ति हमें दो दयानिधे कर्तव्य-मार्ग पर डट जाएँ..." के बोल गूँजते थे और यहीं ऊपर के टीले पर खड़े होकर मास्टर कंठी आँखें मूँदकर प्रार्थना में हिस्सा लेते थे।

सारे अध्यापकों की आँखों में आँसू थे। मास्टर कौशल तो फूट-फूटकर रो रहे थे..."अरे मुझे मारता साला...मेरा बैर दूसरे पर निकाला...मास्टर, तुम कुर्बान होकर चले गए...हमारा क्या होगा...स्कूल का क्या होगा...।" वे बच्चों की तरह बिलख रहे थे। दो अध्यापक उन्हें सँभाले हुए थे! वैन पर लाश रखी गई तो वे दौड़कर उससे चिपट गए, "मुझे भी साथ ले चल मास्टर!" वैन से वे किसी तरह अलग नहीं हो रहे थे। वैनवालों ने उन्हें और जो उन्हें सँभाले हुए था उन दो को बैठ जाने दिया। दरवाज़ा बन्द हुआ और वैन चल दी।

वैन के जाते ही एक ख़ालीपन चारों तरफ़ भर गया। वह इमारत जो रोज़ किलकिलाहट से गूँजती रहती थी...जो थोड़ी देर पहले ही एक युद्ध-स्थल थी, अब एक उजड़े घर की तरह साँय-साँय कर रही थी—एक घर जहाँ गमी हो गई थी। लड़कों के सिर लटके हुए थे क्योंकि उनमें से एक ने यह कांड किया था।

शिवमंगल फरार था...वरना उस मूड में लड़के अगर उसे पा लेते तो चींथकर तार-तार कर देते।

एक कोने में सिमटे हुए बड़े भी खड़े थे, इम्तहान की कापी को सीने से चिपकाए हुए।

पूरे साल की तैयारी...जिसकी वजह से वे शान्ती से भी ख़ुद को दूर रखने की भरपूर कोशिश करते रहे...इम्तहान, जिसको लेकर वे शान्ती की 'आत्महत्या' को भी पी गए, पेड़ की तरह डटे खड़े रहे...वह सबकुछ क्षणों में ही ढेर हो गया

था। उनके अपने ही आदमी ने दियासलाई छुआ दी।

इम्तहान अब क्या होंगे जब स्कूल ही जला डाला गया था। हो सकते तो बड़े इतने बेशरम ज़रूर थे कि फिर बैठ जाते।

सामने स्कूल की इमारत धूप की चिटखियाँ छोड़ रही थी, जैसे वह ईंटों का नहीं काँच की टूटी चिन्दियों का ढेर था। चिटखियों के कण बड़े की आँखों में तैरते हुए आँसू बाहर ले आए—आँसू, जो शान्ती की मौत से ही अन्दर कहीं जमे चिपके हुए थे। शान्ती की मौत के लिए क्या वे भी कहीं से ज़िम्मेदार नहीं थे? न उसके सम्पर्क में आते, न शायद उसने खुदकुशी की होती। उसका बदला भी उनसे टटके-टटके ले ही लिया गया।

कितनी नक़ली चीज़ का आसरा किया था और इसके चलते असली चीज़ वे कब की खो बैठे थे। खोने का अहसास ज़रूर आज ही जागा।

रात को बोस साहब के बरामदे में अध्यापकों की मीटिंग हुई, वे प्रबन्ध कमेटी के प्रेसीडेंट जो थे। कमेटी के सभी सदस्यों को बुला लिया गया था। मास्टर कंठी के गुणों की याद कर-करके बोस साहब के आँसुओं की धार जो शुरू हुई, तो थमने को ही न आती थी, मीटिंग हो तो कैसे? रोना थमा भी तो उनके चेहरे पर विषाद की बड़ी रेखा जमी ही रही। हमेशा दबी मुस्कुराहट में घुलते रहनेवाला चेहरा जैसे किसी कड़ुवाहट में राख हो रहा था...बार-बार उनके मुँह से निकल रहा था..."बेचारे लड़कों का एक साल बर्बाद गया...ग़रीब लड़के...ऐसा ही रहा तो शिक्षा का क्या होगा इस देश में...अध्यापन कौन करने आएगा!" उन्हें शिक्षा का भविष्य एकदम धुँधला दिख रहा था। उनका वह सब सोचना बड़प्पन था, क्योंकि व्यक्तिगत स्तर पर उनकी कोई समस्या नहीं थी, न कोई बच्चा था जिसे अब पढ़ना या इम्तहान देना था। उनकी जो भी चिन्ता थी वह समाज और देश के लिए थी! शहर में एक आम सभा की जाए जिसमें वे बोलेंगे और शोक-प्रस्ताव पास किया जाएगा...हिंसा का जो यह वातावरण फैल रहा है उसके ख़िलाफ़ हवा बाँधी ही जानी चाहिए। अध्यापकों की माँग थी कि जब तक स्कूल में इम्तहान की निगरानी के लिए उन्हें ज़रूरी पुलिस-सुरक्षा नहीं दी जाती वे इम्तहान का बायकाट करेंगे। बोस साहब इससे एकदम सहमत थे। वे एक हाथ आगे गए...इस वर्ष का इम्तहान कैसे चलाया जाए। मास्टर कंठी के साथ हुए अत्याचार के ख़िलाफ़ आवाज़ उठाने के लिए यह ज़रूरी था कि इस वर्ष का इम्तहान रद्द कर दिया जाए। प्रस्ताव सर्वसम्मति से पास कर दिया गया। कुछ चर्चे शिवमंगल के भी हुए...वह कहाँ बिला गया...यह क्या हुआ कि दिनदहाड़े भरी भीड़ में वह छुरा चलाकर भाग लिया। पुलिस के हाथ-पैर बँधे

थे? कोई कहता था पहाड़ में छिप गया था, कोई कहता नदी के पास कनवारे गाँव की तरफ़ भाग गया था। पुलिस तेज़ी से तलाश कर रही थी। बोस साहब ने शिवमंगल को जल्दी-से-जल्दी पकड़वाने की ज़िम्मेदारी अपने ऊपर ले ली। वे बेहद दुखी थे कि उनके घर के सामने ही यह बखेड़ा हो गया, वह भी तब जब वे प्रेसीडेंट थे और शहर में ही थे।

मास्टर कंठी के शोक-संतप्त परिवार के लिए एक हज़ार की ग्रांट कालेज-फंड से फ़ौरन देने का प्रस्ताव मंजूर हो गया। बोस साहब ने यह भी कहा कि वे प्रान्तीय सरकार को भी ग्रांट के लिए लिखेंगे। कितने कर्म अध्यापक थे! यह भी तय किया गया कि उनका एक बड़ा चित्र स्कूल के हॉल में टाँगा जाएगा।

शोक-प्रस्ताव पास करके मीटिंग की कार्यवाही पूरी हुई। मास्टर कंठी की आत्मा की शान्ति के लिए खड़े होकर दो मिनट का मौन-धारण भी किया गया।

मास्टर कंठी की हत्या के तीसरे दिन केशव को अनिल से जो ख़बर मिली, उससे वह फड़क उठा। शिवमंगल से बदला लेने का मौक़ा जैसे अपने आप बन आया था।

अनिल ने केशव को बताया कि कल शाम—मतलब जिस दिन मास्टर कंठी को छुरा भौंका गया था उसके दूसरे दिन बोस साहब के घर महाराज को उसने नीचे खाना ले जाते देखा था...खाना पहुँचाकर महाराज बाहर भैंसों को दाना डालने गया था, तभी ऐसे ही वह देखने चला गया था कि नीचे कौन ठहरे हैं, अभी तो इतनी गर्मी शुरू भी नहीं हुई।

बाईं तरफ़वाले कमरे में शिवमंगल ज़मीन पर बैठा हुआ, टाँगों के रोयों को उठा-उठाकर नाप रहा था। अनिल ने यह भी बताया कि उसके चेहरे पर उसकी आम मक्कारी की जगह बदहवासी और डर था।

केशव एकदम उचक पड़ा। इन तीनों दिन से उसे भीतर ही भीतर बहुत ग्लानि हो रही थी कि सीट हॉल में होते हुए वह कुछ न कर सका था। हमेशा की तरह वह सिर्फ़ देखता ही रह गया। उसके ज़हन में तब वह सफ़ेद पट्टीवाला लड़का और उसके साथ के वे चार-पाँच लड़कों की धुँधली शक्लें भी उभरीं। उन्हें कभी स्कूल मे नहीं देखा था और न ही वे शिवमंगल के साथ कभी आते-जाते स्टिक खेलते दिखे थे...वे कौन थे और कहाँ गए! शायद अगर वे आकर उपद्रव न करते तो शिवमंगल को भागने का मौक़ा नहीं मिलता। वह वहीं पकड़ लिया जाता और कचरा जाता...।

केशव को तब और कुछ समझ में नहीं आया, सिवा इसके कि पुलिस को इसकी ख़बर दे दी जाए...शिवमंगल की तलाश करने में वे सब लगे ही हुए हैं। वह शिवमंगल को पकड़वाने में मदद कर सकता तो उसे लगेगा कि मास्टर कंठी के लिए उसने कुछ किया, और अपना बदला भी ले लिया।

उसने अनिल को भी पुलिस-स्टेशन चलने को कहा। अनिल डर गया। बोस साहब क्या सोचेंगे? वह केशव से गिड़गिड़ाने भी लगा कि वह उसका नाम न ले, वरना घर में भी उसकी अच्छी-ख़ासी ख़बर ली जाएगी। अभी उसके दो-दो घर हैं, तब एक भी न बचेंगे।

केशव ने अकेले ही जाने की सोची। अनिल की दिक़्क़तें वाजिब थीं।

अँधेरे के पहले का मटमैला धुँधलका छाने लगा था जब केशव खंदिया उतर रहा था। नीचे पक्की इमारतें भुतहा लग रही थीं। बोस साहब के घर की तरफ़ गया। कम्पाउंड के मुख्य दरवाज़े पर बिजली के खम्भे से मरी हुई रोशनी निकल रही थी। केशव उतने रास्ते चौकन्ना-सा चलता रहा। शायद उसे भी शिवमंगल कहीं इधर-उधर दिख जाए। मगर वहाँ कुछ नहीं था।

फिर शहर की तरफ़ वापस हो लिया। थाने पर कुछ सिपाही बाहर कुर्सियों पर बैठे मेज़ पर पैर टिकाए बीड़ी धौंक रहे थे। केशव ने वहाँ जाना ठीक नहीं समझा। रास्ते में एक अजनबी आदमी से पूछा, "कोतवाल सा'ब कहाँ रहते हैं?"

"पुलिस-क्लब में।" उसने कहा और कुछ अजीब नज़रों से केशव को देखते हुए आगे बढ़ गया।

पुराने कोतवाल का तबादला हो चुका था और यह नया था जो एक महीने पहले आया था। कोतवाल का घर अभी पुराने ने ख़ाली नहीं किया था इसलिए वह फ़िलहाल पुलिस-क्लब में ही ठहरा हुआ था।

कोतवाल साहब के कमरे के बाहर उनके नाम की तख्ती लटकी हुई थी। आसानी हो गई। केशव ने दरवाज़ा खटखटाया...किवाड़ भी थोड़ा पीछे को ठेला, अटका ही हुआ था ...झाँककर कहा, "मे आई कम इन सर।"

स्कूल में प्रिंसिपल के कमरे में ऐसे ही जाते थे।

" कौन...? क्या है?" कोतवाल तहमद-बनियान में था और उँगलियों की मुट्ठी में सिगरेट कसे था।

"आप कोतवाल साहब हैं?"

"जी हाँ...फरमाइए।"

"मैं आपसे कुछ कहना चाहता हूँ।"

"तुम...? क्या कहना चाहते हो?"

"अन्दर आ सकता हूँ।"

"आओ...बोलो, क्या बात है?"

वह एक छोटा-सा कमरा था जिसमें चारपाई, एक कुर्सी, एक मेज़ के अलावा सिर्फ़ एक ही कुर्सी फालतू थी। केशव उसी पर बैठ गया।

"पढ़ते हो?" कोतवाल ने फिर पूछा।

"जी हाँ...मैं शिवमंगल के बारे में बताने आया हूँ। उसे आप फ़ौरन पकड़ लीजिए। वह बोस साहब के तहख़ाने में छिपा हुआ है।"

केशव को उम्मीद थी कि कोतवाल को इस ख़बर से झटका लगेगा और वह एकदम उचक पड़ेगा, लेकिन कोतवाल के माथे पर पहले तो त्यौरी चढ़ी, आँखें सिकुड़ीं, फिर त्यौरी की जगह एक व्यंगात्मक मुस्कान आई और आँखें फैल गईं।

"आप जनाब को कैसे मालूम? आपने देखा है?"

"देखा तो नहीं है...पर यह सच है। आप जाकर तो देखें। जल्दी कीजिए, वरना वह वहाँ से भाग जाएगा।"

"बेटा, अभी तुम लड़के हो, जाओ अपना काम करो और इस तरह की उल्टी-सीधी ख़बरें उड़ाने की आदत अभी से न पालो। बहुत ज़िन्दगी देखनी है तुम्हें अभी, समझे...जाओ।"

"मगर आप वहाँ नहीं जाएँगे?"

"हम सब जगह जाएँगे...पुलिस का जो काम है, वह पुलिस कर रही है। तुम्हारा जो काम है वह तुम करो...समझे!"

केशव अनमना-सा उठ गया। कोतवाल ने उसके कंधे पर अपना हाथ रख दिया था।

"और देखो...ज़िम्मेदार बनना सीखो अब...कुछेक सालों में तुम पूरे मर्द बन जाओगे...अफवाहें फैलाने वालों को भी पुलिस पकड़ सकती है। मैं तुम्हें नहीं पकड़ रहा पर यह सब इधर-उधर न कहते फिरना...समझे बेटे...तुम्हें अभी बहुत-कुछ समझना-जानना है।"

और उसने केशव को बाहर भेज दिया...क़रीब-क़रीब ठेलते हुए और किवाड़ उढ़का लिए।

घर जब लौटा तो रात हो चुकी थी। घर में छोटा-बड़ा महाभारत मचा हुआ था। पिताजी बड़बड़ाते हुए सामान छाँटने में लगे हुए थे, वह जो उन्हें ले जाना था और वह जो घर में ही कमरे में बन्द कर जाना था...बाद में आकर उठा ले जाएँगे। माँ आँगन और पौर की देहरी पर बैठी थीं, गुमसुम और उदास, पल्लू से अपनी नाक और मुँह ढके हुए, जैसे किसी बदबू से ख़ुद को बचा रही हों।

"एक इसे देखो, घूमता रहता है...कहा, भैया मुहल्ले की हवा बिगड़ी है। समय से आया-जाया करो। भई कब तक न बर्बाद होगा यहाँ रहकर?"

केशव चुपचाप जाकर हाथ-मुँह धोने लगा खाने की तैयारी में। बहिन को आवाज़ दी। वे दोनों रसोईवाली कोठरी में घुस गए।

"केशव का तो साल जो गया सो गया। रामी का हम बर्बाद कर रहे हैं... जाना तो है ही...उसके इम्तहान हो जाते।" माँ कह रही थीं।

"लड़के के इम्तहान के चक्कर में ही अब तक रुके रहे, पर क्या बना? देखा तुमने और फिर लड़की को पढ़ा-लिखाकर होगा क्या? नौकरी करेगी?... शान्ती बनेगी? हम कल शामवाली बस से ही चले जाएँगे। शिवमंगल यह कर बैठा, सुरेश अब भी छुट्टा घूम रहा है—बकरे की माँ कितने दिन ख़ैर मनाएगी?"

केशव की माँ की सूनी नज़रें आँगन में फैल गईं। इन दीवारों को ख़ुद गाढ़ी मिट्टी के चभकों से छापा था, ऊपर से गोबर की लेप देकर। फिर खड़िया से पोता था...नीम के पेड़ को साफ़ कर बखरी निकाली थी...भैंस, गाय थीं...केशव के पिता कल उन्हें बेच देंगे...कैसी अच्छी कजरी गाय...इतनी सीधी कि बच्चे गर्दन पर टँगे रहे, कुछ भी न बोले...रामी या केशव कोई भी दुह ले। केशव की माँ के लिए उनकी बड़ी बहिन ने भेजी थी...सिर्फ़ एक रात के लिए और थी वह।

सारी जमी-जमाई गृहस्थी उनकी आँखों के सामने ही टूटती दिख रही थी, और फिर वही शुरू से शुरू करो। किराए के घर बदलना...एक के बाद दूसरा, दूसरे के बाद तीसरा। हर नई बस्ती में नई शुरुआत, कई शुरुआतें। नए काम, नए लोग। उनके भाग्य में शायद घर-गृहस्थी बसाना नहीं लिखा।

यह शहर सिर्फ़ तीन साल चला। तीन सालों में पाँच घर बदले थे और अब यह लिया था कि केशव वग़ैरह भी कह सकते कि कोई उनका भी पुश्तैनी मकान है। ऐसा ही रहा तो क्या कहेंगे कि माँ-बाप कुछ छोड़कर नहीं गए। पपीते का पेड़, कैसा मीठा फल था इसका। हौदी सीमेंट की बनवाई थी, सीढ़ियाँ, अटारी। वह घर क्या था जिसमें अटारी न हो, अटारी घर लेने के बाद ही तो बनी थी...एक बाईं तरफ़ के रसोईघर और पिछवाड़े को छोड़कर सारे घर का ढाँचा ही बदल डाला था...आगे तो एकदम नई शक्ल हो गई थी। अगले साल पिछवाड़े को भी बनाने की सोच रखी थी...एक साथ ही सब मूड़ पर धर लो तो भारी हो जाता है।

केशव के पिताजी तो आएँगे सही—सामान उठाने, फिर घर बेचने। पर उनकी इस घर में यह आख़िरी रात थी, अपने घर में।

केशव के पिताजी में तैश था उस वक़्त...बदहवासी की कगार का तैश। वे आज ही चल देना चाहते थे...इसी वक़्त जैसे शहर में आग लग गई थी

और फैलती हुई आग उनकी तरफ़ आ रही थी। सैंतालीस के दंगों में लोग-बाग इसी तरह सबकुछ छोड़कर सिर्फ़ जान बचाकर भागे होंगे।

सिर्फ़ यही तय नहीं था कि अब वे जहाँ बसेंगे क्या वहाँ ऐसा नहीं होगा? कम-से-कम उनके गाँव में तो नहीं था। इस शहर के सामने डेढ़ बित्ता का भी नहीं होगा, फिर भी वहाँ यह मनमानी नहीं है, क्योंकि प्रधान की चलती है।... वह ख़ुद साफ़-सुथरा आदमी है...यहाँ तो लोगों को कुछ भय ही नहीं है जैसे।

गाँव की हवा जब तक नहीं बिगड़ी तब तक वहीं रह लिया जाएगा। वहाँ भी टँगे तो पतले धागे पर ही रहेंगे। गाँवों में भी किसी ठाकुर का लड़का जो बर्बाद हो गया तो फिर कहर ढा लेता है। जब तक ऐसा नहीं है तब तक की ही ख़ैर है पर...यहाँ तो लगातार ही एक के बाद दूसरा, दूसरे के बाद तीसरा। गाँव में फिर भी प्रधान या किसी बड़े-बूढ़े की चलती ही है, यहाँ किसकी चलती है—कोई कह सकता है ख़ुद के लिए? या किसी के बारे में कहा जा सकता है ऐसा?

तो क्या सिर्फ़ यही बची है ज़िन्दगी कि सूपा ओढ़कर मोटे-मोटे ओलों से बचाते हुए इधर-उधर दुबके फिरते रहो! सारी ज़िन्दगी भागते रहो, बस भागते रहो।

उन्हें नहीं मालूम कि वे जो कर रहे थे वह सही था, पर इतना ज़रूर मालूम था कि फ़िलहाल वे अपने परिवार को गाँव में रखेंगे। केशव का दाख़िला अगले साल होस्टल में करा देंगे। भाग्य होगा तो खाने-कमाने लायक बन जाएगा और अगर उसके करम में भी छोटा-मोटा गुंडा बनना लिखा है तो वे क्या कर सकते हैं।

पैदा ही क्यों हुआ उनके यहाँ? इन इलाक़ों में सड़ने के लिए ही न? केशव... किस हुलस से पाला गया होगा। माँ के भये में नानी ज़रूर आ जाती थीं। वे अभी कल तक उसे खिलाती रही हैं—'हाथी-घोड़ा पालकी, जय कन्हैयालाल की'... उसके हाथी, घोड़ा, पालकी क्या हुए...नानी एक और पंक्ति भी गाती थीं...'जसोदालाल भुँइ में परे ... ल्वाटें री, होड़ेवालाल भुँइ में...' वह वाकई कन्हैयालाल से होड़ेवालाल हो गया था...नाक धूल में रगड़ता हुआ...

बाहर से मौसम भले ही बदलते रहे हों पर हर मौसम गर्मी की सड़ाँध ही उसने देखी। पैर के नीचे की रेत खिसकते चले जाने का एक लम्बा सिलसिला। जब-जब उसने कहीं खड़े होने की कोशिश की, तभी नीचे कहीं से एक ज़ोरदार भूकम्प आया। ज़मीन ने जैसे कचभचाकर उसे फेंक दिया चारों खाने चित्त—बिट्टी, क्या पता वह भी एक मालती बनने की ही तैयारी में हो। घर, पक्का पर कितना कच्चा...माँ, एक औरत जैसे कोई भी...पिता, एक पतली डगाल तेज़ बहाव में इधर-से-उधर, लगातार थरथराती हुई, बीच में कहीं अड़ने की लाचार कोशिश करती हुई। जो ख़ुद अपने बैठने की कहीं जगह न बना पाया,

वह दूसरे को क्या शरण देगा...बहन, शून्य...उस नाम से कुछ ऊपर नहीं उठता था...मास्टर कंठी, कौशल, स्कूल...पहाड़ की किटकिटाती हवा में ढहते घरौंदे।

जैसे तेज़ हवा लगातार बहती रहती है, जिसके सामने कुछ नहीं ठहरता। किसी मोटी फूँक से हथेली पर उड़ जाने वाले तिनके, पत्तियाँ...जखीरा के बेल की नरम-नरम पत्तियाँ, अशोक के उस छोटे-से पेड़ की मुलायम-मुलायम पत्तियाँ...लुका-लुकव्वल, आती-पाती, सिलोर माई डंडा...सब जा रहे थे।

सुरेश देखते-देखते ही कहाँ निकल गया, केशव कहाँ जा रहा है...लछमन शायद पीछे रह जाएगा, झेलने-सहने को।

केशव ख़ुद कहीं से कहीं नहीं पहुँचा, लेकिन क्या कोरा भी रह पाया? इधर-से-उधर उड़ते रहने वाला पत्ता पहले खड़ा हुआ, उसने देखना शुरू किया, सामने ...चबूतरे पर खड़े-खड़े मालती की विदा, फिर खड़े रहनेवाले में अपनी मर्ज़ी को हिलोरें शुरू हुईं। वह एक लाश के पीछे चला जिसका उससे कोई सम्बन्ध नहीं था और पहली बार दौड़ा भी, बदला लेने के लिए कोतवाल तक।

यहाँ और रहता तो शायद और भी कुछ कर सकता था। पर क्या? ज़्यादा मुमकिन यही था कि जैसे इस बार दौड़ने में उभेड़ लगी थी...अगली बार उसे टंगड़ी मारी जाती, वह भरभराकर गिरता। एक बार ज़ोर से...लँगड़ा होकर यही किसी खर में बैठ जाता...और फिर बैठे-बैठे देखता रहता, जैसे उस दिन रामा चबूतरे पर से देखते रहे थे—भीड़ कैलाश को चींथ रही है, वे भी भीड़ में हैं जिनका उससे लेना एक न देना दो था।

बाहर पहाड़ का रखैला पत्थर अब केशव के सामने नहीं, कहीं उसके अन्दर था। भुतैली नसैनी के रास्ते धीरे-धीरे वह केशव के मन में कब का उतर चुका था...और अन्दर जैसे अब कुछ भी मुलायम या उजला नहीं बचा था, सिर्फ़ कुतरन थी, चूहे की काटी हुई चीज़ों का अवशेष।

अन्दर वही कुछ रह गया था जो बाहर था—राख से लिपी धरती और जहाँ-तहाँ पड़े कंकर-पत्थर, गोबर और नाली का कीचड़...

"पाषाण-युग में मनुष्य लगभग असभ्य जीवन व्यतीत करता था। उस समय तक वह किसी धातु से परिचित नहीं था तथा पत्थरों को काट-काटकर विभिन्न रूपों में परिणत करके उनका प्रयोग करता था। इस युग के प्राप्त हथियार पत्थरों के छोटे-छोटे टुकड़े हैं जिनमें कभी-कभी हड्डियों की मूठ लगा दी जाती थी। पशुओं का शिकार करने के लिए बहुधा इन्हीं हथियारों का प्रयोग किया जाता था। मनुष्य झुंड बनाकर जंगलों में निवास करते थे तथा आखेट के द्वारा अपनी क्षुधापूर्ति करते थे।...

—केशव की इतिहास की किताब में लिखा था।

किताब के बाहर पत्थरों की बारिश लगातार चालू थी। चारों तरफ़ से जैसे खोबे भर-भरकर पत्थर बरसते रहते थे वहाँ। बड़ी-बड़ी चट्टानों की टकराहट बिजली की तरह कड़कड़ाती, चीपें लुढ़कती हुई मैदान की तरफ़ बढ़ती चली आतीं, नीचे की घास और छुटपुट पौधों को रौंदती हुई—छोटी-बड़ी चट्टानें, चीपें...जैसे लाल-लाल धारें पहाड़ की इस खोह या उस खोह से निकलकर इधर-उधर लपलपाती हुई दौड़ रही हों, एक-दूसरे से मिलती और एक-दूसरे को काटती हुईं।

...घिसते-घिसते कोई चट्टान आख़िर कंकरीली मुरम के रूप में नीचे आकर मैदान की धूल में एक और पर्त बनाकर बिछ जाती, तलुओं में काँटों की तरह लगातार गड़ने और छेद करने के लिए—छेदों के सहारे अन्दर धँस जाने के लिए। ऊपर कहों अन्दर से कोई दूसरी चट्टान उछल जाती और धीरे-धीरे आकार में बड़ी होने लगती।

कितने और बरस लगेंगे इस सभ्यता के तुप जाने में?

केशव का उसके बाद क्या हुआ...इसमें जाने की ज़रूरत है क्या...?

शायद नहीं, क्योंकि इस सीमा के आगे कुछ नहीं होता। चीज़ें होती रहती हैं, फालतू कमाऊ बन सकता है, बच्चा मर्द हो सकता है, पर यह सब जो कुछ होता है वह ज़्यादातर बाहर ही बाहर का होता है। वे चीज़ें जो आदमी को ढालती हैं, हो चुकी होती हैं। बाद में तो सिर्फ़ निशान और खरोंचों की पड़ताल होती है। नए निशान, नई खरोंचें भी उसी रोशनी में पहचाने जाते हैं।

लेकिन परिवेश में ओर-छोर बिखरे हिंसा के स्थूल आयामों के साथ—अक्सर बराबरी पर—वे न दिखनेवाली कुरेदनें भी चलती रहती हैं, जो किसी भी छोटे वृत्त में नीचे-नीचे गहरे काफ़ी दूर तक जाती हैं, बरसाती नदी में चक्कर खाती, घूमती, किसी भँवर की तरह...नीचे गड्ढा करके बढ़ती हुई चक्करदार गहराई

कभी-कभी आदमी-औरतें अजीब तरह से गड्ड-मड्ड हो जाते हैं, जैसे लोगों का अलग कोई वजूद ही न हो, सिवा इसके कि वे एक अलग शरीर हैं और पैदा होते ही उन्हें एक नाम दे दिया गया है...वरना बिट्टी उमा हो सकती है, उमा मालती हो सकती है, मालती केशव की माँ हो सकती है...कोई कुछ भी हो सकता है। अक्सर किसी ख़ास ढंग से कुछ करने की इच्छाशक्ति आदमी

की नहीं, परिवेश की होती है। यह ज़रूर है कि परिवेश तक पहुँचने के लिए उन आदमी-औरतों पर नज़र जाती है। कह भी सकते हैं कि परिवेश ऐसा है क्योंकि लोग ऐसा कहते हैं... लोग ऐसा करते हैं क्योंकि परिवेश ऐसा है...दोनों ही एक अजीब सन्तुलन में एक-दूसरे से गुँथे हुए।

तो जब केशव ख़ुद एक बड़ा आम मसला हो तो उसका आगे क्या हुआ... यह अपने-आप में कोई सवाल कैसे हो सकता है!

पिता ने सामान बाँध लिया था। उनकी वह तस्वीर मेरे सामने ज्यों-की-त्यों है।

सामान बाँधकर और भी थके हुए, नंगी चारपाई पर उघारे-बदन बेहद उदास, क़रीब-क़रीब पस्त। घनी खिचरहा भँवों के नीचे उनकी छोटी-छोटी आँखें, करुणा का अथाह समुद्र थामे हुए उनकी वे आँखें उस शाम के बाद लगातार मेरे साथ रही हैं। तब वैसे बैठे हुए जैसे उनका सारा जीवन आँखों में सिमट आया था। उनके अन्दर का कोमल तत्व! जैसे उनमें सिर्फ़ वही वह था...वह जो हम सोचते थे कि वहाँ एकदम नदारद है। उस स्थिति में वे एक पिता की तस्वीर नहीं बचे थे, उस आदमी की तस्वीर बन गए थे जो बुनियादी तौर पर एक उम्दा इनसान था, लेकिन जिसके हाथ-पैर और सारी शक्तियाँ बाँध दी गई थीं और फिर जिसे सताया जा रहा था। क्यों? यह मालूम करने का अधिकार भी उससे छीन लिया गया था। सोच सकता हूँ कि उस दिन अब्दुल के घर से लौटने पर जो पिटाई केशव को पड़ी थी, उस वक़्त केशव की आँखें भी ऐसी ही हो गई होंगी।

उस सुबह मैंने एक आदमी को पहचाना था। शायद पहला और आख़िरी आदमी, जिसे मैं पूरा-पूरा पहचान सका।

यह उस विशेष स्थिति या क्षणों की देन ही कहिए वरना पिता को पढ़ना किसी के लिए भी आसान काम नहीं रहा है। यों वे ऐसे व्यक्ति भी नहीं रहे हैं जिसे कोई पढ़ने और समझने की ज़रूरत महसूस करे। माँ ने तो शायद कभी नहीं समझी। हम बच्चों के लिए भी उनका व्यवहार ही वह पतला धागा था जिसके सहारे उन तक पहुँचा जा सकता था। यहाँ बड़ी ही ऊबड़-खाबड़ ज़मीन थी, सख्त और काँटेदार। पिता बहुत क्रोधी थे। इतना जो इतिहास हमें मालूम हुआ था वह अपने जैसा ही था। शादी के बाद उन्हें किसी साधु ने भैरव को वश में करने की सलाह दी। दुबे के खंडहरे में रातों-रात दिया जलाये हुए वे तंत्र साधने बैठे। बीच रास्ते में कहीं उन्हें डर लगा। साधना पूरी होते-होते रह गई और भैरवजी ने उन्हें शाप दे दिया—क्रोध और क्षणिक बुद्धि। वे बच्चों की पिटाई बेरहमी से

करते थे। अक्सर हमने उन्हें माँ को भी किसी गाय-भैंस की तरह पीटते हुए देखा था। उनको लेकर किसी कोमल क्षण की उस वक़्त की यादें हमारे पास नहीं थीं, आज शायद कोशिश करने पर ढूँढ़ी ज़ा सकें...।

उनके बारे में आज भी कई बातें सोची जा सकती हैं। मुझे काफ़ी दिनों बाद यह जानकारी हासिल करके ख़ासी हैरत हुई थी कि उन्हें अपनी माँ का नाम भी नहीं मालूम, आज तक। हालाँकि उनकी माँ तभी मर गई थीं जबकि वे बहुत छोटे थे, फिर भी क्या कोई ऐसा हो सकता है जिसे अपनी माँ का नाम भी नहीं मालूम? इसके सिर्फ़ एक ही माने लगाए जा सकते हैं कि माँ का अस्तित्व उनके लिए था ही नहीं। अगर किसी ऐसे बच्चे की कल्पना की जा सकती है जो बग़ैर माँ के पैदा हुआ हो तो पिता वे थे—संसार में फेंक दिए गए जैसे कोई ढेला बेमकसदी से किसी भी तरफ़ उछाल दिया जाए। अपनी तमाम ज़िन्दगी उन्हें शायद कोई भी ऐसा नहीं मिला जो उन्हें समझाने के लिए रुकता। उनके कोई दोस्त भी नहीं थे, न हैं। इसके साथ-साथ चलता रहा एक क्रम, क़रीब-क़रीब लगातार अपमानों को सहना, अपने छोटेपन का अहसास और अकसर शारीरिक यातनाएँ भी...अगर कोई सोचने-समझनेवाला आदमी एक कुत्ता हो जाए जिसे हर दूसरा कुत्ता लथेड़ता-चीथता हो तो...? वे बदला निकालते थे अपनी पत्नी पर, बच्चों पर...शायद अगर ऐसा न करते तो जिस हद तक उनका अहं उनकी माँ के मरने के बाद से ही आहत होता रहा उस हालत में वे कब के आत्महत्या कर चुके होते। आत्महत्या की बात सिर्फ़ मुलायम लोगों के सन्दर्भ में सोची जा सकती है। यहाँ फिर उस कठैठ मिट्टी की नस्ल याद आती है जहाँ का पैदा हुआ आदमी शुरू से ही इतना सख्त होता है कि जाने क्या-क्या झेल सकता है, झेलता चला जाता है, मरते दम तक। पिता उस नस्ल की उम्दा मिसाल हैं। उनकी रग-रग कठैठ है। जिस मिट्टी के हर रेशों में लठैती हो, वहीं की पैदावार इतना कुछ झेल सकती है, जितना कुछ पिता ने झेला। अपने तईं गालियाँ और कर्कश ज़ुबान, वे हाथ हैं जिन से वे बाहर के संसार को छूते हैं, जिनसे बाहर की दुनिया का अहसास उन्हें होता है और जिसे पतले धागे से वे बाहर की दुनिया से अब भी जोड़े हुए हैं।

कोमलता का यहाँ सवाल ही नहीं था। लेकिन उस सुबह ऐसा लगा कि उनका असली रूप कोमलता ही था...बाहर का बाक़ी सब झूठा और सम्पर्क रखने का साधन मात्र था। यही तो है आदमी की भी असल तस्वीर...बाहर से जो है वह अमूमन वह नहीं होता। आदमी जब सिर्फ़ अपने साथ होता है तो यही यह ऊपर आता है और सब चीज़ें दब जाती हैं, जैसे कि बाहर की और सारी

चीज़ें सिर्फ़ हाथी के देखनेवाले दाँत हैं। वे सब दूसरों की आँखों का भोजन बनें, इसके आगे और कुछ नहीं।

ज़िन्दगी ने जिसे कभी अन्दर के वृत्त में घसीटा ही नहीं, एक तरह से जो बाहर ही बाहर रखा, वे पिता भी ऐसे ही इनसान में ढल गए जो आदमी और आदमी के पास होने की आँच को सहन ही नहीं कर सकता, उचक पड़ता है... जो आदमी के साथ नहीं, जानवरों के साथ भी नहीं, सिर्फ़ पेड़-पौधों, पहाड़-टीलों के साथ रह सकता है।

उनके रिटायर होने के बाद मैंने उन्हें उस वृत्त में घसीटने की कोशिश की थी जहाँ कि वे कभी नहीं रहे। वे हमारे घर में साथ रहने लगे। छोटे बच्चों में उनकी रुचि और आत्मीयता को पनपते हुए मैंने देखा। देर से ही लेकिन आख़िर उन्होंने अपने हाथ उस आँच के सामने किए थे जो आदमी और आदमी के साथ रहने, प्यार करने से पैदा होती है। बूढ़े कमज़ोर हाथ, काँपते हुए उस तरफ़ उठते जिधर से वे दूर से ही बिचक जाते थे। फूल-पौधों में भी मैंने उन्हें डाला। जबकि यहाँ उनका परिचय, उनकी मित्रता सिर्फ़ दो से ही थी—फूलों में खूबसूरती शायद उन्हें कभी नहीं दिखी, फूलों का महत्त्व था, क्योंकि भगवान पर चढ़ाना था। इसी तरह पौधों में भी सिर्फ़ एक तुलसी का पौधा था। यहाँ भी ऊबड़-खाबड़ ढंग से चीज़ों को अजीब तरह से उलट-पुलट कर देने की उनकी प्रवृत्ति साफ़ झलक जाती थी। छोटे बच्चों को उल्टे-सीधे कपड़े पहनकर मज़ा लेना, चिड़िया को पकड़कर रंग देना और फिर उड़ा देना और पौधों को बिना किसी तरतीब के जहाँ-कहीं भी लगा देना, और जिस किसी हालत में छोड़ देना...सब जगह उनका वही तरीक़ा था जो ज़िन्दगी में रहा, जो उन्होंने ख़ुद अपने साथ किया था...जैसा भी जहाँ हो जाए, कर डालना, ख़ुद को किसी भी परिस्थिति में बिना सोचे-समझे डाल देना और फिर सहना...झेलना!

घर में एक मीठी नीम का पेड़ था...कोमल डगालें, छोटी-मोटी मुलायम पत्तियाँ। पीली-हरी, फिर गहरी हरी। दाल में डालो तो जैसे सुगन्ध की बघार कर दी गई हो। पिछले किरायेदार ने आगाह किया था कि उसे काटा नहीं जाए, पहले किसी ने थोड़ा छँटवा दिया तो उसका लड़का मर गया...मैंने बात पर कोई ख़ास ध्यान नहीं दिया था।

एक दिन पिता ने सफ़ैयत करते हुए कुछ अगल-बग़ल जलाया तो उस पेड़ की पत्तियाँ झुलसकर रखैली हो गईं। कोमल-कोमल पत्तियाँ झार हो गई थीं। बदरंग देखकर अजीब-सा लगा था। पिता को कहा भी था कि उस पेड़ को रहने दें, आख़िर कितने और भी थे। लेकिन एक शाम क्यारी निकालने

के लिए उन्होंने उस पेड़ का क़रीब-क़रीब सफाया कर दिया। मैंने चिन्ता व्यक्त की।

"जंगली पेड़ हैं ये। बेवाहियात...जगह ऐड़े हुए हैं, बेकार में।" उन्होंने कहा था।

अगले दिन उस पेड़ के बचे-खुचे तने को कुल्हाड़ियों की मार चारों तरफ़ से दी गई।

"कुछ ही दिनों में देखना, नई पीकें देगा, हरिया उठेगा..." इस बार उन्होंने कहा।

इतनी कुल्हाड़ियाँ खाकर भी क्या कोई पीकें छोड़ सकता है, फिर से हरिया सकता है!

पेड़ ऐसा बैठा कि क़रीब-क़रीब धूल में मिल गया, ग़ौर से ढूँढ़ने पर अब उस जगह सिर्फ़ एक सूखा, धूल-भरा ठूँठ ही दिख पाता था।

भैरव बाबा फिर जाग उठे—वही जिन्होंने पिता को कभी कहीं जमने नहीं दिया। दिन-रात जीभ से झरती बड़बड़ाहट और गाली-गलौज ने उस घरौंदे को तोड़-फोड़ डाला जिसे जिन्होंने अपनी उम्र की शाम में बनाना शुरू किया था। भैरव बाबा की लपलपाती जीभ कोमलता के पत्ते को फिर लील गई। लड़ाई इस बार भैरव और काली की थी।

मेरी पत्नी ने काली का आह्वान शायद जान-बूझकर किया। उसके साथ जो अत्याचार हुआ उसका मुआवज़ा उसे उन लोगों से भी वसूलना था जो उसे पसन्द करके इस घर में लाए थे, इस आशा से कि उसकी पकाई रोटियाँ खाएँगे। वह पिता को कुरेदने लगी...अक्सर उस हद तक ले जाती जहाँ वे भकभका उठते। ऐसा सोचा जा सकता है कि उसका कोई बाकायदा प्लान किया हुआ इरादा था कि वे सब जो उसके भाग्य के लिए ज़िम्मेदार थे, उन्हें घर का साया भी न मिले, जैसे कि उसे नहीं मिला, घर का जो भी मतलब वह अपने लिए समझती थी।

ठेलती-ठेलती पत्नी ने उन्हें उस बिन्दु तक ला पहुँचाया, जहाँ वे कुल्हाड़ी लेकर ऐलान करते हुए मैदान में उतर पड़े थे, "उसे जान से मार डालेंगे, भले ही बाक़ी जीवन जेल में बिताएँ...कब का यह कर गुज़रते, वह तो लड़कों-बच्चों का ख़याल आ जाता था, लेकिन अब हद हो चुकी...मलकिनी बनना चाहती है, आख़िर उनका भी तो कुछ लगता है इस घर में!"

उनका कहीं कुछ नहीं लगता था!

पत्नी भी सामने ताल ठोंककर आ खड़ी हुई—"मार...बड़ा आया मारनेवाला!"

फिर गड्डमड्ड...केशव की माँ...शन्नो मौसी, शिवमंगल...मास्टर कौशल, पंडित...पंडिताइन या कोई और भी...

बात मामूली-सी थी, कुछ भी हो सकती थी। कुछ नहीं भी हो सकती थी। पिता ने लड़के को किसी बात पर डाँटा था और फिर डाँटने के अधिकार पर द्वन्द्व की शुरुआत हो गई, जैसे कि वह भी लछमन के चबूतरे की आधा इंच दीवार थी।

पिता मारने को लपके...एक-दो थप्पड़ भी लगाए...पत्नी ने उनका चश्मा उतार लिया। घर में मौजूद और लोगों ने तब तक पिता को पकड़ भी लिया था। मौक़ा पाकर पत्नी ने नुकीले हैंगर को उनके पेट में घुसेड़ दिया...और भागकर दूसरे कमरे में कैकेयी बनकर पड़ रही...दरवाज़ा अन्दर से बन्द।

रघु के लड़के का पत्थर उस पर ऐसे ही फच्च से पड़ा था।

पिता उस दिन फिर किसी से नहीं बोले। शाम को जब मैं पहुँचा तो मुझ से भी नहीं। दूसरे दिन सुबह उन्होंने अपना घाव मुझे दिखाया था। पेट के एक किनारे नीचे एक लालिमा का गहरा गुच्छा...ठीक उसी जगह, जहाँ रघु के लड़के का बड़ा पत्थर उस पर पड़ा था। उनकी छोटी-छोटी आँखों की कगार से करुणा का सागर फूट पड़ने को ही आया था, वही जिसे ज़िन्दगी-भर थामे-थामे उनकी आँखें लगातार छोटी होती चली गई थीं। ज़रूर वे पीछे भी देख रही होंगी...हर मौक़े उन्हें नीचे ही रहना पड़ा, चाहे दूसरी तरफ़ कोई ज़बर हो या कमज़ोर। हर मौक़े कुत्ते की तरह धूल फटकारकर उठ खड़े होते और फिर चल पड़ते। क्या एक बार भी ऐसा नहीं हो सकता कि कहीं सारी ज़िन्दगी के अपमानों का प्रतिकार कर सकें?

ख़ून-ख़राबे के डर से मैंने बच्चों को दूसरी जगह भेज दिया। चालाकी उन से बाज़ी एक बार फिर मार ले गई...और वे खौलते हुए बैठे-के-बैठे रह गए। एक पूरे का पूरा दिन बैठे रहे, घर में अकेले। उनका मुँह सिकुड़कर बन्दर-जैसा हो गया था...और टुकुर-टुकुर वे सामने लगातार देख रहे थे...मेरे छोटे बच्चे के लिए बनाई गई तहमदें, लँगोटियाँ, धोतियाँ, जहाँ-कहीं भी रोप दिए गए पेड़-पौधे, सेम की बेलें, एक किनारे बोई गई ईखें, पानी की क्यारियों तक ले जाने के लिए बनाया गया बरहा—जहाँ एक जगह उन्होंने एक पुल-सा भी बनाया था—ऊपर से भी जाता पानी, नीचे से निकलता पानी...। दूसरे दिन सुबह उन्होंने बिना किसी से पूछे सामान बाँध लिया था।

"मेरे यहाँ रहने से बड़ा नुकसान है, किसी दिन उसे मार डालूँगा तो खामख्वाह तुम लोगों की ज़िन्दगी ख़राब होगी...इसलिए अच्छा यही है कि मैं

यहाँ न रहूँ...ठीक है जो तुम लोगों ने किया, लेकिन तुम्हारे भी सब दिन ऐसे ही न बने रहेंगे...कभी तुम भी बूढ़े होगे।"

मेरे पास कुछ कहने को नहीं था। रघु के पत्थर की मार से दोहरा-तिहरा होता शरीर। वे किस हद तक आहत हो गए होंगे कि लड़के को ही शाप दे रहे थे! जिस मरियल-सी आवाज़ में मैं घिघियाया था, उससे उनकी वेदना और गहरी हो रही थी, इसलिए थोड़ा ही आगे जाकर मैं रुक गया...तो इस बार भी उन्हें उठकर चल देना पड़ा, धूल झाड़कर...?

गर्मी की दोपहरी में सुनसान और सूखे खेतों के विस्तार में उड़ते हुए धूल के अन्धड़ तब हमारे बीच दौड़ने लगे थे। मेरे घर पर ज़खीरा का रंग उतर आया था। कहीं टिककर रहना तो दूर की बात, आदमी बस भागता ही रह सकता है।

केशव के पिता की खंदिया छोड़ने की वह शाम और यह सुबह!

"मन हो तो मुझे बस पर चढ़ा आओ," काँख में पटरिया थामकर उन्होंने कहा था।

वे फिर उधर ही चल दिए जहाँ से आए थे, खंदिया जैसी ही किसी बस्ती की तरफ़। बस में उनके पैर छूते वक़्त मैंने ग़ौर किया था कि वे अजीब बेडौल और खुरदरे पैर थे जो पत्थरों के ऊबड़-खाबड़ रास्तों में लगातार चलते हुए सख्त हुए थे, कँटीली झाड़ियाँ तलुओं के नीचे ही मुड़कर तिरछी और बेधार हो जाती होंगी। कठैठ ज़िस्म, जो बग़ैर कवच हर तरह की मार को बारिश की तरह ओढ़ लेता है...और आँखें जो बड़े-से-बड़े आघात को लील लेती हैं, जो फिर अन्दर झोले में कहीं जाकर बिला जाता है। आँखें...जो यों ही सबकुछ देखती चली आ रही हैं...इतिहास-दर-इतिहास...

✪✪✪